Das Buch

In Los Angeles gibt es nach dem O. J. Simpson-Prozess eine neue Zeitrechnung. Das bekommt auch Detective Harry Bosch zu spüren, als er mit der Ermittlung in einem mysteriösen Doppelmord in einem Wagen der historischen »Angel's Flight«-Bahn in Downtown L. A. beauftragt wird. Eines der Opfer ist kein geringerer als Howard Elias, der schwarze Staranwalt und Kämpfer für die Rechte der Afroamerikaner. Alles deutet auf eine gezielte Hinrichtung des Anwalts hin, denn Elias prozessierte mit Vorliebe gegen die Polizei von L. A. und deren rassistische Übergriffe. Daher ist es für Bosch auch nicht verwunderlich, dass ein nicht geringer Teil der Belegschaft des LAPD zum engeren Kreis der Verdächtigen zählt und der Druck von Seiten der Medien und der Öffentlichkeit riesengroß ist. Man befürchtet Unruhen wie vor einigen Jahren, als der Schwarze Rodney King von Polizisten brutal verprügelt wurde, und danach tagelang die Ghettoviertel brannten.

»Dieser Krimi fesselt. Zum einen ist es die ausgeklügelte Story, die für Hochspannung sorgt, zum anderen das feine politische Gespür, mit dem der ehemalige Polizeireporter Connelly das sensible Miteinander der verschiedenen ethnischen Gruppen seiner Stadt beschreibt.«   *Brigitte*

Der Autor

Michael Connelly arbeitete einige Jahre als Polizeireporter für die ›Los Angeles Times‹. Seine Romane um Detective Harry Bosch machten ihn weltweit berühmt. Im Heyne Verlag liegen vor: *Schwarzes Eis* (01/9930), *Die Frau im Beton* (01/10341), *Der letzte Coyote* (01/10511), *Das Comeback* (01/10765), *Der Poet* (01/10845), *Das zweite Herz* (01/13195) und zuletzt erschien *Dunkler als die Nacht* (43/192).

MICHAEL CONNELLY

SCHWARZE ENGEL

Roman

Aus dem Amerikanischen
von Sepp Leeb

WILHELM HEYNE VERLAG
MÜNCHEN

HEYNE ALLGEMEINE REIHE
Band-Nr. 01/13425

Die Originalausgabe
ANGEL'S FLIGHT
erschien bei Little, Brown and Company, New York

Umwelthinweis:
Dieses Buch wurde auf
chlor- und säurefreiem Papier gedruckt.

Taschenbucherstausgabe 12/2001
Copyright © 1998 by Hieronymus Inc.
Copyright © der deutschsprachigen Ausgabe 2000
by Wilhelm Heyne Verlag GmbH & Co. KG, München
Printed in Denmark 2001
Umschlagillustration: Bilderdienst Süddeutscher Verlag
Umschlaggestaltung: Nele Schütz Design, München
Satz: Leingärtner, Nabburg
Druck und Bindung: Nørhaven, Viborg

ISBN 3-453-19890-5

http://www.heyne.de

Das ist für
McCaleb Jane Connelly

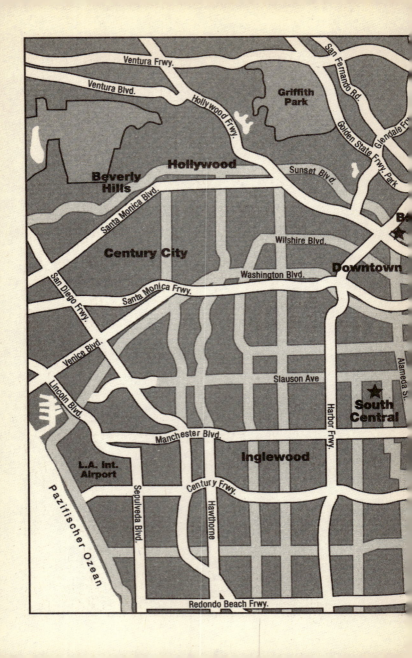

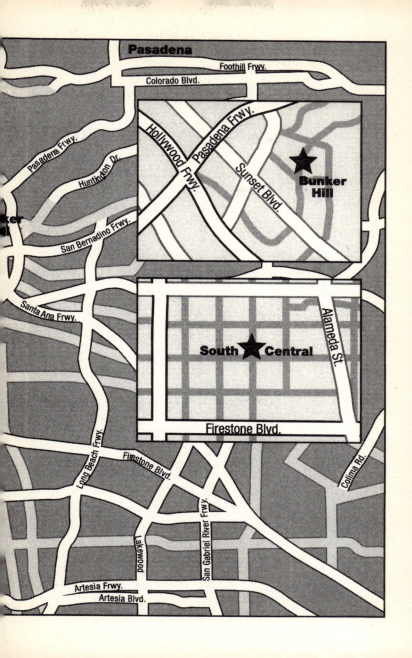

1

Das Wort klang fremd in seinem Mund, wie von jemand anders gesprochen. Seine Stimme hatte eine Dringlichkeit, die Bosch sonst nicht kannte. Das schlichte Hallo, das er in den Hörer geflüstert hatte, war voller Hoffnung, fast Verzweiflung. Doch die Stimme, die daraus zurückkam, war nicht die, die er gern gehört hätte.

»Detective Bosch?«

Einen Augenblick kam sich Bosch wie ein Idiot vor. Er fragte sich, ob der Anrufer das Stocken seiner Stimme bemerkt hatte.

»Hier Lieutenant Michael Tulin. Ist da Bosch?«

Der Name sagte Bosch nichts, und seine momentane Besorgnis darüber, wie er sich anhörte, wurde weggefegt, als ihm ein entsetzlicher Gedanke durch den Kopf schoß.

»Ja, hier Bosch. Was ist? Was ist los?«

»Einen Moment bitte. Deputy Chief Irving möchte Sie sprechen.«

»Was ist –«

Der Anrufer legte das Gespräch auf eine andere Leitung, und es wurde still. Jetzt fiel Bosch wieder ein, wer Tulin war – Irvings Adjutant. Bosch stand da und wartete. Er blickte sich in der Küche um; nur die schwache Herdbeleuchtung war an. Mit einer Hand drückte er das Telefon an sein Ohr, mit der anderen faßte er sich automatisch an den Bauch, wo sich Furcht und Schrecken ineinander verschlangen. Er sah auf die Leuchtziffern der Herduhr. Es war fast zwei. Seit er das letzte Mal einen Blick darauf geworfen hatte, waren fünf Minuten vergangen. Das kann nicht sein, dachte er, während er wartete. Sie machen das nicht am Telefon. Sie schicken jemanden. Sie sagen es einem persönlich.

Endlich nahm Irving am anderen Ende der Leitung ab.

»Detective Bosch?«

»Wo ist sie? Was ist passiert?«

Bosch wartete, und es verstrich ein weiterer Moment quälenden Schweigens. Inzwischen hatte er die Augen geschlossen.

»Wie bitte?«

»Sagen Sie mir einfach, was mit ihr ist. Ich meine… ist sie noch am Leben?«

»Ich weiß nicht, wovon Sie reden, Detective. Ich rufe an, weil ich so schnell wie möglich Ihr Team brauche. Ich brauche Sie für einen Sondereinsatz.«

Bosch öffnete die Augen. Er sah aus dem Küchenfenster in den dunklen Canyon unter seinem Haus hinab. Sein Blick folgte dem Abhang zum Freeway hinunter und dann wieder nach oben zu dem schmalen Streifen von Hollywoodlichtern, die er durch den Einschnitt des Cahuenga Pass sehen konnte. Er fragte sich, ob jedes Licht bedeutete, daß dort jemand wach war und auf jemanden wartete, der nicht kommen würde. Bosch sah sein eigenes Spiegelbild im Fenster. Er wirkte müde. Sogar in der dunklen Glasscheibe konnte er die tiefen Ringe unter seinen Augen sehen.

»Ich habe einen Auftrag für Sie, Detective«, wiederholte Irving ungeduldig. »Können Sie ihn übernehmen, oder sind Sie —«

»Ich kann ihn übernehmen. Ich war nur kurz ein wenig durcheinander.«

»Also, es tut mir leid, wenn ich Sie geweckt habe. Aber daran müßten Sie eigentlich gewöhnt sein.«

»Ja. Kein Problem.«

Bosch sagte ihm nicht, daß er durch den Anruf nicht geweckt worden war. Daß er durch das dunkle Haus gestreift war und gewartet hatte.

»Dann mal los, Detective! Kaffee kriegen Sie hier unten am Tatort.«

»An welchem Tatort?«

»Darüber sprechen wir, wenn Sie hier sind. Ich möchte nicht noch mehr Zeit verlieren. Verständigen Sie Ihr Team. Lassen Sie es in die Grand Street kommen, zwischen Third und Fourth. Zur Bergstation der Angels Flight. Wissen Sie, was ich meine?«

»Bunker Hill? Ich –«

»Alles weitere erfahren Sie, wenn Sie hier sind. Fragen Sie nach mir, wenn Sie da sind. Wenn ich unten bin, kommen Sie zu mir runter, bevor Sie mit irgend jemand anders sprechen.«

»Was ist mit Lieutenant Billets? Sie sollte –«

»Sie wird über alles informiert. Wir vergeuden bloß Zeit. Das ist keine Bitte. Es ist ein Befehl. Trommeln Sie Ihre Leute zusammen, und kommen Sie hier runter. Habe ich mich verständlich genug ausgedrückt?«

»Absolut.«

»Dann sehen wir uns also gleich.«

Ohne auf eine Antwort zu warten, hängte Irving auf. Bosch stand noch ein paar Augenblicke mit dem Hörer am Ohr da und überlegte, was das Ganze sollte. Angels Flight war die kurze Standseilbahn in der Downtown, die zur Personenbeförderung auf den Bunker Hill diente – weit außerhalb des Zuständigkeitsbereichs des Morddezernats der Hollywood Division. Wenn Irving da unten eine Leiche hatte, war das Sache der Central Division. Wenn die Central-Detectives einen Fall wegen Überlastung oder Personalproblemen nicht übernehmen konnten oder wenn man die Angelegenheit als zu wichtig oder medienpolitisch als zu heikel für sie ansah, mußten die ›Bullen‹ ran, die Robbery-Homicide Division. Der Umstand, daß sich ein Deputy Chief of Police an einem Samstag vor Tagesanbruch der Sache annahm, deutete auf letzteres hin. Blieb nur noch die Frage, warum Irving dann Bosch und sein Team holte und nicht die RHD-Bullen. Egal, was nun an der Angels Flight genau los war – Bosch konnte sich keinen rechten Reim darauf machen.

Er blickte noch einmal in den dunklen Canyon hinab, nahm das Telefon von seinem Ohr und schaltete es aus. Er hätte gern eine Zigarette gehabt, aber er hatte es schon die ganze Nacht ohne geschafft. Also würde er auch jetzt nicht schwach werden.

Er drehte sich um und lehnte sich an die Arbeitsplatte. Dann blickte er auf das Telefon in seiner Hand hinab, machte es wieder an und drückte auf die Kurzwahltaste, die ihn mit Kizmin Riders Wohnung verbinden würde. Sobald er mit ihr gesprochen hatte, würde er Jerry Edgar anrufen. Bosch gestand sich die Erleichterung, die sich seiner zu bemächtigen begann, nur widerstrebend ein. Auch wenn er noch nicht wußte, was ihn in Angels Flight erwartete, würde es ihn wenigstens von Eleanor Wish ablenken.

Kizmin Riders aufgeweckte Stimme meldete sich nach dem zweiten Läuten.

»Kiz, hier Harry«, sagte er. »Es gibt Arbeit.«

2

Bosch verabredete sich mit seinen zwei Partnern in der Hollywood Division, um sich dort Autos zu holen, bevor sie zur Angels Flight fuhren. Auf der Fahrt zu der Polizeistation hatte er im Radio seines Jeeps auf KFWB eine Meldung über einen Mordfall in der historischen Standseilbahn gehört. Der Reporter vor Ort berichtete, in einem der Waggons seien zwei Leichen gefunden worden und es seien bereits mehrere Detectives der Robbery-Homicide Division am Tatort eingetroffen. Das war allerdings alles, was der Reporter zu berichten hatte, da er darauf hinwies, daß die Polizei den Tatort ungewöhnlich weiträumig mit gelbem Plastikband abgesperrt hatte, weshalb er nicht mehr vom Geschehen mitbekam. Diese spärlichen Informationen gab Bosch an Edgar und Rider weiter, als sie sich aus dem Wagenpark der Polizeistation drei Slickbacks ausliehen.

»Sieht ganz so aus, als dürften wir für die RHD die Laufburschen spielen«, schloß Edgar daraus. Er machte keinen Hehl aus seinem Ärger, aus dem Bett geholt worden zu sein, und das vermutlich nur, um den RHD-Bullen das ganze Wochenende Handlangerdienste leisten zu dürfen. »Wir reißen uns den Arsch auf, und die ernten die Lorbeeren. Dabei haben wir dieses Wochenende nicht mal Bereitschaftsdienst. Warum hat Irving nicht Rice und seine Leute geholt, wenn er schon unbedingt eine Hollywood-Truppe haben will?«

Damit hatte Edgar nicht ganz unrecht. Team One – Bosch, Edgar und Rider – hatte dieses Wochenende keinen Bereitschaftsdienst. Hätte sich Irving an den Dienstplan gehalten, hätte er Terry Rice verständigen müssen, dessen Team Three an der Reihe war. Aber nachdem Irving ganz direkt, ohne vorherige Rücksprache mit seiner Vorgesetzten Lieutenant Grace Billets, an ihn herangetreten war, stand für Bosch längst fest, daß der Deputy Chief diesmal nicht den Dienstweg beschritt.

»Tja, Jerry«, sagte Bosch, der das Gejammer seines Partners zur Genüge kannte, »das kannst du gleich den Deputy Chief persönlich fragen.«

»Aber klar doch, mache ich ganz bestimmt – damit ich die nächsten zehn Jahre in der Harbor Division versauern kann. Schön blöd müßte ich sein.«

»Was hast du eigentlich gegen die Harbor Division?« zog Rider ihren Kollegen auf. Sie wußte, Edgar wohnte im Valley, und eine Versetzung zur Harbor Division hätte einen neunzigminütigen Arbeitsweg – eine Strecke! – für ihn bedeutet: die Freeway-Therapie in Reinkultur, die wirksamste Methode der Polizeiobersten, unzufriedene und aufmüpfige Polizisten inoffiziell zu bestrafen. »Da unten haben sie höchsten sechs, sieben Mordfälle im Jahr.«

»Ist ja prima, aber darauf kann ich gern verzichten.«

»Okay, okay«, ging Bosch dazwischen. »Sehen wir lieber zu, daß wir hier loskommen. Über alles weitere können wir uns dann später Gedanken machen. Verfahrt euch nicht!«

Bosch nahm den Hollywood Boulevard zum Freeway 101 und rauschte auf der Stadtautobahn bei minimalem Verkehr in Richtung Downtown. Auf halbem Weg warf er einen Blick in den Rückspiegel. Trotz der Dunkelheit und der anderen Autos konnte er seine Partner mühelos ausmachen. Er fand die neuen Wagen für die Detectives unmöglich. Sie waren schwarzweiß lackiert und sahen wie Streifenwagen aus, außer daß sie auf dem Dach kein Rotlicht hatten. Es war die Idee des letzten Polizeichefs gewesen, die neutralen Einsatzwagen der Detectives durch die sogenannten Slickbacks zu ersetzen. Das Ganze war ein fauler Trick gewesen, um sein Versprechen von mehr Polizeipräsenz auf den Straßen wahr zu machen. Indem er die nicht gekennzeichneten Wagen durch deutlich als Polizeifahrzeuge erkennbare ersetzte, erweckte er in der Öffentlichkeit den falschen Eindruck, auf den Straßen seien mehr Polizisten unterwegs. Wenn er vor Bürgervereinigungen sprach und stolz vermeldete, er habe die Zahl der Cops auf den Straßen um Hunderte erhöht, zählte er auch die Detectives mit, die Slickbacks fuhren.

Das hieß, Detectives im Einsatz fuhren inzwischen wie Zielscheiben durch die Gegend. Schon mehr als einmal hatten Bosch und seine Leute, wenn sie zur Vollstreckung eines Haftbefehls oder zu Ermittlungen unauffällig irgendwo aufkreuzen wollten, ihr Erscheinen durch ihre Autos schon von weitem selbst angekündigt. Es war idiotisch und gefährlich, aber es war eine Anordnung des Polizeichefs, der in allen Polizeistationen des LAPD Folge geleistet werden mußte, auch wenn der Chief nicht mehr für eine zweite fünfjährige Amtszeit berufen worden war. Wie viele andere Detectives hoffte auch Bosch, der neue Polizeichef würde wieder die alten Einsatzwagen einführen. Bis dahin fuhr er mit dem ihm zugeteilten Wagen nicht mehr vom Dienst nach Hause. Es war eine angenehme Vergünstigung eines Detective Supervisor gewesen, seinen Dienstwagen mit nach Hause nehmen zu dürfen, aber er wollte kein als Polizeiauto erkennbares Fahrzeug vor seinem Haus stehen haben. Nicht in L. A. Man konnte nie wissen, was für Ärger man sich damit einhandelte.

Sie trafen um zwei Uhr fünfundvierzig in der Grand Street ein. Auf der California Plaza stand eine ungewöhnlich große Anzahl von Polizeifahrzeugen am Straßenrand. Bosch sah die Autos der Spurensicherung und des Coroners, mehrere Streifenwagen und ein paar zivile Einsatzfahrzeuge – keine Slickbacks, sondern die neutralen Limousinen, die die RHD-Bullen noch fuhren. Während er wartete, daß Rider und Edgar hinter ihm hielten, öffnete er seinen Aktenkoffer, nahm sein Handy heraus und rief zu Hause an. Nach dem fünften Läuten schaltete sich der Anrufbeantworter ein und forderte ihn mit seiner eigenen Stimme auf, eine Nachricht zu hinterlassen. Er wollte schon die Verbindung unterbrechen, beschloß dann aber, etwas auf Band zu sprechen.

»Eleanor, ich bin's. Ich wurde zu einem Einsatz gerufen ... pieps mich aber trotzdem an oder ruf mich auf dem Handy an, wenn du nach Hause kommst, damit ich weiß, es ist alles okay … Äh, okay, das war's. Bye – ach, es ist gerade zwei Uhr fünfundvierzig. Samstag morgen. Bye.«

Edgar und Rider waren an seiner Tür aufgetaucht. Er steckte das Handy weg und stieg mit seinem Aktenkoffer aus. Edgar, der größte der drei, hob das gelbe Absperrungsband hoch. Sie duckten sich darunter hindurch, nannten einem uniformierten Polizisten mit der Tatortzulassungsliste ihre Namen und Dienstnummern und überquerten die California Plaza.

Die Plaza war der Mittelpunkt von Bunker Hill: ein gepflasterter Platz, der von zwei miteinander verbundenen marmornen Bürotürmen, einem Wohnhochhaus und dem Museum of Modern Art eingefaßt war. In seiner Mitte befand sich ein Wasserbecken mit einer hohen Fontäne. Allerdings waren um diese Uhrzeit Pumpen und Lichter ausgeschaltet, so daß das Wasser still und schwarz dalag.

Hinter der Fontäne war die im neoklassizistischen Stil gehaltene Bergstation von Angels Flight. Vor diesem kleinen Gebäude trieben sich die meisten Ermittlungsbeamten und Streifenpolizisten herum, als warteten sie auf etwas. Bosch hielt nach dem glänzenden glattrasierten Schädel von Deputy Chief Irvin Irving Ausschau, entdeckte ihn aber nirgendwo. Als er mit seinen Partnern in die Menge eintauchte und sich einen Weg zu dem Wagen am Ende der Gleise bahnte, entdeckte er zahlreiche bekannte Gesichter, hauptsächlich Detectives der Robbery-Homicide Division. Lauter Männer, mit denen er zusammengearbeitet hatte, als er noch dieser Eliteeinheit angehört hatte. Ein paar von ihnen nickten ihm zu oder grüßten ihn namentlich. Bosch sah seinen früheren Partner Francis Sheehan etwas abseits stehen und eine Zigarette rauchen. Er entfernte sich von seinen Partnern und ging auf ihn zu.

»Frankie, was ist hier eigentlich los?«

»Harry, was machst du denn hier?«

»Irving wollte uns hier haben. Alle drei.«

»Scheiße. Tut mir leid, Partner, das würde ich nicht mal meinem schlimmsten Feind wünschen.«

»Wieso, was ist –«

»Sprich lieber erst mit dem Boß. Er hält den großen Deckel auf die ganze Sache.«

Bosch zögerte. Sheehan wirkte ziemlich angeschlagen, aber Bosch hatte ihn schon Monate nicht mehr gesehen. Er hatte keine Ahnung, woher die dunklen Ringe unter seinen Spürhundaugen kamen und wann sie in sein Gesicht gegraben worden waren. Einen Moment mußte Bosch an sein eigenes Gesicht denken, das er vor kurzem im Fenster gespiegelt gesehen hatte.

»Und wie geht's dir sonst, Francis?«

»Könnte gar nicht besser sein.«

»Okay, wir unterhalten uns später.«

Bosch kehrte wieder zu Edgar und Rider zurück, die neben dem Wagen stehengeblieben waren. Edgar deutete mit dem Kopf auf eine Stelle links von Bosch.

»Hast du schon gesehen, Harry?« fragte er leise. »Da drüben sind Sustain Chastain und seine Truppe. Was machen diese Wichser hier?«

Bosch drehte sich um und sah die Männer von der Internal Affairs Division, der Dienstaufsicht.

»Keine Ahnung.«

Chastain und Bosch sahen sich kurz an, aber Bosch wandte den Blick rasch wieder ab. Es wäre pure Energieverschwendung gewesen, sich über den IAD-Mann aufzuregen. Statt dessen konzentrierte er sich verstärkt darauf, sich einen Reim auf das Ganze zu machen. Er hatte alle Antennen ausgefahren. Die vielen RHD-Bullen, die Typen von der Dienstaufsicht, ein Deputy Chief am Tatort – er mußte herausfinden, was hier los war.

Mit Edgar und Rider im Schlepptau arbeitete sich Bosch zu dem Seilbahnwagen durch. In seinem Innern waren mehrere Scheinwerfer aufgestellt, und er war beleuchtet wie ein Wohnzimmer. Außerdem machten sich zwei Männer von der Spurensicherung darin zu schaffen. Daraus schloß Bosch, daß er ziemlich spät am Tatort eintraf. Die Spurensicherung kam immer erst dran, wenn die Gerichtsmediziner fertig waren – wenn die Opfer für tot erklärt und die Leichen in ihrer

16

ursprünglichen Lage fotografiert und nach Wunden, Waffen und Papieren abgesucht waren.

Bosch trat auf das hintere Ende des Wagens zu und sah durch die offene Tür. Die Männer von der Spurensicherung machten sich in der Umgebung der zwei Leichen zu schaffen. Auf einem der Sitze etwa in der Mitte des stufenförmig abfallenden Wagens lag eine Frau. Sie trug graue Leggins und ein langes weißes T-Shirt. Mitten auf ihrer Brust, wo sie von einer einzigen Kugel getroffen worden war, war eine große Blume aus Blut erblüht. Ihr Kopf war auf das Fensterbrett hinter ihrem Sitz zurückgesunken. Sie hatte schwarzes Haar und ein dunkelhäutiges Gesicht, das eindeutig auf eine Herkunft irgendwo südlich der Grenze hindeutete. Auf dem Platz neben ihr lag eine Plastiktüte, in der sich außer einer zusammengefalteten Zeitung, die ein Stück daraus hervorstand, noch alle möglichen anderen Dinge befanden, die Bosch nicht sehen konnte.

Auf den Stufen an der hinteren Tür des Wagens lag mit dem Gesicht nach unten ein Schwarzer in einem dunkelgrauen Anzug. Von da, wo er stand, konnte Bosch das Gesicht des Mannes nicht erkennen, und es war nur eine Wunde zu sehen – ein glatter Durchschuß in der rechten Hand des Toten. Bosch wußte, er würde später im Obduktionsbefund als Abwehrverletzung bezeichnet werden. Der Mann hatte in dem vergeblichen Versuch, die Kugel abzuwehren, die Hand hochgehalten. So etwas hatte Bosch im Lauf der Jahre immer wieder gesehen, und es ließ ihn jedesmal an die verzweifelten Handlungen denken, zu denen Menschen am Ende Zuflucht nahmen. Eine Hand hochzuhalten, um eine Kugel abzuwehren, war eine der verzweifeltsten.

Obwohl die Männer von der Spurensicherung ständig durch sein Blickfeld gingen, konnte Bosch durch den am Hang stehenden Wagen das Gleis entlang bis zur etwa hundert Meter tiefer liegenden Hill Street hinabsehen, wo ein zweiter Seilbahnwagen stand. An der Sperre der Talstation und vor den geschlossenen Eingangstoren des Grand Central Market auf der anderen Straßenseite waren weitere Detectives zugange.

Bosch war als Junge mit der Seilbahn gefahren und wußte deshalb, wie sie funktionierte. Er konnte sich noch gut daran erinnern. Der jeweils obere Wagen zog, wenn er nach unten fuhr, den unteren Wagen mit seinem Gewicht nach oben. Dabei passierten sich die zwei Wagen genau auf der Mitte der Strecke. Als er als Kind mit Angels Flight gefahren war, war Bunker Hill noch nicht als das heutige Nobelviertel wiedererstanden, mit Wolkenkratzern aus Glas und Marmor, luxuriösen Wohnanlagen, Museen und Fontänen, die als Wassergärten bezeichnet wurden. Damals hatten heruntergekommene viktorianische Herrschaftshäuser sein Erscheinungsbild geprägt, von deren früherem Glanz nichts mehr zu spüren gewesen war. Harry und seine Mutter waren mit Angels Flight den Hügel hinaufgefahren, um nach einer Wohnung zu suchen.

»Endlich, Detective Bosch.«

Bosch drehte sich um. Deputy Chief Irving stand in der offenen Tür des kleinen Stationsgebäudes.

»Sie alle«, fügte er hinzu und winkte Bosch mit seinem Team nach drinnen.

Sie betraten einen engen Raum, der von den mächtigen alten Schwungrädern beherrscht wurde, an denen die Wagen früher den Hügel hinauf- und hinabgezogen worden waren. Bosch erinnerte sich, gelesen zu haben, daß die Kabel und Räder durch eine computergesteuerte elektrische Anlage ersetzt worden waren, als Angels Flight vor einigen Jahren nach einem Vierteljahrhundert der Stillegung wieder in Betrieb genommen worden war.

Auf einer Seite des mächtigen Rads war gerade genügend Platz für einen kleinen Eßtisch mit zwei Klappstühlen. Auf der anderen Seite befand sich der Computer zur Steuerung der Wagen, ein Stuhl für den Mann, der sie bediente, und ein Stapel Schachteln, deren oberste offen war und Stöße von Broschüren über die Geschichte von Angels Flight enthielt.

An der hinteren Wand, im Dunkeln hinter den alten Eisenrädern, stand, die Arme verschränkt und das zerfurchte, sonnengerötete Gesicht auf den Boden gerichtet, ein Mann, den

Bosch kannte. Bosch hatte einmal für Captain John Garwood, den Leiter der Robbery-Homicide Division, gearbeitet. Aus seinem Gesichtsausdruck schloß er, daß er über irgend etwas sehr verärgert war. Garwood blickte nicht zu ihnen auf, und die drei Detectives sagten nichts.

Irving ging auf das Telefon zu, das auf dem Eßtisch stand, und nahm den auf dem Tisch liegenden Hörer. Als er zu sprechen begann, bedeutete er Bosch, die Tür zu schließen.

»Entschuldigen Sie, Sir«, sagte Irving in den Hörer. »Das Team aus Hollywood ist gerade eingetroffen. Sie sind jetzt alle hier, und wir können weitermachen.«

Er hörte kurz zu, sagte »Wiederhören« und legte auf. Der respektvolle Ton und die Anrede Sir verrieten Bosch, daß Irving mit dem Polizeipräsidenten gesprochen hatte. Das war eine weitere Besonderheit des Falls.

»Also dann.« Irving drehte sich zu den drei Detectives um. »Tut mir leid, daß ich Sie aus dem Bett geholt habe, und das, obwohl Sie nicht einmal Bereitschaftsdienst haben. Ich habe jedoch bereits mit Lieutenant Billets gesprochen, und Sie sind ab sofort von allen Ihren Verpflichtungen in Hollywood freigestellt, bis das hier geklärt ist.«

»Worum geht es hier eigentlich?« fragte Bosch.

»Eine delikate Angelegenheit. Die Ermordung zweier Bürger.«

Bosch wünschte sich, Irving käme endlich zur Sache.

»Ich sehe hier so viele RHD-Leute, Chief, als ob der Mord an Bobby Kennedy noch mal aufgerollt würde«, sagte er mit einem Blick auf Garwood. »Ganz zu schweigen von den IAD-Typen, die sich im Hintergrund rumdrücken. Was genau geht hier vor? Was wollen Sie von uns?«

»Ganz einfach«, sagte Irving. »Ich übertrage Ihnen das Ermittlungsverfahren. Es ist jetzt Ihr Fall, Detective Bosch. Die Robbery-Homicide Detectives werden sich zurückziehen, sobald Sie über alles im Bild sind. Wie Sie sehen, sind Sie etwas spät dran. Das ist bedauerlich, aber ich glaube, damit können Sie leben. Ich weiß, wozu Sie imstande sind.«

Bosch sah ihn lange ausdruckslos an, bevor er wieder zu Garwood hinüberblickte. Der Captain hatte sich nicht gerührt und starrte weiter auf den Boden. Bosch stellte die einzige Frage, die Licht in die seltsame Situation bringen konnte.

»Der Mann und die Frau in dem Waggon, wer sind sie?«

Irving nickte.

»*Wer waren sie* trifft es wohl besser. *Waren*. Die Frau heißt Catalina Perez. Wer genau sie war und was sie in Angels Flight machte, wissen wir noch nicht. Wahrscheinlich tut es auch nichts zur Sache. Wie es scheint, war sie einfach nur zur falschen Zeit am falschen Ort. Aber das herauszufinden ist Ihre Aufgabe. Wie auch immer, mit dem Mann ist es eine andere Sache. Das war Howard Elias.«

»Der Anwalt?«

Irving nickte. Bosch hörte, wie Edgar Luft holte und sie anhielt.

»Und da sind Sie ganz sicher?«

»Leider ja.«

Bosch blickte an Irving vorbei aus dem Fenster des Fahrscheinschalters. Er konnte in den Wagen sehen. Die Techniker waren noch an der Arbeit und standen kurz davor, die Lichter auszumachen, um das Innere des Wagens mit dem Laser nach Fingerabdrücken abzusuchen. Sein Blick fiel auf die Hand mit dem Durchschuß. Howard Elias. Bosch dachte an die vielen Verdächtigen, die dafür in Frage kamen und von denen in diesem Moment viele da draußen herumstanden und zusahen.

»Scheiße«, sagte Edgar. »Da können wir wohl nicht dankend ablehnen, oder, Chief?«

»Achten Sie gefälligst etwas auf Ihre Wortwahl, Detective«, fuhr Irving ihn an. Seine Kiefermuskeln traten deutlich hervor. »Diesen Ton verbitte ich mir.«

»Was ich damit sagen will, Chief, ist doch nur, wenn Sie hier jemanden suchen, der Ihnen den Onkel Tom spielt, dann bitte ohne –«

»Damit hat das nichts zu tun«, fiel ihm Irving ins Wort. »Ob es Ihnen paßt oder nicht, Sie haben diesen Fall zugeteilt bekommen. Ich erwarte von jedem von Ihnen, daß er mit aller gebotenen Gründlichkeit an die Sache herangeht. Aber vor allem erwarte ich – und der Polizeipräsident – Resultate. Alles andere zählt nicht. Absolut nichts.«

Nach einem Moment des Schweigens, in dem Irving von Edgar zu Rider und schließlich zu Bosch blickte, fuhr der Deputy Chief fort: »Bei der Polizei gibt es nur eine Rasse. Nicht Schwarz und nicht Weiß. Nur die blaue Rasse.«

3

Seine Berühmtheit als Bürgerrechtsanwalt hatte Howard Elias nicht den Mandanten zu verdanken, die er vertrat – sie ließen sich bestenfalls als Tunichtgute, wenn nicht sogar als regelrechte Verbrecher bezeichnen. Was Elias' Gesicht und Namen in der breiten Öffentlichkeit von Los Angeles zu solcher Bekanntheit verholfen hatte, waren sein Gespür für den richtigen Umgang mit den Medien, sein Geschick, sich den schwelenden Rassismus der Stadt zunutze zu machen, und der Umstand, daß er sich als Anwalt darauf spezialisiert hatte, das Los Angeles Police Department zu verklagen.

Fast zwei Jahrzehnte lang hatte er ausgesprochen gut davon gelebt, im Auftrag von Bürgern, die auf die eine oder andere Art mit der Polizei in Konkflikt geraten waren, Klagen vor dem Bundesgericht anzustrengen. Elias verklagte Streifenpolizisten, Detectives, den Polizeipräsidenten, die Polizei als Ganzes. Wenn er eine Klage einreichte, ging er nach dem Schrotflintenprinzip vor. Das heißt, er erklärte jeden zum Beklagten, der auch nur im entferntesten mit dem strittigen Vorfall zu tun hatte. Nachdem ein des Einbruchs verdächtiger Mann auf der Flucht von einem Polizeihund angefallen worden war, hatte Elias im Auftrag des Mannes Klage erhoben und als Beklagte den Hund, seinen Führer und dessen sämtliche Vorgesetzte bis hinauf zum Polizeichef angegeben. Sicherheitshalber hatte er auch noch die Ausbilder des Hundeführers sowie den Hundezüchter verklagt.

In seinen spätabendlichen Fernseh-›Infomercials‹ und in den ›improvisierten‹, aber in Wirklichkeit geschickt inszenierten Pressekonferenzen auf den Stufen des U. S. District Courthouse stellte sich Elias immer als Kämpfer für Recht und Freiheit dar, als einsamen Rufer in der Wüste, der gegen den Rechtsmißbrauch einer faschistischen und rassistischen paramilitärischen Organisation protestierte, die sich LAPD nannte. In den Augen seiner Kritiker – sie reichten von den Mannschaftsgraden des LAPD bis in die Büros der Bezirksstaatsanwälte – war Elias selbst ein Rassist, ein Unruhestifter, der dazu beitrug, die Kluft zwischen den einzelnen Bevölkerungsgruppen einer ohnehin schon gespaltenen Stadt noch mehr zu vertiefen. Nach Auffassung dieser Kritiker war er eine Schande für die ganze Rechtspflege, ein Taschenspieler, der vor Gericht, egal wie das Blatt gemischt war, immer die Rassenkarte zog.

Meistens waren Elias' Mandanten schwarz oder braun. Mit Hilfe seines ausgeprägten rhetorischen Talents und einer sehr selektiven Auswahl der Fakten stilisierte er seine Mandanten oft zu lokalen Helden hoch, zu emblematischen Opfern einer außer Kontrolle geratenen Polizei. Im Süden der Stadt stand Elias bei vielen in dem Ruf, das LAPD ganz allein daran gehindert zu haben, wie eine Besatzungsarmee aufzutreten. Howard Elias war einer der wenigen Bewohner von Los Angeles, dem je nach Stadtteil erbitterter Haß oder glühende Verehrung entgegengebracht wurde.

Wenige von Elias' Bewunderern waren sich darüber im klaren, daß sich seine ganze Tätigkeit als Anwalt auf einen einzigen und sehr simplen Bereich der Rechtsprechung beschränkte. Er erhob seine Klagen nur an Bundesgerichten und unter Berufung auf die staatsbürgerlichen Rechte, weshalb er in jedem Verfahren, in dem er vor Gericht erfolgreich war, sein Honorar der Stadt Los Angeles in Rechnung stellen konnte.

Die Mißhandlung Rodney Kings, der Bericht der Christopher Commission, der der Polizei in Anschluß an den King-Prozeß und die daraus resultierenden Rassenunruhen eine schwere Rüge erteilte, und schließlich der die Kluft zwischen den Rassen weiter vertiefende O. J. Simpson-Fall hatten einen Schatten geworfen, der auf jede Klage fiel, die Elias einreichte. Und deshalb war es für den Anwalt nicht sonderlich schwierig, Prozesse gegen die Polizei zu gewinnen und die Geschworenen dazu zu bringen, den Klägern zumindest pro forma einen Schadenersatz zuzusprechen. Diese Geschworenen merkten nie, daß ihre Entscheidungen Elias freie Hand erteilten, von der Stadt und den Steuerzahlern, sie selbst eingeschlossen, Honorare in Höhe von mehreren hunderttausend Dollar einzufordern.

Beim sogenannten Hundebißprozeß, der Elias' Markenzeichen werden sollte, befanden die Geschworenen, die Rechte des Klägers seien verletzt worden. Aber da der Kläger ein Einbrecher mit einem von Festnahmen und Verurteilungen strotzenden Vorstrafenregister war, sprachen ihm die Geschworenen lediglich einen symbolischen Schadenersatz von einem Dollar zu. Die dahinterstehende Absicht war klar. Es ging ihnen weniger darum, einen Kriminellen reich zu machen, als der Polizei einen Rüffel zu erteilen. Aber Elias interessierte das natürlich nicht. Ein Sieg war ein Sieg. In Einklang mit den bundesgerichtlichen Richtlinien stellte er der Stadt 340 000 Dollar Anwaltskosten in Rechnung. Die Stadt legte Kostenbeschwerde ein, mußte schließlich aber trotz erbitterten Widerstands noch über die Hälfte der Summe zahlen. Die Geschworenen – und viele vor und nach ihnen – glaubten also, das LAPD zur Räson zu rufen, aber zugleich zahlten sie auch für Elias' halbstündige Infomercials auf Channel 9, für seinen Porsche, seine italienischen Anzüge und sein luxuriöses Haus oben in Baldwin Hills.

Natürlich war Elias nicht der einzige. Es gab in Los Angeles Dutzende von Anwälten, die sich auf Polizei- und Bürgerrechtsfälle spezialisierten und sich dieselbe bundesrechtliche Bestimmung zunutze machten, dank deren sie Honorare einfordern konnten, die den ihren Mandanten zugesprochenen Schadenersatz um ein Vielfaches überstiegen. Nicht alle waren zynisch und verfolgten damit nur finanzielle Interessen. Einige der von Elias und anderen angestrengten Prozesse hatten bei der Polizei positive Veränderungen bewirkt. Das konnten ihnen nicht einmal ihre Feinde – die Cops – absprechen. Nachdem unverhältnismäßig viele Angehörige von Minderheiten zu Tode gekommen waren, wurde infolge solcher Bürgerrechtsprozesse die gängige Polizeipraxis abgeschafft, Verdächtige mit dem Würgegriff gefügig zu machen.

Andere Prozesse hatten zu einer Verbesserung der Haftbedingungen und der Sicherheit in lokalen Gefängnissen geführt oder Bürgern den Weg eröffnet und erleichtert, gegen brutale Polizisten Klage zu erheben.

Dennoch nahm Elias eine Sonderrolle ein. Er war telegen und verfügte über die rhetorischen Fähigkeiten eines Schauspielers. Außerdem schien er, was die Wahl seiner Mandanten anging, keinerlei Skrupel zu kennen. Er vertrat Drogendealer, die behaupteten, beim Verhör mißhandelt worden zu sein, Einbrecher, die die Armen bestahlen, sich aber bei ihrer Festnahme von der Polizei sofort zu hart angefaßt wähnten, Räuber, die ihre Opfer erschossen, jedoch lauthals protestierten, wenn sie umgekehrt von der Polizei angeschossen wurden. Elias' Lieblingssatz – der ihm bei seinen Werbesendungen in eigener Sache und immer dann, wenn eine Kamera auf ihn gerichtet war, als Motto diente – lautete: Machtmißbrauch bleibt Machtmißbrauch, ganz unabhängig davon, ob das Opfer ein Krimineller ist. Er war immer schnell zur Hand, in die Kamera zu blicken und zu erklären, wenn solcher Machtmißbrauch geduldet werde, wenn er sich gegen Schuldige richte, werde es nicht lange dauern, bis ihm auch Unschuldige zum Opfer fielen.

Elias praktizierte allein. In den letzten zehn Jahren hatte er die Polizei mehr als hundertmal verklagt und in mehr als der Hälfte der Fälle von den Geschworenen einen Schuldspruch erhalten. Es gab keinen Cop, dem nicht schon bei der bloßen Erwähnung seines Namens mulmig geworden wäre. Bei der Polizei wußte jeder, wenn man von Elias aufs Korn genommen wurde, war das keine Bagatelle, die sich schnell unter den Teppich kehren ließ. Elias ließ sich nie auf einen außergerichtlichen Vergleich ein – in den Bürgerrechtsbestimmungen bot nichts einen Anreiz, sich auf einen Vergleich zu einigen. Nein, wenn Elias einen Prozeß gegen jemanden anstrengte, wurde daraus für den Betroffenen ein öffentliches Spießrutenlaufen. Es gab Presseerklärungen, Pressekonferenzen, Schlagzeilen, Fernsehberichte. Man konnte von Glück reden, wenn man das Ganze mit heiler Haut überstand, von der Dienstmarke ganz zu schweigen.

Für die einen war er ein Engel, für die anderen ein Teufel. Jedenfalls war Howard Elias jetzt tot, erschossen in einem Wagen von Angels Flight. Als Bosch durch das Fenster des kleinen Raums blickte und dem orangefarbenen Schein des Laserstrahls folgte, der sich durch den dunklen Wagen bewegte, war ihm klar, daß das die Ruhe vor dem Sturm war. In zwei Tagen hätte der Prozeß beginnen sollen, der vielleicht Elias' größter Fall geworden wäre. Für Montag morgen war im U. S. District Court der Prozeß gegen das LAPD angesetzt, der in den Medien inzwischen nur noch als der ›Black-Warrior‹-Fall bezeichnet wurde. Das zufällige Zusammentreffen – beziehungsweise das, wie weite Teile der Bevölkerung es zweifellos sehen würden, ganz und gar nicht zufällige Zusammentreffen – von Elias' Ermordung und dem Prozeßbeginn würde die Ermittlungen in dem Mordfall mindestens auf Stufe sieben der Richterskala für Medienbeben ansiedeln. Minderheitengruppierungen würden ihre Wut und ihren berechtigten Argwohn laut hinausschreien. Die Weißen in der West Side würden leise von ihren Ängsten vor erneuten Unruhen tuscheln. Und wieder einmal wären die Augen der ganzen Nation auf Los Angeles und seine Polizei gerichtet. Im Moment war Bosch einer Meinung mit Edgar, allerdings aus anderen Gründen als sein schwarzer Partner. Er wünschte sich, sie könnten den Fall abgeben.

»Chief.« Er wandte seine Aufmerksamkeit wieder Irving zu. »Wenn herauskommt, wer … Ich meine, wenn die Medien herausbekommen, es war Elias, werden wir –«

»Das braucht Sie nicht zu kümmern«, sagte Irving. »Sie kümmern sich nur um die Ermittlungen. Um die Medien kümmern sich der Polizeichef und ich. Von den Ermittlern kommt kein Wort. Kein einziges.«

»Wer redet denn von den Medien«, meldete sich Rider zu Wort. »Was ist mit South Central? Die Leute werden –«

»Darum kümmern wir uns«, unterbrach Irving sie. »Beginnend mit der nächsten Schicht, wird die Polizeiführung den Unruhen-Bereitschaftsplan in Kraft setzen. Bis wir sehen, wie die Bevölkerung reagiert, fahren wir die Schichten ab sofort von zwölf bis zwölf. Niemand, der neunzehnhundertzwei-

25

undneunzig erlebt hat, will so etwas noch einmal erleben. Aber auch das braucht Sie nicht zu kümmern. Sie kümmern sich nur um diese Sache hier.«

»Sie haben mich nicht ausreden lassen«, sagte Rider. »Ich wollte nicht sagen, daß es zu Unruhen kommt. Was das angeht, habe ich eigentlich Vertrauen in die Menschen in South Central. Ich glaube nicht, daß es Ärger geben wird. Was ich sagen wollte, war nur, daß sie deswegen wütend und argwöhnisch sein werden. Wenn Sie meinen, Sie können das einfach ignorieren oder es in den Griff bekommen, indem Sie mehr Polizisten auf die –«

»Detective Rider«, unterbrach Irving sie wieder. »Das braucht Sie nicht zu kümmern. Kümmern Sie sich um die Ermittlungen.«

Bosch bemerkte Kizmin Riders Ärger über Irvings Unterbrechungen und die Selbstverständlichkeit, mit der er ihr als Schwarzer zu verstehen gab, sie solle sich nicht um ihre Leute kümmern. Er war ihr ins Gesicht geschrieben, und Bosch kannte diesen Blick. Deshalb beschloß er, das Wort zu ergreifen, bevor sie ausfallend wurde.

»Wir benötigen mehr Leute. Nur zu dritt brauchen wir allein für die Überprüfung der Alibis Wochen, wenn nicht sogar einen ganzen Monat. In einem Fall wie diesem müssen wir rasch vorankommen, nicht nur wegen des Falls, sondern auch wegen der Öffentlichkeit. Wir werden mehr Leute brauchen als nur uns drei.«

»Auch dafür wurde bereits Sorge getragen«, erwiderte Irving. »Sie erhalten alle Hilfe, die Sie benötigen. Aber nicht von Robbery-Homicide. Wegen der Michael-Harris-Geschichte ist da ein Interessenkonflikt gegeben.«

Bosch entging nicht, daß Irving nicht vom Black-Warrior-Fall sprach, sondern statt dessen den Namen des Klägers benutzte.

»Warum wir?«

»Wie meinen Sie das?«

»Mir ist klar, warum die RHD nicht in Frage kommt. Aber was ist mit den Detectives der Central Division? Das ist nicht unser Revier, und wir haben auch nicht Bereitschaftsdienst. Warum ausgerechnet wir?«

Irving atmete hörbar aus.

»Das gesamte Morddezernat der Central Division ist diese und nächste Woche in der Polizeiakademie auf Fortbildung. Sensibilitätstraining und dann der FBI-Lehrgang über neue Spurensicherungsmethoden. Bisher hat Robbery-Homicide ihre Fälle übernommen. So war das ursprünglich auch in diesem Fall. Aber sobald sich herausstellte, wer der Kerl mit den Kugeln im Kopf ist, wurde ich informiert, und in den darauf folgenden Gesprächen mit dem Polizeipräsidenten wurde beschlossen, Sie hinzuziehen. Sie sind ein gutes Team. Eins unserer besten. Sie haben Ihre letzten vier Fälle gelöst, einschließlich dieser Hartgekochte-Eier-Geschichte – ja, darüber wurde ich in Kenntnis gesetzt. Und, was das wichtigste ist: Keiner von Ihnen wurde schon mal von Elias verklagt.«

Mit dem Daumen deutete er über seine Schulter auf die Toten in der Kabelbahn. Er sah dabei Garwood an, aber der Captain starrte immer noch auf den Boden.

»Kein Interessenkonflikt«, sagte Irving. »Richtig?«

Die drei Detectives nickten. Bosch war zwar in den fünfundzwanzig Jahren, die er inzwischen bei der Polizei war, schon oft genug verklagt worden, aber Elias war er irgendwie nie ins Gehege gekommen. Trotzdem glaubte er nicht, daß Irving alle Gründe genannt hatte, warum die Wahl auf sie gefallen war. Auf einen davon hatte Edgar kurz zuvor angespielt, und wahrscheinlich war dieser Grund wichtiger als der Umstand, daß noch keiner von ihnen von Elias verklagt worden war. Boschs Partner waren schwarz. Irgendwann würde sich das für Irving vielleicht als vorteilhaft erweisen. Bosch wußte, Irvings frommer Wunsch, die Polizei möge nur ein Gesicht und eine Rasse haben – blau –, wäre rasch vergessen, sobald er für die Kameras ein schwarzes Gesicht brauchte.

»Ich möchte nicht, daß meine Leute für die Medien den Affen spielen müssen, Chief«, sagte Bosch. »Wenn wir den Fall übernehmen, tun wir das, um ihn zu lösen, nicht, um eine Schau abzuziehen.«

Irving starrte ihn wütend an.

»Wie haben Sie mich eben genannt?«

Bosch stutzte.

»Chief habe ich Sie genannt.«

»Aha, gut. Weil ich mich nämlich schon gefragt habe, ob hier vielleicht Unklarheit herrscht, wer wem Befehle erteilt. Ist das so, Detective?«

Bosch sah weg und wieder aus dem Fenster. Er spürte, wie er rot wurde, und es ärgerte ihn, sich verraten zu haben.

»Nein«, sagte er.

»Gut«, sagte Irving ohne das leiseste Anzeichen von Anspannung. »Dann kann jetzt Captain Garwood übernehmen. Er wird Sie im Schnellverfahren über alles in Kenntnis setzen, was bisher geschehen ist. Wenn er fertig ist, werden wir uns darüber unterhalten, wie wir die Sache anpacken.«

Er wandte sich zum Gehen, aber Bosch hielt ihn zurück.

»Noch eins, Chief.«

Irving drehte sich zu ihm um. Bosch hatte sich wieder im Griff. Er sah den Deputy Chief ruhig an.

»Sie wissen, wir werden wegen dieser Geschichte einige Cops ziemlich genau unter die Lupe nehmen müssen. Nicht nur einige, eine ganze Menge. Wir werden uns alle Fälle des Anwalts vornehmen müssen, nicht nur die Black-Warrior-Sache. Deshalb möchte ich – wir alle – schon vorher wissen, ob Sie und der Polizeichef möchten, daß die Späne fallen, wo sie fallen, oder …«

Er sprach nicht weiter, und Irving sagte nichts.

»Ich möchte meine Leute schützen«, sagte Bosch. »Bei so einem Fall … da muß so etwas vorher abgeklärt werden.«

Bosch setzte einiges aufs Spiel, als er das in Anwesenheit Garwoods und der anderen sagte. Wahrscheinlich würde es Irving wieder ärgern. Aber Bosch ließ es darauf ankommen, weil er wollte, daß Irving ihm im Beisein Garwoods antwortete. Der Captain hatte einigen Einfluß bei der Polizei. Bosch wollte, daß ihm klar wäre, daß sein Team auf Befehl von höchster Stelle handelte, falls die Späne bei einigen von Garwoods Leuten fielen.

Irving sah ihn lange an, bevor er endlich sagte: »Ihre Impertinenz ist zur Kenntnis genommen worden, Detective Bosch.«

»Ja, Sir. Aber wie lautet die Antwort?«

»Lassen Sie sie fallen, Detective. Es sind zwei Menschen tot, die nicht tot sein sollten. Es tut nichts zur Sache, wer sie waren. Sie sollten nicht tot sein. Tun Sie Ihr Bestes. Machen Sie von Ihren Fähigkeiten Gebrauch. Und lassen Sie die Späne fallen.«

Bosch nickte einmal. Irving drehte sich um und sah kurz Garwood an, bevor er den Raum verließ.

4

»Harry, haben Sie eine Zigarette für mich?«

»Leider nicht, Cap, ich bin gerade dabei, es mir abzugewöhnen.«

»Ich auch. Aber wahrscheinlich heißt das nur, daß ich sie schnorre, statt sie zu kaufen.«

Garwood verließ seine Ecke und blies den Atem aus. Er schob mit dem Fuß einen Stapel Schachteln von der Wand weg und setzte sich darauf. Er kam Bosch alt und müde vor, aber andererseits hatte er auch schon vor zwölf Jahren so ausgesehen, als Bosch für ihn zu arbeiten angefangen hatte. Boschs Verhältnis zu Garwood war sehr neutral. Er war der distanzierte Typ Vorgesetzte gewesen. Mischte sich nach Dienstschluß nicht unter seine Männer, verbrachte nicht viel Zeit außerhalb seines Büros und im Bereitschaftsraum. Damals hatte Bosch das nicht für das schlechteste gehalten. Es trug zwar nicht unbedingt dazu bei, die Loyalität seiner Leute zu stärken, aber es schürte auch keine Feindseligkeit. Vielleicht war das der Grund, warum Garwood sich so lange auf seinem Posten gehalten hatte.

»Also, wie es aussieht, haben wir uns diesmal gewaltig die Titten eingeklemmt«, sagte Garwood. Dann sah er Rider an und fügte hinzu: »Entschuldigen Sie die Ausdrucksweise, Detective.«

In diesem Moment ertönte Boschs Pager. Er nahm ihn rasch vom Gürtel, schaltete den Signalton aus und sah auf die Nummer. Es war nicht, wie er gehofft hatte, seine eigene Nummer, sondern die Privatnummer von Lieutenant Grace Billets. Vermutlich wollte sie wissen, was los war. Wenn sich Irving bei ihr am Telefon genauso bedeckt gehalten hatte wie bei Bosch, wußte sie so gut wie nichts.

»Was Wichtiges?« fragte Garwood.

»Das erledige ich später. Möchten Sie hier drinnen sprechen, oder sollen wir zum Waggon rausgehen?«

»Erst sage ich Ihnen, was wir alles haben. Dann können Sie entscheiden, was Sie damit anfangen.«

Garwood griff in seine Manteltasche, nahm ein Päckchen Marlboros heraus und begann es aufzumachen.

»Haben Sie mich nicht eben nach einer Zigarette gefragt?« fragte Bosch.

»Habe ich. Das ist meine Notration. Eigentlich sollte ich sie nicht angreifen.«

Für Bosch ergab das keinen rechten Sinn. Er sah zu, wie sich Garwood eine Zigarette anzündete und dann ihm das Päckchen hinhielt. Bosch schüttelte den Kopf. Um sicherzugehen, daß er auch wirklich keine nahm, steckte er die Hände in die Hosentaschen.

»Stört es Sie?« fragte Garwood und hielt die Zigarette mit einem herausfordernden Lächeln hoch.

»Mich nicht, Cap. Meine Lunge ist wahrscheinlich längst im Eimer. Aber die beiden da …«

Rider und Edgar winkten ab. Sie schienen genausowenig wie Bosch erwarten zu können, daß der Captain zur Sache kam. »Also dann«, begann Garwood endlich. »Wir wissen folgendes. Letzte Fahrt des Tages. Mann namens Elwood … Elwood … Augenblick bitte.«

Er zog einen kleinen Block aus der Tasche, in die er das Päckchen Zigaretten zurückgesteckt hatte, und studierte die Eintragungen auf der obersten Seite.

»Eldridge, ach richtig. Eldridge. Eldridge Peete. Er schmeißt den ganzen Laden hier allein – es ist nur ein Mann dazu nötig – alles computergesteuert. Er wollte für die Nacht alles dichtmachen. Freitags abends ist die letzte Fahrt um elf. Es war elf. Bevor er den oberen Wagen das letzte Mal nach unten fahren läßt, geht er nach draußen, macht die Tür zu und schließt sie ab. Dann kommt er hierher zurück, gibt den Befehl in den Computer ein und läßt den Wagen runterfahren.«

Er zog wieder den Block zu Rate.

»Die Dinger haben Namen. Der Wagen, den er runtergeschickt hat, heißt Sinai, und der, den er hochgeholt hat, Olivet. Er sagt, sie sind nach Bergen in der Bibel benannt. Als Olivet nach oben kommt, deutet nichts darauf hin, daß in dem Wagen jemand ist. Er geht also raus, um ihn ebenfalls abzuschließen – weil er ihn nämlich ein letztes Mal runterschicken muß –, und dann läßt der Computer die zwei Wagen auf halber Strecke über Nacht anhalten. Damit ist er hier fertig und kann nach Hause gehen.«

Bosch sah Rider an und tat so, als schriebe er auf seine Handfläche. Sie nickte und nahm Block und Stift aus der dicken Tasche, die sie bei sich hatte. Sie begann sich Notizen zu machen.

»Nur als Elwood, Eldridge meine ich, rausgeht, um den Wagen abzuschließen, entdeckt er die zwei Leichen. Er rennt hierher zurück und ruft die Polizei an. Können Sie mir folgen?«

»So weit, ja. Und weiter?«

Bosch dachte bereits über die Fragen nach, die er Garwood und dann vermutlich auch Peete stellen mußte.

»Wir vertreten ja zur Zeit die Jungs von der Central Division, und irgendwann wird der Anruf zu mir durchgestellt. Ich schicke vier Leute los, und sie sehen sich am Tatort um.«

»Sie haben die Leichen nicht nach einem Ausweis durchsucht?«

»Nicht sofort. Außerdem hatte keiner der beiden Toten einen einstecken. Sie machen alles strikt nach Vorschrift. Sie sprechen mit diesem Eldridge Peete, und sie gehen die Treppe runter und suchen nach Hülsen und halten sich ansonsten erst mal zurück, bis die Gerichtsmediziner anrücken und ihre Nummer abziehen. Brieftasche und Uhr des Typen fehlen. Seine Aktentasche auch, falls er eine bei sich hatte. Aber sie können den Toten schließlich anhand eines Briefs identifizieren, den er einstecken hat. Adressiert an Howard Elias. Nachdem sie den Brief entdeckt hatten, sehen sich meine Leute den

Toten genauer an und merken, es ist tatsächlich Elias. Darauf rufen sie natürlich mich an, und ich rufe Irving an, und der ruft den Chief an, und dann wird beschlossen, Sie zu holen.«

Das Letzte hatte er gesagt, als wäre er an diesem Entscheidungsprozeß beteiligt gewesen. Bosch sah aus dem Fenster. Es trieben sich noch immer jede Menge Detectives herum.

»Die ersten Männer müssen doch mehr gemacht haben, als bloß Sie anzurufen, Captain«, sagte Bosch.

Garwood drehte sich um, um aus dem Fenster zu sehen, als wäre ihm die ganze Zeit noch nie der Gedanke gekommen, daß es ungewöhnlich war, insgesamt fünfzehn Detectives am Schauplatz eines Mords zu sehen.

»Schätze schon«, sagte er.

»Okay, was sonst noch?« fragte Bosch. »Was haben sie sonst noch getan, bevor sie rausfanden, wer der Tote war und daß sie den Fall nicht lang behalten könnten?«

»Na ja, wie bereits gesagt, sie sprachen mit diesem Eldridge Peete, und sie suchten das Gelände um die Wagen ab. Oben und unten. Sie –«

»Haben sie eine von den Hülsen gefunden?«

»Nein. Der Schütze war sehr gründlich. Hat alle Hülsen eingesammelt. Allerdings wissen wir, daß er eine Neun-Millimeter benutzt hat.«

»Woher?«

»Das zweite Opfer, die Frau. Die Kugel ging voll durch sie durch. Schlug hinter ihr gegen eine stählerne Fensterstrebe, wurde plattgedrückt und fiel zu Boden. Für einen Vergleich ist sie zwar zu verdellt, aber man sieht trotzdem, es war eine Neun-Millimeter. Hoffman meinte, wenn er raten müßte, würde er sagen, es war eine Federal. Was die Ballistik angeht, müssen Sie drauf hoffen, daß bei der Obduktion bessere Kugeln auftauchen. Falls Sie so weit kommen.«

Na großartig, dachte Bosch. Neun-Millimeter war ein Polizistenkaliber. Und hinterher die Hülsen einzusammeln war ein raffinierter Zug. Das sah man nicht oft.

»Wie sie die Sache sehen«, fuhr Garwood fort, »hat es Elias gleich nach dem Einsteigen erwischt. Dieser Typ kommt auf ihn zu und schießt ihn zunächst mal in den Arsch.«

»In den Arsch?« fragte Edgar.

»Ganz richtig. Den ersten Schuß kriegt er in den Arsch. Sehen Sie, Elias ist gerade dabei einzusteigen. Er befindet sich also ein paar Stufen über Bürgersteigniveau. Der Schütze kommt von hinten und streckt die Waffe aus – sie ist auf Arschhöhe. Er steckt ihm den Lauf rein und gibt den ersten Schuß ab.«

»Und weiter?« fragte Bosch.

»Also, wir glauben, Elias fällt zu Boden und dreht sich herum, um zu sehen, wer es ist. Er hebt die Hände, aber der Schütze schießt noch einmal. Die Kugel durchschlägt eine seiner Hände und trifft ihn im Gesicht, genau zwischen die Augen. Das dürfte der Todesschuß gewesen sein. Elias fällt wieder zurück. Liegt jetzt mit dem Gesicht nach unten da. Der Schütze steigt in den Wagen und schießt ihm aus nächster Nähe in den Hinterkopf. Dann blickt er auf und sieht die Frau, vielleicht zum ersten Mal. Er verpaßt ihr eine Kugel. Aus etwa vier Metern, mitten in die Brust, glatter Durchschuß, und weg ist sie. Keine Zeugen. Der Schütze nimmt Elias die Brieftasche und die Uhr ab, sammelt seine Hülsen ein und macht sich aus dem Staub. Ein paar Minuten später läßt Peete den Wagen nach oben fahren und findet die Leichen. Jetzt wissen Sie alles, was ich weiß.«

Bosch und seine Partner blieben lange still. Der Ablauf, wie Garwood ihn rekonstruiert hatte, überzeugte Bosch nicht hundertprozentig, aber er wußte nicht genug über die Umstände, um seine Einwände vorzubringen.

»Sieht der Raub echt aus?« fragte Bosch schließlich.

»Für mich, ja. Ich weiß zwar, die Leute unten in South Central werden das nicht gern hören, aber so ist es nun mal.«

Rider und Edgar waren stumm wie Steine.

»Was ist mit der Frau?« fragte Bosch. »Wurde sie beraubt?«

»Sieht nicht so aus. Ich glaube fast, der Schütze wollte nicht in den Wagen steigen. Außerdem, der Anwalt war derjenige, der einen Tausend-Dollar-Anzug anhatte. Nur logisch, daß er es auf ihn abgesehen hatte.«

»Was ist mit Peete? Hat er die Schüsse gehört? Einen Schrei, sonst irgendwas?«

»Er sagt, nein. Sagt, der Generator für den Elektroantrieb ist genau hier unter dem Boden. Klingt wie ein Lift, der den ganzen Tag läuft. Deshalb trägt er Ohrenstöpsel. Er hat nichts gehört.«

Bosch ging um die Triebräder herum und sah sich den Arbeitsplatz des Seilbahnführers an. Bei dieser Gelegenheit bemerkte er zum erstenmal, daß über der Registrierkasse ein kleiner Videomonitor mit viergeteiltem Bildschirm angebracht war, der vier Kameraeinstellungen von Angels Flight zeigte – von jeweils einer Kamera in den beiden Wagen und über den beiden Einstiegstellen. In einer Ecke des Bildschirms war das Innere von Olivet zu sehen, wo die Männer von der Spurensicherung immer noch mit den Leichen beschäftigt waren.

Garwood kam ebenfalls um das Triebrad herum.

»Da werden Sie kein Glück haben«, sagte er. »Die Kameras übertragen nur direkt, keine Videoaufnahmen. Sie ermöglichen es dem Führer, sich zu vergewissern, daß alle Fahrgäste eingestiegen sind und Platz genommen haben, bevor er den Wagen losfahren läßt.«

»Hat er –«

»Er hat nicht hingesehen«, sagte Garwood in Vorwegnahme von Boschs Frage. »Er sah nur durchs Fenster, dachte, der Wagen wäre leer, und ließ ihn hochfahren, um ihn abschließen zu können.«

»Wo ist er?«

»Im Parker Center. In unseren Büros. Sie werden wohl hinfahren und selbst mit ihm sprechen müssen. Ich sorge dafür, daß sich jemand um ihn kümmert, bis Sie vorbeikommen können.«

»Irgendwelche anderen Zeugen?«

»Nicht ein einziger. Elf Uhr abends ist es hier wie ausgestorben. Der Grand Central Market schließt um sieben. Außer ein paar Bürogebäuden gibt es dort unten sonst nichts. Zwei von meinen Leuten wollten schon in die Wohnhäuser in der Nähe gehen und die Bewohner befragen. Aber als sich herausstellte, daß der Tote Elias war, ließen sie es lieber bleiben.«

Bosch ging in dem begrenzten Raum auf und ab und dachte nach. Obwohl die Entdeckung der Morde schon vier Stunden zurücklag, war bisher sehr wenig geschehen. Das störte ihn, obwohl ihm der Grund dafür klar war.

»Warum ist Elias mit Angels Flight gefahren?« fragte er Garwood. »Haben Ihre Leute das noch rauszufinden versucht, bevor sie die Finger von der Sache ließen?«

»Also, ich würde sagen, er wollte den Hügel rauffahren.«

»Jetzt machen Sie's nicht so spannend, Captain. Wenn Sie es wissen, warum stehlen Sie uns dann die Zeit?«

»Wir wissen es nicht, Harry. Wir haben seine Privatadresse gecheckt. Er wohnt draußen in Baldwin Hills. Das ist ziemlich weit weg vom Bunker Hill. Ich weiß nicht, warum er hier hochfahren wollte.«

»Und woher kam er? Was ist damit?«

»Das ist etwas leichter zu beantworten. Elias' Kanzlei ist gleich drüben in der Third. Im Bradbury Building. Wahrscheinlich kam er von dort. Aber wo er hinwollte...« Garwood hob die Schultern.

»Okay. Und die Frau?«

»Total unbeschriebenes Blatt. Mit ihr hatten meine Leute noch gar nicht angefangen, als sie zurückgepfiffen wurden.«

Garwood warf seine Zigarette auf den Boden und drückte sie mit dem Absatz aus. Das faßte Bosch als Zeichen auf, daß das Gespräch mehr oder weniger zu Ende war. Er beschloß herauszufinden, ob sich Garwood noch eine kleine Zugabe entlocken ließ.

»Sind Sie sauer, Captain?«

»Weswegen?«

»Daß Ihnen der Fall entzogen wurde. Daß Ihre Männer auf der Liste der Verdächtigen stehen.«

Um Garwoods schmale Lippen spielte ein verhaltenes Lächeln.

»Nein, ich bin nicht wütend. Ich kann den Standpunkt des Polizeichefs verstehen.«

»Werden Ihre Leute in dieser Sache mit uns kooperieren?«

Nach einigem Zögern nickte Garwood.

»Natürlich. Je schneller sie kooperieren, um so schneller sind sie außer Verdacht.«

»Und sagen Sie ihnen das auch?«

»Genau das ist es, was ich ihnen sagen werde.«

»Das wäre uns eine große Hilfe, Captain. Wer von Ihren Leuten, glauben Sie, könnte es gewesen sein?«

Jetzt verzogen sich die Lippen zu einem richtigen Lächeln. Bosch betrachtete Garwoods nikotingelbe Zähne und war einen Augenblick lang froh, daß er aufzuhören versuchte.

»Sie sind ein cleverer Bursche, Harry. Daran kann ich mich noch gut erinnern.«

Sonst sagte er nichts.

»Danke, Captain. Aber haben Sie eine Antwort auf die Frage?«

Garwood ging zur Tür und öffnete sie. Bevor er nach draußen trat, drehte er sich um und sah sie noch einmal an. Sein Blick wanderte von Edgar zu Rider zu Bosch.

»Es war keiner von meinen Leuten, Detectives. Das garantiere ich Ihnen. Versteifen Sie sich mal lieber nicht zu sehr auf diese Möglichkeit. Damit vergeuden Sie nur Ihre Zeit.«

»Danke für den Rat«, sagte Bosch.

Garwood trat nach draußen, schloß die Tür hinter sich.

»Mannomann«, brummte Rider. »War das eben Captain Boris Karloff oder was? Kommt der Typ nur nachts raus?«

Bosch lächelte und nickte.

»Ziemlich eigenartiger Vogel. Und? Was haltet ihr bisher von der Sache?«

»Ich glaube, wir stehen noch ganz am Anfang«, sagte Rider. »Diese Typen haben rein gar nichts getan, bevor sie von dem Fall abgezogen wurden.«

»Was willst du von Robbery-Homicide auch anderes erwarten?« sagte Edgar. »Die waren bekanntlich noch nie die schnellsten. Halten es eher mit dem Igel als mit dem Hasen. Aber wenn ihr mich fragt, stecken wir voll in der Scheiße. Du und ich, Kiz, wir haben hier nichts zu gewinnen. Die blaue Rasse, meine Fresse.«

Bosch ging zur Tür.

»Sehen wir uns das Ganze mal an«, sagte er, um jede Diskussion über Edgars Bedenken im Keim zu ersticken. So berechtigt sie auch sein mochten, würden sie ihre Aufgabe im

Moment nur noch komplizierter machen. »Vielleicht kommen uns ja ein paar Ideen, bevor Irving wieder quatschen will.«

5

Die Zahl der Detectives vor der Station nahm endlich ab. Bosch beobachtete, wie Garwood und eine Reihe seiner Männer über die Plaza auf ihre Autos zugingen. Irving sprach neben dem Standseilbahnwagen mit Chastain und drei Detectives. Bosch kannte die Männer zwar nicht, nahm aber an, daß sie von der IAD, der Dienstaufsicht, waren. Der Deputy Chief redete mit sichtlichem Nachdruck auf sie ein, allerdings so leise, daß Bosch nicht hören konnte, was er sagte. Bosch war sich zwar nicht sicher, was die Anwesenheit der IAD-Leute zu bedeuten hatte, aber er hatte kein gutes Gefühl bei der Sache.

Er merkte, daß sich Frankie Sheehan hinter Garwood und seinen Leuten zurückfallen ließ. Er wollte wegfahren, schien aber zu zögern. Bosch nickte seinem alten Partner zu.

»Jetzt weiß ich, was du gemeint hast, Frankie.«

»Ja, Harry, es gibt Tage, da langst du voll in die Scheiße …«

»Das kannst du laut sagen. Fährst du schon?«

»Ja, der Cap sagt, wir sollen hier alle verschwinden.«

Bosch ging näher zu ihm hin und sprach leise.

»Irgendeine Idee, die ich mir von dir borgen könnte?«

Sheehan sah den Standseilbahnwagen an, als dächte er zum erstenmal darüber nach, wer die beiden Menschen darin umgebracht haben könnte.

»Keine außer der nächstliegenden, und die ist, glaube ich, reine Zeitverschwendung. Aber andererseits mußt du ja deine Zeit verschwenden, oder nicht? Jeder Möglichkeit nachgehen.«

»Ja. Irgend jemand, bei dem ich deiner Meinung nach anfangen sollte?«

»Ja, bei mir.« Er grinste über beide Ohren. »Ich konnte diesen Sack auf den Tod nicht ausstehen. Weißt du, was ich tun werde? Als erstes werde ich nach einem Getränkemarkt Ausschau halten, der die ganze Nacht auf hat, und mir eine Flasche vom besten irischen Whiskey kaufen, den sie haben. Und dann werde ich eine kleine Feier veranstalten, Hieronymus. Howard Elias war nämlich ein echter *motherfucker*.«

Bosch nickte. Cops verwendeten das Schimpfwort *motherfucker* nur selten. Sie bekamen es oft zu hören, verwendeten es aber nicht. Die meisten Cops sparten es sich als das Schlimmste auf, was sie über jemanden sagen konnten. Wenn es benutzt wurde, bedeutete es: Die betreffende Person hatte die Rechtschaffenen hintergangen, die betreffende Person hatte keinen Respekt vor den Hütern des Gesetzes und somit auch nicht vor den Regeln der Gesellschaft und ihren Grenzen. Polizistenmörder waren immer *motherfucker*, da gab es keine langen Diskussionen. Strafverteidiger wurden meistens auch so genannt. Und Howard Elias stand ebenfalls auf der *motherfucker*-Liste. Ganz oben.

Sheehan salutierte lässig und entfernte sich über die Plaza. Bosch streifte sich Gummihandschuhe über und wandte seine Aufmerksamkeit dem Inneren des Standseilbahnwagens zu. Die Lichter waren wieder an. Die Techniker von der Spurensicherung waren mit dem Laser fertig. Einen von ihnen kannte Bosch. Hoffman. Er arbeitete mit einer Praktikantin, von der Bosch zwar schon gehört hatte, die er aber noch nicht kennengelernt hatte. Sie war eine attraktive Asiatin mit ziemlicher Oberweite. Er hatte mitbekommen, wie die anderen Detectives im Bereitschaftsraum über ihre Attribute gesprochen und ihre Echtheit in Frage gestellt hatten.

»Okay, wenn ich reinkomme, Gary?« fragte Bosch und steckte den Kopf durch die Tür.

Hoffman sah von dem Kasten auf, in dem er seine Instrumente aufbewahrte. Er war am Zusammenpacken und wollte ihn gerade zumachen.

»Klar. Sind gerade fertig geworden. Ist das deiner, Harry?«

»Inzwischen ja. Hast du irgendwas für mich? Irgendeine nette kleine Überraschung?«

Gefolgt von Edgar und Rider, betrat Bosch den Wagen. Da der Wagen schräg stand, bestand sein Boden aus einer Reihe von Stufen, die zur hinteren Tür hinabführten. Die Sitze auf beiden Seiten des Mittelgangs befanden sich ebenfalls auf unterschiedlicher Höhe. Als Bosch die Lattenrostbänke betrachtete, erinnerte er sich plötzlich wieder, wie hart sie unter seinem knochigen Jungenhintern gewesen waren.

»Leider nicht«, sagte Hoffman. »Alles ziemlich clean.«

Bosch nickte und stieg die paar Stufen zu der ersten Leiche hinunter. Er betrachtete Catalina Perez in etwa so, wie sich ein Museumsbesucher eine Skulptur ansehen würde. Der Gegenstand seiner Betrachtung hatte für ihn keine menschlichen Züge. Er studierte Einzelheiten, verschaffte sich Eindrücke. Sein Blick fiel auf den Blutfleck und den kleinen Riß, den die Kugel im T-Shirt hinterlassen hatte. Die Kugel hatte die Frau voll erwischt. Bei diesem Gedanken stellte sich Bosch den Schützen vor, wie er vier Meter entfernt in der Tür des Wagens stand.

»Klasse Schuß, hm?«

Es war die Technikerin, die Bosch nicht kannte. Er sah sie an und nickte. Er hatte den gleichen Gedanken gehabt: Der Täter war jemand, der mit Schußwaffen umgehen konnte.

»Wir kennen uns, glaube ich, noch nicht. Ich bin Sally Tam.«

Sie reichte ihm die Hand, und Bosch schüttelte sie. Es fühlte sich komisch an. Sie trugen beide Gummihandschuhe. Er sagte ihr seinen Namen.

»Oh«, sagte sie. »Gerade hat jemand von Ihnen gesprochen. Über den Hartgekochte-Eier-Fall.«

»Das war reine Glücksache.«

Bosch wußte, er hatte für diesen Fall mehr Lorbeeren geerntet, als er verdient hatte, und das alles nur, weil ein *Times*-Reporter davon gehört und einen Bericht geschrieben hatte, der Boschs Fähigkeiten in einem Maß übertrieb, daß man ihn für einen entfernten Verwandten von Sherlock Holmes hätte halten können.

Bosch deutete hinter Tam und fragte, ob er an ihr vorbei könnte, sich die andere Leiche ansehen. Als sie darauf zur Seite trat und sich zurücklehnte, achtete er bewußt darauf, sie nicht zu streifen, als er sich an ihr vorbeizwängte. Er hörte, wie sie sich Rider und Edgar vorstellte. Er ging in die Hocke, um sich die Leiche von Howard Elias anzusehen.

39

»Ist das noch seine ursprüngliche Lage?« fragte er Hoffman, der neben den Füßen des Toten vor seinem Kasten kauerte.

»So ziemlich. Wir haben ihn zwar umgedreht, um an seine Taschen ranzukommen, haben ihn aber dann wieder zurückgelegt. Wenn du es genau wissen willst – auf dem Sitz hinter dir sind ein paar Polaroids. Die haben die Jungs von der Gerichtsmedizin gemacht, bevor ihn jemand angefaßt hat.«

Bosch drehte sich um und sah die Fotos. Hoffman hatte recht. Die Leiche lag genauso da, wie sie gefunden worden war.

Er wandte sich wieder der Leiche zu und drehte ihren Kopf mit beiden Händen so, daß er die Wunden untersuchen konnte. Garwoods Einschätzung war richtig gewesen, fand Bosch. Der Einschuß am Hinterkopf war eine Kontaktwunde. Obwohl sie zum Teil durch blutverklebtes Haar verdeckt war, war zu erkennen, daß sie von Pulverspuren umgeben war. Der Einschuß im Gesicht dagegen war sauber. Das bezog sich nicht auf das Blut – davon gab es mehr als genug. Aber die Haut wies keine Pulververbrennungen auf. Der Schuß ins Gesicht war aus einiger Entfernung abgefeuert worden.

Bosch hob den Arm und drehte die Hand, um die Einschußwunde in der Handfläche zu untersuchen. Der Arm ließ sich leicht bewegen. Die Totenstarre hatte noch nicht eingesetzt – die kühle Nachtluft verlangsamte den Prozeß. Auch auf der Handfläche befanden sich keine Pulverspuren. Bosch stellte ein paar Berechnungen an. Keine Verbrennungen auf der Handfläche bedeuteten, daß die Schußwaffe mindestens einen Meter von der Hand entfernt gewesen war, als der Schuß abgefeuert wurde. Wenn Elias den Arm mit erhobener Handfläche ausgestreckt hatte, bedeutete es einen zusätzlichen Meter.

Inzwischen waren auch Edgar und Rider bis zur zweiten Leiche vorgedrungen. Bosch spürte, daß sie hinter ihm standen.

»Etwa eineinhalb Meter Entfernung«, sagte er, »durch die Hand und trotzdem genau zwischen die Augen. Der Kerl kann schießen. Denkt daran, wenn wir ihn fassen.«

Keiner von beiden antwortete. Bosch hoffte, sie hörten aus seiner letzten Bemerkung nicht nur die Warnung heraus, sondern auch die Zuversicht. Er wollte die Hand des Toten gerade auf den Boden zurücklegen, als er den langen Kratzer am Handgelenk und an der Handkante bemerkte. Vermutlich war Elias die Verletzung beigebracht worden, als ihm die Uhr abgestreift worden war. Bosch untersuchte die Wunde sorgfältig. In der Furche war kein Blut. Es war ein sauberer weißer Riß in der Oberfläche der dunklen Haut, der jedoch so tief aussah, daß er geblutet haben müßte.

Bosch dachte kurz nach. Alle Schüsse waren auf den Kopf abgegeben worden, keiner aufs Herz. Die Blutverteilung an den Wunden deutete darauf hin, daß das Herz mindestens noch ein paar Sekunden weitergeschlagen hatte, nachdem Elias zu Boden gefallen war. An sich müßte der Täter Elias die Uhr sehr kurz nach den tödlichen Schüssen vom Handgelenk gerissen haben – es dürfte kein Anlaß für ihn bestanden haben, noch länger am Tatort zu bleiben. Doch der Kratzer am Handgelenk hatte nicht geblutet. Es sah so aus, als wäre er ihm erst beigebracht worden, als das Herz schon einige Zeit zu schlagen aufgehört hatte.

»Was hältst du von dem Bleiklistier?« Es war Hoffman, der Bosch aus seinen Gedanken riß.

Als Hoffman Platz machte, stand Bosch auf und ging vorsichtig um die Leiche herum, bis er unten bei den Füßen war. Er ging wieder in die Hocke und sah sich die dritte Schußwunde an. Der Hosenboden war mit Blut vollgesogen. Trotzdem konnte Bosch an der Stelle, wo die Kugel durch den Stoff in Howard Elias' Anus gedrungen war, einen Riß und Verbrennungsspuren sehen. Die Waffe war tief in die Nahtstelle der Hose gedrückt und dann abgefeuert worden. Ein gemeiner Schuß, Ausdruck von Wut und Haß und keinesfalls ein Gnadenschuß. Er stand in krassem Gegensatz zur kühlen Routine der übrigen Schüsse. Außerdem verriet er Bosch, daß sich Garwood getäuscht hatte, was die Reihenfolge der Schüsse anging. Ob sich der Captain darüber im klaren war, wußte er nicht.

Er stand auf, ging rückwärts zur hinteren Tür des Wagens und blieb an der Stelle stehen, wo der Schütze vermutlich gestanden hatte. Er sah sich das Blutbad noch einmal an und nickte – eine Geste, die niemandem speziell galt, sondern nur dem Zweck diente, sich alles einzuprägen. Edgar und Rider waren noch zwischen den beiden Leichen und machten ihre eigenen Beobachtungen.

Bosch drehte sich um und sah die Gleise zur Talstation hinunter. Die Detectives, die er zuvor dort gesehen hatte, waren weg. Jetzt standen nur noch ein einsamer Streifenwagen und zwei Streifenpolizisten herum, die den unteren Tatort bewachten.

Bosch hatte genug gesehen. Er zwängte sich an den Leichen und, mit der gleichen Vorsicht wie zuvor, an Sally Tam vorbei und kehrte auf die obere Einstiegsplattform zurück. Seine Partner folgten ihm. Edgar kam dabei Tam näher als unbedingt nötig.

Um sich ungestört mit seinen Partnern unterhalten zu können, entfernte sich Bosch ein Stück vom Waggon.

»Was denkt ihr?« fragte er.

»Ich denke, sie sind echt«, sagte Edgar mit einem Blick zurück auf Tam. »Sie haben diesen natürlichen Neigungswinkel. Was meinst du, Kiz?«

»Sehr witzig«, sagte Rider, ohne auf den Köder anzubeißen. »Könnten wir bitte über den Fall sprechen?«

Bosch bewunderte Rider für die Gelassenheit, mit der sie Edgars unablässige Frotzeleien und sexuelle Anspielungen mit irgendeiner sarkastischen Bemerkung abschmetterte. Diese Frotzeleien konnten Edgar in ernste Schwierigkeiten bringen, aber nur, wenn Rider offiziell Beschwerde einlegte. Der Umstand, daß sie es nicht tat, hieß, sie traute sich entweder nicht oder sie konnte damit leben. Außerdem wußte sie, wenn sie es täte, bekäme sie eine ›K-9-Jacke‹, wie das in Polizistenkreisen in Anspielung auf den Block des Stadtgefängnisses hieß, in dem Spitzel untergebracht waren. Bosch hatte sie einmal gefragt, ob sie wollte, daß er mal mit Edgar redete. Als ihr Vorgesetzter war er rechtlich für die Lösung dieses Problems zuständig; allerdings wußte er, wenn er mit Edgar redete, wüßte dieser, daß sie ihn damit tatsächlich getroffen hatte. Das war auch Rider klar. Sie hatte einen Moment nach-

gedacht und ihm schließlich gesagt, er solle nichts unternehmen. Sie fühle sich dadurch nicht belästigt, nur gelegentlich
etwas genervt. Sie könne damit umgehen.

»Du zuerst, Kiz«, sagte Bosch. Auch er ignorierte Edgars
Bemerkung, obwohl er, was Tam anging, zu einem anderen
Schluß gelangt war als sein Partner. »Irgendwas Besonderes,
was dir da drinnen aufgefallen ist?«

»Das gleiche wie allen anderen wahrscheinlich. Sieht so
aus, als hätten die Opfer nicht zusammengehört. Entweder
ist die Frau vor Elias eingestiegen, oder sie wollte gerade
aussteigen. Ich würde sagen, es steht ziemlich außer Frage,
daß es der Schütze auf Elias abgesehen hatte und daß sie
rein zufällig da war. Darauf deutet der Schuß in den Arsch
hin. Außerdem muß der Kerl, wie du vorhin bereits gesagt
hast, ein verdammt guter Schütze sein. Wir suchen hier jemanden, der einige Zeit auf dem Schießstand verbracht
hat.«

Bosch nickte.

»Sonst noch was?«

»Nein. Ziemlich sauberer Tatort. Nicht viel da, womit sich
was anfangen ließe.«

»Jerry?«

»Nada. Und du?«

»Das gleiche. Aber ich glaube, Garwood hat uns ziemlichen
Mist erzählt. Seine Abfolge kannst du vergessen.«

»Wieso?« wollte Rider wissen.

»Der Schuß in den Arsch war der letzte, nicht der erste.
Elias lag bereits am Boden. Es ist eine Kontaktwunde, und der
Einschuß befindet sich im Schritt, wo alle Hosennähte zusam-
menkommen. Wenn Elias steht, bekommst du die Mündung
da nur schwer hin – selbst wenn er eine Stufe höher steht als
du. Ich bin ziemlich sicher, er lag bereits auf dem Boden, als er
die Kugel verpaßt bekam.«

»Damit sieht die Sache natürlich gleich ganz anders aus«,
sagte Rider. »Dann wäre der letzte Schuß reine Vergeltung.
Der Täter war sauer auf Elias.«

»Und das heißt, er kannte ihn«, sagte Edgar.

Bosch nickte.

»Und du glaubst, Garwood wußte das und wollte uns nur auf eine falsche Fährte locken?« fragte Rider. »Oder glaubst du, er hat es einfach übersehen?«

»Ich weiß zumindest so viel über Garwood, daß er nicht auf den Kopf gefallen ist«, sagte Bosch. »Er und fünfzehn seiner Leute sollten am Montag von Elias vor ein Bundesgericht zitiert und voll mit dem Kopf in die Scheiße getaucht werden. Er weiß, diese Sache wäre jedem dieser fünfzehn Typen zuzutrauen. Er wollte sie decken – glaube ich jedenfalls.«

»Also hör mal. Einen Killercop decken? Er dürfte –«

»*Vielleicht* deckt er einen Killercop. Wir wissen nichts. Er wußte nichts. Ich glaube, es war nur eine Vorsichtsmaßnahme – für alle Fälle.«

»Das spielt keine Rolle. Wenn er das tatsächlich getan hat, dürfte er keine Dienstmarke tragen.«

Bosch äußerte sich nicht dazu, und Rider war nicht besänftigt. Sie schüttelte angewidert den Kopf. Wie die meisten Polizisten hatte sie die Nase voll von Pfusch und Mauscheleien, von den wenigen, die die vielen in ein schlechtes Licht rückten.

»Was ist mit dem Kratzer am Handgelenk?«

Edgar und Rider sahen ihn mit hochgezogenen Augenbrauen an.

»Was soll damit sein?« fragte Edgar. »Er rührt wahrscheinlich davon her, daß ihm der Täter die Uhr abgezogen hat. So ein Ding mit einem elastischen Band. Eine Rolex zum Beispiel. Wie ich Elias einschätze, war's wahrscheinlich eine Rolex. Gibt ein gutes Motiv ab.«

»Ja, wenn es eine Rolex war«, sagte Bosch.

Er drehte sich um und sah über die Stadt hinweg. Er bezweifelte, daß Elias eine Rolex getragen hatte. Trotz aller Extravaganz gehörte Elias zu der Sorte Anwälte, die ein sehr feines Gespür für die Nuancen ihres Jobs hatten. Er wußte, daß ein Anwalt, der eine Rolex trug, eher einen negativen Eindruck auf die Geschworenen machte. Deshalb dürfte er keine getragen haben. Er hatte zwar sicher eine schöne und teure Uhr gehabt, aber keine, die sofort als eine Rolex zu erkennen war.

»Was, Harry?« hakte Rider nach. »Was soll mit dem Kratzer sein?«

Bosch wandte sich wieder seinen Partnern zu.

»Also, unabhängig davon, ob es eine Rolex oder sonst eine teure Uhr war oder nicht – in dem Kratzer war kein Blut.«

»Soll heißen?«

»Da drinnen ist viel Blut geflossen. Die Schußwunden haben ordentlich geblutet, aber in dem Kratzer war kein Blut. Mit anderen Worten: Ich glaube nicht, daß der Täter die Uhr genommen hat. Dieser Kratzer wurde Elias erst beigebracht, nachdem sein Herz zu schlagen aufgehört hatte. Und zwar schon eine ganze Weile, würde ich sagen. Das heißt, er wurde ihm beigebracht, als sein Mörder längst über alle Berge war.«

Darüber dachten Rider und Edgar nach.

»Möglich«, sagte Edgar schließlich. »Aber dieser Kreislaufscheiß ist schwer festzumachen. Selbst der Doktor wird sich da auf keine feste Aussage einlassen.«

»Ich weiß.« Bosch nickte. »Nennt es meinetwegen Instinkt. Vor Gericht können wir nichts damit anfangen, aber ich bin sicher, der Mörder hat die Uhr nicht genommen. Und die Brieftasche wahrscheinlich genausowenig.«

»Was willst du damit also sagen?« fragte Edgar. »Daß jemand anders vorbeigekommen ist und sie genommen hat?«

»Etwas in der Richtung.«

»Meinst du, es war der Typ, der die Bahn bedient – der es gemeldet hat?«

Bosch sah Edgar an, antwortete ihm aber nicht, sondern hob bloß die Schultern.

»Glaubst du, es war einer der RHD-Bullen?« flüsterte Rider. »Noch so eine Für-alle-Fälle-Maßnahme? Um für den Fall, daß es einer von ihnen war, einen Raubüberfall vorzutäuschen und uns auf die falsche Fährte zu locken?«

Als Bosch sie kurz ansah, überlegte er, wie er reagieren sollte und wie dünn das Eis war, auf dem sie jetzt standen.

»Detective Bosch?«

Er drehte sich um. Es war Sally Tam.

»Wir sind jetzt fertig, und die Leute des Coroners wollen die Leichen wegschaffen, wenn Sie nichts dagegen haben.«

»Klar. Ach, was ich ganz vergessen habe zu fragen – haben Sie mit dem Laser was gefunden?«

45

»Sogar eine ganze Menge. Aber wahrscheinlich nichts, was uns weiterbringt. Mit der Bahn fahren Unmengen von Leuten. Wir haben wahrscheinlich lauter Fahrgäste, aber nicht den Täter.«

»Aber Sie überprüfen die Fingerabdrücke trotzdem, oder nicht?«

»Natürlich. Wir lassen alle durch AFIS und DOJ laufen. Wir geben Ihnen Bescheid.«

Bosch nickte zum Dank.

»Haben Sie irgendwelche Schlüssel bei Elias gefunden?«

»Ja. Sie sind in einer der braunen Tüten. Wollen Sie sie haben?«

»Ja, wir werden sie wahrscheinlich brauchen.«

»Einen Moment.«

Sie lächelte und kehrte in den Waggon zurück. In Anbetracht der Tatsache, daß sie sich am Schauplatz eines Mordes befand, wirkte sie eindeutig zu eifrig und munter. Bosch wußte, mit der Zeit würde sich das geben.

»Seht ihr, was ich meine?« sagte Edgar. »Sie müssen echt sein.«

»Jerry«, sagte Bosch.

Edgar hob beschwichtigend die Hände.

»Ich bin ein geschulter Beobachter. Gebe nur meine Erkenntnisse weiter.«

»Die würde ich an deiner Stelle lieber für mich behalten«, flüsterte Bosch. »Außer du willst sie dem Chief persönlich mitteilen.«

Edgar drehte sich gerade noch rechtzeitig um, um Irving zu ihnen hochkommen zu sehen.

»Und, Detectives? Schon irgendwelche Erkenntnisse?«

Bosch sah Edgar an.

»Jerry? Wolltest du nicht gerade etwas erzählen, was dir aufgefallen ist?«

»Äh, also, ähm, im Moment denken wir noch über alles nach, was wir da drinnen gesehen haben.«

»Jedenfalls nichts, das im Widerspruch zu dem stünde, was Captain Garwood uns erzählt hat«, fügte Bosch rasch hinzu, bevor Rider etwas sagen konnte, was ihre wahren Rückschlüsse offenbaren könnte. »Zumindest vorläufig nicht.«

»Und wie soll es jetzt weitergehen?«

»Es gibt jede Menge zu tun. Ich möchte mit dem Mann sprechen, der die Standseilbahn bedient, und wir müssen uns in diesem Wohnhaus nach Zeugen umhören. Wir müssen die Angehörigen verständigen, und wir müssen uns Elias' Kanzlei ansehen. Wann rückt die Unterstützung an, die Sie uns zugesagt haben, Chief?«

»Sie ist bereits da.«

Irving hob den Arm und winkte Chastain und den drei Männern, die bei ihm standen. Bosch hatte geahnt, daß das der Grund war, warum sie am Tatort waren, aber als Irving sie jetzt zu sich winkte, schnürte es ihm doch die Brust zusammen. Der Deputy Chief war sich sowohl der Animositäten zwischen der Dienstaufsicht und den normalen Polizisten als auch der Intimfeindschaft zwischen Bosch und Chastain sehr deutlich bewußt. Daß er sie gemeinsam auf den Fall ansetzte, verriet Bosch, daß Irving nicht in dem Maß an der Aufklärung der Morde an Howard Elias und Catalina Perez interessiert war, wie er nach außen hin zum Ausdruck gebracht hatte. Auf diese Tour versuchte sich der Deputy Chief den Anschein absoluter Korrektheit zu verleihen, während er in Wirklichkeit alles tat, um die Ermittlungen zu behindern.

»Sind Sie wirklich sicher, daß Sie das wollen, Chief?« flüsterte Bosch angespannt, als die IAD-Männer näher kamen. »Sie wissen, Chastain und ich —«

»Ja, so will ich es«, unterbrach ihn Irving, ohne ihn anzusehen. »Detective Chastain hat die interne Überprüfung der Michael-Harris-Beschwerde geleitet. Ich finde, er stellt eine angemessene Ergänzung für das Ermittlungsverfahren dar.«

»Ich will damit sagen, Chief, daß mein Verhältnis zu Chastain nicht ganz unbelastet ist. Ich kann mir nicht vorstellen, daß die Zusammenarbeit zwischen —«

»Daß Sie beide sich nicht leiden können, interessiert mich nicht. Finden Sie einen Modus, unter dem Sie zusammenarbeiten können! Ich möchte jetzt noch mal nach drinnen gehen.«

Irving führte die ganze Mannschaft in das Stationsgebäude. Jetzt wurde es dort wirklich eng. Von niemandem kam ein Wort des Grußes. Sobald alle versammelt waren, sah jeder erwartungsvoll Irving an.

»Okay, vorab vielleicht ein paar grundsätzliche Dinge«, begann der Deputy Chief. »Detective Bosch leitet die Ermittlungen. Die anderen sechs sind seinem Befehl unterstellt. Er ist meinem Befehl unterstellt. Nur, damit es da keine Mißverständnisse gibt. Detective Bosch leitet das Verfahren. Ich habe inzwischen veranlaßt, daß Ihnen in dem Besprechungszimmer neben meinem Büro im fünften Stock des Parker Center ein Büro eingerichtet wird. Bis Montag früh stehen Ihnen dort zusätzliche Telefone und ein Computerterminal zur Verfügung. Was die Herren von der IAD angeht, möchte ich, daß Sie vor allem für Aufgaben wie die Vernehmung von Polizisten und die Überprüfung von Alibis eingesetzt werden, also in diesem Bereich der Ermittlungen. Detective Bosch und sein Team werden sich der gängigen Aspekte des Verfahrens annehmen, der Obduktion, den Zeugenvernehmungen, diesen Dingen. Noch irgendwelche Fragen?«

Im Raum wurde es totenstill. Innerlich kochte Bosch. Es war das erste Mal, daß er Irving für einen Heuchler hielt. Der Deputy Chief war immer schon schwer zu genießen gewesen, hatte sich aber letzten Endes immer korrekt verhalten. Doch das konnte man nach dem, was er hier machte, nicht mehr behaupten. Um die Polizei zu schützen, begann er zu lavieren, weil die Fäulnis, die sie suchten, möglicherweise in den eigenen Reihen zu finden war. Irving konnte allerdings nicht wissen, daß Bosch im Leben bisher nur deshalb etwas erreicht hatte, weil er alle Widrigkeiten in Motivation umzuleiten verstanden hatte. Er schwor sich, diesen Fall trotz Irvings Winkelzügen zu lösen. Und die Späne würden fallen, wo sie fielen.

»Noch ein Wort der Warnung, was die Medien angeht. Sie werden sich auf diesen Fall stürzen. Lassen Sie sich nicht ablenken oder einschüchtern. Sprechen Sie nicht mit den Medien. Jegliche Kommunikation erfolgt über mein Büro oder über Lieutenant Tom O'Rourke von der Pressestelle. Verstanden?«

Die sieben Detectives nickten.

»Gut. Das heißt, ich kann am Morgen unbesorgt die *Times* von der Fußmatte nehmen.«

Irving sah auf die Uhr, dann wieder auf die Gruppe.

»Auf Sie kann ich Einfluß nehmen, aber das gilt nicht für die Gerichtsmediziner oder wer in den nächsten Stunden sonst durch offizielle Kanäle über diese Sache unterrichtet wird. Ich schätze, bis zehn Uhr werden die Medien über die Identität der Opfer im Bilde sein und die Sache entsprechend ausschlachten. Deshalb möchte ich um zehn im Besprechungszimmer eine Pressekonferenz abhalten. Sobald ich über den Stand der Ermittlungen informiert bin, setze ich mich mit dem Polizeipräsidenten in Verbindung, und dann wird einer von uns mit dem Minimum an Informationen, das wir herauszugeben bereit sind, vor die Medien treten. Irgendwelche Einwände?«

»Damit bleiben uns kaum sechs Stunden, Chief«, sagte Bosch. »Ich weiß nicht, ob wir bis dahin schon viel mehr wissen. Wir müssen noch eine Menge Kleinkram erledigen, bevor wir uns hinsetzen können und alles durchgehen –«

»Das ist mir vollkommen klar. Sie sollen sich durch die Medien nicht unter Druck setzen lassen. Es ist mir vollkommen egal, wenn sich der Zweck der Pressekonferenz ausschließlich darauf beschränken sollte, die Identität der Toten zu bestätigen. Schließlich sind es nicht die Medien, die die Ermittlungen führen. Ich möchte, daß Sie die Sache mit vollem Einsatz angehen, aber Punkt zehn möchte ich Sie alle in meinem Besprechungszimmer sehen. Noch Fragen?«

Es gab keine.

»Okay, dann übergebe ich an Detective Bosch und überlasse Sie sich selbst.«

Er wandte sich direkt an Bosch und reichte ihm eine weiße Visitenkarte.

»Hier finden Sie alle meine Nummern. Außerdem die von Lieutenant Tulin. Wenn es irgend etwas gibt, was ich wissen sollte, rufen Sie mich umgehend an, und zwar ganz egal, wieviel Uhr es ist oder wo Sie gerade sind. Sie rufen mich an.«

Bosch nickte, nahm die Karte und steckte sie in seine Jackentasche.

»Und jetzt an die Arbeit, Männer. Wie bereits gesagt, lassen Sie die Späne fallen, wo sie fallen.«

Er verließ den Raum, und Bosch hörte Rider flüstern: »Aber klar doch.«

Bosch drehte sich um und blickte in die Gesichter seiner neuen Mitarbeiter, als letztes in das von Chastain.

»Ihnen ist doch klar, was er damit bezweckt?« begann er schließlich. »Er denkt, wir können nicht zusammenarbeiten. Er denkt, wir werden uns verhalten wie Kampffische, die blindwütig übereinander herfallen, wenn sie zusammen in ein Aquarium gesteckt werden. Und daß deshalb der Fall nie gelöst wird. Aber dazu werden wir es nicht kommen lassen. Wenn jemand der in diesem Raum Anwesenden mir oder sonst jemandem etwas getan hat, Schwamm drüber. Jedenfalls werde ich es so halten. Alles, was jetzt zählt, ist dieser Fall. Wir haben es hier mit jemandem zu tun, der das Leben zweier Menschen ausgelöscht hat, ohne auch nur einen Gedanken daran zu verschwenden. Diese Person werden wir finden. Das ist das einzige, was mich jetzt interessiert.«

Er sah Chastain so lange an, bis er ein zustimmendes Nicken ausmachen konnte. Bosch erwiderte es. Er war sicher, alle anderen hatten die stille Übereinkunft gesehen. Dann holte er sein Notizbuch heraus und schlug es auf einer leeren Seite auf. Er reichte es Chastain.

»Okay«, sagte er. »Ich möchte, daß jeder hier seinen Namen sowie seine Privatnummer und die seines Pagers reinschreibt. Auch die Handynummer, falls Sie eins haben. Ich mache eine Liste, und jeder bekommt eine Kopie davon. Ich möchte, daß alle jederzeit füreinander erreichbar sind. Das ist nämlich das Problem, wenn so viele Leute mitmischen. Wenn nicht alle auf der gleichen Wellenlänge sind, kann ohne weiteres etwas durch die Maschen fallen. Und das wollen wir möglichst vermeiden.«

Bosch hielt inne und ließ den Blick über die Männer seines Teams wandern. Alle sahen ihn aufmerksam an. Es schien, als wären die natürlichen Animositäten fürs erste gedrosselt, wenn nicht sogar beigelegt.

»Okay«, sagte er. »So werden wir die Sache also von jetzt an anpacken.«

6

Einer der Männer von der Dienstaufsicht war ein Latino namens Raymond Fuentes. Zusammen mit Edgar schickte Bosch ihn zu der Adresse auf Catalinas Ausweisen, um ihre Angehörigen zu verständigen und die ihre Person betreffenden Fragen zu klären. Das war höchstwahrscheinlich der Teil der Ermittlungen, der zu nichts führen würde, da alles darauf hindeutete, daß der Anschlag Elias gegolten hatte. Deshalb wollte Edgar schon aufbegehren. Aber Bosch schnitt ihm das Wort ab. Die Begründung, die er ihm später unter vier Augen dafür geben wollte, lautete, daß er die IAD-Typen aufteilen mußte, um die Sache besser unter Kontrolle zu haben. Edgar zog also mit Fuentes los. Und Rider erhielt zusammen mit Loomis Baker, einem zweiten IAD-Mann, den Auftrag, Eldridge Peete im Parker Center zu vernehmen und ihn dann zum Tatort zurückzubringen. Bosch wollte den Mann hier haben, um noch einmal mit ihm durchzugehen, was er gesehen hatte. Außerdem sollte er ihnen vorführen, was genau er mit den zwei Standseilbahnwagen gemacht hatte, bevor er die Leichen entdeckt hatte.

Damit blieben noch Bosch, Chastain und der letzte IAD-Mann, Joe Dellacroce. Auch Dellacroce schickte Bosch ins Parker Center, damit er sich dort einen Durchsuchungsbefehl für Elias' Kanzlei ausstellen ließ. Dann eröffnete er Chastain, daß sie beide zu Elias' Haus fahren würden, um seine Angehörigen über seinen Tod in Kenntnis zu setzen.

Nachdem sich die Gruppe zerstreut hatte, ging Bosch zum Van der Spurensicherung und bat Hoffman um die Schlüssel, die an der Leiche von Howard Elias gefunden worden waren. Hoffman durchsuchte die Kiste, in die er die Beweismittelbehälter gelegt hatte, und förderte schließlich eine Tüte mit einem Schlüsselbund zutage, an dem mehr als ein Dutzend Schlüssel hingen.

»Rechte vordere Hosentasche«, bemerkte Hoffman dazu.

Bosch betrachtete die Schlüssel einen Moment. Für das Haus, die Kanzlei und die Autos des Anwalts hätten es mehr als genug sein müssen. Er stellte fest, daß neben einem Porscheschlüssel auch ein Volvoschlüssel dabei war. Ihm wurde bewußt, daß er einen seiner Ermittler mit der Suche nach Elias' Wagen beauftragen mußte, sobald einer von ihnen frei war.

»Hatte er sonst noch was einstecken?«

»Ja. In der linken vorderen Hosentasche hatte er einen Vierteldollar.«

»Einen Vierteldollar?«

»Der Preis für eine Fahrt mit Angels Flight. Deswegen hatte er sie vermutlich einstecken.«

Bosch nickte.

»Und in der Innentasche seiner Jacke war ein Brief.«

Bosch hatte vergessen, daß Garwood einen Brief erwähnt hatte.

»Laß mal sehen!«

Wieder begann Hoffman in seiner Kiste zu wühlen. Er zog eine Plastiktüte mit einem Umschlag darin heraus. Bosch nahm sie an sich und betrachtete den Brief, ohne ihn herauszunehmen. Er war von Hand an Elias' Kanzlei adressiert. Absender hatte er keinen. In die linke untere Ecke hatte der Absender PERSÖNLICH & VERTRAULICH geschrieben. Bosch versuchte den Stempel zu entziffern, aber das Licht war schlecht. Er wünschte, er hätte noch ein Feuerzeug einstecken.

»Er kommt aus deiner Gegend, Harry«, sagte Hoffman. »Hollywood. Am Mittwoch abgeschickt. Gekriegt hat er ihn wahrscheinlich am Freitag.«

Bosch nickte. Er drehte die Tüte um und sah sich die Rückseite des Umschlags an. Er war an der Oberkante sauber aufgeschlitzt. Elias oder seine Sekretärin hatte ihn, wahrscheinlich in seiner Kanzlei, geöffnet, bevor er ihn in seine Jackentasche gesteckt hatte. Es gab keine Möglichkeit festzustellen, ob sein Inhalt bereits herausgenommen worden war.

»Hat ihn jemand aufgemacht?«

»Wir nicht. Ich weiß aber nicht, was passiert ist, bevor wir hergekommen sind. Meines Wissens haben die ersten Detectives den Namen auf dem Umschlag gesehen und gemerkt, wer der Tote ist. Aber ob sie in den Brief reingesehen haben, weiß ich nicht.«

Bosch war zwar neugierig, was der Umschlag enthielt, wußte aber, daß dies nicht der richtige Ort oder Zeitpunkt war, ihn zu öffnen.

»Den werde ich auch mitnehmen.«

»Klar, Harry. Wenn du mir nur den Erhalt bestätigst. Und für die Schlüssel auch.«

Bosch sah zu, wie Hoffman ein Beweismittelformular herausholte. Er ging in die Hocke und steckte den Umschlag und die Schlüssel in seine Aktentasche. Chastain kam auf ihn zu, um mit ihm loszufahren.

»Wer fährt, Sie oder ich?« fragte Bosch und klappte seinen Aktenkoffer zu. »Ich habe einen Slick. Und Sie?«

»Ich habe noch eine von den alten Zivilkisten. Fährt sich zwar wie Hundescheiße, sticht aber wenigstens nicht gleich raus wie ein Haufen Hundescheiße.«

»Gut. Haben Sie eine Bubble?«

»Ja, Bosch, sogar wir von der Dienstaufsicht müssen ab und zu einen Einsatz fahren.«

Hoffman hielt Bosch eine Schreibunterlage und einen Stift hin, worauf dieser seine Initialen neben die zwei Beweismittel setzte, die er mitnahm.

»Dann nehmen wir Ihren.«

Sie begannen über die California Plaza auf die Autos zuzugehen. Bosch nahm seinen Pager vom Gürtel und vergewisserte sich, daß er richtig funktionierte. Die Batterieanzeige leuchtete noch grün. Er hatte keine Anrufe übersehen. Er blickte zu den Hochhäusern auf, die sie umgaben, und fragte sich, ob sie vielleicht einen Anruf seiner Frau abhielten. Doch dann fiel ihm ein, daß bereits ein Ruf von Lieutenant Billets durchgekommen war. Er steckte den Pager wieder an seinen Gürtel und versuchte, an etwas anderes zu denken.

Chastain ging vor und steuerte auf einen heruntergekommenen braunen LTD zu, der mindestens fünf Jahre alt war und etwa so eindrucksvoll aussah wie ein Pinto. Wenigstens ist er nicht schwarzweiß lackiert, dachte Bosch.

»Er ist nicht abgeschlossen«, sagte Chastain.

Bosch ging auf die Beifahrerseite und stieg ein. Er holte sein Handy aus dem Aktenkoffer und rief in der Zentrale an, um die Daten abfragen zu lassen, die in der Kfz-Zulassungsstelle über Howard Elias vorlagen. Darauf erhielt er neben der Adresse und dem Geburtsdatum des Toten auch dessen Punkteregister sowie die Kennzeichen des Porsche und des Volvo, die auf seinen und den Namen seiner Frau zugelassen waren. Elias war sechsundvierzig Jahre alt gewesen. Punkte hatte er keine gehabt. Bosch konnte sich gut vorstellen, daß der Anwalt der vorsichtigste Autofahrer von ganz Los Angeles gewesen war. Vermutlich hatte er alles getan, um nur ja nicht die Aufmerksamkeit eines LAPD-Verkehrspolizisten auf sich zu lenken. Unter diesen Umständen kam es ihm wie eine Verschwendung vor, einen Porsche zu fahren.

»Baldwin Hills«, sagte er, nachdem er das Handy zugeschoben hatte. »Sie heißt Millie.«

Chastain ließ den Wagen an, dann steckte er das blitzende Rotlicht – die Bubble – in den Zigarettenanzünder und stellte es aufs Armaturenbrett. Rasch steuerte er den Wagen durch die verlassenen Straßen zum Freeway 10.

Zunächst schwieg Bosch, da er nicht wußte, wie er das Eis brechen sollte. Die zwei Männer hatten ein äußerst gespanntes Verhältnis. Chastain hatte in zwei Fällen gegen Bosch ermittelt. Beide Male hatten sich die Vorwürfe als haltlos erwiesen, aber dennoch hatte Chastain die Ermittlungen gegen ihn erst eingestellt, nachdem er von oben zurückgepfiffen worden war. Bosch hatte den Eindruck, die Erbitterung, mit der Chastain hinter ihm her war, grenzte fast an Blutrache. Den IAD-Detective schien es nicht zu freuen, einen Kollegen entlasten zu können. Alles, was er wollte, war ein Skalp.

»Ich weiß, was Sie tun, Bosch«, sagte Chastain, sobald sie auf dem Freeway waren und in Richtung Westen fuhren.

Bosch sah zu ihm hinüber. Ihm wurde zum erstenmal bewußt, wie ähnlich sie sich waren. Dunkles ergrauendes Haar, dichter Schnurrbart unter dunklen schwarzbraunen Augen, schlanke, fast drahtige Figur. Fast Spiegelbilder, und doch hatte Bosch Chastain nie als die physische Bedrohung betrachtet, die er selbst, wie er wußte, für andere darstellte. Chastain hielt sich anders. Bosch hatte sich immer wie ein Mann gehalten, der fürchtete, in die Enge getrieben zu werden, wie ein Mann, der nicht zulassen würde, daß man ihn in die Enge trieb.

»Was? Was tue ich denn?«

»Sie reißen uns auseinander. So haben Sie alles besser unter Kontrolle.«

Er wartete auf Boschs Antwort, erhielt aber nur Schweigen.

»Aber wenn wir dieses Ding vernünftig durchziehen wollen, werden Sie uns irgendwann trauen müssen.«

Nach einer Pause sagte Bosch: »Ich weiß.«

Elias wohnte in der Beck Street in Baldwin Hills, einer kleinen Obere-Mittelschicht-Wohngegend südlich des Freeway 10 und nicht weit vom La Cienega Boulevard. Das Viertel war als das schwarze Beverly Hills bekannt – eine Gegend, in die wohlhabende Schwarze zogen, wenn sie nicht wollten, daß ihr Reichtum sie von ihresgleichen absonderte. Während Bosch sich das vergegenwärtigte, wurde ihm bewußt, wenn er einen sympathischen Zug an Elias finden konnte, dann war es der Umstand, daß er mit seinem Geld nicht nach Brentwood oder Westwood oder ins richtige Beverly Hills zog, sondern innerhalb des sozialen Umfelds blieb, aus dem er kam.

Infolge des schwachen mitternächtlichen Verkehrs und der neunzig Meilen, mit denen Chastain über den Freeway jagte, erreichten sie die Beck Street in weniger als fünfzehn Minuten. Das im Kolonialstil erbaute Haus hatte einen zwei Stockwerke hohen Portikus, der auf vier weißen Säulen ruhte. Es erinnerte Bosch an eine Südstaatenplantage, und er fragte sich, ob Elias damit etwas hatte signalisieren wollen.

Bosch sah hinter keinem der Fenster ein Licht brennen, und auch die Hängelampe im Portikus war nicht an. Das kam ihm eigenartig vor. Wenn es sich hier um Elias' Haus handelte, warum hatte man dann kein Licht für ihn angelassen?

In der Einfahrt stand ein Auto, das weder ein Porsche noch ein Volvo war. Es war ein alter, frisch lackierter Camaro mit Chromfelgen. Rechts vom Haus befand sich eine freistehende Zweiergarage, aber ihr Tor war zu. Chastain fuhr in die Einfahrt und hielt hinter dem Camaro.

»Schönes Auto«, sagte Chastain. »Aber wissen Sie was? So einen Wagen würde ich nicht über Nacht draußen stehenlassen. Nicht mal in einer Gegend wie dieser. Zu nah am Dschungel.«

Er stellte den Motor ab und streckte die Hand nach dem Türgriff aus.

»Warten Sie noch einen Moment«, sagte Bosch.

Er öffnete seinen Aktenkoffer, holte das Handy heraus und rief noch einmal in der Zentrale an, um nachprüfen zu lassen, ob die Adresse stimmte. Sie waren also richtig. Dann ließ er die Nummer des Camaro überprüfen. Er war auf einen Martin Luther King Elias, Alter achtzehn, zugelassen. Bosch bedankte sich für die Auskunft und legte auf.

»Sind wir richtig?« fragte Chastain.

»Sieht ganz so aus. Der Camaro gehört seinem Sohn. Aber es sieht nicht so aus, als hätte jemand damit gerechnet, daß Dad heute abend nach Hause kommt.«

Bosch öffnete die Tür und stieg aus, Chastain folgte seinem Beispiel. Als sie auf den Eingang zugingen, sah Bosch das schwache Leuchten eines Klingelknopfs. Er drückte darauf und hörte im Innern des stillen Hauses das schrille Läuten einer Glocke.

Sie warteten, und Bosch drückte zwei weitere Male auf die Klingel, bevor die Portikusbeleuchtung über ihnen anging und die verschlafene, aber besorgte Stimme einer Frau durch die Tür drang.

»Was ist los?«

»Mrs. Elias?« sagte Bosch. »Wir sind von der Polizei. Wir müssen dringend mit Ihnen sprechen.«

»Von der Polizei? Was wollen Sie?«

»Es geht um Ihren Mann, Ma'am. Könnten wir vielleicht reinkommen?«

»Ich öffne die Tür erst, wenn Sie sich ausgewiesen haben.«

Bosch zog das Etui mit seiner Dienstmarke heraus und hielt es hoch. Erst jetzt merkte er, daß die Tür kein Guckloch hatte.

»Drehen Sie sich um«, forderte ihn die Frauenstimme auf. »An der Säule.«

Bosch und Chastain drehten sich um und sahen die Kamera, die an einer der Säulen befestigt war. Bosch ging darauf zu und hielt seine Dienstmarke hoch.

»Können Sie sie sehen?« fragte er laut.

Er hörte, wie die Tür aufging, und drehte sich um. Eine Frau in einem weißen Bademantel und mit einem Seidentuch um den Kopf blickte zu ihm nach draußen.

»Sie brauchen nicht zu schreien«, sagte sie.

»Entschuldigung.«

Sie stand in dem dreißig Zentimeter breiten Türspalt, machte aber keine Anstalten, sie nach drinnen zu bitten.

»Howard ist nicht hier. Was wollen Sie?«

»Äh, könnten wir vielleicht reinkommen, Mrs. Elias. Wir möchten –«

»Nein, Sie können nicht in mein Haus kommen, in mein Heim. Noch kein Polizist hat es bisher betreten. Howard möchte das nicht. Und ich auch nicht. Was wollen Sie? Ist Howard etwas zugestoßen?«

»Äh, ja, Ma'am, leider. Es wäre wirklich besser, wenn wir –«

»O mein Gott!« stieß sie hervor. »Sie haben ihn umgebracht! Haben Sie ihn also doch noch umgebracht!«

»Mrs. Elias«, begann Bosch, dem klar wurde, er hätte wissen müssen, daß die Frau diesen Vorwurf erheben würde, und sich besser darauf vorbereiten sollen. »Es wäre besser, wenn wir uns erst mal setzen würden, bevor –«

Wieder wurde er unterbrochen, aber diesmal durch einen schmerzerfüllten animalischen Laut, der tief aus dem Innern der Frau kam. Die Frau ließ den Kopf sinken und lehnte sich gegen den Türstock. Aus Furcht, sie könnte fallen, trat Bosch vor, um sie an den Schultern zu packen. Die Frau zuckte zurück, als wäre er ein Ungeheuer, das nach ihr griff.

»Nein! Nein! Fassen Sie mich nicht an! Sie – Sie Mörder! Ihr Killer! Ihr habt meinen Howard umgebracht. Howard!«

Das letzte Wort brach in einem lauten Schrei aus ihr hervor, der durch die ganze Nachbarschaft zu gellen schien. Bosch blickte hinter sich, halb in der Erwartung, die Straße von Schaulustigen gesäumt zu sehen. Er mußte die Frau beruhigen, sie nach drinnen bringen oder zumindest dafür sorgen, daß sie still war. Inzwischen war ihr Schrei in haltloses Geheul übergegangen. Chastain stand einfach nur da und beobachtete wie gelähmt die Szene, die sich vor ihm abspielte.

Bosch wollte gerade einen neuen Versuch unternehmen, die Frau anzufassen, als er sah, wie sich hinter ihr etwas bewegte, und im nächsten Moment packte sie von hinten ein junger Mann.

»Ma! Was ist? Was ist los?«

Die Frau drehte sich um und sank gegen den jungen Mann.

»Martin! Martin, sie haben ihn umgebracht! Deinen Vater!«

Martin Elias blickte über den Kopf seiner Mutter hinweg, und seine Augen brannten sich durch Bosch hindurch. Seine Lippen formten sich zu dem schrecklichen »Oh« des Schocks und des Schmerzes, das Bosch schon so viele Male zuvor gesehen hatte. Plötzlich sah er seinen Fehler ein. Er hätte diesen Besuch mit Edgar oder Rider machen sollen. Wahrscheinlich mit Rider. Sie hätte eine besänftigende Wirkung gehabt. Ihr zurückhaltendes Auftreten und ihre Hautfarbe hätten mehr bewirkt als Bosch und Chastain zusammen.

»Junge«, sagte Chastain, der langsam aus seiner Starre erwachte. »Wir sollten erst mal nach drinnen gehen, damit wir uns in Ruhe unterhalten können.«

»Nennen Sie mich gefälligst nicht Junge! Ich bin nicht Ihr gottverdammter Junge.«

»Mr. Elias«, sagte Bosch mit Nachdruck. Alle, Chastain eingeschlossen, sahen ihn an. Dann fuhr er mit ruhigerer, leiserer Stimme fort: »Martin. Sie müssen sich um Ihre Mutter kümmern. Wir müssen Ihnen beiden sagen, was passiert ist, und Ihnen ein paar Fragen stellen. Je länger wir hier rumstehen und rumschreien und uns beschimpfen, desto länger wird es dauern, bis Sie sich um Ihre Mutter kümmern können.«

Er wartete einen Moment. Die Frau drückte ihr Gesicht wieder gegen die Brust ihres Sohns und begann zu weinen.

Dann machte Martin Elias einen Schritt zurück und zog sie mit sich, so daß Bosch und Chastain nach drinnen kommen konnten.

Die nächsten fünfzehn Minuten saßen Bosch und Chastain mit Mutter und Sohn in einem schön eingerichteten Wohnraum und teilten ihnen mit, was über das Verbrechen bekannt war und wie man bei den Ermittlungen vorgehen wollte. Bosch wußte zwar, für die beiden war das in etwa so, als teilten ihnen zwei Nazis mit, sie wollten eine Untersuchung über Kriegsverbrechen anstellen, aber ihm war auch bewußt, wie wichtig es war, vorschriftsgemäß vorzugehen und den Angehörigen des Opfers, so gut es ging, klarzumachen, daß die Ermittlungen gründlich und vorbehaltlos geführt würden.

»Ich weiß, Sie denken, es waren irgendwelche Cops«, erklärte Bosch abschließend. »Im Moment können wir das jedoch noch nicht sagen. In diesem frühen Stadium wissen wir noch nichts über das Motiv. Wir sind noch dabei, Anhaltspunkte zu sammeln. Aber bald werden wir dazu übergehen, das Material zu sichten, und jeder Cop, der auch nur im entferntesten einen Grund gehabt haben könnte, Ihrem Mann etwas anzutun, wird unter die Lupe genommen. Ich weiß, es gibt viele, auf die das zutrifft. Sie haben mein Wort, daß sie sehr genau überprüft werden.«

Er wartete. Mutter und Sohn saßen eng aneinandergeschmiegt auf einer Couch mit einem heiteren Blumenmuster. Wie ein Kind, das eine Bestrafung abzuwenden versucht, drückte der Sohn ständig die Augen zu. Er hatte an dem, was er gerade mitgeteilt bekommen hatte, schwer zu kämpfen. Ihm begann zu dämmern, daß er seinen Vater nie wieder sehen würde.

»Uns ist bewußt, was für ein schrecklicher Moment das für Sie ist«, fuhr Bosch behutsam fort. »Deshalb möchten wir Sie auf keinen Fall lange mit unseren Fragen belästigen. Aber ein paar Dinge, die uns jetzt sehr weiterhelfen würden, würden wir Sie trotzdem gern fragen.«

Er wartete auf Widerspruch, aber es kam keiner. Er fuhr fort:

»Der wichtigste unklare Punkt wäre im Moment, warum Mr. Elias mit Angels Flight fuhr. Wir müssen herausfinden, wo er war –«

»Er wollte in die Wohnung«, sagte Martin Elias, ohne die Augen zu öffnen.

»In welche Wohnung?«

»Er hatte in der Nähe der Kanzlei eine Wohnung, damit er nicht immer extra hier rausfahren mußte, wenn er einen Gerichtstermin hatte oder sich noch spät abends auf einen Prozeß vorbereitete.«

»Wollte er heute nacht dort schlafen?«

»Ja. Er übernachtete schon die ganze Woche dort.«

»Er nahm die Aussagen vereidigter Zeugen zu Protokoll«, sagte die Frau. »Lauter Polizisten. Sie kamen nach dem Dienst vorbei, weshalb er ziemlich lange in der Kanzlei blieb. Und anschließend ging er in die Wohnung.«

In der Hoffnung, einer von beiden würde sich noch weiter darüber auslassen, schwieg Bosch, aber sie beließen es bei dieser Auskunft.

»Hat er Sie angerufen, daß er in der Stadt bleiben wollte?« fragte er schließlich.

»Ja, er rief immer an.«

»Wann war das? Daß er das letzte Mal anrief, meine ich?«

»Im Lauf des Abends. Er sagte, er hätte noch einiges zu tun und müßte auch Samstag und Sonntag in der Stadt bleiben. Sie wissen schon, um sich auf den Prozeß am Montag vorzubereiten. Er sagte, er wollte versuchen, am Sonntag zum Abendessen nach Hause zu kommen.«

»Demnach haben Sie also heute nacht nicht mit ihm gerechnet?«

»Nein, habe ich nicht«, sagte Millie Elias mit einem trotzigen Unterton, als dächte sie, Bosch wolle mit seiner Frage etwas anderes andeuten.

Wie um ihr zu versichern, dies sei nicht der Fall, nickte Bosch. Als er nach der genauen Adresse der Wohnung fragte, sagte man ihm, sie sei in einer Wohnanlage, die sich The Place nannte, direkt gegenüber vom Museum of Modern Art in der

Grand Street. Bosch holte sein Notizbuch heraus und schrieb es sich auf. Er steckte es nicht wieder ein.

»Und können Sie sich vielleicht genauer erinnern, Mrs. Elias«, fuhr er fort, »wann Sie zum letzten Mal mit Ihrem Mann gesprochen haben?«

»Es war kurz vor sechs. Um diese Zeit ruft er immer an und sagt mir Bescheid, damit ich weiß, was ich zum Abendessen machen soll und für wieviel Leute.«

»Und Sie, Martin? Wann haben Sie zum letzten Mal mit Ihrem Vater gesprochen?«

Martin Elias öffnete die Augen.

»Keine Ahnung, Mann. Vor ein paar Tagen. Was soll das ganze Theater überhaupt? Sie wissen doch, wer es war! Es war jemand mit einer Dienstmarke.«

Nun endlich begannen Tränen über Martin Elias' Gesicht zu laufen. Bosch wünschte sich irgendwoanders hin. Egal, wo.

»Wenn es ein Cop war, Martin, haben Sie mein Wort, daß wir ihn finden werden. Er wird nicht ungestraft davonkommen.«

»Klar«, erwiderte Martin Elias, ohne Bosch anzusehen. »Sie geben uns Ihr Wort. Aber wer sind Sie denn?«

Das ließ Bosch einen Moment stocken, bevor er fortfuhr:

»Noch ein paar Fragen. Hatte Mr. Elias hier im Haus ein Arbeitszimmer?«

»Nein«, antwortete der Sohn. »Er hat seine Arbeit nicht hier gemacht.«

»Okay. Nächste Frage. Erwähnte er in den letzten Tagen oder Wochen irgendeine spezielle Drohung oder eine bestimmte Person, die ihm seiner Meinung nach etwas antun wollte?«

Martin Elias schüttelte den Kopf. »Er sagte bloß immer, eines Tages würden ihn die Cops fertigmachen. Wenn er von jemand etwas zu befürchten hätte, dann von den Cops.«

Bosch nickte, nicht zum Zeichen seiner Zustimmung, sondern in Kenntnisnahme von Martins Meinung.

»Noch eine letzte Frage. In Angels Flight wurde auch eine Frau ermordet. Wie es aussieht, haben sie die Bahn unabhängig voneinander benutzt. Sie heißt Catalina Perez. Sagt dieser Name einem von Ihnen etwas?«

Boschs Blick wanderte vom Gesicht der Frau zu dem des Sohns. Beide blickten ausdruckslos vor sich hin und schüttelten den Kopf.

»Nun gut.«

Er stand auf.

»Wir lassen Sie jetzt allein. Allerdings werde entweder ich oder ein anderer Detective noch einmal mit Ihnen sprechen müssen. Wahrscheinlich im Lauf des Tages.«

Weder die Mutter noch der Sohn zeigten eine Reaktion.

»Mrs. Elias, haben Sie ein Foto von Ihrem Mann, das Sie uns leihen könnten?«

Die Frau sah verständnislos zu ihm auf.

»Warum wollen Sie ein Foto von Howard?«

»Wir müssen es bei den Ermittlungen allen möglichen Leuten zeigen.«

»Jeder kennt doch Howard. Und wie er aussieht.«

»Das mag durchaus sein, Ma'am, aber in einigen Fällen könnte es vielleicht trotzdem nicht schaden, wenn wir ein Foto hätten. Haben Sie —«

»Martin«, sagte die Frau. »Hol bitte die Alben aus der Schublade im Arbeitszimmer.«

Martin Elias verließ den Raum, und sie warteten. Bosch zog eine Visitenkarte aus der Tasche und legte sie auf die Glasplatte des schmiedeeisernen Couchtisches.

»Hier drauf steht meine Pagernummer, wenn Sie mich brauchen oder wenn ich irgend etwas für Sie tun kann. Haben Sie einen Hausgeistlichen, den wir anrufen sollen?«

Millie Elias sah wieder zu ihm auf.

»Reverend Tuggins drüben beim AME.«

Bosch nickte, bereute aber seine Frage sofort. Martin Elias kam mit einem Fotoalbum zurück. Seine Mutter nahm es und begann darin zu blättern. Beim Anblick der vielen Bilder ihres Mannes begann sie wieder leise zu schluchzen. Bosch wünschte sich, er hätte sich das Foto erst beim nächsten Gespräch geben lassen. Schließlich kam sie zu einer Nahaufnahme von Howard Elias' Gesicht. Sie schien zu wissen, daß

62

es das Foto war, das für die Zwecke der Polizei am besten geeignet war. Vorsichtig entfernte sie es aus der Plastikhülle und reichte es Bosch.

»Bekomme ich das wieder zurück?«

»Ja, Ma'am. Darum werde ich mich kümmern.«

Bosch nickte und wandte sich zum Gehen. Er fragte sich, ob er einfach vergessen könnte, Reverend Tuggins anzurufen.

»Wo ist mein Mann?« fragte die Witwe unvermutet.

Bosch drehte sich um.

»Seine Leiche ist im Leichenschauhaus, Ma'am. Ich gebe den Leuten dort Ihre Nummer. Sie werden Sie anrufen, wenn Sie mit den Vorbereitungen für das Begräbnis beginnen können.«

»Was ist mit Reverend Tuggins? Möchten Sie unser Telefon benutzen?«

»Äh, nein, Ma'am. Wir rufen Reverend Tuggins vom Auto aus an. Wir finden auch alleine raus.«

Auf dem Weg zur Tür betrachtete Bosch die Sammlung gerahmter Fotos, die in der Diele an der Wand hingen. Es waren Aufnahmen von Howard Elias mit allen möglichen schwarzen Stadtpolitikern sowie zahlreichen anderen Prominenten. Er war mit Jesse Jackson, mit der Kongreßabgeordneten Maxine Waters und mit Eddie Murphy abgebildet. Auf einem Foto war er zwischen Bürgermeister Richard Riordan und Stadtrat Royal Sparks. Bosch wußte, Sparks hatte sich die Empörung über die Polizeiübergriffe geschickt für seine politische Karriere zunutze zu machen verstanden. Bestimmt stellte es einen herben Rückschlag für ihn dar, wenn Elias die Stimmung nicht mehr weiter anheizte, aber Bosch gab sich keinen Illusionen hin, daß Sparks die Ermordung des Anwalts nach Kräften für seine Zwecke ausschlachten würde. Bosch fragte sich, woran es lag, daß sich so häufig aalglatte Opportunisten zum Sprachrohr einer guten und ehrenwerten Sache machten.

Es waren auch Familienfotos dabei. Einige zeigten Elias und seine Frau bei gesellschaftlichen Anlässen. Es gab Aufnahmen von Elias und seinem Sohn – auf einer waren sie auf einem Boot zu sehen, wie sie lächelnd einen schwarzen Mar-

63

lin hochhielten. Ein anderes Foto zeigte sie auf dem Schießstand, zwischen sich eine Papierzielscheibe mit mehreren Einschußlöchern. Die Zielscheibe stellte Daryl Gates dar, einen früheren Polizeipräsidenten, den Elias viele Male verklagt hatte. Bosch erinnerte sich, daß die von einem Künstler entworfenen Zielscheiben gegen Ende von Gates' bewegter Amtszeit sehr beliebt gewesen waren.

Bosch beugte sich zu dem Foto vor, um zu sehen, ob er die Waffen identifizieren könnte, die Elias und sein Sohn hielten, aber das Bild war zu klein.

Chastain deutete auf eine Aufnahme, auf der Elias bei einem offiziellen Anlaß neben dem Polizeichef zu sehen war, angebliche Gegner, die in die Kamera lächelten.

»Scheinen sich blendend zu verstehen, die beiden«, flüsterte er.

Bosch nickte nur und ging nach draußen.

Chastain stieß rückwärts aus der Einfahrt und fuhr los, raus aus den Hügeln und zurück zum Freeway. Schweigend verarbeiteten sie das Elend, das sie gerade über eine Familie gebracht hatten und für das sie die Schuld bekommen hatten.

»Der Überbringer schlechter Nachrichten wird immer erschossen«, sagte Bosch.

»Ich glaube, ich bin froh, daß ich nicht bei der Mordkommission bin«, erwiderte Chastain. »Daß Cops auf mich sauer sind, damit kann ich leben. Aber das eben, das war aberwitzig.«

»Bei uns nennen sie das die Drecksarbeit – die Angehörigen verständigen.«

»Sie sollten es irgendwie nennen. Diese bescheuerten Leute. Wir versuchen rauszufinden, wer den Typ umgebracht hat, und sie behaupten, wir waren es. Das ist echt ein starkes Stück.«

»Das dürfen Sie nicht so wörtlich nehmen, Chastain. In so einer Situation muß man den Leuten gewisse Zugeständnisse machen. In ihrem Schmerz sagen sie einfach Dinge, die man nicht unbedingt ernst nehmen darf.«

»Warten Sie mal ab, bis der Junge in den Sechs-Uhr-Nachrichten kommt. Diese Sorte kenne ich. Mal sehen, wieviel Mitgefühl Sie für den Kerl dann noch übrig haben. Wo fahren wir überhaupt hin – zurück zum Tatort?«

»Fahren Sie erst zu seiner Wohnung. Wissen Sie Dellacroces Pagernummer?«

»Nicht auswendig, nein. Sehen Sie in Ihrer Liste nach.«

Bosch schlug die Nummer in seinem Notizbuch nach und tippte sie in sein Handy ein.

»Was ist mit Tuggins?« fragte Chastain. »Wenn Sie ihn anrufen, kann er schon etwas früher damit anfangen, im South End kräftig Stimmung zu machen.«

»Ich weiß. Ich bin noch am Überlegen.«

Diese Frage beschäftigte Bosch seit dem Moment, in dem Millie Elias den Namen Preston Tuggins erwähnt hatte. In vielen Minderheiten-Communities hatten die Pastoren nicht weniger Einfluß als die Politiker, wenn es darum ging, die Reaktionen auf ein gesellschaftliches, kulturelles oder politisches Phänomen in bestimmte Bahnen zu leiten. Preston Tuggins hatte sogar eher mehr. Er war der Kopf einer Gruppe von Geistlichen, die gemeinsam eine politische Kraft bildeten, eine ernstzunehmende, im Umgang mit den Medien sehr versierte Kraft, die die gesamte schwarze Minderheit an die Zügel nehmen – oder sie wie eine Naturgewalt über die Stadt hereinbrechen lassen konnte. Im Umgang mit Preston Tuggins war allergrößte Vorsicht geboten.

Bosch durchwühlte seine Taschen und zog die Visitenkarte heraus, die Irving ihm gegeben hatte. Er wollte gerade eine der Nummern darauf wählen, als das Telefon in seiner Hand klingelte.

Es war Dellacroce. Bosch gab ihm die Adresse von Elias' Wohnung im The Place und trug ihm auf, auch dafür einen Durchsuchungsbefehl zu beschaffen. Dellacroce fluchte, weil er bereits einen Richter geweckt hatte, um ihm den Durchsuchungsbefehl für die Kanzlei durchzufaxen. Jetzt mußte er es noch mal tun.

»Willkommen bei der Mordkommission«, sagte Bosch, bevor er auflegte.

»Was?« fragte Chastain.

»Nichts. Nur ein blöder Spruch.«

65

Bosch wählte Irvings Nummer. Der Deputy Chief meldete sich nach dem ersten Läuten mit Angabe seines vollständigen Namens und Rangs. Es kam Bosch eigenartig vor, daß Irving hellwach wirkte, als ob er nicht geschlafen hätte.

»Chief, hier ist Bosch. Sie sagten, ich soll anrufen, wenn –«

»Kein Problem, Detective. Was gibt's?«

»Wir haben es gerade den Angehörigen mitgeteilt. Elias' Frau und Sohn. Äh, sie wollte, daß ich ihren Geistlichen anrufe.«

»Wo soll da das Problem sein?«

»Der Geistliche ist Preston Tuggins, und ich dachte, jemand höheren Orts könnte das vielleicht besser –«

»Verstehe. Das war sehr umsichtig. Ich werde mich darum kümmern. Ich kann mir vorstellen, daß das der Polizeichef persönlich in die Hand nehmen möchte. Ich wollte ihn sowieso gerade anrufen. Sonst noch was?«

»Vorläufig nicht.«

»Danke, Detective.«

Irving legte auf. Chastain fragte, was der Deputy Chief gesagt hatte, und Bosch erzählte es ihm.

»Dieser Fall...«, sagte Chastain. »Wenn mich nicht alles täuscht, wird das eine ganz haarige Angelegenheit.«

»Das können Sie laut sagen.«

Chastain wollte noch etwas hinzufügen, aber Boschs Pager ertönte. Er sah auf das Display. Wieder stand nicht seine Privatnummer darauf, sondern die von Grace Billets. Es war sogar schon das zweite Mal. Er hatte vorher vergessen, sie anzurufen. Das holte er jetzt nach, und seine Vorgesetzte meldete sich nach dem ersten Läuten.

»Ich habe mich schon zu fragen begonnen, ob Sie mich überhaupt noch mal anrufen.«

»Entschuldigung. Zuerst war ich sozusagen verhindert, und dann habe ich es vergessen.«

»Und was ist nun eigentlich los? Irving wollte mir nicht sagen, wer tot ist. Nur, daß die RHD und Central den Fall nicht übernehmen können.«

»Howard Elias.«

»Ach du Scheiße... Harry... tut mir leid, daß es Sie erwischt hat.«

»Schon okay. Das kriegen wir schon hin.«

»Alle werden Ihnen auf die Finger sehen. Und wenn es ein Cop war … Das ist eine Situation, in der Sie von Anfang an nur verlieren können. Was kriegen Sie von Irving mit? Will er es ohne Rücksicht auf Verluste durchziehen?«

»Widersprüchliche Signale.«

»Können Sie nicht frei reden?«

»Genau.«

»Also, ich bekomme hier auch widersprüchliche Signale. Irving hat gesagt, ich soll Ihr Team freistellen, aber nur bis Freitag. Dann soll ich noch mal mit ihm sprechen. Nachdem ich jetzt allerdings weiß, wer das Opfer ist, kann das meiner Meinung nach nur heißen, daß Sie vermutlich bis dann Zeit haben, sich voll auf den Fall zu konzentrieren. Anschließend schickt er Sie nach Hollywood zurück, und hier können Sie dann nur an dem Fall arbeiten, wenn Sie gerade etwas Zeit dafür erübrigen können.«

Bosch nickte, sagte aber nichts. Es paßte zu den anderen Entscheidungen, die Irving getroffen hatte. Der Deputy Chief hatte zwar ein großes Team auf den Fall angesetzt, aber wie es aussah, wollte er ihm nur eine Woche Zeit geben, um sich uneingeschränkt damit zu befassen. Vielleicht hoffte er, daß das Medieninteresse bis dahin auf ein halbwegs verkraftbares Maß zurückging und der Fall irgendwann zu den Akten gelegt wurde. Wenn Irving das glaubte, machte er sich allerdings nach Boschs Auffassung gewaltig etwas vor.

Er und Billets sprachen noch ein paar Minuten, bevor sich seine Vorgesetzte schließlich mit einer Warnung verabschiedete.

»Seien Sie vorsichtig, Harry! Wenn es ein Cop war, einer dieser RHD-Typen …«

»Was?«

»Seien Sie einfach nur auf der Hut.«

»Mache ich.«

Er schaltete das Handy aus und sah durch die Windschutzscheibe. Sie hatten fast die Abfahrt zum Freeway 110 erreicht. Bis zur California Plaza war es jetzt nicht mehr weit.

»Ihr Lieutenant?« fragte Chastain.

»Ja. Sie wollte bloß wissen, was los ist.«

»Was ist da nun eigentlich genau zwischen ihr und Rider? Kauen sich die beiden immer noch gegenseitig einen ab?«

»Das geht mich nichts an, Chastain. Und Sie auch nicht.«

»War ja nur eine Frage.«

Eine Weile fuhren sie schweigend weiter. Bosch ärgerte sich über Chastains Frage. Er wußte, der IAD-Detective hatte ihn nur daran erinnern wollen, daß er Geheimnisse wußte, daß er sich zwar bei den Ermittlungen zu einem Mordfall nicht unbedingt in seinem Element befand, aber daß er Geheimnisse über Polizisten wußte und lieber ernstgenommen werden sollte. Bosch bereute, daß er Billets in Chastains Anwesenheit angerufen hatte.

Chastain schien sich seines Fehltritts bewußt zu sein und brach das Schweigen, indem er sich in harmloser Konversation versuchte.

»Erzählen Sie doch mal von diesem Hartgekochte-Eier-Fall, von dem die Leute ständig reden«, sagte er.

»Ach, das war doch bloß ein Fall. Nicht der Rede wert.«

»Wahrscheinlich habe ich die Zeitungsmeldungen darüber verpaßt.«

»Das war reines Glück, Chastain. Davon könnten wir auch in diesem Fall etwas brauchen.«

»Jetzt erzählen Sie schon! Es interessiert mich wirklich – gerade jetzt, wo wir Partner sind, Bosch. Ich mag Geschichten über Glück. Vielleicht färbt es ja ab.«

»Wir wurden zu einem Selbstmord gerufen. Reine Routinesache. Die Streife forderte uns an. Wir sollten die Sache zum Abschluß bringen. Losgegangen ist das Ganze so: Eine Mutter beginnt sich Sorgen zu machen, weil ihre Tochter oben in Portland nicht am Flughafen auftaucht. Sie sollte zu einer Hochzeit oder so hochkommen, taucht aber nicht auf. Die Familie wartet also am Flughafen. Irgendwann ruft die Mutter schließlich an und fragt, ob wir nicht mal in der Wohnung der Tochter vorbeischauen könnten. Ein kleines Mietshaus drüben in der Franklin Avenue, nicht weit von der La Brea. Ein Streifenpolizist fährt hin, läßt sich vom Hausmeister die Wohnung aufschließen und findet sie. Sie war schon ein paar Tage

tot – seit dem Morgen, an dem sie nach Portland hätte hochfliegen sollen.«

»Wie hat sie es gemacht?«

»Es sollte so aussehen, als hätte sie Tabletten geschluckt
und sich dann in der Badewanne die Pulsadern aufgeschnitten.«

»Der Streifenpolizist hielt es für einen Selbstmord.«

»So sollte es auch aussehen. Es gab auch einen Abschiedsbrief. Eine aus einem Notizbuch herausgerissene Seite. Es
standen lauter so Sachen drauf wie, daß das Leben nicht so
wäre, wie sie es sich vorgestellt hätte, und daß sie die ganze
Zeit schrecklich einsam wäre und so. Ziemlich nebulöses
Zeug. Sehr depressiv.«

»Und? Wie sind Sie dann doch drauf gekommen?«

»Tja, wir wollten – Edgar war dabei, Rider hatte einen Gerichtstermin – wir wollten den Fall eigentlich schon zu den
Akten legen. Wir hatten uns in der Wohnung umgesehen und
nichts wirklich Auffälliges entdeckt – außer dem Abschiedsbrief. Ich konnte bloß das Notizbuch nicht finden, aus dem die
Seite herausgerissen worden war. Und das kam mir komisch
vor. Zwar dachte ich deswegen nicht gleich, daß sie sich nicht
selbst umgebracht hatte, aber es war eine Unstimmigkeit, wissen Sie? So im Stil von: Was stimmt in diesem Bild nicht?«

»Sie dachten also, daß jemand in der Wohnung gewesen
sein mußte und das Notizbuch mitgenommen hatte?«

»Vielleicht. Eigentlich wußte ich zunächst gar nicht, was ich
davon halten sollte. Ich sagte zu Edgar, durchsuchen wir die
Wohnung noch mal, aber diesmal mit vertauschten Rollen. Jeder nahm sich jeweils das vor, was sich vorher der andere angesehen hatte.«

»Und dabei entdeckten Sie etwas, was Edgar übersehen
hatte.«

»Übersehen hatte er es nicht. Es hatte bei ihm nur nicht ge-
klingelt. Bei mir aber schon.«

»Und was war das?«

»In ihrem Kühlschrank war ein Eierfach. Sie wissen schon,
so ein Behälter mit lauter kleinen Vertiefungen, wo man die
Eier reinlegt.«

69

»Ja.«

»Na ja, und mir fiel auf, daß sie auf einige der Eier ein Datum geschrieben hatte. Immer das gleiche Datum. Es war der Tag, an dem sie nach Portland hochfliegen sollte.«

Bosch sah zu Chastain hinüber, um zu sehen, ob er eine Reaktion zeigte. Der IAD-Mann machte nur ein verdutztes Gesicht. Er kam nicht drauf.

»Es waren hartgekochte Eier. Die mit einem Datum drauf waren hartgekocht. Ich machte eins über der Spüle auf. Es war hartgekocht.«

»Aha.«

Er kam noch immer nicht drauf.

»Das Datum auf den Eiern war vermutlich der Tag, an dem sie sie gekocht hatte«, fuhr Bosch fort. »Sie wissen schon, damit sie die gekochten von den anderen unterscheiden könnte und wüßte, wie alt sie sind. Und dann kam es mir plötzlich. Man kocht nicht ein paar Eier auf Vorrat und begeht dann Selbstmord. Ich meine, das leuchtet nicht so ganz ein, oder?«

»Sie wurden also mißtrauisch.«

»Mehr als das.«

»Sie waren sich jetzt sicher. Es war ein Mord.«

»Plötzlich stellte sich das Ganze in einem völlig neuen Licht dar. Wir gingen ganz anders an die Sache heran. Jetzt stellten wir Ermittlungen in einem Mordfall an. Es dauerte ein paar Tage, aber schließlich wurden wir fündig. Freunde von ihr erzählten uns von einem Kerl, der ihr Ärger gemachte hatte. Weil sie ihn abblitzen ließ, belästigte er sie, stellte ihr nach. Wir hörten uns in dem Haus um, in dem sie wohnte, und nahmen den Hausmeister genauer unter die Lupe.«

»Hätte ich mir eigentlich gleich denken können, daß er es war.«

»Wir redeten mit ihm, und er machte sich gerade verdächtig genug, damit wir einen Richter überreden konnten, uns einen Durchsuchungsbefehl auszustellen. Darauf fanden wir in seiner Wohnung das Notizbuch, aus dem der vermeintliche Abschiedsbrief herausgerissen worden war. Es war eigentlich mehr ein Tagebuch, in das sie ihre Gedanken und sonst alles mögliche Zeugs geschrieben hatte. Dieser Typ hatte darin eine

Seite gefunden, wo sie gerade mal besonders schwarz gesehen hatte, und gemerkt, daß er sie als Abschiedsbrief verwenden könnte. Wir fanden auch noch andere Dinge, die ihr gehörten.«

»Warum behielt er die Sachen?«

»Weil die Leute blöd sind, Chastain, deshalb. Wenn Sie clevere Mörder sehen wollen, sehen Sie am besten fern. Er behielt den Krempel, weil er dachte, wir kämen nie darauf, daß es kein Selbstmord war. Und weil in dem Tagebuch auch was über ihn stand. Sie hatte geschrieben, daß er ihr nachstellte und daß ihr das einerseits angst machte, andererseits aber auch schmeichelte. Wahrscheinlich ist ihm einer abgegangen, als er es gelesen hat. Jedenfalls hat er es aufgehoben.«

»Wann ist der Prozeß?«

»In ein paar Monaten.«

»Dürfte eine klare Sache werden.«

»Na ja, mal sehen. Bei O. J. dachte man das auch.«

»Wie hat er es gemacht? Sie unter Drogen gesetzt und sie dann in die Badewanne gelegt und ihr die Pulsadern aufgeschnitten?«

»Er verschaffte sich mit seinem Zweitschlüssel Zugang zu ihrer Wohnung, als sie weg war. In ihrem Tagebuch stand was davon, daß sie glaubte, daß jemand heimlich in ihre Wohnung eindrang. Sie ging regelmäßig joggen – jeden Tag drei Meilen. Wir nehmen an, daß er sich dann immer in ihre Wohnung schlich. Sie hatte rezeptpflichtige Schmerzmittel im Arzneischrank – sie hatte sich vor ein paar Jahren beim Racketball eine Verletzung zugezogen. Wir vermuten, er ließ die Tabletten bei einem seiner heimlichen Besuche mitgehen und löste sie in Orangensaft auf, den er dann bei seinem nächsten Besuch in die Saftflasche in ihrem Kühlschrank füllte. Er kannte ihre Gewohnheiten und wußte, daß sie sich nach dem Laufen zum Abkühlen immer auf die Eingangstreppe setzte und ihren Saft trank. Möglicherweise merkte sie, daß ihr jemand was in den Saft getan hatte, und rief um Hilfe. Aber derjenige, der ihr zu Hilfe kam und sie nach drinnen brachte, war er.«

»Hat er sie vorher vergewaltigt?«

Bosch schüttelte den Kopf.

»Vermutlich hat er es versucht, aber er bekam keinen hoch.«

Eine Weile fuhren sie schweigend dahin.

»Nicht übel, Bosch«, sagte Chastain. »Ihnen entgeht wohl gar nichts.«

»Hoffen wir mal.«

7

Chastain parkte in der Anfahrtszone vor dem modernen Hochhaus, das sich The Place nannte. Noch bevor sie ausgestiegen waren, kam der Nachttürsteher durch die gläserne Eingangstür, um sie entweder in Empfang zu nehmen oder zum Wegfahren aufzufordern. Bosch stieg aus und erklärte dem Mann, Howard Elias sei nicht weit von hier ermordet worden und deshalb müßten sie in seine Wohnung sehen, um sich zu vergewissern, daß es keine weiteren Opfer gab oder daß jemand Hilfe brauchte. Der Türsteher hatte nichts dagegen, wollte aber mitkommen. Bosch sagte ihm in einem Ton, der nicht zu langen Diskussionen einlud, er solle im Foyer auf die Polizisten warten, die in Bälde eintreffen würden.

Howard Elias' Wohnung befand sich im zwanzigsten Stock. Der Aufzug fuhr schnell, aber das Schweigen zwischen Bosch und Chastain ließ die Fahrt länger erscheinen.

Sie hatten 20E rasch gefunden. Bosch klopfte an die Tür und drückte auf den Klingelknopf daneben. Als sich nichts rührte, bückte sich Bosch, öffnete auf dem Boden seinen Aktenkoffer und nahm die Schlüssel aus der Beweismitteltüte, die Hoffman ihm gegeben hatte.

»Meinen Sie nicht, wir sollen auf den Durchsuchungsbefehl warten?« fragte Chastain.

Bosch klappte den Aktenkoffer zu und ließ die Verschlüsse einschnappen, während er zu ihm aufsah.

»Nein.«

»Was Sie da dem Türsteher eben von irgendwelchen Kollegen gesagt haben, die noch nachkommen, war doch totaler Quatsch?«

Bosch stand auf und fing an, die Schlüssel in den zwei Türschlössern auszuprobieren.

»Erinnern Sie sich noch, was Sie vorhin gesagt haben? Daß ich irgendwann anfangen müßte, Ihnen zu trauen? Das ist der Punkt, an dem ich anfange, Ihnen zu trauen, Chastain. Ich habe nicht die Zeit, um auf einen Durchsuchungsbefehl zu warten. Ich gehe da jetzt rein. Ein Mordfall ist wie ein Hai. Er muß in Bewegung bleiben, oder er säuft ab.«

Er öffnete das erste Schloß.

»Sie mit Ihren blöden Fischen. Erst Kampffische, jetzt ein Hai.«

»Tja, Chastain, wenn Sie eine Weile dabeibleiben, lernen Sie vielleicht sogar, wie man einen fängt.«

Gerade als er das sagte, bekam er das zweite Schloß auf. Er sah Chastain an und zwinkerte, dann öffnete er die Tür.

Sie betraten einen mittelgroßen Wohnraum mit teuren Ledermöbeln und Kirschbaumregalen. Aus den Fenstern und vom Balkon hatte man einen kostspieligen Blick nach Süden auf die Downtown und das Civic Center. Bis auf Teile der *Times* vom Freitag, die über das schwarze Ledersofa verteilt waren, und einen leeren Kaffeebecher auf der Glasplatte des Couchtisches war der Raum ordentlich aufgeräumt.

»Hallo?« rief Bosch, um sicherzugehen, daß die Wohnung leer war. »Polizei. Ist da jemand?«

Keine Antwort.

Bosch stellte seinen Aktenkoffer auf den Eßzimmertisch, öffnete ihn und nahm ein Paar Latexhandschuhe aus einer Schachtel. Er fragte Chastain, ob er auch welche wollte, aber der IAD-Mann lehnte ab.

»Ich rühre nichts an.«

Sie trennten sich und nahmen rasch eine vorläufige Durchsuchung der Wohnung vor. In den anderen Räumen herrschte die gleiche Ordnung wie im Wohnzimmer. Das größere der zwei Schlafzimmer hatte einen eigenen Westbalkon. Es war eine klare Nacht. Bosch konnte bis Century City sehen. Hinter seinen Wolkenkratzern fielen die Lichter von Santa Monica zum Meer ab. Chastain kam hinter ihm ins Schlafzimmer.

»Kein Arbeitszimmer«, sagte er. »Das zweite Schlafzimmer sieht wie ein Gästezimmer aus. Vielleicht um Zeugen unterzubringen.«

»Okay.«

Bosch sah kurz den Inhalt des Sekretäraufsatzes durch. Keine Fotos oder sonst etwas, das persönlichen Charakter hatte. Das gleiche galt für die kleinen Tische auf beiden Seiten des Betts. Der Raum sah aus wie ein Hotelzimmer, und in gewisser Weise war er das auch – falls Elias nur zum Schlafen hergekommen war, wenn er sich auf einen Prozeß vorbereitete. Das Bett war gemacht, und das fiel Bosch auf. Elias hatte mitten in den Vorbereitungen für einen wichtigen Prozeß gesteckt und Tag und Nacht gearbeitet, und doch hatte er sich am Morgen die Zeit genommen, das Bett zu machen, obwohl er doch vorhatte, am Ende des Tages wieder zurückzukommen. Völlig ausgeschlossen, dachte Bosch. Entweder hatte er das Bett gemacht, weil jemand anders in der Wohnung sein würde, oder jemand anders hatte das Bett gemacht.

Eine Putzfrau schloß Bosch aus, weil eine Putzfrau die Zeitung und die leere Kaffeetasse im Wohnzimmer aufgeräumt hätte. Nein, es war Elias gewesen, der das Bett gemacht hatte. Oder jemand, der mit ihm in der Wohnung gewesen war. Er stützte sich dabei nur auf seinen Riecher, den er sich dank jahrelanger Beschäftigung mit menschlichen Gewohnheiten erworben hatte, aber in diesem Moment war sich Bosch ziemlich sicher, daß noch eine andere Frau im Spiel war.

Er öffnete die Schublade des Nachttischs, auf dem ein Telefon stand, und fand ein Adreßbuch. Es öffnete es und blätterte darin. Es enthielt viele Namen, die er kannte. Die meisten waren Anwälte, von denen Bosch schon gehört hatte oder die er sogar kannte. Ein Name ließ ihn stutzen. Carla Entrenkin. Auch sie war eine Anwältin, die auf Bürgerrechtsfälle spezialisiert war – beziehungsweise bis vor einem Jahr gewesen war, als die Police Commission sie zum Inspector General des Los Angeles Police Department ernannt hatte. Er stellte fest, daß Elias neben ihrer Büronummer auch ihre Privatnummer eingetragen hatte. Die Privatnummer war mit dunklerer, anscheinend nicht so alter Tinte geschrieben. Für Bosch sah es so aus, als wäre die Privatnummer einige Zeit nach der Büronummer in das Buch eingetragen worden.

»Was haben Sie da?« wollte Chastain wissen.

»Nichts«, antwortete Bosch. »Nur ein Haufen Anwälte.«

Als Chastain neben ihn trat, um einen Blick in das Adreßbuch zu werfen, klappte er es zu, warf es in die Schublade zurück und schob sie zu.

»Lassen wir das lieber, bis wir den Durchsuchungsbefehl haben«, sagte er.

In den nächsten zwanzig Minuten führten sie eine oberflächliche Durchsuchung der restlichen Wohnung durch. Sie sahen in Schubladen und Schränke, unter Betten und Sofapolster, brachten aber nichts durcheinander. Irgendwann rief Chastain aus dem Bad des größeren Schlafzimmers.

»Hier sind zwei Zahnbürsten.«

»Okay.«

Bosch war im Wohnzimmer und sah sich die Bücher in den Regalen an. Er entdeckte eins, das er vor Jahren gelesen hatte. *Yesterday Will Make You Cry* von Chester Himes. Er spürte Chastains Anwesenheit und drehte sich um. Der IAD-Mann stand im Flur, der zu den Schlafzimmern führte. Er hielt eine Packung Kondome hoch.

»Sie waren ganz hinten in einem Regal unter dem Waschbecken versteckt.«

Bosch sagte nichts. Er nickte bloß.

In der Küche war ein Wandapparat mit einem Anrufbeantworter. Das Licht blinkte, und das Display zeigte an, daß ein Anruf eingegangen war. Bosch drückte auf den Abspielknopf. Es war eine Frauenstimme.

»Hallo, ich bin's. Ich dachte eigentlich, du würdest mich anrufen. Ich hoffe, du bist mir nicht eingeschlafen.«

Das war's. Nach der Nachricht meldete der Anrufbeantworter, daß der Anruf um 0.01 eingegangen war. Zu diesem Zeitpunkt war Elias bereits tot gewesen. Chastain, der aus dem Wohnzimmer in die Küche gekommen war, als er die Stimme hörte, sah Bosch nur an und hob die Schultern, als die Nachricht zu Ende war. Bosch spielte sie noch mal ab.

»Hört sich nicht wie seine Frau an«, sagte Bosch.

»Hört sich wie eine Weiße an«, sagte Chastain.

Bosch fand, er hatte recht. Er spielte die Nachricht noch mal ab und konzentrierte sich diesmal auf den Tonfall der Stimme. Es schwang eindeutig eine starke Vertrautheit darin mit. Der Zeitpunkt des Anrufs sowie die Annahme der Frau, Elias würde ihre Stimme erkennen, stützten ebenfalls diesen Schluß.

»Im Bad versteckte Kondome, zwei Zahnbürsten, eine geheimnisvolle Anruferin«, sagte Chastain. »Hört sich ganz nach einer Freundin an. Das könnte die Sache interessant machen.«

»Schon möglich«, sagte Bosch. »Irgend jemand hat gestern morgen das Bett gemacht. Irgendwelche Frauensachen im Arzneischrank?«

»Nein.«

Chastain ging zurück ins Wohnzimmer. Als Bosch in der Küche fertig war, glaubte er, fürs erste genug gesehen zu haben, und schob die Glastür auf, die vom Wohnzimmer auf den Balkon führte. Er lehnte sich an das Eisengeländer und sah auf die Uhr. Es war 4 Uhr 50. Dann zog er den Pager vom Gürtel, um sich zu vergewissern, daß er ihn nicht versehentlich ausgeschaltet hatte.

Der Pager war an, die Batterie nicht leer. Eleanor hatte nicht versucht, ihn zu erreichen. Er hörte Chastain hinter sich auf den Balkon treten. Bosch sprach, ohne sich zu ihm umzudrehen.

»Kannten Sie ihn, Chastain?«

»Wen, Elias? Ja, schon.«

»Woher?«

»Ich habe in Fällen ermittelt, die er später vor Gericht brachte. Ich wurde vorgeladen und unter Eid vernommen. Und dann noch aus dem Bradbury. Er hat dort seine Kanzlei, wir haben dort eine Reihe von Büros. Ich sah ihn ab und zu. Aber falls Sie wissen wollen, ob ich mit ihm Golf spielen war, lautet die Antwort nein. So gut kannte ich ihn nicht.«

»Der Kerl hat davon gelebt, Cops zu verklagen. Wenn er vor Gericht ging, schien er immer bestens informiert. Insiderwissen. Einige behaupten, er hatte bessere Informationen, als er sich auf legalem Weg beschafft haben könnte. Einige sagen, er hatte in den Reihen –«

»Ich war kein Spitzel für Howard Elias, Bosch«, sagte Chastain mit gepreßter Stimme. »Und ich kenne niemand bei der Dienstaufsicht, der das war. Wir ermitteln gegen Cops. Ich ermittle gegen Cops. Manchmal haben sie es verdient, und manchmal stellt sich heraus, daß es nicht verdient haben. Sie wissen genausogut wie ich, daß es jemanden geben muß, der für die Polizei die Polizei spielt. Aber für Leute wie Howard Elias den Spitzel zu machen ist das Allerletzte, Bosch. Diese Frage hätten Sie sich wirklich sparen können.«

Nun sah Bosch ihn doch an und beobachtete, wie die Wut in seine dunklen Augen stieg.

»War nur eine Frage«, sagte er. »Ich muß schließlich wissen, mit wem ich es zu tun habe.«

Er blickte wieder auf die Stadt hinaus und dann auf die Plaza unter ihm hinab. Er sah Kiz Rider und Loomis Baker, die mit einem Mann, von dem er annahm, daß es sich um Eldridge Peete, den Seilbahnführer, handelte, auf Angels Flight zugingen.

»Na schön, Sie haben mich gefragt«, sagte Chastain. »Können wir dann weitermachen?«

»Klar.«

Schweigend fuhren sie im Lift nach unten. Erst als sie in der Eingangshalle waren, sagte Bosch: »Gehen Sie schon mal vor. Ich muß nur noch kurz auf die Toilette. Sagen Sie den anderen, ich komme gleich nach.«

»Okay.«

Der Türsteher, der den Wortwechsel von seinem kleinen Schreibtisch gehört hatte, sagte Bosch, die Toilette sei um die Ecke hinter dem Lift. Bosch ging in diese Richtung.

In der Toilette stellte Bosch seinen Aktenkoffer auf die Waschbeckentheke und nahm sein Telefon heraus. Zuerst rief er bei sich zu Hause an. Als sich der Anrufbeantworter einschaltete, gab er den Code ein, um die eingegangenen Nachrichten abzuspielen. Er bekam nur seine eigene Nachricht zu hören. Eleanor hatte sie nicht erhalten.

»Scheiße.« Er hängte auf.

77

Dann rief er die Auskunft an und ließ sich die Nummer des Pokerzimmers des Hollywood Park geben. Das letzte Mal, als Eleanor nicht nach Hause gekommen war, hatte sie ihm gesagt, sie habe dort Karten gespielt. Er wählte die Nummer und verlangte nach dem Sicherheitsdienst. Es meldete sich ein Mann, der sich als Mr. Jardine vorstellte. Bosch nannte ihm seinen Namen und seine Dienstnummer. Jardine bat ihn, seinen Namen zu buchstabieren und ihm noch einmal die Dienstnummer zu sagen. Offensichtlich notierte er sie sich.

»Sind Sie im Videoraum?«

»Natürlich. Was kann ich für Sie tun?«

»Ich suche eine Frau, und es kann gut sein, daß sie gerade an einem Ihrer Tisch sitzt. Könnten Sie vielleicht auf Ihren Monitoren nach ihr Ausschau halten?«

»Wie sieht sie aus?«

Bosch beschrieb seine Frau, konnte aber keine Angaben zu ihren Kleidern machen, da er zu Hause nicht in die Schränke gesehen hatte. Dann wartete er zwei Minuten, während Jardine anscheinend die Videomonitore studierte, die an die Überwachungskameras im Pokerzimmer angeschlossen waren.

»Also, wenn sie hier ist, kann ich sie nicht sehen«, sagte Jardine schließlich. »So spät nachts haben wir nicht allzu viele Frauen hier. Und Ihre Beschreibung paßt auf keine von denen, die da sind. Es könnte natürlich sein, daß sie früher hier gewesen ist, vielleicht um eins oder zwei. Aber nicht jetzt.«

»Okay, danke.«

»Kann ich Sie unter einer bestimmten Nummer erreichen? Ich werde mal einen Rundgang machen, und wenn ich was sehe, rufe ich Sie an.«

»Ich gebe Ihnen meine Pagernummer. Aber sagen Sie ihr nichts, falls Sie sie sehen. Geben Sie nur mir Bescheid.«

»Geht in Ordnung.«

Nachdem er dem Mann seine Pagernummer gegeben und aufgehängt hatte, dachte Bosch an die Pokerclubs im Gardena und im Commerce, beschloß aber, nicht dort anzurufen. Wenn Eleanor nicht weit fahren wollte, ging sie ins Hollywood Park. Und wenn sie dort nicht hinging, fuhr sie nach Las Vegas oder vielleicht auch zu dem Indianer-Casino in der Wüste bei Palm

Springs. Er versuchte, erst gar nicht an diese Möglichkeit zu denken, und konzentrierte sich wieder auf den Fall.

Als nächstes schlug Bosch in seinem Adreßbuch die Nummer der Bezirksstaatsanwaltschaft nach und rief dort an. Er ließ sich mit dem diensthabenden Ankläger verbinden und bekam schließlich eine verschlafene Anwältin namens Janis Langwiser an den Apparat. Zufällig war es dieselbe Anklägerin, die im sogenannten Hartgekochte-Eier-Fall die Anklageschrift eingereicht hatte. Sie war damals gerade aus dem Büro des City Attorney zur Bezirksstaatsanwaltschaft gekommen, und es war das erste Mal gewesen, daß Bosch mit ihr zusammengearbeitet hatte. Er hatte ihren Humor und ihr Engagement gemocht.

»Kommen Sie mir bloß nicht damit«, sagte sie, »daß Sie diesmal einen Rührei-Fall haben. Oder noch besser, einen Omelett-Fall.«

»Nicht ganz. Ich hole Sie zwar nur höchst ungern aus dem Bett, aber wir brauchen jemand, der herkommt und uns bei einer Hausdurchsuchung, die wir demnächst durchführen, ein bißchen berät.«

»Wer ist tot, und wo findet die Durchsuchung statt?«

»Tot ist Howard Elias, Esquire, und die Durchsuchung findet in seiner Kanzlei statt.«

Sie pfiff ins Telefon, und Bosch mußte den Hörer von seinem Ohr weghalten.

»Wow«, sagte sie, inzwischen hellwach. »Das kann ja … heiter werden. Sagen Sie mir kurz das Nötigste.«

Das tat er, und als er fertig war, erklärte sich Langwiser, die fast fünfzig Kilometer weiter nördlich in Valencia wohnte, einverstanden, in einer Stunde im Bradbury zum Durchsuchungsteam zu stoßen.

»Aber so lange halten Sie sich zurück, Detective Bosch. Bevor ich da bin, gehen Sie nicht in diese Kanzlei.«

»In Ordnung.«

Es war keine große Sache, aber es gefiel ihm, daß sie ihn mit seinem Titel ansprach. Es lag nicht daran, daß sie um einiges jünger war als er. Es lag daran, daß Staatsanwälte ihn und andere Cops häufig ohne jeden Respekt behandelten, wie billiges Handwerkszeug, das sie bei der Bearbeitung eines Falls so benutzten, wie es ihnen gerade in den Kram paßte. Er war sicher, mit zunehmender Abgebrühtheit würde Janis Langwiser genauso werden, aber vorerst zeigte sie zumindest noch nach außen hin einen gewissen Respekt.

Bosch unterbrach die Verbindung und wollte gerade das Telefon weglegen, als ihm noch etwas einfiel. Er rief noch einmal die Auskunft an und fragte nach der Privatnummer von Carla Entrenkin. Er wurde mit einer auf Band gesprochenen Ansage verbunden, die ihm mitteilte, die Nummer sei auf Wunsch des Fernsprechteilnehmers nicht eingetragen. Es war, was er zu hören erwartet hatte.

Als er über die Grand Street und die California Plaza auf Angels Flight zuging, versuchte Bosch erneut, nicht an Eleanor zu denken und wo sie sein könnte. Aber es fiel ihm nicht leicht. Es versetzte ihm einen Stich, wenn er sich vorstellte, wie sie sich irgendwo da draußen ganz allein herumtrieb und etwas suchte, das er ihr offensichtlich nicht geben konnte. Er gewann mehr und mehr den Eindruck, seine Ehe wäre zum Scheitern verurteilt, wenn er nicht bald herausbekam, was es war, das sie brauchte. Als sie vor einem Jahr geheiratet hatten, hatte er eine Zufriedenheit und Ausgeglichenheit verspürt wie noch nie zuvor. Zum ersten Mal in seinem Leben hatte er das Gefühl gehabt, daß da jemand war, für den es sich lohnte, wenn nötig, alles zu opfern. Aber er war an den Punkt gekommen, an dem er sich hatte eingestehen müssen, daß es für sie nicht genauso war. Sie war nicht zufrieden oder ausgefüllt. Und wegen dieser Einsicht fühlte er sich schrecklich und schuldig und ein kleines bißchen erleichtert, alles gleichzeitig.

Wieder versuchte er, sich auf andere Dinge zu konzentrieren, auf den Fall. Er wußte, bis auf weiteres mußte er sich Eleanor aus dem Kopf schlagen. Er begann über die Stimme auf dem Anrufbeantworter nachzudenken, über die im Waschtischunterschrank versteckten Kondome, über das sauber gemachte Bett. Er dachte darüber nach, wie Howard Elias dazu gekommen sein könnte, Carla Entrenkins geheime Privatnummer in seiner Nachttischschublade zu haben.

8

Rider stand mit einem großen Schwarzen direkt vor dem Eingang der Angels Flight-Station. Sie lächelten beide über etwas, als Bosch auf sie zuging.

»Mr. Peete, das ist Harry Bosch«, sagte Rider. »Er leitet die Ermittlungen.«

Peete schüttelte Bosch die Hand.

»Das Schlimmste, was ich in meinem ganzen Leben gesehen habe. Das Schlimmste.«

»Tut mir leid, daß Sie so etwas erleben mußten, Sir. Aber es freut mich, daß Sie uns helfen wollen. Gehen Sie doch schon mal nach drinnen und setzen Sie sich. Wir kommen gleich nach.«

Als Peete weg war, sah Bosch Rider an. Er brauchte nichts zu sagen.

»Wie Garwood gesagt hat. Gehört hat er gar nichts und gesehen auch nicht viel, bis der Wagen hochkam und er rausgegangen ist, um ihn für die Nacht abzuschließen. Er hat auch unten niemanden rumstehen sehen, der aussah, als wartete er auf jemanden.«

»Könnte er sich einfach nur blöd stellen?«

»Mein Gefühl sagt mir, nein. Ich glaube, er ist okay. Er hat wirklich nichts gesehen oder gehört.«

»Hat er die Leichen angefaßt?«

»Nein. Meinst du wegen der Uhr und der Brieftasche? Ich glaube nicht, daß er das war.«

Bosch nickte.

»Was dagegen, wenn ich ihm noch ein paar Fragen stelle?«

»Bitte, gern.«

Bosch ging in das kleine Büro, und Rider folgte ihm. Eldridge Peete saß am Eßtisch und telefonierte.

»Ich muß jetzt Schluß machen, Schatz«, sagte er, als er Bosch sah. »Der Polizist möchte mit mir reden.«

Er legte auf.

»Meine Frau. Sie wollte wissen, wann ich nach Hause komme.«

Bosch nickte.

»Mr. Peete, haben Sie den Wagen betreten, nachdem Sie die Leichen dort gesehen haben?«

»Nein, Sir. Sie sahen, äh, ziemlich tot aus. Total voller Blut. Ich dachte, da lasse ich lieber die Finger von, bis die Polizei kommt.«

»Haben Sie einen der beiden Toten erkannt?«

»Also, den Mann konnte ich nicht richtig sehen, aber wegen des eleganten Anzugs und wie er aussah, dachte ich mir schon, es könnte Mr. Elias sein. Und die Frau, die habe ich gleich erkannt. Ich meine, ich weiß zwar nicht, wie sie heißt oder so, aber sie ist ein paar Minuten zuvor mit der Bahn nach unten gefahren.«

»Sie ist erst runtergefahren?«

»Ja, Sir, sie ist runtergefahren. Sie ist auch ein Stammkunde wie Mr. Elias. Nur daß sie bloß ungefähr einmal die Woche fährt. Freitags, wie gestern abend. Mr. Elias, der ist öfter gefahren.«

»Warum, glauben Sie, könnte Sie nach unten gefahren und nicht ausgestiegen sein?«

Peete sah ihn verständnislos an, als wunderte er sich über so eine simple Frage.

»Weil sie erschossen wurde.«

Bosch hätte fast gelacht, beherrschte sich aber. Er hatte sich dem Zeugen gegenüber nicht klar genug ausgedrückt.

»Nein, ich meine, bevor sie erschossen wurde. Wie es aussieht, ist sie nicht aufgestanden, um auszusteigen; sie ist auf ihrem Platz sitzen geblieben und hat gewartet, daß die Bahn wieder nach oben fährt, als der andere Fahrgast einstieg und der Schütze hinter ihm auftauchte.«

»Also, was sie da unten getan hat, weiß ich ehrlich nicht.«

»Wann genau ist sie runtergefahren?«

»Mit dem Wagen unmittelbar davor. Ich habe Olivet runtergefahren, und da war die Frau drin. Das war fünf, sechs Minuten vor elf. Ich habe Olivet runtergefahren und bis elf unten stehen lassen, und dann habe ich sie wieder hochgefahren. Sie wissen schon, die letzte Fahrt. Als sie oben ankam, waren die Leute drin tot.«

Die Tatsache, daß Peete den Wagen offensichtlich dem weiblichen Geschlecht zuordnete, bereitete Bosch leichte Verständnisschwierigkeiten. Er versuchte den Sachverhalt klarzustellen.

»Sie haben also Olivet mit der Frau drin runterfahren lassen. Und fünf, sechs Minuten später, als Sie den Wagen wieder hochgeholt haben, war sie immer noch drin. Ist das richtig?«

»Ja.«

»Und während der fünf oder sechs Minuten, in denen Olivet unten stand, haben Sie nicht nach unten gesehen?«

»Nein, ich habe das Geld in der Kasse gezählt. Und dann, um elf, bin ich rausgegangen und habe Sinai abgeschlossen. Dann habe ich Olivet hochgeholt. Das war, als ich die beiden entdeckt habe. Sie waren tot.«

»Aber Sie haben da unten nichts gehört? Keine Schüsse?«

»Nein, wie ich Ihrer Kollegin – Miß Kizmin – schon gesagt habe, trage ich wegen dem Lärm hier in der Station Ohrenstöpsel. Außerdem habe ich das Geld gezählt. Das sind fast lauter Quarter. Ich lasse sie durch die Maschine laufen.«

Er deutete auf die Geldzählmaschine neben der Kasse. Wie es aussah, sortierte sie die Vierteldollarmünzen zu Papierrollen im Wert von zehn Dollar. Dann stampfte er mit dem Fuß auf den Holzboden, um auf die Maschine darunter aufmerksam zu machen. Bosch nickte zum Zeichen, daß er verstanden hatte.

»Was können Sie mir über die Frau sagen? Fuhr sie regelmäßig mit der Bahn?«

»Ja, einmal die Woche. Freitags. Als ob sie einen Job in den Wohnungen hier oben gehabt hätte, als Putzfrau oder so. Der Bus hält unten in der Hill Street. Ich glaube, sie ist da unten immer eingestiegen.«

»Und Howard Elias?«

»Der war auch Stammkunde. Zwei-, dreimal die Woche, immer zu unterschiedlichen Zeiten, manchmal ziemlich spät, wie gestern abend. Einmal habe ich schon abgeschlossen, und er war unten und rief zu mir hoch. Ich habe eine Ausnahme gemacht, ihn mit Sinai hochgeholt. Eine Gefälligkeit. Dafür hat er mir an Weihnachten einen kleinen Umschlag zugesteckt. Wirklich nett von ihm, daß er sich daran erinnert hat.«

»War er immer allein, wenn er mit der Bahn fuhr?«

Der alte Mann verschränkte die Arme und überlegte kurz. »Meistens, glaube ich.«

»Können Sie sich erinnern, daß er mal in Begleitung war?«

»Ich glaube, ich kann mich erinnern, daß er ein- oder zweimal mit jemand anderem gefahren ist. Aber mit wem, weiß ich nicht mehr.«

»War es ein Mann oder eine Frau?«

»Keine Ahnung. Ich glaube, es könnte eine Frau gewesen sein, aber ich kann sie mir nicht mehr vorstellen, wenn Sie wissen, was ich meine.«

Bosch nickte und dachte nach. Er sah Rider an und zog die Augenbrauen hoch. Sie schüttelte den Kopf. Sie hatte keine weiteren Fragen mehr.

»Bevor Sie gehen, Mr. Peete, könnten Sie da noch die Bahn in Betrieb setzen und uns nach unten fahren?«

»Klar. Alles, was Sie und Miß Kizmin wollen.«

Er sah Rider an und neigte lächelnd den Kopf.

»Danke«, sagte Bosch. »Dann machen wir das jetzt.«

Peete beugte sich über die Tastatur des Computers und tippte einen Befehl ein. Sofort begann der Boden zu vibrieren, und es entstand ein tiefes mahlendes Geräusch. Peete wandte sich ihnen zu. »Es kann losgehen.«

Bosch winkte ihm zu und ging nach draußen zum Wagen. Chastain und Baker, der IAD-Mann, der mit Kizmin Rider unterwegs gewesen war, standen am Geländer und sahen das Gleis hinunter.

»Wir fahren runter«, rief ihnen Bosch zu. »Kommen Sie mit?«

Wortlos folgten die zwei Männer Rider, und die vier Detectives stiegen in den Wagen, der Olivet hieß. Die Leichen waren längst weggebracht worden, und die Leute von der Spurensicherung hatten saubergemacht. Aber auf dem Holzboden und auf der Bank, auf der Catalina Perez gesessen hatte, war noch Blut. Als Bosch die Stufen hinunterging, stieg er vorsichtig über die dunkelbraune Blutlache, die von Howard Elias' Leiche stammte. Er nahm auf der rechten Seite des Wagens Platz. Die anderen setzten sich auf Bänke weiter oben, weg von da, wo die Leichen gelegen hatten. Bosch sah zum Fenster des Stationsgebäudes hoch und winkte. Sofort ging ein Ruck durch den Wagen, und er setzte sich in Bewegung. Und sofort erinnerte sich Bosch wieder, wie er als Junge mit der Bahn gefahren war. Der Sitz war genauso unbequem, wie er ihn in Erinnerung hatte.

Während der Fahrt sah Bosch die anderen nicht an. Er blickte die ganze Zeit aus der unteren Tür auf das Gleis, das unter dem Wagen durchglitt. Die Fahrt dauerte nicht länger als eine Minute. In der Talstation stieg er als erster aus. Er drehte sich um und sah das Gleis hinauf. Durch das Fenster des Stationsgebäudes konnte er im Licht der Deckenlampe die Silhouette von Peetes Kopf sehen.

Da er schwarzes Fingerabdruckpulver auf der Sperre sehen konnte und nichts davon auf seinen Anzug bekommen wollte, ging er nicht durch das Drehkreuz. Die Rechnungsstelle der Polizei betrachtete das Pulver nicht als Berufsrisiko und würde deshalb nicht für die Reinigungskosten aufkommen, wenn er sich damit die Jacke schmutzig machte. Er wies die anderen auf das Pulver hin und kletterte über die Sperre.

Auf die unwahrscheinliche Möglichkeit hin, etwas Ungewöhnliches zu entdecken, sah er sich den Boden an, aber da war nichts. Außerdem war er sicher, daß die RHD-Detectives bereits das ganze Areal abgesucht hatten. In erster Linie war er nach unten gefahren, um sich die Stelle, an der die Schüsse gefallen waren, mit eigenen Augen anzusehen und sich einen Eindruck davon zu verschaffen. Links von der Sperre führte eine Betontreppe den Hügel hinauf. Sie war für Leute, die Angst hatten, mit der Standseilbahn zu fahren, oder wenn die Bahn nicht in Betrieb war. Außerdem war die Treppe sehr beliebt bei Fitnessfanatikern, die sie an den Wochenenden ständig rauf und runter liefen. Vor etwa einem Jahr hatte Bosch in der Times einen Artikel darüber gelesen. Neben der Treppe war eine beleuchtete Bushaltestelle in den steilen Abhang gebaut. Über der langen Sitzbank war ein Sonnenschutzdach aus Glas und Fiberglas angebracht. Die Seitenwände dienten als Werbeflächen für Filme. Auf einer sah Bosch eine Werbung für einen Clint Eastwood-Film mit dem Titel Das zweite Herz.

Der Film basierte auf einer wahren Geschichte über einen ehemaligen FBI-Agenten, den Bosch kannte.

Bosch überlegte, ob der Mörder an der Haltestelle gewartet haben könnte, bis Elias zur Sperre von Angels Flight ging. Er gelangte rasch zu dem Schluß, daß das eher unwahrscheinlich war. Die Haltestelle war hell beleuchtet. Elias hätte ihn deutlich sehen können, als er auf die Station zuging. Da Bosch nicht ausschloß, daß Elias seinen Mörder gekannt haben könnte, glaubte er nicht, daß dieser dort auf ihn gewartet hatte.

Er sah auf die andere Seite des Eingangs, wo zwischen dem Einstieg der Standseilbahn und einem kleinen Bürogebäude eine etwa zehn Meter breite Fläche war, auf der eine von dichten Büschen umgebene Akazie stand. Bosch bedauerte, seinen Aktenkoffer im oberen Stationsgebäude gelassen zu haben.

»Hat jemand eine Taschenlampe dabei?« fragte er.

Rider holte ein kleines Penlight aus ihrer Handtasche. Damit ging Bosch auf die Büsche zu. Er richtete den Lichtstrahl auf den Boden und untersuchte ihn sorgfältig. Er entdeckte keinerlei Anzeichen, daß der Täter dort drinnen gewartet hatte. Hinter den Büschen lagen alle möglichen Abfälle herum, aber es schienen keine frischen darunter zu sein. Es sah so aus, als hätten sich Obdachlose an diese Stelle zurückgezogen, um dort Müllsäcke durchzusehen, die sie von irgendwo anders hierhergeschleppt hatten.

Rider zwängte sich ebenfalls zwischen den Büschen hindurch.

»Irgendwas gefunden?«

»Nichts Brauchbares. Ich versuche nur herauszufinden, wo sich der Kerl vor Elias versteckt haben könnte. Diese Stelle würde sich ganz gut dafür eignen. Elias kann ihn da drinnen nicht sehen, er kommt raus, sobald Elias vorbei ist, und folgt ihm zur Bahn.«

»Vielleicht mußte er sich gar nicht verstecken. Vielleicht sind sie zusammen hergekommen.«

Bosch sah Rider an und nickte.

»Vielleicht. Es gibt jedenfalls keine Anzeichen, daß er sich hier versteckt hat.«

»Was ist mit der Bushaltestelle?«

»Zu gut einzusehen, zu gut beleuchtet. Wenn es jemand war, der Elias suspekt erschienen wäre, hätte er ihn schon von weitem gesehen.«

»Und wenn er sich verkleidet hat? Der Täter könnte verkleidet an der Bushaltestelle gesessen haben.«

»Auch möglich.«

»Du hast schon an alles gedacht, aber du läßt mich einfach weiterreden und Dinge sagen, die du längst weißt.«

Er erwiderte nichts, sondern gab Rider nur die Taschenlampe zurück und ging aus den Büschen hinaus. Als er noch einmal zur Bushaltestelle hinübersah, war er sicher, daß er sich nicht täuschte. Die Bushaltestelle war nicht benutzt worden. Rider blieb neben ihm stehen und folgte seinem Blick.

»Kanntest du eigentlich Terry McCaleb vom FBI?« fragte sie.

»Ja, wir haben mal gemeinsam an einem Fall gearbeitet. Wieso? Kennst du ihn?«

»Nicht richtig. Aber ich habe ihn im Fernsehen gesehen. Wie Clint Eastwood sieht er nicht aus, wenn du mich fragst.«

»Nein, eigentlich nicht.«

Bosch sah, daß Chastain und Baker die Straße überquert hatten und vor den geschlossenen Rolltoren des Grand Central Market standen. Sie blickten auf etwas am Boden.

Bosch und Rider gingen auf sie zu.

»Irgendwas gefunden?« fragte Rider.

»Vielleicht, vielleicht auch nicht«, sagte Chastain.

Er deutete auf die schmutzigen, abgenutzten Fliesen zu seinen Füßen.

»Kippen«, sagte Baker. »Insgesamt fünf – dieselbe Marke. Das heißt, jemand hat hier eine Weile gewartet.«

»Könnte ein Obdachloser gewesen sein«, sagte Rider.

»Möglich«, entgegnete Baker. »Könnte auch unser Killer gewesen sein.«

Bosch war nicht sonderlich beeindruckt.

»Raucht jemand von Ihnen?« fragte er.

»Warum?« wollte Baker wissen.

87

»Weil Sie dann merken würden, womit wir es hier wahrscheinlich zu tun haben. Was sehen Sie vor allem, wenn Sie durch den Haupteingang des Parker Center gehen?«

Chastain und Baker machten ein verdutztes Gesicht.

»Cops?« sagte Baker zögernd.

»Ja. Aber Cops, die was tun?«

»Rauchen«, sagte Rider.

»Richtig. Da in öffentlichen Gebäuden Rauchen nicht mehr erlaubt ist, stehen die Raucher vor dem Eingang herum. Diese Markthalle ist ein öffentliches Gebäude.«

Er deutete auf die auf den Fliesen ausgedrückten Kippen.

»Das heißt nicht unbedingt, daß hier jemand lange gewartet hat. Ich glaube, es heißt, jemand aus dem Markt ist fünfmal am Tag nach draußen gekommen, um eine Zigarette zu rauchen.«

Baker nickte, aber Chastain weigerte sich, dieses Argument zu akzeptieren.

»Könnte trotzdem unser Mann gewesen sein«, sagte er. »Wo sonst soll er gewartet haben? Bei den Büschen dort drüben?«

»Zum Beispiel. Oder wie Kiz gesagt hat, vielleicht hat er gar nicht gewartet. Vielleicht ist er mit Elias hergekommen. Vielleicht dachte Elias, er befände sich in Begleitung eines Freunds.«

Bosch holte eine Beweismitteltüte aus seiner Jackentasche und reichte sie Chastain.

»Oder vielleicht liege ich völlig falsch, und Sie haben recht. Packen Sie sie mal da rein und sehen Sie zu, daß sie ins Labor kommen.«

Ein paar Minuten später hatte Bosch die Untersuchung des unteren Tatorts beendet. Er betrat den Standseilbahnwagen, nahm seinen Aktenkoffer von der Bank, auf der er ihn abgestellt hatte, und stieg zur oberen Tür hoch. Dort ließ er sich schwer auf eine der harten Bänke plumpsen. Er merkte, wie sich die Müdigkeit seiner bemächtigte, und wünschte, er hätte ein wenig geschlafen, bevor Irving angerufen hatte. Die Aufregung und das Adrenalin, die mit einem neuen Fall einhergingen, hatten ihn in ein Pseudo-Hoch versetzt, das schnell verflog. Er hätte gern eine Zigarette geraucht und dann vielleicht ein kleines Nickerchen gemacht. Aber im Moment war nur eins von beidem möglich, und um sich Zigaretten zu besorgen, müßte er einen Tag und Nacht geöffneten Supermarkt finden. Erneut entschied er sich dagegen. Aus irgendeinem Grund hatte er das Gefühl, daß seine Nikotinenthaltsamkeit Teil seiner Nachtwachen für Eleanor geworden war. Er dachte, daß alles verloren wäre, wenn er wieder zu rauchen anfing, daß er nie mehr von ihr hören würde.

»An was denkst du gerade, Harry?«

Er sah auf. Rider kam durch die offene Tür des Wagens.

»An nichts. An alles. Wir stehen wirklich noch ganz am Anfang. Es gibt noch eine Menge zu tun.«

»Keine Ruhepause für die Mühseligen und Beladenen.«

»Das kannst du laut sagen.«

Sein Pager ertönte, und er riß ihn sich mit der Hast eines Mannes vom Gürtel, dem er in einem Kino losging. Die Nummer auf dem Display kam ihm bekannt vor, aber er konnte sich nicht erinnern, wo er sie schon einmal gesehen hatte. Er holte das Handy aus seinem Aktenkoffer und tippte sie ein. Es war die Privatnummer von Deputy Chief Irvin Irving.

»Ich habe mit dem Polizeichef gesprochen«, sagte er. »Das mit Reverend Tuggins übernimmt er. Darum brauchen Sie sich also nicht zu kümmern.«

Das Wort Reverend sagte Irving mit einem höhnischen Unterton.

»Gut.«

»Und? Wie sieht es aus?«

»Wir sind noch am Tatort, werden hier gerade fertig. Wir müssen uns in dem Wohnhaus hier noch nach Zeugen umhören. Dann brechen wir auf. Elias hatte ganz in der Nähe eine Wohnung. Zu ihr war er unterwegs. Sobald die Durchsuchungsbefehle unterschrieben sind, müssen wir uns dort und in seiner Kanzlei mal umsehen.«

»Was ist mit den Angehörigen der Frau?«

»Das mit Perez dürfte mittlerweile auch erledigt sein.«

»Wie lief es bei Elias zu Hause?«

Da Irving erst jetzt fragte, nahm Bosch an, er tat es nur, weil es der Polizeichef wissen wollte. Bosch schilderte ihm kurz, was passiert war, und Irving stellte ihm verschiedene Fragen zu den Reaktionen von Elias' Frau und Sohn. Bosch merkte, daß er sie unter dem Gesichtspunkt ihrer PR-Verwertbarkeit stellte. Er wußte, die Art, wie Elias' Familie auf den Mord reagierte, hätte genau wie Preston Tuggins' Reaktion unmittelbaren Einfluß darauf, wie die Black Community von Los Angeles reagieren würde.

»Im Moment sieht es also nicht danach aus, als würden die Witwe und der Sohn zu einer Entspannung der Lage beitragen, oder sehe ich das falsch?«

»Vorerst halte ich diese Einschätzung für durchaus zutreffend. Aber wenn sie den ersten Schock überwunden haben, könnte sich das ändern. Vielleicht sprechen Sie ja mal mit dem Chief, ob er die Witwe nicht persönlich anrufen möchte. Ich habe in ihrem Haus ein Foto von ihm und Elias hängen sehen. Wenn er schon mit Tuggins redet, könnte er vielleicht auch mit der Witwe sprechen, ob sie uns nicht helfen kann.«

»Mal sehen.«

Irving wechselte das Thema und teilte Bosch mit, daß das Besprechungszimmer im fünften Stock des Parker Center für die Ermittler hergerichtet war. Der Raum sei im Moment nicht abgeschlossen, aber Bosch werde am Morgen die entsprechende Anzahl von Schlüsseln erhalten. Sobald die Ermittler den Raum bezogen hätten, müsse er immer abgeschlossen bleiben. Er werde um zehn Uhr hinkommen und rechne bei der Teambesprechung mit einer ausführlicheren Zusammenfassung über den Stand der Ermittlungen.

»Aber sicher, Chief«, sagte Bosch. »Bis dahin dürften wir die Befragung möglicher Zeugen und die Durchsuchungen abgeschlossen haben.«

»Sehen Sie zu, daß Sie auch wirklich bis dahin fertig werden. Ich werde auf Sie warten.«

»In Ordnung.«

Bosch wollte gerade auflegen, als er Irvings Stimme noch einmal hörte.

»Wie bitte, Chief?«

»Noch eins. Wegen der Identität eines der beiden Mordopfer hielt ich es für meine Pflicht, den Inspector General zu

90

informieren. Sie schien – wie soll ich sagen? – sie schien brennend an dem Fall interessiert, als ich ihr die Fakten mitteilte, die mir zu diesem Zeitpunkt vorlagen, wobei ›brennend‹ vermutlich noch untertrieben sein dürfte.«

Carla Entrenkin. Fast hätte Bosch laut geflucht, beherrschte sich aber noch. Der Inspector General war eine neue Einrichtung innerhalb der Polizei: ein Bürger, der von der Police Commission als unabhängige zivile Aufsichtsinstanz eingesetzt wurde und uneingeschränkt befugt war, Ermittlungsverfahren zu überwachen. Es war ein weiterer Schritt zur Politisierung der Polizei. Der Inspector General unterstand der Police Commission, die wiederum dem Stadtrat und dem Bürgermeister verantwortlich war. Aber es gab noch andere Gründe, weshalb Bosch fast loszufluchen begonnen hätte. Der Umstand, daß er Entrenkins Privatnummer in Elias' Adreßbuch gefunden hatte, bereitete ihm Kopfzerbrechen. Das eröffnete eine ganze Reihe von Möglichkeiten und Komplikationen.

»Kommt sie an den Tatort?« fragte er.

»Das glaube ich nicht«, sagte Irving. »Ich habe mit dem Anruf gewartet, bis ich ihr sagen konnte, die Ermittlungen am Tatort stünden kurz vor dem Abschluß. Diese Kopfschmerzen habe ich Ihnen erspart. Aber wundern Sie sich nicht, wenn Sie im Lauf des Tages direkt von ihr hören.«

»Kann sie das denn? Ich meine, mit mir reden, ohne den Umweg über Sie? Sie ist eine Zivilperson.«

»Leider kann sie machen, was sie will. So wurde diese Stelle von der Police Commission konzipiert. Das Ganze heißt also nichts anderes, als daß diese Ermittlungen, egal, wohin sie führen, besser keinen Grund zur Beanstandung geben sollten, Detective Bosch. Falls doch, werden wir von Carla Entrenkin was zu hören bekommen.«

»Verstehe.«

»Gut. Wir brauchen also nur eine Festnahme, und alles ist bestens.«

»Sicher, Chief.«

Irving legte ohne einen weiteren Kommentar auf. Bosch blickte auf. Chastain und Baker kamen in den Standseilbahnwagen.

»Es gibt nur eins, was noch schlimmer ist, als ständig die Dienstaufsicht mitschleppen zu müssen«, flüsterte er Rider zu. »Das ist, wenn einem auch noch der Inspector General auf die Finger sieht.«

Rider sah ihn an.

»Soll das ein Witz sein? Schaltet sich Carla Ichdenke ein?«

Fast mußte Bosch grinsen über Riders Verwendung des Spitznamens, den ein Redakteur des Polizeigewerkschaft-Mitteilungsblatts Thin Blue Line Carla Entrenkin verpaßt hatte. Er basierte auf ihrem Hang, immer betont langsam und deutlich zu sprechen, wenn sie sich an die Police Commission wandte und am Vorgehen oder an den Mitgliedern der Polizei Kritik übte.

Bosch hätte gegrinst, wenn die Hinzuziehung des Inspector General nicht so ernst gewesen wäre.

»Ja«, sagte er. »Jetzt haben wir sie auch am Hals.«

9

Wieder oben auf dem Hügel angekommen, stellten sie fest, daß Edgar und Fuentes von der Benachrichtigung von Catalina Perez' Angehörigen zurück waren und Joe Dellacroce im Parker Center die Durchsuchungsbefehle besorgt hatte. Für die Wohnung und die Geschäftsräume eines Mordopfers waren nicht grundsätzlich richterliche Durchsuchungsbefehle erforderlich, aber in brisanten Fällen konnte es nie schaden, sich welche zu beschaffen. Wenn es schließlich zu einer Festnahme kam, wurden solche Fälle meistens von renommierten Anwälten übernommen. Das Renommee dieser Anwälte basierte ausnahmslos auf ihrer Gründlichkeit und Kompetenz. Sie machten sich Fehler zunutze, packten die ausgefransten Säume und losen Fäden eines Falles und rissen riesige Löcher hinein – häufig groß genug, um ihre Mandanten hindurchschlüpfen zu lassen. Bosch dachte bereits so weit voraus. Er wußte, er mußte sehr vorsichtig sein.

Darüber hinaus glaubte er, daß gerade für die Durchsuchung von Elias' Kanzlei unbedingt eine offizielle Genehmigung nötig war. Dort gab es bestimmt zahlreiche Unterlagen über Polizisten und anhängige Verfahren gegen die Polizei. Diese Verfahren würden mit ziemlicher Sicherheit von anderen Anwälten übernommen werden, weshalb Bosch eine schwierige Gratwanderung bevorstand, bei der es einerseits die Vertraulichkeit des Verhältnisses von Mandant und Anwalt zu berücksichtigen galt, andererseits aber auch die Notwendigkeit, den Mord an Howard Elias aufzuklären. Auf jeden Fall war für die Ermittler beim Umgang mit diesen Unterlagen äußerste Vorsicht geboten. Das war der Grund, weshalb er in der Bezirksstaatsanwaltschaft angerufen und Janis Langwiser gebeten hatte, zum Tatort zu kommen.

Bosch wandte sich zuerst an Edgar. Er nahm ihn am Arm und führte ihn auf das Geländer zu, von dem man den steilen Abhang zur Hill Street hinabblickte. Sie befanden sich außer Hörweite der anderen.

»Wie war's?«

»Wie immer. Es gibt bestimmt jede Menge Dinge, die ich lieber täte, als mir anzusehen, wie es der Ehemann mitgeteilt kriegt. Weißt du, was ich meine?«

»Klar. Hast du es ihm bloß gesagt, oder hast du ihm auch ein paar Fragen gestellt?«

»Wir haben ihm auch Fragen gestellt, aber nicht allzu viele Antworten gekriegt. Er hat gesagt, seine Frau war Putzfrau und hatte irgendwo hier in der Nähe einen Putzjob. Nahm immer den Bus hierher. Adresse konnte er uns keine geben. Meinte, das stünde alles in einem kleinen Notizbuch, das sie einstecken hatte.«

Bosch überlegte kurz. Er konnte sich an kein Notizbuch in der Beweismittelliste erinnern. Seinen Aktenkoffer auf dem Geländer balancierend, öffnete er ihn und nahm das Klemmbrett heraus, auf dem er alles Schriftliche vom Tatort gesammelt hatte. Obenauf war der gelbe Durchschlag der Liste, die Hoffman ihm gegeben hatte, bevor er gegangen war. Darauf waren die persönlichen Dinge von Opfer Nr. 2 aufgeführt, aber es war kein Notizbuch darunter.

»Darüber müssen wir wohl später noch mal mit ihm sprechen. Wir haben hier jedenfalls kein Notizbuch.«

»Dann schickst du am besten Fuentes zurück. Der Mann sprach kein Englisch.«

»Okay. Sonst noch was?«

»Nein. Wir haben den üblichen Katalog abgehakt. Irgendwelche Feinde, irgendwelche Probleme, jemand, der ihr Ärger gemacht hat, jemand, der ihr nachgestellt hat und so weiter und so fort. Nada. Der Ehemann sagte, es gab nichts, worüber sie sich Sorgen gemacht hätte.«

»Okay. Und er selbst?«

»Er wirkte glaubhaft. Als hätte er gerade eine Ladung absolute Scheiße abgekriegt. Weißt du?«

»Ja, ich weiß.«

»Und zwar volles Rohr. Und er hat eindeutig überrascht gewirkt.«

»Gut.«

Um sich zu vergewissern, daß sie nicht belauscht wurden, blickte Bosch sich um. Dann sagte er leise: »Wir teilen uns jetzt wieder auf und machen die Durchsuchungen. Ich möchte, daß du dir die Wohnung ansiehst, die Elias im The Place hatte. Ich –«

»Dort wollte er also hin.«

»Sieht jedenfalls ganz so aus. Ich war gerade mit Chastain oben. Haben uns alles flüchtig angesehen. Ich möchte, daß du dir ausgiebig Zeit dafür nimmst. Ich möchte außerdem, daß du in seinem Schlafzimmer anfängst. Geh zum Bett und nimm das Adreßbuch aus der obersten Schublade des Nachttischs mit dem Telefon drauf. Versiegle es in einer Beweismitteltüte, damit niemand einen Blick reinwerfen kann, bis wir alles in die Station gebracht haben.«

»Okay. Wieso?«

»Erkläre ich dir später. Sieh nur zu, daß es sich niemand vor dir schnappt. Nimm außerdem das Band aus dem Anrufbeantworter in der Küche. Es ist eine Nachricht drauf, die wir behalten sollten.«

»In Ordnung.«

»Also dann.«

Bosch trat vom Geländer zurück und ging auf Dellacroce zu.

»Irgendwelche Probleme mit dem Wisch?«

»Eigentlich nicht – außer daß wir den Richter zweimal wecken mußten.«

»Welchen Richter?«

»John Houghton.«

»Er ist in Ordnung.«

»Hörte sich aber nicht sonderlich begeistert an, alles zweimal machen zu müssen.«

»Was hat er über die Kanzlei gesagt?«

»Ließ mich eine Zeile über die Wahrung des Anwaltsgeheimnisses hinzufügen.«

»Mehr nicht? Lassen Sie mal sehen.«

Dellacroce holte die Durchsuchungsbefehle aus der Innentasche seiner Anzugjacke und reichte Bosch den für die Kanzlei im Bradbury. Bosch überflog die Standardformulierung auf der ersten Seite und kam zu dem Teil, von dem Dellacroce gesprochen hatte. Er fand nichts daran auszusetzen. Der Richter genehmigte nach wie vor die Durchsuchung der Kanzlei und der Akten und wies lediglich darauf hin, daß den Unterlagen nur solche vertraulichen Informationen entnommen werden dürften, die für die Ermittlungen von Belang waren.

»Damit ist nur gemeint«, sagte Dellacroce, »daß wir diese Unterlagen nicht durchsehen dürfen und anschließend die Erkenntnisse, die wir daraus ziehen, an das Büro des City Attorney weiterleiten, damit sie sich dort diese Informationen für die Verteidigung ihrer Mandanten zunutze machen können. Nichts von dem, was unsere Ermittlungen nicht unmittelbar betrifft, dringt an die Öffentlichkeit.«

»Damit kann ich leben«, sagte Bosch.

Er rief alle zusammen. Als er merkte, daß Fuentes rauchte, versuchte er nicht an seine Gelüste nach einer Zigarette zu denken.

»Okay, wir haben also die Durchsuchungsbefehle«, begann er. »Wir teilen uns folgendermaßen auf. Edgar, Fuentes und Baker, Sie drei übernehmen die Wohnung. Edgar führt das Kommando. Der Rest nimmt sich die Kanzlei vor. Außerdem möchte ich, daß die Männer, die die Wohnung machen, eine

Befragung sämtlicher Türsteher des Gebäudes vornehmen. Alle Schichten. Wir müssen so viel wie möglich über den Tagesablauf und die Gewohnheiten von Elias herausfinden. Wir glauben, daß er vielleicht eine Freundin hatte. Wir müssen herausfinden, wer das war. Außerdem sind an seinem Schlüsselbund Schlüssel für einen Porsche und einen Volvo. Ich würde sagen, Elias fuhr den Porsche. Vermutlich steht er in der Tiefgarage des Wohnhauses. Sehen Sie sich bitte auch den Wagen an.«

»Die Durchsuchungsbefehle beziehen sich nicht auf einen Wagen«, protestierte Dellacroce. »Niemand hat was von einem Wagen gesagt, als ich die Durchsuchungsbefehle besorgen sollte.«

»Okay, dann versuchen Sie den Wagen zu finden, sehen ihn sich durch die Fenster an, und wenn Sie was entdecken und meinen, es könnte wichtig sein, besorgen wir uns einen Durchsuchungsbefehl.«

Bei den letzten Worten sah Bosch Edgar an, der kaum merklich nickte. Das hieß, er hatte verstanden, was Bosch damit gemeint hatte: Er sollte den Wagen suchen und ihn einfach aufschließen und durchsuchen. Wenn er etwas darin fand, was für die Ermittlungen relevant war, sollte er den Wagen einfach wieder abschließen, sich einen Durchsuchungsbefehl besorgen und so tun, als hätten sie den Wagen nicht angerührt. So wurde in solchen Fällen normalerweise verfahren.

Bosch sah auf die Uhr.

»Okay, jetzt ist es halb sechs. Bis spätestens halb neun sollten wir mit den Durchsuchungen fertig sein. Nehmen Sie alles mit, was Ihnen auch nur irgendwie von Belang erscheint. Genauer ansehen können wir es uns dann später. Das Hauptquartier für dieses Ermittlungsverfahren hat Chief Irving im Besprechungszimmer neben seinem Büro im Parker Center eingerichtet. Bevor wir dorthin fahren, möchte ich, daß wir uns alle um halb neun hier treffen.«

Er deutete auf das hohe Wohnhaus gegenüber Angels Flight.

»Dann nehmen wir uns dieses Gebäude vor. Ich möchte das nicht auf später verschieben, damit die Bewohner nicht schon zur Arbeit gegangen sind, wenn wir mit ihnen sprechen wollen.«

»Wann ist die Besprechung mit Deputy Chief Irving?« fragte Fuentes.

»Um zehn. Das müßte zu schaffen sein. Wenn nicht, brauchen Sie sich deswegen keine Sorgen zu machen. Dann kümmere ich mich um die Besprechung, und Sie machen mit Ihrer Arbeit weiter. Der Fall hat Vorrang. Damit ist er sicher einverstanden.«

»Hey, Harry?« meldete sich Edgar zu Wort. »Was dagegen, wenn wir frühstücken gehen, wenn wir vor halb neun fertig werden?«

»Nein, macht das ruhig, aber ich möchte nicht, daß ihr etwas übersieht. Nicht, daß ihr schneller macht, bloß damit ihr zu euren Pfannkuchen kommt.«

Rider grinste.

»Wißt ihr was?« fügte Bosch hinzu. »Ich bringe um halb neun Doughnuts mit. Versucht es also bis dahin auszuhalten, wenn es geht. Okay, dann mal los.«

Bosch holte den Schlüsselbund heraus, den sie an der Leiche von Howard Elias gefunden hatten. Er nahm die Wohnungsschlüssel und den Schlüssel für den Porsche ab und gab sie Edgar. Dabei stellte er fest, daß sich am Schlüsselbund noch verschiedene Schlüssel befanden, über deren Verwendungszweck sie nichts wußten. Mindestens zwei oder drei waren vermutlich für die Kanzlei und weitere zwei oder drei für sein Haus in Baldwin Hills. Blieben immer noch vier Schlüssel, die Bosch an die Frauenstimme auf dem Anrufbeantworter denken ließen. Vielleicht hatte Elias Schlüssel für die Wohnung einer Geliebten.

Er steckte die Schlüssel in die Tasche zurück und sagte Rider und Dellacroce, sie sollten mit zwei Autos den Hügel hinunter zum Bradbury Building fahren. Er selbst wollte mit Chastain die Standseilbahn nehmen und zu Fuß hingehen, um sich die Bürgersteige anzusehen, die Elias auf dem Weg von der Kanzlei zur Angels Flight-Talstation benutzt haben dürfte. Als sich die Detectives auf den Weg machten, trat Bosch an das Fenster des Stationsgebäudes und blickte zu

97

Eldridge Peete hinein. Er hatte Stöpsel in den Ohren und saß mit geschlossenen Augen an der Kasse. Bosch klopfte vorsichtig gegen das Fenster, aber der Mann erschrak trotzdem.

»Mr. Peete, könnten Sie uns bitte noch mal runterfahren. Dann können Sie hier dichtmachen und zu Ihrer Frau nach Hause gehen.«

»Okay, ganz wie Sie möchten.«

Bosch nickte und wandte sich zum Gehen, blieb dann jedoch noch einmal stehen und sah zu Peete zurück.

»Da drinnen ist alles voller Blut. Haben Sie jemanden, der den Wagen saubermacht, bevor die Bahn morgen in Betrieb genommen wird?«

»Machen Sie sich keine Sorgen. Das kriege ich schon hin. Da hinten in dem Schrank sind ein Wischmop und ein Eimer. Ich habe meinen Chef angerufen. Bevor Sie hergekommen sind. Er meinte, ich soll Olivet saubermachen, damit sie am Morgen wieder in Betrieb genommen werden kann. Samstag fangen wir sowieso erst um acht an.«

Bosch nickte.

»Okay, Mr. Peete. Tut mir leid, daß Sie das machen müssen.«

»Ich halte die Wagen gern sauber.«

»Noch was. Unten in der Talstation ist die ganze Sperre voll Fingerabdruckpulver. Ziemlich fies das Zeug, wenn man es auf die Kleider bekommt.«

»Auch darum werde ich mich kümmern.«

Bosch nickte.

»Also dann, vielen Dank für Ihre Hilfe heute nacht. War wirklich nett von Ihnen.«

»Heute nacht? Mann, ist doch schon Morgen.«

Peete lächelte.

»Stimmt eigentlich. Dann also einen schönen guten Morgen, Mr. Peete.«

»Tja, aber für die zwei, die mit der Bahn gefahren sind, kommen Ihre Wünsche etwas zu spät.«

Bosch wandte sich zum Gehen und kehrte noch einmal zu dem Mann zurück.

»Noch ein letztes. In der Presse wird die ganze Geschichte sicher ziemlich breitgetreten. Und im Fernsehen auch. Ich will

Ihnen zwar keine Vorschriften machen, was Sie zu tun haben, aber vielleicht sollten Sie sich schon mal überlegen, ob Sie zu Hause nicht lieber den Hörer von der Gabel nehmen, Mr. Peete. Und vielleicht auch nicht an die Tür gehen.«

»Hab schon verstanden.«

»Gut.«

»Außerdem werde ich sowieso den ganzen Tag schlafen.«

Bosch nickte ihm ein letztes Mal zu und stieg in den Wagen. Chastain saß bereits auf einer der Bänke in der Nähe der Tür. Bosch ging an ihm vorbei und stieg wieder zu der Stelle hinunter, wo Howard Elias' Leiche auf dem Boden gelegen hatte. Er achtete darauf, nicht in die Pfütze aus getrocknetem Blut zu treten.

Sobald er Platz genommen hatte, setzte sich der Wagen in Bewegung. Bosch blickte aus dem Fenster und sah, daß die Silhouetten der Bürohochhäuser im Osten bereits das graue Licht der Morgendämmerung umgab. Als er sich gähnend zurücksinken ließ, machte er sich nicht die Mühe, die Hand vor den Mund zu halten. Am liebsten hätte er sich hingelegt. Die Bank war hart, aus abgenutztem Holz, aber er war sicher, daß er bald einschlafen und von Eleanor und von glücklichen Zeiten träumen würde – und von Orten, wo man nicht über Blutlachen steigen mußte.

Er tat den Gedanken jedoch wieder ab und wollte bereits die Hand in die Tasche seines Jacketts gleiten lassen, als ihm einfiel, daß er dort keine Zigaretten finden würde.

10

Das Bradbury war das angestaubte Juwel der Downtown. Vor mehr als einem Jahrhundert erbaut, war seine Schönheit zwar betagt, aber dennoch strahlender und dauerhafter als die der Glas- und Marmorhochhäuser, die es mittlerweile so winzig erscheinen ließen wie ein schönes Kind, das von einer Phalanx grimmiger Wachen umzingelt wurde. Seine kunstvollen Konturen und gefliesten Fassaden hatten sowohl der

Treulosigkeit der Menschen wie der Natur getrotzt. Es hatte
Erdbeben und Unruhen überlebt, Phasen der Vernachlässi-
gung und des Verfalls und eine Stadt, der oft nichts an der Er-
haltung des Wenigen lag, was sie an Kultur und Geschichte
hatte. Nach Boschs Ansicht gab es in Los Angeles kein schö-
neres Bauwerk – ungeachtet dessen, aus welchen Gründen er
im Lauf der Jahre drinnen gewesen war.

Abgesehen davon, daß sich dort die Kanzleien von Howard
Elias und einer Reihe anderer Anwälte befanden, beherbergte
das Bradbury in seinen fünf Etagen auch verschiedene staatliche und städtische Behörden. Im dritten Stock waren drei
große Büros an die Internal Affairs Division vermietet, die
Dienstaufsichtsbehörde des LAPD. Sie wurden für die Rechtsausschuß-Hearings benutzt – die Disziplinarverfahren, in denen sich Polizisten, die einer Verletzung ihrer Dienstpflicht
beschuldigt wurden, rechtfertigen mußten. Die IAD hatte die
Gewerbeflächen angemietet, weil die in den 90er Jahren dra-
stisch ansteigende Flut von Klagen gegen Polizisten zu immer
mehr Disziplinarverfahren und Rechtsausschuß-Hearings geführt hatte. Inzwischen fand jeden Tag ein Hearing statt,
manchmal sogar zwei oder drei gleichzeitig. Für so viele Disziplinarverfahren war im Parker Center nicht genügend Platz.
Deshalb hatte die IAD die Räumlichkeiten im nahe gelegenen
Bradbury bezogen.

Für Bosch war die IAD der einzige Schönheitsfehler des
Baus. Zweimal hatte er sich im Bradbury schon bei einem
Rechtsausschuß-Hearing verantworten müssen. Jedesmal
hatte er seine Aussage zu Protokoll gegeben, sich angehört,
was Zeugen und ein IAD-Ermittler – einmal war es Chastain
gewesen – über die Fakten und Erkenntnisse des Falls zu sagen hatten, und war dann unter dem riesigen Oberlicht des
Atriums auf und ab gegangen, während die drei Captains
über sein Schicksal entschieden hatten. Er war aus beiden
Hearings unbeschadet hervorgegangen und hatte dabei das
Bradbury mit seinen mexikanischen Fliesenböden, seinen
verschnörkelten Treppengeländern und den hängenden Post-
rutschen lieben gelernt. Einmal hatte er sich die Zeit genommen, in der Los Angeles Conservancy seine Geschichte nach-

zulesen, und war dabei auf eins der spannendsten Kapitel der Stadtgeschichte von Los Angeles gestoßen: Trotz seiner zeitlosen Schönheit war das Bradbury von einem einfachen Bauzeichner entworfen worden. Als George Wyman 1892 die Pläne für das Gebäude zeichnete, hatte er weder eine Ausbildung als Architekt noch Erfahrung im Entwerfen von Gebäuden, und doch resultierte sein Entwurf in einem Bau, der über ein Jahrhundert Bestand haben und Generationen von Architekten in Staunen versetzen sollte. Noch unerklärlicher machte das Ganze der Umstand, daß Wyman danach weder in Los Angeles noch sonstwo jemals wieder ein Gebäude von irgendeiner Bedeutung entworfen hatte.

Das war die Sorte von Mysterium, die Bosch liebte. Die Vorstellung, daß sich jemand mit der einzigen Chance, die er erhielt, ein Denkmal setzte, übte einen starken Reiz auf ihn aus. Obwohl ihn ein ganzes Jahrhundert von George Wyman trennte, identifizierte sich Bosch sehr stark mit dem Mann. Er glaubte an die eine Chance. Er wußte nicht, ob er die seine schon erhalten hatte – das war etwas, worüber man sich erst klar wurde, wenn man als alter Mann auf sein Leben zurückblickte. Aber er hatte das Gefühl, daß irgendwo da draußen noch eine Chance auf ihn wartete. Er mußte sie nur ergreifen.

Infolge der Einbahnstraßen und Ampeln, die Dellacroce und Rider aufhielten, kamen Bosch und Chastain zu Fuß vor ihnen im Bradbury an. Als sie auf die massiven gläsernen Eingangstüren zugingen, stieg Janis Langwiser aus einem kleinen roten Sportwagen, der im Halteverbot am Straßenrand stand. Sie hatte einen Lederbeutel von der Schulter hängen und hielt in der Hand einen Styroporbecher, aus dem das Etikett eines Teebeutels hing.

»Hey, hatten wir nicht eine Stunde gesagt«, schimpfte sie im Spaß.

Bosch sah auf die Uhr. Seit sie telefoniert hatten, waren eine Stunde und zehn Minuten vergangen.

»Sie sind doch Anwältin«, entgegnete er lächelnd. »Am besten, Sie verklagen mich gleich.«

Er machte sie mit Chastain bekannt und weihte sie ausführlicher in den Stand der Ermittlungen ein. Bis er fertig war, hatten Rider und Dellacroce ihre Autos vor Langwisers Sportwagen abgestellt. Bosch probierte die Türen des Bradbury, aber sie waren abgeschlossen. Er holte den Schlüsselbund heraus und fand beim zweiten Versuch den richtigen Schlüssel. Sie betraten das Atrium des Gebäudes, und unwillkürlich blickte jeder von ihnen nach oben, so stark war der Zauber dieses Orts. Das Oberlicht über ihnen war von den Grau- und Lilatönen der Morgendämmerung überzogen. Aus verborgenen Lautsprechern kam klassische Musik. Etwas Eingängiges und Trauriges, aber Bosch wußte nicht, was es war.

»Barbers ›Adagio‹«, sagte Langwiser.

»Was?« sagte Bosch, der immer noch nach oben sah.

»Die Musik.«

»Ach so.«

Ein Polizeihubschrauber, unterwegs zum Schichtwechsel im Piper Tech, flitzte über das Oberlicht. Das brach den Bann, und Bosch senkte den Blick. Ein uniformierter Sicherheitsbeamter kam auf sie zu. Es war ein junger Schwarzer mit kurzgeschnittenem Haar und auffallend grünen Augen.

»Kann ich Ihnen helfen? Das Gebäude ist im Moment noch geschlossen.«

»Polizei.« Bosch zog sein Ausweisetui heraus und klappte es auf. »Wir haben einen Durchsuchungsbefehl für Büro fünf-null-fünf.«

Er nickte Dellacroce zu, der darauf den Durchsuchungsbefehl noch einmal aus seiner Jackentasche holte und ihn dem Sicherheitsbeamten reichte.

»Das ist Mr. Elias' Kanzlei«, sagte der Sicherheitsbeamte.

»Wissen wir«, sagte Dellacroce.

»Was ist los?« fragte der Mann. »Warum müssen Sie die Kanzlei durchsuchen?«

»Das können wir Ihnen im Moment noch nicht sagen«, erklärte Bosch. »Aber wir haben ein paar Fragen an Sie. Wann beginnt Ihre Schicht? Waren Sie hier, als Mr. Elias gestern abend das Gebäude verlassen hat?«

»Ja, da war ich hier. Mein Dienst geht von sechs bis sechs. Ich habe sie gestern abend gegen elf weggehen sehen.«

»Sie?«

»Ja, ihn und zwei andere Männer. Gleich nachdem sie raus sind, habe ich die Tür abgeschlossen. Danach war niemand mehr im Gebäude – außer mir.«

»Wissen Sie, wer die anderen Männer waren?«

»Einer war Mr. Elias' Assistent oder wie man das nennt.«

»Sekretär? Helfer?«

»Ja, Helfer. Das trifft es am ehesten. So ein junger Student, der ihm in der Kanzlei hilft.«

»Wissen Sie, wie er heißt?«

»Nein, nach seinem Namen habe ich ihn nie gefragt.«

»Und der andere Mann? Wer war das?«

»Den kannte ich nicht.«

»Haben Sie ihn vorher schon mal hier gesehen?«

»Ja, sie sind die letzten Male abends immer zusammen weggegangen. Und davor habe ich ihn, glaube ich, ein paarmal allein kommen oder gehen sehen.«

»Hatte er hier ein Büro?«

»Nicht, daß ich wüßte.«

»War er ein Mandant von Elias?«

»Woher soll ich das wissen?«

»Schwarz? Weiß?«

»Schwarz.«

»Wie sah er aus?«

»Also, so genau habe ich ihn mir auch nicht angesehen.«

»Sie sagten doch gerade, Sie hätten ihn schon früher mal hier gesehen. Wie sah er aus?«

»Na ja, irgendwie ganz normal. Er …«

Bosch wurde ungeduldig, war aber nicht sicher, warum. Der Sicherheitsbeamte schien sein Bestes zu tun. Es kam bei Ermittlungen ständig vor, daß ein Zeuge jemanden nicht beschreiben konnten, obwohl er ihn genau zu sehen bekommen hatte. Bosch nahm dem Mann den Durchsuchungsbefehl aus der Hand und gab ihn Dellacroce zurück. Langwiser fragte, ob sie ihn sehen könnte, und begann ihn durchzulesen, während Bosch mit der Vernehmung des Sicherheitsbeamten fortfuhr.

103

»Wie heißen Sie?«

»Robert Courtland. Ich stehe auf der Warteliste für die Akademie.«

Bosch nickte. Die meisten Sicherheitsbeamten in Los Angeles warteten auf eine Stelle bei der Polizei. Der Umstand, daß Courtland als Schwarzer noch nicht in der Akademie war, verriet Bosch, daß es bei seiner Bewerbung einen Haken geben mußte. Die Polizei stellte bevorzugt Angehörige von Minderheiten ein. Wenn Courtland auf der Warteliste stand, mußte da etwas sein. Bosch vermutete, er hatte vielleicht zugegeben, Marihuana zu rauchen, oder er hatte nicht den erforderlichen Schulabschluß oder sogar eine Jugendstrafe.

»Schließen Sie die Augen, Robert.«

»Was?«

»Schließen Sie einfach die Augen und entspannen Sie sich. Denken Sie an den Mann, den Sie gesehen haben. Sagen Sie mir, wie er aussieht.«

Courtland tat, was Bosch ihm sagte, und wartete kurz darauf mit einer verbesserten, aber immer noch oberflächlichen Personenbeschreibung auf.

»Er war ungefähr so groß wie Mr. Elias. Aber er hatte den Kopf rasiert. Richtig glatt. Und er hatte so einen Soul Chip.«

»Einen Soul Chip?«

»Sie wissen schon, so einen kleinen Bart unter der Unterlippe.«

Er öffnete die Augen.

»Das ist alles.«

»Das ist alles?« Boschs Ton war freundlich, spöttisch. »Also hören Sie mal, Robert, wie wollen Sie so zur Polizei kommen? Da brauchen wir schon ein wenig mehr. Wie alt war der Typ?«

»Keine Ahnung. Dreißig oder vierzig.«

»Das ist ja schon mal etwas. Nur zehn Jahre Differenz. War er dünn? Dick?«

»Dünn, aber mit Muskeln. Richtig durchtrainiert, wissen Sie.«

»Ich glaube, er ist dabei, Michael Harris zu beschreiben«, sagte Rider.

Bosch sah sie an. Harris war der Kläger im Black-Warrior-Fall.

»Das kommt hin«, fuhr Rider fort. »Der Prozeß beginnt am Montag. Wahrscheinlich haben sie bis spät abends gearbeitet, sich auf die Verhandlung vorbereitet.«

Bosch nickte und wollte Courtland gerade wegschicken, als Langwiser, die inzwischen auf der letzten Seite des Durchsuchungsbefehls angelangt war, sagte: »Ich glaube, mit dem Durchsuchungsbefehl gibt es ein Problem.«

Alle sahen sie an.

»Okay, Robert«, wandte sich Bosch an Courtland. »Ab jetzt kommen wir alleine klar. Danke für Ihre Hilfe.«

»Möchten Sie nicht, daß ich mit Ihnen hochkomme und Ihnen die Tür aufschließe oder sonst was?«

»Nein, wir haben einen Schlüssel. Wir kommen schon zurecht.«

»Na, dann gut. Ich bin im Sicherheitsbüro hinter der Treppe, wenn Sie was brauchen.«

»Danke.«

Courtland begann in die Richtung zu gehen, aus der er gekommen war, blieb aber noch einmal stehen und drehte sich um.

»Ach, noch was. Benutzen Sie den Lift lieber nicht alle fünf auf einmal. Das verkraftet das alte Ding vielleicht nicht.«

»Danke, Robert«, sagte Bosch.

Er wartete, bis der Mann hinter der Treppe verschwunden war, bevor er sich Langwiser zuwandte.

»Miß Langwiser, Sie waren wahrscheinlich noch nicht an allzu vielen Tatorten. Deshalb ein kleiner Tip: Erwähnen Sie nie in Anwesenheit von jemandem, der kein Cop ist, daß es Probleme mit dem Durchsuchungsbefehl gibt.«

»Oh, Scheiße. Tut mir leid. Ich –«

»Was soll mit dem Durchsuchungsbefehl nicht stimmen?« fragte Dellacroce. Seine Stimme verriet, daß er über die Beanstandung seiner Arbeit verärgert war. »Der Richter hatte nichts daran auszusetzen. Der Richter fand ihn völlig in Ordnung.«

105

Langwiser sah auf den Durchsuchungsbefehl in ihrer Hand hinab und schwenkte ihn hin und her, wobei seine Blätter flatterten wie eine fallende Taube.

»Ich denke nur, bei einem Fall wie diesem sollten wir uns über unser Vorgehen sehr genau im klaren sein, bevor wir da reinmarschieren und anfangen, uns irgendwelche Akten anzusehen.«

»Wir müssen uns die Akten ansehen«, wandte Bosch ein. »In ihnen werden wir die meisten Verdächtigen finden.«

»Das ist mir klar. Bloß handelt es sich hier um vertrauliche Unterlagen für Prozesse gegen die Polizei. Sie enthalten Informationen, die unter das Anwaltsgeheimnis fallen. Verstehen Sie denn nicht? Wenn Sie auch nur in eine dieser Akten sehen, könnte man geltend machen, Sie verletzen die Rechte von Elias' Mandanten.«

»Wir wollen doch nur seinen Mörder finden. Seine anhängigen Verfahren interessieren uns nicht. Ich hoffe sehr, daß der Name des Mörders nicht in diesen Unterlagen steht und daß es kein Cop ist. Aber was ist, wenn es so ist oder wenn Elias in seinen Akten Kopien oder Notizen über Drohungen aufbewahrt hat? Was ist, wenn er im Zuge seiner eigenen Nachforschungen etwas über jemanden herausgefunden hat, das ein Motiv für seine Ermordung sein könnte? Sie verstehen also, daß wir uns die Akten ansehen müssen.«

»Das verstehe ich durchaus. Aber wenn später ein Richter die Durchsuchung für unzulässig erklärt, können Sie vor Gericht nichts von dem verwenden, was Sie in der Kanzlei finden. Möchten Sie dieses Risiko eingehen?«

Sie wandte sich von ihnen ab und blickte zur Tür.

»Gibt es hier irgendwo ein Telefon? Ich muß deswegen mal telefonieren. Jedenfalls kann ich Sie noch nicht in die Kanzlei lassen. Nicht guten Gewissens.«

Verärgert stieß Bosch den Atem aus. Insgeheim machte er sich Vorhaltungen, zu früh einen Anwalt verständigt zu haben. Er hätte einfach tun sollen, was er für richtig hielt, und sich um die Konsequenzen später kümmern.

»Hier.«

106

Er öffnete seinen Aktenkoffer und gab ihr sein Handy. Er hörte, wie sie bei der Bezirksstaatsanwaltschaft anrief und sich mit einem Ankläger namens David Sheiman verbinden ließ, der, wie Bosch wußte, die Abteilung Schwerverbrechen leitete. Sobald sie Sheiman am Apparat hatte, begann sie ihm die Situation zu schildern. Bosch hörte weiter zu, um sicherzugehen, daß die Details stimmten.

»Was sollen wir hier noch länger rumstehen, Harry?« flüsterte Rider ihm zu. »Ist doch reine Zeitverschwendung. Sollen Edgar und ich uns schon mal Harris vorknöpfen und wegen gestern abend ausquetschen?«

Fast hätte Bosch zustimmend genickt, doch dann wurde er sich der möglichen Konsequenzen bewußt.

Michael Harris wollte fünfzehn Angehörige der Robbery-Homicide Division verklagen, und der Prozeß, der in der Öffentlichkeit bereits hohe Wellen geschlagen hatte, sollte am Montag beginnen. Harris, ein wegen Einbruchs und Körperverletzung vorbestrafter Angestellter einer Autowäscherei, verlangte zehn Millionen Schadenersatz, weil ihm Angehörige der RHD in Zusammenhang mit der Entführung und Ermordung eines zwölfjährigen Mädchens aus einer prominenten und wohlhabenden Familie angeblich belastendes Beweismaterial untergeschoben hatten. Außerdem behauptete Harris, die Detectives hätten ihn entführt und über einen Zeitraum von drei Tagen hinweg festgehalten und gefoltert, um ihm ein Geständnis zu entlocken und den Aufenthaltsort des vermißten Mädchens herauszufinden. In der Anklageschrift wurde behauptet, aus Frustration über Harris' Weigerung, seine Beteiligung an dem Verbrechen zuzugeben und sie zu dem vermißten Mädchen zu führen, hätten ihm die Detectives eine Plastiktüte über den Kopf gestülpt und ihm damit gedroht, ihn zu ersticken. Des weiteren behauptete er, ein Detective habe ihm einen spitzen Gegenstand – einen Black-Warrior-Bleistift Number 2 – ins Ohr gestoßen und das Trommelfell durchlöchert. Harris hatte jedoch nichts zugegeben, und am vierten Tag des Verhörs wurde auf einem unbebauten Grundstück nur einen Block von seiner Wohnung die bereits stark verweste Leiche des

107

Mädchens gefunden. Sie war sexuell mißhandelt und stranguliert worden.

Der Mord war eine weitere Greueltat in einer langen Reihe von Verbrechen, die in der Öffentlichkeit für Aufsehen sorgten. Das Opfer war ein hübsches blondes, blauäugiges Mädchen namens Stacey Kincaid, das unter bisher ungeklärten Umständen nachts aus der scheinbar gut gesicherten Villa ihrer Eltern in Brentwood entführt worden war. Es war die Sorte Verbrechen, die der ganzen Stadt eine erschreckend deutliche Botschaft übermittelte: Niemand ist sicher.

Als wäre die Ermordung des Mädchens nicht ohnehin schon furchtbar genug, wurde sie durch die Medien noch ungeheuer aufgebauscht. Zunächst lag das an der Person des Opfers und seiner Herkunft. Sie war die Stieftochter von Sam Kincaid, Erbe einer Familiendynastie, der im Los Angeles County mehr Autohäuser gehörten, als man an den Händen abzählen konnte. Sam war der Sohn Jackson Kincaids, des ursprünglichen ›Autozaren‹, der die Ford-Vertragswerkstatt, die ihm sein Vater nach dem Zweiten Weltkrieg hinterließ, zu einem riesigen Unternehmen ausgebaut hatte. Wie später auch Howard Elias hatte Jack Kincaid früh die Vorteile der lokalen Fernsehwerbung erkannt und war in den 6oer Jahren fester Bestandteil der spätabendlichen Werbesendungen geworden. Auf dem Bildschirm strahlte Kincaid einen volksnahen Charme aus, der etwas Aufrichtiges und Kumpelhaftes hatte. Er wirkte so seriös und vertrauenswürdig wie Johnny Carson und war in den Wohn- und Schlafzimmern von Los Angeles auch genauso oft zu sehen. Wenn Los Angeles als ›Stadt des Automobils‹ betrachtet wurde, galt Jack Kincaid mit Sicherheit als ihr heimlicher Bürgermeister.

Solange er nicht vor der Kamera stand, war der Autozar ein kühl kalkulierender Geschäftsmann, der beide Parteien finanziell unterstützte und der Konkurrenz gnadenlos das Wasser abgrub oder sie zumindest aus der Umgebung seiner Vertragswerkstätten vertrieb. Sein Imperium vergrößerte sich rasch, und bald waren seine Autohäuser in ganz Südkalifornien zu finden. In den 8oer Jahren ging die Ära Jack Kincaid zu Ende, und der Titel Autozar ging auf seinen Sohn Sam über. Aber der alte Herr hatte, wenn auch meistens im Hintergrund, die Zügel weiterhin fest in der Hand. Besonders deutlich zeigte sich das in dem Moment, als Stacey Kincaid entführt wurde und der alte Jack wieder auf den Bildschirmen auftauchte, diesmal allerdings, um in Nachrichtensendungen aufzutreten und eine Million Dollar Belohnung auf die unversehrte Rückgabe seiner Enkelin auszusetzen. Es war eine weitere groteske Episode in Los Angeles' Geschichte des Verbrechens. Der alte Mann aus dem Fernsehen, mit dem alle groß geworden waren, meldete sich plötzlich wieder auf den Bildschirmen zurück und bettelte unter Tränen um das Leben seiner Enkelin.

Es half alles nichts. Die Belohnung und die Tränen des alten Mannes wurden bedeutungslos, als die Leiche des Mädchens in der Nähe von Michael Harris' Wohnung auf einem unbebauten Grundstück entdeckt wurde.

Als der Fall zur Verhandlung kam, waren die einzigen Belastungsbeweise, die der Anklage vorlagen, Harris' Fingerabdrücke, die in dem Schlafzimmer gefunden worden waren, aus dem das Mädchen entführt worden war, und der Umstand, daß die Leiche in unmittelbarer Nähe seiner Wohnung aufgetaucht war. Der Fall sorgte für einiges Aufsehen; sowohl in der Gerichtssendung Court TV wie in den lokalen Nachrichtensendungen wurde täglich live darüber berichtet. Harris' Anwalt John Penny, der es ebenso geschickt wie Elias verstand, Geschworene zu manipulieren, baute seine Verteidigung darauf auf, daß die Nähe der Leichenfundstelle zur Wohnung des Angeklagten rein zufällig sei und die Fingerabdrücke – die auf einem der Schulbücher des Mädchens gefunden worden waren – dem Angeklagten vom LAPD untergeschoben worden seien.

Aller Einfluß und alles Geld, das die Kincaids über Generationen hinweg angehäuft hatten, kam gegen die polizeifeindliche Stimmung und die unterschwellige Rassenproblematik des Falls nicht an. Harris war schwarz, die Kincaids, die Polizei und die Anklage waren Weiße. Vollends irreparablen Schaden erlitt die Prozeßführung gegen Harris schließlich, als Harris' Verteidiger Jack Kincaid im Zuge seiner Vernehmung

eine Bemerkung entlockte, die viele als rassistisch auffaßten.
Nachdem Kincaid bei der Verhandlung eine detaillierte Auf-
stellung seiner zahlreichen Autohäuser gegeben hatte und
von Penny gefragt wurde, warum er keine Niederlassung in
South Central Los Angeles habe, erklärte Kincaid, bevor der
Staatsanwalt wegen der Unerheblichkeit der Frage Einspruch
erheben konnte, ohne Zögern, für seine Betriebe kämen keine
Standorte in Frage, deren Bewohnerschaft eine ausgeprägte
Neigung zu Krawallen zeige. Dem fügte er noch hinzu, die
Richtigkeit dieser Einschätzung, zu der er nach den Unruhen
1965 in Watts gelangt sei, sei durch die Unruhen des Jahres
1992 bestätigt worden.

Frage und Antwort hatten, wenn überhaupt, nur wenig mit
dem Mord an dem zwölfjährigen Mädchen zu tun, wurden
aber nachweislich zum Knackpunkt des ganzen Prozesses.
Nach Beendigung der Verhandlung erklärten Geschworene,
Kincaids Antwort sei symptomatisch für die tiefe Kluft, die in
der Stadt zwischen den Rassen herrsche. Infolge dieser einen
Äußerung verlagerte sich das Schwergewicht der Sympathien
von der Familie Kincaid auf Harris. Die Anklage stand auf
verlorenem Posten.

Die Geschworenen sprachen Harris nach vier Stunden frei.
Anschließend übergab Penny den Fall zum Zweck einer Zivil-
klage an seinen Kollegen Howard Elias, und Harris nahm im
Pantheon der Bürgerrechtsopfer und -helden von South L. A.
einen Platz an der Seite Rodney Kings ein. Die meisten von ihnen waren zu Recht in den Genuß dieser Ehre gelangt, aber einige hatten sie nur ihren Anwälten und den Medien zu verdanken. Egal, welcher Kategorie Harris angehörte, machte er
sich nun daran, finanziellen Nutzen aus der Sache zu schlagen – in dem bevorstehenden Bürgerrechtsprozeß waren 10
Millionen Dollar nur das Eröffnungsgebot.

Trotz des Schiedsspruchs der Geschworenen und aller damit einhergehenden Rhetorik glaubte Bosch Harris' Un-
schuldsbeteuerungen ebensowenig wie seinen Behauptungen
über das brutale Vorgehen der Polizei. Einer der Detectives,
die Harris namentlich der Brutalität bezichtigt hatte, war
Boschs früherer Partner Frankie Sheehan, von dem Bosch

wußte, daß er sich Verdächtigen und Häftlingen gegenüber absolut korrekt verhielt. Daher hielt Bosch Harris einfach für einen Lügner und Mörder, der seiner gerechten Strafe entgangen war. Er hätte keine Skrupel gehabt, ihn aus dem Bett zu holen, um ihn wegen des Mords an Howard Elias zu vernehmen. Zugleich war ihm klar, wenn er Harris jetzt ins Präsidium bringen ließ, rückte er womöglich die Behandlung, die ihm angeblich durch die Polizei widerfahren war, in ein noch schlechteres Licht – zumindest nach Meinung eines Großteils der Öffentlichkeit und der Medien. Die Entscheidung, die er zu treffen hatte, war in gleichem Maße eine politische wie eine polizeiliche.

»Laß mich einen Moment nachdenken«, sagte er deshalb zu Rider.

Er stellte sich etwas abseits. Die Sache war sogar noch heikler, als er gedacht hatte. Jeder noch so kleine Fehler konnte zu einer Katastrophe führen – für das Verfahren, für die Polizei, für Karrieren. Er fragte sich, ob Irving sich all dessen bewußt gewesen war, als er den Fall Boschs Team zugeteilt hatte. Vielleicht, dachte er, waren Irvings Komplimente nur ein Deckmantel für sein wahres Motiv – Bosch und sein Team ans Messer zu liefern. Bosch wußte, was er jetzt dachte, trug Züge von Verfolgungswahn. Daß sich der Deputy Chief so schnell einen so raffinierten Plan ausgedacht haben könnte, war höchst unwahrscheinlich. Oder auch, daß er sich überhaupt über Boschs Team Gedanken gemacht haben könnte, während so viel auf dem Spiel stand.

Bosch blickte auf und stellte fest, daß der Himmel inzwischen viel heller war. Es würde ein sonniger und heißer Tag werden.

»Harry?«

Er drehte sich um. Es war Rider.

»Sie ist fertig mit Telefonieren.«

Er kehrte zu der Gruppe zurück, und Langwiser gab ihm sein Handy zurück.

»Leider habe ich schlechte Nachrichten«, sagte sie. »Dave Sheiman will einen Special Master hinzuziehen, der sich die Akten vor Ihnen ansieht.«

»Einen Special Master?« fragte Dellacroce. »Was soll denn das sein?«

»Ein Anwalt«, sagte Langwiser. »Ein unabhängiger von einem Richter bestellter Anwalt, der sich die Akten ansieht. Seine Aufgabe besteht darin, einerseits die Rechte der Mandanten zu wahren und Ihnen zugleich alles Material zukommen zu lassen, das Sie brauchen. Steht wenigstens zu hoffen.«

»Scheiße.« Boschs Frustration gewann nun doch die Oberhand. »Warum machen wir nicht auf der Stelle Schluß und stellen dieses bescheuerte Verfahren ein? Wenn nicht einmal der Staatsanwaltschaft etwas an der Lösung des Falls liegt, warum dann uns?«

»Detective Bosch, Sie wissen ganz genau, daß das nicht so ist. Natürlich liegt uns etwas daran. Wir möchten uns bloß absichern. Der Durchsuchungsbefehl, den Sie haben, ermächtigt Sie nach wie vor, die Kanzlei zu durchsuchen. Sheiman meinte außerdem, zu den Akten gelegte Fälle könnten Sie sich sogar jetzt schon ansehen – und das müssen Sie ja sicher auch. Aber was die anhängigen Verfahren angeht, muß sie sich erst der Special Master ansehen. Sie dürfen ihn nicht als Feind betrachten. Er wird Ihnen alles geben, was Sie zu sehen bekommen dürfen.«

»Und wann wird er hier anrücken? Nächste Woche? In einem Monat?«

»Nein. Sheiman wird sich gleich heute morgen darum kümmern. Er wird Judge Houghton anrufen, ihm den Sachverhalt erklären und sehen, ob er ihm jemanden als Special Master empfehlen kann. Mit ein bißchen Glück wird der Betreffende schon heute ernannt, und Sie bekommen schon heute nachmittag, was Sie aus den Akten brauchen. Allerspätestens morgen.«

»Allerspätestens morgen ist zu spät. So lange können wir hier nicht untätig herumsitzen.«

»Ja«, fiel Chastain ein. »Wußten Sie denn nicht, daß so ein Ermittlungsverfahren wie ein Hai ist? Es muß ständig –«

»Schon gut, Chastain«, sagte Bosch.

»Hören Sie«, sagte Langwiser. »Ich werde Dave klarmachen, wie dringend die Sache ist. Bis dahin müssen Sie einfach

Geduld haben. Wollen wir jetzt weiter hier unten herumstehen und lange Reden schwingen, oder gehen wir nach oben und sehen, was wir in der Kanzlei machen können?«

Verärgert über ihren schneidenden Ton, sah Bosch sie finster an. In diesem Moment begann das Telefon in seiner Hand zu läuten. Es war Edgar. Er flüsterte so leise, daß Bosch sich mit der Hand das andere Ohr zuhielt, um ihn verstehen zu können.

»Ich habe dich nicht verstanden. Was?«

»Hör zu, ich bin im Schlafzimmer. Im Nachttisch ist kein Adreßbuch. Ich habe in beiden Nachttischen nachgesehen. Es ist nicht da.«

»Was?«

»Dieses Adreßbuch. Es ist nicht hier, Mann.«

Bosch sah Chastain an, der zurückblickte. Er wandte sich ab und stellte sich abseits, außer Hörweite der anderen. Jetzt flüsterte er ins Telefon.

»Bist du sicher?«

»Klar bin ich sicher. Wenn es hier wäre, hätte ich es wohl gesehen.«

»Warst du der erste im Schlafzimmer.«

»Ja. Der erste. Es ist nicht hier.«

»Und du bist in dem Schlafzimmer, das auf der rechten Seite liegt, wenn man den Flur runtergeht?«

»Ja, Harry. Ich bin im richtigen Zimmer. Aber es ist nicht hier.«

»Scheiße.«

»Was soll ich jetzt tun?«

»Nichts. Mit der Durchsuchung weitermachen.«

Bosch schob das Handy zusammen und steckte es ein. Er ging zu den anderen zurück. Er versuchte ruhig zu erscheinen, als hätte der Anruf nur ein geringfügiges Ärgernis dargestellt.

»Okay, dann fahren wir mal nach oben und sehen, was wir dort tun können.«

Sie gingen zum Aufzug, einem offenen schmiedeeisernen Käfig mit kunstvollen Schnörkeln und einer Einfassung aus poliertem Messing.

»Am besten, Sie fahren mit den beiden Damen hoch«, sagte Bosch zu Dellacroce. »Wir kommen dann nach. So müßte das Gewicht etwa gleichmäßig verteilt sein.«

Er holte Elias' Schlüsselbund aus der Tasche und reichte ihn Rider.

»Der Kanzleischlüssel müßte da dran sein. Und mach dir wegen Harris erst mal keine Gedanken. Als erstes sehen wir, was wir in der Kanzlei finden.«

»Klar, Harry.«

Sie stiegen ein, und Dellacroce zog das Faltgitter zu. Mit einem Ruck setzte sich der Lift in Bewegung. Als er den ersten Stock erreichte und seine Insassen sie nicht mehr sehen konnten, wandte Bosch sich Chastain zu. Jetzt verschaffte er seinem Ärger Luft. Er ließ den Aktenkoffer fallen, packte Chastain mit beiden Händen am Kragen seiner Jacke, stieß ihn grob gegen den Liftkäfig und zischte wutentbrannt: »Herrgott noch mal, Chastain, ich frage Sie nur dieses eine Mal. Wo ist das verdammte Adreßbuch?«

Chastain wurde knallrot und riß erschrocken die Augen auf.

»Was? Was meinen Sie überhaupt?«

Er packte Boschs Hände und versuchte sich zu befreien, aber Bosch ließ nicht los und lehnte sich weiter mit seinem ganzen Gewicht gegen ihn.

»Das Adreßbuch in der Wohnung. Ich weiß, daß Sie es genommen haben, und ich will es zurück. Und zwar sofort.«

Endlich gelang es Chastain, sich loszureißen. Sein Sakko, sein Hemd und seine Krawatte waren verrutscht. Er wich vor Bosch zurück, als hätte er Angst, und brachte seine Kleider in Ordnung. Dann deutete er mit dem Finger auf Bosch.

»Fassen Sie mich ja nicht noch mal an! Sind Sie komplett übergeschnappt? Ich habe das Adreßbuch nicht. Das hatten Sie. Ich habe gesehen, wie Sie es in die Nachttischschublade zurückgelegt haben.«

Bosch machte einen Schritt auf ihn zu.

»Sie haben es genommen. Als ich auf dem Bal–«

»Fassen Sie mich nicht an, habe ich gesagt! Ich habe es nicht genommen. Wenn es nicht da ist, war nach uns noch jemand in der Wohnung und hat es genommen.«

Bosch hielt inne. Es war eine naheliegende Erklärung, und doch war sie ihm nicht mal in den Sinn gekommen. Er hatte automatisch Chastain verdächtigt. Beschämt, daß er alte Animositäten sein Urteil hatte trüben lassen, blickte er auf den Fliesenboden. Er konnte hören, wie im fünften Stock die Lifttür aufging. Er hob die Augen, fixierte Chastain mit einem blutleeren Blick und deutete auf sein Gesicht.

»Wenn ich was anderes herausfinde, Chastain, zerreiße ich Sie in der Luft. Machen Sie sich schon mal darauf gefaßt.«

»Jetzt lassen Sie endlich diesen Scheiß! Ich habe das Buch nicht genommen. Aber Ihre Dienstmarke werde ich Ihnen dafür nehmen.«

Bosch lächelte, aber in seinem Lächeln lag keine Wärme.

»Nur zu. Schreiben Sie Ihre Anzeige, Chastain. Sobald Sie mir meine Dienstmarke nehmen können, können Sie sie gern haben.«

11

Als Bosch und Chastain im vierten Stock ankamen, waren die anderen bereits in Howard Elias' Kanzlei. Sie bestand im wesentlichen aus drei Räumen: einem Vorzimmer mit einem Schreibtisch für die Sekretärin, einem Raum mit einem Schreibtisch für den Rechtsgehilfen und zwei Wänden voller Aktenschränke und schließlich dem dritten und größten Raum, Elias' Büro.

Während Bosch und Chastain durch die Kanzlei gingen, standen die anderen stumm herum und sahen sie nicht an. Sie hatten den Streit im Foyer mitbekommen, als sie im Aufzug nach oben gefahren waren. Bosch störte das nicht. Er hatte die Auseinandersetzung mit Chastain bereits abgehakt und konzentrierte sich auf die Durchsuchung. Er hoffte, sie würden in der Kanzlei etwas finden, was den Ermittlungen einen Brennpunkt, eine bestimmte Richtung gab. Er ging durch die Kanzlei und machte sich mit den räumlichen Gegebenheiten vertraut. Im letzten Raum war durch die Fenster hinter Elias' großem Holzschreibtisch das riesige Gesicht von Anthony Quinn zu sehen. Es war Teil eines Wandgemäldes an einem dem Bradbury gegenüberliegenden Gebäude, das den Schauspieler mit ausgebreiteten Armen darstellte.

Rider kam hinter ihm in das Büro. Auch sie sah aus dem Fenster.

»Weißt du, jedesmal wenn ich in der Gegend hier unten bin und das sehe, frage ich mich, wer das ist.«

»Weißt du das nicht?«

»César Chávez?«

»Anthony Quinn. Du weißt schon, der Schauspieler.«

Offenbar sagte ihr der Name nichts.

»Vor deiner Zeit wahrscheinlich. Das Wandgemälde heißt Der Papst des Broadway – als würde er seine schützende Hand über die ganzen Obdachlosen hier in der Gegend halten.«

»Ach so.« Das klang nicht gerade beeindruckt. »Wie willst du jetzt vorgehen?«

Bosch starrte immer noch auf das Wandgemälde. Er mochte es, auch wenn er Schwierigkeiten hatte, Anthony Quinn als christusähnliche Figur zu sehen. Aber das Wandbild schien das Wesen des Mannes ganz gut zu treffen, eine urwüchsige männliche und emotionale Kraft. Bosch trat näher ans Fenster und blickte nach unten. Er sah die Konturen von zwei Obdachlosen, die auf dem Parkplatz vor dem Wandgemälde unter Decken aus Zeitungen schliefen. Anthony Quinns Arme waren über sie gebreitet. Bosch nickte. Das Wandgemälde war eins der kleinen Dinge, die ihm die Downtown von Los Angeles so liebenswert machten. Wie das Bradbury oder Angels Flight. Wenn man die Augen offenhielt, gab es überall kleine Glanzlichter.

Er drehte sich um. Hinter Rider waren Chastain und Langwiser in den Raum gekommen.

»Ich mache mich hier an die Arbeit. Kiz und Janis, Sie übernehmen das Aktenzimmer.«

»Und wie weiter?« fragte Chastain. »Sollen ich und Del den Schreibtisch der Sekretärin übernehmen?«

»Sicher. Wenn Sie ihn durchsuchen, sehen Sie gleich mal, ob Sie ihren Namen und den des Praktikanten oder Rechtsgehilfen herausbekommen. Wir müssen noch heute mit ihnen sprechen.«

Chastain nickte, aber Bosch entging nicht, daß er sich ärgerte, weil er den uninteressantesten Auftrag bekommen hatte.

»Wissen Sie was?« fügte Bosch hinzu. »Gehen Sie doch erst mal los und versuchen Sie ein paar Schachteln aufzutreiben. Wir werden eine Menge Akten von hier wegschaffen müssen.«

Wortlos verließ Chastain den Raum. Als Bosch sich kurz Rider zuwandte, bedachte sie ihn mit einem Blick, der ihm zu verstehen gab, daß er sich wie ein Arschloch benahm.

»Ist was?«

»Nein. Ich bin im Aktenzimmer.«

Sie ging und ließ Bosch allein mit Langwiser zurück.

»Alles in Ordnung, Detective?«

»Alles bestens. Ich werde mich jetzt mal an die Arbeit machen. Tun, was ich tun kann, bis wir von Ihrem Special Master hören.«

»Hören Sie, es tut mir leid. Aber Sie haben mich hier herkommen lassen, damit ich Sie berate, und das ist, was ich Ihnen rate. Ich finde nach wie vor, so ist es am besten.«

»Wir werden ja sehen.«

Fast die ganze nächste Stunde durchsuchte Bosch systematisch Elias' Schreibtisch, sah sich persönliche Dinge, Terminkalender und Notizen an. Die meiste Zeit verbrachte er mit dem Lesen einer Reihe von Notizbüchern, in die Elias alles mögliche eingetragen hatte, Dinge, die er erledigen wollte, Bleistiftzeichnungen, Notizen zu Telefongesprächen. Jedes Notizbuch war auf dem Deckblatt datiert. Wie es schien, hatte Elias im Schnitt jede Woche ein solches Notizbuch mit seinen umfangreichen Vermerken und Kritzeleien gefüllt. Bosch stach in den Notizbüchern nichts in die Augen, das den Eindruck machte, als stünde es in unmittelbarem Zusammenhang mit den Ermittlungen. Aber ihm war auch klar, daß bei dem Wenigen, das er über die Umstände von Elias' Ermordung wußte, etwas im Moment scheinbar Unwichtiges später wichtig werden konnte.

Bevor er anfangen konnte, das jüngste Notizbuch durchzugehen, wurde Bosch durch einen weiteren Anruf Edgars unterbrochen.

»Harry, hast du nicht gesagt, da wäre eine Nachricht auf dem Anrufbeantworter?«

»Ja.«

»Jetzt ist aber keine mehr drauf.«

Bosch ließ sich in Elias' Schreibtischstuhl zurücksinken und schloß die Augen.

»Verdammte Scheiße.«

»Ja, sie wurde gelöscht. Ich habe mir den Anrufbeantworter näher angesehen. Das ist keiner mit einem Tonband. Die Nachrichten werden auf einem Mikrochip gespeichert. Und dieser Chip wurde gelöscht.«

»Okay«, brummte Bosch wütend. »Mach mit der Durchsuchung weiter. Wenn du fertig bist, redest du mit den Sicherheitsleuten, wer das Gebäude betreten oder verlassen hat. Erkundige dich, ob sie vielleicht im Foyer oder in der Garage Videokameras installiert haben. Jemand muß in der Wohnung gewesen sein, nachdem ich gegangen bin.«

»Und Chastain? Er war doch dabei, oder nicht?«

»Chastain können wir ausschließen.«

Er schob das Handy zu, stand auf und ging ans Fenster. Er haßte das Gefühl, das sich ihm aufdrängte – daß der Fall etwas mit ihm machte anstatt umgekehrt.

Er blies den Atem aus und kehrte zurück zum Schreibtisch und dem letzten Notizbuch, das Howard Elias geführt hatte. Als er es durchblätterte, stieß er wiederholt auf Eintragungen, die sich auf jemanden bezogen, der ›Parker‹ genannt wurde. Bosch hatte nicht den Eindruck, daß es sich dabei um den richtigen Namen der betreffenden Person handelte, sondern um einen Decknamen für jemanden aus dem Parker Center. Die Eintragungen waren hauptsächlich Listen mit Fragen, die Elias offensichtlich ›Parker‹ zu stellen beabsichtigte, sowie Notizen zu Gesprächen mit dieser Person. Sie waren meist in abgekürzter Form oder in der persönlichen Kurzschrift des Anwalts niedergeschrieben und daher schwer zu entschlüsseln. Aber in einigen Fällen war klar zu erkennen, was damit gemeint war. Eine Notiz faßte Bosch als einen eindeutigen Hinweis auf, daß Elias im Parker Center eine Quelle gehabt hatte, die über weitreichende Beziehungen verfügte.

Parker:
Alle 51er besorgen – haltlos
1. Sheehan
2. Coblenz
3. Rooker
4. Stanwick

Bosch erkannte die Namen von vier RHD-Detectives, die zu den Angeklagten im Black-Warrior-Fall gehörten. Elias wollte die 51er Berichte – oder Strafanzeigen – gegen die vier Detectives. Genauer, Elias wollte die Akten über die haltlosen Strafanzeigen. Das hieß, er war an Anzeigen gegen die vier interessiert, denen die Dienstaufsicht zwar nachgegangen war, die aber nicht belegt werden konnten. Da es bei der Polizei Usus war, solche haltlosen Strafanzeigen aus den Personalakten der betreffenden Polizisten zu entfernen, konnten Anwälte wie Elias keine Einsicht in sie nehmen. Der Notizbucheintrag verriet Bosch jedoch, daß Elias irgendwie herausbekommen hatte, daß einmal Strafanzeigen gegen die vier erstattet worden waren und daß er im Parker Center eine Quelle hatte, die Zugang zu den Unterlagen über diese alten Strafanzeigen hatte. Die erste Schlußfolgerung lag auf der Hand; gegen alle Cops lagen unbewiesene Anzeigen vor. Das gehörte einfach zum Job. Aber daß jemand Zugang zu solchen Unterlagen hatte, war eine andere Sache. Wenn Elias eine solche Quelle hatte, war es eine hervorragend plazierte Quelle.

Bei einer der letzten Eintragungen zum Thema Parker handelte es sich offensichtlich um Aufzeichnungen zu einem Telefongespräch, das Elias vermutlich an seinem Schreibtisch geführt hatte. Wie es schien, verlor Elias seine Quelle.

Parker will nicht
Gefahr/Aufdeckung
Mehr Druck machen?

Parker will was nicht? fragte sich Bosch. Die Akten herausrücken, die Elias wollte? Fürchtete Parker, als Quelle bloßgestellt zu werden, wenn er Elias die Unterlagen besorgte? Bosch hatte nicht genug Anhaltspunkte, um irgendwelche Schlüsse zu ziehen, auch nicht darauf, was mit ›mehr Druck machen‹ gemeint war. Er war nicht einmal sicher, ob eine dieser Eintragungen etwas mit Howard Elias' Ermordung zu tun hatte. Dennoch hatte er eben eine hochinteressante Entdeckung gemacht. Einer der entschiedensten und erfolgreichsten Kritiker der Polizei hatte einen Maulwurf im Parker Center. Es gab innerhalb der eigenen Reihen einen Verräter, und das zu wissen war wichtig.

Bosch steckte das letzte Notizbuch in seinen Aktenkoffer und überlegte, ob er durch die Einblicke, die er dank der Notizen insbesondere über Elias' Quelle bei der Polizei gewonnen hatte, in Bereiche geriet, in denen, wie Janis Langwiser fürchtete, eine Verletzung der Rechte von Elias' Mandanten gegeben war. Nach kurzem Überlegen beschloß er, nicht ins Aktenzimmer zu gehen, um sie nach ihrer Meinung zu fragen, sondern mit der Durchsuchung fortzufahren.

Er drehte sich auf dem Stuhl zu dem Winkelschreibtisch herum, auf dem ein PC und ein Laserdrucker standen. Die Geräte waren ausgeschaltet. Dieser Schreibtisch hatte zwei Schubladen. In der oberen befand sich die Tastatur, in der unteren alle möglichen Büroutensilien mit einem braunen Ordner oben drauf. Bosch nahm den Ordner heraus und schlug ihn auf. Er enthielt einen Farbausdruck eines Fotos von einer halbnackten Frau. Der Ausdruck hatte zwei Knicke, die darauf hindeuteten, daß er früher einmal zusammengefaltet worden war. Das Foto selbst hatte nicht die technische Qualität der Aufnahmen, wie man sie aus den Sexheften vom Zeitungsstand kannte. Es wirkte dilettantisch und schlecht belichtet. Die Frau auf dem Foto war eine Weiße und hatte kurzes wasserstoffblondes Haar. Sie trug bis über die Knie reichende Lederstiefel mit zehn Zentimeter hohen Absätzen und einen Tanga, sonst nichts. Einen Fuß auf einem Stuhl, stand sie, das Gesicht größtenteils abgewandt, mit dem Rücken zur Kamera. Direkt über den Pobacken war ein zu einer Schleife gebundenes Band auf ihren Rücken tätowiert. Außerdem entdeckte Bosch am unteren Rand des Bilds einen handschriftlichen Vermerk.

http://www.girlawhirl.com/gina

Bosch kannte sich zwar nicht besonders mit Computern aus, aber doch gut genug, um zu wissen, daß es sich dabei um eine Internet-Adresse handelte.

»Kiz?« rief er.

Rider war die Computerexpertin seines Teams. Bevor sie zum Morddezernat Hollywood versetzt worden war, hatte sie im Betrugsdezernat der Pacific Division gearbeitet. Dort hatte sie vorwiegend mit Computern zu tun gehabt. Als sie aus dem Aktenzimmer kam, winkte er sie zu sich an den Schreibtisch.

»Wie läuft's bei euch?«

»Na ja, wir stapeln nur Akten. Sie will mich nichts ansehen lassen, solange dieser Special Master nicht hier war. Ich hoffe, Chastain bringt eine Menge Schachteln mit, weil wir – was ist das denn?«

Ihr Blick war auf den offenen Ordner und das Bild der blonden Frau gefallen.

»Das war in der Schublade hier. Sieh es dir mal an. Es steht eine Adresse drauf.«

Rider ging um den Schreibtisch herum und sah auf den Ausdruck.

»Das ist eine Internetseite.«

»Richtig. Und was müssen wir machen, damit wir sie uns mal ansehen können?«

»Laß mich mal ran.«

Bosch stand auf, und Rider setzte sich an den Computer. Bosch stellte sich hinter ihren Stuhl und sah zu, wie sie den Computer einschaltete und wartete, bis er hochgefahren wurde.

»Mal sehen, was für einen Provider er hat«, sagte sie. »Hast du irgendwo einen Briefkopf gesehen?«

»Was?«

»Einen Briefkopf. Briefpapier. Manche Leute setzen ihre E-Mail-Adresse drauf. Wenn wir Elias' E-Mail-Adresse kennen, ist das Problem schon halb gelöst.«

Jetzt begriff Bosch. Er war bei seiner Suche auf kein Briefpapier gestoßen.

»Moment.«

Er ging ins Vorzimmer und fragte Chastain, der am Schreibtisch der Sekretärin saß, ob er irgendwo Briefpapier gesehen hätte. Chastain zog eine Schublade heraus und deutete auf eine offene Schachtel mit bedrucktem Briefpapier. Bosch nahm das oberste Blatt. Rider hatte recht gehabt. Elias' E-Mail-Adresse stand oben in der Mitte unter seiner Postanschrift.

helias@lawyerlink.net

Bosch nahm das Blatt in Elias' Büro mit. Als er es betrat, sah er, daß Rider den Ordner mit dem Ausdruck der blonden Frau zugeklappt hatte. Ihm wurde klar, daß ihr der Anblick peinlich gewesen war.

»Ich habe sie«, sagte er.

Sie sah auf das Blatt, das Bosch neben dem Computer auf den Schreibtisch legte.

»Gut. Das ist der Benutzername. Jetzt brauchen wir nur noch sein Paßwort. Er hat den ganzen Computerzugang paßwortgeschützt.«

»Scheiße.«

»Na ja, mal sehen.« Sie begann zu tippen. »Die meisten Leute nehmen was ziemlich Einfaches – damit sie es auch selbst nicht vergessen.«

Sie hörte auf zu tippen und sah auf den Bildschirm. Während der Rechner arbeitete, hatte der Cursor die Gestalt einer Eieruhr angenommen. Dann erschien auf dem Bildschirm ein Fenster, in dem Rider mitgeteilt wurde, daß sie ein falsches Paßwort eingegeben hatte.

»Was hast du genommen?« fragte Bosch.

»Sein Geburtsdatum. Du hast doch die Angehörigen verständigt. Wie heißt seine Frau?«

»Millie.«

Ryder gab es ein und erhielt nach ein paar Sekunden die gleiche abschlägige Antwort.

»Wie wär's mit seinem Sohn?« schlug Bosch vor. »Er heißt Martin.«

Rider tippte nichts.

»Was ist denn?«

»Bei vielen dieser paßwortgeschützten Zugänge hat man nur drei Versuche. Wenn man beim dritten Mal nicht reinkommt, machen sie die Kiste automatisch dicht.«

»Für immer?«

»Nein. So lange, wie Elias es eingestellt hat. Das können fünfzehn Minuten sein oder eine Stunde oder noch länger. Laß uns erst mal überlegen —«

»G-G-L-A-P-D.«

Rider und Bosch drehten sich um. In der Tür stand Chastain.

»Was?« fragte Bosch.

»Das ist das Paßwort. G-G-L-A-P-D. Wie in Elias gegen LAPD.«

»Woher wissen Sie das?«

»Die Sekretärin hat es auf die Unterseite ihrer Schreibunterlage geschrieben. Wahrscheinlich benutzt sie den Computer auch.«

Bosch sah Chastain kurz prüfend an.

»Harry?« fragte Rider. »Soll ich?«

»Versuch's mal«, sagte Bosch, ohne den Blick von Chastain abzuwenden.

Dann drehte er sich um und sah zu, wie seine Partnerin das Paßwort eingab. Zuerst kam die Eieruhr, und dann veränderte sich der Bildschirm, und auf einem Hintergrund aus blauem Himmel und weißen Wolken erschienen verschiedene Icons.

»Wir sind drinnen«, sagte Rider.

Bosch blickte sich nach Chastain um.

»Sehr gut.«

Dann wandte er sich wieder dem Bildschirm zu und beobachtete, wie Rider auf Tasten drückte und sich durch die Icons, Dateien und Programme manövrierte. Er verstand

123

von all dem herzlich wenig und bekam wieder einmal vor Augen gehalten, daß er nicht mehr ganz auf der Höhe der Zeit war.

»Du solltest das wirklich mal lernen, Harry«, bemerkte Rider, als könnte sie seine Gedanken lesen. »Es ist einfacher, als es aussieht.«

»Warum sollte ich, wenn ich doch dich habe? Was machst du da übrigens?«

»Erst sehe ich mich nur mal um. Darüber müssen wir mit Janis sprechen. Es gibt eine Menge Dateinamen, die sich auf Fälle beziehen. Ich weiß nicht, ob wir sie öffnen sollten, bevor –«

»Mach dir deswegen vorerst mal keine Sorgen«, unterbrach Bosch sie. »Kannst du ins Internet reinkommen?«

Rider machte ein paar Manöver mit der Maus und gab dann den Benutzernamen und das Paßwort ein.

»Jetzt bin ich in lawyerlink«, sagte sie. »Hoffentlich gilt hier dasselbe Paßwort. Dann kommen wir in die Internetseite dieser nackten Frau.«

»Was für eine nackte Frau?« fragte Chastain.

Bosch nahm den Ordner vom Schreibtisch und hielt ihn ihm ungeöffnet hin. Chastain klappte ihn auf, sah das Foto an und grinste.

Bosch blickte wieder auf den Bildschirm. Rider war in lawyerlink und benutzte dabei Elias' Benutzernamen.

»Wie war diese Adresse gleich noch mal?«

Chastain las sie ihr vor, und sie tippte sie ein. Dann drückte sie auf die Eingabetaste und wartete.

»Was wir hier haben, ist die Adresse einer einzelnen Internetseite innerhalb einer größeren Website«, sagte sie. »Was wir jetzt kriegen, ist die Gina-Page.«

»Sie meinen, so heißt sie? Gina?«

»Sieht ganz so aus.«

Während sie das sagte, erschien das Foto auf dem Bildschirm. Darunter befanden sich Angaben darüber, was die Frau auf dem Foto zu bieten hatte und wie man sie erreichen konnte.

Ich bin Mistress Regina, eine Lifestyle-Domina.
Mein vielfältiges Angebot umfaßt raffinierte Bondage-Techniken, Erniedrigung, erzwungene Feminisierung, Sklaventraining und goldene Duschen. Weitere Qualen auf Anfrage. Ruf mich an.

Unter diesem Textblock standen eine Telefonnummer, eine Pagernummer und eine E-Mail-Adresse. Bosch schrieb sie sich in ein Notizbuch, das er aus der Tasche zog. Dann sah er wieder auf den Bildschirm und stellte fest, daß auch eine blaue Schaltfläche mit einem A darauf war. Er wollte Rider gerade fragen, wofür dieser Button war, als Chastain ein abschätziges Geräusch mit dem Mund machte. Bosch drehte sich um und sah ihn an, worauf der IAD-Mann den Kopf schüttelte.

»Wahrscheinlich ist dem Scheißkerl einer abgegangen, wenn er vor dieser Tussi da auf den Knien gerutscht ist«, sagte Chastain. »Würde mich mal interessieren, ob das auch Reverend Tuggins und seine Freunde unten in der SCCA wußten.«

Damit meinte er die South Central Churches Association, eine von Tuggins geleitete Organisation, die immer Gewehr bei Fuß stand, wenn Elias den Medien einen Eindruck von der Verbitterung vermitteln wollte, die in South Central angesichts angeblicher Polizeiübergriffe herrschte.

»Wir wissen doch noch gar nicht, ob er sich überhaupt mit der Frau getroffen hat, Chastain«, sagte Bosch.

»Und ob er sie getroffen hat! Warum sollte er sonst dieses Bild hier rumliegen haben? Ich will Ihnen mal was sagen, Bosch, wenn Elias auf solchen Schweinkram stand, kann erst mal kein Mensch sagen, was da vielleicht noch alles an den Tag kommt. Dem müssen wir weiter nachgehen, das wissen Sie ganz genau.«

»Keine Sorge, wir werden alles nachprüfen.«

»Das will ich auch meinen.«

»Äh«, unterbrach Rider sie. »Das ist ein Button zum Abspielen einer Sound-Datei.«

Bosch sah auf den Bildschirm. Rider bewegte den Pfeil auf die blaue Schaltfläche zu.

»Und wofür ist der gut?« fragte er.

»Ich glaube, wir können Mistress Regina sogar hören.«

Sie klickte den Button an. Darauf lud der Computer eine Sound-Datei herunter und begann, sie abzuspielen. Aus dem Lautsprecher des Computers kam eine tiefe, gewichtige Stimme.

»Hier ist Mistress Regina. Wenn du zu mir kommst, werde ich das Geheimnis deiner Seele entdecken. Gemeinsam werden wir die tiefsitzende Unterwürfigkeit freilegen, durch die du deine wahre Natur erkennen und die Erlösung erlangen wirst, die du sonst nirgendwo findest. Ich werde dich mir gefügig machen. Du wirst ganz mir gehören. Ich warte. Ruf mich an! Jetzt gleich.«

Sie blieben alle eine Weile still. Bosch sah Chastain an.

»Hört sich das nach ihr an?«

»Nach wem?«

»Nach der Frau auf dem Anrufbeantworter.«

Chastain, der sich dieser Möglichkeit erst jetzt bewußt wurde, überlegte kurz.

»Was für ein Anrufbeantworter?« fragte Rider.

»Kannst du das noch mal abspielen?« sagte Bosch.

Rider klickte noch einmal den Audiobutton an und fragte ein zweites Mal, was es mit dem Anrufbeantworter auf sich hatte. Bosch wartete, bis die Ansage zu Ende war.

»Auf dem Anrufbeantworter in Elias' Wohnung hat eine Frau eine Nachricht hinterlassen. Seine Frau war es nicht. Aber diese Stimme war es, glaube ich, auch nicht.«

Er sah Chastain noch einmal an.

»Ich weiß nicht«, sagte Chastain. »Könnte sein. Aber notfalls können wir ja im Labor einen Stimmenvergleich machen lassen.«

Bosch zögerte und hielt nach irgendwelchen Anzeichen Ausschau, daß Chastain wußte, daß die Nachricht gelöscht worden war. Er entdeckte nichts.

»Was ist?« fragte Chastain, von Boschs bohrenden Blicken verunsichert.

»Nichts.«

Bosch wandte sich wieder dem Computerbildschirm zu.

»Du hast gesagt, das ist Teil einer größeren Website«, sagte er zu Rider. »Könnten wir uns die mal ganz ansehen?«

Rider antwortete nicht. Sie tippte nur ein paar Befehle ein. Wenige Augenblicke später erschien ein Foto eines am Knie abgewinkelten bestrumpften Damenbeins, das über den ganzen Bildschirm reichte. Darunter stand:

WILLKOMMEN BEI GIRLAWHIRL
Ein Führer für intime, sinnliche und
erotische Dienstleistungen
in Südkalifornien

Darunter befand sich ein Inhaltsverzeichnis, in dem der Benutzer Listen von Frauen aussuchen konnte, die eine Vielzahl von Dienstleistungen anboten, die von erotischer Massage über Abendbegleitung bis hin zu Unterwerfung reichten. Rider klickte letzteres an, und auf dem Bildschirm erschienen lauter Kästchen mit den Namen von Dominas und den Anfangsziffern ihrer Postleitzahl.

»Das ist ja ein verdammtes Internetpuff«, knurrte Chastain.

Bosch und Rider sagten nichts. Rider führte den Pfeil auf das Kästchen mit dem Eintrag Mistress Regina.

»Das ist das Verzeichnis«, erklärte sie dazu. »Man wählt aus, welche Seite man sich ansehen will, und klickt sie an.«

Sie drückte auf die Maustaste, und die Regina-Homepage erschien wieder.

»Er hat sie ausgesucht«, sagte Rider.

»Eine Weiße.« Die Häme in Chastains Stimme war unüberhörbar. »Goldene Duschen von einer Weißen. Jede Wette, daß sie auch darüber in der South Side nicht begeistert sein werden.«

Rider drehte sich um und sah Chastain scharf an. Sie wollte etwas sagen, aber dann bekam sie plötzlich große Augen und sah an dem IAD-Detective vorbei. Bosch, der es merkte, drehte sich um. In der Tür des Büros stand Janis Langwiser. Neben ihr war eine Frau, die Bosch von Zeitungsfotos und Fernsehberichten kannte. Sie war eine attraktive Frau mit der glatten milchkaffebraunen Haut eines bunten Rassengemischs.

»Augenblick«, sagte Bosch zu Langwiser. »Wir ermitteln hier in einem Mordfall. Da kann sie nicht einfach reinkommen und –«

»Doch, Detective Bosch, das kann sie sehr wohl«, sagte Langwiser. »Judge Houghton hat sie eben zum Special Master dieses Falls ernannt. Sie wird sich die Akten für uns ansehen.«

Damit trat die Frau an Langwisers Seite ganz in den Raum. Sie lächelte, allerdings nicht warm, und reichte Bosch die Hand.

»Detective Bosch«, sagte sie. »Freut mich, Sie kennenzulernen. Hoffentlich ist es uns möglich, in dieser Angelegenheit sinnvoll zusammenzuarbeiten. Ich bin Carla Entrenkin.«

Sie wartete einen Moment, aber niemand erwiderte etwas. Sie fuhr fort: »Zuallererst muß ich Sie und Ihre Leute bitten, diese Räumlichkeiten zu verlassen.«

12

Die Detectives verließen das Bradbury Building mit leeren Händen und gingen zu ihren Autos. Bosch war immer noch wütend, hatte sich aber inzwischen etwas beruhigt. Er ging langsam, damit Chastain und Dellacroce als erste ihre Autos erreichten. Als er sie zur California Plaza losfahren sah, machte er die Beifahrertür von Kiz Riders Slickback auf, stieg aber nicht ein. Er bückte sich und sah zu ihr in den Wagen, wo sie sich gerade den Sicherheitsgurt über den Schoß zog.

»Fahr schon mal hoch, Kiz. Wir treffen uns oben.«

»Willst du zu Fuß gehen?«

Bosch nickte und sah auf die Uhr. Es war halb neun.

»Ich nehme Angels Flight. Inzwischen müßte die Bahn wieder in Betrieb sein. Wenn du oben ankommst, weißt du ja, was du zu tun hast. Sieh zu, daß alle mit Klinkenputzen anfangen.«

»Okay, dann bis gleich. Willst du noch mal reingehen und mit ihr reden?«

»Mit Entrenkin? Ja, ich glaube schon. Hast du Elias' Schlüssel noch?«

»Ja.« Sie fischte sie aus ihrer Handtasche und reichte sie Bosch. »Ist da etwas, was ich wissen sollte?«

Bosch zögerte einen Moment.

»Später.«

Rider ließ den Wagen an. Sie blickte noch einmal zu ihm hinüber, bevor sie den Gang einlegte.

»Alles okay, Harry?«

»Ja, sicher.« Er nickte. »Es ist nur dieser bescheuerte Fall. Zuerst kriegen wir Chastain aufgehalst – das Arschloch konnte ich noch nie ab. Und jetzt auch noch Carla Ichdenke. War schon schlimm genug zu wissen, daß sie das Verfahren überwachen würde. Und jetzt ist sie auch noch ganz unmittelbar daran beteiligt. Ich will mit dieser ganzen Politik nichts am Hut haben, Kiz. Ich möchte mich nur darauf konzentrieren, meine Fälle zu lösen.«

»Das ist nicht, was ich gemeint habe. Es ist nur, daß du so wirkst, als würdest du auf Kohlen sitzen, und das schon die ganze Zeit, seit wir uns heute morgen in Hollywood getroffen haben, um die Autos zu holen. Möchtest du darüber reden?«

Fast hätte er genickt.

»Vielleicht später, Kiz«, sagte er statt dessen. »Wir haben einiges zu tun.«

»Wie du meinst … Aber langsam fange ich an, mir Sorgen um dich zu machen, Harry. Du mußt voll bei der Sache sein. Wenn du abgelenkt bist, sind auch wir abgelenkt, und dann kommen wir in dieser Sache nicht voran. Normalerweise wäre das nicht weiter tragisch, aber in diesem Fall, das hast du selbst gesagt, sitzen wir auf dem Präsentierteller.«

Jetzt nickte Bosch. Die Tatsache, daß ihr sein innerer Aufruhr nicht entgangen war, stellte einen eindrucksvollen Beweis ihrer detektivischen Fähigkeiten dar – Menschen richtig zu deuten war immer wichtiger, als Anhaltspunkte richtig zu deuten.

»Ich werde es mir hinter die Ohren schreiben, Kiz. Ich werde mich zusammenreißen.«

»Wollen wir mal hoffen.«

»Dann also bis gleich.«

Er schlug auf das Dach des Wagens und sah zu, wie sie wegfuhr. Das war der Moment, in dem er sich normalerweise eine Zigarette in den Mund gesteckt hätte. Aber er tat es nicht. Statt dessen blickte er auf die Schlüssel in seiner Hand hinab und dachte über seinen nächsten Schritt nach und daß er sehr vorsichtig sein mußte.

Er ging ins Bradbury zurück, und während er, die Schlüssel in seiner Hand hin und her schlenkernd, in dem langsamen Aufzug wieder nach oben fuhr, dachte er über Entrenkin nach, die jetzt in dreierlei Hinsicht in den Fall verwickelt war. Zunächst in Form dieses seltsamen Eintrags in Elias' inzwischen abhanden gekommenem Adreßbuch, dann in ihrer Funktion als Inspector General und nun auch noch als Special Master, als welcher sie ganz direkt an den Ermittlungen beteiligt war, weil sie darüber zu befinden hatte, was die Detectives in Elias' Unterlagen zu sehen bekommen durften.

Bosch mochte keine Zufälle. Er glaubte nicht an sie. Er mußte herausbekommen, was Entrenkin vorhatte. Er glaubte, schon eine ziemlich genaue Vorstellung davon zu haben, und er wollte sie bestätigt haben, bevor er mit den Ermittlungen fortfuhr.

Nachdem er in der obersten Etage ausgestiegen war, drückte er auf den Knopf, der den Aufzug wieder nach unten ins Foyer fahren ließ, und stieg aus. Die Tür zu Elias' Kanzlei war abgeschlossen, und Bosch klopfte direkt unter dem Namen des Anwalt fest gegen die Milchglasscheibe. Wenige Augenblicke später öffnete Janis Langwiser. Bosch konnte Carla Entrenkin ein Stück hinter ihr stehen sehen.

»Was vergessen, Detective Bosch?« fragte Langwiser.

»Nein. Aber gehört der ausländische Sportwagen da unten im Parkverbot nicht Ihnen? Der rote? Sie wollten ihn gerade abschleppen. Ich habe dem Fahrer meine Dienstmarke gezeigt und gesagt, er soll mir fünf Minuten lassen. Aber er kommt zurück.«

»Oh, Mist!« Sie warf einen Blick zurück auf Entrenkin, als sie zur Tür hinausging. »Bin gleich wieder da.«

Als sie an ihm vorbeiging, betrat Bosch das Büro und zog die Tür hinter sich zu. Dann schloß er sie ab und wandte sich Entrenkin zu.

»Warum haben Sie abgeschlossen?« fragte sie. »Bitte lassen Sie die Tür offen!«

»Ich dachte nur, es wäre vielleicht besser, wenn ich Ihnen das, was ich Ihnen sagen möchte, sage, ohne daß uns jemand stört.«

Entrenkin verschränkte die Arme über der Brust, als wappnete sie sich gegen einen Angriff. Er studierte ihr Gesicht und gewann wieder denselben Eindruck wie kurz zuvor, als sie ihnen gesagt hatte, sie müßten gehen. Aus ihrer Miene sprach eine stoische Ruhe, die ihr trotz des unübersehbaren Schmerzes darunter Halt gab. Sie erinnerte Bosch an eine Frau, die er einmal im Fernsehen gesehen hatte: die Juraprofessorin aus Oklahoma, die vor ein paar Jahren in Washington während der Ernennung eines Richters des Supreme Court von den Politikern auf übelste Weise gedemütigt worden war.

»Glauben Sie mir, Detective Bosch, ich sehe wirklich keine Möglichkeit, die Sache anders zu handhaben. Wir müssen vorsichtig sein. Wir müssen sowohl auf das Verfahren als auch auf die Black Community Rücksicht nehmen. Den Menschen da draußen muß das Gefühl vermittelt werden, daß wir alles in unserer Macht Stehende tun – daß diese Angelegenheit nicht einfach unter den Teppich gekehrt wird, wie sie das schon so oft miterleben mußten. Ich möchte –«

»Jetzt erzählen Sie mir doch keinen Unsinn.«

»Wie bitte?«

»Sie wissen genausogut wie ich, daß Sie mit diesem Fall nichts zu tun haben sollten.«

»Entschuldigung, aber jetzt erzählen Sie mal keinen Unsinn. Ich habe das Vertrauen der Community. Glauben Sie vielleicht, diese Leute nehmen Ihnen auch nur ein Wort von dem ab, was Sie sagen? Oder Irving oder der Polizeipräsident?«

»Aber Sie haben das Vertrauen der Cops nicht. Und Sie haben einen gewaltigen Interessenkonflikt, oder etwa nicht, Inspector General?«

»Wie bitte? Meiner Meinung nach war es eine sehr vernünftige Entscheidung von Judge Houghton, mich als Special Master einzusetzen. Als Inspector General habe ich ohnehin bereits etwas Einblick in den Fall. Auf diese Weise bleibt die Sache überschaubar, statt daß noch eine weitere Person hinzugezogen wird. Er hat mich angerufen. Nicht ich ihn.«

»Sie wissen ganz genau, daß ich nicht das meine. Ich spreche von einem Interessenkonflikt. Einem Grund, aus dem Sie auf keinen Fall etwas mit diesem Fall zu tun haben sollten.«

Entrenkin schüttelte in einer Geste der Verständnislosigkeit den Kopf, aber ihre Miene verriet, daß sie sich vor dem, was Bosch wußte, fürchtete.

»Sie wissen, was ich meine«, fuhr Bosch fort. »Sie und er. Elias. Ich war in seiner Wohnung. Das muß gewesen sein, kurz bevor Sie hingekommen sind. Wirklich schade, daß wir uns verpaßt haben. Dann hätten wir schon bei dieser Gelegenheit alles klären können.«

»Ich weiß nicht, wovon Sie eigentlich sprechen, aber Miss Langwiser hat mir den Sachverhalt eben so dargestellt, daß Sie und Ihre Leute auf einen Durchsuchungsbefehl gewartet haben, bevor Sie die Wohnung und die Kanzlei betreten haben. Wollen Sie damit sagen, dem ist gar nicht so?«

Bosch, der merkte, daß er einen Fehler gemacht hatte, zögerte. Jetzt konnte sie seinen Vorstoß parieren oder sogar gegen ihn richten.

»Wir mußten uns vergewissern, daß in der Wohnung niemand war, der Hilfe brauchte oder verletzt war«, sagte er.

»Aber sicher. Natürlich. Genau wie die Cops, die über den Zaun von O. J. Simpsons Haus geklettert sind. Nur um sicherzugehen, daß niemandem was passiert war.«

Sie schüttelte wieder den Kopf.

»Die fortwährende Anmaßung der Polizei erstaunt mich immer wieder von neuem. Nach allem, was ich von Ihnen gehört habe, Detective Bosch, hätte ich von Ihnen eigentlich mehr erwartet.«

»Sie sprechen von Anmaßung? Sie sind diejenige, die in die Wohnung eingedrungen ist und Beweismittel entfernt hat. Der Inspector General der Polizei, die Person, die für die Polizei den Polizisten spielt. Und jetzt wollen Sie –«

»Beweise für was? Ich habe nichts Derartiges getan!«

»Sie haben Ihre Nachricht auf dem Anrufbeantworter gelöscht, und Sie haben das Adreßbuch mit Ihrem Namen und Ihren Telefonnummern weggenommen. Was wetten wir, daß Sie einen eigenen Wohnungsschlüssel und einen Garagenpaß haben? Sie sind durch die Garage reingekommen. Deshalb hat niemand Sie gesehen. Gleich nachdem Irving Sie angerufen hatte, daß Elias tot ist. Nur wußte Irving nicht, daß Sie und Elias etwas miteinander hatten.«

»Wirklich eine tolle Geschichte, die Sie sich da ausgedacht haben. Allerdings würde ich gern mal sehen, wie Sie irgend etwas davon beweisen wollen.«

Bosch hielt die Hand hoch. In seiner Handfläche lagen Elias' Schlüssel.

»Das ist Elias' Schlüsselbund. Ein paar der Schlüssel daran sind weder für sein Haus noch für seine Wohnung, seine Kanzlei oder seine Autos. Ich habe schon überlegt, ob ich mir von der Meldebehörde Ihre Adresse besorgen soll, um nachzuprüfen, ob die Schlüssel in Ihr Türschloß passen, Inspector General.«

Rasch wandte Entrenkin den Blick von den Schlüsseln ab. Sie drehte sich um und ging in Elias' Büro zurück. Bosch, der ihr folgte, beobachtete, wie sie langsam hinter den Schreibtisch ging und sich setzte. Sie sah aus, als würde sie jeden Augenblick zu weinen beginnen. Bosch wußte, die Schlüssel hatten den Ausschlag gegeben.

»Haben Sie ihn geliebt?« fragte er.

»Was?«

»Haben Sie ihn –«

»Wie können Sie es wagen, mich das zu fragen?«

»Das ist mein Job. Es ist ein Mord passiert. Sie sind in die Sache verwickelt.«

Sie wandte sich von ihm ab und sah nach rechts. Sie blickte aus dem Fenster auf das Wandgemälde von Anthony Quinn. Wieder schien sie den Tränen nahe.

»Versuchen wir uns doch zunächst mal eines vor Augen zu halten, Inspector. Howard Elias ist tot. Und ob Sie mir glauben oder nicht, ich möchte die Person finden, die es war. Okay?«

Sie nickte zaghaft. Er sprach langsam und ruhig weiter.

»Um diese Person zu finden, muß ich soviel wie nur irgend möglich über Elias wissen. Nicht nur, was ich aus dem Fernsehen und der Zeitung und von anderen Cops weiß. Nicht nur, was in seinen Unterlagen steht. Ich muß wissen –«

Draußen im Vorzimmer versuchte jemand die abgeschlossene Tür zu öffnen und klopfte dann fest gegen das Glas. Entrenkin stand auf und verließ den Raum. Bosch wartete in Elias' Büro. Er hörte, wie Entrenkin die Tür öffnete und mit Langwiser sprach.

»Lassen Sie uns bitte noch ein paar Minuten allein.«

Ohne eine Antwort abzuwarten, machte sie die Tür wieder zu, schloß sie ab und kam in Elias' Büro zurück, wo sie hinter dem Schreibtisch Platz nahm. Bosch sprach so leise, daß seine Stimme außerhalb des Raums nicht zu hören war.

»Ich muß alles wissen«, sagte er. »Uns ist beiden klar, daß Sie sehr viel zur Aufklärung des Falls beitragen können. Können wir uns also nicht auf eine Art Waffenstillstand einigen?«

Die erste Träne lief Entrenkins Wange hinunter, bald gefolgt von einer zweiten auf der anderen Seite. Sie beugte sich vor und begann die Schubladen des Schreibtisches herauszuziehen.

»Links unten.« Bosch hatte es von der Durchsuchung des Schreibtisches noch im Gedächtnis.

Sie öffnete die Schublade und nahm eine Box mit Kosmetiktüchern heraus. Sie legte sie in ihren Schoß, nahm ein Tuch heraus und betupfte sich damit Wangen und Augen. Sie begann zu sprechen.

»Schon eigenartig, wie schnell so etwas plötzlich kommen kann ...«

Ein langer Moment der Stille verstrich.

»Ich kannte Howard schon ein paar Jahre oberflächlich. Als ich noch als Anwältin arbeitete. Es war rein berufsbedingt, beschränkte sich meistens auf ein ›Wie geht's?‹ auf irgendeinem Gerichtsflur. Als ich dann zum Inspector General ernannt wurde, war mir klar, daß ich die Kritiker der Polizei genauso gut kennen müßte wie die Polizei. Ich vereinbarte ein Treffen mit Howard. Wir trafen uns genau hier – er saß da, wo ich jetzt sitze ... Das war, als es losging. Ja, ich habe ihn geliebt ...«

Dieses Geständnis brachte weitere Tränen, und sie zog mehrere Kosmetiktücher heraus, um ihrer Herr zu werden.

»Wie lange waren Sie beide … zusammen?« fragte Bosch.

»Etwa ein halbes Jahr. Aber er liebte seine Frau. Er wollte sie nicht verlassen.«

Inzwischen war ihr Gesicht wieder trocken. Sie legte die Box mit den Kosmetiktüchern in die Schublade zurück, und es schien, als hätten sich die Wolken, die wenige Augenblicke zuvor über ihr Gesicht gezogen waren, aufgelöst. Bosch konnte sehen, daß eine Veränderung in ihr vorgegangen war. Sie beugte sich vor und sah ihn an. Sie war wieder voll bei der Sache.

»Ich schlage Ihnen ein Geschäft vor, Detective Bosch. Aber nur Ihnen. Trotz allem … ich glaube, wenn Sie mir Ihr Wort geben, kann ich Ihnen vertrauen.«

»Danke. Und was ist das für ein Geschäft?«

»Ich werde nur mit Ihnen reden. Als Gegenleistung dafür müssen Sie mich decken. Damit meine ich, Sie dürfen Ihre Informationsquelle nicht preisgeben. Sie brauchen sich keine Sorgen zu machen, daß Ihnen daraus ein Nachteil erwachsen könnte; nichts von dem, was ich Ihnen sage, würde vor Gericht zugelassen. Sie können nur sehen, ob es Sie bei den Ermittlungen weiterbringt. Vielleicht hilft es Ihnen, vielleicht auch nicht.«

Bosch dachte kurz nach.

»Eigentlich müßte ich Sie wie einen Verdächtigen behandeln, nicht wie eine Quelle.«

»Aber Ihr Instinkt sagt Ihnen doch, daß ich es nicht war.«

Er nickte.

»Das war nicht die Tat einer Frau«, sagte er. »Dieser Mord sieht ganz nach einem Mann aus.«

»Und nach einem Polizisten, oder nicht?«

»Vielleicht. Das ist, was ich herausfinden will – wenn ich mich einfach nur mit dem Fall befassen könnte und mir nicht ständig um die Black Community und die Politik im Parker Center und was weiß ich noch alles Gedanken machen müßte.«

»Haben wir also eine Abmachung?«

»Bevor es hier zu irgendeiner Form von Abmachung kommen kann, muß ich erst noch etwas wissen. Elias hatte eine Quelle im Parker Center. Jemanden ziemlich weit oben. Jemanden, der ihm Unterlagen über haltlose Dienstaufsichtsbeschwerden besorgen konnte. Ich brauche –«

»Das war nicht ich. Glauben Sie mir, ich bin vielleicht zu weit gegangen, als ich mich auf eine Beziehung mit ihm einließ. Dabei habe ich auf mein Herz gehört, nicht auf meinen Verstand. Aber so weit, wie Sie eben angedeutet haben, bin ich nicht gegangen. Nie und nimmer. Im Gegensatz zu dem, was die meisten Ihrer Kollegen denken, ist es mein Ziel, die Polizei zu erhalten und zu verbessern. Nicht sie zu zerstören.«

Bosch sah sie ausdruckslos an. Sie deutete es als Skepsis.

»Wie sollte ich Howard außerdem Akten beschafft haben? Ich bin für die Polizei der Feind schlechthin. Wenn ich ankäme, um mir irgendwelche Akten zu besorgen – oder auch nur einen entsprechenden Antrag stellen würde –, spräche sich das doch im Parker Center und bei der Truppe in Windeseile herum.«

Bosch betrachtete ihr trotziges Gesicht. Er wußte, sie hatte recht. Sie gäbe keine gute Quelle für solche Informationen ab. Er nickte.

»Steht also unsere Abmachung?« fragte sie.

»Ja. Unter einer Bedingung.«

»Und die wäre?«

»Wenn Sie mich einmal belügen und ich es herausbekomme, gilt unsere Abmachung nicht mehr.«

»Das soll mir nur recht sein. Aber jetzt können wir noch nicht reden. Ich möchte erst mit der Durchsicht der Unterlagen fertig werden, damit Sie und Ihre Leute allen Anhaltspunkten nachgehen können. Jedenfalls wissen Sie jetzt, warum ich diesen Fall nicht nur im Interesse der Stadt gelöst haben möchte, sondern auch in meinem eigenen. Was würden Sie sagen, wenn wir uns später treffen? Wenn ich mit den Akten fertig bin?«

»In Ordnung.«

Als Bosch fünfzehn Minuten später den Broadway überquerte, sah er, daß die Garagentore des Grand Central Market hochgerollt waren. Es war Jahre, vielleicht sogar Jahrzehnte her, daß er dort gewesen war. Er beschloß, durch die Markthalle zur Hill Street und zur Angels-Flight-Talstation zu gehen.

Der Grand Central Market war ein riesiges Konglomerat von Imbißbuden, Lebensmittelständen und Metzgereien. Fliegende Händler verkauften billigen Schmuck und Süßigkeiten aus Mexiko. Und obwohl die Tore gerade erst geöffnet worden waren und in der Markthalle mehr Verkäufer waren, die sich auf den Tag vorbereiteten, als Kunden, hing bereits der intensive Geruch von Öl und fritiertem Essen in der Luft. Auf dem Weg durch den Markt schnappte Bosch immer wieder Gesprächsfetzen in stakkatoartigem Spanisch auf. Er sah einen Metzger, der in seiner Kühlvitrine neben ordentlichen Reihen gespaltener Ochsenschwänze sorgfältig gehäutete Ziegenköpfe auslegte. Im hinteren Ende saßen alte Männer an Picknicktischen, nippten an Tassen mit kräftigem, dunklem Kaffee und aßen mexikanisches Gebäck. Bosch erinnerte sich an sein Versprechen, Doughnuts mitzubringen, bevor sie die angrenzenden Wohnhäuser nach Zeugen abklapperten. Als er nirgendwo einen Doughnut-Stand entdeckte, kaufte er eine Tüte *churros*, knusprig gebackene Teigstangen mit Zimtzucker, sozusagen die mexikanische Variante.

Als er in der Hill Street aus dem Markt kam, sah er an der Stelle, wo Baker und Chastain vor ein paar Stunden die Kippen gefunden hatten, einen Mann stehen. Der Mann trug ein Haarnetz und hatte eine blutbefleckte Schürze umgebunden. Er fuhr mit der Hand unter die Schürze und zog ein Päckchen Zigaretten darunter hervor.

»Damit hatte ich recht«, sagte Bosch laut.

Er ging über die Straße und auf den Eingangsbogen von Angels Flight zu und wartete hinter zwei asiatischen Touristen. Die zwei Standseilbahnwagen fuhren gerade auf halber Strecke aneinander vorbei. Er sah nach den Namen, die über den Türen der beiden Wagen standen. Sinai fuhr rauf, Olivet kam runter.

137

Eine Minute später stieg Bosch hinter den Touristen in Olivet. Er beobachtete, wie sie sich ahnungslos auf die Bank setzten, auf der vor etwa zehn Stunden Catalina Perez gestorben war. Das Blut war weggeputzt worden, und das Holz war zu alt und zu dunkel, als daß ein Fleck darauf zu erkennen gewesen wäre. Bosch hielt es nicht für nötig, sie über die jüngste Geschichte ihres Sitzplatzes aufzuklären. Außerdem bezweifelte er, daß sie seine Sprache verstünden.

Er nahm da Platz, wo er zuvor gesessen hatte. Sobald das Gewicht von seinen Füßen genommen war, gähnte er wieder. Mit einem Ruck setzte sich der Wagen in Bewegung. Die Asiaten begannen Fotos zu machen. Schließlich gaben sie Bosch per Zeichensprache zu verstehen, er solle eine ihrer Kameras nehmen und ein Foto von ihnen machen. Er kam ihrem Wunsch nach und leistete seinen Beitrag zur Tourismusindustrie. Sie nahmen die Kamera rasch wieder an sich und zogen sich ans andere Ende des Wagens zurück.

Er fragte sich, ob sie irgend etwas an ihm gespürt hatten. Eine Gefahr oder vielleicht eine Krankheit in ihm. Er wußte, daß manche Leute diese Fähigkeit besaßen und solche Dinge merkten. Bei ihm wäre das nicht schwer. Er hatte vierundzwanzig Stunden nicht mehr geschlafen. Als er sich mit der Hand übers Gesicht strich, fühlte es sich an wie feuchter Putz. Die Ellbogen auf den Knien aufgestützt, beugte er sich vor und spürte wieder einmal den alten Schmerz, von dem er gehofft hatte, er würde sich nie mehr in seinem Leben bemerkbar machen. Es war lange her, daß er sich so allein und in seiner eigenen Stadt so sehr wie ein Außenseiter gefühlt hatte. Seine Kehle und seine Brust waren wie zugeschnürt, ein beklemmendes Gefühl, das sich selbst an der frischen Luft wie ein Leichentuch um ihn legte.

Noch einmal holte er das Telefon heraus. Er sah auf die Batterieanzeige und stellte fest, daß der Akku fast leer war. Gerade noch genug Saft für einen Anruf, wenn er Glück hatte. Er wählte seine Privatnummer und wartete.

Auf dem Anrufbeantworter befand sich eine neue Nachricht. Aus Angst, die Batterie könnte nicht reichen, tippte er hastig den Abspielcode ein und hielt das Handy wieder ans

Ohr. Die Stimme, die er hörte, war aber nicht die von Eleanor. Es war eine Männerstimme, verzerrt durch ein Stück Zellophan, das um die Sprechmuschel gewickelt und dann mit einer Gabel durchlöchert worden war.

»Laß die Finger von der Sache, Bosch«, sagte die Stimme. »Jeder, der sich gegen Cops stellt, ist nichts weiter als ein Hund und verdient, zu sterben wie ein Hund. Mach keinen Scheiß. Laß die Finger davon, Bosch. Laß die Finger davon!«

13

Bosch traf fünfundzwanzig Minuten, bevor er sich mit Deputy Chief Irving treffen sollte, im Parker Center ein. Er war allein. Die anderen sechs Angehörigen des Elias-Teams hatte er zurückgelassen, damit sie die Suche nach Zeugen zum Abschluß brachten und sich ihren nächsten Aufgaben zuwandten. Er ging zum Schalter, zeigte dem uniformierten Polizisten seine Dienstmarke und erklärte ihm, er rechne damit, daß in der nächsten halben Stunde telefonisch ein paar anonyme Informationen für ihn eingehen würden. Er bat den Polizisten, ihm die Informationen unverzüglich in Chief Irvings Besprechungszimmer weiterzuleiten.

Dann fuhr Bosch mit dem Lift in den zweiten Stock hinauf, nicht in den fünften, wo sich Irvings Büro befand. Er ging den Flur hinunter zum Bereitschaftsraum der Robbery-Homicide Division, der bis auf die vier Detectives, die er kurz zuvor telefonisch dorthin bestellt hatte, leer war. Es waren Bates, O'Toole, Engersol und Rooker – die vier Detectives, die ursprünglich an den Angels Flight-Tatort gerufen worden waren, um den Fall zu übernehmen. Da sie die halbe Nacht auf gewesen waren, bevor der Fall Bosch und seiner Truppe übergeben worden war, sahen sie entsprechend übernächtigt aus. Bosch hatte sie um neun aus dem Schlaf gerissen und ihnen eine halbe Stunde Zeit gelassen, um sich im Parker Center mit ihm zu treffen. Es war nicht schwer gewesen, sie so schnell anrücken zu lassen. Bosch hatte ihnen gesagt, ihre weitere Karriere hinge davon ab.

139

»Ich habe nicht viel Zeit«, begann Bosch, als er den Gang zwischen den Schreibtischreihen entlangging. Er sah die vier Männer unverwandt an. Drei der Detectives standen um Rooker herum, der an seinem Schreibtisch saß. Das verriet Bosch bereits einiges. Egal, welche Entscheidungen draußen am Tatort gefällt worden waren, als die vier noch unter sich waren, Bosch wußte jetzt, daß sie von Rooker getroffen worden waren. Er war der Leitwolf.

Bosch blieb direkt vor den vier Männern stehen. Als er seine Geschichte zu erzählen begann, setzte er seine Hände auf eine sehr legere Art ein, fast wie ein Fernsehreporter, so als wolle er damit unterstreichen, daß das Ganze nichts weiter als eine Geschichte sei, die er erzählte, und nicht die Drohung, die er in Wirklichkeit aussprach.

»Sie vier werden an den Tatort gerufen. Sie fahren los, pfeifen die Streifenpolizisten zurück und sperren den Tatort ab. Jemand sieht sich die zwei Toten an und stellt anhand des Führerscheins fest, daß einer von ihnen Howard Elias ist. Dann legen Sie –«

»Da war kein Führerschein, Bosch«, unterbrach Rooker ihn. »Hat Ihnen der Cap das nicht gesagt?«

»Doch, hat er mir gesagt. Aber jetzt erzähle ich, wie es wirklich war. Hören Sie also zu, Rooker, und halten Sie den Mund. Ich versuche hier bloß, Ihre Haut zu retten, und dafür habe ich nicht viel Zeit.«

Er wartete, ob jemand noch etwas sagen wollte.

»Also, wie gesagt«, setzte er noch einmal an und sah Rooker dabei ganz direkt an. »Der Führerschein identifiziert einen der Toten als Howard Elias. Darauf stecken Sie vier Schlaumeier die Köpfe zusammen und werden sich ziemlich schnell einig, daß es wahrscheinlich ein Cop war. Sie finden, Elias hat es verdient, und der Cop, der den Mumm hatte, ihn zu erledigen, hat ein bißchen Unterstützung verdient. An diesem Punkt lassen Sie sich zu einer Dummheit hinreißen. Sie beschließen, dem Schützen, dem Mörder, zu helfen, indem Sie es als Raubüberfall hinstellen. Sie nehmen ihm die Uhr –«

»Bosch, das ist ein Haufen –«

»Ich sagte, Mund halten, Rooker! Ich habe nicht die Zeit, mir einen Haufen Mist anzuhören, denn Sie wissen, es war genau so, wie ich sage. Sie haben ihm die Uhr und die Brieftasche weggenommen. Nur ist Ihnen dabei ein Fehler unterlaufen, Rooker. Sie haben dem Toten mit der Uhr das Handgelenk aufgekratzt. Eine Verletzung, die ihm nach Eintreten des Todes beigebracht wurde. Bei der Obduktion kommt das zwangsläufig an den Tag, und das heißt, wenn die Sache ans Licht kommt, sind Sie vier geliefert.«

Er machte eine Pause, um zu sehen, ob Rooker jetzt etwas zu sagen hatte. Hatte er nicht.

»Okay, sieht so aus, als würden Sie mir langsam zuhören. Jemand, der mir sagen will, wo die Uhr und die Brieftasche sind?«

Eine weitere Pause, während der Bosch auf seine Uhr sah. Es war Viertel vor zehn. Die vier RHD-Männer sagten nichts.

»Habe ich mir fast gedacht«, fuhr Bosch fort und blickte von einem zum anderen. »Dann werden wir jetzt folgendes tun. In einer Viertelstunde treffe ich mich mit Irving, um ihm einen ersten Überblick zu geben. Dann hält er die Pressekonferenz. Wenn unten am Schalter kein Anruf eingeht, wo der Gully oder die Mülltonne oder was auch immer ist, wo diese Sachen entsorgt wurden, sage ich Irving, jemand von unseren Leuten am Tatort hat das Ganze als Raubüberfall hinzustellen versucht, und alles weitere nimmt seinen Lauf. Dann also viel Glück, meine Herren.«

Er musterte wieder ihre Gesichter. Sie zeigten nur Wut und Trotz. Nichts anderes hatte Bosch erwartet.

»Ich persönlich hätte nichts dagegen, wenn es so käme, wenn Sie vier Ihr Fett abbekommen. Aber dann könnten wir den Fall vergessen – das wäre ein Haar in der Suppe, das sie endgültig ungenießbar machen würde. Deshalb bin ich, was das angeht, egoistisch und gebe Ihnen eine Chance, die ich Ihnen nur äußerst ungern gebe.«

Bosch sah auf die Uhr.

»Sie haben noch vierzehn Minuten.«

Damit drehte er sich um und ging zum Ausgang des Bereitschaftsraums zurück. Rooker rief ihm hinterher.

»Wer sind Sie schon, um das beurteilen zu können, Bosch? Dieser Kerl war ein Hund. Er hat es verdient, wie ein Hund zu sterben. Wen interessiert schon, daß er tot ist? Machen Sie keinen Scheiß, Bosch. Lassen Sie die Finger davon!«

Als ob er das schon die ganze Zeit vorgehabt hätte, ging Bosch lässig um einen leeren Schreibtisch herum und kam in einem schmaleren Gang wieder auf die vier zu. Er hatte die Redewendungen wiedererkannt, die Rooker benutzt hatte. Sein Verhalten verriet seine wachsende Wut nicht. Als er die vier erreicht hatte, durchbrach er ihren Kreis, stützte die Handflächen auf Rookers Schreibtisch und beugte sich vor.

»Jetzt hören Sie mal zu, Rooker. Wenn Sie noch mal bei mir zu Hause anrufen – sei's, um mir zu drohen oder auch nur das Wetter durchzugeben –, kriegen Sie es mit mir zu tun. Und das wollen Sie doch sicher nicht.«

Rooker blinzelte, dann hob er kapitulierend die Hände.

»Also, Mann, ich habe keine Ahnung, wovon Sie eigentlich re–«

»Sparen Sie sich diesen Scheiß für jemanden auf, der ihn Ihnen auch abkauft! Wenigstens hätten Sie Manns genug sein können, um das Zellophan wegzulassen. So was machen nur Feiglinge, Kleiner.«

Bosch hatte gehofft, ihm würden wenigstens noch ein paar Minuten bleiben, um seine Notizen durchzusehen und seine Gedanken zu ordnen, wenn er in Irvings Besprechungszimmer kam. Doch der Deputy Chief saß bereits an dem runden Tisch. Er hatte die Ellbogen aufgestützt und die Finger an den Spitzen so gegeneinander gespreizt, daß sie vor seinem Kinn ein spitzes Dreieck bildeten.

»Nehmen Sie Platz, Detective«, forderte er Bosch auf, als er die Tür öffnete. »Wo sind die anderen?«

»Äh.« Bosch legte seinen Aktenkoffer auf den Tisch. »Sie sind noch mit den Ermittlungen beschäftigt. Chief, ich wollte eigentlich nur kurz meinen Aktenkoffer hierlassen, um nach unten zu gehen und mir eine Tasse Kaffee zu holen. Soll ich Ihnen auch einen mitbringen?«

»Nein, und Sie haben auch keine Zeit mehr für einen Kaffee. Die Journalisten beginnen schon anzurufen. Sie wissen, es war Elias. Irgend jemand hat nicht dichtgehalten. Wahrscheinlich jemand aus dem gerichtsmedizinischen Institut. Hier wird also gleich der Teufel los sein. Deshalb möchte ich wissen, was los ist, und zwar sofort! Ich muß den Polizeipräsidenten über alles informieren. Er wird um elf Uhr eine Pressekonferenz abhalten. Setzen Sie sich.«

Bosch nahm gegenüber Irving Platz. Er hatte schon einmal ein Ermittlungsverfahren vom Besprechungszimmer aus geführt. Dieser Fall schien schon weit zurückzuliegen, aber mit ihm hatte er sich Irvings Respekt und vermutlich auch so viel von seinem Vertrauen verdient, wie der Deputy Chief jemandem mit einer Dienstmarke entgegenzubringen bereit war. Sein Blick wanderte über den Tisch und blieb auf dem alten Brandfleck haften, den er dort während des Falls der Frau in Beton mit einer seiner Zigaretten gemacht hatte. Obwohl auch das ein schwieriger Fall gewesen war, erschien er ihm im Vergleich mit diesem geradezu harmlos.

»Wann kommen sie zurück?« fragte Irving.

Er hatte seine Finger noch immer gegeneinandergespreizt. In einem Handbuch über Verhörtechniken hatte Bosch gelesen, daß diese Geste Überlegenheit signalisierte.

»Wer?«

»Die Mitglieder Ihres Teams, Detective. Ich sagte Ihnen doch, ich möchte sie zur Besprechung und dann zur Pressekonferenz hier haben.«

»Tja, sie kommen aber nicht her. Sie machen mit den Ermittlungen weiter. Ich hielt es für überflüssig, alle sieben ihre Arbeit niederlegen und hierherkommen zu lassen, wo Sie doch auch einer von uns über alles ins Bild setzen kann.«

Bosch bemerkte, wie auf Irvings Wangen Flecken von wütendem Rot aufflammten.

»Es sieht schon wieder so aus, als hätten wir entweder ein Verständigungsproblem oder Sie wüßten nicht, wer hier das Kommando hat. Ich habe Ihnen ausdrücklich gesagt, Sie sollen mit allen Ihren Leuten hierherkommen.«

»Dann habe ich das falsch verstanden, Chief«, log Bosch. »Ich dachte, die Ermittlungen hätten Vorrang. Ich erinnere mich, daß Sie über den neuesten Stand der Dinge in Kenntnis gesetzt werden wollten, aber nicht, daß Sie alle hierhaben wollten. Im übrigen bezweifle ich, ob hier überhaupt genügend Platz für alle wäre. Ich –«

»Tatsache ist, ich wollte sie hierhaben. Haben Ihre Partner ein Handy?«

»Edgar und Rider?«

»Wer sonst?«

»Sie haben Handys, aber ihre Batterien sind leer. Wir sind schon die ganze Nacht im Dienst. Meines geht auch nicht mehr.«

»Dann piepsen Sie sie an. Schaffen Sie sie her!«

Bosch stand langsam auf und ging zu dem Telefon auf dem Schrank, der eine Seite des Raums einnahm. Er wählte die Nummern von Riders und Edgars Pagern, aber beim Eingeben der Rückrufnummer fügte er am Ende eine Sieben hinzu. Das war ein Code, den sie schon lange benutzten. Die zusätzliche Sieben – wie in Code sieben, dem Funksignal für ›außer Betrieb‹ – bedeutete, sie sollten sich mit dem Rückruf Zeit lassen, falls sie überhaupt zurückriefen.

»Okay, Chief«, sagte Bosch. »Hoffentlich rufen sie zurück. Was ist mit Chastain und seinen Leuten?«

»Um die brauchen Sie sich nicht zu kümmern. Ich möchte Ihre Leute bis um elf zur Pressekonferenz hierhaben.«

Bosch kehrte zu seinem Platz zurück.

»Wieso?« fragte er, obwohl er es genau wußte. »Sagten Sie nicht, der Polizeipräsident würde –«

»Der Polizeipräsident wird sie abhalten. Aber wir wollen Stärke demonstrieren. Die Öffentlichkeit soll sehen, daß wir unsere besten Leute auf den Fall angesetzt haben.«

»Sie meinen doch unsere besten schwarzen Leute, oder nicht?«

Bosch und Irving sahen sich einen Moment unverwandt an.

»Ihre Aufgabe, Detective, ist es, diesen Fall zu lösen, und zwar so schnell wie möglich. Um alles andere brauchen Sie sich nicht zu kümmern.«

»Das ist aber nicht so leicht, Chief, wenn Sie meine Leute von den eigentlichen Ermittlungen abziehen. Wie sollen wir zu einer schnellen Klärung des Falls kommen, wenn wir für jede Show, die Sie und Ihre Leute hier abziehen, antanzen müssen.«

»Jetzt reicht's, Detective.«

»Sie sind unsere besten Leute. Und entsprechend will ich sie auch einsetzen. Nicht als Kanonenfutter für die Rassenpolitik der Polizei. Dafür wollen sie, abgesehen davon, auch selbst nicht herhalten. Schon das allein ist ras–«

»Es reicht, habe ich gesagt! Ich habe keine Zeit, um mit Ihnen über Rassismus zu diskutieren, Detective Bosch, ob nun in den Reihen der Polizei oder sonstwo. Es geht hier um das Bild, das die Öffentlichkeit von der Sache gewinnt. Ich muß Sie wohl nicht ausdrücklich darauf hinweisen, daß die Stadt bis Mitternacht wieder einmal brennen könnte, wenn wir diesen Fall falsch anpacken oder zumindest nach außen hin diesen Eindruck erwecken.«

Irving hielt inne, um auf die Uhr zu sehen.

»In zwanzig Minuten treffe ich mich mit dem Polizeipräsidenten. Hätten Sie also bitte die Freundlichkeit, mich schon mal aufzuklären, wieweit die Ermittlungen inzwischen gediehen sind?«

Bosch streckte die Hand aus und öffnete seinen Aktenkoffer. Bevor er nach seinem Notizbuch greifen konnte, klingelte das Telefon auf dem Schrank. Er stand auf und ging darauf zu.

»Denken Sie daran«, sagte Irving. »Ich will sie bis elf hierhaben.«

Bosch nickte und nahm ab. Es war weder Edgar noch Rider. Damit hatte er auch nicht gerechnet.

»Hier Cormier unten vom Schalter. Sind Sie das, Bosch?«

»Ja.«

»Eben kam eine Nachricht für Sie rein. Der Anrufer wollte seinen Namen nicht nennen. Er sagte lediglich, ich sollte Ihnen ausrichten, was Sie suchen, ist in einem Abfallkorb in der MetroLink-Station First und Hill. Es ist in einem braunen Umschlag. Das war alles.«

»Okay, danke.«

Er legte auf und sah Irving an.

»Das war etwas anderes.«

Bosch setzte sich wieder und nahm sein Notizbuch aus seinem Aktenkoffer, außerdem das Klemmbrett mit den Tatortberichten und den daran festgehefteten Skizzen und Beweismittelbelegen. Zwar brauchte er nichts davon für sein Resümee, aber er erhoffte sich von der Anhäufung von Papier, die der Fall mit sich brachte, einen beruhigenden Effekt auf Irving.

»Ich warte, Detective«, drängte der Deputy Chief.

Bosch sah von seinen Unterlagen auf.

»Wir befinden uns noch ziemlich am Punkt Null. Wir haben eine relativ fest umrissene Vorstellung davon, womit wir es zu tun haben. Noch ziemlich im dunkeln tappen wir allerdings, was die Frage nach dem Täter und dem Motiv angeht.«

»Und womit haben wir es zu tun, Detective?«

»Wir gehen vorerst davon aus, daß Elias das Opfer eines ganz gezielten Mordanschlags wurde.«

Irving ließ den Kopf sinken, so daß seine gefalteten Hände sein Gesicht verbargen.

»Mir ist klar, Chief, daß das nicht das ist, was Sie hören wollen. Aber wenn Sie Fakten wollen, dann ist es das, worauf die Fakten hindeuten. Wir haben —«

»Soviel ich von Captain Garwood zuletzt gehört habe, sah es nach einem Raubüberfall aus. Der Mann lief um elf Uhr nachts mit einem Tausend-Dollar-Anzug in der Downtown herum. Seine Uhr und seine Brieftasche fehlen. Wie können Sie da die Möglichkeit eines Raubüberfalls ausschließen?«

Bosch lehnte sich zurück und wartete. Er wußte, Irving ließ Dampf ab. Die Neuigkeiten, die Bosch ihm überbrachte, würden seinen Magengeschwüren garantiert ein paar weitere hinzufügen, sobald die Medien sie aufgriffen und ausschlachteten.

»Die Uhr und die Brieftasche sind aufgetaucht. Sie wurden nicht gestohlen.«

»Wo?«

Bosch zögerte, obwohl er die Frage erwartet hatte. Er zögerte, weil er im Begriff stand, einen Vorgesetzten zugunsten von vier Männern zu belügen, die nicht verdient hatten, daß er ihretwegen ein solches Risiko einging.

»In seiner Kanzlei, in seinem Schreibtisch. Offensichtlich hat er sie vergessen, als er abschloß und nach Hause ging. Oder er hat sie für den Fall, daß er überfallen würde, absichtlich dort gelassen.«

Bosch wurde klar, er müßte sich in seinen Berichten noch eine Erklärung für den Kratzer an Elias' Handgelenk einfallen lassen, der im Obduktionsbefund sicher vermerkt würde. Er mußte ihn darauf zurückführen, daß die Leiche bei der Untersuchung von den Ermittlern herumgedreht oder sonst irgendwie bewegt worden war.

»Dann war es vielleicht ein bewaffneter Räuber, der Elias erschoß, weil er seine Brieftasche nicht herausrückte«, sagte Irving, der nichts von Boschs Unbehagen mitbekam. »Vielleicht war es ein Räuber, der erst schoß und dann nach Wertgegenständen suchte.«

»Die Art und Reihenfolge der Schüsse deuten auf etwas anderes hin. Die Abfolge deutet auf eine persönliche Beziehung hin – Wut des Täters auf Elias. Der Täter kannte Elias.«

Irving legte die Hände auf den Tisch und beugte sich vor. Er wirkte ungeduldig.

»Ich will damit nur sagen, daß Sie die anderen möglichen Szenarien nicht grundsätzlich ausschließen können.«

»Das mag durchaus richtig sein, aber wir gehen diesen Möglichkeiten nicht nach. Ich glaube, das wäre Zeitverschwendung. Außerdem habe ich dafür nicht genügend Leute.«

»Ich sagte Ihnen doch, ich möchte ein gründliches Ermittlungsverfahren. Ich möchte, daß jeder Stein umgedreht wird.«

»Na schön, dann werden wir diese Steine später umdrehen. Hören Sie, Chief, wenn Ihnen soviel daran liegt, den Medien sagen zu können, es könnte ein Raubüberfall gewesen sein, dann sagen Sie meinetwegen, es könnte einer gewesen sein. Was Sie den Medien erzählen, interessiert mich nicht. Ich versuche Ihnen nur klarzumachen, wo wir stehen und welche Richtung wir einschlagen werden.«

»Gut. Weiter.« Mit einer kurzen Handbewegung erklärte er das Thema für abgehakt.

»Wir müssen uns die Akten des Anwalts ansehen und Listen mit potentiellen Verdächtigen zusammenstellen. Die Cops, die Elias im Lauf der Jahre vor Gericht fertiggemacht oder in den Medien angeprangert hat. Oder beides. Alle offenstehenden Rechnungen. Und die Cops, die er bei dem Prozeß, der am Montag beginnen sollte, verknacken wollte.«

Irving zeigte keinerlei Reaktion. Bosch schien es, als wäre er in Gedanken bereits bei der nächsten Stunde, wenn er und der Polizeipräsident an den Rand eines Abgrunds treten und den Medien zu einem derart brisanten Fall Rede und Antwort stehen müßten.

»Dabei haben wir mit einigen Handicaps zu kämpfen«, fuhr Bosch fort. »Der die Durchsuchungsbefehle ausstellende Richter hat Carla Entrenkin zum Schutz von Elias' Mandanten als Special Master eingesetzt. Sie befindet sich im Moment in seiner Kanzlei und läßt uns nicht hinein.«

»Sagten Sie nicht eben, Sie hätten die Brieftasche und die Uhr des Toten in der Kanzlei gefunden?«

»Ja. Das war, bevor Entrenkin anrückte und uns rauswarf.«

»Wie kam es überhaupt dazu?«

»Sie behauptet, der Richter hätte sie angerufen, weil sie seiner Meinung nach genau die richtige dafür wäre. Sie ist mit einer stellvertretenden Bezirksstaatsanwältin dort. Ich hoffe, heute nachmittag die ersten Akten zu kriegen.«

»Gut, was sonst noch?«

»Da wäre eine Sache, die Sie wissen sollten. Bevor uns Entrenkin vor die Tür gesetzt hat, haben wir ein paar interessante Dinge entdeckt. Zum einen waren das Notizen, die Elias in seinem Schreibtisch aufbewahrte. Ich las sie durch, und es gab darin Hinweise, daß er hier eine Quelle hatte. Im Parker Center, meine ich. Eine gute Quelle, jemand, der offensichtlich wußte, wie man alte Akten findet und an sie herankommt – haltlose Dienstaufsichtsbeschwerden. Und es gab Hinweise auf einen Konflikt. Die Quelle konnte oder wollte etwas, was Elias für den Black-Warrior-Prozeß haben wollte, nicht beschaffen.«

Einen Moment verfiel Irving in Schweigen. Er sah Bosch an, verarbeitete das Gesagte. Als er schließlich zu sprechen begann, klang seine Stimme noch abwesender.

»Wurde diese Quelle namentlich genannt?«

»Nicht in dem Teil der Unterlagen, die ich zu sehen bekam, und das war nicht gerade viel. Es war alles verschlüsselt.«

»Die Unterlagen, die Elias haben wollte – könnte das etwas mit den beiden Morden zu tun haben?«

»Das weiß ich nicht. Wenn Sie wollen, daß ich dieser Frage vorrangig nachgehe, mache ich das. Ich dachte allerdings, andere Dinge wären wichtiger. Die Cops, die Elias bisher verklagt hat, und die, die er am Montag vor Gericht bringen wollte. Außerdem haben wir noch etwas gefunden, bevor wir die Kanzlei verlassen mußten.«

»Was?«

»Genaugenommen sind es eigentlich zwei weitere Richtungen, die wir bei den Ermittlungen einschlagen müssen.«

Er erzählte Irving kurz von dem Fotoausdruck von Mistress Regina und dem Verdacht, Elias könnte eine Schwäche für Schweinkram gehabt haben, wie Chastain es genannt hatte. Dieser Aspekt der Ermittlungen schien den Deputy Chief sichtlich zu interessieren, und er fragte Bosch, wie er dieser Spur weiter nachgehen wolle.

»Ich will versuchen, die Frau ausfindig zu machen und zu vernehmen, um festzustellen, ob Elias tatsächlich mal Kontakt mit ihr hatte. Dann sehen wir weiter.«

»Und die andere Richtung, die Sie einschlagen wollen?«

»Die Familie. Egal, was mit dieser Regina nun tatsächlich war, sieht es so aus, als hätte es Elias mit der ehelichen Treue nicht so genau genommen. In seiner Wohnung in der Stadt gibt es einige Indizien dafür. Wenn also seine Frau Bescheid wußte, hätten wir hier ebenfalls ein Motiv. Natürlich sind das im Moment nur vage Vermutungen. Im Moment haben wir nichts, was darauf hindeutet, daß sie etwas davon wußte, geschweige denn, den Mord arrangiert oder begangen haben könnte. Außerdem steht es in krassem Widerspruch zum psychologischen Erscheinungsbild des Mordes.«

»Inwiefern?«

»Es sieht nicht nach der Tat eines emotional unbeteiligten Auftragskillers aus. Das Vorgehen des Täters zeugt von massiven Aggressionen gegen das Opfer. Für mich sieht es so aus,

149

als hätte der Mörder Elias gekannt und ihn gehaßt – zumindest in dem Moment, als er abdrückte. Ich würde auch sagen, es sieht ganz nach der Tat eines Mannes aus.«

»Inwiefern?«

»Der Schuß in den Arsch. Das sieht ganz nach einem Racheakt aus. Wie eine Vergewaltigung. Männer vergewaltigen, Frauen nicht. Deshalb würde ich instinktiv sagen, die Witwe war es nicht. Aber mein Instinkt hat mich auch schon getäuscht. Jedenfalls ist es eine Spur, der wir nachgehen müssen. Dann ist da auch noch der Sohn. Wie bereits gesagt, hat er ziemlich heftig reagiert, als ich es ihnen mitteilte. Aber wir wissen nicht wirklich, wie sein Verhältnis zu seinem Vater war. Was wir allerdings wissen, ist, daß der Junge Erfahrung im Umgang mit Schußwaffen hat – wir haben im Haus ein Foto gesehen.«

Irving richtete seinen Finger warnend auf Bosch.

»Seien Sie, was die Familie angeht, vorsichtig. Extrem vorsichtig. Das erfordert sehr viel Fingerspitzengefühl.«

»Auf jeden Fall.«

»Ich möchte nicht, daß dieser Schuß nach hinten losgeht.«

»Machen Sie sich da mal keine Sorgen.«

Irving sah wieder auf die Uhr.

»Warum haben sich Ihre Leute noch immer nicht gemeldet?«

»Keine Ahnung, Chief. Das habe ich mich auch gerade gefragt.«

»Dann piepsen Sie sie noch mal an! Ich muß mich jetzt mit dem Polizeipräsidenten treffen. Aber um elf, bei der Pressekonferenz, möchte ich Sie und Ihre Leute sehen.«

»Ich würde lieber mit den Ermittlungen weitermachen. Ich habe –«

»Das ist ein Befehl, Detective«, sagte Irving im Aufstehen. »Keine Widerrede! Sie werden keine Fragen beantworten müssen, aber ich möchte Ihre Leute dabeihaben.«

Bosch nahm das Klemmbrett und warf es in den offenen Aktenkoffer zurück.

»Ich werde dasein«, sagte er, obwohl Irving bereits zur Tür hinaus war.

150

Dann saß er ein paar Minuten da und dachte nach. Er wußte, Irving würde die Informationen neu verpacken und an den Polizeipräsidenten weitergeben. Sie würden die Köpfe zusammenstecken und sie noch einmal neu ordnen, bevor sie sie den Journalisten zukommen ließen.

Er sah auf die Uhr. Bis zur Pressekonferenz war es noch eine halbe Stunde. Er überlegte, ob die Zeit reichen würde, um zur MetroLink-Station zu fahren, Elias' Uhr und Brieftasche zu suchen und rechtzeitig wieder zurückzukommen. Er mußte unbedingt sehen, daß er die Sachen des toten Anwalts an sich brachte, vor allem, weil er Irving bereits erzählt hatte, daß sie sich in seinem Besitz befanden.

Schließlich entschied er, die Zeit würde nicht reichen. Er beschloß, sie dafür zu nutzen, sich eine Tasse Kaffee zu holen und einen Anruf zu machen. Er ging noch einmal zum Telefon und rief bei sich zu Hause an. Wieder schaltete sich der Anrufbeantworter ein. Nachdem er seine eigene Stimme sagen gehört hatte, es sei niemand zu Hause, hängte er auf.

14

Bosch merkte, daß er zu aufgeregt war, um zu warten, bis die Pressekonferenz vorbei war. Deshalb fuhr er doch zur MetroLink-Station First und Hill. Sie war nur drei Minuten entfernt, und er war ziemlich sicher, es bis zum Beginn der Pressekonferenz zurück ins Parker Center zu schaffen. Er parkte vor dem Eingang der U-Bahnstation im Halteverbot. Das war einer der wenigen Vorteile, wenn man einen Slickback fuhr; man mußte sich keine Sorgen machen, einen Strafzettel verpaßt zu bekommen. Beim Aussteigen nahm er den Schlagstock aus seiner Halterung an der Autotür.

Er trabte die Rolltreppe hinunter und entdeckte den ersten Abfalleimer neben den automatischen Türen am Eingang der Station. Wie er die Sache sah, waren Rooker und sein Partner mit den gestohlenen Sachen vom Tatort Angels Flight losgefahren und hatten an der erstbesten Stelle, an der sie sicher einen Abfallkübel finden würden, angehalten. Während einer oben im Auto gewartet hatte, war der andere die Treppe hinuntergerannt, um die Brieftasche und die Uhr loszuwerden. Deshalb war Bosch sicher, daß die Sachen gleich im ersten Abfalleimer waren. Es war ein großer, rechteckiger, weißer Behälter mit dem MetroLink-Logo an den Seiten und einer blauen Abdeckung, in der eine Klappe angebracht war. Bosch nahm sie rasch ab und sah in den Behälter. Er war voll, aber ein brauner Umschlag war nicht zu sehen.

Bosch stellte die Abdeckung auf den Boden und stocherte mit dem Schlagstock in dem Durcheinander aus weggeworfenen Zeitungen, Fast-food-Verpackungen und sonstigen Abfällen. Der Behälter roch, als wäre er tagelang nicht mehr geleert, monatelang nicht mehr saubergemacht worden. Er stieß auf eine leere Handtasche und einen alten Schuh. Als er den Schlagstock wie eine Schaufel benutzte, um tiefer zu graben, begann er sich Sorgen zu machen, einer der Obdachlosen, die die Downtown bevölkerten, könnte ihm zuvorgekommen sein und die Uhr und die Brieftasche gefunden haben.

Fast ganz unten, als er schon aufgeben und sein Glück in einem der anderen Abfallbehälter der Station versuchen wollte, entdeckte er einen mit Ketchup verschmierten Umschlag, den er mit spitzen Fingern herausfischte. Er öffnete ihn so, daß sich der größte Teil des Ketchups auf dem abgerissenen Teil befand, und erblickte darin eine braune Lederbrieftasche und eine goldene Cartier-Uhr.

Auf dem Weg an die Oberfläche benutzte Bosch wieder die Rolltreppe, aber diesmal blieb er während der Fahrt stehen, um in den Umschlag zu sehen. Das Uhrarmband war aus Gold oder vergoldet und bestand aus mehreren elastischen Gliedern, damit es sich über die Hand streifen ließ. Um die Uhr bewegen zu können, ohne sie anfassen zu müssen, schüttelte er den Umschlag ein wenig. Er hielt nach irgendwelchen Hautpartikeln Ausschau, die vielleicht am Armband hängengeblieben waren. Er sah nichts.

Sobald er wieder im Auto saß, zog er Handschuhe an, nahm Uhr und Brieftasche aus dem aufgerissenen Umschlag und warf den Umschlag über den Sitz auf den Boden des Fonds.

Dann klappte er die Brieftasche auf und ging die einzelnen Fächer durch. Neben Ausweisen und Versicherungskarten hatte Elias sechs Kreditkarten einstecken gehabt, außerdem kleine gestellte Studioaufnahmen von seiner Frau und seinem Sohn. Im Geldscheinfach waren drei Kreditkartenbelege und ein unausgefüllter Scheck. Bargeld enthielt es keines.

Boschs Aktenkoffer lag auf dem Sitz neben ihm. Er öffnete ihn und nahm das Klemmbrett heraus, dann blätterte er in den daran befestigten Zetteln, bis er die Liste mit dem Eigentum des Opfers fand. Darin war alles aufgeführt, was jedem Opfer abgenommen worden war. In Elias' Taschen hatte sich zu dem Zeitpunkt, zu dem sie ein Gerichtsmediziner durchsucht hatte, nur ein Vierteldollar befunden.

»Ihr Scheißkerle«, sagte Bosch laut, als er merkte, daß derjenige, der die Brieftasche genommen hatte, das ganze Bargeld eingesteckt hatte. Es war unwahrscheinlich, daß Elias nur mit dem Quarter, den die Fahrt in Angels Flight kostete, nach Hause gegangen war.

Wieder einmal fragte er sich, warum er für Leute, die es nicht verdienten, den Kopf hinhielt. Er wußte, daß es zu spät war, etwas daran zu ändern, und versuchte nicht mehr daran zu denken, was ihm aber nicht gelang. Jetzt steckte er mit ihnen unter einer Decke. Angewidert über sich selbst, schüttelte er den Kopf. Dann gab er Uhr und Brieftasche in zwei Beweismitteltüten aus Plastik, die er mit jeweils einem weißen Etikett versehen hatte, auf dem Fallnummer, Datum und Uhrzeit – 6 Uhr 45 – vermerkt waren. Dem fügte er eine kurze Beschreibung jedes Gegenstands hinzu sowie einen Vermerk über die Schublade von Elias' Schreibtisch, in der er gefunden worden war. Zum Schluß kennzeichnete er jedes Etikett in einer Ecke mit seinen Initialen und legte die Tüten in seinen Aktenkoffer.

Bevor er den Wagen startete, sah Bosch auf die Uhr. Bis die Pressekonferenz anfing, hatte er noch zehn Minuten. Kein Grund zur Hektik.

An der Pressekonferenz nahmen so viele Journalisten teil, daß einige, die keinen Platz mehr gefunden hatten, vor der Tür des Presseraums standen. Bosch schob und zwängte sich unter vielen Entschuldigungen durch die Menge. Die gesamte Rückwand des Raums war von Fernsehkameras auf Stativen gesäumt, hinter denen Kameramänner standen. Bosch zählte zwölf Kameras. Das hieß, daß in Kürze bundesweit über den Fall berichtet würde. Einschließlich des spanischsprachigen Kanals gab es in Los Angeles acht Sender, die Lokalnachrichten brachten. Jeder Cop wußte, mehr als acht Kamerateams an einem Tatort oder bei einer Pressekonferenz bedeuteten, daß sich auch die großen Sendeanstalten eingeschaltet hatten. Man arbeitete an etwas Wichtigem, etwas Brisantem.

In der Mitte des Raums war jeder Klappstuhl von einem Journalisten besetzt. Es waren fast vierzig, wobei die Fernsehleute an ihren eleganten Anzügen und am Make-up zu erkennen waren, die Reporter von Presse und Rundfunk an ihren Jeans und den lose herabhängenden Krawatten.

Bosch blickte zum Rednerpult, an dem das Dienstabzeichen des Polizeipräsidenten angebracht war. Auf dem Podium herrschte hektisches Getriebe. Tontechniker befestigten ihre Ausrüstung an dem immer größer werdenden Wald aus Mikrophonen. Einer stand direkt hinter dem Rednerpult und sprach für einen Soundcheck in ein Mikrophon. Schräg hinter dem Rednerpult stand Irving und unterhielt sich flüsternd mit zwei Männern in der Uniform eines Lieutenants. In einem von ihnen erkannte Bosch Tom O'Rourke wieder, der in der Presseabteilung arbeitete. Den anderen Mann kannte Bosch nicht, aber er nahm an, es war Irvings Adjutant Michael Tulin, dessen Anruf Bosch vor wenigen Stunden geweckt hatte. Auf der anderen Seite des Pults stand ganz allein ein vierter Mann. Er trug einen grauen Anzug, und Bosch hatte keine Ahnung, um wen es sich handelte. Vom Polizeipräsidenten keine Spur. Noch nicht. Der Polizeipräsident wartete nicht darauf, daß die Medien fertig wurden. Die Medien warteten auf ihn.

Irving entdeckte Bosch und winkte ihn nach vorne zum Rednerpult. Bosch stieg die drei Stufen auf das Podest hinauf, und Irving legte ihm die Hand auf die Schulter, um ihn beiseite zu nehmen, außer Hörweite der anderen.

»Wo sind Ihre Leute?«

»Ich habe nichts von ihnen gehört.«

»Wie stellen Sie sich das vor, Detective? Ich habe Ihnen doch klar und deutlich zu verstehen gegeben, Sie sollen sie herschaffen.«

»Ich kann dazu nur sagen, Chief, daß sie vielleicht gerade mitten in einer diffizilen Vernehmung waren und nicht zurückrufen wollten, um nicht aus dem Tritt zu kommen. Sie sprechen noch einmal mit Elias' Frau und seinem Sohn. So etwas erfordert eine Menge Fingerspitzengefühl, vor allem in einem Fall wie –«

»Das interessiert mich alles nicht. Ich wollte sie hierhaben, basta. Bei der nächsten Pressekonferenz sorgen Sie dafür, daß sie hier sind, oder ich löse Ihr Team auf und versetze Sie in drei Bezirke, die so weit auseinanderliegen, daß Sie sich einen Tag Urlaub nehmen müssen, wenn Sie gemeinsam zu Mittag essen wollen.«

Bosch studierte kurz Irvings Miene.

»Verstehe, Chief.«

»Gut. Und vergessen Sie es nicht. Langsam müßten wir hier eigentlich anfangen können. O'Rourke wird jetzt den Polizeipräsidenten holen. Sie beantworten keine Fragen. Das ist etwas, was Sie nicht zu kümmern braucht.«

»Warum bin ich dann überhaupt hier? Kann ich wieder gehen?«

Irving sah aus, als würde er endlich zum ersten Mal in seiner Karriere, wenn nicht sogar in seinem Leben laut losfluchen. Sein Gesicht lief rot an, und seine kräftigen Kiefermuskeln waren zum Zerreißen gespannt.

»Sie sind hier, um Rede und Antwort zu stehen, wenn ich oder der Polizeipräsident irgendwelche Fragen an Sie haben. Sie gehen dann, wenn ich es Ihnen sage.«

Bosch hob beschwichtigend die Arme und trat einen Schritt in Richtung Wand zurück, um auf den Beginn der Vorstellung zu warten. Irving entfernte sich und sprach kurz mit seinem Adjutanten, bevor er auf den Mann im Anzug zuging. Bosch sah ins Publikum. Weil die Fernsehscheinwerfer bereits eingeschaltet waren, war es schwer, etwas zu erkennen. Trotz des grellen Lichts konnte er jedoch ein paar Gesichter ausmachen, die er entweder persönlich oder aus dem Fernsehen kannte.

155

Als sein Blick schließlich Keisha Russell erreichte, versuchte er ihn abzuwenden, bevor ihn die *Times*-Reporterin entdeckte. Aber es war zu spät. Ihre Blicke trafen sich und blieben einen Moment aufeinander haften, dann nickte sie einmal fast unmerklich. Bosch nickte nicht zurück. Man konnte nie wissen, wer es bemerkte. Es war nie gut, einen Journalisten in der Öffentlichkeit zu registrieren. Deshalb ließ er seinen Blick nur noch einen Moment länger auf ihr ruhen und wandte ihn dann ab.

Die Tür an der Seite des Podiums ging auf, und O'Rourke kam herein. Er drehte sich um und hielt dem Polizeipräsidenten, der in einem anthrazitgrauen Anzug und mit ernstem Gesicht in den Raum trat, die Tür auf. O'Rourke ging ans Rednerpult und beugte sich über die Mikrophone. Er war wesentlich größer als der Polizeipräsident, für den die Mikrophone eingestellt worden waren.

»Alles bereit?«

Von hinten riefen zwar ein paar Kameramänner »Nein« und »Noch nicht«, aber O'Rourke ignorierte sie.

»Der Polizeipräsident möchte zu den heutigen Vorfällen eine kurze Erklärung abgeben und anschließend auf ein paar Fragen antworten. Im Moment werden allerdings wegen des laufenden Ermittlungsverfahrens nur allgemeine Aspekte des Falls bekanntgegeben. Auch Deputy Chief Irving ist hier, um Ihre Fragen zu beantworten. Mit ein bißchen Disziplin werden wir diese Sache sicher rasch und reibungslos hinter uns bringen, und jeder bekommt, was er braucht. Chief?«

O'Rourke machte einen Schritt zur Seite, und der Polizeipräsident trat ans Rednerpult. Er war eine beeindruckende Erscheinung. Groß, schwarz und gutaussehend, war er bereits dreißig Jahre im Polizeidienst und sehr geschickt im Umgang mit den Medien. Das Amt des Polizeipräsidenten bekleidete er jedoch erst seit kurzem. Er war letzten Sommer ernannt worden, als sein Vorgänger, ein übergewichtiger Outsider mit keinerlei Verständnis für die Polizei und wenig Verständnis für die Black Community, zugunsten eines Insiders abgelöst wurde, der spektakulär genug aussah, um sich in einem Hollywoodfilm selbst spielen zu können. Einen

Augenblick sah der Polizeipräsident stumm auf die Gesichter im Saal hinaus. Wenn Bosch die Stimmung richtig deutete, würde dieser Fall und wie er ihn anpackte für den Chief die erste echte Feuerprobe im Amt werden. Er war sicher, daß sich dessen auch der Chief bewußt war.

»Guten Morgen«, begann der Polizeipräsident schließlich. »Ich habe Ihnen heute eine bedauerliche Mitteilung zu machen. Hier in der Downtown wurde gestern nacht das Leben zweier Bürger ausgelöscht. Catalina Perez und Howard Elias benutzten unabhängig voneinander die Standseilbahn Angels Flight, als sie beide kurz vor dreiundzwanzig Uhr erschossen wurden. Den meisten Bewohnern dieser Stadt ist Howard Elias kein Unbekannter. Ob sie ihn nun schätzten oder nicht – jedenfalls war er ein Mann, der aus dem Leben unserer Stadt nicht wegzudenken war und ihr Bild mit zu prägen geholfen hat. Dagegen war Catalina Perez, wie viele von uns, weder bekannt noch prominent. Sie verdiente sich ihren Lebensunterhalt mit harter Arbeit, um sich und ihrer Familie – einem Ehemann und zwei kleinen Kindern – ein Leben in bescheidenem Wohlstand ermöglichen zu können. Sie war Haushälterin. Sie arbeitete bis spät in die Nacht hinein. Sie wollte zu ihrer Familie nach Hause fahren, als sie ermordet wurde. Ich bin heute morgen nur hier, um den Bürgern von Los Angeles zu versichern, daß diese Morde nicht nachlässig bearbeitet oder gar unter den Tisch gekehrt werden. Sie können sich darauf verlassen, daß wir nicht ruhen werden, bis diese Verbrechen aufgeklärt sind und Catalina Perez und Howard Elias Gerechtigkeit widerfahren ist.«

Bosch mußte der Taktik des Polizeipräsidenten seine Bewunderung zollen. Indem er die zwei Opfer als eine Einheit behandelte, lenkte er von dem Umstand ab, daß der Anschlag nur Elias gegolten hatte und Catalina Perez aus schierem Pech in die Schußlinie geraten war. Er verstand es sehr geschickt, sie als gleichwertige Opfer der sinnlosen und oft vollkommen willkürlichen Gewalt hinzustellen, die Los Angeles wie ein Krebsgeschwür befallen hatte.

»Zum gegenwärtigen Zeitpunkt können wir wegen des laufenden Ermittlungsverfahrens nicht zu sehr ins Detail gehen. Aber zumindest soviel kann ich Ihnen bereits sagen: Wir gehen verschiedenen Spuren nach, und es besteht berechtigter Anlaß zu der Hoffnung, daß der Mörder oder die Mörder gefunden und ihrer gerechten Strafe zugeführt werden. Bis dahin bitten wir die Bürger von Los Angeles, Ruhe zu bewahren und uns unsere Arbeit tun zu lassen. Wir müssen uns gegenwärtig vor allem davor hüten, voreilige Schlüsse zu ziehen. Wir möchten nicht, daß irgend jemand zu Schaden kommt. Die Polizei wird Sie entweder durch mich oder Deputy Chief Irving oder die Pressestelle regelmäßig über den Fortgang des Ermittlungsverfahrens auf dem laufenden halten. Informationen werden Ihnen umgehend verfügbar gemacht, sobald dies sich nicht mehr nachteilig auf die Ermittlungen oder die strafrechtliche Verfolgung der Verdächtigen auswirken kann.«

Der Polizeipräsident trat einen halben Schritt vom Rednerpult zurück und sah zum Zeichen, daß er fertig war, O'Rourke an. Der Pressesprecher wollte auf das Pult zugehen, aber bevor er auch nur einen Fuß heben konnte, ertönte aus dem Saal ein lauter Chor »Chief!« rufender Journalisten. Übertönt wurde das Geschrei von der sonoren Stimme eines Reporters, die für Bosch und jeden, der einen Fernseher hatte, sofort als die von Harvey Button von Channel 4 zu erkennen war.

»Wurde Howard Elias von einem Cop umgebracht?«

Die Frage zog ein kurzes Verstummen der Rufe nach sich, dann setzte der Chor wieder ein. Der Polizeipräsident trat wieder ans Rednerpult und hob die Hände, als versuchte er eine Hundemeute zu beruhigen.

»Also schön, immer mit der Ruhe! Bitte nicht alle gleichzeitig. Einer nach dem –«

»War es ein Polizist, Chief? Können Sie das beantworten oder nicht?«

Es war wieder Button. Diesmal blieben die anderen Journalisten still und gaben ihm auf diese Weise Rückendeckung, indem sie es durch ihr Schweigen dem Polizeipräsidenten unmöglich machten, der Frage auszuweichen. Denn das war die entscheidende Frage. Die ganze Pressekonferenz lief auf eine Frage und eine Antwort hinaus.

»Zum gegenwärtigen Zeitpunkt«, sagte der Polizeipräsident, »kann ich das nicht beantworten. Die Ermittlungen stehen noch ganz am Anfang. Natürlich wissen wir alle um das gespannte Verhältnis Howard Elias' zur Polizei. Es spräche nicht für die Polizei, wenn wir nicht sehr genau in den eigenen Reihen nachforschen würden. Aber genau das werden wir tun. Wir sind bereits dabei. Aber an diesem Punkt können wir –«

»Sir, wie kann die Polizei gegen sich selbst Ermittlungen anstellen, ohne dabei bei der Black Community ihre Glaubwürdigkeit zu verlieren?«

Wieder Button.

»Ein berechtigter Einwand, Mr. Button. Zunächst, die Black Community kann gewiß sein, daß diese Ermittlungen, egal wohin sie führen, zu einem Ergebnis kommen werden. Die Späne werden fallen, wo sie fallen. Wenn ein Angehöriger der Polizei für die Tat verantwortlich ist, wird der – oder die – Betreffende zur Rechenschaft gezogen werden. Dafür verbürge ich mich. Zweitens wird die Polizei bei diesen Ermittlungen von Inspector General Carla Entrenkin unterstützt, die, wie Sie alle wissen, eine zivile Beobachterin ist, die direkt der Police Commission, dem Stadtrat und dem Bürgermeister unterstellt ist.«

Der Polizeipräsident hob die Hand, um eine weitere Frage Buttons zu unterbinden.

»Ich bin noch nicht fertig, Mr. Button. Ich möchte Ihnen bei dieser Gelegenheit Assistant Special Agent Gilbert Spencer von der Außendienststelle Los Angeles des Federal Bureau of Investigation vorstellen. Ich habe mit Mr. Spencer ausführlich über dieses Verbrechen und dieses Ermittlungsverfahren gesprochen, und er hat uns die Unterstützung des FBI zugesichert. Ab morgen werden FBI-Agenten Seite an Seite mit LAPD-Detectives arbeiten, um dieses Ermittlungsverfahren zu einem raschen und erfolgreichen Abschluß zu bringen.«

Bosch versuchte sich nichts anmerken zu lassen, als er den Hinweis des Chief auf die Einbeziehung des FBI hörte. Er war nicht schockiert. Ihm wurde klar, daß es ein kluger Schachzug des Polizeipräsidenten war, mit dem er bei der Black Community vielleicht etwas Zeit gewann. Vielleicht führte es auch zur Aufklärung des Falls, obwohl dieser Beweggrund vermutlich für die Entscheidung des Chiefs zweitrangig gewesen war. In erster Linie versuchte er einen Großbrand zu löschen, bevor er überhaupt ausbrach. Und dafür war ihm das FBI als Schlauch gerade recht. Allerdings ärgerte es Bosch, daß er nicht darüber informiert worden war und von der Hinzuziehung des FBI zum selben Zeitpunkt erfuhr wie Harvey Button und alle anderen. Er sah zu Irving hinüber, der dies mit seinem Radar auffing und zurücksah. Sie funkelten einander an, bis Spencer hinter den Mikrophonen Stellung bezog und Irving sich wieder dem Rednerpult zuwandte.

»Ich habe noch nicht viel zu sagen«, begann der FBI-Mann. »Wir werden für die Ermittlungen ein Team bereitstellen, das mit den LAPD-Detectives zusammenarbeiten wird, und sind der festen Überzeugung, daß wir mit vereinten Kräften diesen Fall schnell lösen werden.«

»Werden Sie gegen die Polizisten ermitteln, die in den Black-Warrior-Fall verwickelt sind?« rief ein Journalist.

»Wir werden allen Spuren mit großer Sorgfalt nachgehen, aber unsere Ermittlungsstrategie können wir im Moment noch nicht bekanntgeben. Ab sofort werden alle Anfragen und Presseerklärungen über das LAPD abgewickelt. Das FBI wird –«

»Mit welcher Berechtigung schaltet sich das FBI in den Fall ein?« fragte Button.

»Laut den Bürgerrechtsbestimmungen ist das FBI ermächtigt, Ermittlungen anzustellen, um zu entscheiden, ob die Rechte eines Individuums unter dem Vorwand des Gesetzes verletzt wurden.«

»Unter dem Vorwand des Gesetzes?«

»Von einem Vertreter des Gesetzes. Ich werde diese Angelegenheit an...«

Spencer trat vom Pult zurück, ohne zu Ende zu sprechen. Er fühlte sich im grellen Licht der Fernsehscheinwerfer sichtlich unwohl. Der Polizeipräsident nahm seinen Platz ein und stellte Irving vor, der nun seinerseits ans Rednerpult trat und eine Presseerklärung verlas, die nähere Einzelheiten über das

Verbrechen und die Ermittlungen enthielt. Es waren weiterhin sehr allgemeine Angaben, nichts, womit jemand viel hätte anfangen können. Unter anderem wurde Bosch in der Presseerklärung namentlich als der Detective aufgeführt, der die Ermittlungen leitete. In diesem Zusammenhang wurde auch erläutert, weshalb es im Fall der RHD ein potentieller Interessenkonflikt und im Fall der Central Division Terminschwierigkeiten erforderlich gemacht hätten, ein Team der Hollywood Division mit den Ermittlungen zu betrauen. Danach erklärte Irving, er werde ein paar Fragen beantworten, rief den Anwesenden jedoch noch einmal in Erinnerung, er werde die laufenden Ermittlungen nicht durch die Preisgabe wichtiger Details behindern.

»Können Sie mehr über die Hauptzielrichtung der Ermittlungen sagen?« rief ein Journalist vor den anderen.

»Die Ermittlungen decken im Moment noch ein sehr weites Gebiet ab«, erwiderte Irving. »Wir gehen allem nach, angefangen bei Polizisten, die einen Grund gehabt haben könnten, sich an Howard Elias zu rächen, bis hin zu der Möglichkeit, daß die Morde in Zusammenhang mit einem Raubüberfall standen. Wir –«

»Eine ergänzende Frage«, brüllte ein Journalist in dem Wissen, daß man seine Frage dazwischenquetschen mußte, bevor der jeweilige Redner die letzte ganz beantwortet hatte, wenn man nicht in dem darauf einsetzenden Stimmengewirr untergehen wollte. »Gab es am Tatort irgendwelche Hinweise, die auf einen Raubüberfall hindeuten?«

»Wir sprechen nicht über Details am Tatort.«

»Mir liegen Informationen vor, daß der Tote weder Uhr noch Brieftasche bei sich hatte.«

Bosch faßte den Journalisten ins Auge. Er war nicht vom Fernsehen. Das war an seinem zerknitterten Anzug zu erkennen. Und es sah auch nicht so aus, als wäre er von der *Times*, weil Keisha Russell bereits im Raum war. Bosch wußte nicht, wer der Mann war, aber offensichtlich hatte er den Hinweis auf die Uhr und die Brieftasche aus Polizeikreisen erhalten.

Irving hielt inne, als überlegte er, wieviel er herausrücken sollte.

»Ihre Information ist richtig, aber unvollständig. Offensichtlich ließ Mr. Elias seine Uhr und seine Brieftasche in seinem Schreibtisch zurück, als er gestern abend die Kanzlei verließ. Jedenfalls wurden sie dort heute gefunden. Natürlich schließt das versuchten Raub nicht als Motiv für das Verbrechen aus. Andererseits sind die Ermittlungen noch nicht weit genug gediehen, um zu diesem Zeitpunkt schon eine solche Vermutung anzustellen.«

Keisha Russell, stets die Ruhe in Person, hatte sich dem Gebrüll um Aufmerksamkeit nicht angeschlossen. Sie saß ganz ruhig mit erhobener Hand da und wartete, daß den anderen die Fragen ausgingen und Irving sie aufrief. Nachdem Irving ein paar ins gleiche Horn stoßende Fragen von den Fernsehleuten abgeschmettert hatte, rief er sie schließlich auf.

»Sie sagten, Mr. Elias' Uhr und Brieftasche wurden heute in seiner Kanzlei gefunden. Haben Sie seine Kanzlei durchsucht und, wenn ja, was, wenn überhaupt, wird unternommen, um die Wahrung des Anwaltsgeheimnisses im Interesse von Mr. Elias' Mandanten zu gewährleisten, die genau die Behörde verklagen, welche die Durchsuchung der Kanzlei vorgenommen hat?«

»Eine gute Frage«, erwiderte Irving. »Aus eben dem Grund, den Sie gerade genannt haben, haben wir keine vollständige Durchsuchung der Kanzlei durchgeführt. Das ist der Punkt, an dem Inspector General Entrenkin ins Spiel kommt. Sie übernimmt die Durchsicht der Akten in der Kanzlei des Opfers und wird sie erst an die Ermittler weitergeben, nachdem sie sie auf Angaben überprüft hat, die unter das Anwaltsgeheimnis fallen könnten. Diese Überprüfungsmaßnahme hat heute morgen der Richter veranlaßt, der die Durchsuchungsbefehle für Howard Elias' Kanzlei ausgestellt hat. Meines Wissens wurden die Uhr und die Brieftasche in oder auf dem Schreibtisch des Opfers gefunden, allem Anschein nach so, als hätte er sie vergessen, als er gestern abend die Kanzlei verließ. Aber vielleicht sollten wir damit jetzt Schluß machen. Wir müssen uns auf die Ermittlungen konzentrieren. Wenn es weitere neue Erkenntnisse gibt, werden wir –«

»Eine letzte Frage«, rief Russell. »Warum hat die Polizei auf Zwölf-Stunden-Schichtdienst umgestellt?«

Irving wollte gerade antworten, blickte sich dann aber nach dem Polizeipräsidenten um, worauf dieser nickte und ans Rednerpult trat.

»Wir wollen auf alle Eventualitäten gefaßt sein«, erklärte er. »Die Umstellung auf Zwölf-Stunden-Dienst ermöglicht es uns, auf den Straßen durchgehend einer stärkere Polizeipräsenz zu gewährleisten. Wir glauben, die Bürger dieser Stadt werden Ruhe bewahren und uns Zeit lassen, unsere Ermittlungen durchzuführen, aber als Sicherheitsvorkehrung habe ich einen Einsatzplan in Kraft treten lassen, der unter anderem besagt, daß alle Angehörigen der Polizei bis auf weiteres im Zwölf-Stunden-Takt Dienst tun.«

»Ist das der Plan zur Verhinderung von Unruhen, der nach den letzten Ausschreitungen eingeführt wurde?« fragte Russell. »Als die Polizei auf dem falschen Fuß erwischt wurde, weil sie keinen Plan hatte?«

»Das ist der 1992 entwickelte Plan, ja.«

Er wollte sich gerade vom Pult zurückziehen, als ihm Russell einen weiteren angeschnittenen Ball zuwarf.

»Sie rechnen also mit gewalttätigen Ausschreitungen.«

Das wurde als Feststellung, nicht als Frage vorgebracht. Der Polizeipräsident kehrte an die Mikrophone zurück.

»Nein, Miß, äh, Russell, damit rechne ich nicht. Wie bereits gesagt, handelt es sich hier um eine reine Vorsichtsmaßnahme. Ich rechne damit, daß die Bürger dieser Community sich ruhig und verantwortungsbewußt verhalten. Ich kann nur hoffen, daß die Medien sich genauso verhalten werden.«

Er wartete auf eine weitere Reaktion von Russell, aber diesmal erhielt er keine. O'Rourke trat vor und beugte sich am Chief vorbei zu den Mikrophonen hinab.

»Okay, das wär's. Kopien von Chief Irvings Erklärung liegen in fünfzehn Minuten in der Pressestelle aus.«

Als die Journalisten langsam aus dem Raum defilierten, behielt Bosch den Mann im Auge, der die Frage nach der Uhr und der Brieftasche gestellt hatte. Er hätte gern gewußt, wer

163

er war und für welche Nachrichtenagentur er arbeitete. In dem Gedränge an der Tür kam der Mann neben Button zu stehen, und sie begannen sich zu unterhalten. Das fand Bosch seltsam, weil er noch nie einen Pressevertreter gesehen hatte, der sich herabließ, mit einem Fernsehreporter zu reden.

»Detective?«

Bosch drehte sich um. Vor ihm stand, die Hand ausgestreckt, der Polizeipräsident. Instinktiv schüttelte Bosch sie. Er war inzwischen fast fünfundzwanzig Jahre bei der Polizei – im Fall des Chiefs waren es dreißig –, und doch waren sie sich bisher nie über den Weg gelaufen, hatten noch nie ein Wort miteinander gewechselt, geschweige denn sich die Hände geschüttelt.

»Chief.«

»Schön, Sie mal kennenzulernen. Bei dieser Gelegenheit möchte ich Sie auch gleich darauf hinweisen, wie sehr wir auf Sie und Ihr Team zählen. Wenn Sie etwas brauchen, haben Sie keine Hemmungen, sich an mein Büro oder an Deputy Chief Irving zu wenden. Egal was.«

»Also, im Augenblick ist soweit alles okay. Die Information über die Einschaltung des FBI weiß ich allerdings zu schätzen.«

Der Polizeipräsident zögerte, aber nur einen Moment. Anscheinend tat er Boschs Ärger als unwichtig ab.

»Das ließ sich nicht ändern. Ich war mir bis kurz vor Beginn der Pressekonferenz nicht sicher, ob das FBI einsteigen würde.«

Der Polizeipräsident drehte sich um und hielt nach dem FBI-Mann Ausschau. Spencer unterhielt sich mit Irving. Der Polizeipräsident winkte sie zu sich und machte Bosch und Spencer miteinander bekannt. Bosch glaubte einen Anflug von Verachtung in Spencers Miene zu entdecken. In der Vergangenheit war die Beziehung zwischen Bosch und dem FBI nicht ungetrübt gewesen. Er hatte nie direkt mit Spencer zu tun gehabt, aber wenn er der stellvertretende Special Agent der Außendienststelle Los Angeles war, hatte er vermutlich von Bosch gehört.

»Wie wollen wir die Sache handhaben, meine Herren?« fragte der Polizeipräsident.

»Wenn Sie wollen, bestelle ich meine Leute für morgen früh acht Uhr hierher«, erklärte Spencer.

»Wunderbar. Chief Irving?«

»Ja, nichts dagegen einzuwenden. Wir werden vom Besprechungszimmer neben meinem Büro aus operieren. Ich bestelle unser Team für acht dort ein. Dann gehen wir alles durch, was wir haben, und sehen weiter.«

Alle bis auf Bosch nickten. Er wußte, er hatte bei dieser Entscheidung nichts zu sagen.

Die Gruppe löste sich auf, und sie steuerten auf die Tür zu, durch die der Polizeipräsident gekommen war. Bosch, der sich plötzlich an O'Rourkes Seite fand, fragte den Pressesprecher, ob er wußte, wer der Reporter war, der sich nach der Uhr und der Brieftasche erkundigt hatte.

»Tom Chainey.«

Der Name sagte Bosch nur fast etwas, aber nicht ganz.

»Ist er Journalist?«

»Nicht richtig. Vor längerer Zeit war er mal bei der *Times*, aber inzwischen ist er beim Fernsehen. Er ist Harvey Buttons Producer. Um vor die Kamera zu treten, sieht er nicht gut genug aus. Deshalb zahlen sie ihm massenhaft Geld dafür, daß er Button gute Stories beschafft und ihm sagt, was er sagen und fragen soll. Damit er eine gute Figur macht. Button hat das Gesicht und die Stimme, Chainey das Köpfchen. Warum fragen Sie? Kann ich irgend etwas für Sie tun?«

»Nein. Reine Neugier.«

»Sie meinen, wegen der Frage nach der Uhr und der Brieftasche? Na ja, wie gesagt, Chainey hat so seine Beziehungen. Er hat Quellen. Mehr als die meisten anderen.«

Sie gingen durch die Tür, und Bosch wandte sich nach links, um zu Irvings Besprechungszimmer zurückzukehren. Er wollte das Gebäude verlassen, hatte aber keine Lust, mit all den Journalisten auf einen Lift zu warten.

Irving wartete im Besprechungszimmer auf ihn. Er saß auf demselben Platz wie zuvor.

»Wegen der Sache mit dem FBI müssen Sie mich bitte entschuldigen«, begann er. »Ich habe es selbst erst unmittelbar davor erfahren. Eine Idee des Chiefs.«

»Das habe ich gehört. Vermutlich ein geschickter Schachzug.«

Er blieb einen Moment still, wartete, daß Irving den nächsten Schritt machte.

»Was ich jetzt von Ihnen möchte, ist folgendes: Sie lassen Ihre Leute die Vernehmungen, die sie gerade machen, zu Ende führen, und dann schlafen Sie sich alle mal gründlich aus, denn morgen geht das Ganze noch mal von vorne los.«

Bosch mußte sich gewaltig zusammenreißen, um nicht den Kopf zu schütteln.

»Sie meinen, die ganze Sache auf Eis legen, bis das FBI dazukommt? Chief, das ist ein Mord – ein Doppelmord. Da können wir nicht einfach Schluß machen und morgen noch mal von vorn anfangen.«

»Wer sagt denn, Sie sollen mit irgend etwas Schluß machen? Ich habe lediglich gesagt, bringen Sie zu Ende, womit Sie im Moment beschäftigt sind. Morgen werden wir neue Schützengräben ziehen und neue Personaleinteilungen vornehmen und einen neuen Schlachtplan entwerfen. Ich möchte, daß Ihre Leute frisch und ausgeruht und voll einsatzfähig sind.«

»Gut. Wie Sie meinen.«

Aber Bosch hatte nicht die Absicht, auf das FBI zu warten. Er war fest entschlossen, die Ermittlungen fortzuführen, sie voranzutreiben und ihnen in die Richtung zu folgen, in die sie zeigten. Was Irving sagte, spielte keine Rolle.

»Kann ich einen Schlüssel für diesen Raum haben?« fragte Bosch. »In Kürze müßten wir von Entrenkin die erste Ladung mit Akten kriegen. Wir müssen sie an einem sicheren Ort aufbewahren.«

Irving verlagerte sein Gewicht und langte in seine Tasche. Er holte einen Schlüssel heraus und schob ihn über den Tisch. Bosch ergriff ihn und befestigte ihn an seinem Schlüsselbund.

»Und wie viele Leute haben so einen Schlüssel?« fragte er. »Nur, damit ich es weiß.«

»Machen Sie sich deshalb mal keine Sorgen, Detective. Niemand, der nicht zum Team gehört oder meine Erlaubnis hat, wird diesen Raum betreten.«

Bosch nickte, obwohl Irving seine Frage nicht beantwortet hatte.

166

15

Als Bosch durch die gläserne Eingangstür des Parker Center ging, bekam er die Anfänge der Herstellung und Verpackung eines Medienereignisses mit. Über den Vorplatz waren ein halbes Dutzend Fernsehteams und Reporter verteilt, die sich bereithielten, einführende Live-Kommentare zum Material von der Pressekonferenz zu übertragen. Am Straßenrand erhob sich der Antennenwald – mehrere Übertragungswagen hatten ihre Sendeanlagen ausgefahren. Es war ein Samstag, normalerweise der Wochentag, der in puncto Nachrichten am wenigsten hergab. Die Ermordung Howard Elias' war allerdings ein Knüller, Garantie für riesige Schlagzeilen und einiges mehr. Der Traum eines jeden Samstagvormittag-Redakteurs. Mittags würden die Lokalsender live darüber berichten. Und dann würde es losgehen. Wie ein besonders heißer Santa-Ana-Wind würde die Nachricht von Elias' Ermordung durch die Stadt fegen, die Gemüter erhitzen und schwelende Frustrationen möglicherweise in lautstarke und bösartige Handlungen ausarten lassen. Die Polizei – und damit auch die Stadt – war darauf angewiesen, wie diese jungen und schönen Menschen die Informationen, die sie erhalten hatten, interpretieren und weitergeben würden. Man hoffte, ihre Berichte würden die in der Black Community bereits schwelende Unzufriedenheit nicht noch weiter schüren. Man hoffte, sie würden Zurückhaltung und Integrität und gesunden Menschenverstand beweisen, indem sie lediglich die bekannten Fakten meldeten und auf wilde Spekulationen oder redaktionelle Stimmungsmache verzichteten. Bosch gab sich allerdings keinen Illusionen hin, daß die Chancen hierfür etwa genauso gut beziehungsweise schlecht standen wie die von Elias, als er vor etwas mehr als zwölf Stunden Angels Flight bestiegen hatte.

Peinlichst darauf bedacht, nicht in das Blickfeld einer Kamera zu geraten, schwenkte Bosch sofort nach links und steuerte auf den Angestelltenparkplatz zu. Wenn es sich vermeiden ließ, wollte er möglichst nicht in den Nachrichten kommen.

Er entging seiner Entdeckung mit Erfolg und erreichte sein Auto. Zehn Minuten später parkte er vor dem Bradbury hinter einem Übertragungswagen im Halteverbot. Er blickte sich um, als er ausstieg, entdeckte aber nirgendwo Fernsehleute. Er nahm an, sie waren zur Angels Flight-Talstation gegangen, um Bildmaterial für einen Bericht aufzunehmen.

Er fuhr mit dem Aufzug in die oberste Etage hinauf. Als er dort das Gitter zurückzog und nach draußen trat, lief er Harvey Button, seinem Produzenten und einem Kameramann in die Arme. Nach einem Moment unbehaglichen Schweigens versuchte er sich an ihnen vorbeizuzwängen. Doch der Produzent sagte: »Äh, Detective Bosch? Ich bin Tom Chainey von Channel Four.«

»Wunderbar.«

»Könnten wir uns vielleicht kurz über den —«

»Nein, können wir nicht. Einen schönen Tag noch.«

Bosch schaffte es, an ihnen vorbeizukommen, und begann auf Elias' Kanzlei zuzugehen. Chainey rief ihm hinterher: »Wirklich nicht? Wir erhalten eine Menge Informationen, und es wäre wahrscheinlich für uns beide nicht schlecht, wenn wir sie bestätigt bekommen könnten. Wir möchten Ihnen keine Scherereien machen. Es wäre besser, wenn wir im Team arbeiten könnten, wissen Sie.«

Bosch blieb stehen und blickte sich nach ihm um.

»Nein, weiß ich nicht. Wenn Sie unbestätigte Informationen in Umlauf bringen wollen, ist das Ihre Sache. Aber ich bestätige nichts. Und ein Team habe ich bereits.«

Ohne auf eine Antwort zu warten, drehte er sich um und steuerte auf die Tür mit Elias' Namen darauf zu. Von Chainey und Button hörte er nichts mehr.

Als er die Kanzlei betrat, saß Janis Langwiser hinter dem Schreibtisch im Vorzimmer und studierte eine Akte. Neben dem Schreibtisch standen drei Kartons mit Akten, die vorher nicht dort gewesen waren. Langwiser blickte auf.

»Detective Bosch.«

»Hallo. Sind diese Schachteln für mich?«

Sie nickte.

»Die erste Ladung. Was Sie da vorhin gemacht haben, war übrigens nicht gerade nett.«

»Was?«

»Mir zu erzählen, mein Wagen würde abgeschleppt. Das hat doch gar nicht gestimmt, oder?«

Bosch hatte es völlig vergessen.

»Äh, an sich schon. Sie haben im Halteverbot gestanden. Sie wären abgeschleppt worden.«

Als er merkte, daß sie wußte, daß es eine blöde Ausrede war, lächelte er. Und wurde rot.

»Ich mußte kurz allein mit Inspector Entrenkin sprechen, wissen Sie. Es tut mir leid.«

Bevor sie etwas erwidern konnte, sah Carla Entrenkin aus dem Nebenzimmer herein. Auch sie hielt einen Ordner in der Hand. Bosch deutete auf die drei Schachteln auf dem Boden.

»Sieht ganz so aus, als kämen Sie gut voran.«

»Das will ich doch hoffen. Kann ich hier drinnen kurz mit Ihnen sprechen?«

»Sicher. Aber erst: Ist Channel Four hier reingekommen, und haben sie versucht, mit Ihnen beiden zu sprechen?«

»Ja«, sagte Langwiser. »Und vor ihnen war schon Channel Nine hier.«

»Haben Sie mit ihnen gesprochen?«

Langwiser sah kurz Entrenkin an, dann blickte sie zu Boden. Sie sagte nichts.

»Ich habe eine kurze Erklärung abgegeben«, antwortete Entrenkin. »Etwas Harmloses, nur meine Rolle bei dem Verfahren betreffend. Können wir uns hier drinnen unterhalten?«

Sie trat von der Tür zurück, und Bosch betrat das Nebenzimmer. Auf dem Schreibtisch stand eine weitere Schachtel, die halb voll mit Akten war. Entrenkin schloß hinter Bosch ab, dann warf sie den Ordner, den sie in der Hand gehabt hatte, auf den Schreibtisch, verschränkte die Arme und setzte eine strenge Miene auf.

»Was ist?« fragte Bosch.

»Tom Chainey sagte mir eben, bei der Pressekonferenz wäre bekanntgegeben worden, How- äh, Mr. Elias hätte seine Brieftasche und seine Uhr in der Kanzlei gelassen, in seinem

Schreibtisch. Ich dachte an sich, als Sie und Ihre Leute heute morgen hier rausgegangen sind, wäre eigentlich klar gewesen, daß –«

»Tut mir leid. Das habe ich ganz vergessen.«

Bosch stellte seinen Aktenkoffer auf den Schreibtisch und öffnete ihn. Er nahm die Beweismitteltüten mit der Brieftasche und der Uhr heraus.

»Ich hatte die Sachen bereits eingesteckt, als Sie heute morgen angerückt sind. Ich dachte nicht mehr daran und ging einfach mit den Sachen weg. Möchten Sie, daß ich alles dahin zurücklege, wo ich es gefunden habe?«

»Nein. Ich will nur eine Erklärung. Und ich bin nicht sicher, ob ich Ihnen die, die Sie mir gerade gegeben haben, abnehme.«

Darauf sahen sie sich eine Weile schweigend an.

»War das alles, worüber Sie mit mir sprechen wollten?« fragte Bosch schließlich.

Sie wandte sich wieder dem Schreibtisch und der Akte zu, die sie durchgesehen hatte.

»Ich dachte, unser Verhältnis wäre besser.«

»Hören Sie.« Bosch klappte den Aktenkoffer zu. »Sie haben Ihre Geheimnisse. Da müssen Sie mir auch meine lassen. Das Ganze läuft darauf hinaus, daß Howard Elias nicht beraubt wurde. Wir machen also auf dieser Basis weiter. Okay?«

»Wenn Sie damit sagen wollen, an diesem Ermittlungsverfahren waren Leute beteiligt, die Beweismaterial zu manipulieren versucht haben, dann –«

»Ich sage gar nichts.«

Er sah Ärger in ihren Augen aufleuchten.

»So jemand hat bei der Polizei nichts zu suchen. Das wissen Sie ganz genau.«

»Diesen Strauß sollten wir vielleicht lieber bei einer anderen Gelegenheit ausfechten. Ich habe im Moment Wichtigeres –«

»Sie wissen, es gibt Leute, die denken, es gibt nichts Wichtigeres als eine Polizei, bei der die Integrität ihrer Mitglieder außer Frage steht.«

»Hört sich an, als hielten Sie eine Pressekonferenz ab, Inspector. Ich werde jetzt diese Akten mitnehmen. Die nächste Ladung hole ich später.«

Er machte sich daran, ins Vorzimmer zurückzukehren.

»Ich dachte nur, Sie wären anders«, sagte sie. »Mehr nicht.«

Er blickte sich zu ihr um.

»Sie können nicht wissen, ob ich anders bin, weil Sie absolut nichts über mich wissen. Wir unterhalten uns später.«

»Da fehlt noch etwas.«

Bosch blieb stehen und drehte sich um.

»Was?«

»Howard Elias machte sich über alles Notizen. Er hatte ständig einen kleinen Spiralblock einstecken oder auf seinem Schreibtisch liegen. Sein letzter Notizblock fehlt. Wissen Sie, wo er ist?«

Bosch ging an den Schreibtisch zurück, öffnete seinen Aktenkoffer, nahm das Notizbuch heraus und warf es auf den Schreibtisch.

»Sie werden mir zwar nicht glauben, aber ich hatte es ebenfalls bereits eingesteckt, als Sie angerückt sind und uns rausgeworfen haben.«

»Ich glaube Ihnen durchaus. Haben Sie es gelesen?«

»Teile davon. Ebenfalls, bevor Sie aufgetaucht sind.«

Sie sah ihn kurz an.

»Ich werde es durchsehen, und wenn es in Ordnung ist, bekommen Sie es heute noch zurück. Danke, daß Sie es zurückgegeben haben.«

»Bitte.«

Bis Bosch ins Philippe's the Original kam, hatten die anderen bereits mit dem Essen begonnen. Sie saßen an einem der langen Tische im Hinterzimmer, wo sie unter sich waren. Er beschloß, erst das Dienstliche zu erledigen, bevor er sich in einer der Schlangen vor der Theke anstellte, um sich etwas zu holen.

»Wie ging's?« fragte Rider, als er über die Bank stieg und sich neben sie setzte.

»Also, ich glaube, ich war eindeutig ein bißchen zu blaß für Irvings Geschmack.«

»Das kann er sich an den Hut stecken«, brummte Edgar. »Für so einen Scheiß gebe ich mich nicht her.«

»Ich auch nicht«, sagte Rider.

»Wovon reden Sie eigentlich?« wollte Chastain wissen.

»Rassenbeziehungen«, sagte Rider. »Typisch, daß Sie das nicht schnallen.«

»Hey, ich –«

»Schon gut«, ging Bosch dazwischen. »Sprechen wir über den Fall, ja? Sie fangen an, Chastain. Sind Sie mit dem Wohnhaus fertig?«

»Ja, wir sind fertig. Nichts.«

»Außer daß wir was über die Frau rausgefunden haben«, sagte Fuentes.

»Ach ja, stimmt.«

»Welche Frau?«

»Das andere Opfer. Catalina Perez. Augenblick.«

Chastain nahm einen Block von der Bank. Er blätterte auf die zweite Seite und überflog die Notizen.

»Apartment neun-null-neun. Perez hat dort saubergemacht. Jeden Freitagabend. Von dort ist sie also gekommen.«

»Aber sie fuhr doch hoch«, sagte Bosch. »Hat sie nicht bis elf gearbeitet?«

»Nein, das ist es ja. Sie arbeitet immer von sechs bis halb elf, dann fährt sie mit Angels Flight zur Bushaltestelle runter und nimmt den Bus nach Hause. Nur muß sie diesmal auf der Fahrt nach unten in ihre Handtasche gesehen und gemerkt haben, daß ihr Notizbuch, in dem ihre Arbeitszeiten und Telefonnummern stehen, gefehlt hat. Sie hatte es gestern abend in der Wohnung rausgenommen, weil ihr Arbeitgeber, ein Mr. D. H. Reilly, seine Telefonnummer geändert und ihr die neue gegeben hat. Und dann ließ sie das Notizbuch auf dem Küchentisch liegen. Sie mußte zurück, um es zu holen, weil alle ihre Arbeitszeiten drinstanden. Die Frau...«

Er nahm das Notizbuch von der Bank hoch. Es war in einer Beweismitteltüte aus Plastik.

»... ich meine, ich habe mir ihren Zeitplan angesehen. Sie hat ganz schön geschuftet. Sie hat nicht nur tagsüber geputzt, sondern häufig auch abends. Dieser Reilly sagte, Freitag abends wäre der einzige feste Termin gewesen, an dem er sie bekommen konnte. Sie war sehr zuverlässig …«

»Sie wollte also noch mal hochfahren, um ihr Notizbuch zu holen, als sie erschossen wurde«, sagte Edgar.

»So sieht es aus.«

»Die alte U-V-A«, sagte Rider in einem Singsang, der gar nichts Heiteres hatte.

»Wie bitte?« sagte Chastain.

»Nichts.«

Einen Augenblick blieben alle still. Bosch mußte an Catalina Perez denken, die es das Leben gekostet hatte, daß sie ihr Notizbuch liegengelassen hatte. Er wußte, Riders Bemerkung von eben bezog sich auf die ›Ungerechtigkeit von allem‹ – eine Redewendung, die sie ein Jahr nach ihrer Versetzung zum Morddezernat zu benutzen begonnen hatte, um die dummen Zufälle und Wendungen des Schicksals zu bezeichnen, die manchmal zum Tod eines Menschen führten.

»Okay, gut«, sagte Bosch schließlich. »Jetzt wissen wir zumindest, wieso die Frau in dem Wagen saß. Bei den restlichen Hausbewohnern Fehlanzeige?«

»Niemand hat was gehört, niemand was gesehen«, sagte Chastain.

»Haben Sie alle angetroffen?«

»In vier Wohnungen hat sich niemand gemeldet. Aber sie lagen alle nach hinten raus, weg von Angels Flight.«

»Na schön, dann lassen wir die fürs erste. Kiz, hast du noch mal mit der Frau und dem Sohn gesprochen?«

Rider kaute den letzten Bissen ihres French-Dip-Sandwichs und hielt den Finger hoch, bis sie hinuntergeschluckt hatte.

»Ja, einzeln und zusammen. Nichts, was mir irgendwie aufgefallen wäre. Sind beide fest davon überzeugt, daß es ein Cop war. Ich hatte nicht –«

»Ist doch klar, daß sie das denken«, unterbrach Chastain sie.

»Lassen Sie sie ausreden«, sagte Bosch.

»Ich hatte nicht den Eindruck, daß sie viel über seine Fälle wußten – oder über irgendwelche Drohungen, falls er welche erhalten hat. Er hatte zu Hause nicht mal ein Arbeitszimmer. Als ich ganz behutsam das Thema eheliche Treue anschnitt, sagte seine Frau, sie glaubte, er wäre ihr treu. Genau so hat sie sich ausgedrückt. Sie ›glaubte‹ es. Irgendwie kam mir das komisch vor. Wenn sie keine Zweifel gehabt hätte, hätte sie meiner Meinung nach gesagt, er ›war‹ treu, nicht, daß sie ›glaubte‹, er war treu – wenn ihr wißt, was ich meine.«

»Du glaubst also, sie wußte es?«

»Vielleicht. Aber ich glaube, falls sie es wußte, war sie der Typ, der sich damit abfindet. Howard Elias' Frau zu sein war mit einigem Prestige verbunden. Viele Frauen in so einer Position gehen Kompromisse ein. Um den Schein zu wahren und den Status quo nicht zu gefährden, sehen sie bei manchen Dingen einfach weg.«

»Und der Sohn?«

»Ich glaube, er hielt seinen Vater für einen Gott. Er leidet sehr.«

Bosch nickte. Er hielt große Stücke auf Riders vernehmungstechnische Fähigkeiten. Er hatte sie schon oft in Aktion erlebt und kannte ihr Einfühlungsvermögen. Ihm war auch klar, daß er sie auf eine Art für seine Zwecke eingespannt hatte, die sich gar nicht so sehr von der unterschied, in der Irving sie bei der Pressekonferenz hatte benutzen wollen. Er hatte sie mit den Vernehmungen beauftragt, weil er wußte, sie würde ihre Sache gut machen. Aber auch, weil sie schwarz war.

»Hast du ihnen die A-Frage gestellt?«

»Ja. Sie waren gestern abend beide zu Hause. Keiner war weg. Jeder ist des anderen Alibi.«

»Toll«, sagte Chastain.

»Okay, Kiz«, sagte Bosch. »Sonst noch jemand, der etwas zu berichten hat?«

Bosch beugte sich über den Tisch, um auch die Gesichter derer sehen zu können, die neben ihm saßen. Niemand sagte etwas. Er merkte, alle hatten ihre Sandwiches zu Ende gegessen.

»Also, ich weiß nicht, ob ihr schon etwas über die Pressekonferenz gehört habt. Jedenfalls hat der Chief die Kavallerie zu Hilfe gerufen. Morgen früh schaltet sich das FBI in die Ermittlungen ein. Um acht haben wir in Irvings Konferenzzimmer eine Besprechung.«

»Scheiße«, sagte Chastain.

»Was wollen die machen, was wir nicht können?« fragte Edgar.

»Wahrscheinlich nichts«, sagte Bosch. »Aber die Tatsache, daß er es bei der Pressekonferenz bekanntgegeben hat, wird vermutlich noch eine Weile für Ruhe sorgen. Zumindest vorerst. Aber machen wir uns darüber morgen Gedanken, wenn wir sehen, wie sie sich die Sache vorstellen. Wir haben immer noch den Rest des heutigen Tages. Irving hat mir einen inoffiziellen Stillhaltebefehl erteilt, bis die Jungs vom FBI anrücken, aber das ist natürlich Blödsinn. Ich sage, wir machen weiter.«

»Klar«, bemerkte Chastain. »Wir wollen doch nicht, daß der Hai absäuft, oder?«

»Ganz richtig, Chastain. Aber jetzt... Ich weiß natürlich, daß keiner von uns viel zum Schlafen gekommen ist. Mein Vorschlag wäre, ein paar von uns arbeiten weiter und gehen früh schlafen, die anderen fahren nach Haus, schlafen ein bißchen und kommen heute abend ausgeruht zurück. Irgendwelche Einwände?«

Wieder sagte niemand etwas.

»Okay, dann teilen wir die anfallenden Aufgaben wie folgt auf. Ich habe drei Schachteln mit Akten aus Elias' Kanzlei im Kofferraum. Die nehmen sich die IAD-Leute und fahren damit in Irvings Besprechungszimmer. Sie gehen die Akten durch und notieren die Namen von Polizisten und sonstigen Personen, die überprüft werden müssen. Ich möchte, daß Sie eine Liste erstellen. Wenn wir ein Alibi bekommen, streichen wir den Namen von der Liste und gehen zum nächsten Namen über. Das möchte ich erledigt haben, bis morgen früh das FBI antanzt. Wenn Sie damit fertig sind, können Sie Schluß machen und schlafen gehen.«

»Und was werden Sie machen?« fragte Chastain.

»Wir werden mit Elias' Sekretärin und seinem Anwaltsgehilfen sprechen. Danach fahre ich nach Hause, um ein bißchen zu schlafen. Wenn es geht. Heute abend sprechen wir mit Harris und gehen dieser Internet-Geschichte nach. Ich möchte wissen, was es damit auf sich hat, bevor sich das FBI zuschaltet.«

»Seien Sie mit Harris lieber vorsichtig.«

»Keine Angst. Das ist mit ein Grund, warum wir bis heute abend warten. Wenn wir es geschickt anstellen, bekommen die Medien gar nicht heraus, daß wir mit dem Mann gesprochen haben.«

Chastain nickte.

»Die Akten, die Sie uns geben? Sind das alte oder neue?«

»Alte. Entrenkin hat mit den abgeschlossenen Fällen angefangen.«

»Wann kriegen wir die Black-Warrior-Akte zu sehen? Das ist die, die zählt. Alles andere ist doch Pipifax.«

»Ich hoffe, den Rest noch heute von ihr zu kriegen. Diese hier sind im übrigen keineswegs Pipifax. Wir müssen uns jede Akte aus der Kanzlei ansehen. Weil wahrscheinlich genau die, die wir auslassen, diejenige ist, mit der uns irgendein Anwalt beim Prozeß ganz gewaltig einheizt. Ist das klar? Also nichts auslassen.«

»Habe schon verstanden.«

»Übrigens, was liegt Ihnen soviel an der Black-Warrior-Akte? Sie haben doch die betroffenen Kollegen uneingeschränkt entlastet, oder nicht?«

»Ja. Und?«

»Was wollen Sie in der Akte anderes finden als das, was Sie ohnehin schon wissen? Denken Sie, Sie haben was übersehen, Chastain?«

»Nein, aber ...«

»Was aber?«

»Es ist der Fall, der im Moment ansteht. Da muß einfach etwas sein.«

»Das werden wir ja sehen. Alles zu seiner Zeit. Aber fürs erste halten Sie sich an die alten Fälle und lassen keinen aus.«

»Daß wir das nicht tun werden, habe ich Ihnen doch bereits gesagt. Trotzdem ärgert es einen zu wissen, daß man nur seine Zeit vergeudet.«

»Willkommen beim Morddezernat.«

»Ja, ja.«

Bosch griff in seine Tasche und holte eine kleine braune Tüte heraus. Sie enthielt mehrere Kopien des Schlüssels, den

Irving ihm gegeben hatte; er hatte sie auf dem Weg zu dem Restaurant in Chinatown anfertigen lassen. Er stellte die Tüte über dem Tisch auf den Kopf, und die Schlüssel fielen klirrend heraus.

»Jeder nimmt sich einen Schlüssel. Sie sind für Irvings Besprechungszimmer. Sobald sich die Akten dort befinden, möchte ich, daß die Tür ständig abgeschlossen bleibt.«

Alle bis auf Bosch griffen in die Mitte des Tisches und nahmen sich einen Schlüssel. Er hatte das Original bereits an seinem Schlüsselbund befestigt. Er stand auf und sah Chastain an.

»Holen wir die Akten aus meinem Wagen.«

16

Die Gespräche mit der Sekretärin und dem Anwaltsgehilfen brachten sie so wenig weiter, daß Bosch wünschte, die Detectives hätten die Zeit nutzen können, ein wenig zu schlafen. Tyla Quimby, die Sekretärin, war wegen einer Grippe krankgeschrieben und hatte die ganze letzte Woche in ihrer Wohnung in Crenshaw im Bett gelegen. Sie wußte nichts über Elias' Aktivitäten in den Tagen vor seinem Tod. Abgesehen davon, daß sie Bosch, Edgar und Rider vielleicht ansteckte, hatte sie den Detectives so gut wie nichts zu bieten. Sie erklärte, Elias habe seine jeweiligen Prozeßstrategien und sonstige Aspekte seiner Arbeit im wesentlichen für sich behalten. Ihre Rolle habe vorwiegend darin bestanden, die Post zu öffnen, Anrufe entgegenzunehmen, vorbeikommende Besucher und Mandanten abzufertigen und von einem kleinen Girokonto, auf das Elias jeden Monat Geld einzahlte, die Kanzleirechnungen zu begleichen. Was den Telefonverkehr anging, habe Elias in seinem Büro eine private Durchwahl gehabt, die im Lauf der Jahre nicht nur unter Freunden und Bekannten, sondern auch unter Reportern und Feinden in Umlauf gekommen sei. Infolgedessen konnte sie ihnen bei der Klärung der Frage, ob Elias in den Wochen vor seiner Ermordung be-

177

droht worden sei, nicht viel weiterhelfen. Die Detectives bedankten sich bei ihr und verließen ihre Wohnung in der Hoffnung, sich nicht ihre Grippe eingefangen zu haben.

Der Anwaltsgehilfe, John Babineux, war eine ähnliche Enttäuschung. Er konnte bestätigten, daß er und Michael Harris die zwei Männer gewesen waren, die am Freitag noch bis spät abends mit Elias gearbeitet hatten. Allerdings erklärte Babineux, Harris und Elias hätten sich fast den ganzen Abend hinter verschlossenen Türen aufgehalten. Wie sich herausstellte, hatte Babineux erst vor drei Monaten an der USC sein Jurastudium abgeschlossen und bereitete sich nun nachts auf seine Zulassungsprüfung für die Anwaltskammer vor, während er tagsüber für Elias arbeitete. Er führte seine nächtlichen Studienvorbereitungen in Elias' Kanzlei durch, weil er dort Zugang zu den Gesetzesbüchern hatte, die er brauchte, um die zivil- und strafrechtlichen Bestimmungen auswendig zu lernen. Offensichtlich war diese Umgebung besser zum Lernen geeignet als die kleine Wohnung in der Nähe der USC, die er sich mit zwei anderen Jurastudenten teilte. Er hatte die Kanzlei kurz vor elf mit Elias und Harris verlassen, weil er zu der Überzeugung gelangt war, an diesem Abend genug gelernt zu haben. Er sagte, er und Harris seien zu ihren Autos gegangen, die auf einem bewachten Parkplatz in der Nähe gestanden hätten, während Elias allein die Third Street zur Hill Street und zur Angels Flight-Station hinaufgegangen sei.

Wie Quimby beschrieb Babineux Elias als wenig mitteilsam, was seine Fälle und seine Prozeßvorbereitungen anging. Er sagte, seine Aufgabe habe in der letzten Arbeitswoche vornehmlich darin bestanden, die Transkripte der zahlreichen vor Prozeßbeginn abgegebenen Zeugenaussagen im Black-Warrior-Fall vorzubereiten. Dazu mußte er die Transkripte und das dazugehörige Material auf einem Laptop speichern, den Elias ins Gericht mitnehmen wollte, um bestimmte Beweisdetails oder Zeugenaussagen während des Prozesses jederzeit verfügbar zu haben.

Über konkrete Drohungen gegen Elias konnte Babineux den Detectives nichts sagen – zumindest nicht über solche, die der Anwalt ernstgenommen hatte. Er beschrieb Elias als ausgesprochen euphorisch; er sei in den letzten Tagen fest davon überzeugt gewesen, daß er den Black-Warrior-Fall gewinnen würde.

»Er meinte, die Sache wäre geritzt«, erzählte Babineux den drei Detectives.

Als Bosch auf dem Woodrow Wilson Drive nach Hause fuhr, dachte er über die zwei Gespräche nach und fragte sich, warum Elias so wenig über den Fall, den er vor Gericht bringen wollte, gesprochen hatte. Das paßte nicht zu seiner sonstigen Strategie, gezielt Informationen an die Medien durchsickern zu lassen oder manchmal sogar richtige Pressekonferenzen abzuhalten. Elias hatte sich ungewöhnlich bedeckt gehalten, aber offensichtlich war er sich seiner Sache sehr sicher gewesen, so sicher, daß er gesagt hatte, sie wäre geritzt.

Bosch hoffte, eine Erklärung dafür zu finden, wenn er in ein paar Stunden von Entrenkin die Black-Warrior-Akte bekam. Er beschloß, sich bis dahin nicht weiter den Kopf darüber zu zerbrechen.

Darauf kam ihm sofort Eleanor in den Sinn. Er dachte an den Schlafzimmerschrank. Er hatte zuvor absichtlich keinen Blick hineingeworfen, da er nicht sicher gewesen war, wie er reagiert hätte, wenn sie ihre Kleider mitgenommen hatte. Er beschloß, daß er es jetzt machen mußte, um es hinter sich zu bringen. Es wäre ein guter Zeitpunkt, um es zu tun. Inzwischen war er zu müde, um etwas anderes zu tun, als sich ins Bett fallen zu lassen, und zwar unabhängig davon, was er finden würde.

Doch als er um die letzte Kurve bog, sah er Eleanors Wagen, den klapprigen Taurus, vor dem Haus am Straßenrand stehen. Sie hatte den Carport für ihn frei gelassen. Er spürte, wie sich seine Hals- und Schultermuskeln entspannten. Auch seine Brust fühlte sich nicht mehr so zusammengeschnürt an. Sie war zu Hause.

Im Haus war es still. Er stellte den Aktenkoffer auf einen der Stühle im Eßzimmer und nahm auf dem Weg ins Wohnzimmer die Krawatte ab. Von dort ging er den kurzen Flur hinunter und sah ins Schlafzimmer. Die Vorhänge waren zugezogen, und bis auf die Umrißlinie, die das von draußen kommende Licht um das Fenster zeichnete, war es dunkel im Raum. Unter der Bettdecke machte er Eleanors reglose Gestalt aus. Ihr braunes Haar war über das Kopfkissen gebreitet.

Er betrat das Schlafzimmer, zog sich aus und legte seine Kleider über einen Stuhl. Um Eleanor nicht zu wecken, wenn er duschte, ging er wieder auf den Flur hinaus und ins Gästebad. Zehn Minuten später schlüpfte er neben ihr unter die Decke. Er lag auf dem Rücken und blickte durch das Dunkel an die Decke. Er horchte auf ihren Atem. Er hörte nicht die langsamen, gemessenen Atemzüge, die er von ihr kannte, wenn sie schlief.

»Bist du wach?« flüsterte er.

»Mmm-hmm.«

Er wartete eine Weile.

»Wo warst du, Eleanor?«

»Im Hollywood Park.«

Bosch sagte nichts. Er wollte sie nicht der Lüge beschuldigen. Vielleicht hatte sie Jardine, der Sicherheitsbeamte, einfach übersehen, als er auf den Monitoren nach ihr Ausschau gehalten hatte. Er blickte an die Decke, überlegte, was er als nächstes sagen sollte.

»Ich weiß, daß du angerufen hast, um nach mir zu suchen«, sagte Eleanor. »Ich kenne Tom Jardine aus Las Vegas. Er hat im Flamingo gearbeitet. Er hat dich belogen. Er ist erst zu mir gekommen.«

Bosch schloß die Augen und blieb still.

»Entschuldige, Harry, ich hatte in diesem Moment einfach keine Lust, mich mit dir auseinanderzusetzen.«

»Dich mit mir auseinandersetzen?«

»Du weißt genau, was ich meine.«

»Das finde ich nicht okay, Eleanor. Wieso hast du nicht auf meine Nachricht geantwortet, als du nach Hause gekommen bist?«

»Welche Nachricht?«

Bosch fiel ein, daß er selbst die Nachricht abgehört hatte. Der Anrufbeantworter hatte also nicht mehr geblinkt. Sie hatte die Nachricht nicht gehört.

»Ach, nichts. Wann bist du nach Hause gekommen?«

Sie hob den Kopf vom Kissen, um auf die Leuchtziffern des Weckers zu sehen.

»Vor ein paar Stunden.«

»Wie lief's?«

Es interessierte ihn nicht wirklich. Er wollte nur, daß sie weiter mit ihm sprach.

»Ganz okay. Erst sah es ganz gut aus, aber dann habe ich Mist gebaut. Eine Riesenchance vergeben.«

»Wie das?«

»Statt ein sicheres Blatt zu behalten, bin ich aufs Ganze gegangen.«

»Wie meinst du das?«

»Ich hatte zwei Asse, aber auch vier Kreuz – As, Drei, Vier, Fünf. Also habe ich das Assepaar zerrissen. Ich legte das Herzas ab und hoffte auf die Zwei, die Kreuzzwei, um einen Straight Flush zu kriegen. Sie hatten einen Jackpot für einen Straight Flush. Mit ungefähr dreitausend Dollar drin. Auf die hatte ich es abgesehen.«

»Und was war?«

»Ich bekam die Zwei nicht. Ich bekam nicht mal ein Kreuz für einen gewöhnlichen Flush. Und weißt du, was ich bekommen habe? Das Pikas.«

»So was Blödes.«

»Ja, ich habe ein As abgelegt, nur um wieder ein As zu bekommen. Ich bin nicht ausgestiegen, hatte aber keine Chance. Gewonnen haben drei Zehner – im Pott waren etwa dreihundert. Wenn ich also das Herzas behalten hätte, hätte ich drei Asse gehabt und hätte gewonnen. Ich habe Mist gebaut. Danach bin ich gegangen.«

Bosch sagte nichts. Er dachte über die Geschichte nach und überlegte, ob sie damit etwas anderes sagen wollte. Das Herzas abzulegen, um auf den größeren Gewinn zu spekulieren, und dann zu verlieren.

Nach ein paar Minuten Schweigen begann Eleanor wieder zu sprechen.

»Warst du wegen eines Falls unterwegs? Du warst nicht im Bett. Das konnte ich sehen.«

»Ja, ich bekam einen Anruf.«

»Ich dachte, du hättest keinen Bereitschaftsdienst.«

»Das ist eine lange Geschichte, aber mir ist nicht danach, darüber zu reden. Ich möchte über uns reden. Sag mir, was los ist, Eleanor. Wir können nicht … das geht einfach nicht. In manchen Nächten weiß ich nicht mal, wo du bist oder ob es dir gutgeht. Irgendwas fehlt oder stimmt nicht, und ich weiß nicht, was.«

Sie drehte sich herum und schlüpfte unter die Decke, bis sie neben ihm war. Sie legte den Kopf auf seine Brust und streichelte die Narbe an seiner Schulter.

»Harry …«

Er wartete, aber sie sprach nicht weiter. Sie schob sich auf ihn und begann ihre Hüften behutsam auf und ab zu bewegen.

»Eleanor, wir müssen darüber sprechen.«

Er spürte, wie ihre Finger über seine Lippen glitten und ihm zu verstehen gaben, still zu sein.

Bosch schoß ein wildes Durcheinander widersprüchlicher Gedanken durch den Kopf, als sie sich langsam liebten. Er liebte sie, mehr, als er jemals jemanden geliebt hatte. Er wußte, auch sie liebte ihn irgendwie. Mit ihr zusammenzusein hatte ihm das Gefühl gegeben, ganz zu sein. Aber an irgendeinem Punkt hatte er gemerkt, daß Eleanor klargeworden war, daß sie dieses Gefühl nicht hatte. Ihr fehlte etwas, und die Erkenntnis, daß sie sich auf verschiedenen Ebenen befanden, setzte Bosch in einem Maß zu, wie er das bisher noch nie erlebt hatte.

Danach war es gewesen, als wäre ihre Beziehung dem Untergang geweiht. Im Sommer waren ihm eine Reihe zeitraubender Ermittlungsverfahren übertragen worden, einschließlich eines Falls, dessentwegen er eine Woche nach New York hatte fliegen müssen. Als er weg war, ging sie zum ersten Mal ins Pokerzimmer des Hollywood Park. Die Gründe dafür waren die Langeweile, allein zu sein und die Frustration über ihre erfolglose Stellensuche. Sie war zu den Karten zurückgekehrt und hatte wieder getan, was sie getan hatte, als Bosch sie kennengelernt hatte, und an diesen mit blauem Filz bezogenen Tischen fand sie, was ihr fehlte.

»Eleanor«, sagte er, nachdem sie sich geliebt hatten. Er hatte ihr die Arme um den Hals geschlungen. »Ich liebe dich. Ich will dich nicht verlieren.«

Sie verschloß ihm mit einem langen Kuß die Lippen und flüsterte dann: »Schlaf jetzt, Liebling. Schlaf.«

»Bleib bei mir«, sagte er. »Geh nicht weg, bis ich eingeschlafen bin.«

»Natürlich.«

Sie hielt ihn fester, und er versuchte einfach loszulassen. Nur eine Weile, beschloß er. Später würde er es angehen. Aber erst einmal würde er schlafen.

Nach ein paar Minuten schlief er tief und fest, und er hatte einen Traum, in dem er mit Angels Flight den Hügel hinauffuhr. Als der andere Wagen auf dem Weg nach unten an ihm vorbeikam, sah er durch die Fenster ins Innere des Waggons, wo Eleanor saß. Allein. Sie sah ihn nicht an.

Etwas mehr als eine Stunde später wachte Bosch wieder auf. Es war jetzt dunkler im Raum, weil das Licht draußen nicht mehr direkt auf die Fenster fiel. Er sah sich um und merkte, daß Eleanor aufgestanden war. Er setzte sich auf und rief nach ihr. Dabei erinnerte ihn der Klang seiner Stimme an den Moment, als er diesen Morgen ans Telefon gegangen war.

»Hier bin ich«, rief sie aus dem Wohnzimmer.

Bosch zog sich an und verließ das Schlafzimmer. Eleanor saß auf der Couch. Sie trug den Morgenmantel, den er ihr in dem Hotel in Hawaii gekauft hatte, in dem sie nach ihrer Hochzeit in Las Vegas gewesen waren.

»Hey«, sagte er. »Ich dachte … ich weiß nicht.«

»Du hast im Schlaf gesprochen. Deshalb bin ich hierher umgezogen.«

»Was habe ich gesagt?«

»Meinen Namen, ein paar Dinge, die keinen Sinn ergaben. Etwas über einen Fight. Einen Fight unter Engeln.«

Er grinste und nickte und setzte sich in den Sessel auf der anderen Seite des Couchtisches.

»Flight, nicht Fight. Kennst du Angels Flight in der Downtown?«

183

»Nein.«

»Das ist eine Standseilbahn. Wenn einer der zwei Wagen rauffährt, kommt der andere runter. In der Mitte fahren sie aneinander vorbei. Ich habe geträumt, daß ich hochfahre, und du warst in dem Wagen, der runterfuhr. Wir sind in der Mitte aneinander vorbeigefahren, aber du wolltest mich nicht ansehen … Was glaubst du, daß das bedeutet? Daß wir getrennte Wege gehen?«

Sie lächelte traurig.

»Ich glaube, es heißt, du bist der Engel. Du bist hochgefahren.«

Er lächelte nicht.

»Ich muß wieder in die Stadt«, sagte er. »Dieser Fall wird mich eine Weile ziemlich in Anspruch nehmen. Glaube ich.«

»Willst du darüber sprechen? Warum hast du ihn gekriegt?«

In etwa zehn Minuten schilderte er ihr den Sachverhalt. Er erzählte ihr immer gern von seinen Fällen. Er wußte, er tat es in erster Linie, weil es ihm guttat, aber manchmal steuerte sie einen hilfreichen Vorschlag oder eine Bemerkung bei, die ihn auf etwas aufmerksam machte, was er bis dahin übersehen hatte. Es war Jahre her, daß sie FBI-Agentin gewesen war. Dieser Teil ihres Lebens war wie eine weit zurückliegende Erinnerung. Aber er schätzte immer noch ihre Kombinationsgabe und ihre Fähigkeiten als Ermittlerin.

»Ach, Harry«, sagte sie, als er mit seiner Geschichte fertig war. »Warum immer du?«

»Es trifft doch gar nicht immer mich.«

»So sieht es aber aus. Was wirst du tun?«

»Das gleiche wie immer. Ich werde daran arbeiten. Wie alle anderen auch. Es gibt eine Menge, womit sich arbeiten läßt – sie müssen uns nur die Zeit dafür lassen. Schnell wird es bestimmt nicht gehen.«

»Ich kenne dich, sie werden dir alle nur erdenklichen Hindernisse in den Weg legen. Es gibt für niemanden etwas zu gewinnen, wenn man bei so etwas jemanden überführen und einliefern muß. Aber du wirst derjenige sein, der es tut. Du wirst jemanden anschleppen, auch wenn dich deswegen jeder Cop in L. A. hassen wird.«

»Jeder Fall zählt, Eleanor. Jeder Mensch. Ich verachte Leute wie Elias. Er war ein Schmarotzer – hat seinen Lebensunterhalt mit vollkommen hirnrissigen Klagen gegen Cops verdient, die nur versuchten, ihren Job zu machen. Jedenfalls in den meisten Fällen. Ab und zu waren seine Anschuldigungen vielleicht sogar berechtigt. Aber der eigentliche Punkt ist, daß die Person, die das getan hat, auf keinen Fall ungestraft davonkommen sollte. Selbst wenn es ein Cop war.«

»Ich weiß, Harry.«

Sie wandte den Blick von ihm ab, durch die Glastür und über die Terrasse hinweg. Der Himmel verfärbte sich rot. Die Lichter der Stadt gingen an.

»Wieviel Zigaretten hast du geraucht?« fragte er, nur um etwas zu sagen.

»Ein paar. Du?«

»Immer noch null.«

Er hatte vorher den Rauch in ihren Haaren gerochen. Er war froh, daß sie nicht gelogen hatte.

»Wie ist es bei Stocks and Bonds gelaufen?«

Er hatte sich die ganze Zeit davor gedrückt, sie zu fragen. Ihm war klar, bei dem Bewerbungsgespräch war etwas passiert, weswegen sie zum Pokern gefahren war.

»Wie üblich. Sie wollen anrufen, wenn sie was für mich haben.«

»Wenn ich das nächste Mal in der Hollywood Division bin, gehe ich rüber und rede mit Charlie.«

Stocks and Bonds war ein Kautionsbüro, das sich in einem kleinen Laden gegenüber der Hollywood Station in der Wilcox befand. Bosch hatte gehört, daß sie einen Fahnder, vorzugsweise weiblich, suchten, weil in diesem Bezirk ein hoher Anteil der gegen Kaution auf freien Fuß gesetzten Personen, die unterzutauchen versuchten, Prostituierte waren und eine Fahnderin bessere Chancen hatte, sie aufzuspüren. Er war rübergegangen und hatte mit Charlie Scott, dem Besitzer, gesprochen, worauf dieser sich bereit erklärt hatte, mal mit Eleanor zu reden. Bosch war ganz ehrlich gewesen, was ihre Vergangenheit anging, sowohl im Positiven wie im Negativen. Ehemalige FBI-Agentin als Plus, verurteilte Straftäterin als Minus. Scott sagte, er glaube nicht, die Vorstrafe könne ein Problem werden – für die Stelle war keine staatliche Privatdetektivlizenz erforderlich, die Eleanor mit einer Vorstrafe nicht erhalten hätte. Das Problem war, er wollte, daß seine Fahnder – vor allem weibliche – bewaffnet waren, wenn sie sich auf die Suche nach Leuten machten, die gegen ihre Kautionsauflagen verstoßen und sich abgesetzt hatten. Bosch teilte diese Besorgnis nicht. Er wußte, die meisten Kautionsfahnder trugen Waffen, obwohl sie keinen Waffenschein hatten. Die eigentlich Kunst in diesem Job war jedoch, daß man dem Gejagten nie so nahe kam, daß die Frage, ob man bewaffnet war oder nicht, eine Rolle spielte. Die besten Fahnder spürten ihre Beute aus sicherer Entfernung auf und riefen dann die Cops, damit sie die Festnahme vornahmen.

»Sprich lieber nicht mit ihm, Harry. Ich glaube, er wollte dir nur einen Gefallen tun, aber dann hat irgendwann zwischen dem Moment, in dem er dir sagte, mich vorbeizuschicken, und dem, als ich dann vorbeikam, wieder sein gesunder Menschenverstand die Oberhand gewonnen. Laß es lieber sein.«

»Aber du wärst gut in dem Job.«

»Darum geht es nicht.«

Bosch stand auf.

»Ich muß langsam wieder los.«

Er ging ins Schlafzimmer und zog sich aus, duschte wieder und schlüpfte dann in einen frischen Anzug. Eleanor saß noch genauso auf der Couch wie zuvor, als er ins Wohnzimmer zurückkam.

»Ich weiß nicht, wann ich nach Hause komme«, sagte er, ohne sie anzusehen. »Wir haben viel zu tun. Außerdem schaltet sich morgen das FBI ein.«

»Das FBI?«

»Bürgerrechte. Der Chief hat sie angerufen.«

»Er denkt, damit kann er in South L. A. noch eine Weile den Deckel draufhalten.«

»Hofft er.«

»Hast du schon irgendwelche Namen, wer kommt?«

»Eigentlich nicht. Bei der Pressekonferenz heute vormittag war ein stellvertretender SAC.«

186

»Wie hieß er?«

»Gilbert Spencer. Ich glaube allerdings nicht, daß er sich persönlich einschaltet.«

Eleanor schüttelte den Kopf.

»Er muß nach meiner Zeit zum FBI gekommen sein. Wahrscheinlich war sein Auftritt reine Show.«

»Ja. Er soll uns morgen früh ein Team vorbeischicken.«

»Viel Glück.«

Er sah sie an und nickte.

»Ich weiß die Nummer noch nicht. Wenn du mich brauchst, nimm einfach den Pager.«

»Okay, Harry.«

Er stand ein paar Augenblicke da, bevor er sie endlich fragte, was er sie schon die ganze Zeit fragen wollte.

»Wirst du wieder hingehen?«

Sie sah wieder durch die Tür nach draußen.

»Ich weiß nicht. Vielleicht.«

»Eleanor ...«

»Harry, du hast deine Sucht. Ich habe meine.«

»Was soll das heißen?«

»Kennst du etwa nicht dieses Gefühl, das man kriegt, wenn man einen neuen Fall übernimmt? Diesen Kick, wenn man sich wieder auf die Jagd begibt? Du weißt genau, was ich meine. Jedenfalls habe ich das nicht mehr. Aber am nächsten kommt dem, wenn ich diese fünf Karten vom Filz nehme und sehe, was ich bekommen habe. Es ist schwer zu erklären und noch schwerer zu verstehen, aber ich fühle mich dann, als wäre ich wieder lebendig, Harry. Wir sind alle Junkies. Nur die Drogen sind verschieden. Ich hätte gern deine, aber das geht nun mal nicht.«

Bosch sah sie nur einen Moment an. Er war nicht sicher, ob er etwas sagen könnte, ohne daß ihn seine Stimme verriet. Er ging zur Tür und blickte sich nach ihr um, sobald er sie geöffnet hatte. Er ging nach draußen, kam aber wieder zurück.

»Du brichst mir das Herz, Eleanor. Ich habe immer gehofft, ich könnte dir helfen, dich wieder lebendig zu fühlen.«

Eleanor schloß die Augen. Sie sah aus, als müßte sie gleich weinen.

»Es tut mir leid, Harry«, flüsterte sie. »Das hätte ich nicht sagen sollen.«

Bosch trat wortlos nach draußen und schloß die Tür hinter sich.

17

Als er eine halbe Stunde später in Howard Elias' Kanzlei eintraf, ging ihm die Sache mit Eleanor immer noch nach. Die Tür war abgeschlossen, und er klopfte. Er wollte sich schon mit dem Schlüssel aufschließen, als er sah, wie sich hinter der Milchglasscheibe etwas bewegte. Carla Entrenkin öffnete die Tür und ließ ihn nach drinnen. An der Art, wie sie ihn musterte, merkte er, ihr war aufgefallen, daß er einen anderen Anzug trug.

»Ich mußte mal kurz eine Pause einlegen«, sagte er. »Schätze, wir werden die halbe Nacht durcharbeiten. Wo ist Miß Langwiser?«

»Wir sind gerade fertig geworden. Ich habe ihr gesagt, ich würde auf Sie warten, und habe sie nach Hause geschickt. Sie ist erst vor ein paar Minuten gegangen.«

Sie führte ihn in Elias' Büro und nahm hinter dem großen Schreibtisch Platz. Obwohl es draußen dunkel wurde, konnte Bosch Anthony Quinn durchs Fenster sehen. Er sah auch, daß vor dem Schreibtisch sechs Kartons mit Akten auf dem Boden standen.

»Tut mir leid, daß Sie warten mußten«, sagte er. »Ich dachte, Sie würden mir über den Pager Bescheid geben, wenn Sie fertig sind.«

»Wollte ich auch. Ich habe nur noch ein wenig dagesessen und nachgedacht …«

Bosch sah die Kartons an.

»Ist das der Rest?«

»Ja. In diesen sechs Kartons sind lauter abgeschlossene Fälle. Die aktuellen sind hier.«

Sie rollte ihren Stuhl zurück und deutete hinter dem Schreibtisch nach unten. Bosch trat ein Stück vor und sah auf den Boden. Dort standen zwei weitere volle Schachteln.

»Das hier sind hauptsächlich Michael-Harris-Unterlagen. Den größten Teil davon machen die Polizeiakte und die Transkripte der Zeugenaussagen aus. Dann sind da ein paar Akten zu Verfahren, die nicht über die anfänglichen Forderungen hinaus verfolgt wurden. Und schließlich noch ein Ordner mit Drohbriefen und Post von Verrückten – aber generell, nicht speziell auf den Fall Harris bezogen. Hauptsächlich anonymes Zeug von rassistischen Feiglingen.«

»Okay. Was geben Sie mir nicht?«

»Sie kriegen nur einen Ordner nicht. Seine Arbeitsunterlagen. Sie enthalten Notizen über seine Strategie im Fall Harris. Ich finde nicht, daß Sie die bekommen sollten. Meiner Meinung nach fällt das direkt unter das Anwaltsgeheimnis.«

»Und seine Strategie?«

»Im wesentlichen ist es eine Skizze des Prozeßverlaufs. Howard plante sein Vorgehen vor Gericht immer sehr gründlich. Er verriet mir mal, er wäre wie ein Football-Coach, der schon, bevor das eigentliche Spiel beginnt, die einzelnen Spielzüge und ihre Reihenfolge bis ins kleinste Detail festlegt. Howard wußte immer ganz genau, wie er bei einem Prozeß vorgehen wollte. Aus den Arbeitsunterlagen zu diesem Prozeß wird seine Taktik ganz deutlich ersichtlich: welchen Zeugen er wann aufrufen wollte, wann die einzelnen Beweisstücke ins Spiel gebracht werden sollten, Dinge in der Art. Für jeden Zeugen hatte er die ersten Fragen bereits aufgeschrieben. Auch einen Entwurf des Eröffnungsplädoyers hatte er in seinen Unterlagen.«

»Okay.«

»Diesen Ordner kann ich Ihnen nicht geben. Er enthält seine Prozeßstrategie, und ich glaube, der Anwalt, der den Fall bekommt, wird sie übernehmen. Es war ein genialer Plan. Deshalb sollte das LAPD diese Unterlagen nicht in die Hände bekommen.«

»Glauben Sie, er hätte gewonnen?«

»Auf jeden Fall. Sie sind davon offensichtlich nicht so überzeugt?«

Bosch setzte sich auf einen der Stühle vor dem Schreibtisch. Obwohl er ein wenig geschlafen hatte, war er immer noch müde und fühlte sich auch so.

»Ich bin zwar nicht mit den Einzelheiten des Falls vertraut«, sagte er, »aber ich kenne Frankie Sheehan. Harris hat ihn verschiedener Dinge beschuldigt – Sie wissen schon, das mit der Plastiktüte. Aber ich weiß, so etwas ist nicht Frankies Art.«

»Wie wollen Sie da so sicher sein?«

»Na ja, ganz sicher kann man sich da natürlich nie sein. Aber wir kennen uns schon lange. Sheehan und ich waren mal Partner. Das ist zwar schon eine Weile her, aber irgendwann kennt man einen Menschen einfach. Ich kenne Frankie. Ich kann mir nicht vorstellen, daß er so was getan hat. Und ich kann mir auch nicht vorstellen, daß er es jemand anderen hat tun lassen.«

»Menschen ändern sich.«

Bosch nickte.

»Sicher. Aber normalerweise nicht im Kern.«

»Im Kern?«

»Darf ich Ihnen dazu vielleicht eine Geschichte erzählen? Einmal haben Frankie und ich so einen jungen Burschen eingeliefert. Einen Carjacker. Er hatte folgende Masche: Erst knackt er einfach einen Wagen, irgendeine Rostlaube vom Straßenrand, und damit fährt er dann durch die Gegend und hält nach was Gescheitem Ausschau, nach einem Wagen, für den er eine hübsche Stange Geld bekommt. Sobald er was nach seinem Geschmack entdeckt hat, folgt er dem Wagen und fährt ihm an einer roten Ampel hinten rein. Nur eine kleine Beule in der Stoßstange, nichts Tragisches. Der Besitzer des Mercedes oder Porsche oder was auch immer steigt aus, um sich den Schaden anzusehen. Der Typ steigt ebenfalls aus, springt in den anderen Wagen und rauscht ab. Den Besitzer und die gestohlene Klapperkiste läßt er einfach stehen.«

»Ich weiß, Carjacking war mal der letzte Schrei.«

»Ja, prima Sache. Dieser Kerl hatte das schon drei Monate gemacht und eine Menge Geld damit verdient. Doch dann fährt er eines Tages einem Jaguar XJ6 zu fest hinten drauf. Die zierliche alte Dame am Steuer hat sich nicht angeschnallt. Sie wird mit ihren vierzig Kilo gegen das Lenkrad geschleudert. Mit voller Wucht. Kein Airbag. Ein Lungenflügel wird eingedrückt, der andere von einer Rippe durchbohrt. Sie sitzt also noch hinterm Steuer und verblutet innerlich, als der Junge ankommt, die Tür aufmacht und sie aus dem Auto zerrt. Er läßt sie auf der Straße liegen und fährt mit dem Jaguar weg.«

»An den Fall erinnere ich mich. Wann war das? Vor zehn Jahren? Die Medien waren richtig hysterisch.«

»Ja. Ein Carjackermord, einer der ersten. Jedenfalls wurden damals Frankie und ich auf den Fall angesetzt. Ganz schön brisante Sache, wir standen ziemlich unter Druck. Schließlich bekamen wir durch eine Hehlerwerkstatt, die die Jungs von Einbruch und Autodiebstahl unten im Valley ausgehoben hatten, einen Hinweis auf den Jungen. Er wohnte drüben in Venice, und als wir ihn abholen kamen, sah er uns. Feuerte mit einer Drei-Siebenundfünfziger durch die Tür, nachdem Frankie geklopft hatte. Verfehlte ihn nur ganz knapp. Damals hatte Frankie noch längere Haare. Die Kugel ging tatsächlich durch sein Haar. Der Junge verdrückte sich durch den Hinterausgang, und wir ihm hinterher – haben im Laufen über unsere Walkie-talkies Verstärkung angefordert. Diese Funkdurchsagen hetzten uns die Medien auf den Hals – Hubschrauber, Reporter, alles, was dazugehört.«

»Sie haben ihn erwischt, stimmt's? Ich kann mich noch erinnern.«

»Wir haben ihn fast bis nach Oakwood gejagt. Schließlich fanden wir ihn in einem verlassenen Gebäude, einem Fixertreff. Die Junkies machten sich aus dem Staub, nur er blieb drinnen. Wir wußten, er hat eine Kanone und hat schon mal auf uns geschossen. Wir hätten also reingehen und ihn einfach umnieten können, und kein Mensch hätte uns lange Fragen gestellt. Aber Frankie ging als erster rein und überredete den Jungen rauszukommen. Es waren nur er und ich und der Junge da drinnen. Kein Mensch hätte erfahren oder gefragt, was genau passiert war. Aber Frankie wollte das nicht. Er sagte dem Jungen, er wüßte, das mit der Frau in dem Jaguar wäre ein Unfall gewesen, er hätte sie nicht umbringen wollen. Er machte ihm klar, er hätte noch eine Chance im Leben. Fünfzehn Minuten vorher hatte der Junge Frankie umzubringen versucht, und jetzt versuchte Frankie dem Jungen das Leben zu retten.«

Bosch hielt einen Moment inne, rief sich die Szene in dem leerstehenden Haus in Erinnerung.

»Schließlich kam der Junge aus einem Schrank raus, mit erhobenen Händen. Die Waffe hatte er noch in der Hand. Es wäre so einfach gewesen... und so richtig. Schließlich hätte Frankie fast eine Kugel abbekommen. Aber er ging einfach zu dem Jungen, nahm ihm die Waffe ab und legte ihm Handschellen an. Ende der Geschichte.«

Entrenkin dachte eine Weile nach, bevor sie antwortete.

»Was Sie damit sagen wollen, ist also: Weil er einen Schwarzen verschont hat, den er problemlos hätte erschießen können, hat er fast zehn Jahre später nicht versucht, einen anderen Schwarzen zu ersticken.«

Bosch schüttelte stirnrunzelnd den Kopf.

»Nein, das will ich damit nicht sagen. Ich will damit nur sagen, daß ich bei dieser Gelegenheit einen Einblick in den Kern von Frank Sheehans Wesen erhielt. Und aus diesem Grund weiß ich auch, daß diese Harris-Geschichte Unsinn ist. Er hätte diesem Kerl nie Beweise untergeschoben, ihm nie eine Plastiktüte über den Kopf gestülpt.«

Er wartete, daß sie etwas sagte, was sie aber nicht tat.

»Und ich habe nie gesagt, daß der Carjacker schwarz war. Das hatte nichts damit zu tun. Das ist nur etwas, was Sie selbst in die Geschichte hineingelegt haben.«

»Ich glaube, es ist etwas, das Sie ganz bewußt ausgespart haben. Wäre der Junge in dem leerstehenden Haus weiß gewesen, hätten Sie vielleicht nie in Erwägung gezogen, womit sie möglicherweise ungestraft davongekommen wären.«

Bosch sah sie lange an.

»Nein, das glaube ich nicht.«

»Also, es bringt nichts, darüber lange Worte zu verlieren. Sie haben nämlich noch etwas weggelassen, oder nicht?«

»Was?«

»Daß Ihr Freund Sheehan ein paar Jahre später von seiner Waffe Gebrauch gemacht hat. Und einen Schwarzen namens

Wilbert Dobbs erschossen hat. Auch an diesen Fall erinnere ich mich.«

»Das war eine andere Geschichte und ein Fall von berechtigtem Schußwaffengebrauch. Dobbs war ein Mörder, der gegen Sheehan die Waffe zog. Er wurde von der Polizei, von der Staatsanwaltschaft, von allen rehabilitiert.«

»Aber nicht von einem Geschworenengericht. Das war einer von Howards Fällen. Er hat Ihren Freund verklagt und gewonnen.«

»Das war die reinste Verarschung. Der Fall kam ein paar Monate nach der Rodney-King-Geschichte zur Verhandlung. Damals bestand in Los Angeles nicht der Hauch einer Chance, daß ein weißer Cop, der einen Schwarzen erschossen hatte, vor Gericht freigesprochen würde.«

»Passen Sie auf, Detective. Sie verraten zuviel über sich selbst.«

»Was ich gesagt habe, ist die Wahrheit. Und wenn Sie ehrlich sind, wissen auch Sie, daß es die Wahrheit ist. Woran liegt es eigentlich, daß die Leute jedesmal, wenn die Wahrheit unbequem wird, sofort mit dieser Rassentour ankommen?«

»Lassen wir dieses Thema lieber, Detective Bosch. Sie haben Ihren Glauben an Ihren Freund, und das bewundere ich. Wir werden ja sehen, was passiert, wenn der Anwalt, der den Fall von Howard erbt, damit vor Gericht geht.«

Bosch war über den Waffenstillstand froh und nickte. Die Diskussion war ihm unangenehm gewesen.

»Was haben Sie sonst noch einbehalten?« fragte er, um das Thema zu wechseln.

»Das war mehr oder weniger schon alles. Ich habe den ganzen Tag hier gesessen, um im wesentlichen nur diese eine Akte einzubehalten.«

Sie blies den Atem aus und wirkte plötzlich sehr müde.

»Alles in Ordnung?« fragte Bosch.

»Ja. Ich glaube, es hat mir gutgetan, mit etwas anderem beschäftigt zu sein. Dadurch hatte ich kaum Zeit, um nachzudenken. Heute nacht wird das allerdings sicher anders werden.«

Bosch nickte.

»Sind noch mehr Journalisten vorbeigekommen?«

»Ein paar. Ich habe ihnen ein paar unverbindliche Worte gesagt, worauf sie glücklich und zufrieden wieder abgezogen sind. Sie glauben alle, wegen dieser Geschichte wird es in der Stadt mächtig Ärger geben.«

»Und was glauben Sie?«

»Ich glaube, wenn es ein Cop war, kann kein Mensch sagen, was passieren wird. Und wenn es kein Cop war, wird es Leute geben, die es einfach nicht glauben werden. Aber das wissen Sie ja selbst.«

Bosch nickte.

»Eines sollten Sie über die Prozeßstrategie noch wissen.«

»Und das wäre?«

»Ungeachtet dessen, was Sie vorhin über Frank Sheehan gesagt haben, wollte Howard beweisen, daß Harris unschuldig ist.«

Bosch hob die Schultern.

»Ich dachte, er wurde bereits freigesprochen.«

»Nein. Er wurde für nicht schuldig befunden. Das ist nicht dasselbe. Howard wollte seine Unschuld beweisen, indem er den wahren Täter überführte.«

Bosch sah sie eine Weile an und überlegte, wie er weitermachen sollte.

»Steht in den Unterlagen hier, wer es war?«

»Nein. Wie gesagt, enthält dieser Ordner nur einen Entwurf des Eröffnungsplädoyers. Und darin deutet er an, daß er den Geschworenen sagen wollte, daß er ihnen den Mörder ausliefern würde. Das waren seine Worte. ›Ihnen den Mörder ausliefern.‹ Wer es war, hat er allerdings nicht aufgeschrieben. Es wäre ein schlechtes Eröffnungsplädoyer, wenn er es getan hätte. Damit hätte er es der Verteidigung verraten, und außerdem wäre dann schon die ganze Luft draußen gewesen, wenn er später im Prozeß damit herausgerückt wäre, wer der wahre Mörder war.«

Schweigend dachte Bosch eine Weile nach. Er wußte nicht, wieviel Gewicht er dem, was sie eben gesagt hatte, beimessen sollte. Bei Elias war immer sehr viel Show mit im Spiel gewesen, sowohl im Gerichtssaal wie in der Öffentlichkeit. Im Gerichtssaal einen Mörder zu überführen war typischer Perry-Mason-Kram. In der Wirklichkeit kam so etwas fast nie vor.

»Tut mir leid, aber das hätte ich Ihnen eigentlich gar nicht sagen dürfen«, sagte sie.

»Warum haben Sie es mir dann doch gesagt?«

»Weil es ein Motiv gewesen sein könnte, wenn jemand anders wußte, daß Howard das vorhatte.«

»Sie meinen, der wahre Mörder des kleinen Mädchens hat Elias umgebracht?«

»Das wäre zumindest eine Möglichkeit.«

Bosch nickte.

»Haben Sie die Zeugenaussagen gelesen?« fragte er.

»Nein, dafür reichte die Zeit nicht. Ich gebe Ihnen alle Zeugenaussagen, weil die Verteidigung – in diesem Fall das Büro des City Attorney – ohnehin Kopien davon erhalten hätte. Sie bekommen also nichts, wozu Sie nicht ohnehin Zugang erhalten hätten.«

»Was ist mit dem Computer?«

»Ich habe ihn flüchtig durchgesehen. Wie es scheint, enthält er nur Zeugenaussagen und andere Daten aus der öffentlich zugänglichen Akte. Nichts Vertrauliches.«

»Okay.«

Bosch stand auf. Er überlegte, wie oft er im Lift auf und ab fahren müßte, um die Akten zum Auto hinunterzuschaffen.

»Ach, noch etwas.«

Sie faßte in die Schachtel auf dem Boden, zog einen braunen Umschlag heraus und öffnete ihn auf dem Schreibtisch. Er enthielt zwei Briefkuverts. Bosch beugte sich über den Schreibtisch.

»Das hier war bei den Harris-Unterlagen. Ich weiß nicht, was es damit auf sich hat.«

Beide Kuverts waren an Elias in der Kanzlei adressiert. Kein Absender. Beide in Hollywood abgestempelt, einer vor fünf Wochen, der andere vor drei.

»In jedem ist ein Blatt Papier mit einer einzigen Zeile. Nichts, woraus ich schlau geworden wäre.«

Sie begann, eins der Kuverts zu öffnen.

»Äh …«, setzte Bosch an.

Sie hielt mit dem Kuvert in der Hand inne.

»Was?«

»Da waren vielleicht Fingerabdrücke drauf.«

»Ich habe die Kuverts aber bereits angefaßt. Entschuldigung.«

»Okay, dann machen Sie weiter.«

Sie öffnete den Umschlag, faltete das Blatt Papier auf dem Schreibtisch auseinander und drehte es so herum, daß Bosch es lesen konnte. Am oberen Rand der Seite stand eine maschinengeschriebene Zeile.

mach das tüpfelchen auf das I humbert humbert

»Humbert Humbert ...«, murmelte Bosch.

»Das ist der Name einer Figur aus der Literatur«, sagte Entrenkin. »Oder was manche Leute für Literatur halten. Aus *Lolita* von Nabokov.«

»Ach ja, richtig.«

Bosch sah, daß unten auf die Seite mit Bleistift geschrieben war:

Nr. 2 – 12/3

»Dieser Vermerk ist vermutlich von Howard«, sagte Entrenkin. »Oder von jemandem in der Kanzlei.«

Sie öffnete den nächsten Umschlag, den später abgestempelten der beiden, und faltete den Brief auseinander. Bosch beugte sich wieder vor.

nummernschilder beweisen seine unschult

»Sieht so aus, als wären sie von derselben Person«, sagte Entrenkin. »Sehen Sie außerdem, daß Unschuld falsch geschrieben ist.«

»Richtig.«

Auch auf diesem Blatt befand sich am unteren Rand ein mit Bleistift geschriebener Vermerk.

Nr. 3 – 5/4

Bosch zog seinen Aktenkoffer in seinen Schoß hoch und öffnete ihn. Er nahm die Beweismitteltüte mit dem Brief heraus, den Elias nach seiner Ermordung in der Innentasche seiner Anzugjacke gehabt hatte.

»Das hatte Elias bei sich, als er … als er nach Hause fahren wollte. Ich habe ganz vergessen, daß ich das von der Spurensicherung bekommen habe. Da trifft es sich gut, daß Sie gerade hier sind. Es ist sicher besser, wenn ich den Umschlag in Ihrem Beisein öffne. Er trägt den gleichen Poststempel wie die beiden andern Briefe. Er wurde am Mittwoch aufgegeben. Auf diesem möchte ich aber die Fingerabdrücke erhalten.«

Er nahm ein Paar Gummihandschuhe aus einer Pappschachtel in seinem Aktenkoffer und zog sie an. Dann nahm er den Brief vorsichtig aus der Beweismitteltüte und öffnete ihn. Er zog ein Blatt Papier, ähnlich den anderen beiden, heraus und faltete es auseinander. Wieder war nur eine einzige Zeile auf die Seite getippt.

er weiß, daß du es weißt

Bosch wußte, das leichte Herzflattern, das er spürte, als er auf das Blatt sah, kam von einem Adrenalinstoß.

»Was bedeutet das, Detective Bosch?«

»Keine Ahnung. Aber es wäre mir lieber, ich hätte den Brief früher geöffnet.«

Auf dem unteren Rand der dritten Nachricht war kein Bleistiftvermerk. Anscheinend war Elias noch nicht dazu gekommen.

»Sieht so aus, als fehlt uns einer«, sagte Bosch. »Diese beiden sind mit zwei und drei gekennzeichnet, und dieser ging als letzter ein – das wäre also der vierte.«

»Ich weiß. Aber ich habe nichts gefunden, was Nummer eins sein könnte. Jedenfalls nicht in den Unterlagen. Vielleicht hat er die Nachricht weggeworfen, weil er erst merkte, daß sie etwas bedeutete, als er die zweite bekam.«

»Vielleicht.«

Er dachte eine Weile über die Briefe nach. Er verließ sich jetzt hauptsächlich auf seinen Riecher, und das Kribbeln in

seinen Adern hielt weiter an. Er glaubte, einen ersten Anhaltspunkt gefunden zu haben. Das ließ ihn innerlich triumphie-
ren, aber zugleich kam er sich ein wenig dumm vor, daß er
etwas, das vielleicht maßgeblich zur Aufklärung des Falls beitragen konnte, fast zwölf Stunden unwissentlich mit sich her-
umgetragen hatte.

»Hat Elias jemals über diesen Fall mit Ihnen gesprochen?«
fragte er.

»Nein, wir sprachen nie über unsere Arbeit«, sagte Entrenkin. »Darauf hatten wir uns gleich zu Beginn unserer Beziehung geeinigt. Wissen Sie, wir wußten, daß das, was wir taten … etwas war, was auf Unverständnis stoßen würde – der
Inspector General mit einem der vehementesten und bekann-
testen Kritiker der Polizei.«

»Nicht zu reden davon, daß er verheiratet war.«

Ihre Miene verhärtete sich.

»Was ist eigentlich los mit Ihnen? Erst kommen wir ganz
gut miteinander zurecht und machen vielleicht sogar Fortschritte in dieser Sache, und dann stellen Sie sich plötzlich
wieder quer.«

»Was mit mir los ist? Es wäre mir ganz einfach lieber, Sie
würden sich diesen Wir-wußten-es-war-nicht-richtig-Sermon
für jemand anders aufsparen. Es fällt mir schwer zu glauben,
daß Sie beide nicht über das LAPD gesprochen haben, wenn
Sie in seiner Wohnung waren.«

Bosch sah reines Feuer in ihren Augen.

»Es interessiert mich einen feuchten Kehricht, was Ihnen zu
glauben schwerfällt, Detective.«

»Hören Sie, wir haben eine Abmachung getroffen. Ich
werde niemandem etwas erzählen. Wenn ich Ihnen Ärger
mache, können Sie mir Ärger machen. Selbst wenn ich es
nur meinen Partnern erzählen würde – wissen Sie, was sie
sagen würden? Sie würden sagen, ich bin verrückt, Sie nicht
wie eine Verdächtige zu behandeln. Das ist, was ich tun
sollte, aber ich tue es nicht. Ich verlasse mich hier nur auf
meinen Riecher, und das kann ganz schön beängstigend
sein. Um das wettzumachen, halte ich nach jedem noch so
winzigen Anhaltspunkt oder glücklichen Zufall oder sonst

etwas Hilfreichem Ausschau, dessen ich habhaft werden kann.«

Sie schwieg einen Moment, bevor sie antwortete.

»Ich weiß durchaus zu schätzen, was Sie für mich tun, Detective. Aber ich mache Ihnen nichts vor. Howard und ich haben tatsächlich nie über Einzelheiten seiner Fälle oder meiner Arbeit für die Polizei gesprochen. Über Einzelheiten nie. Das einzige Mal, wo er mit mir über den Harris-Fall gesprochen hat, war er so vage, daß sich nichts damit anfangen läßt. Aber wenn Sie unbedingt wissen wollen, was er gesagt hat, bitte. Er sagte, ich solle mich gut festhalten, weil er dieses Mal die ganze Polizei und mit ihr ein paar einflußreiche Persönlichkeiten der Stadt auf den Mond schießen würde. Was er damit meinte, habe ich ihn nicht gefragt.«

»Und wann war das?«

» Am Dienstag abend.«

»Danke, Inspector.«

Bosch stand auf und ging ein wenig auf und ab. Schließlich blieb er am Fenster stehen und blickte auf Anthony Quinn hinaus, der inzwischen im Dunkeln lag. Er sah auf seine Uhr und stellte fest, daß es fast sechs war. Um sieben war er mit Edgar und Rider in der Hollywood Station verabredet.

»Sie wissen doch, was das bedeutet, oder nicht?« fragte er, ohne sich zu Entrenkin umzudrehen.

»Was bedeutet es?«

Er drehte sich zu ihr um.

»Wenn Elias etwas herausbekommen hat und kurz davor stand, den Mörder – den wahren Mörder – zu identifizieren, dann kann es kein Polizist gewesen sein, der ihn erschossen hat.«

Sie dachte kurz nach und sagte: »Sie sehen es nur von einer Seite.«

»Was wäre die andere?«

»Angenommen, er wollte vor Gericht gehen und dort den wahren Mörder präsentieren. Absolut zweifelsfrei. Das hätte doch die Beweise der Polizei Lügen gestraft, oder nicht? Der Beweis für Harris' Unschuld wäre gleichzeitig der Beweis dafür, daß ihm diese Polizisten den Mord anhängen wollten.

Wenn der wahre Mörder wußte, daß Howard ihm auf die Schliche gekommen war, könnte er es tatsächlich auf ihn abgesehen haben. Aber angenommen, einer der korrupten Cops erfuhr, Howard konnte durch die Überführung des wahren Mörders beweisen, daß er Harris die Tat anzuhängen versucht hatte? Dann könnte er es ebenfalls auf ihn abgesehen haben.«

Bosch schüttelte den Kopf.

»Für Sie kommen immer nur die Cops als Täter in Frage. Die belastenden Beweise könnten Harris doch schon von jemandem untergeschoben worden sein, bevor die Polizei überhaupt auftauchte.«

Er schüttelte wieder den Kopf, energischer diesmal, so als wehrte er einen Gedanken ab.

»Ich weiß schon nicht mehr, was ich sage. Dem Mann wurde nichts untergeschoben. Das ist völlig absurd.«

Entrenkin sah ihn lange an.

»Wie Sie meinen, Detective. Aber sagen Sie hinterher nicht, ich hätte Sie nicht gewarnt.«

Bosch ignorierte ihre Bemerkung. Er sah die Kartons auf dem Boden an. Bei dieser Gelegenheit bemerkte er zum ersten Mal die Sackkarre, die neben der Tür an der Wand lehnte. Entrenkins Blick folgte seinem.

»Ich habe den Sicherheitsbeamten angerufen und ihm gesagt, daß wir mehrere Kartons wegschaffen müssen. Er hat sie hochgebracht.«

Bosch nickte.

»Schätze, ich schaffe den ganzen Kram mal ins Auto runter. Haben Sie den Durchsuchungsbefehl noch, oder hat ihn Miß Langwiser mitgenommen? Ich muß die Empfangsbestätigung ausfüllen.«

»Ich habe ihn, und ich habe alle Akten katalogisiert. Sie brauchen nur noch zu unterschreiben.«

Bosch nickte und ging auf die Sackkarre zu. Da fiel ihm etwas ein, und er drehte sich noch einmal um.

»Was ist mit der Akte, die wir uns gerade angesehen haben, als Sie heute morgen aufgetaucht sind? Die mit dem Foto drin?«

»Was soll damit sein? Sie ist in der Schachtel dort.«

»Na ja, ich meine … äh … was halten Sie davon?«

»Ich weiß nicht, was ich davon halten soll. Wenn Sie mich fragen, ob ich für möglich halte, daß Howard etwas mit dieser Frau zu tun hatte, würde ich sagen, nein.«

»Wir haben heute seine Frau gefragt, ob sie es für möglich hielte, daß er eine Affäre hatte, und sie sagte, nein, das wäre ausgeschlossen.«

»Ich verstehe, was Sie meinen. Trotzdem halte ich es für ausgeschlossen. Howard war sehr bekannt. Zunächst, er hätte es nicht nötig gehabt, für Sex zu zahlen. Und zweitens war er klug genug, um zu wissen, daß er sich erpreßbar machte, wenn ihn jemand erkannte.«

»Was hatte dann dieses Bild in seinem Schreibtisch zu suchen?«

»Wie gesagt, ich weiß es nicht. Es muß Teil eines Falls gewesen sein, aber ich weiß nicht, von welchem. Ich habe heute jede Akte in diesem Büro durchgesehen, und ich habe nichts gefunden, was damit in Zusammenhang stehen könnte.«

Bosch nickte nur. Seine Gedanken kreisten schon nicht mehr um das Bild, sondern um die geheimnisvollen Briefe, insbesondere den letzten. In seinen Augen handelte es sich dabei um eine Warnung an Elias. Jemand hatte herausgefunden, daß sich der Anwalt im Besitz brisanter Informationen befand. Bosch gelangte zusehends mehr zu der Überzeugung, daß die Ermittlungen, die richtigen Ermittlungen, auf dieser Nachricht aufbauen sollten.

»Stört es Sie, wenn ich den Fernseher anmache?« fragte Entrenkin. »Es ist sechs Uhr. Ich würde gern die Nachrichten sehen.«

Bosch riß sich von seinen Überlegungen los.

»Natürlich nicht. Machen Sie ihn ruhig an.«

Sie ging zu einem großen Eichenschrank, der an der Wand gegenüber dem Schreibtisch stand, und öffnete ihn. Er enthielt zwei Fernseher. Offensichtlich hatte Elias gern mehr als ein Programm gleichzeitig gesehen. Wahrscheinlich, vermutete Bosch, um keinen seiner zahlreichen Fernsehauftritte zu versäumen.

Entrenkin schaltete beide Geräte ein. Als auf dem oberen das Bild scharf wurde, sah Bosch einen Reporter vor einem Einkaufszentrum stehen, in dem drei oder vier Geschäfte in Flammen standen. Ein paar Meter hinter dem Reporter bemühten sich Feuerwehrmänner, den Brand unter Kontrolle zu bekommen, aber Bosch hatte den Eindruck, als käme für die Läden jede Hilfe zu spät. Sie waren schon ausgebrannt.

»Es geht bereits los«, sagte er.

»Nicht schon wieder«, sagte Entrenkin mit bestürzter Stimme.

18

Auf der Fahrt nach Hollywood stellte Bosch das Autoradio an. Die Meldungen in KFWB waren gemäßigter als die Sechs-Uhr-Nachrichten im Fernsehen. Das lag aber nur daran, daß sie im Radio nur Worte brachten, keine Bilder.

Im wesentlichen besagte die Meldung, daß in einem Einkaufszentrum am Normandie Boulevard ein Feuer ausgebrochen war, nur wenige Blocks von der Kreuzung mit der Florence entfernt, die eines der Zentren der Krawalle von 1992 gewesen war. Im Moment war es das einzige Feuer in South L. A., und es gab noch keinerlei Hinweise darauf, daß es sich um eine Brandstiftung handelte, die Ausdruck des Protests oder der Wut über Howard Elias' Ermordung war. Trotzdem hatte jeder Nachrichtensender, den Bosch und Entrenkin in der Kanzlei eingeschaltet hatten, aus dem Einkaufszentrum berichtet. Auf den Bildschirmen loderten die Flammen, und die dahinterstehende Botschaft war unmißverständlich: Los Angeles brennt wieder einmal.

»Dieses Scheißfernsehen«, schimpfte Bosch. »Entschuldigen Sie meine Ausdrucksweise.«

»Was soll mit dem Fernsehen sein?«

Es war Carla Entrenkin. Sie hatte ihn überredet, sie zu Harris' Vernehmung mitzunehmen. Bosch hatte nicht sonderlich viel Widerstand geleistet. Ihm war klar, daß sie, falls Harris wußte, wer sie war, unter Umständen zur Entspannung der Situation beitragen konnte. Ihm war auch klar, wie wichtig es war, daß Harris sich bereit erklärte, mit ihnen zu sprechen. Möglicherweise war er der einzige, dem Howard Elias anvertraut hatte, wer Stacey Kincaids Mörder war.

»Wie sie die Sache wieder mal hochspielen«, sagte Bosch. »Kaum brennt es irgendwo, kommen alle an und zeigen das Feuer. Wissen Sie, was das für eine Wirkung hat? Es ist, als würden sie Benzin auf die Flammen gießen. Jetzt werden sie sich ausbreiten. Die Leute sehen es in ihren Wohnzimmern und gehen auf die Straße, um nachzusehen, was los ist. Sie bilden Gruppen, sie fangen an zu reden, und plötzlich haben die Leute ihren Ärger nicht mehr unter Kontrolle. Eins führt zum andern, und schon haben wir unsere medienproduzierten Krawalle.«

»Da traue ich den Leuten schon ein bißchen mehr zu«, entgegnete Entrenkin. »Sie wissen, daß sie dem Fernsehen nicht trauen dürfen. Zu Unruhen kommt es nur, wenn das Gefühl der Machtlosigkeit einen kritischen Punkt überschreitet. Das hat nichts mit dem Fernsehen zu tun. Es hat damit zu tun, daß die Gesellschaft nicht auf die Grundbedürfnisse ins Abseits geratener Menschen eingeht.«

Bosch entging nicht, daß sie von Unruhen anstatt von Krawallen sprach. Er fragte sich, ob es nicht mehr politisch korrekt war, Krawalle als Krawalle zu bezeichnen.

»Es hat etwas mit Hoffnung zu tun, Detective«, fuhr sie fort. »Die meisten Menschen in den Minderheiten-Communities von Los Angeles haben keine Macht, kein Geld, keine Stimme. Sie müssen allein von der Hoffnung auf diese Dinge leben. Und Howard Elias hat für viele von ihnen Hoffnung bedeutet. Ein Symbol der Hoffnung auf den Tag, an dem Gleichheit herrschen und ihre Stimme Gehör finden würde. Auf den Tag, an dem sie vor den Polizisten in ihrer Community keine Angst mehr haben müßten. Wenn man den Menschen die Hoffnung nimmt, entsteht ein Vakuum. Manche Menschen füllen diese Leere mit Wut und Gewalt. Die Schuld daran nur den Medien zu geben ist falsch. Es hat viel tiefer liegende Gründe.«

Bosch nickte.

»Ich verstehe«, sagte er. »Zumindest glaube ich zu verstehen. Was ich sagen will, ist ja nur, daß die Medien keine große Hilfe sind, wenn sie die Dinge aufbauschen.«

Jetzt nickte auch Entrenkin.

»Jemand hat die Medien einmal als die Geschäftemacher des Chaos bezeichnet.«

»Also, damit hat der Betreffende den Nagel auf den Kopf getroffen.«

»Es war Spiro Agnew. Kurz bevor er zurücktrat.«

Darauf wußte Bosch keine Antwort und beschloß, das Gespräch zu beenden. Er nahm sein Handy aus der Ladestation zwischen den Sitzen und rief zu Hause an. Als sich nur der Anrufbeantworter meldete, hinterließ er Eleanor eine Nachricht, sie möchte ihn bitte zurückrufen. Er versuchte sich nicht anmerken zu lassen, daß er sich Sorgen machte. Er rief die Auskunft an und ließ sich noch einmal die Nummer des Pokerzimmers im Hollywood Park geben. Er wählte die Nummer, verlangte Jardine, den Sicherheitsbeamten, und wurde durchgestellt.

»Jardine.«

»Hier ist Detective Bosch von gestern abend. Ich –«

»Sie ist nicht aufgetaucht, Chef. Zumindest nicht in meiner –«

»Sparen Sie sich den Quatsch, Chef. Sie hat mir erzählt, daß Sie beide sich aus dem Flamingo kennen. Ich kann verstehen, wie Sie sich verhalten haben – ist völlig in Ordnung. Aber ich weiß, daß sie gerade wieder da ist, und ich möchte, daß Sie ihr was ausrichten. Sagen Sie ihr, sie soll mich auf dem Handy anrufen, sobald sie eine Pause macht. Sagen Sie ihr, es ist dringend. Haben Sie das verstanden, Mister Jardine?«

Bosch betonte das Wort Mister, damit Jardine vielleicht merkte, es war ein Fehler, dem LAPD dumm zu kommen.

»Ja«, sagte Jardine. »Ich habe verstanden.«

»Gut.«

Bosch unterbrach die Verbindung.

»Wissen Sie, was mir von zweiundneunzig am nachhaltigsten in Erinnerung geblieben ist?« griff Entrenkin den Gesprächsfaden wieder auf. »Ein Bild. Ein Foto in der *Times*. Die

204

Bildunterschrift war etwas in der Art wie ›Vater und Sohn beim Plündern‹, und die Aufnahme zeigte einen Mann, der seinen vier- oder fünfjährigen Sohn aus der zertrümmerten Tür eines Kmart oder so was ähnlichem führte. Und wissen Sie, was die beiden bei sich hatten, was sie geplündert hatten?«

»Was?«

»Jeder hatte einen dieser Thigh-Master. Sie wissen schon, diese absurden Trainingsgeräte zur Straffung der Beinmuskulatur, für die damals irgendein Fernsehstar aus den achtziger Jahren im Nachtprogramm Werbung machte.«

Bosch schüttelte den Kopf über die Hirnrissigkeit dieses Bilds.

»Sie hatten es im Fernsehen gesehen, und deshalb dachten sie, es wäre wertvoll«, sagte er. »Wie Howard Elias.«

Sie antwortete nicht, und er merkte, das war daneben gewesen, obwohl er überzeugt war, daß an seiner Bemerkung etwas Wahres war.

»Entschuldigung …«

Sie fuhren ein paar Minuten schweigend dahin, bevor Bosch wieder etwas sagte.

»Wissen Sie, welches Bild ich mit zweiundneunzig verbinde?«

»Welches?«

»Ich wurde für den Hollywood Boulevard eingeteilt. Und wie Sie wissen, sollten wir an sich nicht eingreifen, solange niemand körperlich zu Schaden kam. Im wesentlichen hieß das, solange sie sich einigermaßen benahmen, sollten wir die Plünderer einfach gewähren lassen. Das war totaler Schwach – egal, ich war auf dem Boulevard, und ich erinnere mich an eine Menge verrückter Dinge. Die Scientologen umringten ihre Gebäude; sie standen praktisch Schulter an Schulter und waren mit Besenstielen bewaffnet, um sich notfalls zur Wehr zu setzen. Der Typ, der den Army Shop nicht weit von der Highland hatte, war in voller Kampfmontur, mit einem Gewehr über der Schulter. Er marschierte vor seinem Laden auf und ab, als schöbe er in Benning Wache … Die Leute drehen einfach durch, die guten wie die bösen. Plötzlich ist der Tag der Heuschrecken angebrochen.«

»Also, wenn Sie nicht ein belesener Polizist sind, Detective Bosch.«

»Nicht wirklich. Ich habe mal mit einer Frau zusammengelebt, die an der Grant High im Valley Literatur unterrichtete. Es war eins der Bücher, das sie im Unterricht durchnahm. Ich habe es damals gelesen. Jedenfalls, das Bild von zweiundneunzig, das bei mir hängengeblieben ist, ist Frederick's of Hollywood.«

»Dieses Reizwäsche-Kaufhaus?«

Bosch nickte.

»Es wimmelte von Menschen, als ich hinkam. Menschen aller Rassen und Altersstufen. Sie waren vollkommen außer Rand und Band. In fünfzehn Minuten hatten sie den Laden komplett ausgeräumt. Und damit meine ich wirklich komplett. Ich ging hinterher rein, und es war nichts mehr da. Sogar die Schaufensterpuppen hatten sie gestohlen. Es war absolut alles weg, bis auf die Kleiderbügel, die auf dem Boden rumlagen, und die Kleidergestelle ... und das Verrückte daran ist, es gab dort nichts als Unterwäsche. Vier Cops werden nicht verurteilt, obwohl ein Video existiert, auf dem zu sehen ist, wie sie Rodney King zusammenschlagen. Und was machen die Leute? Sie drehen durch und klauen Unterwäsche. Es war so absurd, daß mir immer dieses Bild in den Sinn kommt, wenn jemand auf die Krawalle zu sprechen kommt. Dann muß ich immer an dieses geplünderte Kaufhaus denken.«

»Was sich die Leute genommen haben, ist doch völlig egal. Sie haben nur ihrer Frustration Luft gemacht. Es ist wie mit den Thigh-Masters. Für diesen Vater und seinen Sohn war völlig unwichtig, was sie mitgenommen haben. Wichtig war nur, daß sie etwas mitgenommen haben, daß sie ihrer Wut Ausdruck verliehen haben. Sie hatten keine Verwendung für diese Dinge, aber sie mitzunehmen war eine Möglichkeit, es den Mächtigen zu zeigen. Das ist, was der Vater seinem Sohn vermitteln wollte.«

»Trotzdem halte ich das Ganze für Schwach –«

Boschs Handy läutete, und er klappte es auf. Es war Eleanor.

»Gewinnst du?« fragte er.

Er sagte es mit einem gutgelaunten Unterton und merkte sofort, er hatte es deshalb so gesagt, damit seine Begleiterin keine Rückschlüsse zu ziehen begänne, wie es um seine Ehe tatsächlich bestellt war. Er bekam sofort ein schlechtes Gewissen, daß er auch nur ansatzweise zuließ, daß das, was Entrenkin dachte, sich in irgendeiner Weise auf seine Beziehung zu Eleanor auswirkte.

»Noch nicht. Ich bin gerade angekommen.«

»Eleanor, ich möchte, daß du nach Hause fährst.«

»Harry, darüber möchte ich jetzt nicht sprechen. Ich –«

»Nein, es ist nicht aus dem Grund, aus dem du denkst. Ich glaube, in der Stadt … Hast du die Nachrichten gesehen?«

»Nein. Ich bin hierhergefahren.«

»Also, es sieht nicht gut aus. Die Medien zünden das Streichholz an, Eleanor. Und falls etwas passiert und die Leute durchdrehen, bist du gerade nicht am richtigen Ort.«

Bosch warf einen kurzen Blick zu Entrenkin hinüber. Er wußte, er reagierte in ihrer Gegenwart mit weißer Paranoia. Das Hollywood Park war in Inglewood, einer vorwiegend schwarzen Gegend. Er wollte, daß Eleanor zu ihrem Haus in den Hügeln zurückfuhr, wo sie nichts zu befürchten hatte.

»Harry, ich glaube, du bist paranoid. Mir passiert schon nichts.«

»Eleanor, warum ein unnötiges –«

»Harry, ich muß jetzt Schluß machen. Sie halten mir meinen Stuhl frei. Ich rufe dich später an.«

Sie legte auf, und Bosch verabschiedete sich von einem stummen Hörer. Er ließ das Telefon in seinen Schoß fallen.

»Auch wenn Sie es vermutlich nicht hören wollen«, sagte Entrenkin, »aber ich glaube, Sie sind paranoid.«

»Das fand sie auch.«

»Glauben Sie mir, im Moment gibt es genauso viele, wenn nicht sogar mehr Schwarze als Weiße, die nicht wollen, daß so etwas noch einmal passiert. Halten Sie ihnen das im Zweifelsfall mal zugute, Detective.«

»Ich schätze, mir bleibt gar nichts anderes übrig.«

Die Hollywood Station schien verlassen, als Bosch und Entrenkin dort eintrafen. Auf dem Parkplatz dahinter waren keine Streifenwagen, und als sie die Polizeistation durch den Hintereingang betraten, war der Flur, in dem sonst immer hektisches Getriebe herrschte, leer. Bosch steckte den Kopf durch die offene Tür des Einsatzbüros und sah einen einsamen Sergeant an einem Schreibtisch sitzen. Ein an der Wand befestigter Fernseher lief. Auf dem Bildschirm waren keine Flammen zu sehen, sondern ein Nachrichtensprecher im Studio. Über seiner Schulter war ein Foto von Howard Elias eingeblendet. Das Gerät war so leise gestellt, daß Bosch nicht hören konnte, was gesagt wurde.

»Wie sieht es aus?« fragte Bosch den Sergeant.

»Noch haben wir alles im Griff.«

Bosch klopfte zweimal gegen den Türrahmen und ging mit Entrenkin zum Bereitschaftsraum der Kriminalpolizei weiter. Rider und Edgar waren schon dort. Sie hatten den Fernseher aus dem Büro des Lieutenants gerollt und sahen sich dieselbe Nachrichtensendung an. Die Überraschung war ihnen deutlich anzumerken, als sie sahen, daß Bosch von Entrenkin begleitet wurde.

Bosch machte Entrenkin mit Edgar bekannt, da dieser am Morgen nicht in Elias' Kanzlei gewesen war. Dann fragte er seine Partner, was es Neues gäbe.

»Wie es aussieht, bleiben die Leute vernünftig«, sagte Edgar. »Ein paar Brände, aber damit hat es sich. Ansonsten sind sie eifrig dabei, Elias als den heiligen Howard hinzustellen. Kein Wort davon, was für ein opportunistisches Arschloch er war.«

Bosch sah kurz Entrenkin an. Ihr war nichts anzumerken.

»Gut, dann stellt den Kasten mal ab«, sagte Bosch. »Es gibt verschiedenes zu besprechen.«

Bosch setzte seine Partner über die neuesten Entwicklungen in Kenntnis und zeigte ihnen die drei anonymen Nachrichten, die Elias mit der Post erhalten hatte. Er erklärte ihnen die Gründe für Entrenkins Anwesenheit und daß er Harris dazu bringen wolle, mit ihnen zu kooperieren; außerdem wolle er bei dieser Gelegenheit sehen, ob sie ihn nicht von der

Liste der Personen streichen könnten, die als Mörder in Frage kamen.

»Wissen wir denn überhaupt, wo Harris ist?« fragte Edgar. »Soviel ich mitbekommen habe, war er nicht im Fernsehen. Vielleicht weiß er noch gar nichts von Elias.«

»Das wird sich zeigen. Seine gegenwärtige Adresse und Telefonnummer waren in Elias' Unterlagen. Sieht so aus, als hätte ihn Elias woanders untergebracht – möglicherweise, um ihn vor dem Prozeß aus der Schußlinie zu nehmen. Er ist ganz in der Nähe – falls er zu Hause ist.«

Bosch holte sein Notizbuch heraus und schlug die Telefonnummer nach. Dann ging er an seinen Schreibtisch und wählte sie. Ein Mann meldete sich.

»Könnte ich bitte Harry sprechen?« fragte Bosch freundlich.

»Hier gibt's keinen Harry, Mann.«

Der Hörer wurde aufgelegt.

»Jedenfalls ist jemand zu Hause«, sagte Bosch zu den anderen. »Fahren wir mal hin.«

Sie nahmen einen Wagen. Im Augenblick wohnte Harris in einem Apartment am Beverly Boulevard, nicht weit vom CBS-Komplex. Elias hatte ihn in einer großen Wohnanlage einquartiert, die zwar nicht luxuriös, aber recht passabel war. Und der Beverly Boulevard war kein Vergleich mit der Downtown.

Das Gebäude hatte eine Sicherheitstür, aber Harris' Name stand nicht auf der Liste der Hausbewohner neben dem Türtelefon. Bosch hatte zwar die Nummer des Apartments, aber das nützte ihm nichts. Aus Sicherheitsgründen stimmten die Telefonnummern hinter den Namen der Hausbewohner nicht mit den Wohnungsnummern überein. Bosch wählte die Nummer des Hausmeisters, aber es meldete sich niemand.

»Sieh dir das mal an!«

Rider deutete auf einen Eintrag für einen E. Howard. Bosch hob die Schultern, als wollte er sagen, es wäre einen Versuch wert, und tippte die Nummer ein. Es meldete sich eine Männerstimme, und Bosch glaubte, es war dieselbe, die sich bei seinem Anruf aus der Polizeistation gemeldet hatte.

»Michael Harris?«

209

»Wer ist da?

»LAPD. Wir müssen Ihnen ein paar Fragen stellen. Ich –«

»Einen Dreck werden Sie. Nicht, wenn mein Anwalt nicht hier ist, kommt überhaupt nicht in Frage.«

Er legte auf. Bosch rief ihn sofort noch einmal an.

»Was wollen Sie, verdammt noch mal?«

»Falls Sie es noch nicht wissen, Ihr Anwalt ist tot. Deshalb sind wir hier. Und jetzt hören Sie zu und hängen nicht gleich wieder auf. Ich habe Inspector General Carla Entrenkin dabei. Wissen Sie, wer das ist? Sie ist Ihre Garantie, daß Sie gut behandelt werden. Wir müssen bloß –«

»Ist das diese Aufpasserin, die Frau, die dem LAPD auf die Finger klopfen soll, wenn es über die Stränge schlägt?«

»Genau die. Einen Augenblick.«

Bosch trat zur Seite und reichte das Telefon Entrenkin.

»Sagen Sie ihm, daß er nichts zu befürchten hat.«

Sie nahm den Hörer und bedachte Bosch mit einem Blick, aus dem hervorging, daß ihr jetzt klar war, warum er sie hatte mitkommen lassen. Sie sah ihn an, während sie in das Telefon sprach.

»Michael, hier ist Carla Entrenkin. Sie haben nichts zu befürchten. Niemand wird Ihnen etwas tun. Wir müssen Ihnen wegen Howard Elias ein paar Fragen stellen, das ist alles.«

Falls Harris etwas zu ihr sagte, hörte es Bosch nicht. Der Türöffner summte, und Edgar zog die Tür auf. Entrenkin hängte den Hörer auf, und alle gingen nach drinnen.

»Der Kerl ist ein Verbrecher«, sagte Edgar. »Ich verstehe nicht, warum wir ihn wie einen Heiligen behandeln sollen.«

Jetzt bedachte Entrenkin Edgar mit einem tadelnden Blick.

»So werden Sie ihn aber behandeln, Detective Edgar.«

Edgar war durch ihren Ton genügend eingeschüchtert.

Als Harris die Tür seines Apartments im dritten Stock öffnete, hatte er eine Waffe in der Hand.

»Also, das hier ist meine Wohnung«, verkündete er. »Nicht, daß ich jemand bedrohen will, aber ich brauche diese Waffe zu meinem persönlichen Schutz. Sonst kommen Sie mir hier nicht rein, wenn Sie wissen, was ich meine.«

Bosch sah die anderen an, bekam nichts gesendet, und sah wieder Harris an. Er versuchte seine Wut zu bezähmen. Trotz allem, was ihm Entrenkin vorhin gesagt hatte, bestanden für ihn kaum Zweifel, daß Harris der Mörder eines kleinen Mädchens war. Aber er wußte, im Moment zählte nur das laufende Ermittlungsverfahren. Um aus dem Mann herauszubekommen, was er wußte, mußte er seinen Widerwillen gegen ihn hinunterschlucken.

»Meinetwegen«, sagte er. »Aber Sie behalten die Waffe schön unten und an Ihrer Seite. Sobald Sie das Ding auf einen von uns richten, gibt es Ärger. Sind wir uns da klar?«

»Und wie klar wir uns da sind.«

Harris trat zurück und deutete mit der Waffe auf das Wohnzimmer.

»Nicht vergessen«, sagte Bosch streng. »Das Schießeisen immer schön unten behalten.«

Harris ließ die Waffe an seiner Seite hinabsinken, und sie traten alle ein. Die Wohnung war mit gemieteten Möbeln eingerichtet – eine dick gepolsterte Couch und passende Sessel in Hellblau, einfache Tische und Regale in billigem Furnier. An den Wänden Drucke mit Landschaften, ein Wohnzimmerschrank mit einem Fernseher. Es liefen gerade Nachrichten.

»Bitte, nehmen Sie Platz.«

Harris setzte sich in einen der großen Sessel und rutschte so weit nach unten, daß die Lehne höher war als sein Kopf, was ihm den Anschein verlieh, als säße er auf einem Thron. Bosch ging zum Fernseher und schaltete ihn aus, dann stellte er alle Anwesenden vor und zeigte seine Dienstmarke.

»Typisch«, brummte Harris. »Das Kommando führt natürlich der Weiße.«

Bosch ignorierte die Bemerkung.

»Ich nehme an, Sie wissen, daß Howard Elias gestern nacht ermordet wurde?« begann er.

»Klar weiß ich es. Ich hocke hier schon den ganzen Tag rum und kriege nichts anderes zu sehen.«

»Warum haben Sie dann gesagt, Sie würden nicht ohne Ihren Anwalt mit uns reden, wenn Sie doch wußten, Ihr Anwalt ist tot?«

»Weil ich mehr als einen Anwalt habe, Sie Blödmann. Ich habe auch einen Strafverteidiger, und ich habe einen Anwalt zu meinem Privatvergnügen. Jedenfalls habe ich Anwälte, machen Sie sich da mal keine Sorgen. Und ich werde einen neuen kriegen, der Howies Platz einnimmt. Ich werde auch einen brauchen, Mann, vor allem, wenn sie in South Central ordentlich Zoff machen. Ich kriege meine eigenen Krawalle, genau wie Rodney. Ich komme noch ganz groß raus.«

Bosch hatte Mühe, Harris' Gedankengang zu folgen, aber er verstand genug, um zu merken, daß Harris auf einem Machttrip war, der auf Kosten der Black Community, seiner eigenen Leute, ging.

»Also, dann lassen Sie uns über Ihren verstorbenen Anwalt sprechen, über Howard Elias. Wann haben Sie ihn zum letzten Mal gesehen?«

»Gestern abend, aber das wissen Sie ja schon – habe ich recht, Chet?«

»Bis wann genau?«

»Bis wir zur Tür rausgegangen sind, verdammte Scheiße noch mal. Soll das ein Verhör sein, oder was, Mann?«

»Ich versuche nur herauszufinden, wer Elias umgebracht hat.«

»Sie natürlich! Wer denn sonst? Ihre Leute haben ihn gekillt.«

»Also, das ist zumindest eine Möglichkeit. Das ist, was wir herausfinden wollen.«

Harris lachte, als wäre vollkommen absurd, was Bosch gesagt hatte.

»Klar, Mann, sicher. Die gequirlte Scheiße können Sie sonst jemand erzählen.«

»Wann haben Sie sich getrennt? Sie und Howard Elias.«

»Als er zu sich nach Hause ist und ich zu mir.«

»Und das war wann?«

»Keine Ahnung, Chet. Viertel vor elf, elf vielleicht. Ich habe keine Uhr. Wenn ich wissen will, wie spät es ist, sagen es mir die Leute. In den Nachrichten hieß es, er wurde um elf abgeknallt, also sind wir Viertel vor gegangen.«

»Hat er was von irgendwelchen Drohungen erzählt? Hatte er vor jemandem Angst?«

»Der und Angst? Daß ich nicht lache! Obwohl er wußte, daß er nicht mehr lang zu leben hatte.«

»Wie meinen Sie das?«

»Na, die Polizei meine ich damit, wen denn sonst? Er wußte, eines Tages machen sie ihn fertig. Und jetzt hat es ihn erwischt. Auf mich haben sie es bestimmt auch abgesehen. Darum setze ich mich auch ab, sobald ich meine Kohle kriege. Ihr Bullen könnt mich alle mal. Und das ist alles, was ich zu sagen habe, Chet.«

»Warum nennen Sie mich so?«

»Weil das ist, was Sie sind. Sie sind ein Chet, Chet.«

Harris' Lächeln war eine Herausforderung. Bosch hielt seinem Blick einen Moment stand, dann wandte er sich Entrenkin zu und nickte. Jetzt übernahm sie.

»Michael, wissen Sie, wer ich bin?«

»Klar, ich habe Sie im Fernsehen gesehen. Genau wie Mr. Elias. Ich weiß, wer Sie sind.«

»Dann wissen Sie auch, daß ich keine Polizistin bin. Meine Aufgabe ist, dafür zu sorgen, daß die Polizisten in dieser Stadt ehrlich sind und ihre Arbeit so tun, wie sie sollten.«

Harris lachte leise.

»Da haben Sie ja einiges zu tun.«

»Ich weiß, Michael. Aber ich bin aus dem Grund hier, um Ihnen zu sagen, daß ich für richtig halte, was diese drei Detectives vorhaben. Sie wollen die Person finden, die Howard Elias umgebracht hat, egal, ob es ein Cop war oder nicht. Und ich will ihnen dabei helfen. Auch Sie sollten uns helfen. Das sind Sie Howard schuldig. Würden Sie uns also bitte ein paar Fragen beantworten?«

Harris blickte sich im Raum um und sah dann auf die Waffe in seiner Hand. Es war eine 9 mm Smith & Wesson mit Mattlackierung. Bosch fragte sich, ob Harris auch dann damit vor ihnen herumfuchteln würde, wenn er wüßte, daß die Mordwaffe auch Kaliber 9 mm hatte. Harris steckte die Waffe in den Spalt zwischen Sitzpolster und Sessellehne.

»Okay, meinetwegen. Aber nicht mit Chet. Mit weißen Cops oder Onkel Toms rede ich nicht. Fragen Sie mich.«

Entrenkin sah Bosch an, dann wieder Harris.

»Michael, ich möchte, daß Ihnen die Detectives die Fragen stellen. Davon verstehen sie mehr als ich. Ich glaube, Sie können ihnen bedenkenlos antworten.«

Harris schüttelte den Kopf.

»Sie verstehen nicht, Lady. Warum sollte ich diesen Säcken helfen? Diese Schweine haben mich ohne jeden Grund gefoltert. Dem L-A-P-D habe ich es zu verdanken, daß ich zu vierzig Prozent mein Gehör verloren habe. Mit denen kooperiere ich nicht. Also, wenn Sie eine Frage haben, dann stellen Sie sie.«

»Okay, Michael, wenn Sie meinen«, sagte Entrenkin. »Erzählen Sie mir, was gestern abend war. Woran haben Sie und Howard gearbeitet?«

»An meiner Aussage. Und ich kann Ihnen sagen, sie wird mir eine Menge Geld einbringen, denn das LAPD soll ruhig ordentlich dafür blechen, daß sie mir diese Sache anhängen wollten und mich dann auch noch fertiggemacht haben. Dafür sollen sie bluten.«

Bosch übernahm die Vernehmung, als hätte Harris nie gesagt, daß er nicht mit ihm sprechen würde. »Hat Ihnen das Howard erzählt?«

»Klar hat er das, Mr. Chet.«

»Hat er gesagt, er kann beweisen, daß Ihnen das Ganze angehängt werden sollte?«

»Ja, weil er wußte, wer dieses kleine weiße Mädchen wirklich umgebracht hat und dann ihre Leiche auf diesem Grundstück in der Nähe meiner Wohnung abgeladen hat. Das war nicht ich. Er wollte am Montag vor Gericht gehen und mich total rehabilitieren und mir zu meinem Geld verhelfen, das wollte Howard.«

Bosch wartete einen Moment. Von der nächsten Frage und Antwort hing alles ab.

»Wer?«

»Was wer?«

»Wer hat den Mord in Wirklichkeit begangen? Hat er Ihnen das gesagt?«

»Nein. Er meinte, das bräuchte ich nicht zu wissen. Meinte, so 'ne Scheiße zu wissen wäre nicht ganz ungefährlich. Aber wetten, es steht in seinen Akten! Dieses Schwein kommt nicht noch mal ungeschoren davon.«

Bosch sah Entrenkin an.

»Michael, ich habe den ganzen Tag mit der Durchsicht der Akten verbracht. Ja, es gab Hinweise darauf, daß Howard wußte, wer Stacey Kincaid ermordet hat, aber namentlich wurde der Täter nirgendwo genannt. Sind Sie sicher, er hat Ihnen gegenüber nie einen Namen erwähnt oder Ihnen sonst einen Hinweis gegeben, wer diese Person ist?«

Vorübergehend war Harris geschockt. Offensichtlich war ihm klargeworden, daß seine Chancen nicht mehr ganz so gut standen, wenn Elias den Namen des Mörders mit ins Grab genommen hatte. Dann bliebe er immer mit dem Stigma behaftet, ein Mörder zu sein, der nur deshalb freigesprochen worden war, weil es ein raffinierter Strafverteidiger verstanden hatte, die Geschworenen an der Nase herumzuführen.

»Scheiße«, zischte er.

Bosch trat auf die Sitzgruppe zu und setzte sich auf die Ecke des Couchtischs, um Harris ganz nahe zu sein.

»Denken Sie scharf nach«, sagte er. »Sie waren viel mit ihm zusammen. Wer könnte es gewesen sein?«

»Ich weiß es wirklich nicht«, sagte Harris, in die Defensive gedrängt. »Warum fragen Sie nicht Pelfry, Mann?«

»Wer ist Pelfry?«

»Pelfry ist sein Laufbursche. Sein Ermittler.«

»Wissen Sie seinen vollständigen Namen?«

»Irgendwas wie Jenks, glaube ich. Oder so ähnlich.«

»Jenks?«

»Ja, Jenks. So hat Howard ihn genannt.«

Bosch spürte, wie ihn ein Finger in die Schulter pikte. Als er sich umdrehte, bedachte ihn Entrenkin mit einem Blick, der ihm zu verstehen gab, daß sie wußte, wer Pelfry war, und daß er dieser Frage nicht weiter nachzugehen brauchte. Er stand auf und sah auf Harris hinab.

»Sind Sie gestern abend, nachdem Sie sich von Elias getrennt haben, gleich hierhergekommen?«

»Ja, sicher. Warum?«

»War jemand hier bei Ihnen? Haben Sie jemanden angerufen?«

»Was soll der Scheiß? Sie wollen mir wohl schon wieder was anhängen.«

»Das ist eine reine Routineüberprüfung. Kein Grund zur Aufregung. Wir fragen jeden, wo er gewesen ist. Wo waren Sie?«

»Ich war hier, Mann. Ich war fix und fertig. Ich bin nach Hause gekommen und gleich ins Bett gegangen. Hier war niemand.«

»Okay. Was dagegen, wenn ich mir kurz Ihre Pistole ansehe?«

»Meine Fresse, ich hätte mir doch denken können, daß Sie nicht okay sind. Verdammte Scheiße.«

Er zog die Waffe aus dem Spalt des Sessels und reichte sie Bosch. Bosch behielt Harris scharf im Auge, bis die Waffe sicher in seiner Hand war. Dann untersuchte er sie und roch am Lauf. Er roch weder Öl noch verbranntes Schießpulver. Er ließ das Magazin herausschnappen und pulte die oberste Kugel heraus. Es war eine Federal, ein Stahlmantelgeschoß. Eine sehr weit verbreitete Munitionssorte und -marke, wußte Bosch, und möglicherweise dieselbe Marke, die bei den Angels Flight-Morden verwendet worden war. Aber das würden sie erst nach den Autopsien erfahren. Er sah wieder auf Harris hinab.

»Sie wurden bereits einmal wegen einer Straftat verurteilt, Mr. Harris. Ist Ihnen klar, daß Sie sich mit dem Besitz dieser Waffe strafbar machen?«

»Nicht in meiner Wohnung, Mann. Ich brauche Schutz.«

»Tut mir leid, auch hier. Dafür könnten Sie wieder hinter Gitter kommen.«

Harris grinste ihn an. Bosch konnte sehen, daß er einen goldenen Schneidezahn mit einem eingravierten Stern hatte.

»Dann buchten Sie mich doch ein, Mann.«

Er hob die Arme, hielt ihm die Handgelenke hin, damit er ihm Handschellen anlegen konnte.

»Buchten Sie mich doch ein, wenn Sie diese Scheißstadt brennen sehen wollen, die ganze Scheißstadt!«

»Nein. Nachdem Sie uns eben geholfen haben, wollte ich eigentlich ein gutes Wort für Sie einlegen. Aber die Waffe muß ich leider einbehalten. Ich würde mich eines Verbrechens schuldig machen, wenn ich sie Ihnen ließe.«

»Bitte, wenn Sie meinen, Chet. Ich kann mir aus meinem Wagen jederzeit eine neue holen, wenn Sie wissen, was ich meine.«

Er sagte Chet genauso, wie manche Weißen das Wort Nigger sagen.

»Klar weiß ich, was Sie meinen.«

Sie warteten schweigend auf den Lift. Sobald sie die Kabine betreten hatten und nach unten fuhren, sagte Entrenkin: »Paßt die Waffe?«

»Es ist der gleiche Typ. Die Munition könnte die gleiche sein. Wir werden sie im Labor überprüfen lassen, aber ich bezweifle, daß er sie behalten hätte, wenn er Elias damit umgebracht hätte. So blöd ist er auch wieder nicht.«

»Was ist mit seinem Wagen? Er sagte, er könnte alles, was er bräuchte, aus seinem Wagen bekommen.«

»Damit hat er nicht sein Auto gemeint, sondern seine Clique. Seine Leute. Zusammen sind sie ein Wagen, gemeinsam fahren sie wohin. Diese Wendung stammt aus den Bezirksgefängnissen. Acht Mann in einer Zelle. Sie sagen Wagen dazu. Was ist mit Pelfry? Kennen Sie ihn?«

»Jenkins Pelfry. Er ist Privatdetektiv. Selbständig. Ich glaube, er hat sein Büro im Union Law Center in der Downtown. Viele Bürgerrechtsanwälte lassen ihn für sich arbeiten. Howard hat ihn für diesen Fall engagiert.«

»Dann müssen wir mit ihm reden. Danke auch, daß Sie es uns gesagt haben.«

In Boschs Stimme schwang Verärgerung mit. Er sah auf die Uhr. Er nahm an, es wäre schon zu spät, um Pelfry noch anzutreffen.

»Hören Sie, das steht in den Akten, die ich Ihnen gegeben habe«, protestierte Entrenkin. »Sie haben mich nicht danach gefragt. Woher sollte ich wissen, daß ich es Ihnen sagen sollte?«

»Sie haben völlig recht. Sie wußten es nicht.«

»Wenn Sie wollen, kann ich versuchen –«

»Nein, schon gut. Wir wären hier dann soweit fertig, Inspector. Danke, daß Sie uns mit Harris geholfen haben. Wenn Sie nicht dabeigewesen wären, hätte er uns vermutlich nicht in seine Wohnung gelassen.«

»Denken Sie, er hatte etwas mit den Morden zu tun?«

»Im Moment denke ich noch gar nichts.«

»Ich kann es mir eigentlich nicht vorstellen.«

Als Bosch sie darauf ansah, hoffte er, sein Blick brächte zum Ausdruck, daß er dachte, sie wagte sich da in Bereiche vor, wo sie weder aufgrund ihrer Sachkenntnis noch ihres Amtes etwas zu suchen hatte.

»Wir nehmen Sie mit in die Stadt zurück«, sagte er. »Steht Ihr Auto beim Bradbury?«

Sie nickte. Sie gingen durch die Eingangshalle zur Tür.

»Detective, ich möchte über alle neuen Entwicklungen in dem Fall in Kenntnis gesetzt werden.«

»In Ordnung. Ich werde morgen früh mit Chief Irving sprechen und sehen, wie er sich das vorstellt. Durchaus möglich, daß er Sie persönlich informieren möchte.«

»Ich möchte nicht die weißgewaschene Version. Ich möchte es von Ihnen hören.«

»Weißgewaschen? Denken Sie, was ich Ihnen erzähle, wäre nicht weißgewaschen? Ich fühle mich geschmeichelt, Inspector.«

»Entschuldigen Sie die unglückliche Wortwahl. Was ich damit sagen wollte: Ich würde es lieber von Ihnen direkt hören und nicht in einer von der Polizeiführung überarbeiteten Form.«

Bosch sah sie an, als er ihr die Tür aufhielt.

»Das werde ich mir merken.«

19

Kiz Rider hatte die in der Internetseite von Mistress Regina angegebene Telefonnummer mit dem Computer im Bereitschaftsraum in einem CD-ROM-Adreßbuch nachgesehen. Der Anschluß gehörte zu einer Adresse in der North Kings Road in West Hollywood. Das hieß jedoch nicht, daß sie unter dieser Adresse tatsächlich auch Mistress Regina finden würden. Die meisten Prostituierten, Masseusen und sogenannten Unterhaltungskünstlerinnen für den ausgefallenen Geschmack bedienten sich raffinierter Anrufweiterleitungssysteme, um es den Behörden zu erschweren, sie aufzuspüren.

Bosch, Rider und Edgar hielten an der Kreuzung von Melrose und Kings, und Bosch rief die Nummer mit seinem Handy an. Nach dem vierten Läuten meldete sich eine Frauenstimme. Bosch zog seine Show ab.

»Mistress Regina?«

»Ja, wer ist da?«

»Ich bin Harry. Ich wollte fragen, ob Sie heute abend vielleicht noch frei wären?«

»Hatten wir schon mal einen Termin?«

»Nein. Ich habe Ihre Internetseite gesehen, und da dachte ich...«

»Was hast du gedacht?«

»Daß ich es vielleicht mal auf einen Versuch ankommen lassen könnte.«

»Wie weit bist du schon?«

»Ich ver –«

»Worauf stehst du?«

»Das weiß ich noch nicht so richtig. Ich würde es gern mal ausprobieren.«

»Du weißt, es gibt keinen Sex, ja? Keinen Körperkontakt. Ich spiele nur Psychospielchen. Nichts Verbotenes.«

»Aha.«

»Hast du eine sichere Telefonnummer, unter der ich dich zurückrufen kann?«

»Was meinen Sie mit sicher?«

»Damit meine ich, keine Münzapparate!« erklärte sie schroff. »Du mußt mir eine richtige Nummer geben.«

Bosch nannte ihr seine Handynummer.

»Okay. Ich rufe dich in einer Minute zurück. Sieh zu, daß du da bist.«

»Sicher.«

»Ich werde nach drei-sechs-sieben fragen. Das bist du. Du bist keine Person für mich. Du hast keinen Namen. Du bist bloß eine Nummer.«

»Drei-sechs-sieben. Verstehe.«

Er schob das Telefon zusammen und sah seine Partner an.

»In einer Minute wissen wir, ob es geklappt hat.«

»Du hast nett und unterwürfig geklungen, Harry«, sagte Rider.

»Danke. Man gibt sich Mühe.«

»Für mich hast du dich wie ein Cop angehört«, sagte Edgar.

»Wir werden ja sehen.«

Nur um irgend etwas zu tun, startete Bosch den Motor. Rider gähnte, und dann mußte er auch gähnen. Dann fing auch noch Edgar an.

Das Telefon läutete. Es war Mistress Regina. Sie erkundigte sich nach der Nummer, die sie ihm gegeben hatte.

»In einer Stunde kannst du zu mir kommen. Für eine einstündige Sitzung verlange ich eine Spende von zweihundert Dollar. Cash und im voraus. Ist das klar?«

»Ja.«

»Wie sagt man?«

»Ähm … ja, Mistress Regina.«

»So ist es schon besser.«

Bosch sah Rider auf dem Beifahrersitz an und zwinkerte ihr zu. Sie grinste zurück.

Regina nannte ihm ihre Adresse und Wohnungsnummer. Bosch machte die Innenbeleuchtung an und warf einen Blick auf Riders Notizen hinüber. Die Adresse, die er gerade erhalten hatte, war die gleiche, die Rider hatte, aber die Wohnungsnummer war eine andere. Er sagte Regina, er werde kommen, und sie beendeten das Gespräch.

»Ich habe einen Termin. Aber eine ganze Stunde wird er nicht dauern. Sie benutzt im selben Haus eine andere Wohnung.«

»Warten wir so lange?« fragte Edgar.

»Nein. Ich möchte nach Hause, schlafen.«

Bosch bog in die Kings Road ein. Etwa einen halben Block weiter fanden sie die Adresse. Es war ein kleines Mietshaus, ein verputzter Holzbau. Da es nirgendwo eine Parkmöglichkeit gab, hielt er im Halteverbot vor einem Hydranten, und sie stiegen aus. Es war ihm ziemlich egal, ob Reginas Wohnung nach vorne raus lag und sie den Slickback sehen konnte. Sie kamen nicht, um eine Verhaftung vorzunehmen. Alles, was sie wollten, waren ein paar Auskünfte.

Außerdem lagen die Apartments sechs und sieben hinten raus. Die Türen befanden sich nebeneinander. Bosch nahm an, in einem Apartment wohnte die Frau, die sich Mistress Regina nannte, im anderen arbeitete sie. Sie klopften an die Holztür.

Und bekamen keine Antwort.

Edgar klopfte noch einmal, fester, und diesmal trat er auch ein paarmal dagegen. Schließlich ertönte von der anderen Seite eine Stimme.

»Was ist?«

»Aufmachen. Polizei.«

Nichts.

»Los, Regina, wir müssen Ihnen ein paar Fragen stellen. Mehr nicht. Machen Sie schon auf, oder wir müssen die Tür aufbrechen. Was wollen Sie dann tun?«

Es war eine haltlose Drohung. Bosch wußte, er hatte keinerlei rechtliche Handhabe, irgend etwas zu unternehmen, wenn sie die Tür nicht öffnete.

Schließlich hörte Bosch, wie die Schlösser eins nach dem anderen geöffnet wurden. Die Tür ging auf, und zum Vorschein kam das wütende Gesicht der Frau, die Bosch von dem Fotoausdruck aus Howard Elias' Kanzlei wiedererkannte.

»Was wollen Sie? Können Sie sich ausweisen?«

Bosch zückte seine Dienstmarke.

»Können wir reinkommen?«

»Sind Sie vom LAPD? Hier sind wir in West Hollywood, Mister. Da haben Sie nichts zu suchen.«

Sie stieß die Tür zu, aber Edgar hob einen starken Arm und hielt die Hand dagegen. Dann drückte er die Tür wieder auf und trat mit finsterer Miene in die Wohnung.

»Unterstehen Sie sich, mir die Tür vor der Nase zuzuknallen, Mistress Regina.«

Edgar sagte ihren Namen in einem Ton, der keinen Zweifel daran ließ, daß er niemandem gegenüber unterwürfig war. Regina wich zurück, um ihm Platz zu machen. Bosch und Rider folgten ihm. Sie traten auf den schwach erleuchteten Absatz einer Treppe, die auf einer Seite nach oben, auf der anderen nach unten führte. Bosch blickte die Stufen links von ihm hinab, die in undurchdringlichem Dunkel verschwanden. Die Stufen rechts von ihm führten zu einem beleuchteten Zimmer hinauf. Er begann sie hinaufzusteigen.

»Hey, Sie können hier nicht einfach so reinplatzen«, protestierte Regina zaghaft. »Sie brauchen einen Durchsuchungsbefehl.«

»Wir brauchen gar nichts, Mistress Regina, Sie haben uns reingebeten. Ich bin Harry – oder meinetwegen auch dreisechs-sieben, wenn Sie wollen. Wir haben gerade miteinander telefoniert, erinnern Sie sich noch?«

Sie folgte ihnen die Treppe hinauf. Bosch drehte sich um und bekam sie zum erstenmal richtig zu sehen. Sie trug einen hauchdünnen schwarzen Morgenmantel über einem Lederkorsett und schwarzer Seidenunterwäsche. Ergänzt wurde die Aufmachung durch schwarze Strümpfe und Schuhe mit hohen Pfennigabsätzen. Ihr Make-up bestand aus dunklem Eye Liner und leuchtendrotem Lippenstift. Eine traurige Karikatur deprimierender männlicher Phantasien.

»Halloween ist eigentlich schon eine Weile vorbei«, sagte Bosch. »Wen sollen Sie darstellen?«

Regina ignorierte die Frage.

»Was wollen Sie hier?«

»Wir haben ein paar Fragen. Setzen Sie sich! Ich möchte Ihnen ein Foto zeigen.«

Bosch deutete auf eine schwarze Ledercouch. Die Frau ging widerstrebend darauf zu und setzte sich. Bosch stellte seinen Aktenkoffer auf den Couchtisch und öffnete ihn. Er nickte Edgar zu und begann nach dem Foto von Elias zu suchen.

»Hey, wo geht er hin?« rief Regina.

Edgar war auf eine Treppe zugesteuert, die zu einem Loft hochführte.

»Aus Sicherheitsgründen vergewissert er sich, daß Sie niemandem im Schrank versteckt haben«, sagte Bosch. »Aber jetzt sehen Sie sich bitte dieses Bild an.«

Er schob das Foto über den Tisch, und sie sah es an, ohne es anzufassen.

»Kennen Sie den Mann?«

»Was soll das?«

»Kennen Sie ihn?«

»Natürlich.«

»Ist er ein Kunde?«

»Hören Sie, ich muß Ihnen einen Dreck erzählen –«

»IST ER EIN KUNDE?« brüllte Bosch, und sie verstummte.

Edgar kam aus dem Loft zurück und durchquerte den Wohnraum. Er warf einen Blick in die Kochnische, entdeckte nichts, was ihn interessierte, und ging die Treppe hinunter, die sie hochgekommen waren. Bosch hörte, wie er den Treppenabsatz erreichte und dann weiter hinunterstieg, in das Dunkel.

»Nein, er ist kein Kunde, okay? Und würden Sie jetzt bitte gehen?«

»Wenn er kein Kunde ist, woher kennen Sie ihn dann?«

»Sie haben echt Nerven. Haben Sie heute noch nicht ferngesehen?«

»Wer ist er?«

»Er ist der Typ, der erschossen wurde, dieser –«

»Harry?«

Es war Edgar, der von unten hochrief.

»Was ist?«

»Ich glaube, du solltest mal kurz hier runterkommen.«

Bosch wandte sich Rider zu und nickte.

»Kannst du so lange übernehmen, Kiz? Sprich du mit ihr.«

223

Bosch ging die Treppe hinunter. Aus dem dunklen Raum drang inzwischen ein roter Lichtschein. Am Ende der Treppe kam ihm Edgar mit weit aufgerissenen Augen entgegen.

»Was ist?«

»Das mußt du dir mal ansehen.«

Als sie durch den Raum gingen, sah Bosch, daß es ein Schlafzimmer war. Eine Wand war total verspiegelt. An der Wand gegenüber stand ein hochgestelltes Krankenhausbett. Die Plastiklaken darauf waren mit Haltegurten festgeschnallt. Daneben standen ein Stuhl und eine Stehlampe mit einer roten Birne.

Edgar führte Bosch in einen begehbaren Kleiderschrank. An der Decke brannte eine weitere rote Glühbirne. An den Kleiderstangen zu beiden Seiten des Schranks hing nichts. Aber auf einer Seite des Schranks stand, die Beine gespreizt, die Arme hoch erhoben, ein nackter Mann, dessen Handgelenke mit Handschellen an die Kleiderstange gekettet waren. Die Handschellen waren vergoldet und reich verziert. Die Augen des Mannes waren verbunden, in seinem Mund steckte ein roter Ball, der als Knebel diente. Über seine Brust liefen rote Striemen, die von Fingernägelkratzern herrührten. Und zwischen seinen Beinen hing eine volle Literflasche Cola, die mit einem Lederriemen an seinem Penis festgebunden war.

»Gütiger Himmel«, hauchte Bosch.

»Ich habe ihn gefragt, ob er Hilfe braucht, aber er hat den Kopf geschüttelt. Ich schätze, er ist ihr Kunde.«

»Nimm ihm den Knebel raus!«

Bosch schob dem Mann die Augenbinde auf die Stirn hoch, während ihm Edgar den Knebel herausnahm. Um sein Gesicht abzuwenden, riß der Mann den Kopf nach rechts. Außerdem versuchte er, einen Arm davorzuhalten, aber die Handschellen hinderten ihn daran. Der Mann war Mitte Dreißig und gut gebaut. Er machte nicht den Eindruck, als könnte er sich gegen die Frau dort oben nicht zur Wehr setzen. Wenn er wollte.

»Bitte«, stieß er verzweifelt hervor. »Lassen Sie mich in Ruhe. Es ist alles okay. Aber lassen Sie mich bitte in Ruhe.«

»Wir sind von der Polizei«, sagte Bosch. »Sind Sie sicher?«

»Natürlich bin ich sicher. Denken Sie, wenn ich Hilfe bräuchte, würde ich nicht darum bitten? Ich brauche Sie hier nicht. Es geschieht alles mit meinem vollen Einverständnis, und es ist nichts Sexuelles. Lassen Sie uns bitte in Frieden.«

»Harry«, sagte Edgar. »Ich glaube, am besten sollten wir einfach wieder rausgehen und vergessen, daß wir diesen Typen überhaupt gesehen haben.«

Bosch nickte, und sie verließen den Schrank. Als er sich im Raum umblickte, sah er, daß über dem Stuhl Kleider lagen. Er ging darauf zu und sah in den Hosentaschen nach. Er zog die Brieftasche heraus und ging damit zu der Stehlampe, dann öffnete er sie und sah sich im roten Licht den Führerschein an. Er spürte, wie Edgar sich hinter ihn stellte und über seine Schulter blickte.

»Sagt dir der Name was?«

»Nein. Dir?«

Bosch schüttelte den Kopf und klappte die Brieftasche zu. Dann steckte er sie in die Hosentasche zurück.

Rider und Regina sagten nichts, als sie wieder nach oben kamen. Bosch musterte Regina, und er glaubte, einen Ausdruck des Stolzes und den Anflug eines Lächelns in ihrem Gesicht zu entdecken. Sie wußte, was sie da unten gesehen hatten, hatte sie schockiert. Er sah Rider an und merkte, daß auch ihr ihre betretenen Gesichter nicht entgangen waren.

»Alles okay?« fragte sie.

»Alles klar«, sagte er.

»Was ist?«

Bosch ignorierte die Frage und sah die andere Frau an.

»Wo sind die Schlüssel?«

Sie spitzte die Lippen und griff in ihren BH. Sie zog einen winzigen Handschellenschlüssel heraus und hielt ihn ihm hin. Bosch nahm ihn und gab ihn Edgar.

»Geh runter und mach ihn los. Wenn er danach noch bleiben will, ist das seine Sache.«

»Harry, er hat gesagt, er —«

»Ist mir egal, was er gesagt hat. Ich habe gesagt, mach ihn los. Wir gehen hier nicht weg, solange da unten jemand in Handschellen ist.«

225

Als Edgar die Treppe hinunterging, starrte Bosch Regina an.

»Ist es das, wofür Sie die Stunde zweihundert Dollar kriegen?«

»Sie können mir glauben, meine Kunden kriegen was für ihr Geld. Und, wissen Sie, sie kommen wieder, weil sie mehr wollen. Hmm, manchmal frage ich mich wirklich, was mit den Männern los ist. Vielleicht sollten Sie mich doch mal ausprobieren, Detective. Könnte ganz amüsant werden.«

Bosch sah sie lange an, bevor er den Blick von ihr losriß und Rider zuwandte.

»Was hast du alles, Kiz?«

»Ihr richtiger Name ist Virginia Lampley. Sie sagt, sie kennt Elias aus dem Fernsehen, nicht als Kunden. Aber sie sagt, Elias' Ermittler war vor ein paar Wochen hier und hat ganz ähnliche Fragen gestellt wie wir.«

»Pelfry? Was hat er sie gefragt?«

»Einen Haufen Blödsinn«, sagte Regina, bevor Rider antworten konnte. »Er wollte wissen, ob ich was über das Mädchen weiß, das letztes Jahr ermordet wurde. Die Tochter dieses Autozaren aus dem Fernsehen. Ich habe ihm gesagt, ich hätte nicht die leiseste Ahnung, warum er mich das fragt. Was soll ich darüber wissen? Er wollte frech werden, aber da ist er bei mir an die Richtige gekommen. Ich lasse mir von Männern nichts gefallen. Darauf ist er abgezogen. Da muß Sie wohl jemand auf die gleiche falsche Fährte gelockt haben wie ihn.«

»Schon möglich«, brummte Bosch.

Einen Moment trat Schweigen ein. Bosch war abgelenkt von dem, was er unten in dem Schrank gesehen hatte. Ihm fiel nichts ein, was er sonst noch fragen könnte.

»Er bleibt.«

Das war Edgar. Er kam die Treppe herauf und gab Regina den Handschellenschlüssel zurück. Sie steckte ihn unter viel Getue wieder in ihren BH und sah Bosch dabei die ganze Zeit an.

»Gut, dann wollen wir mal«, sagte Bosch.

»Wollen Sie wirklich nicht auf eine Cola bleiben, Detective?« fragte Virginia Lampley mit einem süffisanten Lächeln.

»Wir gehen«, sagte Bosch.

Schweigend stiegen sie die Treppe zur Tür hinunter, Bosch als letzter. Auf dem Treppenabsatz blieb er kurz stehen und blickte in den dunklen Raum hinab. Das rote Licht war noch an, und Bosch konnte ganz schwach die Umrisse des Mannes erkennen, der in einer Ecke des Raums auf einem Stuhl saß. Sein Gesicht lag im Dunkeln, aber Bosch war sicher, daß der Mann zu ihm hochsah.

»Keine Sorge, Detective«, sagte Regina hinter ihm. »Ich kümmere mich schon um ihn.«

Bosch drehte sich um und sah sie von der Tür aus an. Auf ihren Lippen war wieder dieses spezielle Lächeln.

20

Auf der Fahrt zurück zur Polizeistation fragte Rider mehrere Male, was genau sie da unten gesehen hatten, aber weder Bosch noch Edgar erzählten ihr mehr, als daß einer von Mistress Reginas Kunden mit Handschellen im Kleiderschrank festgekettet gewesen war. Rider wußte, daß das noch nicht alles war, und fing immer wieder damit an, bekam aber nicht mehr aus ihnen heraus.

»Der Mann dort unten ist nicht wichtig«, sagte Bosch schließlich, um diesen Punkt ein für allemal abzuhaken. »Wir wissen noch immer nicht, was Elias mit ihrem Bild und ihrer Internetadresse wollte. Oder warum er Pelfry zu ihr geschickt hat.«

»Ich glaube, sie hat gelogen«, sagte Edgar. »Sie kennt die ganze Geschichte.«

»Vielleicht«, sagte Bosch. »Aber warum sollte sie sie uns jetzt, wo Elias tot ist, verheimlichen, wenn sie sie wirklich kennt.«

»Pelfry ist der Schlüssel«, sagte Rider. »Wir sollten ihn gleich noch aufsuchen.«

»Nein«, sagte Bosch. »Heute abend nicht mehr. Es ist spät, und ich möchte mit Pelfry erst dann sprechen, wenn wir Elias' Unterlagen durchgesehen haben und wissen, was in ihnen steht. Erst gehen wir die Akten durch, dann quetschen wir Pelfry über Mistress Regina und alles andere aus. Gleich morgen früh.«

»Und was ist mit dem FBI?« fragte Rider.

»Unser Treffen mit dem FBI ist um acht. Bis dahin denke ich mir was aus.«

Den Rest der Fahrt schwiegen sie. Auf dem Parkplatz der Hollywood Station angekommen, ließ Bosch jeden bei seinem Auto raus und schärfte allen noch einmal ein, am nächsten Morgen um acht im Parker Center zu sein. Dann stellte er seinen Slickback ab, gab aber den Schlüssel nicht ab, weil die Schachteln mit den Unterlagen aus Elias' Kanzlei noch im Kofferraum waren. Nachdem er den Wagen abgeschlossen hatte, ging er zu seinem Auto.

Als er auf der Wilcox losfuhr, sah er auf die Uhr. Halb elf. Er wußte, es war spät, aber er beschloß trotzdem, noch etwas zu erledigen, bevor er nach Hause fuhr. Als er durch den Laurel Canyon ins Valley fuhr, mußte er immer wieder an den Mann in dem begehbaren Kleiderschrank denken, und wie er das Gesicht abgewandt hatte, um nicht erkannt zu werden. Nach all den Jahren beim Morddezernat konnten ihn die Greuel, die sich die Menschen gegenseitig zufügten, nicht mehr überraschen. Aber mit den Greueln, die die Menschen für sich selbst aufsparten, war das eine andere Sache.

Er nahm den Ventura Boulevard nach Sherman Oaks. Es war Samstag abends, weshalb ziemlich viel los war. Mochte die Stadt auf der anderen Seite des Hügels auch ein Pulverfaß sein, in den Bars und Cafés entlang der Vergnügungsmeile des Valley schien reger Betrieb zu herrschen. Bosch sah rotlivrierte Parkwärter durch die Gegend hasten, um Autos vor das Pinot Bistro und die anderen hochklassigen Restaurants am Boulevard zu bringen. Er sah Teenager mit zurückgeklapptem Verdeck spazierenfahren. Niemand war sich des Hasses bewußt, der in anderen Teilen der Stadt schwelte und ganz dicht unter der Oberfläche vor sich hin brodelte wie eine noch nicht entdeckte Verwerfungslinie, die nur darauf wartete, sich aufzutun und alles zu verschlingen.

An der Kester fuhr er nach Norden und bog dann rasch in eine Gegend, wo sich lauter Einfamilienhäuser zwischen den Boulevard und den Ventura Freeway zwängten. Die Häuser waren klein und unscheinbar. Das Rauschen des Freeways war allgegenwärtig. Typische Polizistenhäuser, außer daß sie zwischen vier- und fünfhunderttausend Dollar kosteten und für die meisten Polizisten zu teuer waren. Boschs ehemaliger Partner Frankie Sheehan hatte früh gekauft und gut gekauft. Er saß auf einer Viertelmillion Dollar Zugewinn. Seine Pension, wenn er es bis ins Rentenalter schaffte.

Bosch fuhr vor Sheehans Haus an den Straßenrand und ließ den Motor laufen. Er holte sein Handy heraus, schlug Sheehans Nummer in seinem Adreßbuch nach und wählte sie. Nach dem zweiten Läuten nahm Sheehan ab. Seine Stimme hörte sich an, als wäre er noch wach gewesen.

»Frankie, hier Harry.«

»Mein Lieber.«

»Ich stehe vor dem Haus. Komm doch raus, dann machen wir eine kleine Spritztour.«

»Wohin?«

»Egal.«

Stille.

»Frankie?«

»Okay, aber ich brauche noch ein paar Minuten.«

Bosch legte das Telefon weg und tastete in seiner Jackentasche nach einer Packung Zigaretten, die nicht da war.

»Mist«, zischte er.

Während er wartete, dachte er an die Zeit mit Sheehan zurück, als sie mal nach einem Drogendealer fahndeten, der im Verdacht stand, daß er, um einen Konkurrenten auszuschalten, einfach mit einer Uzi in ein Crack-Haus marschiert war und alle Anwesenden erschossen hatte – insgesamt sechs Menschen, Kunden und Dealer, alle ohne Unterschied.

Sie hatten mehrere Male an die Wohnungstür des Verdächtigen geklopft, aber es hatte sich nichts gerührt. Während sie noch überlegten, was sie tun sollten, hörte Sheehan ganz schwach eine Stimme aus der Wohnung kommen. »Herein, herein.« Sie klopften noch mal und riefen, sie seien von der

Polizei. Sie warteten und lauschten. Wieder rief die Stimme: »Herein, herein.«

Bosch probierte den Türknopf, und er ließ sich drehen. Die Tür war nicht abgeschlossen. Sie nahmen die Combat-Haltung ein und drangen in die Wohnung ein, mußten jedoch feststellen, daß sie leer war – bis auf einen großen grünen Papagei in einem Käfig im Wohnzimmer. Und auf dem Küchentisch lag ganz offen eine zum Reinigen zerlegte Uzi-Maschinenpistole. Bosch ging zur Tür zurück und klopfte noch einmal dagegen. Prompt rief der Papagei: »Herein, herein.«

Ein paar Minuten später kam der Verdächtige mit dem Waffenöl, das er zum Reinigen der Uzi geholt hatte, aus dem Eisenwarenladen zurück und wurde verhaftet. In der Ballistik wiesen sie nach, daß die Morde mit seiner Waffe verübt worden waren, und da sich der Richter weigerte, die Ergebnisse der Wohnungsdurchsuchung für unzulässig zu erklären, wurde der Mann verurteilt. Sein Verteidiger machte zwar geltend, Bosch und Sheehan hätten sich widerrechtlich Zutritt zu der Wohnung verschafft, aber der Richter hielt dem entgegen, Bosch und Sheehan hätten in gutem Glauben gehandelt, als sie der Aufforderung des Papageis nachgekommen seien. Der Fall beschäftigte die Appellationsgerichte des Landes noch immer, aber der Mörder war weiter in Haft.

Die Beifahrertür des Jeeps ging auf, und Sheehan stieg ein.

»Wann hast du dir denn diese Kiste zugelegt?« fragte er.

»Seit ich einen Slickback fahren muß.«

»Ach ja, stimmt, hab ich ganz vergessen.«

»Klar, ihr feinen RHD-Pinkel müßt euch ja nicht mit solchem Blödsinn rumärgern.«

»Und? Was steht an? Da hast du ja wieder mal einen Fall an Land gezogen.«

»Das kannst du laut sagen. Wie geht's Margaret und den Mädchen?«

»Danke, gut. Was machen wir? Rumfahren, reden, was?«

»Ich weiß nicht. Gibt es diese irische Kneipe drüben in der Van Nuys noch?«

»Nein, hat schon eine Weile dichtgemacht, der Laden. Aber weißt du was – fahr die Oxnard hoch und bieg dann rechts ab! Dort gibt es eine kleine Bar.«

Bosch fuhr los und folgte Sheehans Richtungsangaben.

»Ich mußte grade an den Nora-will-eine-Uzi-Fall denken.« Sheehan lachte.

»Darüber könnte ich mich heute noch kaputtlachen. Ich kann immer noch nicht glauben, daß die Sache durch so viele Instanzen gegangen ist. Soviel ich gehört habe, hat der Saftsack jetzt noch eine letzte Chance – El Supremo Court.«

»Er wird auch diesmal nicht durchkommen. Wenn sie das Urteil kassieren wollten, hätten sie es längst getan.«

»Wieviel hat er gleich wieder gekriegt, acht Jahre? Wir haben jedenfalls was für unser Geld gekriegt, selbst wenn sie ihn freisprechen.«

»Ja, sechs Morde, acht Jahre. Nichts dran auszusetzen.«

»Sechs Saftsäcke.«

»Du sagst immer noch Saftsäcke, nicht?«

»Ja, irgendwie gefällt mir der Ausdruck. Aber du bist doch nicht den weiten Weg hierhergekommen, um über Papageien und Saftsäcke und die alten Zeiten zu reden, oder?«

»Nein, Frankie. Ich muß dich wegen der Kincaid-Geschichte was fragen.«

»Warum mich?«

»Warum wohl? Du warst für den Fall zuständig.«

»Alles, was ich weiß, steht in den Akten. Die solltest du dir eigentlich beschaffen können. Du leitest doch die Elias-Ermittlungen.«

»Ich habe sie schon. Aber in den Akten ist nicht immer alles.«

Sheehan deutete auf ein rotes Neonschild, und Bosch fuhr an den Straßenrand. Direkt vor dem Eingang der Bar war eine Parklücke frei.

»In dem Laden ist nie viel los«, sagte Sheehan. »Nicht mal samstags abends. Keine Ahnung, wie der Kerl über die Runden kommt. Muß nebenbei Wetten annehmen oder Gras verkaufen.«

»Frankie«, sagte Bosch, »nur unter uns, ich muß wissen, was mit den Fingerabdrücken ist. Ich habe keine Lust, mich für dumm verkaufen zu lassen. Ich meine, ich habe keinen Grund, dir nicht zu glauben. Aber ich will wissen, ob du was gehört hast, wenn du weißt, was ich meine.«

Ohne ein Wort stieg Sheehan aus dem Cherokee und ging auf den Eingang zu. Bosch beobachtete, wie er die Bar betrat, und stieg dann selbst aus. Die Kneipe war so gut wie leer. Sheehan saß an der Bar. Der Barmann zapfte ihm ein Bier. Bosch setzte sich auf den Hocker neben seinem ehemaligen Partner und sagte: »Für mich dasselbe.«

Bosch holte einen Zwanziger heraus und legte ihn auf den Tresen. Sheehan hatte ihn noch immer nicht angesehen, seit er die Frage gestellt hatte.

Der Barmann stellte die beschlagenen Krüge auf Servietten, die eine fast drei Monate zurückliegende Super-Bowl-Party ankündigten. Er nahm Boschs Zwanziger und ging damit zur Kasse. Wie auf Kommando nahmen Bosch und Sheehan einen langen Schluck aus ihren Krügen.

»Seit O. J.«, sagte Sheehan.

»Was ist seit O. J.?«

»Du weißt genau, was ich meine. Seit damals hat nichts mehr Hand und Fuß. Kein Beweis, kein Cop, nichts. Egal, mit was du jetzt vor Gericht gehst, es wird immer jemanden geben, der es dir in Fetzen reißt, auf den Boden schmeißt und draufpißt. Jeder stellt alles in Frage. Sogar Cops. Sogar Partner.«

Bosch nahm noch einen Schluck von seinem Bier, bevor er etwas sagte.

»Tut mir leid, Frankie. Ich habe keinen Grund, an dir oder den Abdrücken zu zweifeln. Es ist nur so, daß sich mir die Sache nach Durchsicht der Elias-Unterlagen so darstellt, daß Elias im Zuge des Prozesses nächste Woche den wahren Mörder des Mädchens bekanntgeben wollte. Und von Harris war dabei nicht die Rede. Jemand –«

»Wer?«

»Das weiß ich nicht. Aber ich versuche die Sache von seiner Warte zu sehen. Wenn er jemand anders als Harris hatte, wie zum Teufel sind dann diese Fingerabdrücke auf –«

»Elias war ein richtiges Schwein. Sobald der Kerl unter der Erde ist, werde ich eines Abends rausfahren und eine dieser irischen Jigs meines Großvaters auf seinem Grab tanzen. Und dann pisse ich drauf und denke nie wieder an Elias. Ich kann dazu nur eines sagen: Wirklich ein Jammer, daß Harris nicht mit ihm in dieser Seilbahn war. Der Kerl ist ein Mörder. Das wäre vielleicht ein Ding gewesen, die beiden auf einen Schlag umgelegt.«

Sheehan hob seinen Bierkrug zu einem Toast auf Elias' Mörder und nahm einen kräftigen Schluck. Bosch konnte den Haß, der von ihm ausging, fast spüren.

»Dann hat also niemand ein bißchen nachgeholfen«, sagte Bosch. »Die Abdrücke sind okay.«

»Hundertprozentig. Der Raum wurde von der Streife plombiert. Niemand ist rein, bis ich angekommen bin. Und dann habe ich alle Maßnahmen beaufsichtigt – wir hatten es mit den Kincaids zu tun, und mir war klar, was das hieß. Der Autozar hat ja immer wieder durch großzügige Spenden von sich reden gemacht. Ich nahm also alles extra genau. Die Abdrücke waren auf einem Schulbuch – dem Erdkundebuch der Kleinen. Die Spurensicherung bekam vier Finger auf einer Seite und einen Daumen auf der anderen – als ob er das Buch hinten am Rücken genommen hätte. Der Typ muß geschwitzt haben wie eine Sau, als er es angefaßt hat, denn die Abdrücke hätten gar nicht deutlicher sein können.«

Er trank seinen Krug leer und hielt ihn hoch, damit der Barmann sah, daß er Nachschub brauchte.

»Ich kann immer noch nicht glauben, daß man jetzt nicht mal mehr in einer Kneipe rauchen darf«, brummte Sheehan. »Blöde Saftsäcke.«

»Allerdings.«

»Jedenfalls, wir überprüfen alles und kriegen Harris. Hat schon mal wegen Körperverletzung und Einbruch gesessen und hat ungefähr genausoviel einleuchtende Gründe, in ihrem Zimmer zu sein, wie ich Chancen habe, im Lotto zu gewinnen – und ich spiele wohlgemerkt nicht. Also klingelingeling, wir haben unseren Mann. Wir kaufen uns den Burschen. Und vergiß nicht, zu diesem Zeitpunkt war die Leiche der Kleinen noch nicht aufgetaucht. Wir handelten also in dem Glauben, sie könnte noch am Leben sein. Dem war zwar nicht so, aber das wußten wir damals nicht. Also schnappen wir uns den Vogel, schaffen ihn nach Downtown und knöpfen ihn uns vor. Bloß will dieser *motherfucker* nicht mit der Sprache rausrücken. Drei Tage, und wir kriegen nicht ein Wort aus ihm raus. Nicht mal nachts haben wir ihn in eine Zelle gebracht. Er wurde zweiundsiebzig Stunden am Stück ausgequetscht. Wir haben in Teams und Schichten gearbeitet, aber dem Kerl war einfach nicht beizukommen. Nicht mal einen Furz hat diese Sau gelassen. Ich will dir mal was sagen, ich würde dieses Stück Scheiße liebend gern umlegen, aber was das angeht, muß ich sagen, Hut ab! Er war der beste, mit dem ich es je aufgenommen habe.«

Sheehan nahm einen doppelten Schluck von seinem frischen Bier. Bosch hatte sein erstes erst bis zur Hälfte geschafft. Er begnügte sich damit, Sheehan reden zu lassen, ohne ihn mit Fragen zu unterbrechen.

»Am letzten Tag ist ein paar von uns dann der Gaul ein bißchen durchgegangen.«

Bosch schloß die Augen. Er hatte sich in Sheehan getäuscht.

»Mir auch, Harry.«

Er sagte es sachlich, so, als täte es ihm gut, es endlich laut auszusprechen. Er trank mehr Bier, drehte sich auf seinem Hocker herum und blickte sich in der Bar um, als sähe er sie zum erstenmal. In einer Ecke war ein Fernseher angebracht, in dem ESPN lief.

»Das bleibt doch unter uns, oder, Harry?«

»Sicher.«

Sheehan drehte sich wieder um und beugte sich in einer verschwörerischen Geste zu Bosch hinüber.

»Was Harris behauptet hat ... ist tatsächlich passiert. Aber das ist keine Entschuldigung für das, was er getan hat. Er vergewaltigt und erwürgt dieses kleine Mädchen; wir stecken ihm einen Bleistift ins Ohr. Na, und wenn schon? Er wird freigesprochen, und ich bin der neue Mark Fuhrmann – ein rassistischer Cop, der Verdächtigen belastendes Material unterschiebt. Ich würde nur mal gern von jemandem hören, wie ich seine Fingerabdrücke auf dieses Buch gekriegt haben soll.«

Er wurde laut. Zum Glück bekam es nur der Barmann mit.

»Ich weiß«, sagte Bosch. »Es tut mir leid, Mann. Ich hätte nicht fragen sollen.«

Sheehan fuhr fort, als hätte er Bosch nicht gehört.

»Wahrscheinlich schleppe ich immer einen Satz Abdrücke von irgendeinem Saftsack, dem ich was anhängen will, mit mir rum. Die bringe ich dann – frag mich nicht, wie – auf dem Buch an, und Simsalabim, schon haben wir unseren Schuldigen! Nur warum sollte ich mir Harris aussuchen, um ihm das Ganze anzuhängen? Ich kannte den Vogel doch gar nicht, hatte nie was mit ihm zu tun. Und es gibt auf der ganzen weiten Welt niemanden, der beweisen kann, daß ich es getan habe, weil es nicht passiert ist, um bewiesen werden zu können.«

»Klar.«

Sheehan schüttelte den Kopf und blickte in seinen Bierkrug.

»Ich habe aufgehört, mich noch einen Dreck um irgendwas zu scheren, seit damals die Geschworenen reinkamen und sagten, nicht schuldig. Seit sie gesagt haben, ich bin schuldig … als sie nicht uns, sondern dieser Type geglaubt haben.«

Bosch blieb still. Ihm war klar, Sheehan mußte sich den Frust von der Seele reden.

»Wir stehen auf verlorenem Posten, Mann. Das ist mir inzwischen klargeworden. Das Ganze ist doch nur noch ein Witz. Diese Scheißanwälte, was die mit dir machen können! Und mit dem Beweismaterial. Ich gebe auf, Harry. Wirklich. Mein Entschluß steht bereits fest. Wenn ich meine fünfundzwanzig Jahre zusammen habe, ist Schluß. Ich habe noch acht Monate, und ich zähle jeden einzelnen Tag. Ich schmeiße den Kram hin und ziehe rauf nach Blue Heaven, dann sollen die Saftsäcke in diesem Scheißhaus hier meinetwegen machen, was sie wollen.«

»Finde ich eine gute Idee, Frankie«, sagte Bosch ruhig.

Ihm fiel nichts ein, was er sonst hätte sagen können. Er war verletzt und schockiert, daß sein Freund in totalen Haß und Zynismus abgerutscht war. Er konnte es verstehen, war aber überrascht über den hohen Preis, den er dafür bezahlt hatte. Er war auch von sich selbst enttäuscht und schämte sich insgeheim, daß er Sheehan vor Carla Entrenkin so überzeugt in Schutz genommen hatte.

»Ich kann mich noch gut an den letzten Tag erinnern«, fuhr Sheehan fort. »Ich war bei ihm. Im Verhörraum. Und ich wurde so unglaublich wütend auf dieses Schwein, daß ich am liebsten meine Kanone rausgeholt und ihn abgeknallt hätte. Aber mir war klar, daß das nicht ging. Weil er wußte, wo sie war. Er hatte die Kleine!«

Bosch nickte bloß.

»Wir hatten alles versucht und nichts aus ihm rausgekriegt. Er hat uns gebrochen, bevor wir ihn brechen konnten. Das ging sogar soweit, daß ich ihn angefleht habe, er soll es uns sagen. Das war ganz schön peinlich, Harry.«

»Und was hat er gemacht?«

»Mich bloß angesehen, als ob ich nicht da wäre. Er hat nichts gesagt. Er hat nichts getan. Und dann … dann überkam mich eine Wut wie … Ich weiß auch nicht. Wie ein Knochen, der einem im Hals steckenbleibt. Eine Wut wie noch nie zuvor. In der Ecke war ein Mülleimer. Ich ging hin und zog die Tüte raus und zog sie ihm über seine Scheißbirne. Und ich hielt sie ihm um den Hals zu, immer weiter und weiter …«

Sheehan begann zu weinen und versuchte zu Ende zu sprechen.

»… sie … sie mußten mich von ihm wegziehen.«

Er stützte die Ellbogen auf den Tresen und preßte die Handballen in seine Augenhöhlen. So blieb er lange reglos sitzen. Bosch sah von seinem Kinn einen Tropfen in sein Bier fallen. Er legte seinem alten Partner die Hand auf die Schulter.

»Ist ja gut, Frankie.«

Ohne die Hände von seinem Gesicht zu nehmen, sprach Sheehan weiter.

»Siehst du jetzt, Harry, ich bin genau wie das geworden, was ich all die Jahre gejagt habe. Am liebsten hätte ich ihn auf der Stelle umgebracht. Wenn die anderen nicht gewesen wären, hätte ich es auch getan. Das werde ich nie vergessen können.«

»Ist ja gut, Mann.«

Sheehan nahm einen Schluck Bier und schien sich ein wenig zu beruhigen.

»Nachdem ich das getan hatte, war es, als wären plötzlich alle Dämme gebrochen. Die anderen Typen, sie haben das mit dem Bleistift gemacht – ihm sein Scheißtrommelfell durchlöchert. Wir sind alle Monster geworden. Wie in Vietnam, wo sie in den Dörfern durchgedreht haben. Wahrscheinlich hätten wir diesen Kerl umgebracht, aber weißt du, was ihm das Leben gerettet hat? Das Mädchen. Stacey Kincaid hat ihn gerettet.«

»Wie das?«

»Sie fanden die Leiche. Wir erfuhren es und sind sofort los. Harris haben wir in einer Zelle gelassen. Lebend. Er kann von Glück reden, daß wir es nicht später erfahren haben.«

Er hielt inne, um einen Schluck Bier zu nehmen.

»Ich bin hingefahren – nur einen Block von Harris' Wohnung. Sie war schon ziemlich stark verwest – bei den Jungen geht es schneller. Aber ich weiß noch, wie sie aussah. Wie ein kleiner Engel, die Arme weit ausgebreitet, als ob sie fliegen würde …«

Bosch erinnerte sich an die Zeitungsfotos. Stacey Kincaid war ein hübsches kleines Mädchen gewesen.

»Harry, laß mich jetzt bitte allein«, sagte Sheehan ruhig. »Ich gehe zu Fuß nach Hause.«

»Komm schon, ich fahre dich!«

»Nein danke. Ich gehe.«

»Bist du sicher, du kommst klar?«

»Klar. Bin nur ein bißchen aufgewühlt. Mehr nicht. Aber das bleibt unter uns, ja?«

»Bis zum Schluß, Mann.«

Sheehan versuchte ein zaghaftes Lächeln. Aber er sah Bosch immer noch nicht an.

»Tu mir einen Gefallen, Hieronymus.«

Bosch fiel ein, als sie noch Partner waren, hatten sie sich immer mit ihren offiziellen Vornamen Hieronymus und Francis angesprochen, wenn sie sich über etwas unterhielten, womit es ihnen wirklich ernst war.

»Klar, Francis. Was?«

»Wenn du den Kerl schnappst, der Elias umgelegt hat, und egal, ob es ein Cop ist oder nicht, gratuliere ihm in meinem Namen. Sag ihm, für mich ist er ein Held. Aber sag ihm auch, er hat sich eine dicke Chance entgehen lassen. Sag ihm, er hätte Harris gleich mit umlegen sollen.«

Eine halbe Stunde später schloß Bosch die Tür seines Hauses auf. Er fand sein Bett leer vor. Aber diesmal war er zu müde, um wach zu bleiben und auf Eleanor zu warten. Er begann sich auszuziehen und über seine Pläne für den nächsten Tag nachzudenken. Schließlich setzte er sich aufs Bett, um sich schlafen zu legen, und streckte die Hand nach dem Lichtschalter aus. In dem Moment, in dem ihn die Dunkelheit umgab, läutete das Telefon.

Er machte das Licht wieder an und griff nach dem Hörer.

»Sie Schwein.«

Eine Frauenstimme – sie kam ihm bekannt vor, aber er konnte sie niemandem zuordnen.

»Wer ist da?«

»Carla Entrenkin, wer sonst? Glauben Sie im Ernst, ich wüßte nicht, was Sie getan haben?«

»Ich weiß nicht, wovon Sie reden. Was ist passiert?«

»Ich habe eben Channel 4 gesehen. Ihren Freund Harvey Button.«

»Was war mit ihm?«

»Oh, und wie er es aufgebauscht hat. Mal sehen, ob ich ihn richtig zitiere. ›Wie aus einer gutunterrichteten Quelle verlautet, wurde in Elias' Kanzlei eine Verbindung zwischen Elias und einem Internet-Prostituiertenring entdeckt. Diese Quelle geht davon aus, daß Elias Beziehungen zu mindestens einer der Frauen unterhielt, die im Internet ihre Dienste als Domina anboten.‹ Ich glaube, das faßt es in etwa zusammen. Hoffentlich sind Sie jetzt zufrieden.«

»Ich habe nicht –«

»Sparen Sie sich die Mühe.«

Sie legte auf. Bosch saß lange da und dachte über das, was sie gesagt hatte, nach.

»Chastain, du mieses Schwein«, sagte er schließlich laut.

Er machte das Licht wieder aus und ließ sich auf das Bett sinken. Bald war er eingeschlafen und hatte wieder diesen Traum. Er fuhr mit Angels Flight nach oben. Nur saß jetzt auf der anderen Seite des Gangs ein kleines blondes Mädchen. Sie sah ihn mit traurigen und leeren Augen an.

21

Als Bosch den Wagen mit Aktenbehältern durch die Tür von Deputy Chief Irvings Besprechungszimmer schob, wartete eine Überraschung auf ihn. Es war Sonntag morgens Viertel vor acht. In dem Raum warteten sechs FBI-Agenten. Die Überraschung war der leitende Agent, der auf Bosch zukam und ihm lächelnd die Hand reichte.

»Harry Bosch«, sagte der Mann.

»Roy Lindell«, erwiderte Bosch.

Bosch schob den Wagen an den Tisch und schüttelte dem Mann die Hand.

»Das machen Sie jetzt? Was ist aus dem OV geworden?«

»Irgendwann wurde das Organisierte Verbrechen langweilig. Vor allem nach dem Tony-Aliso-Fall. Da war schwer noch eins draufzusetzen, finden Sie nicht?«

»Allerdings.«

Vor einigen Jahren hatten Lindell und Bosch gemeinsam den Mordfall Aliso bearbeitet – den »Trunk Music«-Fall, wie die Lokalpresse ihn genannt hatte. Bosch und Lindell hatten als Gegner an dem Fall zu arbeiten begonnen, aber bis sie ihn schließlich in Las Vegas zum Abschluß gebracht hatten, hatten sie einen gegenseitigen Respekt entwickelt, den die zwei Behörden, für die sie arbeiteten, sicherlich nicht teilten. Bosch faßte den Umstand, daß Lindell den Fall Elias zugeteilt bekommen hatte, sofort als ein gutes Zeichen auf.

»Hören Sie«, sagte Lindell. »Ich glaube, wir haben noch ein paar Minuten Zeit. Sollen wir uns vielleicht noch eine Tasse Kaffee holen und kurz alles durchsprechen?«

»Gute Idee.«

Als sie den Flur zum Aufzug hinuntergingen, begegneten sie Chastain, der auf dem Weg zum Besprechungszimmer war. Bosch stellte ihm Lindell vor.

»Gehen Sie sich einen Kaffee holen? Ich komme mit.«

»Nein, lieber nicht«, sagte Bosch. »Wir haben verschiedenes zu besprechen ... und das möchte ich hinterher nicht wieder aus Harvey Buttons Mund in den Nachrichten hören, wenn Sie wissen, was ich meine.«

»Tut mir leid, Bosch, aber das weiß ich nicht.«

Bosch sagte nichts. Chastain sah Lindell an und dann wieder Bosch.

»Dann eben keinen Kaffee«, sagte er. »Außerdem brauche ich keine Muntermacher.«

Als sie allein vor dem Aufzug standen, warnte Bosch Lindell vor Chastain.

»Er spielt den Medien geheime Informationen zu. Haben Sie gestern abend Channel Four gesehen?«

»Diese Internet-Domina-Geschichte?«

»Ja. Davon wußten ganze sechs Leute. Ich, meine zwei Partner, Chastain, Carla Entrenkin und Deputy Chief Irving. Für meine zwei Partner lege ich die Hand ins Feuer, und daß Carla Entrenkin den Medien irgend etwas Negatives über Elias zuspielen würde, bezweifle ich. Also haben entweder Irving oder Chastain mit Harvey Button gesprochen. Ich würde wetten, es war Chastain. Irving versucht schon von Anfang an, auf allem den Deckel draufzuhalten.«

»War an der Sache denn nichts dran?«

»Wie es aussieht, nicht. Wir können keinen Zusammenhang herstellen. Wer es den Medien zugespielt hat, wollte damit nur Elias in den Schmutz ziehen, sozusagen als Revanche.«

»Ich werde mich vor ihm in acht nehmen. Aber trotzdem, solche undichten Stellen sind nicht immer da, wo man zunächst denkt.«

Die Aufzugtür ging auf, und Lindell betrat die Kabine, während Bosch noch stehenblieb und nachdachte, ob die Möglichkeit bestand, daß Irving die undichte Stelle war.

»Kommen Sie?« fragte Lindell.

Bosch betrat den Lift und drückte auf den Knopf für den dritten Stock.

»Haben Sie heute morgen schon die Nachrichten gesehen?« fragte Lindell. »Wie sieht es in der Stadt aus?«

»So weit, so gut. Ein paar Feuer gestern nacht, aber das war's so ziemlich. Keine Plünderungen, und im Moment ist es ziemlich ruhig. Bis morgen soll es angeblich regnen. Vielleicht hilft das.«

Sie gingen in die Cafeteria und setzten sich mit ihrem Kaffee an einen Tisch. Bosch sah auf die Uhr. Fünf vor acht. Er sah Lindell an.

»Und?«

Lindell lachte.

»Was und? Wollen wir es uns aufteilen oder was?«

»Ja. Ich schlage Ihnen ein Geschäft vor, Roy. Ein gutes Geschäft.«

»Lassen Sie hören!«

»Sie können den Fall haben. Ich halte mich im Hintergrund, und Sie schmeißen den Laden. Ich will nur eins. Ich will, daß sich mein Team mit dem ursprünglichen Fall befaßt. Stacey Kincaid. Wir nehmen uns die ursprünglichen Mordfallunterlagen vor und sehen uns an, was die RHD in dem Fall alles unternommen hat. Dann nehmen wir alles, was Elias gemacht hat, und machen da weiter.«

Lindell sah Bosch plötzlich sehr aufmerksam an. Bosch fuhr fort:

»Wie es aussieht, hatte Elias vor, diese Woche vor Gericht zu gehen und zu beweisen, daß Michael Harris die Kleine nicht umgebracht hat. Er wollte ihren wahren Mörder nennen und –«

»Wer?«

»Das ist die große Preisfrage. Wir wissen es nicht. Er hatte es nur im Kopf, nicht in seinen Unterlagen. Aber das ist der Grund, warum ich den Fall haben will. Wenn er nämlich jemanden im Verdacht hatte, dann gäbe dieser Jemand auch einen verteufelt guten Verdächtigen für die Angels Flight-Morde ab.«

Lindell blickte auf seinen dampfenden Kaffee hinab und sagte lange nichts.

»Hört sich eher nach typischem Anwaltsgewäsch an. Reine Wichtigtuerei. Wie hätte ausgerechnet er den Mörder finden sollen, wenn es nicht mal der Polizei gelungen ist? Das heißt, falls der Mörder tatsächlich nicht Michael Harris war, wie jeder Cop und jeder Weiße in dieser Stadt glaubt?«

Bosch hob die Schultern.

»Selbst wenn es nicht stimmt – selbst wenn es sich dabei nur um eine Vernebelungstaktik handelte, könnte ihn deshalb jemand auf seine Abschußliste gesetzt haben.«

Er erzählte Lindell ganz bewußt nicht alles – vor allem nicht von den rätselhaften Nachrichten. Sollte der FBI-Agent ruhig denken, Boschs Team jagte einem Hirngespinst hinterher, während er selbst die richtigen Ermittlungen leitete.

»Sie gehen also dieser Sache nach, und ich jage böse Polizisten? Ist das Ihr Vorschlag?«

»Darauf läuft es mehr oder weniger hinaus. Chastain kann Ihnen bestimmt in vielen Dingen weiterhelfen. Zuallererst ist er am besten mit der ganzen Black-Warrior-Geschichte vertraut. Er hat die IAD-Ermittlungen zu dem Fall geleitet. Und –«

»Ja, aber er hat allen einen Persilschein ausgestellt.«

»Vielleicht ist ihm ein Fehler unterlaufen. Oder er erhielt eine Weisung von oben, allen einen Persilschein auszustellen.«

Lindell nickte zum Zeichen, daß er die Andeutung verstanden hatte.

»Außerdem müßten seine Leute gestern Elias' Unterlagen durchgesehen und eine Personenliste zusammengestellt haben. Und ich habe gerade weitere fünf Aktenbehälter angekarrt. Aus diesen Unterlagen kriegen Sie eine Liste von Leuten, mit denen Sie reden sollten. Ich glaube, damit stehen Sie nicht schlecht da.«

»Wenn ich angeblich so toll dastehe, warum überlassen Sie mir dann diesen Teil der Ermittlungen?«

»Weil ich ein netter Mensch bin.«

»Bosch, Sie verschweigen mir was.«

»Ich habe nur eine Ahnung, mehr nicht.«

»Daß was? Harris die Sache wirklich untergeschoben wurde?«

»Keine Ahnung. Aber irgend etwas ging da nicht mit rechten Dingen zu. Was das war, will ich herausfinden.«

»Und ich habe bis dahin Chastain und seine Leute am Hals.«

»Ja. Das ist der Deal.«

»Und was soll ich mit ihnen machen? Sie haben mir eben gesagt, Chastain hält nicht dicht.«

»Schicken Sie sie Kaffee trinken, und dann laufen Sie weg und verstecken sich.«

Lindell lachte.

»Jedenfalls ist es das, was ich tun würde«, sagte Bosch und fügte, plötzlich wieder ernster, hinzu: »Ich würde zwei von ihnen auf Elias ansetzen und zwei auf diese Perez. Sie wissen schon, den Papierkram erledigen, die Beweismittel verwalten, die Obduktionen veranlassen – was wahrscheinlich ohnehin heute passieren wird. Das hält sie auf Trab und Ihnen vom Hals. Aber unabhängig davon, ob Sie das nun so machen wollen oder nicht, müssen Sie auf jeden Fall mindestens einen Mann für Perez abstellen. Wir haben sie als versehentlich Mitbetroffene behandelt, was sie offensichtlich war. Aber Sie müssen der Sache trotzdem mit aller gebotenen Gründlichkeit nachgehen, wenn Sie nicht wollen, daß das Ganze auf Sie zurückfällt, falls Sie jemals vor Gericht gehen und der Verteidiger wissen will, warum keine Ermittlungen unter dem Gesichtspunkt angestellt wurden, daß der Anschlag primär Perez galt und nicht Elias.«

»Richtig, richtig. Wir müssen alle Eventualitäten abdecken.«

»Genau.«

Lindell nickte, sagte aber nichts mehr.

»Also«, drängte Bosch, »haben wir eine Abmachung?«

»Ja. Hört sich ganz annehmbar an. Aber ich möchte wissen, was Sie und Ihre Leute machen. Wir bleiben in Verbindung.«

»Selbstverständlich. Ach, und übrigens, einer der IAD-Typen spricht Spanisch. Fuentes. Setzen Sie ihn auf Perez an!«

Lindell nickte und stieß sich vom Tisch zurück. Seine Kaffeetasse ließ er unangetastet stehen. Bosch nahm seine mit.

243

Auf dem Weg durch das Vorzimmer von Irvings Besprechungszimmer stellte Bosch fest, daß der Adjutant des Deputy Chief nicht an seinem Schreibtisch war. Er sah einen Block für telefonische Nachrichten auf der Schreibunterlage liegen und griff im Vorbeigehen danach. Er steckte ihn ein und betrat das Besprechungszimmer.

Inzwischen waren auch Boschs Partner und die IAD-Männer eingetroffen. Auch Irving war da. Der Raum war sehr voll. Nachdem ein paar der Beteiligten, die sich noch nicht kannten, einander vorgestellt worden waren, bekam Bosch das Wort erteilt, worauf er die neu Hinzugekommenen und Irving über den jüngsten Stand der Ermittlungen in Kenntnis setzte. Dabei sparte er bestimmte Einzelheiten des Besuchs in Virginia Lampleys Wohnung aus und stellte diesen Aspekt der Ermittlungen als Sackgasse dar. Auch seine Unterhaltung mit Frankie Sheehan erwähnte er mit keinem Wort. Als er mit seinen Ausführungen zu Ende war, nickte er Irving zu, und der Deputy Chief übernahm. Bosch zog sich an die Wand zurück und lehnte sich neben eine Anschlagtafel, die Irving offensichtlich für die Ermittler hatte anbringen lassen.

Irving begann von den politischen Spannungen zu sprechen, die den Fall wie eine Gewitterzone umgaben. Er wies darauf hin, daß für diesen Tag vor drei Polizeistationen im South End sowie vor dem Parker Center Protestdemonstrationen geplant waren. Er sagte, Stadtrat Royal Sparks und Reverend Preston Tuggins wollten am Vormittag in einer Fernsehsendung auftreten, die sich Talk of L. A. nannte, und der Polizeipräsident habe sich am Vorabend mit Tuggins und anderen geistlichen Führern aus South Central getroffen, um ein Zeichen zu setzen und sie aufzufordern, beim Morgengottesdienst von der Kanzel zu Mäßigung und Zurückhaltung aufzurufen.

»Wir sitzen auf einem Pulverfaß, Leute«, sagte Irving. »Und die beste Möglichkeit, die Situation zu entschärfen, ist, diesen Fall zu lösen … und zwar schnell.«

Während der Deputy Chief sprach, holte Bosch den Nachrichtenblock aus der Tasche und schrieb etwas darauf. Dann vergewisserte er sich, daß aller Augen auf Irving gerichtet wa ren, und riß lautlos das oberste Blatt ab. Er befestigte es an der Anschlagtafel und rückte dann unauffällig Zentimeter für Zentimeter von der Tafel ab. Auf dem Zettel, den er daran geheftet hatte, stand Chastains Name. Im Raum für die Nachricht stand: »Harvey Button hat angerufen, sich für den Tip bedankt. Ruft später noch mal an.«

Irving beendete seine Ausführungen mit einem Hinweis auf die Meldung in Channel 4.

»Irgend jemand in diesem Raum hat gestern einem Fernsehreporter Informationen zugespielt. Ich warne Sie hiermit, daß wir das nicht dulden. Diese eine Sache wollen wir Ihnen noch einmal durchgehen lassen. Aber noch ein solcher Vorfall, und Sie sind diejenigen, gegen die ermittelt wird.«

Um sich zu vergewissern, daß in dem Punkt Klarheit herrschte, ließ er den Blick über die Gesichter der LAPD-Detectives wandern.

»Okay, das wär's«, erklärte er schließlich. »Dann will ich Sie nicht mehr länger aufhalten. Detective Bosch, Agent Lindell? Ich würde mittags gern über unsere Fortschritte informiert werden.«

»Kein Problem, Chief«, sagte Lindell, bevor Bosch antworten konnte. »Ich werde mich bis dahin bei Ihnen melden.«

Fünfzehn Minuten später ging Bosch wieder den Gang zum Aufzug hinunter. Edgar und Rider folgten ihm.

»Wo willst du hin, Harry?« fragte Edgar.

»Wir operieren von der Hollywood Station aus.«

»Was? Und was sollen wir da? Wer schmeißt hier den Laden?«

»Lindell. Ich habe eine Abmachung mit ihm getroffen. Er schmeißt hier den Laden. Wir machen was anderes.«

»Das soll mir nur recht sein«, sagte Edgar. »Hier sind für meinen Geschmack sowieso zu viele Agenten und hohe Tiere.«

Bosch erreichte den Lift und drückte auf den Rufknopf.

»Und was genau machen wir, Harry?« wollte Rider wissen.

Er drehte sich um und sah sie an.

»Noch mal von vorn anfangen.«

22

Der Bereitschaftsraum war völlig leer, was selbst für einen Sonntag ungewöhnlich war. Infolge der Zwölfstundenschichten hatten alle Detectives, die keine dringenden Ermittlungen zugeteilt bekommen hatten, in Uniform auf der Straße Dienst zu tun. Das letzte Mal war eine solche Maßnahme nach dem großen Erdbeben von 1994 in Kraft getreten. Die Ermordung Elias' war eher eine soziale als eine geologische Erschütterung, aber die Größenordnung war in etwa die gleiche.

Bosch trug die Schachtel mit Elias' Unterlagen zum Black-Warrior-Fall zu einem sogenannten ›Mordkommissionstisch‹, bei dem es sich um mehrere zu einer Art riesigem Konferenztisch aneinandergeschobene Schreibtische handelte. Der Teil, der Team One, Boschs Team, gehörte, befand sich am hinteren Ende, neben einer Nische voller Aktenschränke. Bosch stellte die Schachtel dahin, wo die drei Schreibtische seines Teams zusammenstießen.

»Mach dich da mal drüber her«, sagte er.

»Harry …« Rider war nicht glücklich über seine vagen Anweisungen.

»Okay, hör zu, ich will folgendes. Kiz, du übernimmst hier das Kommando. Jerry und ich machen Außendienst.«

Rider stöhnte. Das Kommando übernehmen bedeutete, daß sie für die Fakten zuständig war. Ihre Aufgabe bestand darin, sich mit allen Einzelheiten in den Akten vertraut zu machen, ein wandelndes Kompendium aller in Zusammenhang mit den Ermittlungen stehenden Details. Da sie mit einem ganzen Karton voller Unterlagen begannen, bedeutete das eine Menge Arbeit. Es hieß auch, sie würde, wenn überhaupt, nicht dazu kommen, allzu viele Außendienstermittlungen anzustellen. Und kein Detective saß gern den ganzen Tag in einem fensterlosen und leeren Büro.

»Ich weiß«, sagte Bosch. »Aber ich glaube, du kannst so etwas einfach am besten. Wir haben hier massenhaft Material – und wer wäre besser geeignet, es zu verarbeiten, als du mit deinem Superhirn und deinem Computer?«

»Nächstes Mal kriege aber ich den Außendienst.«

»Vielleicht gibt es gar kein nächstes Mal, wenn wir dieses Mal nichts tun. Mal sehen, was wir hier haben.«

Die nächsten neunzig Minuten brachten sie damit zu, Elias' Unterlagen zum Fall Harris durchzusehen, sich gegenseitig auf bestimmte Punkte aufmerksam zu machen, wenn diese Berücksichtigung zu erfordern schienen, und unwichtig erscheinende Akten in die Schachtel zurückzuwerfen.

Bosch nahm sich die Ermittlungsunterlagen vor, die Elias per Gerichtsbeschluß vom LAPD angefordert hatte. Er hatte eine Kopie der gesamten RHD-Akte gehabt. Als Bosch die täglichen Zusammenfassungen der Ermittlungsergebnisse las, die Sheehan und andere RHD-Detectives geschrieben hatten, fiel ihm die anfängliche Richtungslosigkeit der Ermittlungen auf. Stacey Kincaids Entführer hatte nachts mit einem Schraubenzieher ihr Schlafzimmerfenster aufgestemmt und dann das schlafende Mädchen unbemerkt aus dem Haus ihrer Eltern entführt. Die Detectives, die den Täter ursprünglich im Umfeld der Familie vermuteten, vernahmen die Gärtner, den Poolmann, einen Handwerker, einen Installateur, der zwei Wochen zuvor im Haus gewesen war, sowie die Müllmänner und Briefträger, auf deren Tour das Haus der Kincaids in Brentwood lag. Lehrer, Hausmeister und sogar Mitschülerinnen von Staceys Privatschule in West Hollywood wurden vernommen. Aber das breitgefächerte Netz, das Sheehan und seine Mannen ausgeworfen hatten, wurde abrupt wieder eingezogen, sobald im Labor die Übereinstimmung der Fingerabdrücke auf einem Schulbuch des vermißten Mädchens mit denen von Michael Harris festgestellt worden war. Von nun an konzentrierten sich die Ermittlungen ganz auf Harris, aus dem man nach seiner Festnahme herauszubekommen versuchte, was er mit dem Mädchen gemacht hatte.

Der zweite Teil der polizeilichen Unterlagen befaßte sich auch mit den Ergebnissen der Spurensicherung am Tatort und mit den, allerdings erfolglosen, Bemühungen, mittels wissenschaftlicher Untersuchungsmethoden nachzuweisen, daß Harris mit der Leiche des Mädchens in Berührung gekommen war. Die Leiche des Mädchens war von zwei Obdachlosen auf einem unbebauten Grundstück gefunden worden. Die Leiche war nackt und, da das Mädchen bereits seit vier Tagen tot war, stark verwest. Allem Anschein nach war die Leiche gewaschen worden, denn sie wies keinerlei signifikante mikroskopische Spuren auf, die sich analysieren und mit Harris' Wohnung oder Auto in Verbindung hätten bringen lassen können. Obwohl das Mädchen vergewaltigt worden zu sein schien, konnten keine Körperflüssigkeiten entdeckt werden, die von ihrem Peiniger stammten. Ihre Kleider wurden nie gefunden. Die Leine, mit der sie stranguliert worden war, war von ihrem Mörder abgeschnitten worden und wurde ebenfalls nie gefunden. Alles in allem waren die einzigen Punkte, die Harris mit der Tat in Verbindung brachten, seine Fingerabdrücke auf dem Buch in Staceys Schlafzimmer und der Umstand, daß die Leiche auf einem unbebauten Grundstück gefunden worden war, das keine zwei Straßen von seiner Wohnung entfernt lag.

Normalerweise, wußte Bosch, war das für eine Verurteilung mehr als genug. Er hatte Fälle gehabt, in denen es aufgrund geringfügigerer Beweise zu einem Schuldspruch gekommen war. Aber das war vor O. J. Simpson gewesen, als die Geschworenen der Polizei von Los Angeles noch nicht mit so viel Skepsis und Argwohn begegnet waren.

Bosch stellte gerade eine Liste von Dingen zusammen, die getan, und von Personen, die vernommen werden mußten, als Edgar einen Schrei ausstieß.

»Juhuu!«

Bosch und Rider sahen ihn an und warteten auf eine Erklärung.

»Könnt ihr euch noch an diese komischen Nachrichten erinnern?« fragte Edgar. »Die zweite oder dritte, die besagte, daß Nummernschilder seine Unschuld beweisen?«

»Augenblick.«

Bosch öffnete seine Aktentasche und nahm den Ordner mit den Nachrichten heraus.

»Die dritte. ›Nummernschilder beweisen seine Unschult.‹ Eingang fünfter April. Unschuld falsch geschrieben.«

»Okay, hier ist Elias' Akte mit gerichtlichen Durchsuchungsbeschlüssen. Habe hier gerade einen vom fünfzehnten April für Hollywood Wax & Shine. Das ist die Firma, für die

Harris vor seiner Festnahme gearbeitet hat. Er verlangt – ich zitiere – ›Kopien von allen Unterlagen und Belegen zu Auftragsbestätigungen und Rechnungen, auf denen Kfz-Kennzeichen besagter Kunden vermerkt sind, für den Zeitraum vom ersten April bis fünfzehnten Juni letzten Jahres‹. Das muß sein, was mit dieser Nachricht gemeint war.«

Bosch lehnte sich in seinen Stuhl zurück, um darüber nachzudenken.

»Das ist die Bestätigung eines Durchsuchungsbeschlusses, richtig? Er wurde genehmigt.«

»Ja.«

»Gut. Erster April bis fünfzehnter Juni, das sind fünfundsiebzig Tage. Das –«

»Sechsundsiebzig Tage«, korrigierte ihn Rider.

»Sechsundsiebzig Tage. Das müßten eine Menge Rechnungen sein. Wir haben hier aber keine einzige, und in der Kanzlei habe ich auch keine gesehen. Da müßten an sich Schachteln voller Rechnungen und Auftragsbestätigungen sein.«

»Vielleicht hat er sie zurückgegeben«, sagte Edgar.

»Hast du nicht gesagt, er hat Kopien angefordert.«

Edgar hob die Schultern.

»Ein weiterer Punkt«, fuhr Bosch fort. »Warum ausgerechnet dieser Zeitraum? Das Mädchen wurde am zwölften Juli ermordet. Warum hat er nicht die Herausgabe der Belege bis zu diesem Zeitpunkt verlangt?«

»Weil er wußte, wonach er suchte«, sagte Rider. »Oder es zumindest innerhalb dieses zeitlichen Rahmens wußte.«

»Was soll er gewußt haben?«

Sie verfielen in Schweigen. Bosch zermarterte sich den Kopf, kam aber auf keine Lösung. Der Hinweis auf die Nummernschilder war weiterhin so rätselhaft wie die Mistress-Regina-Spur. Als er die beiden Rätsel miteinander in Verbindung brachte, kam ihm schließlich doch eine Idee.

»Wieder Pelfry«, sagte er. »Wir müssen mit ihm reden.«

Er stand auf.

»Jerry, klemm dich hinters Telefon! Sieh zu, ob du Pelfry erreichen kannst, und vereinbare so bald wie möglich einen Termin mit ihm. Ich gehe mal ein paar Minuten nach draußen.«

Wenn Bosch seinen Partnern sagte, er ginge nach draußen, bedeutete das normalerweise, daß er das Gebäude verließ, um eine Zigarette zu rauchen. Als er in Richtung Tür ging, rief ihm Rider nach.

»Harry, tu's nicht!«

Er winkte, ohne sich umzudrehen.

»Keine Sorge.«

Draußen auf dem Parkplatz sah Bosch sich um. Er wußte, einige seiner besten Ideen waren ihm gekommen, wenn er vor der Tür gestanden und geraucht hatte. Er hoffte, jetzt auch ohne die Hilfe einer Zigarette ein paar brauchbare Gedanken zuwege zu bringen. Er sah in den sandgefüllten Kübel, den die Raucher der Polizeistation benutzten, und sah eine halb gerauchte Zigarette im Sand stecken. Auf dem Mundstück war Lippenstift. Aber so verzweifelt war er noch nicht.

Er dachte über die rätselhaften Nachrichten nach. Wegen der Poststempel und der Vermerke, die sich Elias auf den Zetteln gemacht hatte, wußte er, sie hatten Nachricht zwei, drei und vier, aber nicht die erste. Was die vierte Nachricht bedeutete – die Warnung, die Elias eingesteckt gehabt hatte –, lag auf der Hand. Einen ersten Anhaltspunkt für die Bedeutung der dritten Nachricht hatten sie dank des Untersuchungsbeschlusses, auf den Edgar gestoßen war. Aber die zweite Nachricht – mach das tüpfelchen auf das i humbert humbert – ergab für Bosch noch immer keinen Sinn.

Sein Blick wanderte wieder zu der im Sand steckenden Zigarette, aber er verwarf den Gedanken. Außerdem fiel ihm ein, daß er weder Feuerzeug noch Streichhölzer dabei hatte.

Plötzlich kam ihm der Gedanke, daß das andere Teilchen des Puzzles, das, zumindest bisher, keinen Sinn zu ergeben schien, diese Mistress-Regina-Geschichte war – was immer es damit auf sich hatte.

Bosch drehte sich um und ging rasch in die Polizeistation zurück. Edgar und Rider waren über ihre Unterlagen gebeugt, als er an den Tisch trat. Bosch machte sich sofort daran, die Stapel von Akten durchzusehen.

»Wer hat den Mistress-Regina-Ordner?«

»Hier.« Edgar reichte Bosch den Ordner.

Bosch schlug ihn auf und nahm den Fotoausdruck der Domina heraus. Dann legte er ihn neben eine der rätselhaften Nachrichten, um die Handschriften auf der Nachricht und dem Ausdruck zu vergleichen – die Adresse der Internetseite. Er hätte nicht sagen können, ob die beiden Zeilen von derselben Person stammten. Er verstand nichts davon, und die Schriften wiesen keine auffälligen Besonderheiten auf, die einen Vergleich ermöglichten.

Als Bosch die Hand vom Ausdruck nahm, hoben sich seine oberen und unteren Ränder etwa zwei Zentimeter von der Schreibtischplatte, was darauf hindeutete, daß das Blatt einmal in der Mitte gefaltet worden war, möglicherweise, um in einen Umschlag gesteckt zu werden.

»Ich glaube, das hier ist die erste Nachricht«, sagte er.

Bosch hatte festgestellt, wenn er einen Geistesblitz hatte, war das häufig, als würde ein verstopftes Abflußrohr durchgeputzt. Die Gedanken konnten plötzlich wieder ungehindert fließen, und es folgten bald weitere Geistesblitze. So war es auch jetzt. Er sah, was er schon die ganze Zeit hätte sehen können und vielleicht auch sehen sollen.

»Jerry, ruf Elias' Sekretärin an. Sofort! Frag sie, ob er in der Kanzlei einen Farbdrucker hatte. Darauf hätten wir gleich kommen sollen – ich hätte darauf kommen sollen.«

»Auf was?«

»Ruf erst mal an.«

Edgar begann in einem Notizbuch nach einer Telefonnummer zu suchen. Rider stand von ihrem Platz auf und stellte sich neben Bosch. Sie sah auf den Ausdruck hinab. Auch sie ließ sich jetzt von Boschs Welle mitreißen. Sie sah, wohin sie ihn trug.

»Das hier war die erste«, sagte Bosch. »Nur hat er den Umschlag nicht aufgehoben, weil er wahrscheinlich dachte, die Nachricht wäre von irgendeinem Verrückten.«

»Könnte sie doch auch gewesen sein«, sagte Edgar, das Telefon am Ohr. »Wir waren doch selbst dort, die Frau kannte den Mann nicht, und wußte nicht, was das Ganze –«

Er verstummte und horchte, als jemand abnahm.

»Mrs. Quimby? Hier Detective Edgar. Von gestern. Ich hätte nur eine kurze Frage. Wissen Sie, ob es in der Kanzlei einen Farbdrucker gab? Einen Drucker, der Sachen aus dem Computer ausdruckt. In Farbe.«

Er hatte den Blick auf Bosch und Rider gerichtet, während er wartete und lauschte.

»Danke, Mrs. Quimby.«

Er hängte auf.

»Kein Farbdrucker.«

Bosch nickte und sah auf den Ausdruck von Mistress Regina.

»Darauf hätten wir schon gestern kommen sollen«, sagte Rider.

Bosch nickte und fragte Edgar gerade, ob er Pelfry, den Privatdetektiv, schon erreicht hätte, als sein Pager ertönte. Er stellte ihn ab und zog ihn vom Gürtel. Es war seine Privatnummer. Eleanor.

»Ja, ich habe mit ihm gesprochen«, sagte Edgar. »Wir können heute mittag in sein Büro kommen. Von den Rechnungen oder dieser Regina habe ich nichts erwähnt. Nur, daß wir mit ihm sprechen müßten.«

»Okay.«

Bosch griff nach seinem Telefon und tippte seine Privatnummer ein. Eleanor meldete sich nach dem dritten Läuten. Sie hörte sich entweder schläfrig oder niedergeschlagen an.

»Eleanor.«

»Harry.«

»Alles in Ordnung?«

Er ließ sich in seinen Sitz zurücksinken, und Rider kehrte an ihren Platz zurück.

»Alles bestens … Ich wollte nur …«

»Wann bist du nach Hause gekommen?«

»Vor einer Weile.«

»Hast du gewonnen?«

»Ich habe nicht richtig gespielt. Nach deinem Anruf gestern abend … bin ich gegangen.«

Bosch beugte sich vor und stützte einen Ellbogen auf den Tisch, die Hand legte er an die Stirn.

»Und … wo bist du hin?«

»In ein Hotel … Harry, ich bin nur zurückgekommen, um Kleider und ein paar Sachen zu holen. Ich …«

»Eleanor?«

Aus dem Hörer kam langes Schweigen. Bosch hörte Edgar sagen, er wolle im Aufsichtsbüro Kaffee holen. Rider sagte, sie werde mitkommen. Allerdings wußte Bosch, daß sie keinen Kaffee trank. Sie hatte verschiedene Kräutertees in ihrer Schreibtischschublade.

»Harry, es ist nicht richtig«, sagte Eleanor.

»Was soll nicht richtig sein, Eleanor?«

Wieder verstrich langes Schweigen, bevor sie antwortete.

»Ich mußte an diesen Film denken, den wir uns letztes Jahr angesehen haben. Über die *Titanic*.«

»Ja?«

»Und über das Mädchen in dem Film. Sie verliebte sich in diesen Jungen, den sie erst auf dem Schiff kennengelernt hatte. Und es war … sie hat ihn so sehr geliebt. So sehr, daß sie am Ende das Schiff nicht verlassen wollte. Um bei ihm bleiben zu können, stieg sie nicht in das Rettungsboot.«

»Ich weiß, Eleanor.«

Er erinnerte sich, wie sie neben ihm geweint hatte und wie er gelächelt und nicht verstanden hatte, daß ein Film sie so rühren konnte.

»Du hast geweint.«

»Ja. Weil sich jeder nach dieser Art von Liebe sehnt. Und, Harry, du hättest sie von mir verdient. Ich –«

»Nein, Eleanor, was du mir gibst, ist mehr als –«

»Sie sprang aus einem Rettungsboot auf die *Titanic* zurück, Harry.« Sie lachte ein wenig. Aber für Bosch hörte es sich traurig an. »Mehr kann wahrscheinlich niemand tun.«

»Ganz richtig. Niemand. Deshalb war es ja auch ein Film. Hör zu … Ich wollte nie jemand anderes als dich, Eleanor. Du brauchst nichts für mich zu tun.«

»Doch, muß ich schon. Muß ich schon … Ich liebe dich, Harry. Aber nicht genug. Du hast etwas Besseres verdient.«

»Eleanor, nicht … Ich bitte dich. Ich …«

»Ich werde eine Weile weggehen. Über alles nachdenken.«

»Würdest du bitte warten? In einer Viertelstunde bin ich zu Hause. Wir können über alles reden, wir –«

»Nein, nicht. Deshalb rufe ich doch an. Wenn du hier bist, schaffe ich es nicht.«

Er merkte, daß sie weinte.

»Trotzdem, ich komme sofort vorbei.«

»Ich werde nicht mehr dasein«, sagte sie mit Nachdruck. »Ich habe schon alles im Auto. Ich wußte, du würdest vorbeikommen.«

Bosch legte sich die Hand über die Augen. Er wollte im Dunkeln sein.

»Wo willst du hin?«

»Das weiß ich noch nicht.«

»Rufst du an?«

»Ja, ich rufe dich an.«

»Ist bei dir auch wirklich alles in Ordnung?«

»Ich … ich werde schon klarkommen.«

»Eleanor, ich liebe dich. Ich weiß, ich habe es dir nie genug gesagt, aber ich –«

Sie brachte ihn mit einem leisen *Schschsch* zum Verstummen.

»Ich liebe dich, Harry, aber ich kann nicht anders.«

Etwas versetzte ihm einen heftigen Stich, und schließlich sagte er: »Okay, Eleanor.«

Die Stille, die folgte, war so dunkel wie das Innere eines Sargs. Seines Sargs.

»Wiedersehen, Harry«, sagte sie schließlich. »Bis demnächst.«

Sie hängte auf. Bosch nahm die Hand von seinem Gesicht und das Telefon von seinem Ohr. In Gedanken sah er einen Swimmingpool, dessen Oberfläche so glatt war wie das Laken auf einem Bett. Er erinnerte sich an einen lang zurückliegenden Moment, als er mitgeteilt bekommen hatte, daß seine Mutter tot und er allein auf der Welt war. Er rannte zu diesem Pool und hechtete durch seine ruhige Oberfläche, in sein warmes Wasser. Auf dem Grund schrie er, bis seine ganze Luft aufgebraucht war und seine Brust schmerzte. Bis er sich entscheiden mußte, ob er dort unten bleiben und sterben wollte oder auftauchen und leben.

Jetzt sehnte sich Bosch nach diesem Pool und seinem warmen Wasser. Er wollte schreien, bis die Lungen in seinem Innern platzten.

»Alles okay?«

Er sah auf. Es waren Rider und Edgar. Edgar hatte einen Becher mit dampfendem Kaffee in der Hand. Riders Blick verriet, daß ihr das, was sie in Boschs Miene sah, Sorgen, wenn nicht sogar angst machte.

»Alles klar«, sagte Bosch. »Alles paletti.«

23

Bis zu ihrem Termin bei Pelfry hatten sie noch neunzig Minuten totzuschlagen. Bosch wies Edgar an, zu Hollywood Wax & Shine hinüberzufahren, das nicht weit von der Polizeistation am Sunset Boulevard lag. Als Edgar am Straßenrand hielt, blieben sie zunächst im Wagen sitzen. In der Waschanlage herrschte nicht viel Betrieb. Die meisten der Männer in orangefarbenen Overalls, die für ein Minimum an Lohn und Trinkgeld die Autos trockneten und polierten, saßen, ihre Lappen über die Schulter geworfen, herum und warteten. Fast alle von ihnen starrten finster auf den Slickback, als trüge die Polizei die Schuld.

»Wer läßt sich schon sein Auto waschen«, sagte Edgar, »wenn es hinterher sowieso nur umgestürzt oder angezündet wird?«

Bosch antwortete nicht.

»Wetten, daß die jetzt alle gern an Michael Harris' Stelle wären«, fuhr Edgar fort, ohne den Blicken der Arbeiter auszuweichen. »Ehrlich gesagt, ich würde mich auch drei Tage in die Mangel nehmen und mir einen Bleistift ins Ohr stecken lassen, wenn ich hinterher Millionär wäre.«

»Dann glaubst du ihm also«, sagte Bosch.

Bosch hatte ihm nichts von Frankie Sheehans Kneipengeständnis erzählt. Einen Moment schwieg Edgar, dann nickte er.

»Ja, Harry, ich glaube schon.«

Bosch fragte sich, wie er so blind hatte sein können, nicht einmal die Möglichkeit in Betracht zu ziehen, ein Verdächtiger könnte gefoltert worden sein. Er fragte sich, woran es lag, daß Edgar der Darstellung des Verdächtigen mehr Glauben schenkte als der Darstellung der Cops. Lag es an seinen Erfahrungen als Cop oder als Schwarzer? Bosch nahm an, es mußte letzteres sein, und es deprimierte ihn, weil es Edgar zu einem gewissen Vorteil verhalf, den er nie haben könnte.

»Ich gehe mal rein, mit dem Geschäftsführer reden«, sagte Bosch. »Du solltest vielleicht lieber beim Wagen bleiben.«

»Quatsch. Die rühren ihn schon nicht an.«

Sie stiegen aus und schlossen den Wagen ab.

Als sie auf den Laden zugingen, überlegte Bosch, ob die orangefarbenen Overalls Zufall waren. Er nahm an, die meisten Männer, die in der Waschanlage arbeiteten, waren ehemalige Häftlinge oder gerade aus einem County-Gefängnis entlassen – Einrichtungen, in denen sie ebenfalls orangefarbene Overalls tragen mußten.

Im Laden kaufte sich Bosch einen Becher Kaffee und fragte nach dem Geschäftsführer. Der Kassierer deutete auf eine offene Tür am Ende eines Gangs. Auf dem Weg den Gang hinunter sagte Edgar: »Mir wäre eigentlich nach einer Cola, aber nach dem, was ich gestern abend im Schrank dieser Schnalle gesehen habe, kann ich, glaube ich, keine Cola mehr trinken.«

Der Mann, der in dem kleinen fensterlosen Büro saß, hatte die Füße auf einer der offenen Schubladen des Schreibtischs. Er sah zu Bosch und Edgar auf. »Ja, Officers, was kann ich für Sie tun?«

Bosch lächelte über die Schlußfolgerung des Mannes. Ihm war klar, er mußte halb Geschäftsmann, halb Bewährungshelfer sein. Die meisten der Wagenwäscher waren Ex-Knackis. Einen anderen Job bekamen sie nicht. Das hieß, der Geschäftsführer hatte schon einige Cops gesehen und wußte, woran man sie erkannte. Entweder das – oder er hatte sie in ihrem Slickback vorfahren sehen.

»Wir arbeiten an einem Fall«, begann Bosch. »Dem Fall Howard Elias.«

256

Der Geschäftsführer stieß einen leisen Pfiff aus.

»Vor ein paar Wochen hat er per Durchsuchungsbeschluß die Herausgabe einiger Ihrer Geschäftsunterlagen verlangt. Rechnungen, auf denen die Kfz-Kennzeichen vermerkt waren. Wissen Sie darüber etwas?«

Der Geschäftsführer dachte eine Weile nach.

»Ich weiß nur, daß ich derjenige war, der den ganzen Kram durchsehen und für seinen Typen kopieren mußte.«

»Für seinen Typen?« hakte Edgar nach.

»Was haben Sie denn gedacht? Daß jemand wie Elias den ganzen Krempel selbst abholen kommt? Er hat jemanden vorbeigeschickt. Hier ist seine Visitenkarte.«

Er setzte die Füße auf den Boden, öffnete die Bleistiftschublade des Schreibtischs und nahm einen Packen Visitenkarten heraus. Er entfernte den Gummi, mit dem sie zusammengehalten waren, sah die Karten durch, nahm eine und zeigte sie Bosch.

»Pelfry?« fragte Edgar.

Bosch nickte.

»Hat dieser Typ gesagt, wonach genau sie gesucht haben?« fragte er.

»Nein. Da müssen Sie die beiden schon selber fragen. Das heißt, Pelfry.«

»Hat Pelfry die Unterlagen schon wieder zurückgebracht?«

»Nein, aber es waren sowieso Kopien. Das heißt, er ist zwar noch mal hier gewesen, aber die Rechnungen hat er nicht zurückgebracht.«

»Und warum ist er noch mal hergekommen?« fragte Edgar.

»Er wollte eine von Michael Harris' Stechkarten sehen. Aus der Zeit, als er noch hier arbeitete.«

»Welche?« wollte Edgar sofort wissen.

»Keine Ahnung. Ich habe sie ihm kopiert. Da müssen Sie schon mit ihm selbst reden. Vielleicht –«

»Hatte er einen Durchsuchungsbeschluß für die Stechkarte?« fragte Bosch.

»Nein, er hat nur danach gefragt. Ich sagte, klar, und suchte sie ihm raus. Allerdings wußte er das Datum und Sie nicht. Ich kann mich nicht mehr erinnern. Außerdem, wissen Sie, wenn

257

Sie mehr über die Sache wissen wollen, sollten Sie vielleicht besser unseren Anwalt anrufen. Ich möchte mich da lieber auf nichts einlassen: über Dinge reden, über die ich eigentlich gar nicht –«

»Das ist sowieso nicht so wichtig«, sagte Bosch. »Erzählen Sie mir ein wenig über Michael Harris.«

»Was soll es da schon viel zu erzählen geben. Ich hatte nie Probleme mit ihm. Er war okay, und dann hieß es plötzlich, er hätte die Kleine umgebracht. Und alles mögliche mit ihr angestellt. So, wie ich ihn einschätzte, hätte ich ihm das eigentlich nicht zugetraut. Aber er hatte auch noch nicht besonders lang hier gearbeitet. Vielleicht fünf Monate.«

»Wissen Sie, wo er vorher war?« fragte Edgar.

»Ja. Oben in Corcoran.«

Corcoran war ein Staatsgefängnis in der Nähe von Bakersfield. Bosch bedankte sich bei dem Mann, und sie gingen. Er nahm ein paar Schlucke von seinem Kaffee, warf ihn aber in eine Abfalltonne, bevor sie ihren Wagen erreichten.

Während Bosch auf der Beifahrerseite wartete, daß Edgar den Wagen aufschloß, ging Edgar auf die andere Seite. Er hielt inne, bevor er die Tür aufmachte.

»Verdammte Scheiße.«

»Was ist?«

»Sie haben was auf die Tür geschrieben.«

Bosch ging um den Wagen herum. Mit hellblauer Kreide – mit der Kreide, mit der die Waschanweisungen auf die Windschutzscheiben der Autos geschrieben wurden – hatte jemand auf dem vorderen linken Kotflügel die Wörter »schützen« und »dienen« durchgestrichen und dann in großen Lettern »morden« und »verstümmeln« darübergeschrieben. Bosch nickte anerkennend.

»Richtig originell.«

»Harry, die sollen uns mal kennenlernen!«

»Nein, Jerry, laß gut sein. Du möchtest doch keinen Flächenbrand auslösen? Könnte drei Tage dauern, ihn zu löschen. Wie letztes Mal. Wie an der Ecke Florence und Normandie.«

Mißmutig schloß Edgar die Tür auf und öffnete dann die von Bosch.

258

»Bis zur Station ist es nicht weit«, sagte Bosch, nachdem er eingestiegen war. »Wir können zurückfahren und es wegmachen. Oder wir können meinen Wagen nehmen.«

»Ich würde es aber lieber mit der Fresse von einem dieser Arschlöcher wegmachen.«

Nachdem sie den Wagen saubergemacht hatten, blieb immer noch genügend Zeit, um zu dem Grundstück zu fahren, auf dem Stacey Kincaids Leiche gefunden worden war. Es lag etwas abseits der Western auf dem Weg nach Downtown, wo sie sich mit Pelfry treffen wollten.

Edgar blieb die ganze Fahrt über still. Er hatte die Verschandelung des Streifenwagens persönlich genommen. Bosch machte sein Schweigen jedoch nichts aus. Er nutzte die Zeit, um über Eleanor nachzudenken. Er hatte ein schlechtes Gewissen, weil er trotz seiner Liebe zu ihr insgeheim wachsende Erleichterung verspürte, daß es mit ihrer Beziehung, ob nun so oder so, zu Ende ging.

»Das ist es«, sagte Edgar.

Er hielt am Straßenrand, und sie sahen sich das Grundstück an. Es war etwa viertausend Quadratmeter groß und wurde an beiden Seiten von Apartmenthäusern begrenzt, an denen auf Transparenten Preisnachlässe für Selbstbezieher und günstige Finanzierungspläne in Aussicht gestellt wurden. Sie sahen nicht aus, als wollte dort jemand wohnen, der eine andere Wahl hatte. Die ganze Gegend hatte etwas Heruntergekommenes und Trostloses.

In einer Ecke des Grundstücks entdeckte Bosch zwei alte Schwarze, die unter einem ausladenden schattenspendenden Eukalyptusbaum auf ein paar Kisten saßen. Er schlug den Ordner auf, den er mitgebracht hatte, und suchte auf dem Lageplan den Ort, wo die Leiche gefunden worden war. Seiner Schätzung zufolge hatte sie keine fünfzehn Meter von der Stelle entfernt gelegen, wo jetzt die zwei Männer saßen. Er blätterte in der Akte, bis er den Bericht fand, in dem die zwei Zeugen aufgeführt waren, welche die Leiche gefunden hatten.

»Ich möchte mal mit den zwei Alten da drüben reden.«

Bosch stieg aus, Edgar folgte ihm. Lässig schlenderten sie über das Grundstück auf die zwei Männer zu. Im Näherkommen sah Bosch Schlafsäcke und einen alten Coleman-Campingkocher. Neben dem Eukalyptusbaum standen zwei Einkaufswagen voll mit Kleidung, Tüten mit Blechdosen und sonstigen Abfällen.

»Sind Sie Rufus Gundy und Andy Mercer?«

»Hängt davon ab, wer fragt.«

Bosch zeigte seine Dienstmarke.

»Ich wollte Sie ein paar Dinge über die Leiche fragen, die Sie letztes Jahr hier gefunden haben.«

»Na, das hat aber gedauert.«

»Sind Sie Mr. Gundy oder Mr. Mercer?«

»Ich bin Mercer.«

Bosch nickte.

»Warum sagen Sie, das hätte aber gedauert? Wurden Sie denn nicht von Detectives vernommen, als Sie die Leiche fanden?«

»Vernommen wurden wir schon, aber nicht von Detectives. Nur so ein Streifenpolizist hat uns gefragt, was wir über die Sache wissen. War noch feucht hinter den Ohren, der Junge.«

Bosch nickte. Er deutete auf die Schlafsäcke und den Campingkocher.

»Wohnen Sie hier?«

»Wir haben grade 'ne kleine Pechsträhne. Wir bleiben bloß hier, bis wir uns wieder berappelt haben.«

Bosch wußte, im Ermittlungsbericht stand nichts davon, daß die zwei Männer auf dem Grundstück gelebt hatten. Dort hieß es nur, sie hätten die Leiche zufällig entdeckt, als sie nach Dosen suchten. Nach kurzem Nachdenken wurde ihm klar, was passiert war.

»Sie haben auch damals schon auf dem Grundstück hier gelebt, oder nicht?«

Keiner von beiden antwortete.

»Sie haben es den Cops nur nicht erzählt, weil Sie dachten, Sie könnten verjagt werden.«

Immer noch keine Antwort.

260

»Deshalb versteckten Sie Ihre Schlafsäcke und den Kocher und erzählten dem Streifenpolizisten, Sie wären nur zufällig vorbeigekommen.«

Schließlich sagte Mercer: »Wenn Sie so schlau sind, wie kommt es dann, daß Sie noch nicht Polizeichef sind?«

Bosch lachte.

»Weil sie schlau genug sind, mich nicht zum Polizeichef zu ernennen. Aber dann sagen Sie mir doch was, Mr. Mercer und Mr. Gundy. Wenn Sie beide damals jede Nacht hier geschlafen haben, müßten Sie die Leiche doch wesentlich früher entdeckt haben, wenn sie schon so lange hier rumgelegen hätte, wie sie vermißt wurde, oder nicht?«

»Wahrscheinlich schon«, sagte Gundy.

»Also hat jemand die Leiche erst in der Nacht, bevor Sie sie gefunden haben, hier abgeladen.«

»Schon möglich«, sagte Gundy.

»Ja, würde schon sagen, daß es so war«, fügte Mercer hinzu.

»Und Sie haben – wie weit? – zwölf, fünfzehn Meter weg von der Stelle geschlafen?«

Diesmal stimmten sie nicht verbal zu. Bosch machte einen Schritt auf sie zu und ging in die Hocke, so daß seine Augen auf gleicher Höhe mit ihren waren.

»Erzählen Sie mir, was Sie in dieser Nacht gesehen haben.«

»Nichts haben wir gesehen«, behauptete Gundy eisern.

»Aber gehört haben wir was«, sagte Mercer. »Gehört schon.«

»Was haben Sie gehört?«

»Ein Auto«, sagte Mercer. »Es hielt auf dem Grundstück. Eine Tür ging auf, dann ein Kofferraum. Und wir hörten, wie was Schweres auf den Boden fiel. Dann ging der Kofferraum wieder zu und die Tür, und der Wagen fuhr weg.«

»Und Sie haben nicht nachgesehen?« fragte Edgar rasch. Er war ebenfalls näher gekommen und bückte sich, stützte die Hände auf die Knie. »Da wird fünfzehn Meter weiter eine Leiche abgeladen, und Sie sehen nicht nach?«

»Nein, wir haben nicht nachgesehen«, antwortete Mercer. »Die Leute laden hier fast jede Nacht irgendwelchen Müll und was weiß ich noch alles ab. Wir sehen nie nach. Wir behalten die Köpfe schön unten. Am Morgen sehen wir dann nach. Ab und zu sind ein paar gute Sachen unter dem Zeug, das die Leute wegwerfen. Wir warten immer bis zum Morgen, bis wir nachsehen, was sie weggeworfen haben.«

Zum Zeichen, daß er verstand, nickte Bosch und hoffte, Edgar würde die Männer in Ruhe lassen.

»Und den Cops haben Sie davon nichts erzählt?«

»Nein«, sagten Mercer und Gundy gleichzeitig.

»Und sonst jemandem? Haben Sie es jemand anders erzählt, jemandem, der auch gemerkt hat, daß es in Wirklichkeit so war?«

Die Männer dachten nach. Mercer schüttelte den Kopf, Gundy nickte.

»Der einzige, dem wir es erzählt haben, war Mr. Elias' Mann.«

Bosch sah kurz Edgar an, dann wieder Gundy.

»Wer ist das?«

»Sein Mann. Dieser Privatdetektiv. Ihm haben wir erzählt, was wir jetzt Ihnen erzählen. Er meinte, Mr. Elias würde es eines Tages vor Gericht verwenden. Er sagte, Mr. Elias würde sich dafür erkenntlich zeigen.«

»Pelfry?« fragte Edgar. »Hieß der Mann so?«

»Schon möglich«, sagte Gundy. »Aber sicher bin ich nicht.« Mercer sagte nichts.

»Haben Sie heute schon Zeitung gelesen?« fragte Bosch. »Oder im Fernsehen die Nachrichten gesehen?«

»In welchem Fernseher?« fragte Mercer.

Bosch nickte bloß und richtete sich auf. Sie wußten nicht mal, daß Elias tot war.

»Wie lange ist es her, daß Elias' Mann mit Ihnen gesprochen hat?«

»Ungefähr einen Monat«, sagte Mercer. »So um den Dreh rum.«

Bosch sah Edgar an, und zum Zeichen, daß er fertig war, nickte er. Edgar nickte ebenfalls.

»Danke für Ihre Hilfe«, sagte Bosch. »Darf ich Ihnen vielleicht ein Essen spendieren?«

Er langte in seine Tasche und zog seine Geldbörse heraus. Er gab jedem Mann einen Zehndollarschein. Sie bedankten sich höflich, und er ging weg.

Als sie auf der Western in Richtung Wilshire nach Norden fuhren, begann Bosch laut darüber nachzudenken, was die Auskünfte der zwei Obdachlosen bedeuteten.

»Harris kann es nicht gewesen sein«, sagte er aufgeregt. »Und deshalb wußte es Elias. Weil die Leiche woanders hingebracht wurde. Sie wurde dort erst, drei Tage nachdem sie gestorben war, deponiert. Und Harris war bereits in U-Haft, als sie hingebracht wurde. Ein besseres Alibi könnte er gar nicht haben. Elias wollte diese beiden alten Typen vor Gericht aussagen lassen und das LAPD Lügen strafen.«

»Schon, aber trotzdem, Harry – ganz aus dem Schneider ist Harris deswegen noch lange nicht. Es könnte lediglich heißen, daß er einen Komplizen hatte. Du weißt schon, jemanden, der die Leiche dort hinbrachte, während er in U-Haft war.«

»Aber warum sollte sich dieser Komplize der Leiche ausgerechnet in der Nähe seiner Wohnung entledigt haben? Womit er Harris nur zusätzlich belastete? Ich glaube nicht, daß er einen Komplizen hatte. Ich glaube, das war der tatsächliche Mörder. Er las in der Zeitung oder sah im Fernsehen, daß Harris verdächtigt wurde, und brachte die Leiche in das Viertel, in dem Harris wohnte, sozusagen als weiteren Nagel zu seinem Sarg.«

»Aber die Fingerabdrücke? Wie sind Harris' Fingerabdrücke in diese Villa in Brentwood gekommen? Denkst du etwa inzwischen auch schon, sie wurden dort von deinem Kumpel Sheehan und seinen Leuten ganz gezielt plaziert?«

»Nein, das glaube ich nicht. Aber es gibt bestimmt eine Erklärung dafür. Bloß kennen wir sie noch nicht. Das ist, was wir Pelf –«

Mit einem lauten Knall zersprang das Rückfenster, und Glassplitter flogen durch den Wagen. Einen Moment verlor Edgar die Kontrolle über den Wagen und geriet schleudernd auf die Gegenfahrbahn. Während ein wildes Hupkonzert losbrach, griff Bosch nach dem Lenkrad und zog es nach rechts,

so daß der Wagen wieder über die gelbe Mittellinie zurück-
scherte.

»Was soll die Scheiße?« schrie Edgar, als er den Wagen endlich unter Kontrolle bekam und auf die Bremse stieg.

»Nicht stehenbleiben!« brüllte Bosch. »Weiterfahren, weiter!«

Bosch riß das Funkgerät aus der Ladestation auf dem
Boden und drückte den Sendeknopf.

»Schüsse, Schüsse! Western und Olympic.«

Er hielt den Knopf gedrückt, als er über Rücksitz und Kofferraum hinweg nach hinten sah. Er faßte die Dächer und Fenster der Wohnhäuser zwei Straßen hinter ihnen ins Auge, entdeckte aber nichts.

»Täter unbekannt. Schüsse aus dem Hinterhalt auf ein ge-
kennzeichnetes Polizeifahrzeug. Fordere sofortige Verstärkung an. Außerdem Luftüberwachung der Dächer auf beiden
Seiten der Western. Äußerste Vorsicht angeraten.«

Er ließ den Sendeknopf los. Während der Operator in der
Funkzentrale seine Durchsage an andere Polizeieinheiten
weitergab, sagte er zu Edgar, daß sie weit genug gefahren waren und daß er jetzt anhalten konnte.

»Ich glaube, der Schuß kam von der Ostseite«, sagte Bosch.
»Von diesem Wohnhaus mit dem Flachdach. Ich glaube, ich
habe ihn zuerst im rechten Ohr gehört.«

Edgar atmete geräuschvoll aus. Er hielt das Lenkrad so fest
umklammert, daß seine Knöchel so weiß waren wie die von
Bosch.

»Weißt du was?« sagte er. »Das war das letzte Mal, daß ich
in einer von diesen beschissenen Zielscheiben durch die Gegend fahre.«

24

»Sie kommen ganz schön spät! Ich war schon drauf und
dran, nach Hause zu fahren.«

Jenkins Pelfry war ein großer, kräftiger Mann mit einem
mächtigen Brustkasten und einem Gesicht, so dunkel, daß

man kaum die Falten darin erkennen konnte. Er saß im Vorzimmer seines Büros im Union Law Center auf einem kleinen Sekretärinnenschreibtisch. Auf einer Anrichte links von ihm stand ein kleiner Fernseher. Er war auf einen Nachrichtensender gestellt. Auf dem Bildschirm war der Blick aus einem Hubschrauber zu sehen, der irgendwo über der Stadt kreiste.

Bosch und Edgar waren vierzig Minuten zu spät zu ihrem Mittagstermin gekommen.

»Tut uns leid, Mr. Pelfry«, entschuldigte sich Bosch. »Wir hatten unterwegs ein kleines Problem. Nett von Ihnen, daß Sie gewartet haben.«

»Sie haben Glück gehabt, daß ich hier vor dem Fernseher hängengeblieben bin. Sieht nicht gut aus im Moment. Scheint ziemlich gespannt, die Lage da draußen.«

Er deutete mit einer seiner großen Hände auf den Fernseher. Bosch sah wieder auf den Bildschirm und merkte, die Stelle, über der der Hubschrauber kreiste, war die Stelle, von der er und Edgar gerade kamen – die Suche nach dem Heckenschützen, der auf ihren Wagen geschossen hatte. Im Fernsehen konnte Bosch sehen, daß es in der Western von Menschen wimmelte, die den Polizisten zusahen, wie sie von Gebäude zu Gebäude gingen. Weitere Polizisten trafen ein, und die neu hinzukommenden Polizisten trugen Schutzhelme.

»Sollten lieber schleunigst wieder verschwinden, die Jungs da. Die heizen die Stimmung nur weiter an. Völlig verkehrt. Haut lieber wieder ab, Leute! Kloppen könnt ihr ein andermal.«

»Auf die sanfte Tour haben wir es schon letztes Mal probiert«, sagte Edgar. »Hat aber nicht funktioniert.«

Die drei Männer sahen noch eine Weile stumm zu, dann streckte Pelfry die Hand aus und machte den Fernseher aus. Er sah seine Besucher an.

»Was kann ich für Sie tun?«

Bosch stellte sich und seinen Partner vor.

»Ich schätze, Sie wissen, warum wir hier sind. Wir ermitteln in der Mordsache Howard Elias. Und wir wissen, Sie haben in Zusammenhang mit dieser Black-Warrior-Geschichte für ihn gearbeitet. Wir sind dringend auf Ihre Unterstützung angewiesen, Mr. Pelfry. Wenn wir herausfinden, wer es war, können wir vielleicht ein wenig zur Abkühlung der Gemüter beitragen.«

Zur Unterstreichung des Gesagten deutete Bosch mit dem Kopf auf den dunklen Bildschirm.

»Sie wollen, daß ich Ihnen helfe«, sagte Pelfry. »Ja, ich habe für Eli gearbeitet – ich nannte ihn immer Eli. Aber ich weiß nicht, wie ich Ihnen helfen könnte.«

Bosch sah Edgar an, worauf sein Partner kaum merklich nickte.

»Mr. Pelfry, wir müssen Sie bitten, dieses Gespräch hier vertraulich zu behandeln. Mein Partner und ich gehen einer Spur nach, die darauf hindeutet, daß der Mörder Stacey Kincaids möglicherweise auch Howard Elias umgebracht hat. Wir glauben, Elias war der Wahrheit zu nahe gekommen. Falls Sie wissen, was er wußte, könnten auch Sie sich in Gefahr befinden.«

Pelfry lachte ihm ins Gesicht – ein kurzes, lautes Schnauben. Bosch sah Edgar an, dann wieder Pelfry.

»Nichts für ungut, aber das ist so ziemlich die schlechteste Überleitung, die ich je gehört habe«, sagte Pelfry.

»Wie bitte?«

Als Pelfry wieder auf den Fernseher deutete, sah Bosch, wie weiß die Unterseite seiner Hand war.

»Ich habe Ihnen doch gerade erzählt, daß ich mir die Nachrichten angesehen habe. In Channel Four hieß es, Sie haben schon einen brandheißen Verdächtigen. Einen Ihrer eigenen Leute.«

»Wie bitte?«

»Sind schon dabei, ihn auszuquetschen, drüben im Parker.«

»Haben sie gesagt, wer es ist?«

»Nein, haben sie nicht, aber Sie kennen ihn bestimmt. Es soll einer von den Black-Warrior-Cops sein. Der Detective, der für den Fall zuständig war.«

Bosch war sprachlos. Der für den Fall zuständige Detective war Frankie Sheehan.

»Das ist unmög… Kann ich Ihr Telefon benutzen?«

»Natürlich. Übrigens, wissen Sie, daß Sie Glassplitter im Haar haben?«

Während er zum Schreibtisch ging und nach dem Hörer griff, strich sich Bosch mit der Hand durchs Haar. Unter Pelfrys Blicken wählte er die Nummer von Irvings Besprechungszimmer. Es ging sofort jemand dran.

»Geben Sie mir Lindell.«

»Hier spricht Lindell.«

»Hier Bosch. Was soll diese Nachricht auf Channel Four, wir haben einen Verdächtigen?«

»Ich weiß. Ich gehe der Sache gerade nach. Jemand hat es den Medien zugespielt. Ich kann dazu nur sagen, ich habe Irving über die neuesten Entwicklungen in Kenntnis gesetzt, und schon kommt es im Fernsehen. Ich glaube, diese undichte Stelle ist er, nicht Chas—«

»Das interessiert mich jetzt nicht. Was sagen Sie? Daß es Sheehan war? Das ist un—«

»Das sage nicht ich. Das sagt die undichte Stelle, und ich glaube, die undichte Stelle ist der verfluchte Deputy Chief.«

»Haben Sie Sheehan schon abgeholt?«

»Ja, wir haben ihn hier, und wir sprechen mit ihm. Bisher auf freiwilliger Basis. Er denkt, er kann sich aus allem herausreden. Wir haben viel Zeit. Mal sehen, ob es ihm gelingt.«

»Warum Sheehan? Warum ausgerechnet er?«

»Ich dachte, das wüßten Sie. Er war heute morgen der erste auf Chastains Liste. Elias hat ihn schon mal verklagt. Vor fünf Jahren. Erschoß einen Kerl, den er wegen einer Mordsache festnehmen wollte. Verpaßte ihm fünf Kugeln. Die Witwe klagte und bekam schließlich hundert Riesen zugesprochen – obwohl die Schüsse in meinen Augen absolut berechtigt waren. Übrigens war es sogar Ihr Freund Chastain, der in der Sache ermittelt und ihm den Persilschein ausgestellt hat.«

»Ich kann mich an den Fall erinnern. Die Schüsse waren berechtigt. Aber das interessierte die Geschworenen nicht. Es passierte ganz kurz nach Rodney King.«

»Jedenfalls, bevor die Sache zur Verhandlung kam, drohte Sheehan Elias. Bei einer beeideten Zeugenaussage, in Anwesenheit der Anwälte, der Witwe und, was das wichtigste ist, der Stenographin. Sie schrieb alles Wort für Wort auf, und es stand in der beeideten Aussage, die in der Akte war, die Chastain und seine Leute gestern durchsahen. Sheehan drohte Elias, eines Tages, wenn er am wenigsten damit rechnete, würde er sich von hinten an ihn heranschleichen und ihn wie einen Hund abknallen. Etwas in diesem Sinn. Und etwas, das ziemlich genau dem entspricht, was in Angels Flight passiert ist.«

»Jetzt hören Sie aber, das war vor fünf Jahren! Das kann doch nicht Ihr Ernst sein.«

Bosch merkte, daß ihn sowohl Edgar als auch Pelfry aufmerksam beobachteten.

»Ich weiß, Bosch. Aber andrerseits haben wir jetzt diesen neuen Prozeß wegen der Black-Warrior-Geschichte – und wer ist der zuständige Detective? Frank Sheehan. Zu allem Überfluß hat er auch noch eine Smith and Wesson Neun-Millimeter. Und noch etwas, wir haben uns seine Personalakte angesehen. Er wurde elf Jahre hintereinander als hervorragender Schütze eingestuft. Und Sie wissen, daß der Kerl in Angels Flight verdammt gut schießen konnte. Wenn man das alles berücksichtigt, steht Sheehan eindeutig ganz oben auf der Liste der Leute, mit denen wir sprechen sollten. Also sprechen wir mit ihm.«

»Diese Sache mit seinen hervorragenden Leistungen auf dem Schießstand ist doch kompletter Blödsinn. Diese Nadeln verteilen sie doch wie Bonbons. Wetten, daß von zehn Cops sieben oder acht so eine Auszeichnung haben. Und acht von zehn haben eine Neuner Smith. Bis auf weiteres wirft ihn also Irving – oder wer sonst die undichte Stelle ist – den Wölfen zum Fraß vor. Opfert ihn den Medien, um dadurch vielleicht zu verhindern, daß die Stadt in Flammen aufgeht.«

»Ein Opfer ist er nur, wenn er es nicht war.«

In Lindells Stimme war eine zynische Beiläufigkeit, die Bosch nicht gefiel.

»Seien Sie mit Ihren Äußerungen lieber etwas vorsichtiger«, sagte Bosch. »Denn ich garantiere Ihnen, Frankie war es nicht.«

»Frankie? Sind Sie befreundet?«

»Wir waren Partner. Vor langer Zeit.«

»Ist ja komisch. Er scheint aber nicht sehr gut auf Sie zu sprechen zu sein. Meine Leute haben mir erzählt, das erste, was er sagte, als sie ihn abholen kamen, war: ›Dieser Scheißkerl Bosch.‹ Er denkt, Sie haben ihn hingehängt. Offensichtlich weiß er nicht, daß wir seine Drohung von damals in den Unterlagen haben. Oder er hat es vergessen.«

Bosch legte den Hörer auf die Gabel. Er war wie betäubt. Frankie Sheehan glaubte, er hätte ihr Gespräch vom Abend zuvor gegen ihn verwendet. Er glaubte, er hätte ihn beim FBI hingehängt. Das traf Bosch schwerer als das Wissen, daß sein alter Partner und Freund jetzt in einem Verhörraum saß und um sein Leben kämpfte.

»Hört sich so an, als wären Sie anderer Meinung als Channel Four«, sagte Pelfry.

»Allerdings.«

»Wissen Sie, das ist jetzt zwar nur geraten, aber ich glaube, die Glassplitter in Ihrem Haar bedeuten, daß Sie die zwei Typen sind, von denen es im Fernsehen hieß, drüben in der Western wurde auf ihren Wagen geschossen.«

»Ja, und was soll deswegen sein?« fragte Edgar.

»Na ja, das ist ein paar Blocks von da, wo Stacey Kincaid gefunden wurde.«

»Ja. Und?«

»Also, wenn Sie gerade von da kommen, dann frage ich mich, ob Sie vielleicht meine zwei Kumpel getroffen haben, Rufus und Andy.«

»Ja, haben wir, und wir wissen, daß die Leiche erst drei Tage später dort abgeladen wurde.«

»Dann folgen Sie also meinen Schritten.«

»Einigen. Gestern abend haben wir Mistress Regina besucht.«

Bosch hatte den Schock endlich verdaut, hielt sich aber zurück und beobachtete, wie Edgar mit Pelfry vorankam.

»Dann ist also doch was dran an dem, was Sie vorhin darüber gesagt haben, wer Ihrer Meinung nach Eli auf dem Gewissen hat?«

»Wir sind schließlich hier, oder nicht?«

»Was wollen Sie dann noch wissen? Eli ließ sich meistens nicht in die Karten schauen. Hielt sich immer sehr bedeckt. Ich wußte nie so recht, an welcher Ecke des Puzzles ich gerade arbeite, wenn Sie wissen, was ich meine.«

»Was hat es mit den Nummernschildern auf sich?« fragte Bosch und brach sein Schweigen. »Wir wissen, Sie haben sich von Hollywood Wax Rechnungen für einen Zeitraum von fünfundsiebzig Tagen geben lassen. Wozu?«

Pelfry sah sie lange an, als träfe er eine Entscheidung.

»Kommen Sie mit«, sagte er schließlich.

Er führte sie in sein Büro.

»Ich wollte Sie hier erst nicht reinlassen. Aber jetzt …«

Er hob die Hände, um auf die Schachteln zu deuten, die jede waagrechte Fläche des Raums in Beschlag nahmen. Es waren kurze Schachteln, die ursprünglich vier Sechserpacks Sodawasser enthalten hatten. Jetzt befanden sich darin Bündel von Rechnungsbelegen, in denen jeweils ein Pappschild mit einem Datum darauf steckte.

»Sind das die Belege von Hollywood Wax?« fragte Bosch.

»Ja. Eli wollte sie alle als Beweisstücke vor Gericht bringen. Ich bewahrte sie hier auf, bis er sie brauchen würde.«

»Was genau wollte er mit ihnen beweisen?«

»Ich dachte eigentlich, das könnten Sie mir sagen.«

»Wir befinden uns Ihnen gegenüber noch etwas im Rückstand, Mr. Pelfry.«

»Jenkins. Oder Jenks. Die meisten Leuten nennen mich Jenks. Ich weiß nicht, was diese Belege zu bedeuten haben – ich sagte Ihnen doch eben, daß sich Eli nie in die Karten schauen ließ –, aber eine Idee hätte ich schon. Nachdem er sie sich nämlich per Durchsuchungsbeschluß hatte aushändigen lassen, gab er mir einen Zettel mit ein paar Autonummern drauf. Er sagte, ich soll sämtliche Belege durchsehen, ob auf einem eine der Autonummern auf diesem Zettel steht.«

»Haben Sie das getan?«

»Ja, und ich habe fast eine Woche dafür gebraucht.«

»Fündig geworden?«

»Ja, einmal.«

Er ging zu einer der Schachteln und steckte den Finger in das Bündel mit dem Pappschild, auf dem das Datum 12. 6. stand.

»Hier.«

Pelfry zog einen Beleg heraus und kehrte damit zu Bosch zurück. Edgar kam zu ihnen und sah ihn sich ebenfalls an. Die Rechnung war für eine Tages-Spezialwäsche. Der zu waschende Wagen war als ein weißer Volvo-Kombi angegeben. Außerdem standen das Kennzeichen und der Preis der Spezialwäsche auf dem Beleg – $ 14,95 plus Mehrwertsteuer.

»Diese Autonummer stand auf dem Zettel, den Ihnen Elias gab?« fragte Bosch.

»Ja.«

»Und sonst haben Sie keine der Nummern auf einem der Belege gefunden?«

»Genau, wie ich Ihnen bereits gesagt habe.«

»Wissen Sie, wem der Wagen mit dieser Nummer gehört?«

»Nein. Eli hat nicht gesagt, daß ich es für ihn herausfinden soll. Aber ich habe da so eine Vermutung, wem er gehört.«

»Den Kincaids.«

»Langsam kommen wir uns näher.«

Bosch sah Edgar an. Das Gesicht seines Partners verriet ihm, daß er den gedanklichen Sprung nicht vollzogen hatte.

»Die Fingerabdrücke. Um Harris' Unschuld zweifelsfrei beweisen zu können, mußte er erklären, wie die Fingerabdrücke seines Mandanten auf das Schulbuch des Opfers gekommen waren. Wenn es keinen Grund und keine plausible Erklärung dafür gab, daß Harris im Haus der Kincaids gewesen war und das Buch angefaßt hatte, gab es zwei andere Erklärungsmöglichkeiten. Nummer eins, die Fingerabdrücke waren von den Cops auf dem Buch angebracht worden, Nummer zwei, Harris hatte das Buch angefaßt, als es woanders war, nicht im Zimmer des Mädchens.«

Edgar nickte, als er begriff.

»Die Kincaids ließen ihren Wagen bei Hollywood Wax & Shine, wo Harris arbeitete, waschen. Das beweist diese Quittung.«

»Richtig. Nun mußte Elias nur noch nachweisen, daß das Buch zu diesem Zeitpunkt in diesem Wagen war.«

Bosch drehte sich zu den Schachteln auf Pelfrys Schreibtisch um und tippte mit dem Finger auf das Pappschild.

»Zwölfter Juni. Das ist gegen Ende des Schuljahrs. Wenn die Kinder ihre Pulte leerräumen. Sie nehmen alle Bücher nach Hause mit. Sie bekommen keine Hausaufgaben mehr auf, und die Bücher liegen vielleicht auf dem Rücksitz des Volvo rum.«

»Der Volvo soll saubergemacht werden«, fuhr Edgar fort. »Ich schätze mal, zu dieser Tages-Spezialwäsche gehört auch, daß er innen gesaugt wird und vielleicht etwas Armoral.«

»Als der Autowäscher den Wagen innen saubermacht, faßt er das Buch an«, übernahm wieder Bosch. »Schon haben wir die Fingerabdrücke.«

»Der Autowäscher war Harris«, sagte Edgar. Dann sah er Pelfry an und fuhr fort: »Der Geschäftsführer der Waschanlage sagte, Sie wären noch mal vorbeigekommen, um sich die Stechkarten anzusehen.«

Pelfry nickte.

»Richtig. Ich bekam eine Kopie der Stechkarte, die beweist, daß Harris zu dem Zeitpunkt, zu dem der weiße Volvo die Spezialwäsche bekam, in der Waschanlage gearbeitet hat. Eli bat mich, hinzufahren und mir diese Information möglichst ohne Durchsuchungsbeschluß zu beschaffen. Wahrscheinlich war die Stechkarte der ausschlaggebende Punkt, und er wollte nicht, daß jemand davon erfuhr.«

»Nicht einmal der Richter, der die Durchsuchungsbeschlüsse für den Fall ausstellte«, sagte Bosch. »Offensichtlich hat er niemandem getraut.«

»Wie es scheint, mit gutem Grund«, sagte Pelfry.

Während Edgar Pelfry bat, ihm die Stechkarte zu zeigen, zog sich Bosch zurück, um über diese letzte Information nachzudenken. Ihm fiel wieder ein, daß Sheehan am Abend zuvor gesagt hatte, die Fingerabdrücke seien deshalb so gut gewesen, weil die Person, von der sie stammten, vermutlich stark geschwitzt hatte. Nun wurde ihm klar, daß das nicht auf die Nervosität wegen des begangenen Verbrechens zurückzuführen gewesen war, sondern weil die Abdrücke bei der Arbeit auf das Buch gekommen waren, beim Staubsaugen des

Wageninneren. Michael Harris. Er war unschuldig. Wirklich unschuldig. Bis zu diesem Moment war Bosch nicht davon überzeugt gewesen. Er fiel aus allen Wolken. Er machte sich keine Illusionen und wußte, Cops machten Fehler, und Unschuldige kamen ins Gefängnis. Aber das war ein kolossaler Schnitzer. Ein Unschuldiger war von Polizisten gefoltert worden, damit er etwas gestand, was er eindeutig nicht getan hatte. In dem festen Glauben, den Schuldigen zu haben, hatte die Polizei die Ermittlungen eingestellt und den wahren Mörder entkommen lassen – bis ihm ein Bürgerrechtsanwalt bei seinen Nachforschungen auf die Schliche kam und diese Entdeckung mit dem Leben bezahlte. Aber die Kettenreaktion ging sogar noch weiter. Sie trieb die Stadt wieder einmal an den Rand der Selbstzerstörung.

»Also, Mr. Pelfry«, sagte Bosch. »Wer hat Stacey Kincaid umgebracht?«

»Jenks bitte. Und ich weiß es nicht. Ich weiß nur, es war nicht Michael Harris – das steht völlig außer Zweifel. Aber den Rest hat mir Eli nicht erzählt – falls er es wußte, bevor sie ihn umgelegt haben.«

»Sie?« fragte Bosch.

»Das war nur so dahingesagt.«

»Was wissen Sie über Mistress Regina?« fragte Edgar.

»Da gibt es nicht viel zu erzählen. Eli bekam einen Tip, den er an mich weitergab. Ich habe die Torte ausgecheckt, konnte aber keinen Zusammenhang feststellen. Nur so eine durchgeknallte Spinnerin – eine Sackgasse. Wenn Sie bei ihr waren, wissen Sie sicher, was ich meine. Ich glaube, Eli ging dem Ganzen nicht mehr weiter nach, nachdem ich ihm von ihr erzählt hatte.«

Bosch dachte kurz nach, dann schüttelte er den Kopf.

»Das glaube ich nicht. Da muß mehr dran sein.«

»Schon möglich. Aber wenn, hat er es mir nicht gesagt.«

Im Auto rief Bosch Rider an, um sich zu erkundigen, ob es bei ihr etwas Neues gab. Sie hatte die Durchsicht der Unterlagen abgeschlossen, war aber auf nichts gestoßen, dem unverzüglich nachgegangen werden mußte.

»Wir fahren zu den Kincaids«, sagte Bosch.

»Jetzt schon?«

»Einer von ihnen ist Harris' Alibi.«

»Was?«

Bosch erzählte ihr von der Sache mit dem Nummernschild, die Pelfry und Elias herausgefunden hatten.

»Eine von vier«, sagte sie.

»Wie bitte?«

»Jetzt wissen wir, was eine der vier rätselhaften Nachrichten bedeutet.«

»Ja, wahrscheinlich.«

»Ich denke gerade über die ersten zwei nach. Ich glaube, es besteht ein Zusammenhang zwischen ihnen, und ich habe auch schon eine Idee, was das ›mach das tüpfelchen auf das i‹ angeht. Ich gehe gleich mal ins Internet, um es nachzuprüfen. Weißt du, was ein Hypertext-Link ist?«

»Diese Sprache spreche ich nicht, Kiz. Ich tippe noch immer mit Zweifingersystem.«

»Ich weiß. Ich erkläre es dir, wenn du herkommst. Vielleicht weiß ich bis dahin auch schon, ob an der Sache was dran ist.«

»Okay. Viel Glück!«

Er wollte gerade auflegen.

»Ach, Harry?«

»Ja?«

»Carla Entrenkin hat angerufen. Sie möchte dich dringend sprechen. Ich wollte ihr schon deine Pagernummer geben, dachte mir dann aber, daß du das vielleicht nicht möchtest. Am Ende ruft sie noch wegen jedem Scheiß deinen Pager an.«

»Gut. Hat sie eine Nummer hinterlassen?«

Nachdem sie sie ihm gegeben hatte, beendeten sie das Gespräch.

»Wir fahren zu den Kincaids?« fragte Edgar.

»Ja, habe ich eben beschlossen. Häng dich an den Funk und gib das Kennzeichen des weißen Volvo durch – auf wen er zugelassen ist. Ich muß telefonieren.«

Bosch wählte die Nummer, die Carla Entrenkin hinterlassen hatte, und sie meldete sich nach dem zweiten Läuten.

»Hier Bosch.«

»Detective …«

»Sie haben angerufen?«

»Ja, äh, ich wollte mich nur wegen gestern abend entschuldigen. Ich war so außer mir über das, was ich im Fernsehen sah, und … und ich glaube, ich war etwas vorschnell mit meinem Urteil. Ich habe mich erkundigt, und ich glaube, was ich gesagt habe, war falsch.«

»Das war es.«

»Also, es tut mir leid.«

»Okay, Inspector, danke, daß Sie angerufen haben. Ich werde dann besser –«

»Wie kommen Sie voran?«

»Es geht so. Haben Sie mit Chief Irving gesprochen?«

»Ja. Er hat mir erzählt, daß sie Detective Sheehan vernehmen.«

»Versprechen Sie sich davon mal lieber nicht zuviel.«

»Tue ich ja nicht. Was ist mit der Sache, der Sie nachgehen? Ich habe gehört, Sie ermitteln wieder im ursprünglichen Fall. Im Mord an Stacey Kincaid.«

»Tja, wir können inzwischen beweisen, daß Harris es nicht war. In diesem Punkt hatten Sie recht. Elias wollte vor Gericht gehen und seine Unschuld beweisen. Harris war es jedenfalls nicht. Jetzt müssen wir nur beweisen, wer es wirklich war. Und ich wette immer noch, daß es dieselbe Person war, die auch Elias auf dem Gewissen hat. Ich muß jetzt Schluß machen, Inspector.«

»Rufen Sie mich an, wenn Sie größere Fortschritte machen?«

Darüber dachte Bosch eine Weile nach. Mit Carla Entrenkin zusammenzuarbeiten, gab ihm irgendwie das Gefühl, mit dem Feind gemeinsame Sache zu machen.

»Ja«, sagte er schließlich. »Ich rufe an, wenn es größere Fortschritte gibt.«

»Danke, Detective.«

»Keine Ursache.«

25

Inzwischen wohnten der Autozar von Los Angeles und seine Frau in einer exklusiven Villengegend etwas abseits vom Mulholland Drive, die sich The Summit nannte. Es war ein von Toren und Wächtern geschütztes Millionärsviertel mit spektakulären Häusern, die von den Santa Monica Mountains herab in nördlicher Richtung über das Becken des San Fernando Valley blickten. Die Kincaids waren nach der Ermordung ihrer Tochter von Brentwood in diese von Toren geschützten Hügel gezogen. Es war ein Schritt in Richtung mehr Sicherheit, der für das Mädchen zu spät kam.

Bosch und Edgar, die sich telefonisch angemeldet hatten, wurden im Pförtnerhäuschen empfangen und bekamen den Weg beschrieben. Er führte über eine gewundene Privatstraße zu einer riesigen Villa im französischen Landhausstil, die eindeutig auf dem spektakulärsten Grundstück von The Summit errichtet worden war. Ein Latino-Hausmädchen öffnete ihnen und führte sie in ein Wohnzimmer, das größer war als Boschs ganzes Haus. Es hatte zwei Kamine und drei verschiedene Sitzgruppen. Bosch war sich nicht sicher, wozu das gut sein sollte. Die lange Nordseite des Raums bestand fast ganz aus Glas. Von dort hatte man einen herrlichen Panoramablick über das Valley. Bosch hatte auch ein Haus in den Hügeln, aber der Unterschied in puncto Aussicht belief sich wahrscheinlich auf ein paar hundert Höhenmeter und vielleicht zehn Millionen Dollar. Das Mädchen sagte ihnen, die Kincaids würden gleich kommen.

Bosch und Edgar gingen ans Fenster, wie es von ihnen erwartet wurde. Die Reichen ließen einen warten, damit man ungestört bewundern konnte, was sie hatten.

»Ein Jumboblick«, sagte Edgar.

»Was ist das?«

»So sagt man, wenn man so weit oben ist. Ein Jumboblick.«

Bosch nickte. Bis vor ein paar Jahren hatte Edgar mit seiner Frau nebenberuflich als Immobilienmakler gearbeitet, bis der Polizeidienst sein Nebenberuf zu werden drohte.

Bosch konnte übers Valley hinweg zu den Santa Susanna Mountains sehen. Über Chatsworth war der Oat Mountain zu erkennen. Er erinnerte sich, wie sie vor Jahren mit der Youth Hall einen Ausflug dorthin gemacht hatten. Alles in allem ließ sich der Blick jedoch nicht als schön bezeichnen. Über dem Valley lag – vor allem für April – eine dicke Smogschicht. Im Haus der Kincaids waren sie hoch genug, um sich darüber zu befinden. Zumindest schien es so.

»Ich weiß, was Sie denken. Da haben diese Leute Unsummen für diesen Blick gezahlt. Und was sehen sie? Smog.«

Bosch drehte sich um. Ein lächelnder Mann und eine Frau mit ausdruckslosem Gesicht hatten das Wohnzimmer betreten. Hinter ihnen stand ein zweiter Mann in einem dunklen Anzug. Den ersten Mann kannte Bosch aus dem Fernsehen. Sam Kincaid, der Autozar. Er war kleiner, als Bosch erwartet hatte. Kompakter. Seine tiefe Bräune war echt, keine Fernsehschminke, auch sein pechschwarzes Haar wirkte nicht künstlich. Im Fernsehen sah es immer wie eine Perücke aus. Er trug eins dieser Golfhemden, die er auch in seinen Werbesendungen immer trug. Wie die, die sein Vater getragen hatte, als zehn Jahre früher er noch in den Werbesendungen aufgetreten war.

Die Frau war einige Jahre jünger als Kincaid, um die Vierzig, und dank wöchentlicher Massagen und Ausflüge in die Schönheitssalons unten am Rodeo Drive gut erhalten. Sie blickte an Bosch und Edgar vorbei auf die Aussicht. Ihre Miene hatte etwas Abwesendes, und Bosch wurde sofort klar, daß Katherine Kincaid den Verlust ihrer Tochter wahrscheinlich noch nicht annähernd verkraftet hatte.

»Aber wissen Sie was?« fuhr Kincaid lächelnd fort. »Es macht mir nichts, den Smog zu sehen. Meine Familie verkauft in dieser Stadt nun schon in der dritten Generation Autos. Seit neunzehnhundertundachtundzwanzig. Das sind eine Menge Jahre und eine Menge Autos. Daran erinnert mich der Smog da draußen.«

Seine Erklärung hörte sich einstudiert an, so, als benutzte er sie bei allen seinen Gästen als Einleitung. Er trat mit ausgestreckter Hand vor.

»Sam Kincaid. Und das ist meine Frau Kate.«

Bosch schüttelte ihm die Hand und stellte sich und Edgar vor. Die Art, wie Kincaid Edgar musterte, bevor er ihm die

277

Hand schüttelte, vermittelte Bosch den Eindruck, daß sein Partner möglicherweise der erste Schwarze war, der seinen Fuß in Kincaids Wohnzimmer setzte – ausgenommen diejenigen, die sich dort aufhielten, um Kanapees zu servieren und Getränkebestellungen entgegenzunehmen.

Bosch sah an Kincaid vorbei auf den Mann, der immer noch unter dem Eingangsbogen stand. Kincaid merkte es und stellte ihn seinen Besuchern vor.

»Das ist D. C. Richter, mein Sicherheitsberater. Ich habe ihn gebeten, herzukommen und uns Gesellschaft zu leisten, wenn Sie nichts dagegen haben.«

Bosch wunderte sich zwar über die Einbeziehung des Sicherheitsberaters, sagte aber nichts. Er nickte, und Richter nickte ebenfalls. Er war etwa in Boschs Alter, groß und hager, und sein kurzes, ergrauendes Haar war stachlig von Gel. Außerdem hatte Richter einen kleinen, dünnen Goldring in seinem linken Ohr.

»Was können wir für Sie tun, meine Herren?« fragte Kincaid. »Ich muß gestehen, Ihr Besuch überrascht mich. Angesichts der angespannten Lage hätte ich eigentlich erwartet, Sie wären irgendwo in den Straßen der Stadt unterwegs, die Tiere in Schach zu halten.«

Darauf trat betretenes Schweigen ein. Kate Kincaid blickte auf den Teppich.

»Wir ermitteln im Mordfall Howard Elias«, sagte Edgar. »Und in dem Ihrer Tochter.«

»Meiner Tochter? Ich verstehe nicht recht, was Sie meinen.«

»Sollten wir uns nicht vielleicht erst mal setzen, Mr. Kincaid?« schlug Bosch vor.

»Sicher.«

Kincaid führte sie zu einer der Sitzgruppen. An einem gläsernen Couchtisch standen sich zwei Sofas gegenüber. Auf der einen Seite war ein Kamin, in dem Bosch fast hätte stehen können, auf der anderen war die Aussicht. Die Kincaids setzten sich auf die eine Couch, Bosch und Edgar nahmen auf der anderen Platz. Richter blieb schräg hinter der Couch stehen, auf der die Kincaids saßen.

»Wenn ich Ihnen vielleicht zunächst den Grund unseres Besuchs erklären dürfte«, begann Bosch. »Wir möchten Sie davon in Kenntnis setzen, daß die Ermittlungen, die Ermordung Ihrer Tochter betreffend, neu aufgerollt werden. Wir müssen noch einmal von vorn anfangen.«

Beide Kincaids öffneten den Mund zu einem Ausdruck des Erstaunens.

»Im Zuge der Ermittlungen, die wir in Zusammenhang mit Howard Elias' Ermordung Freitag abends angestellt haben«, fuhr Bosch fort, »sind wir auf Beweise gestoßen, die unserer Meinung nach Michael Harris entlasten. Wir —«

»Vollkommen ausgeschlossen«, platzte Kincaid los. »Harris ist der Mörder! Seine Fingerabdrücke wurden im Haus gefunden, im alten Haus. Wollen Sie mir etwa erzählen, das Los Angeles Police Department glaubt jetzt, die belastenden Beweise wurden Harris von Angehörigen der Polizei untergeschoben?«

»Nein, Sir. Ich will Ihnen nur sagen, daß wir jetzt eine, wie es scheint, einleuchtende Erklärung dafür haben, wie dieses belastende Material dorthin gelangt ist.«

»Na, dann klären Sie mich mal auf.«

Bosch nahm zwei zusammengefaltete Zettel aus seiner Jackentasche und nahm sie auseinander. Einer war eine Fotokopie des Belegs aus der Waschanlage, den Pelfry gefunden hatte. Der andere war eine Kopie von Harris' Stechkarte, die ebenfalls von Pelfry stammte.

»Mrs. Kincaid, Sie fahren einen weißen Volvo-Kombi mit dem Kennzeichen eins-Berta-Heinrich-sechs-sechs-acht, richtig?«

»Nein, falsch«, antwortete Richter für sie.

Bosch blickte kurz zu ihm auf und wandte sich wieder der Frau zu.

»Fuhren Sie diesen Wagen letzten Sommer?«

»Ja, ich fuhr einen weißen Volvo-Kombi«, sagte sie. »An die Nummer erinnere ich mich nicht mehr.«

»Meine Familie besitzt in diesem County elf Vertragshandelshäuser und Anteile an sechs weiteren«, sagte ihr Mann. »Chevy, Cadillac, Mazda und wie sie alle heißen. Sogar ein

Porsche-Haus. Aber keine Volvo-Lizenz. Und ob Sie's glauben oder nicht, genau so einer muß es sein. Sie meinte, das wäre sicherer für Stacey, und dann endet sie … Aber lassen wir das.«

Sam Kincaid hob eine Hand, um seinen Mund zu verdecken, und rang um seine Fassung. Bosch wartete einen Moment, bevor er fortfuhr:

»Sie können mir, was die Autonummer angeht, ruhig glauben. Der Wagen war auf Sie zugelassen, Mrs. Kincaid. Am zwölften Juni letzten Jahres wurde dieser Wagen, der Volvo, bei Hollywood Wax & Shine am Sunset Boulevard gewaschen. Die Person, die den Wagen hinbrachte, entschied sich für das Tagesangebot, zu dem auch das Saugen des Wageninneren und eine Wachspflege gehörten. Hier ist der Beleg.«

Er beugte sich vor und legte ihn vor dem Ehepaar auf den Couchtisch. Beide beugten sich darüber, um ihn anzusehen. Richter lehnte sich über die Rückenlehne der Couch.

»Kann einer von Ihnen sich daran erinnern, den Wagen in diese Waschanlage gebracht zu haben?«

»Wir waschen unsere Autos nicht selbst«, erklärte Sam Kincaid. »Und wir fahren damit auch nicht in die Waschanlage. Wenn ich einen Wagen gewaschen haben will, lasse ich ihn in einen unserer Betriebe bringen. Dann brauche ich nicht dafür zu bezahlen –«

»Doch, ich erinnere mich«, unterbrach ihn seine Frau. »Das war ich. Ich war mit Stacey im Kino, im El Capitan. Wir parkten neben einer Baustelle – ein Gebäude, das ein neues Dach bekam. Als wir aus dem Kino kamen, war etwas auf dem Auto. Wie kleine Teerflecken, die der Wind daraufgeweht hatte. Es war ein weißer Wagen, und es fiel sehr stark auf. Als ich den Parkwächter bezahlte, fragte ich ihn nach einer Waschanlage. Er nannte mir eine.«

Kincaid sah seine Frau an, als hätte sie gerade bei einer Wohltätigkeitsgala laut gerülpst.

»Sie haben den Wagen also dort waschen lassen«, sagte Bosch.

»Ja. Jetzt fällt es mir wieder ein.«

Sie sah ihren Mann an und dann wieder Bosch.

»Der Beleg ist vom zwölften Juni«, fuhr Bosch fort. »Wie lange nach Beginn der Schulferien Ihrer Tochter war das?«

»Es war der erste Ferientag. So haben wir uns immer auf den Sommer eingestimmt. Wir gingen zusammen zum Mittagessen und dann ins Kino. Es war ein Film über diese zwei Männer, die eine Maus in ihrem Haus nicht finden können. Richtig nett … Die Maus hat sie alle an der Nase herumgeführt.«

Ihr Blick ruhte auf der Erinnerung, und auf ihrer Tochter. Dann richtete er sich wieder auf Bosch.

»Also keine Schule mehr«, sagte Bosch. »Könnte sie die Bücher am letzten Schultag im Volvo liegengelassen haben? Vielleicht auf dem Rücksitz?«

Kate Kincaid nickte langsam.

»Ja. Ich weiß noch, daß ich ihr irgendwann im Lauf des Sommers sagen mußte, sie solle die Bücher aus dem Auto holen. Sie rutschten beim Fahren immer herum. Stacey hat es aber nicht getan. Deshalb brachte ich die Bücher schließlich in ihr Zimmer.«

Bosch beugte sich wieder vor und legte die andere Fotokopie vor sie hin.

»Michael Harris arbeitete letzten Sommer bei Hollywood Wax & Shine. Das ist seine Stechkarte für die Woche, in der auch der zwölfte Juni liegt. Er hat an dem Tag, an dem Sie den Volvo dort waschen ließen, den ganzen Tag gearbeitet.«

Sam Kincaid beugte sich wieder vor und betrachtete die Kopie.

»Sie meinen, wir haben die ganze Zeit …«, begann Kincaid und verstummte. »Wollen Sie damit sagen, daß er – Harris – den Volvo innen ausgesaugt und bei dieser Gelegenheit das Buch meiner Stieftochter angefaßt hat? Um es beiseite zu legen oder so? Und dann brachte meine Frau das Buch in Staceys Zimmer. Und als sie entführt wurde …«

»Fand die Polizei die Fingerabdrücke darauf«, sprach Bosch weiter. »Ja, das ist, was wir inzwischen denken.«

»Warum kam das beim Prozeß nicht heraus? Warum –«

»Weil es andere Beweise gab, die Harris mit dem Mord in Verbindung brachten«, sagte Edgar. »Das Mädchen – äh,

281

Stacey – wurde keine zwei Blocks von Harris' Wohnung gefunden. Das war ein zusätzliches belastendes Moment. Sein
Anwalt hielt es taktisch für das beste, die Sache den Cops anzuhängen. Er wollte Zweifel an der Beweiskraft der Fingerabdrücke wecken, indem er Zweifel an der Glaubwürdigkeit der
Cops weckte. An der Wahrheit war er nicht interessiert.«

»Genausowenig wie die Cops«, fuhr Bosch fort. »Sie hatten
die Abdrücke, und als die Leiche in unmittelbarer Nähe von
Harris' Wohnung gefunden wurde, war der Fall für sie klar.
Wie Sie sich sicher erinnern, war die ganze Sache von Anfang
an emotional sehr stark aufgeladen. Das änderte sich an dem
Punkt, an dem die Leiche gefunden wurde und alles auf Harris' Täterschaft hindeutete. Aus der Suche nach einem kleinen
Mädchen wurde plötzlich die Strafverfolgung eines bestimmten Verdächtigen. Zu einer Suche nach der Wahrheit kam es
dazwischen allerdings nie.«

Sam Kincaid schien aus allen Wolken zu fallen.

»Die ganze Zeit«, sagte er. »Können Sie sich vorstellen, was
für ein Haß sich in mir gegen diesen Mann aufgestaut hat?
Dieser Haß, diese bodenlose, abgrundtiefe Verachtung, ist das
einzige echte Gefühl, das ich in den letzten neun Monaten
hatte…«

»Das kann ich gut verstehen, Sir«, sagte Bosch. »Aber wir
müssen noch einmal von vorne anfangen. Wir müssen den Fall
neu aufrollen. Das war, was Howard Elias getan hat. Wir haben Grund zu der Annahme, daß er wußte, was ich Ihnen gerade gesagt habe. Allerdings wußte er auch – oder zumindest
hatte er eine ziemlich genaue Vorstellung –, wer der wahre
Mörder war. Wir glauben, das hat ihn das Leben gekostet.«

Sam Kincaid machte ein überraschtes Gesicht.

»Aber im Fernsehen hieß es vor kurzem –«

»In diesem Fall hat das Fernsehen leider nicht recht, Mr.
Kincaid. In diesem Fall haben wir recht.«

Kincaid nickte. Sein Blick wanderte auf die Aussicht und
den Smog hinaus.

»Was wollen Sie von uns?« fragte Kate Kincaid.

»Ihre Hilfe. Ihre Unterstützung. Ich weiß, wir fallen mit der
Tür ins Haus und erwarten deshalb nicht, daß Sie alles stehen-

und liegenlassen. Aber wie Sie sicher verstehen werden, wenn Sie in letzter Zeit einen Blick in den Fernseher geworfen haben, bleibt uns nicht allzuviel Zeit.«

»Sie können auf unsere uneingeschränkte Unterstützung zählen«, sagte Sam Kincaid. »Und D. C. ist hiermit ermächtigt, alles zu tun, was er für Sie tun soll.«

Bosch sah von Kincaid zu dem Sicherheitsberater und dann wieder zu Kincaid.

»Das wird, glaube ich, nicht nötig sein. Vorerst haben wir nur noch ein paar Fragen, und morgen würden wir dann gern noch einmal herkommen und die Sache neu aufrollen.«

»Selbstverständlich. Was wollen Sie wissen?«

»Howard Elias fand die Dinge, die ich Ihnen gerade erzählt habe, infolge eines anonymen Hinweises heraus, den er mit der Post zugeschickt bekam. Weiß einer von Ihnen beiden, von wem er ihn erhalten haben könnte? Wer könnte gewußt haben, daß der Volvo in der Waschanlage gewaschen worden war?«

Er bekam lange keine Antwort.

»Nur ich«, sagte Kate Kincaid schließlich. »Ich wüßte nicht, wer sonst. Ich kann mich nicht erinnern, jemandem erzählt zu haben, daß ich dort war. Warum sollte ich auch?«

»Haben Sie Howard Elias diese Nachricht geschickt?«

»Nein. Natürlich nicht. Warum hätte ich Michael Harris helfen sollen? Ich dachte, er wäre derjenige, der… der meine Tochter entführt hat. Jetzt erzählen Sie mir, er ist unschuldig, und ich muß sagen, ich glaube Ihnen. Aber vorher, nein, da hätte ich keinen Finger gerührt, um ihm zu helfen.«

Bosch musterte sie, während sie sprach. Ihr Blick wanderte vom Couchtisch zur Aussicht und dann zu ihren verschränkten Händen. Den Fragesteller sah sie nicht an. Bosch, der fast sein ganzes Erwachsenendasein lang bei Vernehmungen und Verhören herauszubekommen versucht hatte, was in anderen Menschen vorging, wußte in diesem Moment, daß sie Elias die anonyme Nachricht geschickt hatte. Er konnte sich nur nicht erklären, warum. Er blickte wieder zu Richter auf und stellte fest, daß auch der Sicherheitsberater die Frau aufmerksam beobachtete. Bosch fragte sich, ob er dasselbe sah. Er beschloß, zum nächsten Punkt überzugehen.

283

»Das Haus, in dem das Verbrechen stattfand. Das in Brentwood. Wem gehört es jetzt?«

»Es gehört immer noch uns«, sagte Sam Kincaid. »Wir wissen noch nicht, was wir damit machen sollen. Einerseits wollen wir es loswerden und nichts mehr damit zu tun haben. Andererseits ... hat Stacey dort gelebt. Sie hat die Hälfte ihres Lebens dort verbracht.«

»Ich verstehe. Ich würde es mir gern —«

Boschs Pager ertönte. Er schaltete ihn ab und sprach weiter.

»Ich würde es mir gern ansehen, ihr Zimmer. Wenn möglich, schon morgen. Bis dahin haben wir einen Durchsuchungsbefehl. Ich weiß, Sie sind ein vielbeschäftigter Mann, Mr. Kincaid. Vielleicht könnten Sie, Mrs. Kincaid, sich dort mit mir treffen und mir alles zeigen. Vor allem Staceys Zimmer. Natürlich nur, falls es nicht zu schmerzhaft für Sie ist.«

Kate Kincaid sah aus, als graute ihr davor, in das Haus in Brentwood zurückzukehren. Aber sie nickte teilnahmslos.

»D. C. soll sie hinfahren«, erklärte Sam Kincaid. »Und Sie können sich überall umsehen. Sie brauchen keinen Durchsuchungsbefehl. Wir erteilen Ihnen die Erlaubnis. Wir haben nichts zu verbergen.«

»Ich wollte nie andeuten, daß dem so wäre, Sir. Der Durchsuchungsbefehl ist nötig, damit es später keinen Ärger gibt. Er dient mehr unserer Absicherung. Falls im Haus etwas Neues gefunden wird, was uns auf die Spur des wahren Mörders bringt, möchten wir vermeiden, daß die betreffende Person eine rechtliche Handhabe erhält, dieses Beweismaterial anzufechten.«

»Ich verstehe.«

»Und es ist sehr freundlich von Ihnen, uns Mr. Richters Hilfe anzubieten, aber das ist nicht nötig.« Bosch sah Kate Kincaid an. »Es wäre mir lieber, wenn nur Sie kämen, Mrs. Kincaid. Wann würde es Ihnen passen?«

Während sie nachdachte, sah Bosch auf seinen Pager. Die Nummer darauf war die eines Morddezernatanschlusses. Aber hinter der Telefonnummer stand eine 911. Es war eine verschlüsselte Nachricht von Kiz Rider: Sofort anrufen.

284

»Äh, entschuldigen Sie mich bitte«, sagte Bosch. »Sieht so aus, als wäre der Anruf wichtig. Könnte ich hier vielleicht irgendwo telefonieren? Ich habe zwar ein Funktelefon im Auto, aber in diesen Hügeln weiß ich nicht, ob ich damit –«

»Aber selbstverständlich«, sagte Sam Kincaid. »Nehmen Sie das in meinem Büro. Durch die Eingangshalle und dann nach links. Die zweite Tür auf der linken Seite. Dort können Sie ungestört telefonieren. Wir warten hier mit Detective Edwards.«

Bosch stand auf.

»Edgar«, sagte Edgar.

»Entschuldigung. Detective Edgar.«

Als Bosch in die Eingangshalle ging, ertönte ein anderer Pager. Diesmal war es der von Edgar. Er wußte, es war Rider mit der gleichen Nachricht. Edgar sah auf seinen Pager und dann auf die Kincaids.

»Ich gehe lieber mit Detective Bosch.«

»Hört sich nach einer größeren Sache an«, sagte Sam Kincaid. »Ich hoffe, es sind keine Krawalle ausgebrochen.«

»Das hoffe ich auch«, sagte Edgar.

In Kincaids Arbeitszimmer hätte das ganze Morddezernat Hollywood Platz gefunden. Es war ein riesiger, hoher Raum, und die Bücherregale an zwei Wänden reichten bis an die Decke. Das Kernstück des Raums war ein Schreibtisch, gegen den selbst der von Howard Elias winzig war. Er sah aus, als könnte man sich in ihm ein geräumiges Büro einrichten.

Bosch ging um ihn herum und griff nach dem Telefon. Edgar kam hinter ihm in den Raum.

»Hat sich Kiz bei dir auch gemeldet?« fragte Bosch.

»Ja. Offensichtlich tut sich irgendwas.«

Bosch tippte die Nummer ein und wartete. Auf dem Schreibtisch stand ein goldgerahmtes Foto von Kincaid mit seiner Stieftochter auf dem Schoß. Das Mädchen war wirklich schön. Bosch mußte daran denken, was Frankie Sheehan gesagt hatte: daß sie sogar tot wie ein Engel ausgesehen hatte. Er wandte den Blick ab und entdeckte den Computer, der auf einem Arbeitstisch rechts neben dem Schreibtisch stand. Auf dem Monitor war der Bildschirmschoner zu sehen. Er zeigte verschiedene Autos, die kreuz und quer über den Bildschirm flitzten. Edgar bemerkte es auch.

»Der Autozar«, flüsterte Edgar. »Smogscheich würde es eher treffen.«

Rider ging dran, bevor das erste Läuten aufhörte.

»Hier Bosch.«

»Harry, hast du schon mit den Kincaids gesprochen?«

»Wir sind gerade bei ihnen. Mitten drin. Was gibt's –«

»Hast du sie schon auf ihre Rechte aufmerksam gemacht?«

Bosch war einen Moment still. Als er wieder zu sprechen begann, war seine Stimme sehr leise.

»Sie auf ihre Rechte aufmerksam gemacht? Nein. Wieso, Kiz?«

»Harry, sieh zu, daß du dich irgendwie abseilen kannst. Kommt auf schnellstem Weg hierher zurück.«

So ernst hatte Bosch Rider noch nie erlebt. Er sah Edgar an, der nur die Augenbrauen hochzog. Er hatte nichts von dem Wortwechsel mitbekommen.

»Okay, Kiz, wir fahren sofort los. Erzählst du mir auch, warum?«

»Nein. Das muß ich dir zeigen. Ich habe Stacey Kincaid im Jenseits gefunden.«

26

Bosch wußte Kizmin Riders Gesichtsausdruck nicht zu deuten, als er mit Edgar den Bereitschaftsraum betrat. Sie saß allein am Mordkommissionstisch, und der Schein ihres Laptopdisplays spiegelte sich schwach auf ihrem dunklen Gesicht. Sie wirkte gleichermaßen entsetzt wie entschlossen. Bosch kannte diesen Blick, hatte aber keine Worte dafür. Sie hatte etwas Schreckliches gesehen, wußte aber zugleich, daß sie etwas dagegen tun konnte.

»Kiz«, sagte Bosch.

»Setzt euch! Hoffentlich habt ihr bei den Kincaids kein Haar in der Suppe gelassen.«

Bosch zog seinen Stuhl heraus und setzte sich. Edgar folgte seinem Beispiel. Die von Rider benutzte Redewendung bezog sich auf einen verfassungsrechtlichen oder verfahrenstechnischen Fehler, der ein Gerichtsverfahren beeinträchtigen konnte. Wenn zum Beispiel ein Verdächtiger einen Anwalt verlangt, aber dann vor dem Eintreffen des Anwalts ein Verbrechen gesteht, ist das ein Haar in der Suppe. Das Geständnis ist beeinträchtigt. Ganz ähnlich ist die Wahrscheinlichkeit sehr gering, daß irgend etwas, was ein Verdächtiger sagt, später vor Gericht gegen ihn verwandt werden kann, wenn er vor der Vernehmung nicht auf seine Rechte aufmerksam gemacht wurde.

»Keiner von beiden galt als Verdächtiger, als wir bei ihnen anrückten«, sagte Bosch. »Es gab keinen Grund, sie auf ihre Rechte aufmerksam zu machen. Wir haben ihnen nur mitgeteilt, daß der Fall neu aufgerollt wird, und ihnen ein paar allgemeine Fragen gestellt. Im übrigen kam nichts von Bedeutung dabei heraus. Wir haben sie darauf aufmerksam gemacht, daß Harris als Täter nicht mehr in Frage kommt, und damit hatte es sich auch schon. Was hast du rausgefunden, Kiz? Vielleicht solltest du es uns mal zeigen.«

»Okay, holt eure Stühle hier rüber. Ich werde euch gleich eine kleine Einführung in Sachen Internet geben.«

Sie rutschten mit ihren Stühlen links und rechts neben sie. Bosch sah, daß die Mistress-Regina-Internetseite auf ihrem Computerbildschirm war.

»Erst mal, kennt einer von euch beiden Lisa oder Stacey O'Connor aus dem Betrugsdezernat in der Downtown?«

Bosch und Edgar schüttelten den Kopf.

»Sie sind keine Schwestern. Sie haben nur denselben Nachnamen. Sie arbeiten für Sloane Inglert. Wer das ist, wißt ihr aber, oder?«

Jetzt nickten sie. Inglert gehörte einer neuen Einheit für Computerkriminalität an, die vom Parker Center aus operierte. Zu Beginn dieses Jahres hatte diese Einheit, und insbesondere Inglert, verstärkt im Rampenlicht gestanden, weil sie Brian Fielder faßten, einen international bekannten Hacker und Leiter der ›Merry Pranksters‹, einer berüchtigten Hackergruppe. Fielders Kabinettstückchen und Inglerts Jagd im Internet nach ihm hatten in der Presse wochenlang für Schlagzeilen gesorgt und sollten jetzt in Hollywood sogar verfilmt werden.

»Also«, fuhr Rider fort. »Die beiden sind Freundinnen von mir. Ich kenne sie aus der Zeit, als ich noch beim Betrugsdezernat war. Ich rief sie an, und sie hatten nichts dagegen, mir zu helfen, da sie sonst ihre Uniform aus dem Schrank holen und heute nacht zwölf Stunden Dienst hätten schieben müssen.«

»Sie sind hierhergekommen?« fragte Bosch.

»Nein, in ihr Büro im Parker. Wo sie die richtigen Computer stehen haben. Aber wir haben miteinander telefoniert, als sie dort waren. Ich erzählte ihnen, was wir hatten – die Adresse dieser Internetseite, mit der wir nichts Rechtes anzufangen wußten, obwohl uns klar war, daß sie irgend etwas bedeuten muß. Ich erzählte ihnen von unserem Besuch bei Mistress Regina, was sie, glaube ich, ziemlich gespenstisch fanden. Jedenfalls machten sie mir klar, daß das, wonach wir suchten, möglicherweise gar nichts mit Regina selbst zu tun haben müßte, sondern nur mit ihrer Internetseite. Sie meinten, die Seite könnte gekidnappt worden sein und wir sollten in dem Bild nach einem verborgenen Hypertext-Link suchen.«

Bosch hob die Hände, aber bevor er etwas sagen konnte, fuhr Rider fort:

»Ich weiß, ich weiß – drück dich verständlicher aus! Mache ich. Ich wollte lediglich Schritt für Schritt vorgehen. Weiß einer von euch überhaupt etwas über Internetseiten? Kann ich wenigstens mal soviel voraussetzen?«

»Nein«, sagte Bosch.

»Nada«, sagte Edgar.

»Okay, dann versuche ich mich möglichst einfach auszudrücken. Wir fangen mit dem Internet an. Das Internet ist der sogenannte Daten-Superhighway, okay? Tausende von Computersystemen, alle durch das Fernmeldenetz miteinander verbunden. Weltweit. Und nun gibt es auf diesem Datenhighway Millionen von Abzweigungen, Orte, die man aufsuchen kann. Das sind ganze Computernetzwerke, Websites und so weiter und so fort.«

Sie deutete auf Mistress Regina auf dem Computerschirm.

»Das ist eine einzelne Internetseite in einer Website, die noch viele andere Seiten enthält. Ihr seht jetzt nur diese eine Seite auf meinem Computer, aber sie ist sozusagen in der größeren Website zu Hause. Und diese Website wiederum befindet sich in einem richtigen, real existierenden Gerät – in einem Computer, den wir den Webserver nennen. Könnt ihr mir soweit folgen?«

Bosch und Edgar nickten.

»Soweit schon«, sagte Bosch. »Glaube ich jedenfalls.«

»Gut. Nun kann ein solcher Server nicht nur eine, sondern eine ganze Menge von Websites verwalten und betreiben. Angenommen, du willst im Internet eine Harry-Bosch-Seite einrichten, dann gehst du zu einem Server und sagst: ›Setzt meine Internetseite in eine eurer Websites. Am besten in eine für mürrische Polizisten, die niemandem viel erzählen, falls Sie so was haben.‹«

Das trug ihr ein Lächeln von Bosch ein.

»So funktioniert das also. Häufig hat man ähnlich geartete Firmen oder Interessen in einer Site zusammengefaßt. Aus diesem Grund kommt man sich wie in Sodom und Gomorra vor, wenn man einen Blick in diese spezielle Website wirft. Denn innerhalb einer Site tun sich immer Anbieter mit ähnlichen Interessen zusammen.«

»Okay«, sagte Bosch.

»Was der Server vor allem bieten sollte, ist Sicherheit. Damit meine ich die Gewähr, daß niemand in sein System eindringt und Zugriff auf deine Internetseite hat – daß er sie also nicht ändern oder löschen kann. Das Problem ist, der Schutz, den die Internetserver bieten, ist nicht allzu groß. Und wenn jemand es schafft, in einen Server einzudringen, kann er frei über eine Website verfügen und jede beliebige Seite der Site hijacken.«

»Was heißt in diesem Fall hijacken?« fragte Edgar.

»Er kann eine beliebige Seite der Site nehmen und sie als Tarnadresse für seine Zwecke verwenden. Stellt euch das so vor, wie ihr es hier auf meinem Bildschirm seht. Er kann hinter das Bild, das ihr hier seht, und nach Lust und Laune alle

289

möglichen verborgenen Zugänge und Befehle legen. Er kann die Seite als Zugang zu allem benutzen, wonach ihm der Sinn steht.«

»Und das ist, was jemand mit ihrer Page gemacht hat?« fragte Bosch.

»Genau. Ich ließ O'Connor/O'Connor die genaue Internetadresse feststellen. Das heißt, sie haben diese Seite zum Server zurückverfolgt. Sie haben alles abgecheckt. Es gibt zwar durchaus ein paar Firewalls – Sicherheitssperren –, aber dafür gelten noch die Standardpaßwörter. Und damit sind die Firewalls wirkungslos.«

»Ich verstehe nur noch Bahnhof«, sagte Bosch.

»Wenn ein Server installiert wird, sind Standardpaßwörter nötig, um erst einmal hineinzukommen. Mit anderen Worten, Standardnamen und -paßwörter zum Einloggen. Gast/Gast zum Beispiel. Oder Verwalter/Verwalter. Sobald der Server in Betrieb ist und läuft, sollten diese Paßwörter gelöscht werden, um ein unbefugtes Eindringen zu verhindern, aber relativ häufig wird es vergessen, und das sind dann Hintertürchen, durch die man sich unbemerkt einschleichen kann. Hier wurde es vergessen. Lisa kam mit Verwalter/Verwalter rein. Und wenn sie es geschafft hat, kann sich auch jeder halbwegs vernünftige Hacker Zugang zu dem Server verschaffen und Mistress Reginas Page hijacken. Und genau das hat ja auch irgend jemand getan.«

»Und was hat er dann gemacht?« wollte Bosch wissen.

»Er hat ein verstecktes Hypertext-Link eingesetzt. Einen Hot Button. Wenn man ihn findet und drückt, bringt er den Benutzer in eine völlig andere Website.«

»Bitte so, daß ich auch mitkomme«, sagte Edgar.

Rider überlegte kurz.

»Stellt euch ein großes Gebäude vor – das Empire State Building. Ihr seid auf einer bestimmten Etage. Mistress Reginas Etage. Und ihr findet einen versteckten Knopf an der Wand. Ihr drückt ihn, und eine Lifttür, die ihr vorher nicht gesehen habt, geht auf, und ihr steigt ein. Der Lift bringt euch in ein anderes Stockwerk, und die Tür geht auf. Ihr steigt aus. Ihr seid an einem völlig neuen Ort. Aber ihr wärt dort nicht hingekommen, wenn ihr nicht auf Mistress Reginas Etage gewesen wärt und zufällig den verborgenen Knopf entdeckt hättet.«

»Oder gesagt bekommen, wo er ist«, sagte Bosch.

»Richtig«, sagte Rider. »Nur Eingeweihte kommen rein.«

Bosch deutete mit dem Kopf auf ihren Computer.

»Zeig mal.«

»Wie ihr euch vielleicht erinnert, bestand die erste Nachricht an Elias aus der Adresse der Internetseite und dem Bild von Regina. Die zweite lautete: ›Mach das Tüpfelchen auf das I, Humbert Humbert.‹ Der unbekannte Verfasser dieser Nachrichten sagte Elias einfach, was er mit der Internetseite machen sollte.«

»Einen Punkt auf das I in Regina setzen?« fragte Edgar. »Mit der Maus das I-Tüpfelchen anklicken?«

»Das dachte ich zuerst auch, aber O'Connor/O'Connor erklärten mir, ein Hot Button kann nur hinter einem Bild versteckt werden. Das hängt mit der Pixel-Auflösung zusammen, was uns aber hier nicht weiter zu interessieren braucht.«

»Man klickt also das Auge an?« Bosch deutete auf sein Auge.*

»Genau.«

Rider wandte sich ihrem Laptop zu und bewegte die Maus. Bosch beobachtete, wie der Pfeil auf dem Bildschirm zu Mistress Reginas linkem Auge wanderte. Rider klickte es an, und der Bildschirm wurde dunkel.

»So, jetzt sind wir in diesem Lift.«

Nach ein paar Sekunden erschien ein blauer Wolkenhimmel auf dem Bildschirm. Dann erschienen auf den Wolken winzige Engel mit Flügeln und einem Heiligenschein. Dann erschien ein Paßwortdialog.

»Humbert Humbert«, sagte Bosch.

»Na, was willst du denn, Harry, du kannst es doch! Du stellst dich nur dümmer, als du bist.«

---

* Im Englischen werden der Buchstabe I und eye, das Auge, zwar unterschiedlich geschrieben, aber gleich ausgesprochen. Anm. d. Übers.

Sie gab den Namen Humbert in die Felder für den Benutzernamen und das Paßwort ein, und dann wurde der Bildschirm wieder dunkel. Eine paar Sekunden später erschien eine Begrüßung.

WILLKOMMEN IN CHARLOTTES WEBSITE

Hinter dem Text formierte sich ein bewegliches Cartoonbild. Über den unteren Rand der Seite krabbelte eine Spinne, die schließlich kreuz und quer über den Bildschirm zu flitzen und ein Netz darüber zu ziehen begann. Als das Netz fertig war, erschienen darauf Fotos von den Gesichtern kleiner Mädchen, so, als wären sie darin gefangen. Als das Bild des Spinnennetzes und der darin gefangenen Mädchen fertig war, zog sich die Spinne an den oberen Rand des Netzes zurück.

»Das ist ja richtig krank«, knurrte Edgar. »Was soll das denn geben?«

»Das ist eine Pädophilen-Site.« Mit dem Fingernagel tippte Rider unter einem der Fotos in dem Netz auf den Bildschirm. »Und das ist Stacey Kincaid. Man klickt das Foto an, das einem gefällt, und bekommt eine Auswahl von Fotos und Videos. Wirklich ganz, ganz schreckliche Sachen. Dieser arme kleine Engel, vielleicht ist sie tot wirklich besser dran.«

Rider führte den Cursor zum Foto des blonden Mädchens. Es war zu klein, um Stacey Kincaid darauf erkennen zu können. Bosch hätte sich lieber einfach auf Riders Wort verlassen.

»Seid ihr bereit für das, was jetzt kommt?« fragte Rider. »Die Videos kann ich auf meinem Laptop nicht abspielen, aber ihr könnt euch auch schon anhand der Fotos einen Eindruck verschaffen.«

Sie wartete nicht auf eine Antwort, und sie bekam auch keine. Sie doppelklickte, und auf dem Bildschirm erschien ein Foto von einem kleinen Mädchen, das nackt vor einer Hecke stand. Sie lächelte auf eine gezwungene, erkennbar unnatürliche Art. Trotz des Lächelns hatte ihr Gesichtsausdruck etwas sehr Verlorenes. Ihre Hände waren auf ihren Hüften. Bosch hatte keinen Zweifel. Es war Stacey Kincaid. Er versuchte zu atmen, aber es war, als kollabierten seine Lungen. Er verschränkte die Arme über der Brust. Rider begann den Bildschirm abzurollen, und es kam eine Reihe von Fotos, auf denen das Mädchen zuerst in verschiedenen Posen allein zu sehen war, dann mit einem Mann. Es war immer nur der nackte Oberkörper des Mannes zu sehen, nie sein Gesicht. Die letzten Fotos zeigten das Mädchen und den Mann bei verschiedenen sexuellen Handlungen. Schließlich kamen sie zum letzten Foto. Darauf war Stacey Kincaid in einem weißen Kleid mit kleinen Signalwimpeln abgebildet. Sie winkte in die Kamera. Obwohl es das harmloseste war, schien dieses Foto irgendwie das schlimmste zu sein.

»Okay, dann geh mal vor oder zurück oder was du sonst tun mußt, um das da wegzukriegen«, sagte Bosch.

Er beobachtete, wie Rider den Cursor zu einem Schaltfeld unter dem letzten Foto bewegte, auf dem HOME stand. In Boschs Augen entbehrte es nicht einer gewissen bitteren Ironie, daß man hier rauskam, indem man auf HOME klickte. Rider klickte das Icon an, und auf dem Bildschirm erschien wieder das Spinnennetz. Bosch zog seinen Stuhl an seinen alten Platz zurück und ließ sich darauf niedersinken. Plötzlich überkamen ihn tiefe Erschöpfung und Niedergeschlagenheit. Er wollte nach Hause fahren und nur noch schlafen und alles vergessen, was er wußte.

»Die Menschen sind schlimmer als jedes Tier«, sagte Rider. »Es gibt nichts, was sie sich nicht antun. Bloß um ihre Gelüste zu befriedigen.«

Bosch stand auf und ging zu einem der umstehenden Schreibtische, der McGrath gehörte, einem Detective des Einbruchsdezernats. Er zog die Schubladen heraus und begann sie zu durchwühlen.

»Harry«, fragte Rider, »was suchst du?«

»Eine Zigarette. Ich dachte, Paul hat immer welche in seinem Schreibtisch.«

»Früher ja. Aber ich habe ihm gesagt, er soll sie lieber nach Hause mitnehmen.«

Eine Hand immer noch an einer der Schubladen, sah Bosch zu ihr hinüber.

»Das hast du ihm gesagt?«

»Ich wollte nicht, daß du rückfällig wirst, Harry.«

Bosch schob die Schublade zu und kehrte zu seinem Stuhl zurück.

»Vielen Dank, Kizmin. Du hast mich gerettet.«

In dem Ton, in dem er es sagte, schwang auch nicht ein Anflug von Dankbarkeit mit.

»Du wirst es schon überstehen, Harry.«

Bosch bedachte sie mit einem vielsagenden Blick.

»Du hast wahrscheinlich in deinem ganzen Leben noch keine ganze Zigarette geraucht und willst mir sagen, wie ich aufhören soll und daß ich es schon überstehen werde?«

»Entschuldige. Ich wollte dir nur helfen.«

»Wie gesagt, vielen Dank.«

Er sah auf ihren Computer und nickte.

»Was sonst noch? Wie kommst du darauf, Sam und Kate Kincaid könnten damit so maßgeblich zu tun haben, daß wir sie auf ihre Rechte hätten aufmerksam machen sollen?«

»Sie müssen es gewußt haben.« Rider war überrascht, daß Bosch nicht sah, was sie sah. »Der Mann auf den Fotos, das muß Kincaid sein.«

»Moment mal!« sagte Edgar. »Woher willst du das wissen? Du hast das Gesicht von dem Kerl doch gar nicht gesehen. Wir haben eben mit diesem Typ und seiner Frau gesprochen, und sie waren immer noch fix und fertig wegen dieser Geschichte. Das war nicht bloß Theater.«

Jetzt begann es Bosch zu dämmern. Als er die Fotos auf dem Bildschirm gesehen hatte, hatte er zunächst gedacht, sie wären vom Entführer des Mädchens aufgenommen worden.

»Willst du damit sagen, daß diese Fotos schon älter sind? Daß sie schon vor ihrer Entführung mißbraucht wurde?«

»Ich will damit sagen, daß es wahrscheinlich gar keine Entführung gab. Stacey Kincaid war ein mißbrauchtes Kind. Ich würde sagen, ihr Stiefvater hat sie geschändet und dann wahrscheinlich umgebracht. Und das geht an sich nicht ohne das stillschweigende Wissen, wenn nicht sogar Einverständnis der Mutter.«

Bosch schwieg. Angesichts des Nachdrucks und Schmerzes in Riders Stimme fragte er sich unwillkürlich, ob sie aus persönlicher Erfahrung sprach.

»Wißt ihr«, sagte Rider, die offensichtlich die Skepsis ihrer Partner spürte. »Es gab mal eine Zeit, da dachte ich, ich würde gern zur Abteilung für Sexualverbrechen an Kindern gehen. Das war, bevor ich mich fürs Morddezernat bewarb. In der Gefährdete-Kinder-Einheit in Pacific hatten sie eine freie Stelle, und wenn ich gewollt hätte, hätte ich sie haben können. Zuerst schickten sie mich allerdings zu einem zweiwöchigen Lehrgang, den das FBI in Quantico einmal im Jahr über Sexualverbrechen an Kindern abhält. Eine Woche hielt ich durch. Dann wurde mir klar, daß ich das einfach nicht packen würde. Ich kam zurück und bewarb mich fürs Morddezernat.«

An diesem Punkt verstummte sie, aber weder Bosch noch Edgar sagten etwas. Sie wußten, da war noch mehr.

»Aber bevor ich das Handtuch warf«, fuhr Rider fort, »bekam ich genügend mit, um zu wissen, daß die meisten Fälle von Kindesmißbrauch innerhalb der Familie oder im engsten Freundes- oder Verwandtenkreis passieren. Die furchterregenden Ungeheuer, die durchs Fenster klettern und ihre Opfer entführen, sind eindeutig die Ausnahme.«

»Trotzdem ist das in diesem speziellen Fall noch kein Beweis, Kiz«, machte Bosch vorsichtig geltend. »Hier könnte es sich trotzdem um die seltene Ausnahme von der Regel handeln. Es war zwar nicht Harris, der durchs Fenster kam, aber dieser Kerl.«

Er deutete auf ihren Computer, aber zum Glück waren die Bilder von den Dingen, die der Mann ohne Kopf mit Stacey Kincaid anstellte, nicht mehr auf dem Bildschirm.

»Niemand kam durchs Fenster«, erklärte Rider bestimmt.

Sie zog einen Ordner zu sich heran und schlug ihn auf. Bosch sah, er enthielt eine Kopie von Stacey Kincaids Obduktionsbefund. Rider blätterte darin, bis sie zu den Fotos kam. Sie fand das gesuchte und reichte es Bosch. Während er es ansah, begann sie im schriftlichen Teil des Befunds zu blättern.

Das Foto, das Bosch in der Hand hielt, zeigte Stacey Kincaids Leiche an der Stelle und in der Stellung, in der sie gefunden worden war. Ihre Arme waren weit ausgebreitet. Sheehan hatte recht gehabt. Ihr Körper wurde wegen der inneren Verwesung schon dunkel, und das Gesicht war ausgezehrt, aber dennoch haftete ihr in ihrer Ruhe etwas Engelhaftes an. In Bosch krampfte sich alles zusammen beim Anblick des Mädchens, erst gequält und jetzt tot.

»Sieh dir das linke Knie an«, sagte Rider.

Das tat er und sah eine runde dunkle Stelle, die wie getrocknetes Blut aussah.

»Eine verschorfte Wunde?«

»Genau. Laut Obduktionsbefund hatte sie sie sich fünf oder sechs Tage vor ihrem Tod zugezogen. Also bevor sie entführt wurde. Demnach muß sie diese Verletzung die ganze Zeit über gehabt haben, die sie sich in der Gewalt ihres Entführers befand – falls es wirklich einen solchen gab. Auf den Fotos im Internet hat sie keinen Schorf am Knie. Wenn du möchtest, kann ich noch mal zurückgehen und es dir zeigen.«

»Ich verlasse mich auf dein Wort.«

»Ja«, fügte Edgar hinzu. »Ich auch.«

»Die Fotos im Internet wurden also aufgenommen, schon lange bevor sie angeblich entführt, lange bevor sie ermordet wurde.«

Bosch nickte, dann schüttelte er den Kopf.

»Was ist?« fragte Rider.

»Es ist nur … Ich weiß nicht. Vor vierundzwanzig Stunden gingen wir noch dieser Geschichte mit Elias nach und dachten, wir suchen vielleicht nach einem Polizisten. Und mit einem Mal …«

»Das läßt plötzlich alles in einem völlig anderen Licht erscheinen«, sagte Edgar.

»Moment mal, wenn das auf diesen Fotos mit ihr Sam Kincaid ist, warum sind sie dann noch im Internet? Ein solches Risiko würde er doch nie eingehen?«

»Daran habe ich auch schon gedacht«, sagte Rider. »Es gibt zwei Erklärungen. Eine wäre, daß er keinen aktiven Zugang zu der Website hat. Mit anderen Worten, er kann diese Fotos nicht herausnehmen, ohne den Betreiber der Site einzuschalten, wodurch er allerdings dessen Verdacht wecken und sich bloßstellen würde. Die zweite Erklärungsmöglichkeit wäre – oder vielleicht trifft auch beides zu –, daß er glaubt, er hätte nichts zu befürchten. Harris gilt als der Mörder, und ob er nun verurteilt wurde oder nicht, tut letztlich nichts zur Sache.«

»Trotzdem ist es nicht ganz ungefährlich, diese Fotos im Internet zu lassen, wo jeder sie sehen kann«, gab Edgar zu bedenken.

»Wer sieht sie denn schon?« fragte Rider. »Wer würde etwas sagen?«

Sie klang zu defensiv. Das merkte sie und fuhr in ruhigerem Ton fort:

»Seht ihr denn nicht? Die Leute, die Zugang zu dieser Site haben, sind Pädophile. Selbst wenn jemand, was ziemlich unwahrscheinlich ist, Stacey erkannt hätte, was, glaubt ihr, wird er wohl tun? Zur Polizei gehen und sagen: ›Also, ähm, ich ficke zwar gern kleine Kinder, aber sie umzubringen geht nun doch etwas zu weit. Könnten Sie bitte diese Fotos aus unserer Website nehmen?‹ Nie im Leben! Und überhaupt, vielleicht hat er die Fotos sogar ganz bewußt im Internet gelassen, um damit anzugeben. Wir wissen ja noch gar nicht, womit wir es hier zu tun haben. Durchaus möglich, daß jedes Mädchen in dieser Site tot ist.«

Während sie ihre zwei männlichen Kollegen zu überzeugen versuchte, war ihre Stimme immer schärfer geworden.

»Okay, okay«, sagte Bosch. »Hört sich alles durchaus einleuchtend an, Kiz. Aber bleiben wir erst mal bei unserem Fall. Wie sieht deine Theorie aus? Glaubst du, Elias kam bei seinen Recherchen bis an diesen Punkt, und das wurde ihm zum Verhängnis?«

»Natürlich. Das wissen wir doch sogar. Die vierte Nachricht. ›Er weiß, daß du es weißt.‹ Elias ging auf die geheime Website und wurde dabei ertappt.«

»Woher wußten sie, daß er dort war, wenn er doch dank der dritten Nachricht die Paßwörter hatte?« fragte Edgar.

»Gute Frage«, erwiderte Rider. »Das gleiche habe ich die O'Connors gefragt. Sie haben ein wenig rumgeschnüffelt, nachdem sie in den Server reingekommen waren. Bei dieser Gelegenheit fanden sie in der Website einen »Cookie Jar«. Das bedeutet folgendes: Es gibt dort ein Programm, das über jeden

Benutzer, der auf die Site geht, Daten sammelt. Diese Daten analysiert es dann, um festzustellen, ob jemand in der Site war, der eigentlich keinen Zugang dazu haben sollte. Selbst wenn jemand die Paßwörter weiß, wird sein Zugriff registriert und eine Datenspur zurückgelassen, eine sogenannte Internetprotokolladresse. Das ist wie ein Fingerabdruck. Die IP, oder das Cookie, wird auf der Site, auf die man zugreift, zurückgelassen. Dann analysiert das Cookie-Jar-Programm die IP-Adresse und vergleicht sie mit der Liste der registrierten Benutzer. Ist sie nicht darin enthalten, wird ein Flag gesetzt. Der Verwalter der Site sieht das Flag und kann den Eindringling ausfindig machen. Oder er kann ein Fangschaltungsprogramm installieren, das auf einen weiteren Besuch des Eindringlings wartet. Kommt er zurück, startet das Programm eine Fangschaltung, die dem Verwalter der Site zur E-Mail-Adresse des Eindringlings verhilft. Und sobald er die hat, hat er den Eindringling am Kragen. Dann kann er ihn identifizieren. Sieht er nach einem Cop aus, schließt er den Lift – die Internetseite, die er gehijackt und als geheimen Zugang benutzt hat –, und er sucht sich eine neue Internetseite, die er hijacken kann. In diesem Fall war es allerdings kein Cop, sondern ein Anwalt.«

»Und sie haben den Laden nicht dichtgemacht«, sagte Bosch, »sondern jemanden losgeschickt, der ihn abknallt.«

»Genau.«

»Das war also, glaubst du, was Elias getan hat«, fuhr Bosch fort. »Er bekam mit der Post diese Nachrichten und folgte den Hinweisen. Er stolperte in diese Website und löste einen Alarm aus. Ein Flag wurde gesetzt. Das hatte zur Folge, daß er umgebracht wurde.«

»Ja, so würde ich deuten, was wir bisher wissen – vor allem in Hinblick auf die vierte Nachricht. ›Er weiß, daß du es weißt.‹«

Verwirrt über seine eigene Auslegung der Geschichte, schüttelte Bosch den Kopf.

»Trotzdem steige ich noch nicht ganz durch. Wer sind diese ›sie‹, von denen wir hier die ganze Zeit sprechen? Die ich des Mordes beschuldige.«

»Ein Kinderpornoring. Die Benutzer der Site. Der Verwalter der Site – der Kincaid sein könnte – wurde auf den Eindringling aufmerksam, stellte fest, es war Elias, und beauftragte jemanden damit, sich der Sache anzunehmen, um zu verhindern, daß der ganze Ring aufflog. Ob er nun alle Mitglieder der Gruppe vorher darüber in Kenntnis gesetzt hat, spielt keine Rolle. Schuldig sind sie alle, weil bereits die Einrichtung dieser Website eine strafbare Handlung ist.«

Bosch hob die Hände, um sie zu bremsen.

»Langsam, langsam. Um diesen Ring und die Hintergründe des Ganzen soll sich die Staatsanwaltschaft kümmern. Wir konzentrieren uns weiter auf den Mörder und Kincaid. Wir gehen davon aus, er war an der Sache beteiligt, und irgendwie bekam es jemand heraus. Allerdings ging der Betreffende nicht zur Polizei, sondern steckte es Elias. Hört sich das logisch an?«

»Sicher. Wir kennen nur noch nicht alle Einzelheiten. Aber die Nachrichten sprechen für sich selbst. Sie deuten eindeutig darauf hin, daß jemand Elias einen Hinweis auf die Site gab und ihn dann warnte, daß man ihm auf die Schliche gekommen war.«

Bosch nickte und dachte kurz nach.

»Moment mal! Wenn bei Elias eine Flagge hochging, ging dann nicht auch bei dir eine hoch?«

»Nein. Das haben die O'Connors geregelt. Als sie im Server waren, fügten sie der Liste mit den zugelassenen Benutzern der Site sowohl meine als auch ihre IP hinzu. Deshalb gibt es keinen Alarm. Der Verwalter und die anderen Benutzer der Site werden also nicht merken, daß wir drinnen waren, es sei denn, sie sehen sich die Liste mit den registrierten Benutzern an und merken, daß sie geändert wurde. Ich glaube, wir haben auf jeden Fall genügend Zeit, um zu tun, was getan werden muß.«

Bosch nickte. Er wollte fragen, ob es legal war, was die O'Connors getan hatten, hielt es aber für besser, es nicht zu wissen.

»Und wer hat nun Elias diese Nachrichten geschickt?« fragte er statt dessen.

»Die Frau«, sagte Edgar. »Ich schätze, sie bekam ein schlechtes Gewissen und wollte Elias helfen, Sam, dem Autozaren, ein zweites Arschloch zu verpassen. Sie hat ihm die Nachrichten geschickt.«

»Das würde passen«, sagte Rider. »Der Absender der Nachrichten wußte von zwei Dingen: von Charlottes Website und von den Belegen der Waschanlage. Da fällt mir ein, sogar noch von einem dritten: daß Elias einen Alarm ausgelöst hatte. Deshalb würde ich auch auf die Frau tippen. Was hat sie heute für einen Eindruck gemacht?«

Die nächsten zehn Minuten erzählte ihr Bosch von ihren jüngsten Aktivitäten.

»Und das ist nur, was wir in Zusammenhang mit dem Fall unternommen haben«, fügte Edgar am Schluß hinzu. »Harry hat dir noch gar nicht erzählt, daß das Rückfenster meines Wagens zerschossen wurde.«

»Was?«

Edgar erzählte ihr die Geschichte, und sie hörte fasziniert zu.

»Haben sie den Schützen gefaßt?«

»Soweit wir gehört haben, nicht. Wir sind nicht so lange geblieben und haben gewartet.«

»Wißt ihr, auf mich ist noch nie geschossen worden«, sagte sie. »Muß ja eine irre Erfahrung gewesen sein.«

»Aber eine, auf die du bestimmt gern verzichten würdest«, sagte Bosch. »Ich habe noch ein paar Fragen zu dieser Internetgeschichte.«

»Ja?« sagte Rider. »Wenn ich sie dir nicht beantworten kann, dann können es die O'Connors.«

»Nein, keine technischen Fragen. Logische Fragen. Ich verstehe immer noch nicht, wie und warum dieses Material immer noch da ist, damit wir es uns ansehen können. Ich verstehe zwar, was du vorhin gesagt hast: daß die Benutzer lauter Pädophile sind, die glauben, sie hätten nichts zu befürchten. Aber mittlerweile ist Elias tot. Wenn sie ihn umgebracht haben, warum haben sie dann nicht wenigstens einen neuen Zugang angelegt?«

»Vielleicht sind sie gerade dabei, das zu tun. Elias ist erst achtundvierzig Stunden tot.«

300

»Und was ist mit Kincaid? Wir haben ihm gerade erzählt, wir rollen den Fall neu auf. Egal, ob nun die Gefahr besteht, daß die Sache auffliegt, oder nicht, möchte man doch meinen, er müßte sich sofort an den Computer gesetzt haben, sobald wir aus dem Haus waren, um sich entweder mit dem Verwalter der Site in Verbindung zu setzen oder die Site und die Bilder selbst herauszunehmen.«

»Auch das könnte er gerade versuchen. Aber selbst wenn dem so ist, wäre es zu spät. Die O'Connors haben alles auf ein Zip-Laufwerk gespeichert. Selbst wenn sie also die Site löschen, haben wir sie noch. Wir können nach wie vor jede IP-Adresse feststellen und jeden einzelnen dieser Leute fassen – falls man da überhaupt noch von Leuten sprechen kann.«

Wieder fragte sich Bosch angesichts des Nachdrucks und der Wut in ihrer Stimme, ob etwas von dem, was sie in der Website gesehen hatte, an etwas Persönliches, tief in ihrem Innern Verborgenes gerührt hatte.

»Wie machen wir also jetzt weiter?« fragte er. »Durchsuchungsbefehle?«

»Ja«, sagte Rider. »Und wir kaufen uns die Kincaids. Trotz ihrer großkotzigen Villa oben in den Hügeln. Wir haben schon mehr als genug, um sie wegen Kindesmißbrauchs zu vernehmen. Wir knöpfen sie uns einzeln vor, quetschen sie getrennt aus. Wir konzentrieren uns vor allem auf die Frau und sehen, ob wir ihr ein Geständnis entlocken können. Wir versuchen sie dazu zu bringen, auf ihr Recht auf Aussageverweigerung zu verzichten und uns ihren Mann, dieses Dreckschwein, ans Messer zu liefern.«

»Du weißt, wir haben es hier mit einer außerordentlich mächtigen Familie mit weitreichenden politischen Beziehungen zu tun.«

»Sag bloß, du hast Angst vor dem Autozaren?«

Bosch studierte ihre Miene, um sich zu vergewissern, daß sie nur Spaß machte.

»Ich habe nur Angst, zu schnell vorzugehen und alles zu verderben. Wir haben nichts, was einen der beiden mit dem Tod von Stacey Kincaid oder Howard Elias in Verbindung bringt. Wenn wir die Mutter hierher schaffen und sie aber nicht redet, möchte ich nicht wissen, wie uns der Autozar dann in den Auspuff sehen läßt. Das ist, wovor ich Angst habe, okay?«

Rider nickte.

»Sie kann es doch kaum erwarten, alles loszuwerden«, sagte Edgar. »Warum sonst hätte sie Elias diese Nachrichten geschickt?«

Bosch stützte die Ellbogen auf den Schreibtisch und wusch mit den Händen sein Gesicht, während er nachdachte. Er mußte eine Entscheidung treffen.

»Was ist mit Charlottes Website?« fragte er, das Gesicht immer noch von seinen Händen bedeckt. »Was machen wir damit?«

»Das überlassen wir Inglert und den O'Connors«, sagte Rider. »Die kaufen sich den ganzen Verein. Wie gesagt, sie können mit Hilfe der Liste alle Benutzer aufspüren. Sie identifizieren sie und nehmen sie fest. Wir lassen hier einen Kinderpornoring auffliegen. Aber das ist erst der Anfang. Vielleicht versucht der DA, die Morde allen Benutzern anzuhängen.«

»Wahrscheinlich sind sie über ganz Amerika verteilt«, sagte Edgar. »Die sitzen nicht nur in L. A.«

»Sie können sogar über die ganze Welt verteilt sein, aber das spielt keine Rolle. Unsere Leute werden mit dem FBI daran arbeiten.«

Weitere Momente des Schweigens verstrichen, bis Bosch schließlich die Hände auf den Schreibtisch sinken ließ. Er hatte seine Entscheidung getroffen.

»Okay«, sagte er. »Ihr zwei bleibt hier und kümmert euch um die Durchsuchungsbefehle. Ich möchte sie bis heute abend fertig haben, falls wir beschließen zuzuschlagen. Wir brauchen alle Waffen, Computerequipment – ihr wißt, was zu tun ist. Ich möchte Durchsuchungsbefehle für das alte Haus, das ihnen noch gehört, sowie für das neue, für sämtliche Fahrzeuge und für Kincaids Büro. Sieh außerdem zu, Jerry, was du über diesen Sicherheitsberater rausbekommen kannst.«

»D. C. Richter? Wird gemacht. Was –«

»Ach, die Durchsuchungsbefehle – schreib auch einen für seinen Wagen!«

302

»Und aus welchem Grund?« fragte Rider.

Bosch überlegte kurz. Er wußte, was er wollte, aber er brauchte eine rechtliche Handhabe, um es zu bekommen.

»Schreib einfach, da er Kincaids Sicherheitsberater ist, steht zu vermuten, daß sein Fahrzeug bei der Ausübung von Straftaten in Zusammenhang mit Stacey Kincaid verwendet wurde.«

»Das ist kein wahrscheinlicher Grund, Harry.«

»Wir stecken den Durchsuchungsbefehl zu den anderen. Vielleicht nimmt es der Richter nicht mehr so genau, wenn er die anderen gelesen hat. Da fällt mir ein – seht euch die Richterliste an. Legt sie einer Frau vor!«

Rider grinste. »Was sind wir doch raffiniert.«

»Was hast du vor, Harry?« wollte Edgar wissen.

»Ich fahre nach Downtown, mit Irving und Lidell reden, ihnen erzählen, was wir haben, und sehen, wie sie vorgehen wollen.«

Bosch sah Rider an. Jetzt sah er echte Enttäuschung in ihrer Miene.

»Das sieht dir aber gar nicht ähnlich, Harry«, sagte sie. »Du weißt genau, wenn du zu Irving gehst, schlägt er den konservativen Weg ein. Er läßt uns nichts unternehmen, bis wir nicht jede Eventualität ausgeschlossen haben.«

Bosch nickte. »Unter normalen Umständen träfe das sicher zu. Aber das sind keine normalen Umstände. Er will verhindern, daß die Stadt in Flammen aufgeht. Und das gelingt ihm am ehesten, wenn er sich das hier schnell zunutze macht. Irving ist durchaus so schlau, das zu begreifen.«

»Du hast eine viel zu hohe Meinung von den Menschen«, sagte Rider.

»Wieso?«

»Die beste Möglichkeit, die Flammen zu löschen, ist einen Cop zu verhaften. Irving hat Sheehan bereits in der Zange. Er wird deine Geschichte nicht hören wollen, Harry.«

»Glaubst du im Ernst, wenn du den Autozaren verhaftest und sagst, er hat Elias auf dem Gewissen, glauben dir alle und geben Ruhe?« fügte Edgar hinzu. »Du bist hoffnungslos naiv. Es gibt jede Menge Leute, die wollen, daß es ein Cop ist.

Nichts anderes wollen die hören. Irving ist auch so schlau, das zu begreifen.«

Bosch dachte an Sheehan, dem in einem Raum des Parker Center bereits als Opferlamm der Polizei Maß genommen wurde.

»Kümmert ihr euch um die Durchsuchungsbefehle«, sagte er. »Um alles weitere kümmere ich mich.«

27

Bosch sah aus dem Fenster auf die Demonstranten hinab, die vor dem Parker Center und auf der gegenüberliegenden Seite der Los Angeles Street in geordneten Reihen auf und ab gingen. Sie trugen Schilder, auf denen vorne GERECHTIGKEIT SOFORT und hinten GERECHTIGKEIT FÜR HOWARD ELIAS stand. Die Doppelbeschriftung der Schilder zeugte davon, wie sorgfältig die Protestaktion für die Medien inszeniert war. Bosch entdeckte Reverend Preston Tuggins unter den Demonstranten. Reporter gingen neben ihm her, hielten ihm Mikrophone unter die Nase und richteten Kameras auf sein Gesicht. Bosch sah keine Transparente, auf denen von Catalina Perez die Rede war.

»Detective Bosch«, sagte Deputy Chief Irving hinter ihm. »Geben Sie uns eine kurze Zusammenfassung! Welche Fakten Sie zusammengetragen haben, haben Sie uns bereits erzählt. Jetzt bringen Sie sie in einen sinnvollen Zusammenhang. Erklären Sie uns, was sie Ihrer Meinung nach zu bedeuten haben.«

Bosch drehte sich um. Er sah Irving an, dann Lindell. Sie befanden sich in Irvings Büro. Irving, der kerzengerade hinter seinem Schreibtisch thronte, war in voller Uniform – ein Zeichen, daß er später an einer Pressekonferenz teilnehmen würde. Lindell saß in einem der Sessel neben dem Schreibtisch. Bosch hatte ihnen gerade berichtet, was Rider herausgefunden hatte und welche Schritte seine Einheit bisher unternommen hatte. Jetzt wollte Irving seine Interpretation dieser Details hören.

Bosch sammelte sich, als er an den Schreibtisch zurückkehrte und neben Lindell Platz nahm.

»Ich glaube, Sam Kincaid hat seine Stieftochter ermordet oder war zumindest an ihrer Ermordung beteiligt. In Wirklichkeit fand nie eine Entführung statt. Das war nur etwas, das er in die Welt gesetzt hat. Und dann hatte er auch noch unverschämtes Glück. Etwas Besseres als diese Fingerabdrücke, die Harris schwer belasteten, konnte ihm gar nicht passieren. Danach war er praktisch aus dem Schneider.«

»Fangen Sie am Anfang an.«

»Okay. Dann fangen wir damit an, daß Kincaid pädophil ist. Er heiratete Kate vor sechs Jahren, vermutlich zur Tarnung. Und um an ihre Tochter heranzukommen. Die Leiche des Mädchens war bereits so stark verwest, daß bei der Obduktion nicht mehr festgestellt werden konnte, ob sie Spuren anhaltenden sexuellen Mißbrauchs aufwies. Aber ich behaupte, es gab welche. Und –«

»Wußte die Mutter davon?«

»Das weiß ich nicht. Sie dürfte es irgendwann gemerkt haben, aber *wann* das war, muß sich erst zeigen.«

»Fahren Sie fort. Und entschuldigen Sie die Unterbrechung.«

»Letzten Sommer muß etwas passiert sein. Möglicherweise drohte das Mädchen damit, es jemandem zu erzählen – ihrer Mutter, falls sie es nicht schon wußte, oder vielleicht wollte sie zur Polizei gehen. Oder Kincaid hatte einfach nur genug von ihr. Pädophile sind auf eine ganz bestimmte Altersgruppe fixiert. Stacey Kincaid ging auf die zwölf zu. Vielleicht wurde sie zu alt für den … Geschmack ihres Stiefvaters. Wenn er in der Hinsicht keine Verwendung mehr für sie hatte, stellte sie nur noch eine Gefahr für ihn dar.«

»Bei diesem Gespräch dreht es mir den Magen um, Detective. Wir sprechen von einem elfjährigen Mädchen.«

»Glauben Sie etwa, mir nicht, Chief? Ich habe die Fotos gesehen.«

»Dann fahren Sie bitte fort.«

»Irgend etwas passierte also, und er brachte sie um. Er versteckt die Leiche und stemmt das Fenster auf. Dann läßt er

305

den Dingen ihren Lauf. Am Morgen stellt die Mutter fest, das Mädchen ist verschwunden, und verständigt die Polizei. Das Märchen von der Entführung wird in die Welt gesetzt.«

»Und dann hatte er auch noch Glück«, sagte Lindell.

»Richtig. Besser hätte es für ihn gar nicht kommen können! Bei der Überprüfung aller Fingerabdrücke, die im Zimmer des Mädchens und im Rest des Hauses gefunden werden, stellt der Computer eine Übereinstimmung mit denen von Michael Harris fest, einem ehemaligen Häftling und notorischen Kleinkriminellen. Jetzt war die RHD nicht mehr zu bremsen. Als ob sie Scheuklappen aufgehabt hätten. Sie ließen alles liegen und stehen und konzentrierten sich ganz auf Harris. Sie nahmen ihn fest und quetschten ihn aus. Die Sache hatte nur einen Haken. Harris legte kein Geständnis ab, und außer den Fingerabdrücken gab es nichts, was ihn belastete. Inzwischen war den Medien Harris' Name zugespielt worden. Es wurde publik, daß die Polizei einen Verdächtigen hatte. Kincaid fand heraus, wo Harris wohnte – vielleicht bekam er es auch von einem netten Cop gesteckt, der einfach die Eltern des Opfers auf dem laufenden hielt. Egal, wie er es herausfand – er wußte, wo Harris lebte. Er holte die Leiche aus ihrem Versteck. Wenn Sie mich fragen, hatte er sie die ganze Zeit im Kofferraum eines Wagens. Wahrscheinlich auf einem seiner Grundstücke, die zum Abstellen der Autos benutzt wurden. Er brachte die Leiche also in das Viertel, in dem Harris wohnte, und deponierte sie auf einem unbebauten Grundstück ein paar Straßen von der Wohnung des Verdächtigen. Als sie dort am nächsten Morgen gefunden wurde, hatten die Cops endlich weiteres, wenn auch nicht sehr stichhaltiges Belastungsmaterial, das zu den Fingerabdrücken paßte. Aber Harris war nichts anderes als ein Sündenbock.«

»Seine Fingerabdrücke waren auf das Buch geraten, als er Mrs. Kincaids Wagen saubermachte«, sagte Irving.

»Richtig.«

»Und was ist nun mit Elias?« fragte Lindell. »Wieso wurde ihm das Ganze zum Verhängnis?«

»Das war, glaube ich, Mrs. Kincaids Schuld. Unbeabsichtigt. Irgendwann, nachdem sie ihre Tochter zur letzten Ruhe gebettet hatte, begann sie, glaube ich, Gespenster zu sehen. Sie bekam Schuldgefühle und versuchte vielleicht, alles wieder gutzumachen. Sie wußte, wozu ihr Mann imstande war, vielleicht hatte er ihr sogar ganz offen gedroht, weshalb sie es auf die heimliche Tour versuchte. Sie schickte Elias anonyme Nachrichten, um ihm auf die Sprünge zu helfen. Was ihr auch gelang. Elias verschaffte sich Zugang zu der geheimen Website, zu Charlottes Netz. Sobald er dort die Fotos des Mädchen sah, wurde ihm klar, wer wahrscheinlich der wahre Mörder war. Er hängte das Ganze jedoch nicht gleich an die große Glocke. Vielmehr hatte er vor, Kincaid eine gerichtliche Vorladung zu schicken und ihn vor Gericht damit zu konfrontieren. Allerdings machte er den Fehler, sich zu erkennen zu geben. Er hinterließ eine Spur in der Website. Kincaid oder die Betreiber der Site merkten, daß man ihnen auf die Schliche gekommen war.«

»Sie beauftragten einen Killer«, sagte Lindell.

»Ich kann mir jedenfalls nicht vorstellen, daß es Kincaid selbst getan hat. Aber vermutlich jemand, der für ihn arbeitet. Er hat einen eigenen Sicherheitsberater. Den nehmen wir mal unter die Lupe.«

Eine Weile saßen sie alle schweigend da. Irving verschränkte die Finger auf seinem Schreibtisch. Es befand sich nichts darauf. Nichts als lackiertes Holz.

»Sie müssen Sheehan freilassen«, sagte Bosch. »Er war es nicht.«

»Machen Sie sich wegen Sheehan mal keine Gedanken«, sagte Irving. »Wenn er unschuldig ist, kann er nach Hause. Ich will wissen, wie wir bei Kincaid weiter vorgehen sollen. Es sieht so aus, als …«

Bosch ignorierte sein Zögern.

»Wir machen mit dem weiter, was wir gerade tun«, erklärte er. »Wir lassen uns Durchsuchungsbefehle ausstellen, damit wir jederzeit zuschlagen können. Ich bin morgen vormittag mit Mrs. Kincaid in ihrem alten Haus verabredet. Ich fahre hin, sehe, wie die Sache läuft, und versuche ein Geständnis aus ihr herauszukitzeln. Sie macht den Eindruck, als bräuchte man sie nur kurz anzutippen, um sie zum Umfallen zu bringen. So oder so, wir halten ihnen die Durchsuchungsbefehle unter die Nase. Wir knöpfen uns alle vor und schlagen überall gleichzeitig zu – die Häuser, die Autos, die Büros. Wir sehen, was dabei herauskommt. Außerdem werden wir Unterlagen aus seinen Autohäusern einziehen müssen. Um festzustellen, welche Autos Kincaid letzten Juli fuhr. Und Richter.«

»Richter?«

»Der Sicherheitstyp.«

Diesmal stand Irving auf und ging ans Fenster.

»Wir haben es hier mit einer Familie zu tun, die mitgeholfen hat, diese Stadt aufzubauen. Mit dem Sohn Jackson Kincaids.«

»Ich weiß«, erwiderte Bosch. »Der Kerl stammt aus einer einflußreichen Familie. Er erhebt sogar Anspruch auf den Smog, betrachtet ihn als Errungenschaft seiner Familie. Aber das spielt alles keine Rolle, Chief. Nicht nach dem, was er getan hat.«

Irvings Augen senkten sich, und Bosch wußte, er blickte auf die Demonstranten hinab.

»Der Zusammenhalt der Stadt wird ...«

Er sprach nicht zu Ende. Bosch wußte, was er dachte. Daß die Menschen da unten auf dem Bürgersteig auf die Nachricht von einer Anklageerhebung warteten – gegen einen Cop.

»Wo stehen wir bei Detective Sheehan?« fragte Irving.

Lindell sah auf seine Uhr.

»Wir sprechen jetzt sechs Stunden mit ihm. Als ich ging, hatte er nicht ein Wort gesagt, das ihn als Mörder von Howard Elias ausweisen könnte.«

»Er hat dem Opfer mit dem Tod gedroht, und das auch noch genau so, wie das Opfer schließlich tatsächlich ermordet wurde.«

»Das ist lange her. Außerdem wurde diese Drohung in der Öffentlichkeit ausgesprochen, vor Zeugen. Aus Erfahrung weiß ich, daß Menschen, die solche Drohungen aussprechen, sie in der Regel nicht in die Tat umsetzen. In den meisten Fällen lassen sie damit nur Dampf ab.«

Irving, der das Gesicht immer noch dem Fenster zugewandt hatte, nickte.

»Was gibt es von der Ballistik?« fragte er.

»Noch nichts. Mit Elias' Obduktion sollte heute nachmittag begonnen werden. Ich habe Detective Chastain hingeschickt. Sie holen ihm die Geschosse raus, und er bringt sie in die Schußwaffenabteilung rüber. Sie zu meinen Leuten nach Washington zu schicken würde zu lange dauern. Aber vergessen Sie nicht, Chief, Sheehan hat seine Waffe freiwillig herausgerückt. Er sagte: ›Macht eine ballistische Untersuchung.‹ Ja, er hat eine Neuner, aber ich kann mir nicht vorstellen, daß er die Waffe herausgerückt hätte, wenn er nicht sicher wäre, daß die Kugeln nicht aus ihr abgefeuert wurden.«

»Und sein Haus?«

»Wir haben es von oben bis unten durchsucht – ebenfalls mit seiner Einwilligung. Nichts. Keine anderen Schußwaffen, keine schriftlichen Haßtiraden gegen Elias, nichts.«

»Alibi?«

»Das ist die einzige Schwachstelle. Am Freitag abend war er allein zu Hause.«

»Was war mit seiner Frau?« fragte Bosch.

»Die Frau und die Kinder waren oben in Bakersfield«, sagte Lindell. »Dort sind sie anscheinend schon eine ganze Weile.«

Das war eine weitere Überraschung, was Sheehan anging. Bosch fragte sich, warum Sheehan es nicht erwähnt hatte, als er sich nach seiner Familie erkundigt hatte.

Irving schwieg, und Lindell fuhr fort: »Ich würde sagen, wir haben zwei Möglichkeiten. Entweder wir behalten ihn noch so lange hier, bis wir morgen den Bericht von der Ballistik kriegen und er endgültig entlastet ist. Oder wir schicken ihn, wie Harry vorschlägt, sofort nach Hause. Wenn wir ihn allerdings über Nacht hierbehalten, wecken wir bei den Leuten da draußen nur noch höhere Erwartungen ...«

»Wenn wir ihn andererseits ohne Erklärung freilassen, könnten wir dadurch schwere Unruhen auslösen«, wandte Irving ein.

Der Deputy Chief blickte weiter nachdenklich aus dem Fenster. Diesmal wartete Lindell.

»Lassen Sie ihn um sechs frei«, sagte Irving schließlich. »Bei der Pressekonferenz um fünf werde ich sagen, er wird vorbehaltlich weiterer Ermittlungsergebnisse auf freien Fuß gesetzt. Allerdings kann ich das Protestgeschrei Preston Tuggins' und seiner Anhängerschaft jetzt schon hören.«

»Das ist nicht genug, Chief«, sagte Bosch. »Sie müssen sagen, seine Unschuld ist erwiesen. ›Vorbehaltlich weiterer Ermittlungsergebnisse?‹ Genausogut könnten Sie sagen, wir glauben, er war's, und haben nur keine Beweise, um ihn unter Anklage zu stellen.«

Irving wandte sich vom Fenster ab und sah Bosch an.

»Unterstehen Sie sich, mir vorzuschreiben, was ich zu tun habe, Detective. Sie tun Ihren Job, und ich tue meinen. Apropos, die Pressekonferenz ist in einer Stunde. Ich möchte auch Ihre Partner dabeihaben. Ich stelle mich nicht, umgeben von lauter weißen Gesichtern, hin und sage, wir lassen einen weißen Cop vorbehaltlich weiterer Ermittlungsergebnisse laufen. Diesmal will ich Ihre Leute dabeihaben. Und ich lasse keine Entschuldigung gelten.«

»Sie werden dasein.«

»Gut. Dann lassen Sie uns noch klären, was wir den Medien über die Richtung sagen, in der wir unsere Ermittlungen vorantreiben.«

Die Pressekonferenz war kurz. Diesmal ließ sich der Polizeipräsident nicht blicken. Es blieb Irving überlassen, darauf hinzuweisen, die Ermittlungen würden in verstärktem Umfang weitergeführt. Außerdem gab er bekannt, der Polizist, der mehrere Stunden vernommen worden sei, werde freigelassen. Das zog einen sofortigen Chor von Fragen seitens der versammelten Journalisten nach sich. Irving hob die Hände, als könne er damit die Menge beschwichtigen. Das erwies sich als falsch.

»Wir wollen hier keinen Schreiwettbewerb veranstalten«, rief er. »Ich werde eine Handvoll Fragen beantworten, und damit hat es sich. Wir haben ein Ermittlungsverfahren, dem wir uns wieder zuwenden müssen. Wir –«

»Was meinen Sie mit freigelassen, Chief?« rief Harvey Button nach vorne. »Heißt das, seine Unschuld ist erwiesen, oder haben Sie nur nicht genügend Beweise, um ihn weiter festzuhalten?«

Irving sah Button kurz an, bevor er antwortete.

»Ich meine damit, daß die Ermittlungen jetzt in eine andere Richtung gehen.«

»Dann ist also Detective Sheehans Unschuld erwiesen, richtig?«

»Ich werde hier keine Namen von Personen nennen, mit denen wir sprechen.«

»Chief, wir alle wissen den Namen. Warum können Sie die Frage nicht beantworten?«

Bosch fand es auf eine zynische Art amüsant, diesen Wortwechsel zu verfolgen, weil Lindell ihm glaubhaft versichert hatte, daß es Irving gewesen war, der den Medien Frankie Sheehans Namen zugespielt hatte. Jetzt versuchte der Deputy Chief den Verärgerten zu spielen, daß er in aller Munde war.

»Alles, was ich sage, ist, daß der Polizist, mit dem wir gesprochen haben, unsere Fragen bisher zufriedenstellend beantworten konnte. Er kann nach Hause gehen, und das ist alles, was ich –«

»In welche andere Richtung zielen die Ermittlungen?« rief ein anderer Journalist.

»Dazu kann ich mich nicht näher äußern«, erklärte Irving. »Vorerst muß Ihnen der Hinweis genügen, daß wir jeder Spur nachgehen.«

»Können wir dem FBI-Agenten Fragen stellen?«

Irving blickte sich nach Lindell um, der mit Bosch, Edgar und Rider am hinteren Ende des Podiums stand. Dann wandte er sich wieder den Scheinwerfern, Kameras und Journalisten zu.

»FBI und LAPD sind übereingekommen, daß sich diese Angelegenheit am besten abwickeln läßt, wenn alle Informationen durch die Polizei weitergeleitet werden. Falls Sie also Fragen haben, richten Sie sie bitte an mich.«

»Werden andere Cops vernommen?« rief Button.

Irving mußte zweimal überlegen, um sicherzugehen, daß er die richtigen Wörter in die richtige Reihenfolge brachte.

»Ja, es werden routinemäßig Polizeiangehörige vernommen. Im Moment gibt es keine Polizeiangehörigen, die wir als Verdächtige einstufen würden.«

»Damit sagen Sie also, Sheehan ist kein Verdächtiger.«

Button hatte ihn ausgetrickst. Irving wußte es. Er hatte sich in eine Zwickmühle manövrieren lassen. Aber er wählte den einfachen, um nicht zu sagen unaufrichtigen Ausweg.

»Kein Kommentar.«

»Chief«, fuhr Button, das Geschrei seiner Kollegen übertönend, fort. »Seit der Entdeckung der Morde sind jetzt fast achtundvierzig Stunden vergangen. Heißt das, es gibt immer noch keine handfesten Verdächtigen?«

»Wir werden uns hier nicht darüber auslassen, was für Verdächtige es geben oder nicht geben könnte. Nächste Frage.«

Um Button ins Abseits zu drängen, deutete Irving rasch auf einen anderen Journalisten. Die Fragen gingen noch zehn Minuten weiter. Irgendwann sah Bosch zu Rider hinüber, und sie antwortete mit einem Blick, der sagte: *Was machen wir hier eigentlich?* Und Bosch antwortete mit einem Blick, der sagte: *Unsere Zeit vergeuden.*

Als es schließlich vorbei war, stand Bosch auf dem Podium mit Edgar und Rider zusammen. Seine beiden Partner waren erst unmittelbar vor Beginn der Pressekonferenz von der Hollywood Station hergekommen, und er hatte keine Zeit mehr gehabt, mit ihnen zu sprechen.

»Wie sieht es mit den Durchsuchungsbefehlen aus?« fragte er.

»Fast fertig«, antwortete Edgar. »Der Auftritt bei diesem Affentheater hat uns jedenfalls keinen Schritt weitergebracht.«

»Ich weiß.«

»Harry, ich dachte, du wolltest uns diesen Quatsch vom Hals halten«, sagte Rider.

»Ich weiß. Das war egoistisch. Frankie Sheehan ist ein Freund von mir. Was sie ihm da angetan haben, seinen Namen den Medien zuzuspielen, ist eine Sauerei. Ich hatte gehofft, eure Anwesenheit würde der Ankündigung seiner Freilassung etwas zusätzliche Glaubwürdigkeit verleihen.«

»Du hast uns also genauso benutzt, wie Irving das gestern vorhatte. Ihm hast du es nicht durchgehen lassen, aber bei dir selbst findest du so etwas offensichtlich in Ordnung.«

312

Bosch versuchte ihre Miene zu deuten. Es war offensichtlich, daß sie wirklich wütend war, auf diese Weise benutzt worden zu sein. Bosch wußte, es war ein Verrat. In seinen Augen zwar nur ein kleiner, aber trotzdem ein Verrat.

»Hör zu, Kiz, könnten wir uns darüber vielleicht später unterhalten? Aber wie gesagt, Frankie ist ein Freund. Und wegen dieser Sache ist er jetzt auch dein Freund. Das könnte eines Tages wichtig werden.«

Er wartete und sah sie an, und schließlich nickte sie kaum merklich. Die Sache war erledigt, vorerst.

»Wie lange braucht ihr noch?« fragte er.

»Etwa eine Stunde«, sagte Edgar. »Dann müssen wir einen Richter finden.«

»Warum?« fragte Rider. »Was hat Irving gesagt?«

»Irving ist noch unentschieden. Deshalb möchte ich alles fertig haben. Ich möchte jederzeit zuschlagen können. Morgen früh.«

»Morgen früh ist kein Problem«, sagte Edgar.

»Gut. Dann fahrt ihr zwei jetzt mal zurück und erledigt den Rest. Geht noch heute abend zu einem Richter. Morgen werden wir –«

»Detective Bosch?«

Bosch drehte sich um. Vor ihm standen Harvey Button und sein Produzent Tom Chainey.

»Ich darf nicht mit Ihnen sprechen«, sagte Bosch.

»Wir haben gehört, Sie rollen den Fall Stacey Kincaid neu auf«, sagte Chainey. »Darüber würden wir gern mit Ihnen –«

»Wer hat Ihnen das erzählt?« fuhr Bosch sie an. Aus seiner Miene sprach Wut.

»Wir haben eine Quelle, die –«

»Na schön, dann sagen Sie Ihrer Quelle, sie soll nicht solchen Scheiß erzählen! Kein Kommentar.«

Ein Kameramann kam dazu und hielt sein Objektiv über Buttons Schulter. Button hob ein Mikrophon.

»Haben Sie Michael Harris entlastet?« platzte Button heraus.

»Ich sagte, kein Kommentar«, knurrte Bosch. »Nehmen Sie das weg da.«

Bosch streckte den Arm nach der Kamera aus und hielt die Hand vor das Objektiv. Der Kameramann brüllte: »Finger weg von meiner Kamera! Das ist Privateigentum.«

»Das ist mein Gesicht auch. Nehmen Sie das Ding da weg. Die Pressekonferenz ist vorbei.«

Bosch legte Button die Hand auf die Schulter und schob ihn vom Podium. Der Kameramann folgte ihm. Das tat auch Chainey, aber betont ruhig und langsam, als wolle er Bosch provozieren, auch ihn so unsanft zu behandeln. Sie starrten sich gegenseitig an.

»Sehen Sie sich heute abend die Nachrichten an, Detective«, sagte Chainey. »Könnte ganz interessant für Sie werden.«

»Das kann ich mir nicht vorstellen«, sagte Bosch.

Zwanzig Minuten später saß Bosch auf einem leeren Schreibtisch am Zugang zu dem Flur, der zu den RHD-Verhörräumen im zweiten Stock führte. Er dachte noch immer über die Begegnung mit Button und Chainey nach und fragte sich, was sie wußten. Er hörte, wie eine der Türen aufging, und blickte auf. Frankie Sheehan kam mit Lindell den Gang herunter. Boschs alter Partner wirkte erschöpft. Sein Gesicht war eingefallen, sein Haar ungekämmt, und seine Kleidung – dieselbe, die er am Abend zuvor in der Bar getragen hatte – war zerknittert. Bosch rutschte vom Schreibtisch und stand auf, bereit, notfalls einen Angriff abzuwehren. Doch offensichtlich deutete Sheehan seine Körpersprache richtig und hob ihm mit einem schiefen Grinsen die Handflächen entgegen.

»Schon okay, Harry.« Sheehans Stimme war sehr müde und heiser. »Agent Lindell hier hat mir alles erklärt. Zumindest einen Teil. Es warst nicht du, der ... Das war ich selber. Weißt du, ich habe völlig vergessen, daß ich diesem Drecksack mal gedroht habe.«

Bosch nickte.

»Komm, Frankie. Ich fahre dich nach Hause.«

Ohne sich viel dabei zu denken, ging Bosch mit ihm zum Lift, und sie fuhren zur Eingangshalle hinunter. Sie standen nebeneinander und sahen beide zu den Leuchtziffern über der Tür hoch.

»Tut mir leid, daß ich an dir gezweifelt habe, Alter«, sagte Sheehan.

»Mach dir da mal keine Gedanken, Alter. Damit sind wir quitt.«

»Tatsache? Wieso?«

»Wegen gestern abend, als ich dich nach den Fingerabdrücken gefragt habe.«

»Hast du deswegen immer noch Zweifel?«

»Nein. Nicht die geringsten.«

In der Eingangshalle gingen sie durch einen Seiteneingang auf den Angestelltenparkplatz hinaus. Auf halbem Weg zu seinem Wagen hörte Bosch rasche Schritte, und als er sich umdrehte, sah er mehrere Reporter und Kameraleute auf sich zukommen.

»Sag nichts«, wandte er sich rasch an Sheehan. »Sag kein Wort!«

Die erste Welle Journalisten hatte sie rasch erreicht und umringte sie. Bosch konnte noch mehr kommen sehen.

»Kein Kommentar«, sagte Bosch. »Kein Kommentar.«

Aber es war nicht Bosch, an dem sie interessiert waren. Sie reckten ihre Mikrophone und Kameras Sheehan entgegen. Seine Augen, eben noch so müde, wirkten mit einem Mal wild, fast gehetzt. Bosch versuchte, seinen Freund durch das Gedränge zu seinem Wagen zu ziehen. Die Journalisten bombardierten ihn mit Fragen.

»Detective Sheehan, haben Sie Howard Elias umgebracht?« schrie eine Frau, lauter als die anderen.

»Nein«, antwortete Sheehan. »Habe ich nicht – ich habe nichts getan.«

»Haben Sie bei einer früheren Gelegenheit dem Opfer gedroht?«

»Tut mir leid, kein Kommentar«, sagte Bosch, bevor Sheehan etwas erwidern konnte. »Haben Sie gehört? Kein Kommentar. Lassen Sie uns –«

»Warum wurden Sie vernommen?«

»Sagen Sie uns, warum Sie vernommen wurden, Detective.«

Sie hatten den Wagen fast erreicht. Einige Journalisten zogen sich bereits zurück, da sie gemerkt hatten, daß hier nichts für sie zu holen war. Aber die meisten Kameramänner blieben bei ihnen. Das Videomaterial konnten sie immer brauchen. Plötzlich riß sich Sheehan von Bosch los und wirbelte zu den Journalisten herum.

»Wollen Sie wissen, warum ich vernommen wurde? Ich wurde vernommen, weil die Polizei einen Sündenbock braucht. Damit wieder Ruhe herrscht. Da spielt es keine Rolle, wer es ist, Hauptsache, sie bekommen, was sie wollen. Und ich kam ihnen dafür gerade recht. Ich habe ins Bild —«

Bosch packte Sheehan und zerrte ihn weg von den Mikrophonen.

»Komm, Frankie! Kümmere dich nicht um sie.«

Sie gingen zwischen zwei geparkten Autos durch und konnten auf diese Weise die Journalistenmeute abschütteln. Bosch schob Sheehan rasch zu seinem Slickback und öffnete die Tür. Bis die Journalisten im Gänsemarsch nachkamen, saß Sheehan im Auto, wo er vor den Mikrophonen in Sicherheit war. Bosch ging auf die andere Seite und stieg ein.

Sie fuhren stumm dahin, bis sie auf dem Freeway 101 waren. Erst jetzt sah Bosch zu Sheehan hinüber. Der blickte geradeaus nach vorn.

»Das hättest du nicht sagen sollen, Frankie. Damit schürst du das Feuer.«

»Das Feuer interessiert mich einen Scheiß. Jedenfalls nicht mehr.«

Wieder legte sich Schweigen zwischen sie. Sie fuhren auf dem Freeway durch Hollywood, und es herrschte wenig Verkehr. Irgendwo im Südwesten konnte Bosch von einem Feuer Rauch aufsteigen sehen. Er überlegte, ob er das Radio anmachen sollte, merkte aber, daß er nicht wissen wollte, was der Rauch bedeutete.

»Haben Sie dich wenigstens Margaret anrufen lassen?« fragte er nach einer Weile.

»Nein. Sie wollten nichts anderes von mir als ein Geständnis. Ich bin wirklich heilfroh, daß du in die Stadt gekommen bist und mich rausgeboxt hast, Harry. Was du ihnen nun eigentlich genau erzählt hast, haben sie mir zwar nicht verraten, aber egal, es war meine Rettung.«

Bosch wußte, was Sheehan wissen wollte, aber er war noch nicht bereit, es ihm zu sagen.

»Wahrscheinlich warten schon die Geier von der Presse vor deinem Haus«, sagte er statt dessen. »Margaret war vermutlich überhaupt nicht darauf vorbereitet.«

»Ich muß dir was sagen, Harry. Margaret hat mich vor acht Monaten verlassen. Sie ist mit den Mädchen nach Bakersfield hochgezogen. Um in der Nähe ihrer Eltern zu sein. Es ist niemand zu Hause.«

»Das tut mir leid, Frankie.«

»Ich hätte es dir gestern abend sagen sollen, als du nach ihnen gefragt hast.«

Eine Weile fuhr Bosch schweigend weiter und dachte nach.

»Warum holst du nicht einfach ein paar Sachen und kommst mit zu mir?« schlug Bosch vor. »Dort finden dich die Journalisten nicht. Bis sich der Wirbel gelegt hat.«

»Ich weiß nicht, Harry. Dein Haus ist ungefähr so groß wie eine Keksdose. Ich leide sowieso schon an Platzangst, nachdem sie mich den ganzen Tag in diesem Loch festgehalten haben. Außerdem kenne ich doch deine Frau noch gar nicht. Sie ist sicher nicht scharf drauf, daß ein Fremder auf der Couch schläft.«

Bosch sah auf das Capitol Records Building hinaus, an dem der Freeway gerade vorbeiführte. Es sollte an einen Stapel Platten mit einem Tonabnehmer oben drauf erinnern. Aber wie fast am ganzen restlichen Hollywood war die Zeit daran vorbeigegangen. Sie machten keine Schallplatten mehr. Musik kam jetzt von Compact Discs. Inzwischen wurden Platten in Secondhand-Läden verkauft. Manchmal kam es Bosch so vor, als hätte ganz Hollywood Secondhand-Charakter.

»Mein Haus ist beim Erdbeben eingestürzt«, sagte Bosch. »Es wurde neu aufgebaut. Ich habe jetzt sogar ein Gästezimmer ... und, Frankie, mich hat meine Frau auch verlassen.«

Es war ein komisches Gefühl, es laut zu sagen. Als wäre es gewissermaßen die Bestätigung für das Ende seiner Ehe.

»Das ist aber schade, Harry – ihr habt doch erst vor einem Jahr oder so geheiratet.«

Bosch sah zu Sheehan hinüber und dann wieder auf die Straße.

»Eben erst.«

Vor Sheehans Haus warteten keine Journalisten, als sie zwanzig Minuten später dort eintrafen. Bosch sagte Sheehan, er werde im Auto warten und ein paar Anrufe machen, während er seine Sachen packte. Als er allein war, rief er zu Hause an, ob irgendwelche Nachrichten auf dem Anrufbeantworter waren. Er wollte sie nicht in Sheehans Beisein abhören, wenn sie nach Hause kamen. Aber es waren sowieso keine eingegangen. Er legte das Telefon beiseite und saß nur da. Er fragte sich, ob er Sheehan vielleicht nur deshalb zu sich eingeladen hatte, weil er sich der Leere dort nicht stellen wollte. Nach einer Weile entschied er, daß dem nicht so war. Er hatte die meiste Zeit seines Lebens allein gelebt. Er war an leere Wohnungen gewöhnt. Er wußte, die wahre Zuflucht eines Zuhauses befand sich in einem selbst.

Ein über die Rückspiegel schwenkender Lichtstrahl ließ Bosch aufblicken. Er sah in den Außenspiegel und entdeckte die Scheinwerfer eines Autos, das einen Block hinter ihm am Straßenrand einparkte. Er glaubte nicht, daß es ein Journalist war. Ein Journalist hätte in Sheehans Einfahrt gehalten und keinen Versuch unternommen, seine Anwesenheit zu verbergen. Bosch begann zu überlegen, was er Sheehan fragen sollte.

Ein paar Minuten später kam sein ehemaliger Partner mit einer Einkaufstüte aus dem Haus. Er öffnete die hintere Tür und warf sie hinein, dann stieg er vorne ein. Er grinste.

»Margie hat alle Koffer mitgenommen«, sagte er. »Das habe ich erst heute abend gemerkt.«

Sie nahmen die Beverly Glen zum Mulholland Drive hinauf und fuhren dann in östlicher Richtung zur Woodrow Wilson weiter. Normalerweise nahm Bosch nachts gern den Mulholland Drive. Die kurvenreiche Straße, die Lichter der Stadt, die immer wieder ins Blickfeld rückten. Aber sie führte an The Summit vorbei, und Bosch blickte auf das Tor und dachte an die Kincaids, die irgendwo dahinter in der Geborgenheit ihres Hauses mit dem Jumboblick waren.

»Frankie, ich muß dich was fragen«, begann er schließlich.

»Klar.«

»Damals bei dieser Kincaid-Geschichte, bei den Ermittlungen, hast du da viel mit Kincaid gesprochen? Mit Sam Kincaid, meine ich.«

»Klar, sicher. Solche Typen faßt man besser mit Samthandschuhen an. Ihn und den alten Herrn. Wenn du da nicht aufpaßt, kriegst du verdammt schnell Ärger.«

»Allerdings. Du hast ihn also ziemlich genau über alles auf dem laufenden gehalten?«

»Ja, klar, über das meiste. Wieso fragst du? Du hörst dich an wie diese FBI-Typen, die mich heute den ganzen Tag gelöchert haben, Harry.«

»Tut mir leid, war nur so eine Frage. Hat vor allem er dich angerufen, oder mehr du ihn?«

»Beides. Er hatte auch einen eigenen Sicherheitstypen, der die ganze Zeit mit uns in Verbindung stand.«

»D. C. Richter?«

»Ja, so hieß er. Harry, willst du mir eigentlich nicht langsam sagen, was das Ganze soll?«

»Gleich. Nur noch eine Frage. Wieviel hast du Kincaid oder Richter über Michael Harris erzählt, weißt du das noch?«

»Wie meinst du das?«

»Hör zu, ich will hier auf keinen Fall sagen, du hättest was falsch gemacht. In einem Fall wie diesem, da bezieht man bei den Ermittlungen die Hauptbeteiligten mit ein, man hält sie auf dem laufenden. Bist du also zu ihnen gegangen und hast ihnen erzählt, daß du Harris wegen der Fingerabdrücke verhaftet hast und, du weißt schon, daß ihr ihn nach allen Regeln der Kunst ausgequetscht habt?«

»Klar habe ich das. Das ist so üblich.«

»Richtig. Und hast du ihm erzählt, wer Harris ist und was mit ihm war und so?«

»Schätze schon.«

Darauf ließ Bosch die Sache erst einmal beruhen. Er bog in die Woodrow Wilson und fuhr die gewundene Straße zu seinem Haus hinunter. Er stellte den Wagen in den Carport.

»Sieht aber nett aus«, sagte Sheehan.

Bosch stellte den Motor ab, stieg aber noch nicht aus.

»Hast du den Kincaids oder Richter erzählt, wo Harris genau wohnte?« fragte er.

Sheehan sah ihn an.

»Was willst du damit sagen?«

»Ich frage *dich* was. Hast du ihnen gesagt, wo Harris wohnt?«

»Schon möglich. Ich weiß es nicht mehr.«

Bosch stieg aus und ging auf die Küchentür zu. Sheehan nahm seine Sachen vom Rücksitz und folgte ihm.

»Jetzt laß uns endlich mal Klartext reden, Hieronymus.«

Bosch schloß die Tür auf.

»Ich glaube, du hast einen Fehler gemacht.«

Er ging nach drinnen.

»Bitte Klartext, Hieronymus.«

Bosch führte Sheehan ins Gästezimmer, und Sheehan warf seine Tüte aufs Bett. Wieder draußen auf dem Gang, deutete Bosch ins Bad und ging ins Wohnzimmer zurück. Sheehan schwieg, wartete.

»Die Spülung funktioniert nicht mehr richtig«, sagte Bosch, ohne ihn anzusehen. »Du mußt den Finger auf dem Drücker lassen, solange das Wasser läuft.«

Jetzt sah er seinen ehemaligen Partner an.

»Wir haben jetzt eine Erklärung für Harris' Fingerabdrücke. Er hat Stacey Kincaid nicht entführt oder ermordet. Wir glauben inzwischen nicht mehr mal, daß es überhaupt eine Entführung gab. Kincaid hat seine Stieftochter umgebracht. Er hat sie mißbraucht und umgebracht und dann die Entführung vorgetäuscht. Zu allem Überfluß hatte er auch noch das unverschämte Glück, daß die Fingerabdrücke Harris belasteten. Das hat er sich zunutze gemacht. Wir glauben, es war er – oder dieser Richter –, der die Leiche in der Nähe von Harris' Wohnung deponiert hat, weil er wußte, wo Harris wohnte. Deshalb denk jetzt bitte scharf nach, Francis. Ich will hier nichts von wahrscheinlich hören. Ich muß wissen, ob du Kincaid oder seinem Sicherheitstypen erzählt hast, wo Harris wohnt.«

Sheehan war sprachlos, und er senkte den Blick zu Boden.

»Soll das heißen, wir haben uns bei Harris getäuscht ...«

320

»Ihr hattet Scheuklappen auf, Mann. Sobald ihr diese Fingerabdrücke hattet, gab es nur noch Harris für euch.«

Sheehan hielt den Blick auf den Boden gerichtet und nickte langsam.

»Wir machen alle Fehler, Frankie. Setz dich und denk über das, was ich dich gerade gefragt habe, nach. Was hast du Kincaid erzählt, und wann hast du es ihm erzählt? Ich bin gleich wieder zurück.«

Während Sheehan zu verdauen versuchte, was er gerade gesagt bekommen hatte, ging Bosch den Gang hinunter zum Schlafzimmer. Er betrat es und blickte sich darin um. Es sah aus wie immer. Er öffnete die Tür des begehbaren Kleiderschranks und machte das Licht an. Eleanors Kleider waren weg. Er sah auf den Boden. Auch ihre Schuhe fehlten. Auf dem Teppich sah er ein kleines Netz, das mit einem blauen Band zugebunden war. Er bückte sich und hob es auf. Das Netz enthielt eine Handvoll Reis. Er erinnerte sich, daß diese Reissäckchen Teil des Hochzeitspakets der Kapelle in Las Vegas gewesen waren – um das glückliche Paar damit bewerfen zu können. Eleanor hatte eines zur Erinnerung aufgehoben. Jetzt fragte sich Bosch, ob sie es vergessen oder einfach weggeworfen hatte.

Bosch steckte das Säckchen in seine Tasche und machte das Licht aus.

28

Edgar und Rider hatten den Fernseher aus dem Büro des Lieutenants gerollt und sahen sich die Nachrichten an, als Bosch, der gerade Sheehan bei sich zu Hause abgeliefert hatte, den Bereitschaftsraum betrat. Sie blickten kaum auf, um von seinem Erscheinen Notiz zu nehmen.

»Was gibt's Neues?« fragte Bosch.

»Hat den Leuten anscheinend nicht gepaßt, daß wir Sheehan nach Hause geschickt haben«, sagte Edgar.

»Vereinzelte Plünderungen und Brandstiftungen«, bemerkte Rider. »Aber nicht in dem Umfang wie letztes Mal. Wenn wir diese Nacht überstehen, sind wir, glaube ich, über den Berg. Unsere Einheiten sind überall, und wenn sich irgendwo Ärger anbahnt, sind sie sofort zur Stelle.«

»Diesmal wird nicht lange gefackelt«, sagte Edgar. »Nicht wie letztes Mal.«

Bosch nickte und sah kurz auf den Bildschirm. Dort waren Feuerwehrleute zu sehen, die ihre 7,5-cm-Schläuche auf die lodernden Flammen richteten, die durch das Dach eines weiteren Einkaufszentrums schlugen. Es gab nichts mehr zu retten. Fast schien es, als löschten sie nur für die Medien.

»Auch eine Form der Stadtsanierung«, bemerkte Edgar. »Einfach alle Einkaufszentren raushauen.«

»Das Problem ist nur«, sagte Rider, »daß sie hinterher wieder ein Einkaufszentrum hinstellen.«

»Wenigstens sieht das dann besser aus als das alte«, sagte Edgar. »Das eigentliche Problem sind die Liquor Stores. Es geht immer in den Liquor Stores los. Wir bräuchten nur vor jedem Liquor Store eine Einheit zu postieren, und schon ist Schluß mit lustig.«

»Wie sieht es mit den Durchsuchungsbefehlen aus?« fragte Bosch.

»Alle fertig«, sagte Rider. »Wir brauchen sie nur noch zum Richter zu bringen.«

»An wen habt ihr da gedacht?«

»Terry Baker. Ich habe sie schon angerufen, und sie hat gesagt, sie ist da.«

»Gut. Dann sehen wir sie uns mal an.«

Rider stand auf und ging zum Mordkommissionstisch, während Edgar sitzen blieb und weiter Nachrichten schaute. Die Anträge für die Durchsuchungsbefehle waren ordentlich an ihrem Platz gestapelt. Sie gab sie Bosch.

»Wir haben die zwei Häuser, sämtliche Autos, sämtliche Büros, und für Richter haben wir sein Auto zum Zeitpunkt des Mordes und seine Wohnung – die haben wir auch noch beantragt. Das müßte, glaube ich, genügen.«

Jeder Antrag umfaßte mehrere zusammengeheftete Seiten. Bosch wußte, die ersten zwei Seiten waren das übliche Juristenkauderwelsch. Er überblätterte sie und las rasch die

322

jeweiligen Antragsbegründungen. Rider und Edgar hatten ihre Sache gut gemacht, obwohl Bosch wußte, daß es wahrscheinlich in erster Linie Riders Verdienst war. Sie kannte sich in juristischen Dingen am besten aus. Selbst die Begründungen der Durchsuchungsanträge für Richters Wohnung und Auto würden durchgehen. Dank geschickter Formulierungen und gezielt ausgewählter Ermittlungsergebnisse konnten die Anträge glaubhaft machen, daß der Beweislage zufolge zwei Personen an der Beseitigung von Stacey Kincaids Leiche beteiligt gewesen sein müßten. Und infolge des engen Arbeitgeber/Arbeitnehmer-Verhältnisses, das zum fraglichen Zeitpunkt zwischen Sam Kincaid und D. C. Richter bestanden habe, könne Richter als zweiter Verdächtiger betrachtet werden. Daher sei es erforderlich, alle Fahrzeuge durchsuchen zu dürfen, die zum Zeitpunkt der Tat von den zwei Männern benutzt worden oder ihnen zugänglich gewesen seien. Es war ein raffinierter Steptanz mit Worten, aber Bosch glaubte, er würde seinen Zweck erfüllen. Eine Durchsuchung aller Fahrzeuge zu beantragen, die den zwei Männern ›zugänglich‹ waren, war ein sehr geschickter Schachzug Riders. Wenn der Antrag durchging, hatten sie praktisch Zugriff auf jedes Auto auf Kincaids Autohöfen, weil er mit ziemlicher Wahrscheinlichkeit zu allen diesen Fahrzeugen Zugang gehabt hatte.

»Nicht übel«, sagte Bosch, als er zu Ende gelesen hatte. Er gab Rider den Stoß Papiere zurück. »Lassen wir sie am besten noch heute abend unterschreiben, damit wir morgen jederzeit zuschlagen können.«

Ein Durchsuchungsbefehl blieb vierundzwanzig Stunden nach seiner Unterzeichnung durch einen Richter gültig. In den meisten Fällen konnte er durch einen Anruf beim ausstellenden Richter um vierundzwanzig Stunden verlängert werden.

»Wie sieht es mit Kincaids Sicherheitsberater aus?« fragte Bosch dann. »Haben wir schon etwas über ihn?«

»Ein bißchen was«, sagte Edgar.

Nun stand auch er auf, stellte den Ton leiser und kam an den Tisch.

»Er wurde in der Academy ausgemustert. Das ist aber schon eine Weile her, im Herbst einundachtzig. Darauf ging er an eine dieser Pipifax-Akademien für Privatdetektive im Valley. Bekam vierundachtzig seine staatliche Zulassung. Fing offensichtlich gleich danach bei den Kincaids an. Hat sich wahrscheinlich langsam nach oben gearbeitet.«

»Warum wurde er ausgemustert?«

»Das wissen wir noch nicht. Es ist Sonntag abend, Harry. In der Akademie ist niemand. Wir sehen uns die Unterlagen morgen an.«

Bosch nickte.

»Habt ihr im Computer nachgeprüft, ob er einen Waffenschein hat?«

»Aber sicher, haben wir. Er hat sogar eine Genehmigung, ständig eine Waffe zu tragen.«

»Was für eine? Sag bloß, eine Neun-Millimeter?«

»Da muß ich dich leider enttäuschen, Harry. Die ATF war heute abend geschlossen. Auch das kriegen wir morgen raus. Wir wissen nur, daß er berechtigt ist, eine verdeckte Waffe zu tragen.«

»Okay, dann behaltet das schön in Erinnerung, ihr zwei! Vergeßt nicht, wie gut Elias' Mörder schießen konnte.«

Rider und Edgar nickten.

»Du glaubst also, Richter erledigt für Kincaid die Drecksarbeit?«

»Wahrscheinlich. Die Reichen machen sich normalerweise nicht selbst die Hände schmutzig. Die schießen nicht selbst, die lassen schießen. Im Moment gefällt mir Richter recht gut.«

Er sah seine Partner kurz an. Er hatte das Gefühl, sie standen kurz vor dem endgültigen Durchbruch. In den nächsten vierundzwanzig Stunden würde der Fall gelöst. Er hoffte, die Stadt würde so lange warten.

»Sonst noch was?«

»Hast du Sheehan gut untergebracht?« fragte Rider.

Bosch fiel der Ton auf, in dem sie das sagte.

»Ja, er ist untergebracht. Und, äh, übrigens, ich bitte um Entschuldigung wegen der Pressekonferenz. Irving wollte euch dabeihaben, aber ich hätte euch das wahrscheinlich ersparen können. Aber ich habe es nicht versucht. Ich weiß, das war nicht okay. Es tut mir leid.«

»Schon okay, Harry«, sagte Rider.

Edgar nickte.

»Sonst noch was, bevor wir losfahren?«

Edgar begann, den Kopf zu schütteln, doch dann sagte er: »Ach, übrigens, Schußwaffen hat angerufen. Sie haben sich heute morgen Michael Harris' Kanone angesehen. Scheint nichts dran auszusetzen zu sein. Sie meinten, den Staubablagerungen im Lauf nach zu schließen, wurde sie wahrscheinlich schon Monate nicht mehr benutzt oder gereinigt. Er ist also aus dem Schneider.«

»Gehen sie der Sache trotzdem weiter nach?«

»Deswegen haben sie angerufen. Sie bekamen von Irving die dringende Anweisung, sobald sie morgen von der Autopsie die Kugeln kriegen, sofort Sheehans Waffe zu machen. Deshalb wollten sie wissen, ob du möchtest, daß sie mit Harris' Kanone weitermachen. Ich habe ihnen gesagt, das sollen sie mal ruhig, wenn sie schon dabei sind.«

»Gut. Sonst noch was?«

Edgar und Rider schüttelten den Kopf.

»Also, dann gut«, sagte Bosch. »Fahren wir noch zu Judge Baker, und dann machen wir Schluß für heute. Wenn mich nicht alles täuscht, wird es morgen ein langer Tag.«

29

Es hatte zu regnen begonnen. Bosch stellte den Wagen in den Carport und schloß ihn ab. Er freute sich auf ein Bier, um die Koffein-Überdrehtheit abzubauen. Judge Baker hatte ihnen Kaffee angeboten, während sie die Anträge geprüft hatte. Sie hatte die Durchsuchungsbefehle langsam und gründlich durchgesehen, und Bosch hatte zwei ganze Tassen getrunken. Am Ende hatte sie allerdings jeden Durchsuchungsbefehl unterzeichnet, und Bosch hatte kein Koffein mehr gebraucht, um auf Touren zu kommen. Am nächsten Morgen würden sie

›das Wild jagen und stellen‹, wie Kiz Rider es nannte – der Moment der Wahrheit in einem Ermittlungsverfahren, die Phase, in der sich Theorien und Vermutungen zu konkreten Beweisen und Anklagepunkten verfestigten. Oder in nichts auflösten.

Bosch betrat das Haus durch die Küchentür. Abgesehen von dem Bier kreisten seine Gedanken um Kate Kincaid und die Frage, wie er es am nächsten Tag mit ihr angehen sollte. Er freute sich schon darauf, so, wie sich ein zuversichtlicher Quarterback, der sämtliche Filme und Spielzüge des Gegners studiert hat, auf das kommende Spiel freut.

In der Küche brannte bereits Licht. Bosch stellte seinen Aktenkoffer auf die Theke und öffnete den Kühlschrank. Es gab kein Bier mehr.

»Scheiße.«

Er wußte, es waren mindestens fünf Flaschen Anchor Steam im Kühlschrank gewesen. Er drehte sich um und sah die fünf Kronkorken auf der Theke liegen. Er ging weiter ins Haus hinein und rief: »Hey, Frankie! Sag bloß, du hast alles ausgetrunken!«

Keine Antwort. Bosch ging durchs Eßzimmer und dann durchs Wohnzimmer. Das Haus sah genauso aus, wie er es vor ein paar Stunden verlassen hatte, jedenfalls nicht so, als ob sich Sheehan bereits häuslich eingerichtet hätte. Er sah durch die Glastür auf die hintere Veranda hinaus. Die Außenbeleuchtung war nicht an, und von seinem alten Partner war keine Spur zu sehen. Er ging den Flur hinunter und hielt das Ohr an die Tür des Gästezimmers. Nichts zu hören. Er sah auf die Uhr. Es war noch nicht mal elf.

»Frankie?«

Keine Antwort, nur das Geräusch des Regens auf dem Dach. Er klopfte vorsichtig an die Tür.

»Frankie?« Etwas lauter.

Immer noch nichts. Bosch legte die Hand um den Knauf und öffnete langsam die Tür. Alle Lampen im Raum waren aus, aber vom Gang fiel Licht über das Bett, und Bosch konnte sehen, daß es leer war. Er tippte auf den Wandschalter, und eine Nachttischlampe ging an. Die Tüte, in die Sheehan seine

Sachen gepackt hatte, lag leer auf dem Boden. Seine Kleider waren in einem Haufen auf dem Bett.

Boschs Neugier wich leichter Besorgnis. Er ging rasch wieder in den Flur zurück und sah kurz in sein Schlafzimmer und die Bäder. Von Sheehan keine Spur.

Zurück im Wohnzimmer, ging er eine Weile auf und ab und überlegte, was Sheehan gemacht haben könnte. Er hatte kein Auto. Es war ziemlich unwahrscheinlich, daß er den Hügel hinunter in die Stadt gegangen war – und wo hätte er außerdem hingehen sollen? Bosch nahm das Telefon und drückte die Wahlwiederholungstaste, um zu sehen, ob Sheehan vielleicht ein Taxi gerufen hatte. Es hörte sich nach mehr als sieben Tönen an, aber die Wahlwiederholung erfolgte so schnell, daß Bosch nicht sicher war. Nach dem ersten Läuten meldete sich eine verschlafene Frauenstimme.

»Ja?«

»Äh, mit wem spreche ich bitte?«

»Wer ist da?«

»Entschuldigung. Ich bin Detective Harry Bosch vom LAPD. Ich versuche festzustellen, welcher Anschluß zuletzt von diesem Apparat –«

»Harry, ich bin's, Margie Sheehan.«

»Oh … Margie …«

Er hätte sich denken können, daß Sheehan sie anrufen würde.

»Ist irgendwas, Harry?«

»Nein, nichts, Margie. Ich versuche nur Frankie zu finden, und ich dachte, vielleicht hat er ein Taxi gerufen. Tut mir leid, daß ich dich –«

»Was soll das heißen, du versuchst ihn zu finden?«

Er konnte die wachsende Beunruhigung in ihrer Stimme hören.

»Es besteht wirklich kein Grund, sich Sorgen zu machen, Margie. Er wollte heute bei mir übernachten, und ich mußte noch mal weg. Jetzt komme ich gerade nach Hause, und er ist nicht da. Ich versuche nur rauszukriegen, wo er sein könnte. Hat er heute abend mit dir telefoniert?«

»Vor einer Weile.«

327

»Was machte er für einen Eindruck? Okay?«

»Er hat mir erzählt, was sie getan haben. Daß sie ihm die Schuld in die Schuhe schieben wollten.«

»Nicht mehr, das hat sich erledigt. Deshalb bleibt er vorerst bei mir. Wir haben ihn rausgeholt, und jetzt taucht er hier ein paar Tage unter, bis sich die ganze Aufregung gelegt hat. Es tut mir wirklich leid, daß ich dich geweckt –«

»Er meinte, sie würden ihn noch nicht in Ruhe lassen.«

»Was?«

»Er glaubt nicht, daß sie ihn laufenlassen. Er traut keinem, Harry. Bei der Polizei. Außer dir. Daß du sein Freund bist, weiß er.«

Bosch schwieg. Er wußte nicht, was er sagen sollte.

»Harry, sieh zu, daß du ihn findest, ja? Dann ruf mich wieder an. Egal, wie spät es ist.«

Bosch blickte durch die Glastür, die auf die Veranda führte, und aus diesem Winkel sah er etwas auf dem Geländer der Veranda. Er ging zur Tür und machte die Außenbeleuchtung an. Auf dem Geländer standen fünf bernsteinfarbene Bierflaschen aufgereiht.

»Okay, Margie. Gib mir deine Nummer.«

Er notierte sich die Nummer und wollte gerade aufhängen, als sie sagte: »Harry, er hat mir erzählt, du hast geheiratet und bist schon wieder geschieden.«

»Also, geschieden bin ich noch nicht, aber … du weißt schon.«

»Ja, ich weiß. Jedenfalls alles Gute, Harry. Finde Francis, und dann ruft mich bitte einer von euch beiden an.«

»Okay.«

Er legte das Telefon weg, öffnete die Schiebetür und ging auf die Veranda hinaus. Die Bierflaschen waren leer. Er wandte sich nach rechts, und dort, auf der Liege, lag die Leiche von Frankie Sheehan. Das Polster über seinem Kopf und die Wand neben der Schiebetür waren voll Blut und Haaren.

»Gütiger Gott«, entfuhr es Bosch.

Er trat näher. Sheehans Mund stand offen. Es hatte sich Blut darin gesammelt, und etwas davon war über seine Unterlippe gelaufen. Oben an seinem Kopf befand sich eine untertassengroße Austrittswunde. Der Regen hatte das Haar an den Kopf geklatscht und die schreckliche Wunde noch deutlicher sichtbar gemacht. Bosch trat einen Schritt zurück und sah sich auf den Planken der Veranda um. Direkt neben dem linken vorderen Bein der Liege sah er eine Pistole liegen.

Bosch machte noch einen Schritt nach vorn und sah auf die blutüberströmte Leiche seines Freundes hinab. Er atmete mit einem lauten animalischen Laut aus.

»Frankie«, flüsterte er dann.

Ihm schoß eine Frage durch den Kopf, aber er sprach sie nicht laut aus.

Habe ich das getan?

Bosch beobachtete, wie einer der Männer von der Gerichtsmedizin den Leichensack über Frankie Sheehans Gesicht zuzog, während die zwei anderen Regenschirme hielten. Dann legten sie die Schirme beiseite und hoben die Leiche auf eine fahrbare Bahre, breiteten eine grüne Decke darüber und schoben sie durchs Haus zum Vordereingang. Bosch mußte aufgefordert werden, Platz zu machen. Während er beobachtete, wie sie zur Eingangstür gingen, packten ihn erneut heftige Schuldgefühle. Er blickte zum Himmel hoch und stellte fest, daß zum Glück keine Hubschrauber da waren. Keiner der Notrufe und Einsatzbefehle war über Funk erfolgt. Das hieß, die Medien wußten noch nichts von Frankie Sheehans Selbstmord. Um die Entwürdigung seines ehemaligen Partners perfekt zu machen, hätte nur noch gefehlt, daß ein Nachrichtenhubschrauber über dem Haus geschwebt wäre und die auf der Veranda liegende Leiche gefilmt hätte.

»Detective Bosch?«

Bosch drehte sich um. Deputy Chief Irving winkte ihm von der offenen Schiebetür. Bosch ging ins Haus und folgte Irving an den Eßzimmertisch. Agent Roy Lindell stand bereits dort.

»Dann lassen Sie uns mal über die Sache sprechen«, begann Irving. »Draußen stehen zwei Streifenpolizisten mit einer Frau, die behauptet, Ihre Nachbarin zu sein. Adrienne Tegreeny?«

»Ja.«

»Was ja?«

»Sie wohnt nebenan.«

»Sie behauptet, vor einer Weile aus Richtung Ihres Hauses drei oder vier Schüsse gehört zu haben. Sie dachte, Sie wären es, und rief deshalb nicht die Polizei.«

Bosch nickte nur.

»Haben Sie in Ihrem Haus oder auf der Veranda schon einmal eine Waffe abgefeuert?«

Bosch zögerte, bevor er antwortete.

»Chief, hier geht es nicht um mich. Belassen wir es doch einfach dabei, sie könnte Gründe zu der Annahme gehabt haben, daß ich es war.«

»Gut. Worauf ich hinauswill, ist: Es scheint, als hätte Detective Sheehan getrunken – viel getrunken – und ein paar Schüsse aus seiner Waffe abgefeuert. Wie sehen Sie das Ganze?«

»Wie ich es sehe?« Bosch starrte verständnislos auf den Tisch.

»Versehentlich oder absichtlich?«

»Ach so.«

Fast hätte Bosch gelacht, aber er beherrschte sich.

»Ich glaube nicht, daß es da viel herumzudeuteln gibt. Er hat sich erschossen. Selbstmord.«

»Aber es gibt keinen Abschiedsbrief.«

»Kein Abschiedsbrief, nur ein paar Flaschen Bier und zwei, drei Schüsse in den Himmel. Das war sein Abschiedsbrief. Das sagt alles, was er zu sagen hatte. So machen Cops ständig ihren Abgang.«

»Wir haben ihn doch heimgeschickt. Warum dann so etwas?«

»Also … das müßte doch eigentlich klar sein …«

»Dann seien Sie so gut und machen es *uns* klar, ja?«

»Er rief heute abend seine Frau an. Ich habe hinterher mit ihr gesprochen. Sie meinte, sie hätten ihn zwar nach Hause geschickt, aber er dachte, es wäre nur vorübergehend.«

»Wegen der Ballistik?« fragte Irving.

»Nein, ich glaube nicht, daß er das gemeint hat. Ich glaube, er war sich über die Notwendigkeit im klaren, diese Sache jemandem anzuhängen. Einem Cop.«

»Und deshalb hat er sich umgebracht? Klingt nicht sehr einleuchtend, Detective.«

»Er hat Elias oder diese Frau nicht umgebracht.«

»Im Moment ist das nur Ihre Meinung. Das einzige Faktum, das wir haben, ist, daß sich dieser Mann am Vorabend des Tages erschossen hat, an dem wir den ballistischen Untersuchungsbericht erhalten sollten. Und Sie, Detective, haben mich dazu überredet, ihn auf freien Fuß zu setzen, so daß er es tun konnte.«

Bosch sah von Irving weg und versuchte seinen wachsenden Ärger unter Kontrolle zu bekommen.

»Die Waffe«, fuhr Irving fort. »Eine alte Fünfundzwanziger Beretta. Die Seriennummer mit Säure weggeätzt. Herkunft nicht feststellbar, illegal. Eine Zweitwaffe. Ihre, Detective Bosch?«

Bosch schüttelte den Kopf.

»Wirklich nicht, Detective? Ich würde das gern jetzt klären, ohne internes Ermittlungsverfahren.«

Bosch sah ihn wieder an.

»Was denken Sie sich eigentlich? Daß ich ihm die Waffe gegeben habe, damit er sich damit erschießen kann? Ich war sein Freund – der einzige Freund, den er heute hatte. Es ist nicht meine Waffe, okay? Wir sind bei ihm zu Hause vorbeigefahren, damit er sich ein paar Sachen holen konnte. Bei dieser Gelegenheit muß er sie mitgenommen haben. Ich mag ihm geholfen haben, es zu tun, aber die Waffe habe ich ihm nicht gegeben.«

Bosch und Irving starrten sich an.

»Dabei vergessen Sie nur eins, Bosch«, sagte Lindell und beendete damit das Blickduell der beiden. »Wir haben Sheehans Haus heute durchsucht. Und haben keine Waffe gefunden.«

Bosch riß den Blick von Irving los und sah Lindell an.

»Dann haben Ihre Leute sie eben übersehen. Er hat diese Waffe in seiner Tüte hierher mitgebracht, weil es nicht meine ist.«

Bosch entfernte sich von ihnen, bevor er sich vor lauter Ärger und Frustration dazu hinreißen ließ, etwas zu sagen, was ihm eine Dienstaufsichtsbeschwerde eintragen würde. Er sank in einen der Sessel im Wohnzimmer. Er war klatschnaß, nahm aber keine Rücksicht auf die Möbel. Er starrte ausdruckslos durch die Glastür.

Irving folgte ihm, setzte sich aber nicht.

»Was haben Sie gemeint, als Sie vorhin sagten, Sie hätten ihm vielleicht geholfen?«

Bosch blickte zu ihm auf.

»Ich war gestern abend einen trinken mit ihm. Bei dieser Gelegenheit hat er mir verschiedenes erzählt. Daß ihm bei Harris' Verhör der Gaul durchging und daß die Dinge, die beim Prozeß behauptet wurden – die Dinge, von denen Harris behauptete, daß die Cops sie mit ihm gemacht hätten –, daß das alles stimmte. Es war alles wahr. Wissen Sie, er war sicher, Harris hätte das Mädchen umgebracht, daran hatte er nicht den geringsten Zweifel. Aber was er getan hatte, belastete ihn. Er gestand mir, daß er damals bei Harris' Verhör die Beherrschung verloren hatte. Er sagte, er wäre genau das geworden, was er all die Jahre gejagt hatte. Ein Monster. Das setzte ihm schwer zu. Ich konnte sehen, wie schwer es ihm zu schaffen machte. Und dann hole ich ihn heute abend ab und fahre ihn nach Hause …«

Bosch spürte, wie die Schuldgefühle wie die Flut in seine Kehle hochstiegen. Er hatte nicht aufgepaßt. Er hatte das Offensichtliche nicht gesehen. Er war zu sehr mit seinem Fall und mit Eleanor und dem leeren Haus beschäftigt gewesen, jedenfalls mit anderen Dingen als mit Frankie Sheehan.

»Und?« hakte Irving nach.

»Ich habe das einzige zerstört, woran er in all den Monaten geglaubt hatte, das einzige, woran er sich geklammert hatte. Ich erzählte ihm, daß wir Michael Harris' Unschuld bewiesen hatten. Ich erzählte ihm, daß er sich getäuscht hatte und daß wir es beweisen konnten. Ich machte mir keine Gedanken über die Konsequenzen, die das für ihn haben könnte. Ich dachte nur an meinen Fall.«

»Und Sie glauben, das war der Auslöser?«

»Die Geschichte mit Harris hat ihm einen schweren Knacks versetzt. Davon hat er sich nicht mehr erholt. Danach verlor er seine Familie, er verlor den Fall … Ich glaube, der einzige Faden, an den er sich danach noch klammern konnte, war der Glaube, daß er den Richtigen geschnappt hatte. Als er merkte, daß er sich getäuscht hatte – als ich in seine Welt platzte und ihm sagte, das hätte alles nicht gestimmt –, riß dieser Faden.«

»Das ist doch ausgemachter Blödsinn, Bosch«, sagte Lindell. »Ich meine, Ihre Freundschaft mit Sheehan in allen Ehren, aber Sie sehen einfach das Nächstliegende nicht. Sheehan hat sich umgebracht, weil er es war und weil er wußte, wir würden ihn nicht so einfach davonkommen lassen. Dieser Selbstmord ist ein Geständnis.«

Irving sah Bosch an und wartete, daß er Lindell Kontra gab. Aber Bosch sagte nichts. Er hatte es satt, dagegen anzureden.

»In diesem Punkt bin ich derselben Meinung wie Agent Lindell«, sagte der Deputy Chief schließlich.

Bosch nickte. Damit hatte er gerechnet. Sie kannten Sheehan nicht so, wie er ihn kannte. In den letzten Jahren hatte er zwar nicht viel mit seinem ehemaligen Partner zu tun gehabt, aber er hatte ihm einmal nahe genug gestanden, um zu wissen, daß Lindell und Irving sich täuschten. Es wäre einfacher für ihn gewesen, ihnen recht geben zu können. Es hätte eine Menge Schuld von ihm genommen. Aber er konnte ihnen nicht recht geben.

»Lassen Sie mir bis morgen früh Zeit«, sagte er statt dessen.

»Was?« fragte Irving.

»Halten Sie die Sache einen halben Tag lang unter Verschluß, und geben Sie nichts davon an die Presse weiter. Wir machen mit den Durchsuchungsbefehlen und unserem Plan für morgen vormittag weiter. Lassen Sie mich wenigstens noch sehen, was dabei herauskommt und was Mrs. Kincaid sagt.«

»Wenn sie redet.«

»Sie wird reden. Sie kann es kaum erwarten zu reden. Lassen Sie mir den Vormittag mit ihr. Sehen, was dabei herauskommt. Wenn ich keine Verbindung zwischen Kincaid und Elias feststellen kann, dann tun Sie, was Sie mit Frankie Sheehan tun müssen. Erzählen Sie aller Welt, was Sie zu wissen glauben.«

Darüber dachte Irving ziemlich lange nach, bevor er nickte.

333

»Das dürfte vermutlich das Vernünftigste sein. Bis dahin müßte uns auch der ballistische Untersuchungsbericht vorliegen.«

Zum Zeichen des Danks nickte Bosch. Er blickte wieder durch die offene Tür auf die Veranda hinaus. Es begann stärker zu regnen. Er sah auf die Uhr und merkte, wie spät es schon war. Und er wußte, was er noch tun mußte, bevor er schlafen konnte.

30

Bosch fühlte sich verpflichtet, Margaret Sheehan persönlich aufzusuchen und ihr zu sagen, was Frankie sich angetan hatte. Es tat nichts zur Sache, daß die beiden sich getrennt hatten. Margie und Frankie waren lang zusammengewesen, bevor das hier passiert war. Sie und ihre zwei Töchter hatten zumindest soviel Rücksichtnahme verdient, von einem Freund aufgesucht zu werden, statt die schreckliche Nachricht mitten in der Nacht von einem Fremden am Telefon mitgeteilt zu bekommen. Irving hatte vorgeschlagen, das Bakersfield Police Department zu beauftragen, daß sie jemanden zu ihr schickten, aber das fand Bosch genauso plump und taktlos wie einen Anruf. Er erklärte sich freiwillig bereit hinzufahren.

Ganz konnte Bosch auf die Dienste der Polizei von Bakersfield jedoch nicht verzichten, und sei es nur, um Margaret Sheehans Adresse herauszubekommen. Natürlich hätte er sie anrufen können, um sich den Weg erklären zu lassen. Aber damit hätte er es ihr gesagt, ohne es ihr zu sagen, ein alter Polizistentrick, um sich die Sache einfacher zu machen. Es wäre feige gewesen.

In nördlicher Richtung war der Golden State Freeway fast vollkommen leer, denn der Regen und die späte Stunde hatten bis auf diejenigen Autofahrer, die keine Wahl hatten, jeden von den Straßen vertrieben. Die meisten davon waren Fernfahrer, die ihre Fracht in Richtung San Francisco und noch weiter nach Norden brachten oder leer zu den Gemüseplantagen in der Mitte des Bundesstaats zurückkehrten, um eine neue Ladung aufzunehmen. Entlang der Grapevine – dem steilen und kurvenreichen Streckenstück über die Berge im Norden von Los Angeles – standen immer wieder Sattelschlepper, die entweder von der Fahrbahn abgekommen waren oder angehalten hatten, weil ihre Fahrer nicht riskieren wollten, die ohnehin nicht ungefährliche Strecke im strömenden Regen zurückzulegen. Sobald er diesen Hinderniskurs bewältigt und die Berge hinter sich gelassen hatte, kam Bosch wieder schneller voran und konnte sogar verlorene Zeit wettmachen. Er beobachtete, wie sich über dem violetten Horizont im Osten Blitze verästelten. Und er dachte an seinen alten Partner. Er versuchte an alte Fälle und an die alten irischen Witze zu denken, die Sheehan immer erzählt hatte. An irgend etwas, Hauptsache, er dachte nicht an das, was Frankie getan hatte – und nicht an seine eigene Schuld und Unachtsamkeit.

Er hatte eine selbst zusammengestellte Tonbandkassette dabei, die er im Autokassettenrecorder abspielte. Es waren Saxophonnummern, die Bosch besonders mochte. Er drückte auf den Schnellvorlauf, bis er das Stück fand, das er suchte. Es war Frank Morgans ›Lullaby‹. Für Bosch war es wie ein beseelter, süßer Grabgesang, ein Lebewohl und eine Entschuldigung an Frankie Sheehan. Ein Lebewohl und eine Entschuldigung an Eleanor. Es paßte gut zum Regen. Bosch spielte es immer wieder.

Er erreichte das Haus, in dem Margaret Sheehan und ihre zwei Töchter wohnten, vor zwei Uhr. Die Außenbeleuchtung war noch an, und durch die Vorhänge der vorderen Fenster war ebenfalls Licht zu sehen. Bosch gewann den Eindruck, daß Margie dort drinnen auf seinen Anruf – oder vielleicht auch auf seinen Besuch – wartete. An der Tür zögerte er und überlegte, wie viele Male er schon so einen Besuch gemacht hatte, schließlich klopfte er.

Als Margie an die Tür kam, wurde Bosch daran erinnert, daß man so etwas nie planen konnte. Sie sah ihn kurz an, und er dachte, sie würde ihn nicht erkennen. Es war schon einige Jahre her.

»Margie, ich bin's –«

»Harry? Harry Bosch? Wir haben doch gerade –«

Sie verstummte und machte sich ihren Reim. Das taten sie normalerweise immer.

»Oh, Harry, nein. O nein. Nicht Francis!«

Sie hob beide Hände an ihr Gesicht. Ihr Mund war offen, und sie sah aus wie die Gestalt auf diesem berühmten Gemälde, die auf einer Brücke steht und schreit.

»Es tut mir schrecklich leid, Margie. Wirklich. Ich glaube, es ist besser, ich komme nach drinnen.«

Sie trug es mit Fassung. Bosch erzählte ihr die Einzelheiten, und dann machte ihm Margie Kaffee, damit er auf der Rückfahrt nicht einschlief. So konnte nur eine Polizistenfrau denken. Bosch lehnte an der Arbeitsplatte, als sie in der Küche Kaffee machte.

»Er hat dich heute abend angerufen«, sagte er.

»Ja, habe ich dir doch erzählt.«

»Was hat er für einen Eindruck gemacht?«

»Keinen guten. Er hat mir erzählt, was sie mit ihm gemacht haben. Er fühlte sich so … verraten? Ist das der richtige Ausdruck? Ich meine, seine eigenen Leute, Kollegen, hatten ihn festgenommen. Er war sehr deprimiert, Harry.«

Bosch nickte.

»Er hat sein Leben in den Dienst der Polizei gestellt … und so haben sie es ihm vergolten.«

Bosch nickte wieder.

»Hat er was gesagt, daß er sich …«

Er sprach nicht weiter.

»Daß er sich umbringen wollte? Nein, das hat er nicht gesagt … Ich habe mal was über Polizistenselbstmorde gelesen. Ist allerdings schon einige Zeit her. Um genau zu sein, es war, als Elias ihn das erste Mal verklagte, wegen dieses Kerls, den er erschossen hatte. Das hat Frankie damals so zugesetzt, daß ich es richtig mit der Angst zu tun bekam. Deshalb begann ich mich darüber zu informieren. Und was ich damals gelesen habe, lief darauf hinaus, daß wenn einem jemand davon erzählt oder sagt, daß er es tut, daß er einen dann in Wirklichkeit darum bittet, ihn davon abzubringen.«

336

Bosch nickte.

»Ich schätze, Frankie wollte nicht davon abgebracht werden«, fuhr sie fort. »Er hat mir gegenüber mit keinem Wort etwas davon erwähnt.«

Sie nahm die Glaskanne aus der Kaffeemaschine und goß etwas Kaffee in eine Tasse. Dann öffnete sie einen Küchenschrank und nahm eine silberfarbene Thermoskanne heraus. Sie begann sie zu füllen.

»Das ist für die Heimfahrt. Ich möchte nicht, daß du auf der Wäscheleine einschläfst.«

»Was?«

»Auf der Grapevine, meine ich. Ich bin ein bißchen durcheinander.«

Bosch trat auf sie zu und legte ihr die Hand auf die Schulter. Sie stellte die Kaffeekanne ab und wandte sich ihm zu, damit er sie umarmte.

»Letztes Jahr«, seufzte sie. »Letztes Jahr wuchs uns einfach alles über den Kopf.«

»Ich weiß. Er hat es mir erzählt.«

Sie löste sich von ihm und machte sich wieder daran, die Thermoskanne zu füllen.

»Margie, ich muß dich nur noch eines fragen, bevor ich wieder fahre. Sie haben ihm heute seine Waffe weggenommen, um eine ballistische Untersuchung zu machen. Er hat eine andere benutzt. Weißt du irgendwas von einer zweiten Waffe?«

»Nein. Er hatte nur die, die er im Dienst trug. Wir hatten keine anderen Waffen. Nicht mit zwei kleinen Mädchen. Wenn Frankie nach Hause kam, schloß er seine Dienstwaffe immer in einem kleinen Safe im Boden des Kleiderschranks ein. Und nur er hatte einen Schlüssel dafür. Ich wollte nicht mehr Waffen als nötig im Haus haben.«

Bosch war klar, daß ein Punkt ungeklärt bliebe, wenn sie auf der Feststellung beharrte, daß es keine anderen Waffen außer Sheehans Dienstwaffe gegeben hatte. Frankie könnte trotzdem eine zweite Waffe gehabt und sie vor ihr versteckt haben – an einer Stelle, wo sie nicht einmal das FBI bei der Hausdurchsuchung gefunden hatte. Vielleicht hatte er sie, in Plastik eingewickelt, im Garten vergraben. Oder er hatte sie sich erst zuge-

337

legt, nachdem Margie und die Mädchen nach Bakersfield gezogen waren. Dann konnte sie nichts davon wissen.

»Okay.« Er beschloß, der Sache nicht weiter nachzugehen.

»Wieso, Harry? Behaupten sie, es war deine Waffe? Machen sie dir Schwierigkeiten?«

Bosch überlegte kurz, bevor er antwortete.

»Nein, Margie. Mach dir meinetwegen keine Sorgen.«

31

Der Regen dauerte den ganzen Montag morgen an, so daß Bosch auf dem Weg nach Brentwood frustrierend schleppend vorankam. Es regnete nicht stark, aber in Los Angeles kann schon ein bißchen Regen die Stadt lahmlegen. Das war etwas, was Bosch immer ein Rätsel bleiben würde. Obwohl Los Angeles eine Stadt war, in der das Leben wie in kaum einer anderen vom Automobil bestimmt war, gab es dort jede Menge Autofahrer, die nicht einmal mit der kleinsten Witterungsunbill zurechtkamen. Er hörte beim Fahren KFWB. Es gab erheblich mehr Staumeldungen als Berichte von nächtlichen Unruhen und Gewaltakten. Leider wurde vorausgesagt, daß es bis Mittag aufklaren würde.

Er kam zwanzig Minuten zu spät zu seiner Verabredung mit Kate Kincaid. Das Haus, aus dem Stacey Kincaid angeblich entführt worden war, war ein weitläufiges weißes Ranchhaus mit schwarzen Fensterläden und schiefergrauem Dach. Die große Rasenfläche davor reichte bis zur Straße hinunter, und die Einfahrt führte am Haus vorbei zu einer Garage. Vor dem überdachten Eingang stand ein Mercedes. Die Eingangstür war offen.

An der Schwelle rief Bosch hallo und hörte gleich darauf Kate Kincaids Stimme, die ihn aufforderte einzutreten. Er fand sie im Wohnzimmer, wo sie auf einer Couch mit einem weißen Schonbezug saß. Alle Möbel hatten solche Überwürfe. In dem Raum sah es aus wie bei einem Treffen großer, wuchtiger Geister. Kate Kincaid sah, wie sich Bosch umblickte.

»Beim Auszug haben wir kein einziges Möbelstück mitgenommen«, sagte sie. »Wir beschlossen, alle Brücken abzubrechen. Keine Erinnerungsstücke.«

Bosch nickte, dann musterte er sie. Sie war ganz in Weiß gekleidet, mit einer Seidenbluse, die in einer maßgeschneiderten Leinenhose steckte. Auch sie sah aus wie ein Geist. Die große schwarze Lederhandtasche, die neben ihr auf der Couch lag, schien sich mit ihrer Kleidung und mit den weißen Tüchern über den Möbeln zu beißen.

»Wie geht's, Mrs. Kincaid?«

»Bitte nennen Sie mich Kate.«

»Dann also Kate.«

»Danke, gut. Besser als seit langer, langer Zeit. Und Ihnen?«

»Es könnte besser sein, Kate. Ich hatte eine schlimme Nacht. Und ich mag nicht, wenn es regnet.«

»Das tut mir leid. Sie sehen aus, als hätten Sie nicht geschlafen.«

»Hätten Sie was dagegen, wenn ich mich erst ein bißchen umsehe, bevor wir uns unterhalten?«

Er hatte einen unterzeichneten Durchsuchungsbefehl für das Haus in seinem Aktenkoffer, aber er wollte ihn noch nicht herausholen.

»Aber bitte, tun Sie sich keinen Zwang an. Sie finden Staceys Zimmer am Ende des Flurs. Die erste Tür links.«

Bosch ließ seinen Aktenkoffer auf dem gekachelten Boden der Diele stehen und ging in die angegebene Richtung. Die Möbel im Zimmer des Mädchens waren nicht abgedeckt. Die weißen Tücher, mit denen alles abgedeckt gewesen war, lagen auf dem Boden. Es sah so aus, als wäre hin und wieder jemand – wahrscheinlich die Mutter des toten Mädchens – hier gewesen. Das Bett war nicht gemacht. Die rosafarbene Tagesdecke und die dazu passende Bettdecke waren zu einem Knäuel verwurstelt – nicht so, als hätte jemand darin geschlafen, sondern eher so, als hätte jemand auf dem Bett gelegen und das Bettzeug an seine Brust gerafft. Bosch hatte kein gutes Gefühl, es in diesem Zustand zu sehen.

Er behielt die Hände in den Taschen seines Regenmantels, als er sich in die Mitte des Raums stellte und die Sachen des

339

Mädchens ansah. Kuscheltiere und Puppen, ein Regal mit Bilderbüchern. Keine Kinoplakate, keine Fotos von jungen Fernsehstars oder Popsängern. Fast war es, als gehörte das Zimmer einem Mädchen, das viel jünger war, als Stacey Kincaid am Ende gewesen war. Bosch fragte sich, ob die Einrichtung von ihren Eltern stammte oder von ihr, ob sie vielleicht geglaubt hatte, die Schrecken der Gegenwart von sich fernhalten zu können, wenn sie sich an die Dinge aus ihrer Vergangenheit klammerte. Bei diesem Gedanken bekam er ein noch schlechteres Gefühl als beim Anblick des Bettzeugs.

Er sah eine Bürste auf der Kommode liegen und stellte mit gewisser Erleichterung fest, daß sie Strähnen blonden Haars enthielt. Mit ihrer Hilfe ließe sich gegebenenfalls nachweisen, daß Beweismittel – zum Beispiel aus dem Kofferraum eines Autos – von dem toten Mädchen stammten.

Er trat ans Fenster und sah es sich genauer an. Es war ein Schiebefenster, und auf dem Rahmen waren noch die schwarzen Flecken zu sehen, die vom Fingerabdruckpulver herrührten. Er entriegelte das Fenster und schob es hoch. An der Stelle, wo es angeblich mit einem Schraubenzieher oder einem ähnlichen Werkzeug aufgestemmt worden war, waren Teile des Holzes abgesplittert.

Bosch blickte durch den Regen in den Garten hinter dem Haus hinaus. Der nierenförmige Pool war mit einer Plastikplane abgedeckt, auf der sich Regenwasser gesammelt hatte. Wieder mußte Bosch an das Mädchen denken. Er fragte sich, ob sie jemals in den Pool gesprungen war, um zu entkommen und auf den Boden zu tauchen, um zu schreien.

Hinter dem Pool verlief die Hecke, die den Garten hinter dem Haus umgab. Sie war drei Meter hoch und hielt unerwünschte Blicke ab. Bosch erkannte die Hecke von den Bildern wieder, die er in Charlottes Website gesehen hatte.

Er schloß das Fenster. Regen machte ihn immer traurig. Und das konnte er heute nicht brauchen. Ihm spukte bereits der Geist Frankie Sheehans im Kopf herum, er hatte eine kaputte Ehe, über die nachzudenken er keine Zeit hatte, und schließlich verfolgten ihn auch noch die Gedanken an das kleine Mädchen mit dem verlorenen Blick.

Er nahm eine Hand aus der Tasche, um die Tür des Kleiderschranks zu öffnen. Die Sachen des Mädchens waren noch da. Bunte Kleider auf weißen Plastikbügeln. Er sah sie durch, bis er das weiße Kleid mit den Signalwimpeln fand. Auch daran erinnerte er sich von der Website.

Er kehrte auf den Gang zurück und sah in die anderen Zimmer. In einem Raum, der nach einem Gästezimmer aussah, erkannte Bosch den Raum von den Fotos im Internet wieder. Hier war Stacey Kincaid mißbraucht und dabei gefilmt worden. Bosch blieb nicht lange. Weiter den Gang hinunter waren ein Bad, das Elternschlafzimmer und ein Schlafzimmer, das als Bibliothek und Arbeitszimmer gedient hatte.

Bosch kehrte ins Wohnzimmer zurück. Kate Kincaid erweckte nicht den Eindruck, als hätte sie sich bewegt. Er nahm seinen Aktenkoffer hoch und ging zu ihr in den Raum.

»Ich bin vom Regen ein wenig naß, Mrs. Kincaid. Darf ich mich trotzdem setzen?«

»Sicher. Und Sie wollten doch Kate zu mir sagen.«

»Wenn Sie nichts dagegen haben, würde ich es, glaube ich, vorerst lieber noch bei einem förmlicheren Mrs. Kincaid belassen.«

»Ganz wie Sie meinen, Detective.«

Er war wütend auf sie, wütend auf das, was in diesem Haus passiert war und wie das Geheimnis weggesperrt worden war. Er hatte auf seinem Rundgang genug gesehen, um bestätigt zu finden, wovon Kizmin Rider schon am Abend zuvor felsenfest überzeugt gewesen war.

Er setzte sich auf einen der abgedeckten Sessel gegenüber der Couch und legte den Aktenkoffer auf seine Knie. Er öffnete ihn so, daß Kate Kincaid von da, wo sie saß, nicht hineinsehen konnte, und begann darin zu kramen.

»Haben Sie etwas Interessantes in Staceys Zimmer gefunden?«

Bosch hielt inne und sah sie über den Aktenkoffer hinweg kurz an.

»Eigentlich nicht. Ich wollte mir nur einen Eindruck von dem Raum verschaffen. Er wurde vermutlich gründlich durchsucht, so daß es dort für mich schwerlich noch etwas zu finden gäbe. Mochte Stacey den Pool?«

Er machte sich wieder in seinem Aktenkoffer zu schaffen, während Mrs. Kincaid ihm erzählte, was für eine gute Schwimmerin ihre Tochter gewesen war. Eigentlich tat Bosch gar nichts. Er spielte nur eine Rolle, die er schon den ganzen Morgen in Gedanken einstudiert hatte.

»Sie konnte hochkommen und noch mal runtertauchen, ohne Luft holen zu müssen«, sagte Kate Kincaid.

Bosch schloß den Aktenkoffer und sah sie an. Die Erinnerung an ihre Tochter brachte ein Lächeln auf ihre Lippen. Auch Bosch lächelte, aber ohne Wärme.

»Mrs. Kincaid, wie schreibt man Unschuld?«

»Wie bitte?«

»Das Wort. *Unschuld*. Wie schreiben Sie es?«

»Soll das etwas mit Stacey zu tun haben? Das verstehe ich nicht. Warum wollen Sie –«

»Tun Sie mir doch diesen kleinen Gefallen. Bitte. Buchstabieren Sie das Wort.«

»Ich war in Rechtschreibung noch nie sehr gut. Wegen Stacey hatte ich immer ein Wörterbuch in der Handtasche, wenn sie mich mal nach einem Wort fragte. Sie wissen schon, eins dieser kleinen, die –«

»Bitte. Versuchen Sie es.«

Sie dachte nach. Die Hilflosigkeit war ihr deutlich anzusehen.

»U-n-s-c-h, ich weiß, es wird mit s-c-h geschrieben, u-l-t.«

Sie sah ihn an und zog fragend die Augenbrauen hoch. Bosch schüttelte den Kopf und öffnete seinen Aktenkoffer wieder.

»Fast. Aber mit einem weichen D am Ende.«

»Sehen Sie? Ich hab's Ihnen doch gesagt.«

Sie lächelte ihn an. Er nahm etwas aus dem Aktenkoffer, klappte ihn wieder zu und stellte ihn auf den Boden. Dann stand er auf und ging zur Couch. Er reichte ihr eine Sichthülle. Darin war einer der anonymen Briefe, die sie Howard Elias geschickt hatte.

»Sehen Sie sich das mal an«, sagte er. »Hier haben Sie es auch falsch geschrieben.«

Sie starrte lange auf den Brief und holte dann tief Luft. Sie sprach, ohne zu Bosch aufzublicken.

»Wahrscheinlich hätte ich in meinem kleinen Wörterbuch nachsehen sollen. Aber ich hatte es ziemlich eilig, als ich das schrieb.«

Bosch spürte, wie etwas von ihm abfiel. In diesem Moment wußte er, es würde keinen Kampf, keine Schwierigkeiten geben. Diese Frau hatte auf diesen Moment gewartet. Vielleicht hatte sie gewußt, daß er kam. Vielleicht hatte sie deshalb gesagt, sie fühle sich besser als seit langer, langer Zeit.

»Ich verstehe«, sagte Bosch. »Möchten Sie mit mir darüber sprechen, Mrs. Kincaid? Über alles?«

»Ja«, sagte sie, »das möchte ich.«

Bosch legte eine frische Batterie in das Tonbandgerät ein, dann machte er es an und stellte es auf den Couchtisch, das Mikrophon senkrecht nach oben gerichtet, damit es sowohl seine Stimme als auch die von Kate Kincaid aufzeichnete.

»Sind Sie soweit?« fragte er.

»Ja«, sagte sie.

Darauf wies er sich aus und sagte, wer sie war, nannte Datum, Zeitpunkt und Ort des Gesprächs. Den Hinweis auf ihre staatsbürgerlichen Rechte las er von einem Vordruck ab, den er aus seinem Aktenkoffer genommen hatte.

»Sind Sie sich über Ihre Rechte, wie ich sie Ihnen gerade vorgelesen habe, im klaren?«

»Ja, das bin ich.«

»Möchten Sie mit mir sprechen, Mrs. Kincaid, oder möchten Sie sich mit einem Anwalt in Verbindung setzen?«

»Nein.«

»Was nein?«

»Keinen Anwalt. Ein Anwalt kann mir nicht helfen. Ich möchte reden.«

Das ließ Bosch stutzen. Er überlegte, wie er am besten verhinderte, daß ein Haar in die Suppe kam.

»Nun, ich kann Ihnen in rechtlichen Dingen keinen Rat erteilen. Aber wenn Sie sagen, ›Ein Anwalt kann mir nicht helfen‹, bin ich nicht sicher, ob das einer Verzichterklärung

343

gleichkommt. Wissen Sie, was ich meine? Es besteht nämlich immer die Möglichkeit, daß ein Anwalt —«

»Detective Bosch, ich will keinen Anwalt. Ich bin mir sehr wohl über meine Rechte im klaren, und ich will keinen Anwalt.«

»Okay, dann muß ich Sie bitten, dieses Formular hier unten zu unterschreiben, und dann noch einmal an der Stelle, wo es heißt, Sie möchten keinen Anwalt.«

Er legte das Formular auf den Couchtisch und sah zu, wie sie es unterschrieb. Dann nahm er es wieder an sich und vergewisserte sich, daß sie mit ihrem eigenen Namen unterschrieben hatte. Danach unterzeichnete er es selbst als Zeuge und steckte es in eins der Fächer des Ziehharmonikaordners in seinem Aktenkoffer. Er setzte sich zurück und sah sie an. Einen Moment überlegte er, ob er auf das Thema Ehegattenverzichterklärung zu sprechen kommen sollte, entschied aber, das konnte bis später warten. Darum sollte sich die Staatsanwaltschaft kümmern – wenn und falls es erforderlich wurde.

»Das hätten wir also«, sagte er. »Möchten Sie selbst anfangen, Mrs. Kincaid, oder möchten Sie, daß ich Ihnen Fragen stelle?«

Er flocht absichtlich so oft ihren Namen ein – damit für den Fall, daß das Band einmal vor Gericht abgespielt wurde, keine Mißverständnisse aufkamen, wem die Stimmen gehörten.

»Mein Mann hat meine Tochter umgebracht. Das wollen Sie vermutlich als erstes wissen. Deshalb sind Sie doch hier.«

Einen Moment erstarrte Bosch, dann nickte er langsam.

»Woher wissen Sie das?«

»Er sagte, es war ein Versehen – aber man erwürgt niemanden aus Versehen. Er sagte, sie hätte ihm gedroht, ihren Freundinnen alles zu erzählen, was er … was er und seine Freunde mit ihr machten. Er sagte, er hätte sie davon abzubringen versucht, er wollte es ihr ausreden. Er sagte, die Situation wäre außer Kontrolle geraten.«

»Das ist wo passiert?«

»Hier. In diesem Haus.«

»Wann?«

Sie nannte das Datum der Entführung ihrer Tochter. Sie schien zu verstehen, daß Bosch eine Reihe von Fragen stellen mußte, deren Antworten auf der Hand lagen. Er erstellte ein Protokoll.

»Ihr Mann hat Stacey sexuell mißbraucht?«

»Ja.«

»Gab er das Ihnen gegenüber zu?«

»Ja.«

An diesem Punkt begann sie zu weinen und öffnete ihre Handtasche, um nach einem Taschentuch zu suchen. Bosch ließ sie eine Minute in Ruhe. Er fragte sich, ob sie vor Kummer oder Schuldgefühlen weinte oder vor Erleichterung, endlich alles erzählen zu können. Er nahm an, es war eine Mischung aus allen drei Dingen.

»Über welchen Zeitraum hinweg wurde sie mißbraucht?« fragte er schließlich.

Kate Kincaid ließ das Taschentuch in ihren Schoß fallen.

»Das weiß ich nicht. Wir waren fünf Jahre verheiratet, bevor ... bevor sie starb. Ich weiß nicht, wann es losging.«

»Wann haben Sie es gemerkt?«

»Wenn Sie nichts dagegen haben, würde ich diese Frage lieber nicht beantworten.«

Bosch musterte sie. Ihr Blick war zu Boden gesenkt. Die Frage rührte an den Kern ihrer Schuld.

»Es ist aber wichtig, Mrs. Kincaid.«

»Vor einiger Zeit kam sie einmal zu mir.« Eine neue Tränenflut veranlaßte sie, frische Papiertaschentücher aus ihrer Handtasche zu holen. »Vor etwa einem Jahr ... Sie sagte, er stellte mit ihr Dinge an, von denen sie glaubte, sie wären nicht richtig ... Zuerst glaubte ich ihr nicht. Aber ich sprach ihn darauf an. Natürlich stritt er alles ab. Und ich glaubte ihm. Ich dachte, es wäre ein Ausdruck ihrer speziellen Probleme. Sie wissen schon, mit ihrem Stiefvater. Ich dachte, das wäre vielleicht ihre Art, ihre Probleme mit ihm zu verarbeiten.«

»Und später?«

Sie sagte nichts, blickte auf ihre Hände hinab. Sie zog ihre Handtasche in ihren Schoß und hielt sie fest umklammert.

»Mrs. Kincaid?«

»Dann gab es bestimmte Dinge. Eigentlich nur Kleinigkeiten. Sie wollte zum Beispiel nie, daß ich ausging und ihn mit ihr allein ließ – den Grund wollte sie mir aber nicht sagen. Rückblickend ist natürlich ganz klar, warum. Einmal blieb er sehr lange in ihrem Zimmer, um ihr gute Nacht zu sagen. Ich ging nachsehen, was los war, und die Tür war abgeschlossen.«

»Haben Sie geklopft?«

Sie saß lange wie versteinert da, bevor sie den Kopf schüttelte.

»Ist das ein Nein?«

Bosch mußte es wegen der Bandaufnahme fragen.

»Ja, nein. Ich habe nicht geklopft.«

Bosch beschloß, weiter zu bohren. Er wußte, Mütter von Inzest- oder Mißbrauchsopfern sahen oft das Offensichtliche nicht und unterließen die nächstliegenden Schritte zum Schutz ihrer Töchter. Jetzt lebte Kate Kincaid in einer persönlichen Hölle, in der ihr Entschluß, ihren Mann – und sich selbst – öffentlicher Ächtung und strafrechtlicher Verfolgung zu überantworten, immer als unzureichend und als zu spät angesehen würde. Sie hatte völlig recht. Ein Anwalt konnte ihr jetzt nicht mehr helfen. Das konnte niemand.

»Mrs. Kincaid, wann schöpften Sie zum erstenmal Verdacht, Ihr Mann könnte am Tod Ihrer Tochter beteiligt sein?«

»Während des Prozesses gegen Michael Harris. Wissen Sie, ich war fest überzeugt, daß er es war – Harris, meine ich. Ich konnte mir einfach nicht vorstellen, die Polizei könnte diese Fingerabdrücke selbst an dem Buch angebracht haben. Selbst der Staatsanwalt versicherte mir, das wäre schon allein technisch so gut wie unmöglich. Also glaubte ich an Harris' Schuld. Ich wollte daran glauben. Doch dann wurde während des Prozesses einer der Detectives, ich glaube, es war Frank Sheehan, in den Zeugenstand gerufen, und er sagte aus, sie hätten Michael Harris an seinem Arbeitsplatz verhaftet.«

»In der Waschanlage.«

»Ja. Er nannte die Adresse und den Namen der Firma. Und dann fiel es mir plötzlich wie Schuppen von den Augen. Mir fiel ein, daß ich mit Stacey in diese Waschanlage gefahren war.

Mir fielen ihre Bücher auf dem Rücksitz ein. Ich erzählte es meinem Mann und meinte, wir sollten es Jim Camp sagen. Das war der Staatsanwalt. Aber Sam redete es mir aus. Er sagte, die Polizei wäre sicher und er wäre sicher, daß Michael Harris der Mörder ist. Er sagte, wenn ich diesen Punkt erwähnte, bekäme es die Verteidigung heraus und würde es dazu benutzen, die Beweisführung anzufechten. Die Wahrheit würde, ähnlich wie im Fall O. J. Simpson, niemanden interessieren. Wir würden den Prozeß verlieren. Er hielt mir vor Augen, daß Stacey in unmittelbarer Nähe von Harris' Wohnung gefunden worden war ... Er sagte, möglicherweise hätte er sie damals in der Waschanlage mit mir gesehen und angefangen, uns nachzustellen – ihr nachzustellen. Er konnte meine Bedenken ausräumen ... und ich beließ es dabei. Ich war noch immer nicht sicher, daß es Harris nicht war. Ich tat, was mein Mann mir sagte.«

»Und Harris wurde freigesprochen.«

»Ja.«

In dem Glauben, vor der nächsten Frage wäre eine Pause nötig, hielt Bosch einen Moment inne.

»Was gab den Ausschlag, Mrs. Kincaid?« fragte er schließlich. »Was veranlaßte Sie schließlich dazu, Howard Elias diese Nachrichten zu schicken?«

»Mein Argwohn war nie ganz ausgeräumt. Und dann belauschte ich vor ein paar Monaten ein Gespräch, das mein Mann mit seinem ... seinem Freund führte.«

Sie sagte das Wort ›Freund‹, als wäre es das Schlimmste, was man über jemanden sagen könnte.

»Mit Richter?«

»Ja. Sie dachten, ich wäre nicht zu Hause, was ich an sich auch nicht hätte sein sollen. Eigentlich sollte ich beim Mittagessen sein. Mit meinen Freundinnen aus dem Club. Mountaingate. Nur hatte ich aufgehört, mit meinen Freundinnen zum Mittagessen zu gehen, nachdem Stacey ... Na ja, Sie können sich vielleicht denken, daß mich Mittagessen und solche Dinge nicht mehr interessierten. Deshalb erzählte ich meinem Mann zwar, ich ginge zum Mittagessen, aber in Wirklichkeit ging ich Stacey besuchen. Auf dem Friedhof ...«

»Okay. Ich verstehe.«

»Nein, ich glaube nicht, daß Sie das verstehen können, Detective Bosch.«

Bosch nickte.

»Entschuldigung. Wahrscheinlich haben Sie recht. Erzählen Sie weiter, Mrs. Kincaid.«

»An besagtem Tag regnete es. Genau wie heute, grau und trist. Deshalb blieb ich nur ein paar Minuten. Ich kam früh nach Hause zurück. Wegen des Regens hörten sie mich vermutlich nicht kommen. Aber ich hörte sie. Sie unterhielten sich in seinem Arbeitszimmer... Ich war ja immer noch argwöhnisch, deshalb ging ich auf die Tür zu. Ich machte kein Geräusch. Ich blieb an der Tür stehen und lauschte.«

Bosch beugte sich vor. Jetzt kam der entscheidende Moment. Gleich hätte er Gewißheit, wie glaubwürdig sie war. Er bezweifelte, daß zwei Männer, die an der Ermordung einer Zwölfjährigen beteiligt waren, zusammensitzen und sich in den Erinnerungen an ihre Tat ergehen würden. Wenn Kate Kincaid behauptete, das sei der Fall gewesen, mußte er davon ausgehen, daß sie log.

»Was sagten sie?«

»Sie unterhielten sich nicht in ganzen Sätzen. Verstehen Sie? Sie gaben nur kurze Kommentare ab. Mir wurde rasch klar, daß sie über Mädchen sprachen. Über mehrere Mädchen – was sie sagten, war widerlich. Ich hatte keine Ahnung, wie gut organisiert das Ganze war. Ich hatte mich in der Illusion gewiegt, daß es sich, falls mit Stacey etwas passiert war, um eine Schwäche seinerseits gehandelt hatte, etwas, das ihm schwer zu schaffen machte. Weit gefehlt. Diese Männer waren hervorragend organisierte Menschenjäger.«

»Sie lauschten also an der Tür...«, sagte Bosch, um sie wieder zum Ausgangspunkt zurückzulotsen.

»Sie sprachen nicht miteinander. Es war, als gäben sie Kommentare ab. Aus der Art, wie sie sprachen, wurde mir rasch klar, daß sie sich etwas ansahen. Und ich konnte den Computer hören – die Tastatur und andere Geräusche. Später paßte ich dann eine Gelegenheit ab, um selbst im Computer nach-

348

zusehen, und ich fand, was sie sich angesehen hatten. Es waren kleine Mädchen, zehn, elf …«

»Okay, zu der Sache mit dem Computer kommen wir gleich zurück. Aber zunächst zu dem, was Sie gehört haben. Inwiefern hatten die … diese Kommentare zur Folge, daß Sie bestimmte Rückschlüsse zogen, was Stacey angeht, oder sogar ganz konkret etwas über sie erfuhren?«

»Weil sie von ihr sprachen. Ich hörte Richter sagen: ›Da ist sie.‹ Und dann sagte mein Mann ihren Namen. Die Art, wie er ihn sagte … fast sehnsüchtig – jedenfalls nicht so, wie ihn ein Vater oder Stiefvater sagen würde. Und dann waren sie still. Mir war klar, daß sie sie ansahen. Ich wußte es.«

Bosch dachte an das, was er am Abend zuvor auf dem Bildschirm von Riders Computer gesehen hatte. Er hatte Mühe, sich vorzustellen, daß Kincaid und Richter zusammen in einem Büro saßen und sich dieselben Szenen ansahen – und mit deutlich anderen Empfindungen.

»Und dann fragte Richter meinen Mann, ob Detective Sheehan sich schon bei ihm gemeldet hätte. ›Weswegen?‹ fragte mein Mann, und Richter sagte, wegen seines Schmiergelds, daß er Harris' Fingerabdrücke auf Staceys Buch angebracht hatte. Mein Mann lachte. Er sagte, er hätte Sheehan nicht zu schmieren gebraucht. Und dann erzählte er Richter, was ich ihm während des Prozesses erzählt hatte, daß ich mein Auto in die Waschanlage gebracht hatte. Als er fertig war, lachten beide, und mein Mann sagte, und daran kann ich mich noch ganz deutlich erinnern, er sagte: ›Soviel Glück habe ich schon mein ganzes Leben …‹ Und in diesem Moment war der Fall für mich klar. Er hat es getan. Sie haben es getan.«

»Und darauf beschlossen Sie, Howard Elias zu helfen.«

»Ja.«

»Warum ihm? Warum sind Sie nicht zur Polizei gegangen?«

»Weil ich wußte, daß sie ihn nie unter Anklage stellen würden. Die Kincaids sind eine mächtige Familie. Sie bilden sich ein, über dem Gesetz zu stehen, und das tun sie ja auch. Der Vater meines Manns hat jedem Politiker in der Stadt Geld zugesteckt. Ob nun Demokrat oder Republikaner, das spielte keine Rolle. Sie sind ihm alle etwas schuldig. Und abgesehen davon hätte es auch nichts gebracht. Ich rief Jim Camp an und fragte ihn, was passieren würde, falls sie außer Harris noch jemanden fänden, der an Staceys Entführung beteiligt gewesen sein könnte. Darauf erklärte er mir, sie hätten wegen des ersten Prozesses keine Chance, ihn zu belangen. Die Verteidigung bräuchte nur auf den ersten Prozeß zu verweisen und sagen, letztes Jahr hätten sie gedacht, es sei jemand anders gewesen. Das wäre bereits genug an berechtigten Zweifeln. Deshalb hätten sie vor Gericht keine Chance mehr.«

Bosch nickte. Er wußte, sie hatte recht. Der Prozeß gegen Harris war ein Haar in der Suppe, das man nicht mehr rausbekam.

»Vielleicht sollten wir an dieser Stelle eine kurze Pause einlegen«, schlug Bosch vor. »Ich müßte mal telefonieren.«

Er machte das Tonbandgerät aus. Dann holte er das Handy aus seinem Aktenkoffer und sagte Kate Kincaid, er werde sich den Rest des Hauses ansehen, während er telefonierte.

Als er durch das förmliche Eßzimmer in die Küche ging, wählte er Lindells Handynummer. Der FBI-Agent meldete sich sofort. Um zu vermeiden, daß seine Stimme ins Wohnzimmer drang, sprach Bosch sehr leise.

»Hier Bosch. Langsam tut sich was. Wir haben einen Zeugen.«

»Auf Band?«

»Auf Band. Sie sagt, ihr Mann hat ihre Tochter umgebracht.«

»Und Elias?«

»Soweit sind wir noch nicht. Ich wollte nur, daß Sie sich schon mal bereithalten.«

»Ich gebe den anderen Bescheid.«

»Schon jemanden gesehen?«

»Bisher nicht. Sieht so aus, als wäre der Mann noch zu Hause.«

»Und Richter? Er steckt da mit drin. Sie hat ihn belastet.«

»Wir sind nicht sicher, wo er ist. Falls er bei sich zu Hause ist, hat er sich noch nicht blicken lassen. Aber wir werden ihn finden.«

»Viel Glück bei der Suche!«

Nachdem er das Gespräch beendet hatte, blieb er im Durchgang zur Küche stehen und beobachtete Kate Kincaid. Sie hatte ihm den Rücken zugekehrt und schien auf die Stelle zu starren, wo er ihr gegenübergesessen hatte. Sie rührte sich nicht.

»Okay.« Bosch trat ins Wohnzimmer. »Darf ich Ihnen irgend etwas bringen? Ein Glas Wasser?«

»Nein, danke.«

Er stellte das Tonbandgerät an und wies sich und seine Gesprächspartnerin noch einmal aus. Außerdem gab er die genaue Uhrzeit und das Datum an.

»Sie wurden auf Ihre Rechte aufmerksam gemacht, Mrs. Kincaid. Trifft das zu?«

»Ja, das stimmt.«

»Möchten Sie das Gespräch fortsetzen?«

»Ja.«

»Sie erwähnten vorhin, Sie hätten beschlossen, Howard Elias zu helfen. Aus welchem Grund?«

»Er strengte zu Gunsten Michael Harris' einen Prozeß an. Ich wollte, daß Michael Harris uneingeschränkt rehabilitiert würde. Und ich wollte, daß mein Mann und seine Freunde überführt würden. Mir war klar, daß sich die Behörden nicht unbedingt darauf einlassen würden. Aber ich wußte, Howard Elias war nicht Teil dieses Establishments. Er ließ sich nicht von Geld oder Macht beeinflussen. Nur von der Wahrheit.«

»Haben Sie jemals mit Mr. Elias direkt gesprochen?«

»Nein. Ich fürchtete, mein Mann könnte mich überwachen lassen. Ab dem Tag, an dem ich sie belauscht hatte, an dem ich erfahren hatte, daß er es gewesen war, konnte ich meinen Abscheu nicht mehr verbergen, ich war total von ihm abgestoßen. Er muß gespürt haben, daß ich etwas gemerkt hatte. Ich glaube, er ließ mich von Richter beobachten. Von Richter oder von Leuten, die für ihn arbeiteten.«

Bosch wurde klar, daß Richter ihr vielleicht auch hierher gefolgt war, möglicherweise ganz in der Nähe war. Lindell hatte gesagt, sie wüßten nicht, wo sich Kincaids Sicherheitsberater im Augenblick aufhielt. Bosch sah zur Eingangstür. Ihm war eingefallen, daß er sie nicht abgeschlossen hatte.

»Sie haben also Elias mehrere Nachrichten geschickt?«

»Ja, anonym. Wahrscheinlich wollte ich, daß er diese Leute entlarvte, ohne daß ich selbst davon betroffen würde ... Ich weiß, das war egoistisch. Ich war eine schreckliche Mutter. Vermutlich stellte ich mir das Ganze so vor: Die bösen Männer würden vor aller Welt bloßgestellt, aber der bösen Frau würde nichts passieren.«

Bosch sah tiefen Schmerz in ihren Augen, als sie das sagte. Er wartete, daß ihr wieder die Tränen kämen, aber sie blieben aus.

»An diesem Punkt habe ich nur noch einige wenige Fragen«, sagte er. »Woher wußten Sie die Adresse dieser Internetseite und wie man in diese geheime Website hineinkam?«

»Sie meinen in Charlottes Web? Mein Mann ist nicht besonders intelligent, Detective Bosch. Er ist reich, und das verleiht einem immer den Anschein von Intelligenz. Um sich die einzelnen Schritte nicht merken zu müssen, schrieb er sie sich auf und versteckte den Zettel in seinem Schreibtisch. Ich fand ihn. Ich kann mit Computern umgehen. Ich kam an diesen grauenhaften Ort ... ich sah Stacey dort.«

Wieder keine Tränen. Das wunderte Bosch. Kate Kincaids Stimme war inzwischen ein monotones Leiern. Es schien, als erzählte sie die ganze Geschichte aus reinem Pflichtbewußtsein. Welche Wirkung sie auf sie persönlich hatte, war abgehakt und erledigt, von der Oberfläche entfernt.

»Glauben Sie, der Mann, der auf diesen Bildern mit Stacey zu sehen ist, ist Ihr Mann?«

»Nein. Wer das war, weiß ich nicht.«

»Woher wollen Sie das so sicher wissen?«

»Mein Mann hat ein Muttermal. Eine Verfärbung am Rücken. Auch wenn ich sagte, er wäre nicht sehr intelligent, war er zumindest intelligent genug, sich nicht in dieser Website zu zeigen.«

Bosch dachte nach. Auch wenn er persönlich keine Zweifel an Kate Kincaids Aussagen hatte, war ihm dennoch bewußt, daß sie durch konkrete Beweise untermauert werden mußten, um gegen Kincaid Anklage erheben zu können. Aus demselben Grund, aus dem sie geglaubt hatte, mit ihren Anschuldigungen nicht zur Polizei gehen zu können, mußte Bosch, wenn er Sam Kincaid im Büro des District Attorney anschleppte, Beweise vorlegen können, die seine Schuld zweifelsfrei erwiesen. Alles, was er jedoch im Moment hatte, war eine Ehefrau, die von ihrem Mann schlimme Dinge behauptete. Der Umstand, daß Kincaid anscheinend nicht der Mann war, der auf den Bildern im Internet mit seiner Stieftochter zu sehen war, stellte einen großen Verlust an konkretem Beweismaterial dar. Er dachte an die Durchsuchungen. In diesem Moment nahmen sich mehrere Teams Kincaids Wohnung und Büro vor. Bosch konnte nur hoffen, daß sie Beweise fanden, die die Behauptungen seiner Frau stützten.

»In Ihrer letzten Nachricht«, fuhr er fort, »warnten Sie Howard Elias. Sie schrieben ihm, Ihr Mann wüßte Bescheid. Meinten Sie damit, Ihr Mann wußte, daß Elias die geheime Website entdeckt hatte?«

»Zum damaligen Zeitpunkt, ja.«

»Warum?«

»Wegen seines Verhaltens. Er war sehr angespannt – und mißtrauisch mir gegenüber. Er fragte mich, ob ich mich an seinem Computer zu schaffen gemacht hätte. Daraus schloß ich, sie wußten, daß ihnen jemand nachschnüffelte. Deshalb schickte ich schließlich die Nachricht ab – aber jetzt bin ich nicht mehr so sicher.«

»Wieso? Howard Elias ist doch tot.«

»Ich bin nicht sicher, ob er es war. Das hätte er mir erzählt.«

»Wie bitte?«

Ihre Logik wollte Bosch nicht recht einleuchten.

»Er hätte es mir erzählt. Er hat mir das von Stacey erzählt, aus welchem Grund hätte er mir dann das mit Elias nicht erzählen sollen? Dazu kommt noch, daß Sie über die Website Bescheid wissen. Wenn sie gedacht hätten, Elias wüßte davon, hätten sie sie doch nur schließen oder woanders verstecken müssen?«

»Nicht, wenn sie vorhatten, den Eindringling umzubringen.«

Sie schüttelte den Kopf. Sie sah es nicht so, wie Bosch es offensichtlich sah.

»Trotzdem glaube ich, daß er es mir gesagt hätte.«

Bosch wurde noch immer nicht schlau aus ihren Aussagen.
»Moment mal. Reden Sie jetzt von der Aussprache, die Sie zu
Beginn dieser Unterhaltung erwähnten?«

Boschs Pager ging los. Ohne den Blick von Kate Kincaid abzuwenden, griff er danach und stellte ihn ab.

»Ja.«

»Und wann fand diese Aussprache statt?«

»Gestern abend.«

»Gestern abend?«

Bosch war bestürzt. Er hatte den vorschnellen Schluß gezogen, die Aussprache, die sie erwähnt hatte, läge Wochen oder
sogar Monate zurück.

»Ja. Nachdem Sie gegangen waren. Aus den Fragen, die Sie
gestellt hatten, schloß ich, daß Sie meine Nachrichten an Howard Elias gefunden haben mußten. Ich wußte, Sie würden
Charlottes Web entdecken. Es war nur eine Frage der Zeit.«

Bosch blickte auf seinen Pager. Es war die Nummer von
Lindells Handy, mit dem Notcode 911 dahinter. Er sah wieder
zu Kate Kincaid auf.

»Erst dann brachte ich endlich den Mut auf, den ich all die
Monate und Jahre nicht aufgebracht hatte. Ich stellte ihn zur
Rede. Und er erzählte es mir. Und er lachte mich aus. Er fragte
mich, warum es mir jetzt plötzlich etwas ausmachte, wo es
mir doch, als Stacey noch lebte, nichts ausgemacht hatte.«

Jetzt begann Boschs Handy in seinem Aktenkoffer zu läuten. Kate Kincaid stand langsam auf.

»Ich gehe raus. Damit Sie ungestört telefonieren können.«

Als er nach seinem Aktenkoffer griff, sah er, wie sie ihre
Handtasche nahm und den Raum verließ. Sie ging in Richtung des Flurs, in dem das Zimmer ihrer toten Tochter lag.
Bosch nestelte am Schloß des Aktenkoffers herum, bekam es
schließlich auf und holte das Telefon heraus. Es war Lindell.

»Ich bin in ihrem Haus.« Aus der gepreßten Stimme des
FBI-Agenten sprachen heftige Anspannung und Erregung.
»Kincaid und Richter sind hier. Kein schöner Anblick.«

»Erzählen Sie!«

»Sie sind tot. Und es sieht nicht so aus, als wäre es schnell
gegangen. Um sie bewegungsunfähig zu machen, wurden sie

354

zunächst nur angeschossen, beide in die Hoden ... Ist die Frau noch bei Ihnen?«

Bosch sah in Richtung Flur.

»Ja.«

Gerade als er es sagte, hörte er vom Ende des Gangs einen Knall. Er wußte, was es war.

»Bringen Sie sie lieber hier rüber«, sagte Lindell.

»Okay.«

Bosch schob das Telefon zusammen und legte es in den Aktenkoffer zurück. Seine Augen waren immer noch auf den Flur gerichtet.

»Mrs. Kincaid?«

Keine Antwort. Alles, was er hörte, war der Regen.

32

Bis Bosch in Brentwood fertig war und oben im The Summit ankam, war es fast zwei Uhr. Während er durch den Regen fuhr, mußte er ständig an Kate Kincaids Gesicht denken. Er war keine zehn Sekunden, nachdem er den Schuß gehört hatte, in Staceys Zimmer gestürmt, aber sie war bereits tot gewesen. Sie hatte eine Zweiundzwanziger genommen, sich den Lauf in den Mund gesteckt und sich eine Kugel ins Gehirn gejagt. Sie war sofort tot gewesen. Der Rückstoß hatte ihr die Waffe aus dem Mund gerissen und auf den Boden geschleudert. Wie das bei Zweiundzwanzigern häufig der Fall ist, gab es keine Austrittswunde. Sie sah aus, als schliefe sie nur. Sie hatte sich in die rosafarbene Decke gewickelt, die von ihrer Tochter benutzt worden war. Die tote Kate Kincaid machte einen heiteren Eindruck. Kein Bestattungsunternehmer konnte daran noch etwas verbessern.

Vor der Kincaid-Villa standen mehrere Pkws und Vans. Bosch mußte so weit vom Eingang entfernt parken, daß er durch seinen Regenmantel hindurch naß wurde, bis er die Tür erreichte. Dort erwartete ihn Lindell.

»Ganz schöne Scheiße das«, begrüßte ihn der FBI-Agent.

»Allerdings.«

»Hätten wir es kommen sehen müssen?«

»Keine Ahnung. Man kann doch nie in andre Leute rein-schauen.«

»Wie sieht es bei Ihnen drüben inzwischen aus?«

»Der Coroner und das SID sind noch da. Zwei RHD-Bul-len – sie übernehmen das Ganze.«

Lindell nickte.

»Was ich sehen muß, habe ich gesehen. Zeigen Sie mir, was es hier gibt.«

Sie gingen ins Haus, und Lindell führte Bosch in das riesige Wohnzimmer, in dem er am Nachmittag zuvor mit den Kincaids gesessen hatte. Er sah die Leichen. Sam Kin-caid war auf derselben Stelle der Couch, wo Bosch ihn zuletzt gesehen hatte. D. C. Richter lag vor dem Fenster, von dem man auf das Valley hinausblickte, auf dem Boden. Diesmal hatte man keinen Jumboblick. Alles war grau. Rich-ter lag in einer Blutlache. Kincaids Blut war durch den Bezug der Couch gesickert. Im Raum arbeiteten mehrere Techniker von der Spurensicherung, und es waren Schein-werfer aufgestellt. Die Stellen, wo sie auf dem Boden oder auf einem Möbelstück Geschosse vom Kaliber .22 gefunden hatten, waren durch numerierte Plastiktäfelchen gekenn-zeichnet.

»Die Zweiundzwanziger haben Sie drüben in Brentwood, oder?«

»Ja, das war die Waffe, die sie benutzte.«

»Sie sind nicht vielleicht auf die Idee gekommen, Sie zu durchsuchen, bevor Sie mit ihr zu reden angefangen haben, hm?«

Bosch sah den FBI-Agenten verärgert an und schüttelte leicht den Kopf.

»Soll das ein Witz sein? Es war absolut freiwillig, Mann. Kann ja sein, daß Sie beim FBI so was noch nie gemacht haben, aber Regel Nummer eins lautet: Vermittle dem Befragten nicht schon das Gefühl, *verdächtigt* zu werden, bevor du über-haupt angefangen hast. Ich habe sie nicht durchsucht, und es wäre ein Fehler gewesen, wenn –«

»Ich weiß, ich weiß. Tut mir leid, daß ich gefragt habe. Es ist nur, daß …«

Er sprach nicht weiter, aber Bosch wußte, worauf er hinauswollte. Er beschloß, das Thema zu wechseln.

»Ist der alte Herr schon aufgetaucht?«

»Jack Kincaid? Nein, wir haben jemanden hingeschickt. Soviel ich gehört habe, hat er es gar nicht gut aufgenommen. Ruft jeden Politiker an, dem er mal Geld gegeben hat. Wahrscheinlich denkt er, daß ihm vielleicht der Stadtrat oder der Bürgermeister seinen Sohn zurückgeben kann.«

»Er wußte, was sein Sohn war. Hat es wahrscheinlich schon die ganze Zeit gewußt. Darum ruft er alle an. Er möchte nicht, daß es bekannt wird.«

»Na ja, das werden wir ja sehen. Digitale Videokameras und Schnittvorrichtungen haben wir bereits gefunden. Die Verbindung zu Charlottes Web hängen wir ihm auf jeden Fall an. Da habe ich eigentlich gar keine Bedenken.«

»Das wird Ihnen aber nicht viel nützen. Wo ist Chief Irving?«

»Auf dem Weg hierher.«

Bosch nickte und trat näher an die Couch. Er stützte die Hände auf die Knie und bückte sich, um sich den toten Autozaren aus der Nähe anzusehen. Kincaids Augen waren offen, sein Unterkiefer zu einer letzten Grimasse erstarrt. Lindell hatte recht gehabt. Sie hatten keinen leichten Tod gehabt. Er dachte, wie anders Kincaids Gesicht im Vergleich zu dem seiner toten Frau aussah. Das ließ sich eigentlich gar nicht vergleichen.

»Wie hat es sich Ihrer Meinung nach abgespielt?« fragte er. »Wie hat sie beide erwischt?«

Er betrachtete weiter die Leiche, während Lindell sprach.

»Also, wenn Sie einem Mann in die Eier schießen, ist er danach recht gefügig. Dem vielen Blut nach zu schließen, würde ich sagen, ist das die Stelle, wo es die beiden zuerst erwischt hat. Danach dürfte sie die Situation ganz gut im Griff gehabt haben.«

Bosch nickte.

»Richter war nicht bewaffnet?«

357

»Nein.«

»Schon eine Neun-Millimeter gefunden?«

»Nein, noch nicht.«

Lindell bedachte Bosch mit einem weiteren *Scheiße-gebaut*-Blick.

»Wir brauchen diese Neun-Millimeter unbedingt«, sagte Bosch. »Mrs. Kincaid konnte ihnen zwar ein Geständnis entlocken, was sie mit dem Mädchen gemacht haben, aber von Elias haben sie ihr nichts erzählt. Wir müssen diese Neuner finden, um den Zusammenhang zu ihnen herzustellen und endlich einen Schlußstrich unter diese Geschichte ziehen zu können.«

»Wie gesagt, wir suchen danach. Falls jemand die Neuner findet, sind wir die ersten, die es erfahren.«

»Haben Sie jemanden auf Richters Wohnung, auf sein Büro und seinen Wagen angesetzt? Ich gehe nach wie vor jede Wette ein, daß er der Mörder war.«

»Ja, wir gehen der Sache nach, aber versprechen Sie sich mal lieber nicht zuviel davon.«

Bosch begriff nicht, was der FBI-Agent meinte. Ihm war klar, daß da noch etwas war.

»Was?«

»Edgar hat sich heute morgen von der Polizeiakademie seine Unterlagen kommen lassen.«

»Richtig. Er wurde schon vor längerer Zeit ausgemustert. Warum?«

»Weil sich herausstellte, daß er auf einem Auge blind war. Auf dem linken. Er versuchte sich durchzumogeln. Hoffte wohl, niemand würde es merken. Eine Weile gelang es ihm sogar. Bis zum Schießtraining. Er konnte absolut nicht schießen. So fanden sie es heraus. Daraufhin musterten sie ihn aus.«

Bosch nickte. Er dachte an den präzisen Schuß auf Catalina Perez. Angesichts dieser neuen Information über Richter war höchst unwahrscheinlich, daß Kincaids Sicherheitsberater der Mörder war.

Das gedämpfte Knattern eines Hubschraubers riß Bosch aus seinen Gedanken. Als er aus dem Fenster sah, senkte sich ein Hubschrauber von Channel 4 herab und blieb etwa fünfzig Meter vom Haus entfernt in der Luft schweben. Wegen des Regens konnte Bosch den Kameramann in der offenen Schiebetür kaum ausmachen.

»Diese widerlichen Geier«, sagte Lindell. »Man möchte meinen, der Regen würde sie abhalten.«

Er ging zum Durchgang, wo sich mehrere Schalter und andere elektronische Bedienungselemente befanden. Er legte den Finger auf eine runde Taste und behielt ihn darauf. Bosch hörte das Summen eines Elektromotors und beobachtete, wie eine Jalousie herunterging.

»Auf dem Boden kommen sie nicht an das Haus heran«, sagte er. »Wegen der Tore. Deshalb haben sie nur eine Chance. Aus der Luft.«

»Ist mir doch egal. Sollen sie doch sehen, was sie jetzt noch kriegen.«

Auch Bosch war es egal. Er sah wieder auf die Leichen hinab. Ihrer Farbe und dem leichten Geruch nach zu schließen, der bereits im Raum hing, waren die zwei Männer schon einige Stunden tot. Bosch fragte sich, ob Kate Kincaid die ganze Zeit mit den Leichen im Haus geblieben oder nach Brentwood gefahren war und die Nacht im Bett ihrer Tochter verbracht hatte. Er tippte auf letzteres.

»Hat schon jemand den Todeszeitpunkt festgestellt?« fragte er.

»Ja. Gestern abend, irgendwann zwischen neun und Mitternacht. Der Coroner meint, den Blutungen zufolge könnten sie zwischen der ersten und der letzten Kugel bis zu zwei Stunden am Leben geblieben sein. Sieht so aus, als hätte sie etwas von ihnen wissen wollen und als wären sie nicht damit herausgerückt – jedenfalls nicht gleich.«

»Ihr Mann hat geredet. Was Richter angeht, weiß ich nicht – er war ihr vermutlich egal. Aber ihr Mann hat ihr alles über Stacey erzählt. Dann, schätze ich, hat sie ihm den Rest gegeben. Ihnen beiden. Der Kerl, der auf den Fotos im Internet mit dem Mädchen zu sehen ist, das war nicht ihr Mann. Lassen Sie die Gerichtsmedizin Fotos von Richters Oberkörper machen und einen Vergleich anstellen. Vielleicht war er es.«

359

Lindell deutete auf die Leichen.

»Machen wir. Und was glauben Sie? Sie hat das hier gestern nacht gemacht und ist dann, was, schlafen gegangen?«

»Kaum. Ich glaube, sie hat die Nacht in dem Haus in Brentwood verbracht. Es sah so aus, als hätte jemand im Bett des Mädchens geschlafen. Sie mußte sich erst noch mit mir treffen und mir alles erzählen, bevor sie ihren Plan zum Abschluß bringen konnte.«

»Sie meinen, Selbstmord begehen?«

»Ja.«

»Ganz schön hart, Mann.«

»Aber bestimmt wäre es noch härter gewesen, mit dem ständigen Bewußtsein ihrer Schuld leben zu müssen, mit dem Wissen um das, was sie ihrer Tochter hatte antun lassen. Da war Selbstmord eher die einfache Lösung.«

»Also, wenn Sie mich fragen, nicht. Ich muß da ständig an Sheehan denken, Bosch. Ich meine, wie finster muß es für ihn ausgesehen haben, um so etwas zu tun?«

»Hoffen Sie mal, daß Sie das nie erfahren. Wo sind meine Leute?«

»Im Arbeitszimmer, am Ende des Gangs. Sie kümmern sich um das.«

»Ich sehe mal nach ihnen.«

Damit verließ Bosch Lindell und ging den Flur hinunter ins Arbeitszimmer. Edgar und Rider führten stumm eine Durchsuchung durch. Die Gegenstände, die sie konfiszieren wollten, stapelten sich auf dem Schreibtisch. Bosch nickte ihnen zur Begrüßung zu, sie nickten zurück. Inzwischen hing eine stille Fahlheit über dem Ermittlungsverfahren. Es würde keine strafrechtliche Verfolgung, keinen Prozeß geben. Zu erklären, was passiert war, blieb ihnen überlassen. Und ihnen war allen klar, daß die Medien skeptisch reagieren und die Öffentlichkeit ihnen möglicherweise nicht glauben würde.

Bosch trat an den Schreibtisch. Die einzelnen Bestandteile der umfangreichen Computeranlage waren mit einem Wust von Verbindungskabeln verbunden. Da waren Boxen voller Disketten, die zur Datenspeicherung dienten. Da waren eine kleine Videokamera und eine Schneidevorrichtung.

»Wir haben eine Menge Material, Harry«, sagte Rider. »Die Kinderpornos hätten wir ihm mühelos anhängen können. Er hat ein Zip-Laufwerk mit allen Bildern von der geheimen Website drauf. Er hat diese Kamera – damit, glauben wir, wurden die Videos von Stacey aufgenommen.«

Rider, die Handschuhe trug, hob die Kamera hoch, um sie Bosch zu zeigen.

»Es ist eine Digitalkamera. Du nimmst einen Film auf, steckst die Kamera hier ein, überspielst, was du haben willst, auf deinen Computer und stellst es ins Internet. Und das alles zu Hause, in deinen eigenen vier Wänden. Im wahrsten Sinn des Wortes ein Kinder –«

Sie sprach nicht zu Ende. Bosch wandte sich ihr zu, um zu sehen, was sie verstummen ließ, und sah Deputy Chief Irving in der Tür stehen. Hinter ihm waren Lindell und Irvings Adjutant, Lieutenant Tulin. Irving trat in das Arbeitszimmer und reichte Tulin seinen nassen Regenmantel. Er trug ihm auf, ihn zu nehmen und in einem anderen Zimmer des Hauses zu warten.

»In welchem, Chief?«

»In irgendeinem.«

Nachdem Tulin gegangen war, schloß Irving die Tür. Damit waren er, Lindell und Boschs Team allein im Arbeitszimmer. Bosch konnte sich bereits denken, was jetzt kommen würde. Der Mann, der alles wieder hinbiegen sollte, war hier. Die Ermittlungen würden gleich den Waschgang durchlaufen, in dem sich Entscheidungen und Presseerklärungen nur noch danach orientierten, was für die Polizei das beste war, und nicht nach der Wahrheit. Bosch verschränkte die Arme und wartete.

»Ich möchte diese Sache umgehend zum Abschluß bringen«, erklärte Irving. »Nehmen Sie mit, was Sie gefunden haben, und dann machen Sie hier Schluß.«

»Chief«, sagte Rider. »Wir müssen noch große Teile des Hauses durchsuchen.«

»Das interessiert mich jetzt nicht. Ich möchte die Leichen weg haben, und dann möchte ich die Polizei weg haben.«

Rider gab nicht nach. »Sir, wir haben die Waffe noch nicht gefunden. Wir brauchen diese Waffe, um –«

361

»Sie werden sie nicht finden.«

Irving trat weiter in den Raum. Er sah sich um, und als sein Blick schließlich Boschs Gesicht erreichte, blieb er darauf haften.

»Es war ein Fehler, auf Sie zu hören. Ich hoffe, die Stadt muß nicht dafür büßen.«

Bosch zögerte einen Moment, bevor er antwortete. Irving wandte seinen Blick nicht von ihm ab.

»Chief, ich weiß, daß Sie das Ganze unter ... politischen Gesichtspunkten sehen. Aber wir müssen mit der Durchsuchung dieses Hauses und anderer den Kincaids zugänglichen Räumlichkeiten weitermachen. Wir müssen die Waffe finden, um beweisen zu können, daß –«

»Ich sagte Ihnen doch gerade, Sie werden die Waffe nicht finden. Nicht hier und auch nicht in sonst irgendwelchen den Kincaids zugänglichen Räumlichkeiten. Das alles, Detective, war lediglich eine Ablenkung. Eine Ablenkung, die zum Tod dreier Menschen geführt hat.«

Bosch wußte nicht, was das Ganze sollte, aber er war verunsichert. Er deutete auf die elektronischen Geräte auf dem Schreibtisch.

»Ich würde das nicht unbedingt eine Ablenkung nennen. Kincaid war Mitglied eines Kinderpornorings, und wir –«

»Ihr Auftrag war Angels Flight. Ganz offensichtlich habe ich Ihnen und Ihren Leuten zuviel Spielraum gelassen, und das haben wir nun davon.«

»Das *ist* Angels Flight. Darum brauchen wir die Waffe. Sie stellt die Verbindung –«

»Herrgott noch mal, Mann, wir haben die Waffe! Wir haben sie schon vierundzwanzig Stunden! Wir *hatten* auch den Mörder. *HATTEN*! Wir haben ihn laufengelassen, und jetzt kriegen wir ihn nicht mehr zurück.«

Bosch starrte Irving fassungslos an. Vor Wut war das Gesicht des Chiefs dunkelrot angelaufen.

»Die ballistische Untersuchung wurde vor weniger als einer Stunde abgeschlossen«, fuhr Irving fort. »Die drei Kugeln aus Howard Elias' Leiche wiesen eindeutig die gleichen Spuren auf wie die Geschosse, die im Schußwaffenlabor aus Detective Francis Sheehans Neun-Millimeter-Smith-and-Wesson-Pistole abgefeuert wurden. Die Leute in Angels Flight hat Detective Sheehan erschossen. Basta. Es gab einige von uns, die an diese Möglichkeit glaubten, sich aber davon abbringen ließen. Mittlerweile ist diese Möglichkeit eine Tatsache, aber Detective Sheehan ist nicht mehr unter uns.«

Bosch war sprachlos und mußte sich gewaltig anstrengen, seinen Mund nicht offenstehen zu lassen.

»Sie«, stieß er schließlich hervor. »Sie machen das für den Vater. Für den alten Kincaid. Sie –«

Um zu verhindern, daß Bosch beruflichen Selbstmord beging, packte Rider ihn am Arm. Er schüttelte ihre Hand ab und deutete in Richtung Wohnzimmer, wo die Leichen waren.

»– verraten einen Ihrer eigenen Leute, um das zu decken. Wie können Sie das tun? Wie können Sie sich auf so einen Handel mit diesen Leuten einlassen? Und mit sich selbst?«

»Sie *TÄUSCHEN* sich!« schrie Irving zurück. Dann fügte er, wieder ruhig, hinzu: »Sie täuschen sich, und ich könnte Sie wegen dem, was Sie gerade gesagt haben, fertigmachen.«

Bosch sagte nichts. Er hielt weiter dem Blick des Deputy Chiefs stand.

»Diese Stadt erwartet Gerechtigkeit für Howard Elias«, fuhr Irving fort. »Und für die Frau, die mit ihm ermordet wurde. Aber Sie haben sie darum gebracht, Detective Bosch! Sie haben Sheehan den Ausweg eines Feiglings ermöglicht. Sie haben die Menschen um die Möglichkeit gebracht, Gerechtigkeit zu bekommen, und darüber werden sie nicht begeistert sein. Möge uns allen der Himmel beistehen.«

33

Sie wollten die Pressekonferenz nach Möglichkeit abhalten, solange es noch regnete, damit sie sich das schlechte Wetter zunutze machen konnten, die Menschen – aufgebrachte Menschen – davon abzuhalten, auf die Straße zu gehen. Das Ermittlungsteam war vollzählig vertreten und hatte sich an der Rückwand des Podiums aufgereiht. Der Polizeipräsident und Gilbert Spencer vom FBI sollten die Konferenz abhalten und sämtliche Fragen beantworten. Das war das Standardverfahren in extrem brisanten Situationen. Der Polizeipräsident und Spencer wußten kaum mehr, als in der Presseerklärung stand. Daher konnten Fragen zu Einzelheiten des Ermittlungsverfahrens mühelos und guten Gewissens mit Phrasen wie ›Davon ist mir nichts bekannt‹ oder ›Meines Wissens nicht‹ abgeschmettert werden.

Das Aufwärmtraining übernahm O'Rourke von der Pressestelle. Er erinnerte die Journalisten an ihre Verantwortung in dieser Angelegenheit und kündigte an, die Pressekonferenz werde nicht lange dauern, aber in den kommenden Tagen sei mit weiteren Informationen zu rechnen. Dann stellte er den Polizeipräsidenten vor, der seinen Platz hinter den Mikrophonen einnahm und eine sorgfältig vorbereitete Presseerklärung verlas.

»Während meiner kurzen Amtszeit als Polizeipräsident oblag es mir, am Begräbnis von Polizisten teilzunehmen, die in Ausübung ihres Diensts das Leben ließen. Ich habe Müttern die Hände gehalten, die ihre Kinder an die blinde Gewalt dieser Stadt verloren. Aber nie war mir schwerer ums Herz als in diesem Moment. Ich muß den Bewohnern dieser großen Stadt mitteilen, daß wir wissen, wer Howard Elias und Catalina Perez ermordet hat. Und mit dem allergrößten Bedauern muß ich Sie davon in Kenntnis setzen, daß es ein Angehöriger dieser Polizeibehörde war. Ballistische Tests und Untersuchungen haben heute ergeben, daß die Kugeln, denen Howard Elias und Catalina Perez zum Opfer fielen, aus der Dienstwaffe von Detective Francis Sheehan von der Robbery-Homicide Division stammten.«

Bosch blickte auf das Meer von Journalistengesichtern hinaus und sah in vielen von ihnen Bestürzung. Sogar sie hatte diese Meldung den Atem anhalten lassen, denn sie waren sich ihrer Konsequenzen bewußt. Die Meldung war das Streichholz, sie waren das Benzin. Um dieses Feuer zu löschen, würde der Regen wahrscheinlich nicht genügen.

Ein paar Journalisten, vermutlich von einer Nachrichten-agentur, schoben sich durch die dichtgedrängte Menge und verließen den Saal, um die ersten zu sein, die die Nachricht verbreiteten. Der Polizeipräsident fuhr fort:

»Wie viele von Ihnen wissen, war Sheehan einer der Poli-zisten, die Howard Elias im Auftrag von Michael Harris verklagt hat. Die mit dem Fall befaßten Ermittler sind der An-sicht, daß Sheehan der nervlichen Belastung in Zusammen-hang mit diesem Gerichtsverfahren und seiner vor kurzem gescheiterten Ehe nicht mehr gewachsen war. Möglicher-weise hat das den Ausschlag für seine Tat gegeben. Gewißheit werden wir allerdings nicht mehr erhalten, da sich Detective Sheehan gestern abend das Leben genommen hat, nachdem ihm klargeworden war, daß es nur eine Frage der Zeit wäre, bis er als Mörder entlarvt würde. Als Polizeipräsident hofft man, nie eine solche Erklärung abgeben zu müssen. Doch diese Behörde hat vor ihren Bürgern nichts zu verbergen. Die Bösen müssen unnachsichtig an den Pranger gestellt werden, damit wir die Guten uneingeschränkt rühmen können. Ich bin gewiß, die achttausend guten Mitarbeiter dieser Behörde ent-schuldigen sich gemeinsam mit mir sowohl bei den Familien der beiden Opfer wie bei jedem Bürger dieser Stadt. Umge-kehrt bitten wir die guten Bürger, sich nach dieser wahrhaft schrecklichen Wende, die die Dinge genommen haben, ruhig und besonnen zu verhalten. Nun habe ich zwar noch andere Ankündigungen zu machen, aber falls es Fragen gibt, die sich speziell auf dieses Ermittlungsverfahren beziehen, kann ich Ihnen einige wenige beantworten.«

Sofort setzte ein Chor unverständlicher Rufe ein, und der Polizeipräsident deutete einfach auf einen der Journalisten vorne in der Mitte. Bosch kannte ihn nicht.

»Wie und wo brachte sich Sheehan um?«

»Er war gestern abend im Haus eines Freundes. Er erschoß sich. Seine Dienstwaffe war zum Zweck einer ballistischen Un-tersuchung eingezogen worden. Er benutzte eine andere Waffe, deren Herkunft gegenwärtig noch Gegenstand der Ermittlun-gen ist. Nach Auffassung der Ermittler befand sich keine Waffe in seinem Besitz. Offensichtlich haben sie sich getäuscht.«

Das Geschrei ging wieder los, aber es kam hinter der dröhnenden Stimme Harvey Buttons an. Seine Frage war klar verständlich, und sie mußte beantwortet werden.

»Warum war dieser Mann auf freiem Fuß? Gestern wurde er der Tat verdächtigt. Warum wurde er freigelassen?«

Der Polizeipräsident sah Button lange an, bevor er antwortete.

»Sie haben sich Ihre Frage eben selbst beantwortet. Er wurde der Tat nur verdächtigt. Er befand sich nicht in Haft. Wir warteten auf das Ergebnis der ballistischen Untersuchung, und es bestand zum damaligen Zeitpunkt kein Anlaß, ihn länger festzuhalten. Zu diesem Zeitpunkt gab es keine Beweise, aufgrund deren er hätte unter Anklage gestellt werden können. Diese Beweise standen uns erst mit dem ballistischen Untersuchungsbericht zur Verfügung. Natürlich erhielten wir ihn zu spät.«

»Wir alle wissen, Chief, daß die Polizei Verdächtige bis zu achtundvierzig Stunden festhalten kann, ohne offiziell Anklage gegen sie zu erheben. Warum wurde Detective Sheehan nicht so lange festgehalten?«

»Weil wir, um ehrlich zu sein, bei den Ermittlungen anderen Spuren nachgingen. Er war der Tat nicht dringend verdächtigt. Er war eine von mehreren Personen, die wir überprüft haben. Wir sahen keinen Anlaß, ihn länger festzuhalten. Er hatte unsere Fragen zufriedenstellend beantwortet, er gehörte dieser Behörde an, und es bestand keine Fluchtgefahr. Wir hielten ihn auch nicht für suizidgefährdet.«

»Eine zweite Frage«, übertönte Button den nun wieder einsetzenden Lärm. »Wollen Sie damit sagen, er hatte es seinem Status als Polizist zu verdanken, daß er auf freien Fuß gesetzt wurde, so daß er nach Hause fahren und sich umbringen konnte?«

»Nein, Mr. Button, das will ich damit nicht sagen. Ich sage, wir erhielten erst Gewißheit, daß er der Täter war, als es zu spät war. Wir erfuhren es erst heute. Er wurde gestern abend freigelassen und brachte sich gestern abend um.«

»Hätte er auch dann gestern abend nach Hause fahren dürfen, wenn er ein normaler Bürger gewesen wäre – sagen wir mal, ein Schwarzer wie Michael Harris?«

»Diese Frage hat keine Antwort verdient.«

Um die Rufe anderer Journalisten abzuwehren, hob der Polizeipräsident die Hände.

»Ich habe noch andere Ankündigungen zu machen.«

Als die Journalisten weiter ihre Fragen brüllten, trat O'Rourke vor und überschrie sie. Er drohte, die Pressekonferenz abzubrechen und den Saal räumen zu lassen, wenn keine Ruhe einkehrte. Das zeigte die gewünschte Wirkung. Von da an übernahm wieder der Polizeipräsident.

»Diese Mitteilung steht indirekt mit den eben erwähnten Ereignissen in Zusammenhang. Ich habe die traurige Pflicht, Ihnen den Tod von Sam und Kate Kincaid sowie deren Sicherheitsberater Donald Charles Richter bekanntzugeben.«

Darauf begann er von einem anderen Blatt Papier die Umstände des Doppelmordes und Selbstmords abzulesen und stellte sie als die Tat Kate Kincaids dar, die nach dem Verlust ihrer Tochter der zunehmenden nervlichen Belastung nicht mehr gewachsen gewesen war. Der sexuelle Mißbrauch ihrer Tochter durch ihren Mann, seine pädophilen Neigungen und seine Zugehörigkeit zu einem Kinderpornoring fanden ebensowenig mit einem Wort Erwähnung wie die laufenden Ermittlungen, die vom FBI und der Abteilung Computerkriminalität des LAPD über die geheime Website angestellt wurden, in der Kincaid seinen perversen Neigungen gefrönt hatte.

Bosch war klar, dahinter konnte nur Kincaid senior stecken. Der ursprüngliche Autozar ließ seine Beziehungen spielen, um den guten Namen seiner Familie zu wahren. Bosch nahm an, daß jetzt in der ganzen Stadt alte Schulden eingefordert wurden. Jackson Kincaid würde nicht zulassen, daß der Ruf seines Sohnes – oder sein eigener – ruiniert würde. So etwas konnte sehr geschäftsschädigend sein.

Als der Polizeipräsident mit dem Ablesen der Mitteilung fertig war, wurde er mit Fragen überschüttet.

»Wenn sie so untröstlich war, warum brachte sie dann ihren Mann um?« wollte Keisha Russell von der *Times* wissen.

»Das wird sich für immer unserer Kenntnis entziehen.«

»Und der Sicherheitsberater, Richter? Warum sollte sie ihn aus Schmerz um den Verlust ihrer Tochter umgebracht haben?«

»Auch das entzieht sich unserer Kenntnis. Wir gehen der Frage nach, ob er vielleicht gerade im Haus war und zufällig dazukam, als Mrs. Kincaid ihre Waffe hervorholte, um sich zu erschießen. Es deutet einiges darauf hin, daß die beiden Männer bei dem Versuch ums Leben kamen, Mrs. Kincaid davon abzuhalten, sich selbst zu erschießen. Sie verließ anschließend das Haus und fuhr zu ihrem früheren Wohnsitz, wo das Paar bis zum Tod seiner Tochter gelebt hatte. Dort tötete sie sich in dem Bett, in dem ihre Tochter geschlafen hatte. Es handelt sich hier um einen zutiefst bedauerlichen Unglücksfall, und die Angehörigen und Freunde der Familie Kincaid können unseres aufrichtigen Mitgefühls gewiß sein.«

Bosch war abgestoßen. Fast hätte er den Kopf geschüttelt, aber da er hinter dem Polizeipräsidenten auf dem Podium stand, wäre den Kameras und den Journalisten eine solche Geste nicht entgangen.

»Dann, wenn es sonst nichts mehr gibt, würde ich Sie bitten –«

»Chief«, fiel ihm Button ins Wort. »Inspector General Carla Entrenkin hat in einer Stunde in Howard Elias' Kanzlei eine Pressekonferenz anberaumt. Wissen Sie, was Sie sagen wird, und möchten Sie einen Kommentar dazu abgeben?«

»Nein. Inspector Entrenkin untersteht nicht dieser Behörde. Sie ist mir gegenüber nicht weisungsgebunden, und infolgedessen habe ich keine Ahnung, was sie sagen wird.«

Der Tonfall des Polizeipräsidenten ließ keinen Zweifel daran, daß er nicht damit rechnete, irgend etwas von dem, was Entrenkin sagen würde, könnte für die Polizei positiv sein.

»Damit möchte ich diese Pressekonferenz beenden«, fuhr der Polizeipräsident fort. »Aber vorher möchte ich noch dem FBI und insbesondere Special Agent Spencer für die geleistete Unterstützung danken. Wenn sich aus all dem irgendein Trost gewinnen läßt, dann der: Die Bürger dieser Stadt können gewiß sein, daß diese Behörde fest entschlossen ist, verfaulte Äpfel auszusondern, und zwar ganz gleich, wo sie sich befinden mögen. Diese Behörde ist außerdem bereit, ohne Beschönigung die volle Verantwortung für das Vorgehen ihrer Mitarbeiter zu übernehmen, mögen auch die Einbußen, die unser Stolz und unser Ansehen dadurch erleiden, noch so hoch sein.

Ich hoffe, die guten Bürger von Los Angeles werden sich daran erinnern und meine aufrichtige Entschuldigung annehmen. Ich hoffe, die guten Bürger von Los Angeles werden ruhig und besonnen auf diese Mitteilungen reagieren.«

Seine letzten Worte gingen im Scharren von Stühlen und Equipment unter, als die Journalisten alle gleichzeitig aufstanden und zum Ausgang strömten. Es galt, eine Story zu verbreiten und an einer weiteren Pressekonferenz teilzunehmen.

»Detective Bosch.«

Bosch drehte sich um. Irving kam auf ihn zu.

»Irgendwelche Probleme mit diesen Verlautbarungen? Haben Sie oder Ihr Team irgendwelche Probleme damit?«

Bosch studierte das Gesicht des Deputy Chief. Was er damit meinte, war klar. Sollten Sie irgendwelche Wellen schlagen, ist es *Ihr* Boot das kentert und sinkt – und Sie ziehen andere mit sich in die Tiefe. *Immer schön mit den Wölfen heulen.* Das Vereinsmotto. Das war es, was auf den Türen der Polizeiautos stehen sollte. Von wegen *schützen und dienen*!

Bosch schüttelte nur den Kopf, obwohl er Irving am liebsten an die Gurgel gegangen wäre.

»Nein, absolut keine Probleme«, erwiderte er gepreßt.

Irving nickte und spürte instinktiv, daß es höchste Zeit war, sich zurückzuziehen.

Bosch sah, daß der Ausgang inzwischen frei war, und ging mit gesenktem Kopf darauf zu. Er hatte das Gefühl, nichts und niemanden mehr zu kennen. Seine Frau, sein alter Freund, seine Stadt. Alles war ihm fremd. Und angesichts dieses Gefühls von Verlassenheit glaubte er langsam verstehen zu können, was in Kate Kincaid und Frankie Sheehan kurz vor dem Ende vorgegangen war.

34

Bosch war nach Hause gefahren, um sich alles im Fernsehen anzusehen. Er hatte seine Reiseschreibmaschine auf dem Couchtisch stehen und tippte mit zwei Fingern seinen Abschlußbericht. Er wußte, er hätte Rider alles mit dem Laptop machen lassen können, und es wäre mit einem Zehntel des Zeitaufwands erledigt gewesen, aber Bosch wollte den zusammenfassenden Abschlußbericht selbst schreiben. Er hatte beschlossen, alles genau so darzustellen, wie es passiert war – ohne jemanden in Schutz zu nehmen, weder die Kincaids noch sich selbst. Er würde den Abschlußbericht Irving aushändigen, und wenn ihn der Deputy Chief neu schreiben, bearbeiten oder sogar in den Reißwolf stecken wollte, war das seine Sache. Bosch fand, solange er es schilderte, wie es war, und so zu Papier brachte, konnte man immer noch von einem gewissen Maß an Integrität sprechen.

Als nach den Meldungen über vereinzelte Unruhen und Krawalle eine Zusammenfassung der wichtigsten Tagesereignisse kam, hörte er zu tippen auf und sah auf den Fernseher. Es kamen mehrere Ausschnitte der Pressekonferenz – Bosch sah sich hinter dem Polizeipräsidenten stehen und mit seiner Miene alles Lügen strafen, was gesagt wurde. Und dann wandte sich die Berichterstattung Carla Entrenkins Pressekonferenz im Foyer des Bradbury Buildings zu. Sie gab ihren sofortigen Rücktritt als Inspector General bekannt und daß sie in Absprache mit Howard Elias' Witwe die Kanzlei des ermordeten Anwalts übernehmen werde.

»Ich glaube, daß ich in dieser neuen Funktion am meisten dazu beitragen kann, die Polizei von Los Angeles zu reformieren und die korrupten Elemente in ihren Reihen auszumerzen. Howard Elias' Arbeit fortzuführen wird mir eine Ehre und eine Herausforderung sein.«

Von Journalisten auf den Black-Warrior-Fall angesprochen, erklärte Entrenkin, sie plane, die Angelegenheit baldmöglichst weiterzuverfolgen. Sie werde den Vorsitzenden Richter am nächsten Morgen bitten, den Prozeßbeginn auf kommenden Montag festzusetzen. Bis dahin werde sie sich mit den Feinheiten des Falls und der Strategie, die Howard Elias zu befolgen beabsichtigt habe, hinreichend vertraut gemacht haben. Hinsichtlich der Äußerung eines Journalisten, die Stadt werde sich angesichts der jüngsten Entwicklungen vermutlich verstärkt um eine gütliche Einigung bemühen, zeigte sich Entrenkin skeptisch.

»Wie Howard möchte ich diese Angelegenheit nicht mit einem Vergleich beilegen«, erklärte sie und blickte dabei direkt in die Kamera. »Dieser Fall verdient es, in vollem Umfang aufgeklärt zu werden. Wir werden auf jeden Fall vor Gericht gehen.«

Großartig, dachte Bosch, als der Bericht zu Ende war. Es wird nicht ewig regnen. Sollten sich der Ausbruch heftiger Krawalle im Moment noch vermeiden lassen, dann würde Carla Ichdenke garantiert nächste Woche welche auslösen.

Nun wandte sich die Berichterstattung den Reaktionen wichtiger Prominenter auf die Ereignisse des Tages und die Äußerungen des Polizeipräsidenten zu. Als Bosch Reverend Preston Tuggins auf dem Bildschirm sah, griff er nach der Fernbedienung und schaltete auf einen anderen Sender. Er landete erst einmal bei zwei Programmen, die Meldungen über friedliche Lichterketten brachten, und bei einem dritten, in dem ein Interview mit Stadtrat Royal Sparks kam, bevor er eine Nachrichtensendung fand, die eine Hubschrauberaufnahme der Kreuzung Florence und Normandie brachte. An der Stelle, wo 1992 die Unruhen ausgebrochen waren, hatte sich eine große Menschenmenge versammelt. Die Demonstration – wenn man sie so nennen wollte – war friedlich, aber Bosch wußte, es war nur eine Frage der Zeit. Der Regen und das schwächer werdende Tageslicht würden die Empörung nicht eindämmen. Er dachte an das, was Carla Entrenkin am Samstag abend zu ihm gesagt hatte, über die Wut und die Gewalt, die die Leere füllte, wenn den Menschen die Hoffnung genommen wurde. Bei dem Gedanken an die Leere, die jetzt auch in ihm herrschte, fragte er sich, womit er sie füllen würde.

Er stellte den Ton leiser und wandte sich wieder seinem Bericht zu. Als er fertig war, nahm er ihn aus der Schreibmaschine und legte ihn in einen Aktenordner. Falls er dazu kam, würde er ihn am nächsten Morgen abgeben. Nach Abschluß ihrer Ermittlungen hatten er und seine Partner jetzt denselben Zwölf-Stunden-Dienst wie alle anderen Kollegen. Sie mußten

sich am nächsten Morgen um sechs in Uniform in der Einsatz-
zentrale des South Bureau melden. Sie würden die nächsten
paar Tage, wenn nicht sogar länger, im Streifendienst zum
Einsatz kommen und in Achtergruppen, auf zwei Autos verteilt, das Krisengebiet patrouillieren.

Bosch beschloß, im Kleiderschrank nachzusehen, in welchem Zustand sich seine Uniform befand. Er hatte sie fünf
Jahre nicht mehr getragen – seit dem Erdbeben, als der Noteinsatzplan der Polizei zum letzten Mal in Kraft getreten war.
Als er sie aus der Plastikhülle nahm, klingelte das Telefon,
und er stürzte an den Apparat, weil er hoffte, es wäre Eleanor,
die anrief, um ihm zu sagen, daß bei ihr alles in Ordnung war.
Er nahm das Telefon vom Nachttisch und setzte sich aufs Bett.
Aber es war nicht Eleanor. Es war Carla Entrenkin.

»Sie haben meine Akten«, sagte sie.

»Was?«

»Die Unterlagen für den Black-Warrior-Fall. Ich übernehme
den Fall. Ich brauche die Akten wieder.«

»Ach so, klar. Ich habe es gerade im Fernsehen gesehen.«

Darauf folgte ein Schweigen, bei dem Bosch unbehaglich
wurde. Obwohl er für die Sache, für die diese Frau kämpfte,
herzlich wenig übrig zu haben schien, hatte die Frau etwas an
sich, was Bosch mochte.

»Das war eine gute Idee«, sagte er schließlich. »Daß Sie
seine Fälle übernehmen, meine ich. Sie sind sich also mit der
Witwe einig geworden, hm?«

»Ja. Und nein. Von Howard und mir habe ich ihr nichts erzählt. Ich sah keine Notwendigkeit, ihr die Erinnerungen an
ihn zu verderben. Sie hatte es schwer genug.«

»Wirklich edel von Ihnen.«

»Detective …«

»Ja?«

»Nichts. Manchmal verstehe ich Sie einfach nicht.«

»Da sind Sie nicht die einzige.«

Weiteres Schweigen.

»Ich habe die Akten hier. Die ganze Schachtel. Ich habe gerade meinen Abschlußbericht zu Ende getippt. Ich packe alles
zusammen, und wenn es irgendwie geht, bringe ich es Ihnen

morgen vorbei. Aber nageln Sie mich bitte nicht darauf fest – bis sich die Lage in der South Side wieder beruhigt, habe ich Streifendienst.«

»Das macht nichts.«

»Übernehmen Sie auch seine Kanzlei? Soll ich dort alles hinbringen?«

»Ja. So ist es gedacht. Das wäre nett.«

Bosch nickte, aber er merkte, daß sie das nicht sehen konnte.

»Also dann«, sagte er. »Danke für Ihre Hilfe. Ich weiß nicht, ob Irving was gesagt hat, aber der Hinweis auf Sheehan stammte aus den Akten. Einer der alten Fälle. Ich nehme an, Sie haben davon gehört.«

»Ehrlich gestanden … nein. Aber tun Sie sich keinen Zwang an, Detective Bosch. Ich bin neugierig. Was Sheehan angeht. Er war früher Ihr Partner …«

»Ja. War er.«

»Erscheint Ihnen das alles einleuchtend? Daß er erst Howard erschießt und dann sich selbst? Und diese Frau in der Standseilbahn?«

»Hätten Sie mich das gestern gefragt, hätte ich gesagt, nie im Leben. Dagegen habe ich heute das Gefühl, mich nicht mal mehr selbst zu verstehen, geschweige denn irgend jemand anders. Wenn wir bei der Polizei etwas nicht erklären können, haben wir dafür einen ganz bestimmten Spruch: Die Beweise sind, wie sie sind … Und dabei belassen wir es dann auch.«

Bosch lehnte sich auf dem Bett zurück und starrte an die Decke. Er hielt das Telefon an sein Ohr. Nach einer Weile fragte sie: »Besteht denn die Möglichkeit, die Beweise anders zu deuten?«

Sie sagte es langsam, präzis. Sie war Anwältin. Sie wählte ihre Worte mit Bedacht.

»Was wollen Sie damit sagen, Inspector?«

»Im Moment bin ich nur Carla.«

»Was wollen Sie damit sagen, Carla? Was fragen Sie mich?«

»Sie müssen sich klar darüber sein, daß ich jetzt eine andere Funktion habe. Für mich gelten jetzt die Regeln, die das Verhältnis von Mandant und Anwalt regeln. Michael Harris ist jetzt in einem Prozeß gegen Ihren Arbeitgeber und mehrere Ihrer Kollegen mein Mandant. Ich muß vorsicht–«

»Gibt es etwas, was seine Unschuld beweist? Die von Sheehan? Etwas, das Sie bisher zurückgehalten haben?«

Bosch setzte sich auf und beugte sich vor, starrte mit weit aufgerissenen Augen auf nichts Bestimmtes. Sein Blick war ganz nach innen gewandt, und er versuchte, sich an etwas zu erinnern, was er übersehen haben könnte. Er wußte, Entrenkin hatte den Ordner mit der Prozeßstrategie einbehalten. Darin mußte etwas gestanden haben.

»Darauf zu antworten ist mir leider nicht –«

»Der Strategieordner«, fiel ihr Bosch aufgeregt ins Wort. »Er enthält etwas, was alles auf den Kopf stellt. Es …«

Er verstummte. Was sie andeutete – beziehungsweise, was er aus ihren Worten herauslas –, ergab keinen Sinn. Die Schüsse in Angels Flight waren nachweislich aus Sheehans Dienstwaffe abgegeben worden. Das hatte die ballistische Untersuchung zweifelsfrei ergeben. Die drei Kugeln in Howard Elias' Leiche waren alle drei aus Sheehans Waffe abgefeuert worden. Fall erledigt, Ende der Diskussion. Die Beweise sind, wie sie sind.

Das war das konkrete Faktum, mit dem er es zu tun hatte, obwohl ihm sein Gefühl weiterhin sagte, Sheehan war der falsche Mann, er hätte so etwas nicht getan. Gewiß, er wäre liebend gern auf Elias' Grab herumgetanzt, aber er hätte den Anwalt nicht in dieses Grab befördert. Das war ein gewaltiger Unterschied. Und Boschs Instinkt – auch wenn er angesichts der nackten Tatsachen auf verlorenem Posten stand – sagte ihm, daß Frankie Sheehan ungeachtet dessen, was er Michael Harris getan hatte, im Kern seines Wesens nach wie vor ein zu guter Mensch war, um letzteres getan haben zu können. Er hatte zwar zuvor schon Menschen getötet, aber er war kein Mörder. Nicht so.

»Hören Sie«, fuhr er schließlich fort. »Ich weiß nicht, was Sie wissen oder zu wissen glauben, aber Sie müssen mir helfen. Ich kann nicht –«

»Es ist da«, sagte sie. »Wenn Sie die Unterlagen haben, ist es da. Ich habe etwas zurückgehalten, weil ich verpflichtet war,

374

es zurückzuhalten. Aber ein Teil davon war in den öffentlich zugänglichen Unterlagen. Wenn Sie danach suchen, werden Sie es finden. Ich sage nicht, Ihr Partner ist von aller Schuld reingewaschen. Ich sage nur, da war noch etwas anderes, dem man wahrscheinlich hätte nachgehen sollen. Aber das war nicht der Fall.«

»Und das ist alles, was Sie mir sagen werden?«

»Das ist alles, was ich Ihnen sagen darf – und selbst das hätte ich nicht tun dürfen.«

Bosch schwieg einen Moment. Er wußte nicht, ob er wütend auf sie sein sollte, daß sie ihm nicht genau sagte, was sie wußte, oder einfach froh, daß sie ihm den Hinweis gegeben und die Richtung gezeigt hatte.

»Also schön«, sagte er schließlich. »Wenn es hier ist, finde ich es auch.«

35

Bosch brauchte fast zwei Stunden, um sich durch die Akten des Black-Warrior-Falls zu arbeiten. Viele der Ordner waren bereits geöffnet worden, aber die meisten waren von Edgar und Rider durchgesehen worden oder von anderen Angehörigen des Teams, das vor weniger als zweiundsiebzig Stunden unten bei Angels Flight zusammengestellt worden war. Er sah sich jede Akte an, als hätte er sie nie zuvor gesehen, und suchte, was er übersehen hatte – das vielsagende Detail, den Bumerang, der seine Sicht der Dinge ändern und in eine neue Richtung lenken würde.

Das war das Problem, wenn man einen Fall mit anderen bearbeitete – wenn man mehrere Ermittlerteams darauf ansetzte. Kein einzelnes Augenpaar sah das gesamte Beweismaterial, alle Anhaltspunkte oder auch nur den ganzen Papierkram. Alles war aufgeteilt. Obwohl auf dem Papier ein Detective für den Fall zuständig war, kam es selten vor, daß alles seinen Radarschirm kreuzte. Jetzt mußte Bosch sehen, daß das anders wurde.

Er fand, wonach er zu suchen glaubte – und worauf Carla Entrenkin angespielt hatte –, im Ordner mit den Vorladungen, in dem auch die Belege des Zustellungsbeamten abgeheftet waren. Diese Belege waren an Howard Elias' Kanzlei weitergeleitet worden, sobald der vorgeladenen Person die richterliche Aufforderung, eine beeidete Aussage abzugeben oder vor Gericht als Zeuge zu erscheinen, zugestellt worden war. Der dicke Ordner war voll mit dünnen weißen Formularen. Sie waren chronologisch, in der Reihenfolge ihrer Zustellung, abgeheftet. Die erste Hälfte bestand aus gerichtlichen Vorladungen für beeidete Zeugenaussagen, die mehrere Monate zurückreichten. Die zweite Hälfte setzte sich aus Aufforderungen zusammen, bei dem Prozeß, der für diesen Tag angesetzt war, als Zeuge auszusagen. Dabei handelte es sich um Vorladungen für die verklagten Polizisten und für andere Zeugen.

Bosch erinnerte sich, daß Edgar diesen Ordner bereits durchgesehen hatte – er war darin auf die Durchsuchungsanordnung für die Herausgabe der Waschanlagenbelege gestoßen. Allerdings mußte ihn diese Entdeckung von anderen Dingen in dem Ordner abgelenkt haben. Bei der Durchsicht der Vorladungen stach Bosch ein weiteres interessantes Dokument in die Augen. Es war eine gerichtliche Vorladung für Detective John Chastain. Das überraschte Bosch, weil der IAD-Mann nie etwas von seiner Beteiligung an dem Prozeß erwähnt hatte. Chastain hatte das polizeiinterne Ermittlungsverfahren geleitet, das auf Michael Harris' Anschuldigungen hin durchgeführt worden war und bei dem die RHD-Detectives von allen Vorwürfen freigesprochen worden waren. Daher war nichts Ungewöhnliches daran, daß er eine Vorladung erhalten hatte, vor Gericht zu erscheinen. Vermutlich sollte er als Zeuge aussagen, um die von Michael Harris beschuldigten Polizisten zu entlasten. Ungewöhnlich war allerdings, daß Chastain niemandem erzählt hatte, daß er eine Vorladung erhalten hatte, bei dem Prozeß als Zeuge für den *Kläger* aufzutreten. Wäre das bekannt geworden, wäre er möglicherweise aus den gleichen Gründen, aus denen den RHD-Bullen der Fall entzogen worden war, nicht mehr für das Team in Frage gekommen, das mit der Aufklärung der Morde beauftragt worden war. Da bestand eindeutig ein Interessenkonflikt. Die Vorladung bedurfte einer Erklärung. Und noch mehr begann sich Bosch für die Sache zu interessieren, als er feststellte, daß Chastain die Vorladung am Donnerstag zugestellt worden war, einen Tag vor Elias' Ermordung. Seine Neugier schlug endgültig in Argwohn um, als er den handschriftlichen Vermerk sah, den der Zustellungsbeamte unten auf die Vorladung geschrieben hatte.

Annahme von Det. Chastain am Fahrzeug verweigert.
Vorladung unter Scheibenwischer geklemmt.

Aus dem Vermerk ging unmißverständlich hervor, daß Chastain nichts mit der Sache zu tun hatte haben wollen. Und dieser Umstand bündelte Boschs Aufmerksamkeit so stark, daß er in diesem Moment wahrscheinlich nicht einmal dann auf den Fernseher geachtet hätte, wenn die Stadt vom Strand bis zum Dodger Stadium in Flammen aufgegangen wäre.

Ein Blick auf die Vorladung verriet ihm, daß der Vorgeladene – Chastain – die genaue Uhrzeit und das genaue Datum mitgeteilt bekommen hatte, zu dem er vor Gericht erscheinen und aussagen sollte. Bei der Durchsicht der übrigen Prozeßvorladungen stellte Bosch fest, daß sie in der Reihenfolge ihrer Zustellung abgeheftet worden waren, nicht in der Reihenfolge, in der die Vorgeladenen vor Gericht zu erscheinen hatten. An diesem Punkt merkte er, daß er sich ein besseres Bild vom chronologischen Ablauf des Prozesses und damit auch von Elias' Strategie machen könnte, wenn er die Vorladungen in der Reihenfolge anordnete, in der die Vorgeladenen vor Gericht erscheinen sollten.

Er brauchte zwei Minuten, um die Vorladungen nach diesem Gesichtspunkt anzuordnen. Als er fertig war, sah er sich die Dokumente, eins nach dem anderen, an und stellte sich den Ablauf des Prozesses vor. Als erster würde Michael Harris aussagen. Er würde seine Geschichte erzählen. Als nächster käme Captain John Garwood, Leiter der RHD, an die Reihe. Garwood würde eine geglättete Darstellung des Ermittlungsverfahrens geben. Die nächste Vorladung galt Chastain. Er kam nach Garwood. *Widerwillig* – er hatte die Zustellung zu verhindern versucht – würde er nach dem RHD-Captain aussagen.

Warum?

Bosch legte die Frage vorerst beiseite und begann die restlichen Vorladungen durchzusehen. Dabei wurde rasch klar, daß Elias nach dem uralten Schema vorging, abwechselnd positive und negative Zeugen zu bringen. Er wollte die Darstellungen der angeklagten RHD-Detectives den Aussagen der Zeugen gegenüberstellen, die erwartungsgemäß zu Gunsten Michael Harris' aussagen würden. Das waren Harris, der Arzt, der sein Ohr behandelt hatte, Jenkins Pelfry, Harris' Chef in der Waschanlage, die zwei Obdachlosen, die Stacey Kincaids Leiche gefunden hatten, und schließlich Kate Kincaid und Sam Kincaid. Elias hatte vorgehabt, die Darstellung der RHD anzufechten, die Folterung Michael Harris' aufzudecken, den Nachweis zu erbringen, daß er die Tat nicht begangen hatte, und zum Schluß als Knalleffekt die Kincaids vor Gericht zu zitieren und höchstwahrscheinlich die Wahrheit über Charlottes Website und die Schrecken von Stacey Kincaids jungem Leben an den Tag zu bringen. Ganz offensichtlich wollte Elias den Geschworenen den Fall in derselben Reihenfolge präsentieren, in der Bosch und sein Team bei ihren Ermittlungen vorgegangen waren – daß Harris unschuldig war, daß es eine Erklärung für seine Fingerabdrücke gab und daß Sam Kincaid oder jemand, der mit ihm oder dem Kinderpornoring in Verbindung stand, seine Stieftochter ermordet hatte.

Bosch wußte, es war eine gute Strategie. Er war überzeugt, Elias hätte den Prozeß gewonnen. Er blätterte zu den ersten Vorladungen zurück. Chastain befand sich an dritter Stelle und damit auf der Positivseite des Wechselschemas – er kam nach Garwood und vor einem der beklagten RHD-Detectives. Er hätte als positiver Zeuge für Elias und Harris aussagen sollen, aber er hatte die Annahme der Vorladung zu verweigern versucht.

Bosch suchte auf dem Vorladungsformular nach dem Namen der Zustellungsagentur und rief die Auskunft an. Es war zwar spät, aber Zustellungsbeamte arbeiteten nicht zu den üblichen Zeiten. Vorladungen wurden nicht immer von neun bis fünf zugestellt. Ein Mann kam ans Telefon und Bosch verlangte nach Steve Vascik, der Chastain laut Beleg die Vorladung zugestellt hatte.

»Der ist heute abend nicht hier. Er ist zu Hause.«

Bosch wies sich aus und erklärte, er ermittle in einem Mordfall und müsse Vascik dringend sprechen. Der Mann am anderen Ende der Leitung wollte Vasciks Telefonnummer nicht herausrücken, erklärte sich aber bereit, Boschs Nummer zu notieren und die Nachricht an Vascik weiterzuleiten.

Nachdem er aufgelegt hatte, stand Bosch auf und begann im Haus herumzugehen. Er war nicht sicher, ob an der Sache wirklich etwas war. Aber er hatte dieses komische Kribbeln im Bauch, das er oft bekam, wenn er kurz davor stand, eine wichtige Entdeckung zu machen. Er verließ sich ganz auf seinen Riecher, und sein Riecher sagte ihm, daß er so dicht an etwas dran war, daß er jeden Augenblick mit der Nase darauf stoßen konnte.

Das Telefon läutete, und er schnappte es von der Couch und drückte auf die Gesprächstaste.

»Mr. Vascik?«

»Harry, ich bin's.«

»Eleanor. Hallo, wie geht's dir? Alles in Ordnung?«

»Sicher. Aber ich bin ja auch nicht in einer Stadt, die jeden Augenblick in Flammen aufgehen kann. Ich habe die Nachrichten gesehen.«

»Ja. Es sieht nicht gut aus.«

»Tut mir leid, daß das passieren mußte, Harry. Du hast mir mal von Sheehan erzählt. Ich weiß, du hast ihn gut gekannt.«

Bosch merkte, daß sie nicht wußte, daß das Haus des Freundes, in dem Sheehan sich erschossen hatte, ihres war. Er beschloß, es ihr nicht zu sagen. Außerdem wünschte er, er hätte ein Telefon mit Voranzeige.

»Eleanor, wo bist du?«

»Zurück in Vegas.« Ihr Lachen hatte nichts Heiteres. »Die Karre hat es gerade noch geschafft.«

»Im Flamingo?«

379

»Nein … woanders.«

Sie wollte es ihm nicht sagen, und das tat weh.

»Hast du eine Nummer, unter der ich dich erreichen kann?«

»Ich bin nicht sicher, wie lange ich hierbleiben werde. Ich wollte nur anrufen und sehen, ob bei dir alles okay ist.«

»Bei mir? Mach dir um mich keine Gedanken. Ist bei dir alles okay, Eleanor?«

»Ja.«

Inzwischen war ihm Vascik egal.

»Brauchst du irgend etwas? Was ist mit deinem Wagen?«

»Nein. Ich komme schon klar. Jetzt, wo ich hier bin, mache ich mir wegen des Wagens keine Gedanken mehr.«

Darauf folgte längeres Schweigen. Bosch hörte eins dieser elektronischen Geräusche, das er mal jemanden als digitales Blubbern bezeichnen gehört hatte.

»Und?« sagte er schließlich. »Können wir jetzt darüber reden?«

»Ich glaube nicht, daß das der richtige Zeitpunkt ist. Lassen wir lieber erst mal alles ein paar Tage abhängen, bevor wir uns unterhalten. Ich melde mich wieder, Harry. Mach's gut.«

»Versprichst du es? Daß du anrufst?«

»Ich verspreche es.«

»Okay, Eleanor. Ich warte.«

»Wiedersehen, Harry.«

Sie hängte auf, bevor er Wiedersehen sagen konnte. Bosch blieb lange neben der Couch stehen und dachte über Eleanor nach und was aus ihrer Beziehung geworden war.

Er hatte das Telefon noch in der Hand, als es läutete.

»Ja?«

»Detective Bosch? Ich sollte Sie anrufen.«

»Mr. Vascik?«

»Ja. Von Triple A Process. Mein Chef Shelly sagte, Sie –«

»Ja, ich habe angerufen.«

Bosch setzte sich auf die Couch und zog einen Notizblock auf seinen Oberschenkel. Dann nahm er einen Stift aus der Tasche und schrieb Vasciks Namen oben auf die Seite. Vascik hörte sich jung und weiß an, mit einem Hauch von Mittelwesten in der Stimme.

»Wie alt sind Sie, Steve?«

»Fünfundzwanzig.«

»Sind Sie schon lange bei Triple?«

»Ein paar Monate.«

»Okay, letzte Woche Donnerstag haben Sie einem LAPD-Detective namens John Chastain eine Vorladung zugestellt – können Sie sich daran noch erinnern?«

»Sicher. Er wollte sie nicht zugestellt bekommen. Die meisten Cops juckt so was an sich nicht groß. Sie sind daran gewöhnt.«

»Richtig. Das ist, was ich Sie fragen wollte. Wenn Sie sagen, er wollte sie nicht zugestellt bekommen, was meinen Sie damit genau?«

»Also, das erste Mal, als ich es probiert habe, wollte er die Vorladung nicht annehmen und ging weg. Und dann, als –«

»Augenblick, noch mal zurück. Wann war das erste Mal?«

»Das war Donnerstag morgen. Ich ging in die Eingangshalle des Parker Center und sagte dem Cop am Schalter, er solle ihn anrufen, daß er nach unten kommt. Weswegen, habe ich aber nicht gesagt. Auf der Vorladung stand, daß er von der Dienstaufsicht war, deshalb sagte ich einfach, ich wäre ein Bürger, der etwas für ihn hätte. Er kam nach unten, und als ich sagte, wer ich war, machte er einfach kehrt und ging wieder zurück zum Lift.«

»Wollen Sie damit sagen, es sah so aus, als wüßte er, daß Sie eine Vorladung hatten, und sogar, um welchen Fall es sich handelte?«

»Richtig. Genau.«

Bosch dachte über einen Eintrag nach, den er in Elias' letztem Notizbuch gelesen hatte. Seine Probleme mit einer Quelle namens ›Parker‹.

»Okay, und dann?«

»Na ja, ich verzog mich einfach und erledigte ein paar andere Aufträge, und gegen halb vier kam ich wieder zurück und beobachtete den Parkplatz des Parker. Als ich ihn nach draußen kommen sah, wahrscheinlich, um nach Hause zu fahren, schlich ich zwischen den Autos durch auf ihn zu, so daß ich ihn gerade in dem Moment erreichte, als er die Tür seines Wagens aufmachte. Ich sagte mein Sprüchlein runter, die Prozeßnummer und alles, was dazugehört. Er wollte den Wisch aber trotzdem nicht annehmen, aber das war inzwischen egal, weil nach kalifornischem Recht alles, was –«

»Ja, ich weiß. Man kann die Annahme einer Vorladung nicht verweigern, sobald man darauf hingewiesen worden ist, daß es sich um eine rechtmäßige, gerichtlich verfügte Vorladung handelt. Was hat er dann gemacht?«

»Also, zuerst hat er mir einen ziemlichen Schrecken eingejagt. Er fuhr mit dem Arm unter seine Jacke, als wollte er seine Waffe ziehen oder so.«

»Und dann?«

»Dann machte er es aber doch nicht. Vermutlich wurde ihm klar, was er da eigentlich tat. Er kriegte sich wieder einigermaßen ein, aber die Vorladung wollte er immer noch nicht annehmen. Er sagte, ich soll Elias ausrichten, er könne ihn mal. Er stieg in sein Auto, um wegzufahren. Ich wußte, die rechtlichen Voraussetzungen waren erfüllt, und klemmte ihm den Wisch unter den Scheibenwischer. So fuhr er dann weg. Was danach aus der Vorladung wurde, weiß ich nicht. Vielleicht wurde sie weggeweht, aber das ist an sich egal. Der rechtliche Tatbestand ist, daß er die Vorladung zugestellt bekommen hat.«

Während Vascik sich weiter über die Feinheiten des Zustellungsverfahrens ausließ, dachte Bosch nach. Schließlich unterbrach er ihn.

»Wußten Sie, daß Elias am Freitag abend ermordet wurde?«

»Ja, Sir. Klar. Er war Kunde bei uns. Wir machten alle seine Fälle.«

»Und haben Sie mal daran gedacht, nach seiner Ermordung bei der Polizei anzurufen und diesen Zwischenfall mit Chastain zu melden?«

»Sicher, klar.« Vascik hörte sich verunsichert an. »Ich habe ja auch angerufen.«

»Sie haben angerufen? Wen haben Sie angerufen?«

»Ich rief im Parker Center an und sagte, ich hätte etwas mitzuteilen. Ich wurde in ein Büro durchgestellt und sagte dem Mann, der dranging, wer ich war und daß ich etwas mitzuteilen hätte. Darauf nahm er meinen Namen und meine Telefonnummer auf und sagte, jemand würde mich zurückrufen.«

»Und das hat dann aber niemand getan?«

»Doch, etwa fünf Minuten später rief jemand zurück. Vielleicht auch früher. Jedenfalls ziemlich schnell. Ihm habe ich dann alles erzählt.«

»Wann war das?«

»Am Sonntag morgen. Samstag war ich den ganzen Tag klettern. Oben in Vasquez Rocks. Das mit Mr. Elias erfuhr ich erst, als ich am Sonntag morgen die *Times* las.«

»Erinnern Sie sich noch an den Namen des Cops, mit dem Sie telefoniert haben?«

»Er hieß, glaube ich, Edgar, wobei ich nicht weiß, ob das sein Vor- oder Nachname war.«

»Und die Person, die Ihren ersten Anruf entgegengenommen hat? Nannte die ihren Namen?«

»Ich denke schon, daß der Mann seinen Namen genannt hat, aber ich habe ihn vergessen. Aber er sagte, er wäre Agent. Vielleicht war es also jemand vom FBI.«

»Steve, denken Sie scharf nach! Wann haben Sie angerufen, und wann hat Edgar zurückgerufen? Wissen Sie das noch?«

Vascik war still, während er nachdachte.

»Also, ich bin nicht vor zehn aufgestanden, weil ich vom Klettern höllischen Muskelkater hatte. Dann trödelte ich eine Weile herum und las die Zeitung. Es stand ganz groß auf der ersten Seite, also las ich es wahrscheinlich gleich nach dem Sportteil. Und dann rief ich an. Ich würde also sagen, so um elf. Irgendwas in der Richtung. Und dann rief dieser Edgar ziemlich schnell zurück.«

»Danke, Steve.«

Bosch unterbrach die Verbindung. Er wußte, es war völlig ausgeschlossen, daß Edgar Sonntag morgen um elf im Parker Center einen Anruf entgegengenommen hatte. Edgar war den ganzen Sonntag morgen und den größten Teil des restlichen Tages mit Bosch zusammengewesen. Und sie waren unterwegs gewesen, hatten nicht im Parker Center zu tun gehabt. Demnach hatte sich jemand anders als sein Partner ausgegeben. Ein Cop. Jemand, der an den Ermittlungen beteiligt war, hatte sich als Edgar ausgegeben.

Er sah Lindells Handynummer nach und rief ihn an. Lindell hatte es noch an und ging dran.

»Hier Bosch. Erinnern Sie sich noch an Sonntag morgen, als Sie und Ihre Leute zu dem Fall hinzugezogen wurden? Da waren Sie doch fast den ganzen Vormittag im Besprechungszimmer, die Akten durchsehen, oder?«

»Ja.«

»Wer ging ans Telefon?«

»Meistens ich. Ab und zu auch ein paar von den anderen.«

»Haben Sie den Anruf eines Zustellungsbeamten entgegengenommen?«

»Ich glaube fast, ja. Aber wir bekamen an diesem Morgen massenhaft Anrufe. Journalisten und Leute, die glaubten, etwas zu wissen. Auch Leute, die der Polizei drohten.«

»Ein Zustellungsbeamter namens Vascik. Steve Vascik. Er sagte, er hätte etwas mitzuteilen, was wichtig sein könnte.«

»Wie gesagt, ich bin mir ziemlich sicher. Was ist damit, Bosch? Ich dachte, der Fall ist abgeschlossen.«

»Ist er. Ich gehe nur noch ein paar ungeklärten Fragen nach. An wen haben Sie den Anruf weitergeleitet?«

»Diese Sorte Anrufe – Sie wissen schon, Hinweise aus der Bevölkerung – gab ich an die Leute von der Dienstaufsicht weiter. Damit sie was zu tun hatten.«

»Wem von ihnen haben Sie den Zustellungsbeamten gegeben?«

»Keine Ahnung, wahrscheinlich Chastain. Er war für diesen Bereich zuständig. Möglicherweise hat er ihn übernommen oder einem von den anderen gesagt, er soll den Typen zurückrufen. Wissen Sie, Irving hat uns ziemlich beschissene Telefone zur Verfügung gestellt. Wir konnten ein Gespräch nicht auf einen anderen Apparat umlegen, und ich wollte die Hauptleitung frei haben. Deshalb notierten wir die Nummern der Anrufer und leiteten sie weiter.«

»Okay, danke, Mann. Einen schönen Abend noch.«

»Moment mal, was soll –«

Bosch unterbrach die Verbindung, bevor er irgendwelche Fragen beantworten mußte. Er dachte über die Auskünfte Lindells nach. Seiner Meinung nach bestand eine hohe Wahrscheinlichkeit, daß Vasciks Anruf an Chastain weitergegeben worden war, der dann vermutlich – damit es niemand mitbekam – aus seinem eigenen Büro zurückgerufen und sich als Edgar ausgegeben hatte.

Bosch mußte noch einen Anruf machen. Er schlug in seinem Adreßbuch eine Nummer nach, die er viele Jahre nicht mehr gebraucht hatte. Er rief Captain John Garwood, den Leiter der Robbery-Homicide Division, zu Hause an. Er wußte, es war spät, aber er bezweifelte, daß an diesem Abend in Los Angeles viele Leute schliefen. Er mußte daran denken, was Kiz Rider über Garwood gesagt hatte – daß er sie an Boris Karloff erinnerte und aussah, als wagte er sich erst nachts heraus.

Garwood meldete sich nach dem zweiten Läuten.

»Hier Harry Bosch. Wir müssen reden. Noch heute abend.«

»Über?«

»John Chastain und den Black-Warrior-Fall.«

»Darüber will ich am Telefon nicht sprechen.«

»Okay. Wo?«

»Frank Sinatra?«

»Wann?«

»In einer halben Stunde.«

»Bis gleich.«

36

Auf lange Sicht hatten sie Frank Sinatra angeschmiert. Vor Jahrzehnten, als die Hollywood Chamber of Commerce seinen Stern in den Bürgersteig einließ, machten sie es in der Vine Street statt am Hollywood Boulevard, wahrscheinlich mit dem Hintergedanken, die Leute würden wegen des Sinatra-Sterns vom Boulevard herüberkommen, um ihn sich anzusehen und ein Foto davon zu machen. Aber diese Rechnung, wenn sie denn so war, ging nicht auf. Der gute Frank blieb ganz allein an einer Stelle, die wahrscheinlich mehr Fixer zu sehen bekam als Touristen. Sein Stern befand sich an einem Fußgängerüberweg zwischen zwei Parkplätzen und neben einem Hotel für Dauermieter, wo man erst den Sicherheitsbeamten überreden mußte, die Eingangstür aufzuschließen, wenn man hinein wollte.

Als Bosch bei der RHD gewesen war, hatten die Detectives den Sinatra-Stern oft benutzt, um sich untereinander oder mit ihren Informanten zu treffen. Es hatte ihn nicht überrascht, daß ihn Garwood als Treffpunkt vorgeschlagen hatte. Es war eine Möglichkeit, sich auf neutralem Boden zu treffen.

Als Bosch hinkam, war Garwood bereits da. Bosch sah den Ford LTD des Captains auf dem Parkplatz stehen. Garwood machte kurz die Lichter an. Bosch hielt vor dem Hotel und stieg aus. Er ging über die Vine auf den Parkplatz und setzte sich auf den Beifahrersitz. Obwohl Garwood von zu Hause kam, war er im Anzug. Bosch wurde bewußt, daß er Garwood nie in was anderem als im Anzug gesehen hatte, die Krawatte immer fest zugezogen, der oberste Hemdknopf immer geschlossen. Wieder mußte Bosch an Riders Bemerkung über Boris Karloff denken.

»Diese Scheißkarren.« Garwood blickte über die Straße auf Boschs Slickback. »Ich habe gehört, daß Sie beschossen wurden.«

»Ja. War nicht gerade witzig.«

»Und was führt Sie so spät noch hierher, Harry? Wie kommt es, daß Sie noch in einem Fall ermitteln, den der Polizeichef und alle anderen bereits zu den Akten gelegt haben?«

»Weil ich kein gutes Gefühl bei der Sache habe, Cap. Da sind noch ein paar Ungereimtheiten. Wenn man solchen Ungereimtheiten nachgeht, eröffnen sich plötzlich ganz neue Perspektiven.«

»Sie konnten noch nie Ruhe geben. Das war auch schon so, als Sie noch für mich gearbeitet haben. Sie und Ihre blöden Ungereimtheiten.«

»Dann erzählen Sie mir von Chastain.«

Garwood sagte nichts, sondern starrte nur geradeaus durch die Windschutzscheibe, und Bosch merkte, sein ehemaliger Vorgesetzter versuchte zu einer Entscheidung zu kommen.

»Das hier bleibt selbstverständlich unter uns, Captain. Wie Sie ganz richtig gesagt haben, ist der Fall abgeschlossen. Aber irgendwas mit Chastain und Frankie Sheehan liegt mir noch im Magen. Dazu sollten Sie wissen, daß mir Frankie vor ein paar Tagen alles erzählt hat. Daß ihm und ein paar von den anderen der Gaul durchgegangen ist, daß sie alles mögliche mit Michael Harris angestellt haben. Er hat mir erzählt, die ganze Black-Warrior-Geschichte stimmt. Und dann habe ich einen Fehler gemacht. Ich habe ihm erzählt, daß ich Harris entlastet habe. Daß ich beweisen konnte, daß er das Mädchen nicht umgebracht hat. Und das ging Frankie offensichtlich so an die Nieren, daß er kurz darauf tat, was er nun mal getan hat. Deshalb sagte ich heute auch zu allem ja und amen, als sie mit dem ballistischen Untersuchungsbericht ankamen und sagten, Frankie wäre alles gewesen, auch das in Angels Flight. Jetzt bin ich mir nicht mehr so sicher. Jetzt möchte ich alle Ungereimtheiten ausgeräumt haben, und eine davon ist Chastain. Er erhielt eine Vorladung für den Prozeß. Das ist nicht weiter ungewöhnlich – er leitete die interne Untersuchung zu Harris' Klage. Aber er bekam von Elias eine Vorladung und hat uns nichts davon erzählt. Er versuchte außerdem, die Zustellung zu verweigern. Und das macht das Ganze noch ungewöhnlicher. Für mich kann das nur eines heißen: Er wollte nicht vor Gericht erscheinen. Er wollte nicht in den Zeugenstand und sich von Elias Fragen stellen lassen. Ich möchte wissen, warum. In Elias' Unterlagen – zumindest in denen, die mir zugänglich sind – ist nichts, was diese Frage beantworten könnte. Elias kann ich nicht mehr fragen, und Chastain möchte ich noch nicht fragen. Deshalb frage ich Sie.«

Garwood faßte in seine Tasche und holte ein Päckchen Zigaretten heraus. Er nahm eine heraus und zündete sie an, dann hielt er das Päckchen Bosch hin.

»Nein, danke. Ich habe aufgehört.«

»Ich habe beschlossen, ich bin Raucher, und damit hat sich die Sache. Vor langer Zeit hat mir mal jemand gesagt, das wäre praktisch Schicksal. Entweder man ist Raucher, oder man ist keiner, da kann man nichts machen. Wissen Sie, wer das gesagt hat?«

»Ja, ich.«

Garwood schnaubte kurz und lächelte. Er nahm ein paar tiefe Züge, und der Wagen füllte sich mit Rauch. Das weckte in Bosch das gewohnte Verlangen. Er erinnerte sich, wie er Garwood diesen Vortrag übers Rauchen gehalten hatte, als sich ein Kollege über den ständigen Qualm im Bereitschaftsraum beschwerte. Er ließ das Fenster auf seiner Seite ein paar Zentimeter herunter.

»Tut mir leid«, sagte Garwood. »Ich weiß, wie Ihnen zumute ist. Alle rauchen, und Sie können nicht.«

»Kein Problem. Wollen Sie über Chastain reden oder nicht?«

Noch ein Zug.

»Chastain ermittelte wegen der Anzeige. Das wissen Sie. Bevor Harris uns verklagen konnte, mußte er Anzeige erstatten. Die ging an Chastain. Und soviel ich damals mitbekam, bestätigte er die Richtigkeit von Harris' Behauptungen. Dieser Idiot Rooker hatte einen Bleistift in seinem Schreibtisch – die Spitze war abgebrochen, und es war Blut dran. Hob ihn auf wie ein Andenken oder so was Ähnliches. Chastain zog ihn per Durchsuchungsbefehl ein und wollte nachprüfen lassen, ob das Blut daran von Harris stammte.«

Bosch schüttelte den Kopf, sowohl über die Blödheit wie über die Arroganz Rookers. Der ganzen Polizei.

»Ja«, sagte Garwood, der zu wissen schien, was Bosch dachte. »Das letzte, was ich jedenfalls von der Sache hörte, war, Chastain wollte eine Dienstaufsichtbeschwerde gegen Sheehan, Rooker und ein paar von den anderen einreichen und zwecks einer strafrechtlichen Verfolgung zur Staatsanwaltschaft gehen. Er wollte sich nicht mit irgendwelchen Halbheiten zufriedengeben, weil dieser Bleistift und das Blut konkretes Beweismaterial waren. Zumindest Rooker hatte er am Haken.«

»Okay, und was ist dann passiert?«

»Was dann passiert ist? Auf einmal hieß es, niemand hat sich irgendwas zuschulden kommen lassen. Chastain erklärte die Anzeige für unbegründet.«

Bosch nickte.

»Auf Weisung von oben.«

»Ganz richtig.«

»Von wem?«

»Ich würde sagen, Irving. Aber vielleicht auch jemand noch Höheres. Die Sache war zu brisant. Wenn die Anklagepunkte aufrechterhalten worden wären und wenn es zu Suspendierungen, Entlassungen, einer Anklage seitens der Staatsanwaltschaft oder sonst etwas gekommen wäre, wäre in der Presse und im South End und auch sonst überall die nächste Runde ›Haut das LAPD‹ eingeläutet worden. Vergessen Sie nicht, das war vor einem Jahr. Der neue Polizeipräsident war gerade an Bord gekommen. Das wäre kein guter Einstand gewesen. Also hat sich jemand von ganz oben eingeschaltet. Irving war immer schon der Mann, der es wieder hinbiegen mußte, wenn es intern Ärger gab. Also war es wahrscheinlich er. Aber möglicherweise hat er für etwas in dieser Größenordnung das Okay des Chiefs eingeholt. Das ist, wie sich Irving hält. Er zieht den Chief mit rein, dann kann ihm nichts passieren, weil er die Geheimnisse kennt. Wie J. Edgar Hoover und das FBI – nur ohne den Kleiderspleen. Denke ich.«

Bosch nickte.

»Was, glauben Sie, wurde aus dem blutigen Bleistift?« fragte er.

»Wer weiß? Wahrscheinlich schreibt Irving seine Personalbeurteilungen damit. Obwohl er das Blut sicher abgewaschen hat.«

Darauf schwiegen sie eine Weile und beobachteten eine Gruppe von etwa zehn jungen Männern, die auf der Vine in nördlicher Richtung zum Hollywood Boulevard gingen. Es waren hauptsächlich Weiße. Im Licht der Straßenbeleuchtung konnte Bosch die Tätowierungen auf ihren Armen sehen. Radaubrüder, die wahrscheinlich zu den Geschäften am Boulevard hochgingen, um 1992 nachzustellen. Ein kurzer Erinnerungsblitz an das geplünderte Frederick's of Hollywood schoß ihm durch den Kopf.

Als die jungen Burschen an Boschs Auto vorbeikamen, gingen sie langsamer. Sie überlegten, ob sie etwas damit anstellen sollten, überlegten es sich aber anders und zogen weiter.

»Zum Glück haben wir uns nicht in Ihrem Auto getroffen«, bemerkte Garwood.

Bosch sagte nichts.

»Heute abend wird es hier gewaltig krachen«, fuhr Garwood fort. »Ich kann es richtig spüren. Zu dumm, daß der Regen aufgehört hat.«

»Chastain«, sagte Bosch, um zum Thema zurückzukommen. »Jemand hat ihm einen Maulkorb verpaßt. Anzeige unbegründet. Dann reicht Elias seine Klage ein und läßt Chastain zur Verhandlung vorladen. Chastain will aber nicht vor Gericht aussagen. Warum?«

»Vielleicht, weil er den Eid ernst nimmt und nicht lügen wollte.«

»Das allein kann es nicht gewesen sein.«

»Fragen Sie ihn!«

»Elias hatte im Parker eine Quelle. Ein Leck. Ich glaube, das war Chastain. Und nicht nur bei diesem Fall, sondern schon eine ganze Weile – Elias' direkter Zugang zu den Akten, zu allem. Ich glaube, das war Chastain.«

»Komisch. Ein Cop, der keine Cops mag.«

»Ja.«

»Aber wenn er so eine wichtige Informationsquelle war, warum sollte ihn Elias dann in den Zeugenstand rufen und so vor aller Welt bloßstellen?«

Das war die entscheidende Frage, und Bosch hatte keine Antwort darauf. Eine Weile dachte er schweigend nach. Schließlich setzte er die dünnen Ansätze einer Theorie zusammen und sprach sie laut aus.

»Elias hätte nicht wissen können, daß Chastain einen Maulkorb verpaßt bekommen hatte, wenn Chastain es ihm nicht erzählt hätte, richtig?«

»Richtig.«

»Chastain in den Zeugenstand zu rufen und ihn darüber zu befragen hätte also bedeutet, ihn als Quelle zu enttarnen.«

Garwood nickte. »Das leuchtet mir ein, ja.«

»Selbst wenn Chastain vor Gericht jede Frage verneint hätte, hätte Elias seine Fragen so stellen können, daß den Geschworenen der wahre Sachverhalt klargeworden wäre.«

»Und nicht nur den Geschworenen«, ergänzte Garwood. »Auch im Parker Center hätten alle Bescheid gewußt. Chastain hätte ohne Hose dagestanden. Die Frage ist, warum wollte Elias seine Quelle opfern? Jemanden, der ihm jahrelang sehr nützliche Dienste erwiesen hatte. Warum glaubte er, darauf plötzlich verzichten zu können?«

»Weil Elias mit diesem Fall Geschichte gemacht hätte. Damit hätte er den endgültigen Durchbruch geschafft. Er wäre in *Court TV, Sixty Minutes, Larry King* und was es sonst noch alles gibt gekommen. Er wäre ein gemachter Mann gewesen. Dafür hätte er auch seine Quelle verheizt. Jeder Anwalt hätte das getan.«

»Auch das leuchtet mir ein. Ja.«

Was nun kam, blieb unausgesprochen. Es war die Frage, was Chastain getan haben könnte, um nicht in aller Öffentlichkeit im Zeugenstand vernichtet zu werden. Für Bosch lag die Antwort auf der Hand. Wurde er nicht nur als Elias' Quelle bloßgestellt, sondern auch als der Ermittler, der die polizeiinternen Ermittlungen anläßlich Michael Harris' Anzeige verfälscht hatte, stand er sowohl innerhalb wie außerhalb der Polizei als Buhmann da. Er saß zwischen allen Stühlen, und das wäre für Chastain, für jeden untragbar gewesen. Um das zu verhindern, glaubte Bosch, wäre Chastain auch vor einem Mord nicht zurückgeschreckt.

»Danke, Captain«, sagte er. »Ich muß los.«

»Es spielt keine Rolle, wissen Sie.«

Bosch sah ihn an.

»Was?«

»Es spielt keine Rolle. Die Presseerklärungen sind abgefaßt, die Pressekonferenzen abgehalten, die Meldung ist raus, und die Stadt kann jeden Moment lichterloh brennen. Glauben Sie, die Leute im South End kümmert es, *welcher* Cop Elias umgebracht hat? Einen Dreck interessiert es sie. Sie haben bereits, was sie wollen. Chastain, Sheehan, das ist denen doch völlig egal. Was zählt, ist, daß es ein Polizist war. Und wenn Sie hergehen und Ärger machen, gießen Sie nur noch mehr Öl in die Flammen. Angenommen, Sie decken diese Geschichte mit Chastain auf, die Vertuschungsversuche. Deswegen könnten eine Menge Leute zu Schaden kommen, ihre Jobs verlieren, und das nur, weil sie verhindern wollten, was hier gerade passiert. Überlegen Sie sich das gut, Harry. Es interessiert keinen Menschen.«

Bosch nickte. Er wußte, was Garwood sagen wollte. Immer schön mit den Wölfen heulen.

»Mir ist es aber nicht egal«, sagte er.

»Reicht das als Grund aus?«

»Und was wird dann aus Chastain?«

Garwood hatte ein dünnes Lächeln auf den Lippen. Bosch konnte es hinter der glühenden Spitze seiner Zigarette sehen.

»Ich glaube, Chastain hat verdient, was er kriegt. Und eines Tages wird er es kriegen.«

Das waren plötzlich ganz andere Töne.

»Und was ist mit Frankie Sheehan? Was ist mit seinem Ruf?«

Garwood nickte. »Das wäre natürlich ein Punkt. Frankie Sheehan war einer meiner Leute … aber er ist tot, und seine Familie lebt nicht mehr hier.«

Bosch sagte nichts, aber diese Antwort war nicht akzeptabel. Sheehan war sein Freund und Partner. Blieb diese Geschichte an ihm hängen, blieb auch an Bosch etwas hängen.

»Wissen Sie, womit ich Probleme habe?« sagte Garwood. »Aber vielleicht können Sie mir ja in diesem Punkt weiterhelfen, schließlich waren Sie und Sheehan doch mal Partner.«

»Ja, was? Womit haben Sie Probleme?«

»Mit der Waffe, die Sheehan benutzte. Das war doch nicht Ihre, oder? Ich weiß, daß man Sie das gefragt hat.«

»Nein, es war nicht meine. Wir sind erst noch bei ihm zu Hause vorbeigefahren. Ein paar Sachen zum Anziehen mitnehmen und was man sonst noch so braucht Bei dieser Gelegenheit muß er sie mitgenommen haben. Das FBI muß sie übersehen haben, als sie sein Haus durchsucht haben.«

Garwood nickte.

»Ich habe gehört, Sie haben es seiner Frau gesagt. Haben Sie sie danach gefragt? Sie wissen schon, nach der Waffe.«

»Ja, habe ich. Sie sagte zwar, sie wüßte nichts von einer zweiten Waffe, aber das hat nichts –«

»Keine Seriennummer«, fiel ihm Garwood ins Wort. »Eine illegale Zweitwaffe, da brauchen wir uns nichts vorzumachen.«

»Ja.«

»Und das ist es, womit ich Probleme habe. Ich kannte Sheehan lange. Er arbeitete lange für mich, und irgendwann lernt man seine Leute kennen. Und für mich war er nie der Typ, der eine Zweitwaffe … Ich habe ein paar von den anderen gefragt – vor allem die, die nach Ihrem Weggang nach Hollywood als Partner mit ihm gearbeitet haben. Keiner von denen wußte was von einer Zweitwaffe. Wie ist das bei Ihnen, Harry? Sie haben am längsten mit ihm zusammengearbeitet. Hatte er mal eine Zweitwaffe?«

In diesem Moment kam es Bosch, wie ein Schlag in den Bauch. Die Sorte, bei der man erst einmal völlig stillhalten muß, bis man allmählich wieder Luft bekommt. Er hatte nie gesehen, daß Frank Sheehan im Dienst eine Zweitwaffe eingesteckt gehabt hatte. Dafür war er zu korrekt gewesen. Und wenn man zu korrekt war, um eine im Dienst zu tragen, warum dann eine zu Hause herumliegen haben? Diese Frage und die offensichtliche Antwort darauf hatte er schon die ganze Zeit direkt vor seiner Nase gehabt. Aber er hatte sie nicht gesehen.

Bosch erinnerte sich, wie er vor Sheehans Haus im Auto gewartet hatte. Er erinnerte sich an das Scheinwerferpaar im Rückspiegel und an den Wagen, der ein Stück hinter ihm am Straßenrand angehalten hatte. Chastain. Er war ihnen gefolgt. Für Chastain war ein lebender Sheehan die einzige Gefahr, daß alles aufflog.

Er dachte an die Aussage der Nachbarin, sie habe drei oder vier Schüsse gehört. Der Selbstmord eines betrunkenen Polizisten war für ihn plötzlich ein eiskalter Mord.

»Dieser *motherfucker*«, hauchte Bosch.

Garwood nickte. Er hatte Bosch mit Erfolg ein Stück des Weges begleitet, auf dem er sich offensichtlich bereits befunden hatte.

»Sehen Sie jetzt, wie es gewesen sein könnte?« fragte er.

Bosch versuchte das Tempo seiner Gedanken zu bremsen, damit sich alles von allein entfalten konnte. Schließlich nickte er.

»Ja, jetzt sehe ich es.«

»Gut. Ich werde jetzt einen Anruf machen. Ich werde dem Mann, der im Keller Dienst hat, sagen, daß er Sie einen Blick in das Ausgaberegister werfen läßt. Ohne lange Fragen. So kann Ihnen nichts passieren.«

Bosch nickte. Er öffnete die Tür. Er stieg ohne ein weiteres Wort aus und ging zu seinem Wagen zurück. Bevor er ihn erreichte, lief er. Er wußte nicht, warum. Es bestand kein Grund zur Eile. Es regnete nicht mehr. Er wußte nur, er mußte in Bewegung bleiben, um nicht loszubrüllen.

37

Vor dem Parker Center wurden eine Kerzenwache und ein Trauerzug abgehalten. Die Demonstranten, die auf dem Platz vor dem Polizeipräsidium auf und ab marschierten, trugen zwei Pappsärge – einen mit der Aufschrift GERECHTIGKEIT, einen mit der Aufschrift HOFFNUNG. Andere hatten Transparente, auf denen GERECHTIGKEIT FÜR MENSCHEN ALLER HAUTFARBEN und GERECHTIGKEIT FÜR EINIGE IST GERECHTIGKEIT FÜR NIEMAND stand. Über ihnen kreisten Nachrichtenhubschrauber, und auf dem Boden konnte Bosch mindestens ein halbes Dutzend Fernsehteams sehen. Es ging auf elf Uhr zu, und alle machten sich bereit, Live-Berichte von der Protestfront zu senden.

Vor dem Eingang stand eine Phalanx uniformierter Polizisten mit Schutzhelmen bereit, um das Polizeipräsidium zu verteidigen, falls die friedliche Demonstration in Gewalt umschlug. 1992 war eine solche friedliche Demonstration in Gewalt umgeschlagen, und der Mob hatte auf dem Weg in die Downtown von Los Angeles alles zerstört, was ihm in den Weg gekommen war. Bosch drückte sich zunächst an den Demonstranten vorbei und dann, mit hoch über den Kopf gehaltener Dienstmarke, durch eine Lücke in der menschlichen Verteidigungslinie vor dem Eingang.

Der Wachschalter war mit vier Polizisten, ebenfalls mit Helmen, besetzt. Bosch ließ ihn und die Lifte links liegen, stieg die Treppe zum Untergeschoß hinunter und nahm den Gang zur Asservatenkammer. Als er dort eintrat, wurde ihm bewußt, daß er, seit er den Empfang passiert hatte, keiner Menschenseele begegnet war. Das Gebäude schien verlassen. Laut Noteinsatzplan waren alle verfügbaren Kräfte auf den Straßen im Einsatz.

Bosch sah durch das Maschendrahtfenster, aber er kannte den Mann, der Dienst hatte, nicht. Es war ein alter Veteran mit einem weißen Schnurrbart in einem von Ginflecken geröteten Gesicht. Sie schoben eine Menge der alten Ausgemusterten in den Keller ab. Dieser rutschte von seinem Hocker und kam ans Fenster.

»Und wie ist das Wetter draußen? Ich habe hier drinnen keine Fenster.«

»Das Wetter? Teilweise bedeckt mit Aussicht auf Krawalle.«

»Habe ich mir fast gedacht. Hat Tuggins immer noch seine Leute vor dem Eingang?«

»Sie sind noch da.«

»Dieses blöde Gesocks. Würde mich mal interessieren, wie die es fänden, wenn es keine Polizei gäbe. Wie ihnen dann das Leben im Dschungel gefiele.«

»Darum geht es ihnen nicht. Sie wollen eine Polizei. Sie wollen bloß keine Cops, die Killer sind. Können Sie ihnen das verdenken?«

»Manche Leute kann man bloß killen.«

Darauf wußte Bosch nichts mehr zu erwidern. Er wußte nicht mal, warum er diesem alten Knacker überhaupt Kontra gab. Er sah auf sein Namensschild. Es stand HOWDY darauf. Fast hätte Bosch gelacht. Irgend etwas an diesem unerwarteten Namen durchdrang die Anspannung und Wut, die ihm schon den ganzen Abend schwer zusetzte.

»Was soll der Scheiß? So heiße ich.«

»Entschuldigung. Ich lache nicht über – es ist wegen was anderem.«

»Klar.«

Howdy deutete über Boschs Schulter auf eine kleine Theke mit verschiedenen Formularen und an Schnüren befestigten Bleistiften.

»Wenn Sie etwas haben wollen, müssen Sie die Fallnummer in das Formular eintragen.«

»Ich weiß die Fallnummer nicht.«

»Dürften ein paar Millionen sein, die wir hier drinnen haben. Warum raten Sie nicht einfach?«

»Ich möchte das Log sehen.«

Der Mann nickte.

»Ach so. Sind Sie der, wegen dem Garwood angerufen hat?«

»Ja.«

»Warum sagen Sie das nicht gleich?«

Bosch antwortete nicht. Howdy griff an eine Stelle unter dem Fenster, die Bosch nicht sehen konnte, holte ein Klemmbrett hervor und schob es durch den Durchreicheschlitz unter dem Maschendraht.

»Wie weit wollen Sie zurückgehen?« fragte er.

»Das weiß ich noch nicht«, sagte Bosch. »Wahrscheinlich nur ein paar Tage.«

»Hier drauf ist eine Woche. Das sind alle Austragungen. Sie wollen doch die *Aus*tragungen, nicht die *Ein*tragungen, richtig?«

»Ja.«

Damit sich Bosch das Log ansehen konnte, ohne daß Howdy mitbekam, was er tat, ging er mit dem Klemmbrett zu der Theke mit den Formularen. Er fand, was er suchte, auf der ersten Seite. Chastain hatte diesen Morgen um sieben Uhr den Erhalt eines Beweismittelbehälters bestätigt. Bosch griff sich eins der Ausgabeformulare und begann es auszufüllen. Beim Schreiben stellte er fest, daß der Bleistift ein Black Warrior No. 2 war, die bevorzugte Marke des LAPD.

Er kehrte mit dem Klemmbrett und dem Formular zum Schalter zurück und schob beides durch den Schlitz.

»Die Schachtel könnte noch auf dem Rückgabewagen sein«, sagte er. »Sie wurde erst heute morgen abgeholt.«

»Nein, sie ist sicher schon wieder an ihrem Platz. Wir lassen hier keinen Schlendrian einreißen –« Er blickte auf das Formular und den Namen, den Bosch eingetragen hatte. »– Detective Friendly.«

Bosch nickte und lächelte.

»Das kann ich mir denken.«

Howdy entfernte sich vom Fenster, stieg auf einen Golfcart und fuhr damit in das Innere des riesigen Lagerraums. Keine drei Minuten später tauchte er wieder auf und stellte den Wagen ab. Er trug eine mit Klebeband verschlossene rosafarbene Schachtel an den Schalter, entriegelte das Maschendrahtfenster und reichte Bosch die Schachtel.

»Detective Friendly, hm? Sie werden an die Schulen geschickt, damit Sie mit den Kids reden, ihnen erklären, sie sollen nein zu Drogen sagen und sich von Gangs fernhalten, lauter solche Scheiße?«

»Etwas in der Art.«

Howdy zwinkerte Bosch zu und schloß das Fenster. Bosch ging mit der Schachtel in eines der geschlossenen Abteile, damit er sich ihren Inhalt ungestört ansehen konnte.

Die Schachtel enthielt Beweismittel für einen abgeschlossenen Fall, die Ermittlungen, die Detective Francis Sheehan vor fünf Jahren anläßlich der Ermordung von Wilbert Dobbs geführt hatte. Nach ihrer Herausgabe an diesem Morgen war sie neu mit Klebeband verschlossen worden. Bosch durchtrennte das Band mit dem kleinen Messer, das er an seinem Schlüsselbund hatte, und öffnete die Schachtel. Sie aufzubekommen dauerte länger, als darin zu finden, wonach er suchte.

Bosch ging durch die demonstrierende Menge, als wäre sie gar nicht da. Er schien sie nicht zu sehen und ihre Sprechchöre *Keine Gerechtigkeit, kein Frieden* nicht zu hören. Einige von ihnen bombardierten Bosch persönlich mit Beleidigungen, aber auch sie hörte er nicht. Er wußte, bloß vom Hochhalten eines Transparents oder eines Pappsargs bekam man keine Gerechtigkeit. Gerechtigkeit fand man nur, wenn man sich auf die Seite der Rechtschaffenen stellte, wenn man nicht vom rechten Weg abwich. Und er wußte, wahre Gerechtigkeit war für alle Farben blind bis auf eine: die Farbe von Blut.

397

Nachdem er in sein Auto gestiegen war, öffnete Bosch seinen Aktenkoffer und suchte in seinen Unterlagen nach der Liste mit Telefonnummern, die er am Samstag morgen zusammengestellt hatte. Er wählte die Nummer von Chastains Pager und gab seine Handynummer ein. Dann saß er fünf Minuten im Auto und beobachtete die Demonstranten. Während er auf Chastains Rückruf wartete, verließen mehrere Fernsehteams ihre Stellungen und eilten mit ihrer Ausrüstung zu ihren Vans. Plötzlich merkte er, daß die Hubschrauber schon alle weg waren. Er setzte sich kerzengerade auf. Auf seiner Uhr war es zehn vor elf. Wenn die Nachrichtenteams geschlossen abzogen, bevor sie ihre Meldungen gebracht hatten, mußte etwas passiert sein – etwas Größeres. Er machte das Radio an, das bereits auf KFWB gestellt war, und geriet mitten in eine Meldung, die von einer vor Aufregung zitternden Stimme verlesen wurde.

»– aus dem Fahrzeug, dann wurde die Menge handgreiflich. Verschiedene Umstehende versuchten zwar die Angriffe der aufgebrachten Jugendlichen zu verhindern, was ihnen jedoch nicht gelang. Die Feuerwehrmänner wurden von mehreren Gruppen von Randalierern überwältigt und attackiert, bis ein Zug von LAPD-Einheiten die Kreuzung stürmte, die Opfer befreite und sie in Streifenwagen wegbrachte – vermutlich, um sie im nahe gelegenen Daniel Freeman Hospital ärztlich versorgen zu lassen. Das zurückgelassene Feuerwehrauto wurde, nachdem es der Mob vergeblich umzustürzen versucht hatte, in Brand gesteckt. Die Polizei riegelte das Gelände rasch ab und brachte die Lage wieder unter Kontrolle. Einige der Angreifer konnten zwar festgenommen werden, aber ein Teil entkam in die Wohngebiete entlang des Normandie Boul–«

Boschs Telefon begann zu läuten. Er machte das Radio aus und drückte auf die Gesprächstaste.

»Bosch.«

»Hier Chastain. Was wollen Sie?«

Bosch konnte im Hintergrund Stimmen und Funkgekrächze hören. Chastain war nicht zu Hause.

»Wo sind Sie? Wir müssen reden.«

»Nicht heute abend. Ich bin im Dienst. Zwölf bis zwölf, haben Sie das vergessen?«

»Wo sind Sie?«

»Im schönen South L. A.«

»Haben Sie die A-Schicht? Ich dachte, alle Detectives hätten B-Schicht.«

»Alle, bis auf die Dienstaufsicht. Wir haben das Nachsehen – sprich die Nachtschicht. Hören Sie, Bosch, ich würde mich ja liebend gern über den Dienstplan mit Ihnen unterhalten, aber –«

»Wo sind Sie? Ich komme zu Ihnen.«

Bosch drehte den Zündschlüssel und stieß rückwärts aus seiner Parklücke.

»Ich bin im Seventy-seventh.«

»Bin schon unterwegs. In fünfzehn Minuten vor dem Eingang.«

»Wie stellen Sie sich das vor, Bosch? Ich habe hier alle Hände voll zu tun. Ich bin für die Verhaftungsformalitäten eingeteilt, und soviel ich gehört habe, schleppen sie hier gleich eine Bande Jugendlicher an, die ein Feuerwehrauto angegriffen haben, verdammt noch mal. Die Feuerwehr hat versucht, in *ihrem* Viertel ein Feuer zu löschen, und diese Tiere fallen über sie her. Ist das noch zu fassen?«

»Es ist eigentlich nie zu fassen. In fünfzehn Minuten vor dem Eingang, Chastain.«

»Hören Sie mir eigentlich zu, Bosch? Hier ist die Hölle los, und wir versuchen den Deckel draufzuhalten. Ich habe jetzt keine Zeit, blöd rumzuquatschen. Ich muß hier alles vorbereiten, damit wir gleich ein paar Leute einlochen können. Möchten Sie etwa, daß ich mich jetzt vor die Tür stelle, damit mich irgend so ein Arsch mit seiner Knarre über den Haufen knallt? Worum geht es überhaupt, Bosch?«

»Um Frank Sheehan.«

»Was soll mit ihm sein?«

»In fünfzehn Minuten. Seien Sie da, Chastain, oder ich komme Sie suchen! Und das wollen Sie doch sicher nicht.«

Chastain setzte zu einem erneuten Protest an, aber Bosch unterbrach die Verbindung.

38

Bosch brauchte fünfundzwanzig Minuten, um zur Polizeistation der Seventy-seventh Street Division zu kommen. Er verspätete sich, weil der Freeway 110 von der California Highway Patrol in allen Richtungen gesperrt worden war. Der Freeway war eine der Hauptverbindungen zwischen Downtown und South Bay und führte direkt durch South L. A. Bei den letzten Unruhen hatten Heckenschützen auf vorbeikommende Autos gefeuert, und von Fußgängerüberwegen waren Betonsteine auf unten durchfahrende Fahrzeuge geworfen worden. Die Highway Patrol wollte kein Risiko eingehen. Den Autofahrern wurde geraten, auf den Santa Monica Freeway und den San Diego Freeway auszuweichen und dann nach Süden zu fahren. Das dauerte zwar doppelt so lang, aber es war sicherer, als durch das voraussichtliche Kriegsgebiet zu fahren.

Bosch nahm keine der Stadtautobahnen, sondern normale Straßen. Fast alle waren verlassen, und er hielt bei keiner Ampel und bei keinem Stoppschild an. Es war, als führe er durch eine Geisterstadt. Er wußte, es gab Gebiete, in denen es gehäuft zu Plünderungen und Brandstiftungen kam, aber er kam durch keines davon. Er verglich das Bild, das sich ihm bot, mit dem, das die Medien z   neten. Die meisten Menschen waren in ihren verramme   Häusern und warteten, daß der Spuk ein Ende nahm. Es waren anständige Menschen, die warteten, daß sich der Sturm legte, und dabei auf ihre Fernseher starrten und sich fragten, ob es wirklich ihre Stadt war, die ihnen da lichterloh brennend gezeigt wurde.

Auch der Platz vor der Seventy-seventh Station war seltsam verlassen, als Bosch dort eintraf. Zum Schutz gegen Schüsse aus vorbeifahrenden Autos und andere Angriffe war ein Bus der Police Academy vor dem Eingang aufgestellt worden. Aber vor dem Gebäude waren weder Demonstranten noch Polizisten. Als Bosch im Parkverbot vor dem Eingang hielt, stieg Chastain aus der Hintertür des Busses und kam auf ihn zu. Er war in Uniform, seine Waffe in einem Holster an der Hüfte. Er blieb an Boschs Fenster stehen, worauf Bosch es herunterließ.

»Wo waren Sie so lange, Bosch – Sie haben gesagt, in fünf –«

»Ich weiß, was ich gesagt habe. Steigen Sie ein.«

»Nein, Bosch. Solange Sie mir nicht sagen, was Sie hier wollen, fahre ich mit Ihnen nirgendwohin. Ich bin hier im Dienst, haben Sie das immer noch nicht kapiert?«

»Ich möchte über Sheehan und die Ballistik sprechen. Über den Fall Wilbert Dobbs.«

Er merkte, daß Chastain ein Stück vom Wagen zurücktrat. Der Hinweis auf Dobbs hatte gesessen. Bosch bemerkte das Scharfschützenband unter der Dienstmarke an Chastains Uniform.

»Ich weiß zwar nicht, was Sie eigentlich wollen, aber der Fall Sheehan ist abgeschlossen. Sheehan ist tot, Elias ist tot. Alle sind tot. Fall erledigt. Und jetzt haben wir diese – die ganze Stadt steht wieder mal kopf.«

»Und wem haben wir das zu verdanken?«

Chastain starrte ihn durchdringend an, versuchte ihn zu durchschauen.

»Sie faseln wirres Zeug, Bosch. Sie brauchen dringend Schlaf. Wie wir alle.«

Bosch öffnete die Tür und stieg aus. Chastain wich noch einen Schritt zurück und hob seine rechte Hand, so daß er seinen Daumen nicht weit von seiner Waffe in den Gürtel haken konnte. Es gab ungeschriebene Gefechtsregeln. Das war eine davon. Jetzt wurde es ernst. Bosch war sich dessen bewußt. Er war bereit.

Bosch drehte sich um und warf die Tür zu. Als Chastains Blick dieser Bewegung unwillkürlich folgte, griff Bosch rasch in seine Jacke und zog seine Pistole aus dem Holster. Bevor der IAD-Detective eine Bewegung machen konnte, hatte er sie auf ihn gerichtet.

»Na schön, dann machen wir es eben so, wie Sie wollen. Legen Sie die Hände aufs Wagendach.«

»Was soll dieser –«

»HÄNDE AUF DEN WAGEN!«

Chastains Hände kamen hoch.

»Ist ja gut … immer mit der Ruhe, Bosch, nur keine Aufregung.«

Er ging auf den Wagen zu und legte die Hände flach aufs Dach. Bosch stellte sich hinter ihn und nahm ihm die Waffe aus dem Holster. Dann trat er wieder zurück und steckte sie in sein Holster.

»Nach einer Zweitwaffe muß ich wohl nicht erst suchen. Sie haben Ihre bereits bei Frankie Sheehan benutzt, stimmt's?«

»Was? Ich habe keine Ahnung, wovon Sie eigentlich reden.«

»Schon gut.«

Mit der rechten Hand drückte Bosch gegen Chastains Rücken, mit der linken langte er um ihn herum und nahm ihm die Handschellen vom Gürtel. Er zog Chastain einen Arm nach hinten und legte ihm eine Handschelle ums Handgelenk. Dann zog er den anderen Arm nach hinten und verfuhr damit genauso.

Bosch führte Chastain um den Slickback herum und ließ ihn rechts hinten einsteigen. Dann setzte er sich ans Steuer. Er nahm Chastains Waffe aus seinem Holster, legte sie in seinen Aktenkoffer und steckte seine eigene Waffe in sein Holster zurück. Dann stellte er den Rückspiegel so, daß er schnell einen Blick auf Chastain werfen konnte, und betätigte den Hebel, der bewirkte, daß sich die Hintertüren von innen nicht mehr öffnen ließen.

»Sie bleiben so sitzen, daß ich Sie sehen kann. Die ganze Zeit.«

»Sind Sie übergeschnappt? Was soll dieser Scheiß? Wohin bringen Sie mich?«

Bosch legte den Gang ein und fuhr los. Er fuhr so lange nach Westen, bis er auf dem Normandie Boulevard nach Norden abbiegen konnte. Es vergingen fast fünf Minuten, bevor er Chastains Frage beantwortete.

»Wir fahren ins Parker Center. Und wenn wir dort sind, werden Sie mir erzählen, wie Sie Howard Elias, Catalina Perez … und Frankie Sheehan umgebracht haben.«

Bosch spürte, wie ihm Wut und Galle in die Kehle stiegen. Er dachte an eine der unausgesprochenen Botschaften, die er von Garwood erhalten hatte. Er hatte ganz primitive Vergeltung gewollt, und die wollte im Moment auch Bosch.

»Schön, fahren wir also ins Parker«, sagte Chastain. »Aber trotzdem, was Sie da sagen, ist nichts als ein riesiger Haufen

Scheiße! Der Fall ist ABGESCHLOSSEN, Bosch! Finden Sie sich endlich damit ab.«

Bosch begann Chastain die Litanei seiner verfassungsmäßigen Rechte auf Aussageverweigerung herunterzubeten und fragte ihn schließlich, ob er alles verstanden hätte.

»Sie können mich mal.«

Bosch machte weiter und sah dabei alle paar Sekunden in den Rückspiegel.

»Das macht nichts, Sie sind ein Cop. Sie können keinem Richter weismachen, Sie würden Ihre Rechte nicht kennen.«

Er wartete einen Moment und sah seinen Gefangenen im Spiegel an, bevor er weitermachte.

»Sie waren Elias' Quelle. Jahrelang haben Sie ihm alle Informationen beschafft, die er für seine Fälle brauchte. Sie –«

»Falsch.«

»– haben die Polizei verraten und verkauft. Das Allerletzte, Chastain. War das nicht, wie Sie es selbst bezeichnet haben? Das Allerletzte? Das waren Sie, Mann, der letzte Abschaum, ein richtig mieses Schwein ... ein *motherfucker*.«

Ein Stück vor ihnen sah Bosch eine Straßensperre der Polizei. Zweihundert Meter dahinter waren zuckende Blaulichter und Feuer zu sehen. Er merkte, sie näherten sich dem Krisenherd, wo Randalierer die Feuerwehrmänner angegriffen und ihr Fahrzeug in Brand gesteckt hatten.

An der Absperrung bog er rechts ab und begann an jeder Kreuzung, über die er kam, nach Norden zu sehen. In dieser Ecke kannte er sich nicht aus. Er hatte nie einen Auftrag in einer der South Central Divisions des LAPD zugeteilt bekommen und kannte die Gegend nicht. Ihm war klar, daß er sich verfahren konnte, wenn er zu weit vom Normandie Boulevard abkam. Aber davon ließ er sich nichts anmerken, als er im Rückspiegel wieder nach Chastain sah.

»Möchten Sie mit mir reden, Chastain? Oder es bis zum Gehtnichtmehr rausschieben?«

»Da gibt es nichts zu reden. Das sind gerade Ihre letzten Augenblicke mit Ihrer über alles geliebten Dienstmarke. Was Sie da machen, ist purer Selbstmord. Wie Ihr Freund Sheehan. Sie geben sich selbst die Kugel, Bosch.«

Bosch stieg so fest auf die Bremse, daß der Wagen schleudernd zum Stehen kam. Er zog seine Waffe und beugte sich über den Sitz, um sie auf Chastains Gesicht zu richten.

»Was haben Sie gerade gesagt?«

Chastain schien ehrlich verängstigt. Er glaubte zweifellos, daß Bosch kurz vor dem Durchdrehen war.

»Nichts, Bosch, nichts. Fahren Sie einfach weiter. Fahren wir ins Parker und klären die ganze Geschichte.«

Bosch ließ sich langsam in den Fahrersitz zurücksinken und setzte den Wagen wieder in Bewegung. Vier Straßen weiter bog er wieder nach Norden, in der Hoffnung, parallel zum Krisenherd weiterfahren zu können und dahinter wieder auf den Normandie Boulevard zu stoßen.

»Ich komme gerade aus dem Keller des Parker Center«, sagte er.

Er blickte in den Spiegel, ob sich in Chastains Gesicht eine Veränderung feststellen ließ. Das war nicht der Fall.

»Ich habe mir die Schachtel von dem Fall Wilbert Dobbs geben lassen. Und ich habe ins Log mit den Austragungen gesehen. Sie haben sich die Sachen heute morgen geben lassen und die Kugeln genommen. Sie haben die Kugeln aus Sheehans Dienstwaffe genommen, die Kugeln, mit denen er vor fünf Jahren Dobbs erschoß, und drei davon in die Ballistik gebracht. Dort sagten sie, das wären die Kugeln von Howard Elias' Autopsie. Sie haben es so hingedreht, als ob es Sheehan gewesen wäre. Aber in Wirklichkeit waren es Sie, Chastain.«

Er sah in den Spiegel. Chastains Gesicht hatte sich verändert. Was Bosch ihm gerade erzählt hatte, war nicht ohne Wirkung geblieben, wie ein Schlag mit der flachen Seite einer Schaufel mitten ins Gesicht. Gleich würde er ihm den Rest geben.

»Sie haben Elias erschossen«, fuhr er ruhig fort. Es fiel ihm schwer, den Blick vom Rückspiegel loszureißen und wieder auf die Straße zu richten. »Er wollte Sie in den Zeugenstand rufen und bloßstellen. Er wollte Sie nach den wahren Ergebnissen Ihrer Ermittlungen fragen, weil Sie ihm die wahren Ergebnisse gesagt hatten. Nur nahm der Fall plötzlich ungeahnte Dimensionen an. Elias merkte, welche Auswirkungen er auf seine Karriere haben würde, und Sie wurden plötzlich entbehrlich. Um den Prozeß zu gewinnen, wäre er nicht davor zurückgeschreckt, Sie zu verheizen … An diesem Punkt bekamen Sie die Nase voll, schätze ich. Oder vielleicht waren Sie immer schon eiskalt. Jedenfalls folgten Sie Elias am Freitag abend nach Hause, und als er in Angels Flight stieg, schlugen Sie zu. Sie erschossen ihn. Und dann sahen Sie plötzlich diese Frau dasitzen. Scheiße aber auch, muß ein ziemlicher Schock gewesen sein! Ich meine, der Seilbahnwagen mußte schließlich schon eine ganze Weile da gestanden haben. Eigentlich hätte er leer sein sollen. Aber da saß Catalina Perez, und Sie mußten sie auch erschießen. Wie mache ich mich, Chastain? Hab ich soweit alles richtig hingekriegt?«

Chastain antwortete nicht. Bosch erreichte eine Kreuzung, fuhr langsamer und sah nach links. Er konnte bis zu dem erleuchteten Bereich sehen, wo der Normandie Boulevard verlief. Da er keine Absperrungen und keine Blaulichter sah, bog er nach links ab und fuhr darauf zu.

»Sie hatten Schwein«, fuhr er fort. »Der Fall Dobbs, er kam Ihnen wie gerufen. Sie waren bei der Durchsicht der Akten auf Sheehans Drohung gestoßen und beschlossen, sie sich zunutze zu machen. Sie hatten Ihren Sündenbock! Ein paar Recherchen zu dem Fall, ein bißchen Getrickse, und Sie wurden damit beauftragt, sich um die Autopsie zu kümmern. So kamen Sie an die Kugeln, und alles, was Sie jetzt noch tun mußten, war, sie zu vertauschen. Natürlich stimmten die Kennzeichnungen des Coroners auf den Kugeln nicht, aber diese Abweichung wäre nur bei einem Prozeß an den Tag gekommen, wenn Sheehan vor Gericht gestellt worden wäre.«

»Seien Sie endlich still, Bosch! Ich will nichts mehr von diesem Unsinn hören. Ich –«

»Es interessiert mich nicht, was Sie hören wollen! Sie werden sich das anhören, Sie Saftsack. Denn das ist Frankie Sheehan, der aus dem Grab zu Ihnen spricht. Haben Sie verstanden? Sie mußten es Sheehan anhängen, aber der ganze Schwindel wäre aufgeflogen, wenn Sheehan vor Gericht gestellt worden wäre. Denn dann wäre der Coroner in den Zeugenstand gerufen worden und hätte ausgesagt: ›Moment mal,

Leute, das sind aber nicht meine Zeichen auf den Kugeln. Sie wurden vertauscht.‹ Ihnen blieb also keine andere Wahl, als auch Sheehan aus dem Weg zu räumen. Sie sind uns gestern abend gefolgt. Ich sah die Lichter Ihres Wagens. Sie sind uns gefolgt, und dann haben Sie Frankie Sheehan erschossen. Stellten es als einen Selbstmord im Suff hin, eine Menge Bier, eine Menge Schüsse. Aber ich weiß, was Sie getan haben. Sie haben ihm eine Kugel in den Kopf gejagt und dann mit seiner Hand um den Griff ein paar weitere Schüsse abgegeben. Sie haben es so hingedreht, daß alles gepaßt hätte, Chastain. Aber jetzt habe ich Ihnen doch einen Strich durch die Rechnung gemacht.«

Bosch spürte, wie seine Wut überschäumte. Er schlug mit der Hand gegen den Rückspiegel, um nicht in Chastains Gesicht sehen zu müssen. Inzwischen hatte er den Normandie Boulevard fast erreicht. Die Kreuzung war frei.

»Ich kenne die ganze Geschichte«, fuhr Bosch fort. »Ich kenne sie. Nur eine Frage hätte ich noch. Warum haben Sie die ganze Zeit Informationen an Elias weitergegeben? Hat er Sie dafür bezahlt? Oder hassen Sie Cops so sehr, daß Sie ihnen zu schaden versuchten, wo Sie nur konnten?«

Wieder kam vom Rücksitz keine Antwort. Als Bosch am Stoppschild nach links blickte, konnte er die Blaulichter und die Flammen wieder sehen. Sie hatten das abgeriegelte Gebiet umfahren. Die Sperren befanden sich eine Straße weiter, und er blieb mit dem Fuß auf der Bremse stehen und sondierte die Lage. Hinter den Absperrungen konnte er mehrere Streifenwagen stehen sehen. An der Ecke war ein kleiner Liquor Store. Die Fenster waren eingeschlagen, und in den Rahmen steckten gezackte Glasreste. Der Boden vor dem Eingang war übersät mit zerbrochenen Flaschen und anderem Müll, den die Plünderer hinterlassen hatten.

»Sehen Sie das, Chastain? Dieses Chaos? Das –«

»Bosch –«

»– das waren Sie. Das –«

»– Sie sind nicht weit genug gefahren!«

»– haben alles Sie zu verantworten.«

Die Angst, die Bosch plötzlich in Chastains Stimme hörte, ließ ihn nach rechts blicken. In diesem Moment durchschlug ein Betonbrocken die Windschutzscheibe und landete auf dem Sitz. Durch das zerspringende Glas sah Bosch den Mob auf den Wagen zukommen. Junge Männer mit zornigen dunklen Gesichtern, ihre Individualität in der Menge aufgelöst. Er sah eine Flasche auf den Wagen zufliegen. Er sah alles so deutlich und scheinbar so langsam, daß er sogar das Etikett lesen konnte. Southern Comfort. Sein Verstand begann eine Spur von Humor oder Ironie darin zu erkennen.

Die Flasche flog durch die Öffnung und zersprang am Lenkrad, platzte in einem Schwall aus Glassplittern und Flüssigkeit in Boschs Gesicht und Augen. Unwillkürlich schossen seine Hände vom Lenkrad hoch, um sich, zu spät, davor zu schützen. Seine Augen begannen vom Alkohol zu brennen. Er hörte, wie Chastain auf dem Rücksitz zu schreien begann.

»*LOS! FAHREN SIE! FAHREN SIE!*«

Und dann, als andere Wagenfenster von Wurfgeschossen zertrümmert wurden, gab es zwei weitere Glasexplosionen. Jemand drosch mit aller Gewalt gegen das Fenster direkt neben ihm, und der Wagen begann heftig zu schaukeln. Er hörte jemanden am Türgriff zerren, und um ihn herum zersprang weiteres Glas. Er hörte von draußen Schreie, die aufgebrachten, unverständlichen Laute des Mobs. Und er hörte vom Rücksitz Schreie, von Chastain. Durch die zerbrochenen Fenster grapschten Hände nach ihm, zerrten an seinen Haaren und Kleidern. Bosch stieg aufs Gas und riß das Steuer nach links, als der Wagen vorwärtsschoß. Er widersetzte sich dem instinktiven Bedürfnis seiner Augen, geschlossen zu bleiben, und schaffte es, sie weit genug aufzubekommen, um einen schmalen Spalt verschwommen und schmerzhaften Sehens zuzulassen. Der Wagen sprang in die leeren Fahrspuren des Normandie Boulevard, und er steuerte ihn auf die Sperre zu. An der Sperre, wußte er, befand er sich in Sicherheit. Er behielt die Hand die ganze Zeit auf der Hupe, und als er die Absperrungen erreichte, durchbrach er sie, und trat erst dann auf die Bremse. Der Wagen brach hinten aus und blieb stehen.

Bosch schloß die Augen und rührte sich nicht. Er hörte Schritte und Rufe, aber er wußte, diesmal waren es Cops, die auf ihn zukamen. Er war in Sicherheit. Er tastete nach dem

Schalthebel und nahm den Gang heraus. Er öffnete die Tür, und sofort waren Hände zur Stelle, um ihm nach draußen zu helfen, und er hörte die tröstlichen Stimmen der blauen Rasse.

»Alles in Ordnung, Mann? Sollen wir den Notarzt rufen?«

»Meine Augen.«

»Okay, halten Sie ganz still! Wir holen jemand. Lehnen Sie sich hier gegen den Wagen.«

Bosch hörte zu, wie einer der Polizisten in ein Megaphon bellte, daß ein verletzter Kollege medizinische Versorgung brauchte, und zwar umgehend. Bosch hatte sich nie geborgener gefühlt als in diesem Moment. Er wollte jedem seiner Retter einzeln danken. Aus irgendeinem Grund fühlte er sich ganz ruhig und zugleich euphorisch, wie in Vietnam, wenn er mit heiler Haut aus den Tunnels gekommen war. Er hob die Hände wieder an sein Gesicht und versuchte, ein Auge zu öffnen. Er konnte Blut über seinen Nasensattel fließen spüren. Er wußte, er war am Leben.

»Lieber nicht anfassen«, sagte eine Stimme. »Sieht nicht sehr gut aus.«

»Was haben Sie dort allein gemacht?« wollte eine andere wissen.

Bosch bekam sein linkes Auge auf und sah einen jungen schwarzen Streifenpolizisten vor sich stehen. Rechts stand ein weißer Polizist.

»Ich war nicht allein.«

Er bückte sich und sah auf den Rücksitz des Wagens. Er war leer. Er sah vorne nach, und auch dort war niemand. Chastain war weg. Boschs Aktenkoffer war weg. Er richtete sich auf und blickte die Straße hinunter zu der Menschenmenge. Um besser sehen zu können, hob er die Hand und wischte sich das Blut und den Whiskey aus den Augen. Es waren etwa fünfzehn bis zwanzig Männer, die dicht beisammenstanden und alle auf etwas blickten, das sich in der Mitte ihrer brodelnden Masse befand. Bosch konnte heftige, aggressive Bewegungen erkennen, Beine, die zutraten, Fäuste, die gehoben wurden und dann in den Mittelpunkt der Menschenmenge hinabsausten, wo sie seinem Blick entzogen waren.

»Um Himmels willen!« entfuhr es dem Streifenpolizisten neben ihm. »Ist das einer von uns? Haben sie einen von uns?«

Der Mann wartete nicht auf Boschs Antwort. Er hob das Megaphon wieder an die Lippen und forderte rasch alle verfügbaren Kräfte für einen Kollege-braucht-Hilfe-Einsatz an. Infiziert vom Schrecken dessen, was er eine Straße weiter beobachtete, schnappte seine Stimme über. Darauf rannten die zwei Polizisten zu ihren Autos, und die Streifenwagen rasten auf den Mob zu.

Bosch sah nur zu. Und dann machte sich in der Menge eine Veränderung bemerkbar. Der Gegenstand ihrer Aufmerksamkeit befand sich nicht mehr auf dem Boden, sondern kam nach oben, wurde hochgehoben. Wenige Augenblicke später konnte Bosch sehen, wie sich Chastains Körper über ihre Köpfe hob und hochgehalten wurde wie eine Trophäe, die nach einem gewonnenen Match von einem Spieler zum anderen weitergereicht wird. Sein Hemd war jetzt ohne Dienstmarke und aufgerissen, seine Arme waren noch von den Handschellen gefesselt. Ein Schuh und die dazu gehörige Socke fehlten, und der elfenbeinweiße Fuß stand hervor wie das Weiß des Knochens bei einem offenen Bruch. Es war zwar von da, wo er stand, schwer zu erkennen, aber Bosch glaubte, Chastains Augen waren offen. Daß sein Mund weit offen war, konnte er sehen. Bosch hörte einen scharfen, durchdringenden Laut, den er zuerst für die Sirene eines der zu Hilfe kommenden Streifenwagen hielt. Doch dann merkte er, es war Chastain, der aufschrie, bevor er in den Mittelpunkt der Meute zurückfiel, wo er nicht mehr zu sehen war.

39

Von den Absperrungen beobachtete Bosch, wie ein Trupp Streifenpolizisten auf die Kreuzung stürmte und Mitglieder des Mobs zu ergreifen versuchte. Der Körper John Chastains lag wie ein von einem Lkw gefallener Wäschesack auf der Straße. Nachdem sie festgestellt hatten, daß jede Hilfe zu spät kam, hatten sie ihn liegengelassen. Wenig später tauchten die Fernseh-Hubschrauber über ihnen auf, und Sanitäter kamen und kümmerten sich um Bosch. Er hatte auf dem Nasensattel und an der linken Augenbraue Platzwunden, die gesäubert und genäht werden mußten, aber er weigerte sich, ins Krankenhaus mitzukommen. Sie entfernten die Glassplitter und verbanden die Wunden mit elastischem Pflaster. Dann überließen sie ihn sich selbst.

Danach wanderte Bosch – wie lang, wußte er nicht – hinter der Absperrung herum, bis ein Lieutenant der Streifenpolizei zu ihm kam und ihm sagte, er müsse in die Seventy-seventh Street Division zurück, um mit den Detectives zu sprechen, die die Ermittlungen übernehmen würden. Der Lieutenant bot ihm an, ihn von zwei seiner Leute hinbringen zu lassen. Als Bosch abwesend nickte, forderte der Lieutenant durch sein Megaphon einen Wagen an. Boschs Blick fiel auf den geplünderten Laden auf der anderen Straßenseite. Über dem Eingang stand in grüner Neonschrift FORTUNE LIQUORS. Bosch sagte zu dem Lieutenant, er sei gleich wieder zurück. Dann wandte er sich von ihm ab und ging über die Straße und in den Laden.

Der Laden war lang und schmal und hatte bis vor wenigen Stunden drei Regalreihen voll mit Ware gehabt. Doch inzwischen waren die Regale von den Plünderern, die ihn gestürmt hatten, ausgeräumt und umgeworfen worden. Der Boden war fast überall knöchelhoch mit Müll übersät, und es stank nach verschüttetem Bier und Wein. Vorsichtig trat Bosch an den Ladentisch, auf dem nichts war als die Plastikringe eines befreiten Sechserpacks. Er beugte sich darüber, um dahinterzusehen, und hätte fast einen Schrei ausgestoßen, als er den kleinen Asiaten sah, der, die Knie an die Brust gezogen und die Arme darum geschlungen, auf dem Boden hockte.

Sie sahen sich lange an. Die ganze linke Gesichtshälfte des Mannes war angeschwollen und verfärbt. Bosch nahm an, daß ihn eine Flasche getroffen hatte. Er nickte dem Mann zu, aber er reagierte nicht.

»Alles okay?«

Der Mann nickte, sah aber Bosch nicht an.

»Soll ich die Sanitäter holen?«

Der Mann schüttelte den Kopf.

»Haben sie alle Zigaretten mitgenommen?«

Der Mann antwortete nicht. Bosch beugte sich weiter vor und sah unter den Ladentisch. Er sah die Registrierkasse – mit offener Schublade – mit der Seite auf dem Boden liegen. Überall lagen braune Tüten und Streichholzheftchen herum. Auch leere Zigarettenstangen. Als er sich mit dem Bauch auf den Ladentisch legte, kam er mit den Händen so weit nach unten, daß er das Durcheinander auf dem Boden durchwühlen konnte. Aber seine Suche nach einer Zigarette war erfolglos.

»Hier.«

Bosch sah den auf dem Boden sitzenden Mann an, der eine Packung Camel aus der Tasche zog. Er schüttelte eine Zigarette heraus – es war die letzte – und hielt sie Bosch hin.

»Nein, Mann, das ist Ihre letzte. Ist schon okay.«

»Nein, nehmen Sie!«

Bosch zögerte.

»Wirklich?«

»Bitte.«

Bosch nahm die Zigarette und nickte. Er hob ein Heftchen Streichhölzer vom Boden auf.

»Danke.«

Er nickte dem Mann noch einmal zu und verließ den Laden.

Draußen steckte er sich die Zigarette in den Mund und sog die Luft durch sie, schmeckte sie. Genoß sie. Er klappte das Heftchen auf und zündete die Zigarette an und zog sich den Rauch in die Lungen und behielt ihn dort.

»Scheiß drauf.«

Er atmete tief aus und sah zu, wie der Rauch verschwand. Er klappte das Streichholzheftchen zu und sah darauf. Auf einer Seite stand FORTUNE LIQUORS und auf der anderen FORTUNE MATCHES. Mit dem Daumen klappte er es noch einmal auf und las die Glücksprophezeiung, die über den roten Streichholzköpfen auf die Innenseite gedruckt war.

GLÜCKLICH DER MANN, DER
ZUFLUCHT IN SICH SELBST FINDET

Bosch schloß das Heftchen und steckte es in seine Hosentasche. Dabei spürte er dort etwas anderes und zog es heraus. Es
war der kleine Beutel mit Reis von seiner Hochzeit. Er warf
ihn einen Meter in die Luft und fing ihn auf. Dann drückte er
ihn fest in seiner Faust und steckte ihn wieder ein.

Er blickte über die Absperrung zu der Kreuzung, wo Chastains Leiche inzwischen mit einem gelben Regenumhang aus
dem Kofferraum eines Streifenwagens zugedeckt worden
war. Innerhalb des abgeriegelten Gebiets war ein kleinerer Bereich abgesperrt worden, in dem gerade die Ermittlungen begannen.

Bosch dachte an Chastain und an das Entsetzen, das er
empfunden haben mußte, als die Hände des Hasses ins Wa-
geninnere gefaßt und ihn gepackt hatten. Er konnte dieses
Entsetzen nachempfinden, verspürte aber kein Mitgefühl.
Diese Hände hatten sich schon vor langer Zeit nach ihm aus-
zustrecken begonnen.

Ein Hubschrauber senkte sich aus dem dunklen Himmel
herab und landete auf dem Normandie Boulevard. Auf beiden Seiten gingen Türen auf, und Deputy Chief Irvin Irving
und Captain John Garwood stiegen aus, um das Kommando
zu übernehmen und die Ermittlungen zu leiten. Forsch schritten sie auf die Gruppe von Polizisten neben der Leiche zu. Der
durch den Hubschrauber verursachte Luftzug hatte einen
Zipfel des Umhangs von der Leiche geweht. Bosch konnte
Chastains Gesicht in den Himmel starren sehen. Ein Polizist
bückte sich und deckte es wieder zu.

Irving und Garwood waren mindestens fünfzig Meter von
Bosch entfernt, aber sie schienen zu wissen, daß er da war,
und sie sahen beide gleichzeitig in seine Richtung. Bosch
blickte unverwandt zurück. Garwood, immer noch in seinem
tadellosen Anzug, machte mit der Hand, in der er eine Zigarette hielt, eine Geste in Richtung Bosch. Auf seinen Lippen
lag ein wissendes Lächeln. Schließlich sah Irving weg und
richtete seine Aufmerksamkeit auf den gelben Regenumhang,
auf den er zuging. Bosch wußte, was jetzt kam. Der Mann, der
alles hinbiegen mußte, war am Werk. Er wußte, wie der Fall
gehandhabt würde und wie die offizielle Version lauten

würde. Chastain würde ein Polizeimärtyrer werden: vom Mob aus einem Streifenwagen gezerrt, mit seinen eigenen Handschellen gefesselt und zu Tode geprügelt, seine Ermordung die Rechtfertigung für alles, was in dieser Nacht noch von den Händen der Polizei geschehen würde. Unausgesprochen würde es zu einem Tausch kommen – Chastain gegen Elias. Sein Tod – die Nachricht davon wurde bereits von den mechanischen Geiern über ihnen verbreitet – würde dazu benutzt, die Unruhen zu beenden, bevor sie richtig begonnen hatten. Aber außer einigen wenigen würde niemand erfahren, daß Chastain auch derjenige war, der alles ins Rollen gebracht hatte.

Bosch wußte, er würde das Spiel mitspielen. Irving hatte ihn in der Hand. Denn er hatte das einzige, was Bosch geblieben war, das einzige, woran ihm noch etwas lag. Seinen Job. Er wußte, Irving würde ihn gegen sein Schweigen eintauschen. Und er wußte, er würde sich auf den Handel einlassen.

40

Boschs Gedanken kehrten immer wieder zu dem Moment im Auto zurück, als er nichts mehr sehen konnte und die Hände spürte, die nach ihm griffen und grapschten. Trotz allen Entsetzens war eine lichte Ruhe über ihn gekommen, und jetzt stellte er fest, daß er den Moment fast in liebevoller Erinnerung behielt. Denn er hatte einen seltsamen Frieden verspürt. In diesem Moment hatte er eine fundamentale Wahrheit erkannt. Irgendwie wußte er, daß er verschont bleiben würde, daß der Rechtschaffene dem Zugriff der vom rechten Weg Abgekommenen entzogen war.

Er dachte an Chastain und seinen letzten Schrei, ein Heulen, fast zu laut und grauenhaft, um menschlich zu sein. Es war der Laut gefallener Engel auf ihrem Höllensturz. Bosch wußte, er durfte es nie soweit kommen lassen, daß er ihn vergaß.

Michael Connelly

»Michael Connellys spannende Thriller spielen geschickt mit den Ängsten seiner Leser.« *DER SPIEGEL*

»Packend, brillant, bewegend und intelligent!« *LOS ANGELES TIMES*

Schwarzes Eis
01/9930

Die Frau im Beton
01/10341

Der letzte Coyote
01/10511

Das Comeback
01/10765

Der Poet
01/10845

Das zweite Herz
01/13195

Schwarze Engel
01/13425

01/13195

HEYNE-TASCHENBÜCHER

Tom Clancy

Kein anderer Autor spielt so gekonnt mit politischen Fiktionen wie Tom Clancy.

»Ein Autor, der realistische Ausgangssituationen spannend zum Roman verdichtet.«
Der Spiegel

01/13041

Der Kardinal im Kreml
01/13081

Operation Rainbow
01/13155
Auch im Heyne-Hörbuch
26/2 (5 CD)
26/1 (4 MC)

Tom Clancy
Steve Pieczenik
Tom Clancys OP-Center 6
Ausnahmezustand
01/13042

Tom Clancys OP-Center 7
Feindbilder
01/13130

Tom Clancys Net Force 1
Todesspiel
01/13219

Tom Clancys Net Force 3
Ehrenkodex
01/13043

Tom Clancy
Martin Greenberg
Tom Clancys Power Plays
Politika
01/10435

Tom Clancys Power Plays 3
Explosiv
01/13041

Tom Clancys Power Plays 4
Planspiele
01/13248

HEYNE-TASCHENBÜCHER

John Grisham

»Warum er so viel besser ist
als die anderen,
bleibt sein Geheimnis.«
Süddeutsche Zeitung

»Hochspannung pur.«
FOCUS

Die Jury
01/8615

Die Firma
01/8822

Die Akte
01/9114

Der Klient
01/9590

Die Kammer
01/9900

Der Regenmacher
01/10300

Das Urteil
01/10600

Der Partner
01/10877
Auch im Heyne-Hörbuch
als MC oder CD lieferbar

Der Verrat
01/13120
Auch im Heyne-Hörbuch
als MC oder CD lieferbar

Das Testament
01/13300
Auch im Heyne-Hörbuch
als MC oder CD lieferbar

01/13120

HEYNE-TASCHENBÜCHER